Knaur

Von Margaret Lawrence ist außerdem erschienen:

Bevor das Eis bricht

Über die Autorin:

Margaret Lawrence wurde 1945 in Nebraska geboren. Sie studierte Sprachen, promovierte über mittelalterliches englisches Drama und arbeitete anschließend als Lehrerin. Ihr erster Roman wurde für den Edgar-Allan-Poe-Preis nominiert und fürs Fernsehen verfilmt. Margaret Lawrence lebt mit ihrer Familie im Mittleren Westen der Vereinigten Staaten.

Margaret Lawrence

Brennendes Gras

Roman

Aus dem Englischen
von Michaela Link

Knaur

Die Originalausgabe erschien unter dem Titel *Blood Red Roses*
bei Avon Books, New York.

Besuchen Sie uns im Internet:
www.knaur-taschenbuch.de

Vollständige Taschenbuchausgabe 2003
Knaur Taschenbuch. Ein Unternehmen der Droemerschen
Verlagsanstalt Th. Knaur Nachf. GmbH & Co. KG, München.
Lizenzausgabe mit Genehmigung des
Scherz Verlag, Bern und München

Einzig berechtigte Übersetzung aus dem Englischen
von Michaela Link.

Umschlaggestaltung: ZERO Werbeagentur, München
Umschlagabbildung: Mauritius
Satz: Ventura Publisher im Verlag
Druck und Bindung: Nørhaven Paperback A/S
Printed in Denmark
ISBN 3-426-62587-3

2 4 5 3 1

Den stummen Rosen,
die keine Geschichten hinterlassen.
Ehre sei unseren Seelen.

Prolog

Wie sie Gott zum Weinen brachte

An dem Morgen, an dem sie die anderen tötete, erwachte die Frau in Schweiß gebadet und atemlos; sie hatte sich den Zipfel seines Kissens in den Mund gestopft und riss daran mit ihren Wolfszähnen. Einen Augenblick lag sie still da, nicht sicher, wo sie sich befand, in wessen Bett sie lag und wer die verlorene Seele neben ihr sein mochte.

Dann ließ sie ihre dünnen Beine zwischen den Laken hervorgleiten und schob sich an den Rand der klammen Matratze. Der Mann schlief, wie die Toten schlafen, sein Gesicht starr und wächsern, seine langen Hände um den ausgefransten Saum des Lakens gekrallt.

Er hatte geweint wie ein Kind, als er kam, ihr im Dunkeln über das Haar gestrichen und sie »Liebste« genannt, obwohl er es im hellen Licht des Tages nicht ertragen konnte, sie anzusehen.

Mit jähem Zorn spie sie die Fusseln des Kopfkissenbezugs aus und trat an die Tür, wo der Wind sie finden und rein waschen würde. Die Sonne schob sich gerade über den Fluss, berührte die bleichen Masten der Schiffe und Fischerboote, hauchte dem blauen Teppich eines Flachsfeldes auf dem fernen Hügel wieder Farbe ein und fiel leuchtend auf den Spitzturm des weiß getünchten Versammlungshauses.

Sie nahm das Geld, das der Mann für sie auf den Tisch gelegt hatte – zwei Shilling waren es, und das war großzügig.

Für jede kleine Arbeit, die sie für ihn verrichtete – ob sie kochte, Kerzen zog oder den Toiletteneimer leerte –, bezahlte er sie prompt. Ebenso, wenn sie sich zu ihm legte.

Ich werde dir eine gewisse Summe Geldes zahlen für jeden Dienst, den du mir tust, und davon wirst du die Rechnungen für meinen Haushalt begleichen. Auf diese Weise wirst du das Wirtschaften lernen.

Sie ging zu dem Bett, in dem er schlief, und zog die Decke von seinem Körper weg, ließ ihre Finger ihn sachte berühren. Die Haut seines Schenkels war glatt und weich wie bei einer Frau, und sie beugte sich vor und küsste sie, fand sein schlaffes Geschlecht und ließ es sich für sie erheben.

»Ich bin«, flüsterte sie. »Sieh mich an. Was ich bin.«

Wie ich breche. Wie ich gebrochen bin. Wie meine schartigen Hälften trauern.

Als sie fertig war, legte sie ihm die beiden Münzen in die Hand und drückte seine Finger fest zu. Dann wusch sie sich, kleidete sich an und holte sich einen Spankorb aus der Küche, bevor sie sich auf den Weg in den großen, dunklen Wald machte.

Mit den Erdbeeren war es seit vierzehn Tagen vorbei, und die Blaubeeren in Triler's Bog waren bisher nur mit einem schwachen, gräulich blauen Schimmer überhaucht. Der Himmel hatte die gleiche seltsam unreife Farbe, ein kaltes Blau für einen heißen Monat.

Die anderen würden an diesem Vormittag alle beim Heumachen sein, aber sie wollte nach wilden Himbeeren suchen. Obwohl es schon fast Mitte Juli war in diesem Jahr 1786, fanden sich an dem sonnenbeschienenen Waldrand noch immer einige schöne Beeren, und das taube Kind von Two Mills fädelte sie gern zu Halsketten auf, wenn sie trocken waren.

Es gab nichts, das sie nicht für dieses Kind, das sie Jennet nannten, getan hätte.

Meine Tochter, dachte sie und passte den Rhythmus ihrer Schritte den Worten an. *Meine Tochter. Meine.*

Sie konnte natürlich keinen Anspruch auf das kleine Mädchen erheben. Sie würden ihr niemals glauben, sie würden nur noch mehr Lügen verbreiten. Die Luft war erfüllt von diesen Lügen, wie Stäubchen im Sonnenlicht.

Sie hasste die Sonne.

Die Frau überquerte die freie Fläche der Schafweide und ging weiter, hinein in den dunklen Wald, der über dem Dorf Rufford in Maine aufragte. Von dort aus hatte man einen guten Blick auf die Häuser, die wahllos zu beiden Seiten des breiten, glitzernden Flusses verstreut lagen, den sie Manitac nannten. Dort, wo sich der Blackthorne Creek in den Fluss ergoss, drehte sich jetzt Tag und Nacht das große Holzrad der Doppelmühle der Markhams, sägte die stromabwärts geflößten Stämme und mahlte die erste Gerste des Sommers zu Mehl.

Es war bereits sehr heiß, und ihr Atem ging schwer. Schweiß durchnässte ihr blaues Mieder, und das dünne Hemd klebte ihr unter dem langen Rock aus schwerem Tuch an den nackten Beinen. Als sie zwischen die ersten Bäume trat, bei denen der große, uralte Wald begann, der als das Wilde Land bekannt war, flogen ihr ganze Wolken von Kriebelmücken unter den Rock und stachen sie. Aber sie schritt weiter durch die hohen Farne, barfuß, um ihre Schuhe zu schonen, und trat ungerührt auf scharfe Steine und Dornen.

Sie war durch und durch wild und sehr stark, und sie empfand Schmerz nicht, wie andere Menschen es taten.

An dem Tag, an dem die Männer kamen, um sie aus ihrem niedergebrannten Haus zu holen, hatte sie gegen sie alle gekämpft, hatte gebissen und gekratzt, bis ihr die Fingernägel abrissen.

In der langen Dämmerung schritt sie manchmal die Räume jenes verlorenen Hauses ab, machte hier und da Halt, um unsichtbare Fensterrahmen hochzuschieben oder Türen aufzuschließen, die nicht da waren. Um den Kerzenhalter aus bemaltem Zinn, der an einem Nagel neben dem Küchenherd hing, neu zu bestücken. Um frische Laken auf ihr Ehebett zu ziehen. Sie hatte ihren Mann gebeten, es mit Blick zum Ostfenster aufzustellen, denn sie wollte die Sonne auf ihrem Gesicht spüren, wenn sie neben ihm erwachte.

Sie hatte die Sonne geliebt, damals, wie sie ihn geliebt hatte.

Er war gütig und freundlich gewesen, und seine Leidenschaft erstaunte sie, denn sie hatte sich nie als begehrenswert betrachtet. Aber sie wusste, dass er sie nicht wirklich sah, nicht sah, wie die dunklen, lautlosen Vögel ihres Zorns auf sie herabstießen. Sobald er fort war, konzentrierte sie all ihren Hass auf ihn, und in ihren Gedanken war er größer und grausamer als Gottvater selbst.

Und doch vergaß sie, allein in diesem großen Wald an diesem Julimorgen, für einen kurzen Augenblick den Hass, so wie sie die Mücken vergaß und die Hitze und die Himbeeren, deretwegen sie gekommen war. Sie erinnerte sich nur an seine warmen Glieder und die friedliche Fülle seines Geschlechtes in ihr.

Die Frau stolperte ein paar Schritte, wie ein wildes Geschöpf, das die Spur seines verlorenen Gefährten verfolgt, und als sie aufblickte, sah sie ihn deutlich vor sich, als hätte sie ihn leibhaftig heraufbeschworen. Er stand nicht mehr als hundert Meter entfernt zwischen den Bäumen – ihr Ehemann, Jacob Ramsay, der seit sechs Jahren hätte tot sein müssen.

Er war vielleicht gar nicht mehr er selbst. Sein Körper war geschmeidig und aufrecht und schlank gewesen, voller Stolz, und jetzt bewegte er sich steif und leicht gebeugt, als würde Gottes Faust ihn niederdrücken.

Seine Gestalt war halb verborgen hinter hüfthohen Farnen, und er hieb vergeblich mit einer Axt auf Birkengestrüpp ein. Die Sträucher wuchsen ein paar Meter hinter einer baufälligen Hütte; im Vorgarten hackte ein Junge von zehn Jahren ein Beet mit ungeordnet gesetzten Maispflanzen und Kohlköpfen aus. Eine Frau – Grace nannte er sie und manchmal »meine Liebe« – machte Seife, rührte in einem großen schwarzen Topf über dem Feuer; es roch nach ranzigem Fett und Holzaschenlauge, ein schwerer, säuerlicher Geruch.

In ihrer Nähe tappte ein dunkelhaariger kleiner Junge von fast drei Jahren halbnackt umher; mit rotem Gesicht und laut brüllend schleppte er ein zerlumptes Steckenpferd aus Maisblättern, die an einen Stock gebunden waren, hinter sich her.

»Betsy!«, rief diese Frau, Grace. Ein ernstes kleines Mädchen von sieben Jahren kam aus der Hütte und nahm ihrer Mutter den Rührstock ab. Als sie die Seife zu rühren begann, schob sich ihre kleine Zunge vor Konzentration zwischen den Lippen hervor.

»Na, komm her, Noah, mein Schätzchen«, gurrte die Frau. Sie setzte sich auf einen umgestürzten Baumstamm und schnürte ihr Mieder auf. Sie gab ihm die Brust, und er schmiegte sich an sie, während er seine kleinen, gierigen Hände auf ihren Bauch presste und ihre Milch trank. Sie drückte ihm einen Kuss auf das feine braune Haar und sang unmelodisch einen alten Kanon vor sich hin.

Dieses Kind ist mein Kind, dachte die Beobachterin. *Du hast ihn all die Jahre hier versteckt. Du hast all die Kinder genommen, die meine hätten sein sollen.*

Sie fühlte sich sehr leicht, schwerelos, und sie sah wie aus großer Ferne zu ihnen hin, durch das Fernrohr ihres Zorns. Ihr Herz zog sich zu einem harten Knoten zusammen und riss sich aus ihrem Brustkorb los und ließ sie als bloße Hülse zurück.

Sie war keine Frau mehr, nichts Menschliches mehr. Sie blickte zu dem eisblauen Himmel empor, wo Gott war und lachte, und dann hinüber zu der Frau namens Grace und den Kindern und dem Mann.

»Ich hätte an meinem Hochzeitstag dein Herz essen sollen«, sagte sie laut.

Aber niemand hörte sie, und sie wusste nicht, ob sie zu ihrem Ehemann gesprochen hatte oder zu Gott.

Dann ließ sie sie hinter sich und ging tiefer in den Wald hinein, höher hinauf, über einen schmalen Pfad zu einer Bergnase oberhalb der Hütte, wo sie ihr Grab gegraben hatte.

Mein Wittum, nannte sie es. *Mein Besitz.*

Es war nicht weit entfernt von dem kleinen Fleckchen sumpfigen Bodens, wo die Brautenten nisteten und die Beeren wuchsen, am Fuß eines einsamen Silberahorns. In Wahrheit war es mehr ein schmaler Graben als ein Grab, denn sie hatte nur ihre Hände gehabt, um die Erde auszuheben.

Manchmal nahm sie aus den Häusern, die sie besuchte, Dinge mit, und diese bewahrte sie in dem Grab auf, eingewickelt in ein Stück Wachstuch: ein in Leder gebundenes Buch, obwohl sie nicht lesen konnte; ein aus Birkenholz geschnitzter Vogel; ein Halstuch aus Batist, wie ihre Mutter es gehabt hatte, mit einem schwarzen Rand zum Zeichen der Trauer.

Als sie ein oder zwei Maß Himbeeren gepflückt hatte, die an den sonnigsten Stellen der Lichtung wuchsen, nahm sie ein kleines Taschenmesser aus ihrem Korb und schnitt damit frische Zweige einer Weymouthkiefer ab, und die Zweige rochen süß und waren klebrig vom Harz, und die Nadeln waren noch weich. Dann legte sie sich in die flache Wiege ihres Grabes und zog die Zweige über sich, zog sie über ihre milchleeren Brüste und ihr Gesicht und über ihre weit offenen Augen. Von ferne hörte sie wieder eine Frau singen, klar wie eine Flöte, und wusste nicht, dass es ihre eigene Stimme war.

»Dem Kuckuck gefällt's, wenn der Sommer glüht,
die Wildgans liebt den Herbst.
Die blutrote Rose, an der Mauer erblüht,
entflammt der Dame Herz.«

Sie erinnerte sich nachher nicht mehr daran, ob sie dann eingeschlafen war oder sich nur eingebildet hatte, zu schlafen, und sie wusste auch nicht mehr, was sie in diesem Schlaf getan hatte.

Als sie wieder zu sich kam, rannte sie, rannte und rannte, rannte nackt durch die Wälder, den steilen Weg von der Bergnase hinab. Wilde Geschöpfe huschten an ihr vorbei – Eichhörnchen und Kaninchen, Füchse und keifende Schwarzkopfmeisen. Sie blickte hinab und sah, dass sie die große Axt in den Händen hielt. Sie dachte sich immer noch nichts dabei. Selbst als sie sich an die Schreie erinnerte, glaubte sie, es müssten Vogelschreie gewesen sein, denn die Kinderstimmen waren hoch und süß wie die Musik von Vögeln.

Dann war der Wald plötzlich fort, und der Himmel war fort, und da war kein Laut als der Wind, der raschelnd durch die langen, spitzen Blätter der Maispflanzen im Küchengarten fuhr. Das Knistern des kleinen Feuers, das immer noch unter dem Topf mit halb fertiger Seife brannte.

Sie stand allein auf der Lichtung, die Axt mit beiden Händen umklammert, ihre scharfe Schneide mit leuchtendem Blut verklebt. »Mann«, sagte sie laut. »Gott! Ich bin!«

Aber nur die Toten waren da.

Die Frau namens Grace lag quer über der Türschwelle, als hätte sie versucht, ins Haus zu laufen, bevor die Axt sie traf. Deren Schneide hatte sie im Nacken getroffen und ihr fast den Kopf vom Rückgrat getrennt. Der zweite Schlag hatte ihren Schädel zerschmettert.

Die beiden kleinen Kinder lagen beisammen neben dem Feuer, ein kleines blutiges Häufchen ineinander verschlungener Arme und Beine. Das Mädchen hielt in seiner blassen kleinen Faust noch immer den Rührstock, und der Mund des Kleinen war noch klebrig von der Milch seiner Mutter.

Der ältere Junge war weggelaufen, aber auch das hatte nichts genützt. Er lag ein paar Meter weiter den Pfad hinunter mit dem Gesicht auf dem Boden, die Hände in die Erde gekrallt.

Dann hörte sie ein gewaltiges Heulen aus Gottes Kehle kommen.

Ah, dachte sie, *endlich habe ich Ihm wehgetan. Ich habe Ihn zum Weinen gebracht.*

Der Gedanke gefiel ihr, und sie schlang die Schuld gierig in sich hinein.

Sie legte die Axt auf den Boden und ließ sie dort. Dann ging sie leichtfüßig an der toten Frau vorbei und betrat die Hütte. Von dem Tisch an der Wand gegenüber nahm sie das Rasiermesser, das ihr Ehemann dort hingelegt hatte, es war noch feucht, mit einer dünnen Seifenschicht auf der Klinge, die er zu nachlässig abgewischt hatte. Vorsichtig, um nichts sonst zu berühren, das ihnen gehört hatte, nahm sie die verblichenen Quilts von den Pritschen und deckte draußen die Toten damit zu, um die Fliegen von ihnen fern zu halten. Sie beschwerte die Ecken mit Steinen und Feuerholz, damit die jungen Füchse und die Raben sie nicht zu leicht wegziehen konnten.

Den Beutel aus Sämischleder mit dem blassgrünen Seidenfutter bemerkte sie kaum, aber sie sah die Goldstücke, die daraus auf den Boden gerollt waren. Sie nahm der toten Frau den Beutel aus der Hand, lief damit ins Unterholz und ließ auf dem Weg goldene Münzen fallen.

»Mann!«, rief sie noch einmal. »Jacob, ich habe sie getötet! Ich bin frei!«

Aber schon ließ sie ihr Gedächtnis im Stich. Vielleicht war er nie dort gewesen.

Nach einer Weile ging sie fort, in den Wald hinein, und ihr nackter Leib war so bleich wie der Mond im Herzen der Bäume. In der Hand hielt sie noch immer den Beutel aus Sämischleder, der jetzt nur noch eine Goldmünze enthielt.

Als sie den einsamen Ahorn erreichte, fand sie ihre Kleider adrett gefaltet neben dem Grab in der Nähe des Blaubeergestrüpps, und sie zog sie an, dann legte sie sich in die kalte Höhle, die sie in die Erde gegraben hatte. Sie zog die Zweige über sich und schlief. Und träumte ausnahmsweise nicht vom leidenschaftslosen und müden Gesicht Gottes, ihres Inquisitors.

I

Das Tagebuch der Hannah Trevor, Hebamme

12. JULI DES JAHRES 1786

Ich schreibe diese Seiten, die nur für mich bestimmt sind, am ersten Tag des Mittsommerjahrmarkts.

Ein klarer Morgen und sehr heiß. Kein Regen seit vierzehn Tagen, und es verspricht weiterhin keiner zu kommen. Die Hitze ist gut für das Heuen auf den großen Feuchtwiesen, die wir heute zusammen abmähen. Major Josselyn hat uns zu einem Heumachermahl auf der Grange eingeladen, wenn alles gemäht ist.

Ich habe seit dem Winter, als meine lange, vorsätzliche Trennung von ihm endete, nicht mehr allein mit Daniel Josselyn gesprochen. Ich stelle fest, dass ich doch kein selbstgenügsames Inselreich bin, wie ich es immer gedacht habe, denn mein Herz treibt mich in menschliche Gesellschaft.

Die Liebe hält den Stolz zum Narren und straft jede Entschlossenheit Lügen.

Und doch würde ich meine Freiheit nicht für den Trost in den Armen irgendeines Mannes verkaufen. Es bleibt noch festzustellen, ob das eine mit dem anderen ein gerechtes Gleichgewicht einzugehen vermag. Denn die Freiheit der Frauen fällt wie Gras unter der Sichel von Sitte und Gesetz.

Ich hörte, dass er sich um meinetwillen zwei Mal im Dorf geprügelt und einen Mann entlassen hat.

Obwohl ich meine Tochter fast jeden Tag zu ihm schicke, habe ich in diesen letzten fünf Monaten kein privates Wort von Daniel gehört. Er hat neun Shilling geschickt, als Lohn für meine Dienste an seiner Frau im April.

Werde Lady Josselyn ein Stärkungsmittel aus Goldfaden und Sumachbeeren schicken, das ihr vielleicht ein wenig zusätzliche Kraft geben wird, wofür ich von Herzen bete. Obwohl ich nur wenig Hoffnung für sie habe. Ihre monatliche Regel dauert jetzt etwa drei Wochen statt einer, und ich habe große Mühe, sie mit Wurzel von Petersilie und Wiesenknopf einzudämmen.

Ich bin in den letzten beiden Tagen oft für nichts und wieder nichts aus dem Haus gegangen, um Molly Bacon beizustehen, die drei Wochen über ihre Zeit ist. Wenn ich noch einmal umsonst gerufen werde, kann das dumme junge Ding ihr Baby mit sonst wem als Hebamme zur Welt bringen, denn dann werde ich nicht noch einmal hingehen!

Habe endlich sechs Shilling für die Entbindung von Mrs. Pitt bekommen, die sich gut erholt, genau wie ihr Sohn Jabez. Als Geschenk ein schönes Trauertuch bekommen, mit schwarzer Seidenstickerei auf dem Saum, mein Name und der Name meines Mannes.

Habe das Tuch weggelegt, bis ich Zeit finde, die Stickerei aufzutrennen und mir etwas anderes auszudenken. Ich trage kein Schwarz für ihn, und ich werde gewiss nicht die trauernde Witwe spielen, denn tief in meinem Herzen frohlocke ich, dass James Trevor tot ist.

Gestern ein wenig Unkraut gejätet in meiner Gartenraute und dem Liebstöckel. Fünf Pfund Salbei aus dem Beet neben dem Brunnenhaus geschnitten und die Zwiebeln ausgedünnt. Mein Vetter Jonathan hat uns am Vormittag eine schöne Schildkröte von etwa fünfundzwanzig Pfund gebracht, die ich über Nacht habe abhängen lassen. Heute werde ich sie ausnehmen und in den Ofen schieben.

Heute mit Tochter Jennet vor Morgengrauen aufgestanden, um die letzten Kirschen von Onkel Henrys Bäumen zu entsteinen. Zehn Pfund davon in dem kleinen Krug eingelegt und sechzehn Flaschen zu Sirup eingekocht, aber da der Zucker derzeit sehr teuer und unser Honig noch in den Körben ist, werde ich den Rest für Pastetenfüllungen trocknen.

Außerdem noch Butter geschlagen und in die neuen, von meinem Onkel geschnitzten geriffelten Formen gegeben. Überaus hübsch und gefällig. Die Schönheit der kleinen Dinge gibt der Seele Halt.

Die alte Rotbunte gibt nur mehr einen halben Eimer Milch. Habe sie mit einer heißen Packung von Sauerampferbrei behandelt, was vielleicht helfen wird.

Habe vor zwei Tagen meinen Quilt »Rote Rosen« in den Rahmen gespannt, den ich nach meiner Tochter Jennet benenne und nach meinen Kindern Susannah, Martha und Benjamin Trevor, die ich verloren habe. Für die Blüten gibt mir meine Tante ihre alten Bettvorhänge. Schon etwas verblichen in den Falten, aber ich werde das, was noch gut ist, ausschneiden und verwenden.

Mrs. Pinch, die Bucklige, bleibt bis zum Herbst hier, um zu arbeiten, und wird mir ein neues Winterkleid aus rosafarbener Wolle nähen. Man munkelt, sie sei nicht ganz richtig im Kopf und launisch obendrein. Aber sie näht sehr ordentlich und gut.

Der Felberich und die Wilde Möhre blühen recht schön, und ich mache Malvenpuppen für Jennet, mein Mädchen, mit Blüten als Häubchen. Obwohl sie stumm ist, ist sie doch liebevoll und von raschem Verstand. Ich danke Gott für sie und für meine kaum erblühte Freiheit, die beide teuer bezahlt sind.

Gott möge mir verzeihen und mir beistehen. Wie gern würde ich noch ein Kind zur Welt bringen.

Ich werde alt, und die Zeit zerrinnt mir unter den Fingern. Heute Morgen habe ich sechs graue Haare in meinem Kamm gefunden.

Ich schlafe nicht gut und halte des Nachts Ausschau nach Blitzen. Meine Seele fleht um Regen.

2

Die rechtmässige Stellung einer Ehefrau

In der Mitte ihres achtunddreißigsten Jahres müsste Hannah Trevor jeden anständigen Bewerber willkommen heißen. So jedenfalls dachte der Reverend Matthew Gwynn, als er an jenem ersten Morgen des Mittsommerjahrmarkts im Arbeitsraum der Two Mills Farm saß und zusah, wie Hannah die Seiten ihres Tagebuchs zusammenschob und es beiseite legte.

Gwynn war neu im Dorf – er war an die fünfzig, blass und dünn mit fein gemeißelten Patrizierzügen, die viele Frauen attraktiv genannt hätten. Hannah fand ihn selbstgefällig und eine Spur anmaßend, und sie fragte sich, ob er nicht vielleicht an Verstopfung litte; er sah aus, als würde ihm ein Abführmittel aus Rhabarber und einer Dosis Gewürzrinde gut tun.

Sie wischte sich mit der Hand ein Lächeln aus dem Gesicht und setzte um der Selbstdisziplin willen ihre Brille auf. »Wie geht es Ihrer Schwester? Ich hoffe, sie hat nicht allzu sehr unter der Hitze und den Fliegen zu leiden?«

»Merriam hat eine gute Konstitution.« Der Pfarrer hockte nervös auf der Sitzbank, balancierte seinen breitkrempigen Hut auf den Knien und beugte sich gefährlich weit vor, um in den Genuss des Luftzugs von der offenen Tür her zu kommen. »Sehr robust. Und ich – ich würde sagen, wir haben wunderbares Wetter, meinen Sie nicht auch? Das heißt, jedenfalls für den Rest der Heuernte. *›Diffugere nives redeunt iam gramina campis.‹«*

Hannah rümpfte die Nase. »Sprechen Sie zu jeder Tageszeit in Zungen, Sir, oder haben Sie sich bisher um meinetwillen zurückgehalten?«

Gwynn lächelte. »Ich hätte nicht erwartet, dass Sie Lateinisch verstehen, Ma'am. Sie haben einen lebhaften Geist. Lesen Sie?«

»Wenn der Wind von Westen weht«, antwortete sie kühl, »und ich die Muße habe, mich hinzusetzen.«

Wie ihre geliebte Tante Julia war die Hebamme Trevor ein wenig über ihre Stellung hinaus gebildet und konnte lesen, schreiben und rechnen. Sie besaß eine bereits recht abgegriffene Ausgabe von Mr. Shakespeares *King Lear,* und Daniel hatte ihr ein altes Buch mit Sonetten gegeben, die er besonders liebte, aber diese Lektüre war harte Arbeit, für die ihr nur wenig Zeit blieb.

Im Sommer kam zu ihren täglichen Pflichten noch die Arbeit im Gemüse- und Kräutergarten, und wenn – so wie jetzt – nicht genug Regen fiel, musste sie das Wasser eimerweise vom Brunnen den Hügel hinauftragen. Und dann machten immer wieder irgendwelche Fieberkrankheiten die Runde bei den Dorfkindern, so dass sie auf Flash, der alten Stute, zu ihnen hinausreiten, sie versorgen und trösten und bis zum Morgengrauen bei ihnen wachen musste.

Durch die offene Tür wehten das Lachen und die Rufe der Schnitter herein. Hannah schaute hinaus, in der Hoffnung, Daniel Josselyn unter ihnen ausmachen zu können, aber die Sonne auf dem Fluss blendete sie. Enttäuscht hockte sie sich an den Quiltrahmen und begann, ihre garnlose Nadel durch das sorgfältig zusammengestellte Muster gleiten zu lassen: eckige, rechtwinklig angeordnete rote Blüten und gitterartige Streifen.

Endlich nahm Gwynn seinen ganzen Mut zusammen und wagte sich so nahe heran, dass sein Atem mit ihren kurzen Locken spielte. Er roch stark nach Nelkenöl; das bedeutete, dass er schlechte Zähne hatte.

»Meine liebe Mrs. Trevor«, sagte er sanft. »Liebste Hannah. Ich bin Junggeselle. Sie sind Witwe. Sie können sicher erraten, warum ich gekommen bin?«

Er legte ihr eine Hand auf die Schulter, und sie spürte, wie seine Finger sich verstohlen der schweißfeuchten Haut ihrer Kehle näherten.

»Ich werde Ihnen ein Glas kalte Buttermilch holen, Sir«, sagte sie scharf. »Ich habe den Eindruck, dass Sie ein wenig erhitzt sind.«

Matthew Gwynn stand mit geschlossenen Augen da, während ein wahrer Strudel der Leidenschaft ihn mit sich zu reißen drohte. Hannah konnte sich ein Lächeln nicht verkneifen, und er verneigte sich leicht und ließ sie gehen. Als sie in der Vorratskammer verschwunden war, ließ er sich auf einen Stuhl sinken, um sich zu sammeln und nachzudenken.

Mistress Trevor war kein Mädchen mehr, aber immer noch eine gut aussehende Frau. Hinter der strengen Drahtbrille blickten ihre braunen Augen unerschrocken in die Welt, und die gefährliche Neigung zur Leidenschaft, die in ihnen stand, ließ sich, sobald sie verheiratet waren, möglicherweise für den Dienst an Gott nutzen.

Was die Siwalls zu der Verbindung sagen würden, mochte er sich nicht einmal vorstellen. Madam Siwall würde einen Antrag, den er ohne ihren Rat machte, niemals gutheißen. Sie war eine entfernte Cousine mütterlicherseits, und ohne sie wäre er noch immer auf der Suche nach einer Pfarrstelle.

Aber er *konnte* sich nicht länger in Geduld fassen. All seine Hoffnungen konzentrierten sich auf Hannah Trevor, ganz gleich, was sein nüchterner Verstand dazu sagen mochte.

Sie hatte, wie er wusste, kein eigenes Geld als Mitgift. Aber die Markhams waren wohlhabende und großzügige Menschen. Zweifellos würde ihr Onkel ihr ein hübsches Sümmchen aussetzen, falls sie wieder heiraten sollte.

Matthew Gwynn brauchte eine Frau, deren Situation verzweifelt genug war, um selbst einen mittellosen Geistlichen zu heiraten. Und noch dringender brauchte er Geld.

»Danke – ich danke Ihnen«, stammelte er, als er den Becher Buttermilch von ihr entgegennahm und dankbar daran nippte. »Es ist wirklich sehr warm. In der Tat, sehr warm. Ist Ihr – Ihr …«

»Sie sind alle beim Heumachen«, antwortete Hannah. Um ihre Mundwinkel zuckte ein boshaftes kleines Lächeln, und ihre dunklen Augen funkelten vor Erheiterung. »Ich wäre selbst auch dort, wenn ich nicht noch den Sirup fertig machen müsste. Meine Tochter ist ebenfalls mitgegangen.«

Sie wusste, dass Jennet das größte Hindernis bei dieser Angelegenheit war.

Hannahs Ehemann James war aufgrund seiner loyalistischen Gesinnung im Januar 1778 aus Rufford vertrieben worden, und Jenny wäre mindestens einen Monat zu spät zur Welt gekommen, wenn Trevor wirklich der Vater gewesen wäre. Die Klatschbasen und Maulhelden in den Tavernen behaupteten, das Kind sei Daniel Josselyns Bastard, und die Gerüchte hatten einen boshaften Unterton angenommen, nachdem das Paar im vergangenen Februar zusammen im Wald angetroffen worden war, wo es während eines Schneesturms hatte ausharren müssen. Aber es war törichtes Gerede, davon war Gwynn überzeugt. Josselyn schien seiner kränklichen Frau treu ergeben zu sein, und Hannah war der Inbegriff der Tugend. War sie nicht sogar errötet, als er sich ihr gerade genähert hatte? Das Ganze musste einfach aus der Luft gegriffen sein.

»Ich hörte, gestern sei ein Schiff aus Halifax gekommen«, sagte sie plötzlich und blickte wieder zur offenen Tür hinüber, während sie die Flaschen mit dem Sirup verkorkte. »Es sei eine Dame an Bord gewesen, die man mit einer Sänfte ans Ufer gebracht und dann nach Mapleton Grange gebracht habe.«

Die Grange. Daniel Josselyns vornehmes Herrenhaus. Ein kühler Lufthauch dämpfte Matthew Gwynns Glut.

»Die Dame ist Lady Sibylla Josselyn«, erklärte er barsch. »Die Schwester von Major Josselyns Großvater, dem verstorbenen Lord Bensbridge. Haben Sie ein besonderes Interesse an den Vorgängen auf der Grange, Mrs. Trevor?«

»Oh, ganz gewiss«, antwortete sie lachend. »Denn ich habe keine Sänfte mehr gesehen, seit ich vor dem Krieg mit meinem Mann in Boston lebte. Ich vermute, bei ihrer Sänfte handelt es sich um ein Prachtexemplar. Haben die Träger Livree getragen?«

»Ich nehme keine Notiz von solchen Äußerlichkeiten. Ich muss jetzt gehen.« Gwynn stand abrupt auf, hielt dann noch einmal inne und griff in seine Tasche. »Hier – ich hätte beinahe Ihre Post vergessen, Ma'am.«

Er legte zwei versiegelte Briefe auf den Tisch. Einen Augenblick stand er unentschlossen in der Tür. Dann griff er abermals in seine Tasche und förderte ein kleines

Päckchen zutage, das in braunes Papier gewickelt und mit einer Kordel verschnürt war. Er lächelte verlegen, und sein Gesicht wirkte plötzlich jungenhaft und weich; eine Locke blonden Haares fiel ihm über die Augen. »Ich bin heute Morgen über den Jahrmarkt gegangen, und ich hoffte ... Bitte, nehmen Sie es an. Ein Zeichen meiner Wertschätzung.«

Hannah schnitt die Kordel auf, und zwei Bänder fielen aus dem Päckchen. Es war billiger Stoff, aber von einer hübschen Farbe, einem tiefen Weinrot.

Sie blickte zu ihm auf, und diesmal lag echtes Vergnügen in ihrem Lächeln. Die Hebamme Trevor trug keine Witwenhaube, obwohl ihre Tante sie immer wieder dazu anhielt; ihre dichten, aschbraunen Locken waren kurz geschnitten wie die eines Jungen, und die Sommersonne hatte sie zu einem warmen Farbton gebleicht, der mit dem Honigbraun ihrer Haut harmonierte.

Plötzlich ließ Gwynn sich auf die Knie fallen, umschlang Hannahs Waden und presste seine Lippen auf den Saum ihres Gewandes.

»Was für eine Komödie führen Sie da auf, Sir?«, fragte sie ruhig. »Stehen Sie auf, bevor Sie sich Ihre feinen Strümpfe beschmutzen.«

Sie machte sich von ihm los und trat einen Schritt zurück. Diese dumme Geschichte hatte nichts mit ihr zu tun; es war eine Szene, die er in irgendeinem Roman gelesen hatte, der arme Tropf. *Pamela oder Die belohnte Tugend.*

Hannah trat an die Feuerstelle und beugte sich über einen Kessel, der über den zusammengeschobenen Kohlen siedete.

»Ich biete Ihnen die rechtmäßige Stellung einer Ehefrau«, sagte Gwynn mit frostiger Stimme. Er stand auf und klopfte sich den Sand von seinen Kniehosen. »Das ist mehr, als Sie sich von Daniel Josselyn erhoffen dürfen.«

»Und was hat er mit mir zu tun?« Hannahs Miene war so gelassen wie zuvor, aber ihre Hand, in der sie eine Schöpfkelle hielt, zitterte leicht.

Gwynn bemerkte es und fühlte sich ermutigt. Diesmal schlug er einen härteren Ton an.

»Vielleicht sind die Berichte unwahr«, sagte er. »Aber ich werde weder Sie noch das Kind dafür tadeln, wenn wir erst verheiratet sind. Die Ehebrecherin hat vor Gott Vergebung gefunden.«

Hannah legte die Schöpfkelle auf das Abtropfbrett und trocknete sich an einem Küchentuch die Hände ab.

»Es nimmt mich wunder, dass Sie überhaupt den Wunsch haben, sich zu verheiraten, Sir«, sagte sie liebenswürdig. »Wo Sie es sich doch so behaglich in Gottes Westentasche eingerichtet haben. Gewiss ist dort nicht Platz genug für zwei.«

Gwynn nahm seinen Hut von der Ofenbank. »Beten Sie um Seine Weisung«, sagte er. »Ich werde später noch einmal mit Ihnen sprechen.«

Er war schon fast an der Tür, als Hannahs Blick auf die Bänder fiel, die auf dem Tisch lagen.

»Hier«, sagte sie plötzlich. »Nehmen Sie das wieder mit. Rüschen haben mir noch nie gut zu Gesicht gestanden, und für meine Tochter ist dieser Farbton ungeeignet.« Sie lächelte. »Jennet hat den Teint ihres Vaters.«

Als er am Mühlteich vorbeikam, hielt Matthew Gwynn die weichen, an den Enden ausgefransten Seidenbänder in die Höhe, bis der Wind nach ihnen griff und sie auf das funkelnde Wasser hinauswehte. Einen Augenblick trieben sie auf der Oberfläche, dunkles Rot auf metallischem Grau, dann saugten sie sich voll und gingen unter.

Jennets Haar war rotbraun, von demselben sanften Farbton wie Daniel Josselyns Haar. Es war so gut wie ein Geständnis. Aber vielleicht wollte sie ihn nur necken. Wenn man um eine Frau warb, musste man mit solchen Spielchen rechnen.

3

Der Mann, der kein Heu schneiden konnte

Fast vierzig Männer waren gekommen, um die letzte große Wiese abzumähen; sie kamen von einem Dutzend kleiner Farmen und Cottages am Fluss und auch von der Grange selbst. Sie hatten ihre Knechte und Mägde mitgebracht, ihre Frauen und Kinder, ihre Pferde und Hunde und dazu körbeweise frisches Brot und kalten Schinken, geröstete Maiskolben, eingelegte Zwiebeln und Kirschkuchen und alte Quilts, um das Mahl darauf auszubreiten.

Jacob Bull hatte seine Trommel mitgebracht und Blind Patrick seine Blechflöte, und während sie spielten, passten sich die Streiche der Schnitter nach und nach dem Takt der alten Melodien an, so dass das Heumachen schließlich weit mehr war als nur eine Arbeit, die erledigt werden musste, bevor das Tanzvergnügen beginnen konnte.

In der Tat, dachte Daniel Josselyn, der sich auf dem Gipfel der Anhöhe auf seine Sense stützte, das Heuschneiden selbst war schon eine Art Tanz, ein Tanz, der ohne Partner getanzt wurde, es sei denn, man ließ den Himmel, die Luft und das süße, hohe, geheimnisvolle Gras gelten.

Ochsenkarren holperten die beiden angrenzenden Felder entlang, um den Anteil einer jeden Familie an der Heuernte des vergangenen Monats abzuholen. Das Heu war bereits getrocknet, geschobert und gebündelt, damit es eingelagert werden konnte. Mochte es auch Daniels Feld sein, das Gras gehörte ihnen allen.

Sie hatten heute oben auf dem Hang am Haus zu schneiden begonnen und arbeiteten sich zum Fluss hinunter. Die alten Männer gingen als Erste, sie wateten durch das lange, reife Gras, das ihnen beinahe bis zu den Achselhöhlen reichte, während sie mit ihren großen Sensen eine breite Schneise schlugen. Kräftige alte Männer waren es, mit Gesichtern, die von so vielen Sommern verbrannt waren, dass die Sonne den ganzen Winter über in ihren Knochen wohnte.

Die jüngeren Burschen folgten ihnen in einigem Abstand; sie passten ihren Rhythmus dem Schwung der Klingen an, die sich wie Schaukeln hin und her bewegten, während die alten Männer ihren Körper von einer Seite zur anderen wiegten, jeden Halm erfassten und das Gras in perfekten Schwaden hinter sich zurückließen.

Nach den jungen Männern kamen die Frauen, die das frisch geschnittene Gras zu niedrigen Schobern zusammenrechten. Am oberen Ende des Feldes nahmen Daniels eigene Heuhaufen langsam Gestalt an, während dort ein Karren nach dem anderen abgeladen wurde – drei große struppige Haufen, jeder dicht und solide gepackt.

Die Kinder – unter ihnen Hannahs Jennet – tollten umher und lachten wie glückselige Vogelscheuchen, die Fangen spielten. Und auch die Älteren wurden von dem überschäumenden Glück des Morgens erfasst.

»Du hast zu lange in deiner Mühle gehockt, Henry Markham!«, rief ein rotgesichtiger Riese, dem sein weißes Haar zu einem dicken Zopf geflochten den Rücken hinunterhing. »Mit einem richtigen Schnitter kannst du nicht mehr Schritt halten! Du bist zu alt, das ist es!«

»Ach ja, Enoch?«, rief Hannahs Onkel, dessen graue Augen schelmisch aufblitzten.

Henry blieb stehen, um sich mit einem Zipfel seines Kittels den kahlen Kopf abzuwischen; die mottenzerfressene Rosshaarperücke, die er gewöhnlich trug, thronte, bis das Wetter im Herbst abkühlte, daheim auf dem Treppenpfosten. Er besaß noch eine zweite Perücke, weitaus prächtiger und den Sonntagen vorbehalten, ein altertümliches graues Ding mit einem Gewirr von Locken, die ihm über die Schultern fielen und an die Schlappohren einer exotischen Hunderasse denken ließen. Er hatte sie zur Hochzeit seines Sohnes Jonathan im vergangenen Jahr getragen und seither auf ein oder zwei Beerdigungen. Wenn die Mäuse sie nicht eines Tages entdeckten und sich darin einnisteten, wollte er sich mit jener Perücke auf dem Kopf in den Sarg legen lassen.

Die jüngeren Männer hatten sich bereits von dieser Mode abgekehrt und trugen ihr eigenes Haar zu einem Zopf zurückgebunden oder kurz geschnitten, so wie Daniel es tat. Doch für Henrys Generation war eine Perücke ein Standeszeichen; sie bedeutete, dass man ein ehrenwerter Bürger war und Respekt verdiente.

»Das schreit nach einer Wette, Luckett!«, rief er und rieb sich triumphierend die Hände. »Ich werd dir zeigen, wer hier zu alt ist, wahrhaftig!«

»Henry!«, tönte eine gebieterische Stimme vom nächsten Heuschober her. Dann wurde die Stimme leiser, war nur noch für ihren Gatten allein bestimmt. »Haben wir nicht schon genug Schulden, mein Lieber?«, murmelte sie.

Selbst mit Ende sechzig, die Heugabel in der Hand, angetan mit ihrem ältesten Gewand, auf dem Kopf das unvermeidliche weiße Rüschenhäubchen, das unter einem breiten

Strohhut hervorlugte, war Julia Markham eine Frau, mit der man zu rechnen hatte. Sie besaß das Gesicht eines ausnehmend intelligenten Pferdes, die Figur eines wohl geratenen Plumpuddings und die Haltung einer Herzogin und war dreißig Jahre lang Ruffords erste Hebamme gewesen. Auch wenn inzwischen ihre Nichte diese Arbeit übernommen hatte, war die Autorität der alten Frau bei den Ihren ungebrochen, und ihre Meinung ließ sich nicht einfach ignorieren – schon gar nicht von einem Ehemann, mit dem sie annähernd fünfzig Jahre verheiratet war.

Henry strahlte vor Stolz, trotz des Tadels, aber es war doch ein eher freudloses Lächeln. Das Geld bereitete ihm tatsächlich Kopfzerbrechen, und das mit gutem Grund.

Denn Gabriel Bent, der Steuereintreiber, war aus der Kreisstadt Salcombe gekommen und saß in eben diesem Augenblick in der Gaststube des Lamb's Inn, und Steuern konnten nicht mit einem schönen Fell oder einem preiswürdigen Kohlkopf bezahlt werden. Die neuen Papierdollar, die Continentals genannt wurden, waren nicht von Silber gedeckt, und der in dieser Währung ausgezahlte Sold der Armee war pro Tausend nicht mehr als vier oder fünf gute Dollar wert. Die meisten Männer, die beim Rufford-Regiment gedient hatten, besaßen einen ganzen Sack voll von dem Zeug, aber die Steuereintreiber durften nichts nehmen als Hartgeld, Gold- oder Silbermünzen. So war das Gesetz.

Und Hartgeld hatte fast niemand. Viele, deren Bedarf ihren Kredit überstieg, hatte dieser Mangel ruiniert; das Schuldnergefängnis in Salcombe war so überfüllt, dass die Männer dort angeblich im Stehen schliefen.

Sie hatten die Generalversammlung in Boston um gutes Geld und die Schließung der Schuldnergerichte gebeten.

Hamilton Siwall, ihr Friedensrichter, vertrat sie im Parlament, aber er war auch derjenige, der zu halsabschneiderischen Preisen fast jede beschlagnahmte Farm aufkaufte und mit jedem Ruin eines armen Mannes noch reicher wurde. Niemand mochte ihn, und wenn die Leute eine Wahl gehabt hätten, hätten sie lieber Josh Lamb oder Henry Markham ins Parlament geschickt. Aber genau wie unter dem Regiment des Königs durften nur Männer von großem Besitz hohe Ämter bekleiden. Dan Josselyn wollte nichts mit Politik zu tun haben, und außer Siwall war kein anderer Mann reich genug.

Henry Markham sog tief den Duft der nach Heu riechenden Luft ein und schloss die Augen. Er hatte sich zwei Jahre zuvor hundert Pfund von Siwall geborgt, um einen weiteren Mühlstein für die Kornmühle zu kaufen und das Schleusentor an der Sägemühle zu ersetzen. Bisher waren sie mit Zins und Tilgung gut nachgekommen, aber wenn Bent die Steuern erhöhte, würde ihnen das Wasser bis zum Hals stehen.

»Nun, Henry Markham? Entscheide dich! Entweder oder!«, rief Luckett. »Wetten wir nun, du alter Narr, oder nicht?«

Henry dachte nach. Ach, hol's der Teufel! Es gab mehr als eine Art, einer Katze das Fell über die Ohren zu ziehen!

»Also schön, Luckett, mein alter Freund«, sagte er schließlich mit einem boshaften Glitzern in den Augen. »Wir werden Seite an Seite Heu schneiden, und wenn du vor mir am Fluss bist, sollst du meine alte Sonntagsperücke haben, dass eine Henne darin ihr Nest bauen kann!« Er drehte sich zu seiner Frau um und legte ihr eine große, kantige Hand auf den Arm. »Was sagst du dazu, Mutter? Ist's dir recht?«

Julia blickte ihn an und rümpfte ihre lange Pferdenase.

Diese Perücke war sein heimlicher Stolz; es würde ihn hart ankommen, das gute Stück zu verlieren. Aber sie holte nur tief Luft, sah ihm in die Augen und lächelte.

»Deine alte Sonntagsperücke, mein Lieber?«, polterte sie. »Wahrhaftig, das erbärmliche Ding ist schon seit fünfzehn Jahren ein Nest für die *Motten,* und je eher sie ihr Ungeziefer an die Hennen dieses alten Schurken verteilt, statt an meine besten Wollstrümpfe, umso lieber soll's mir sein!«

Ein Schreien erhob sich, als der Wettbewerb begann und die beiden alten Männer mit lang geübter Geschicklichkeit ihre Sensen schwangen. Daniel Josselyn hingegen, der sie vom oberen Teil der Wiese aus beobachtete, war heute nicht in der Verfassung für einen Wettstreit; seine Klinge traf auf einen Felsblock und flog ihm aus den Händen, als hätte der Teufel sie ihm entrissen.

Er war siebzehn Jahre lang britischer Offizier gewesen und dann – nach der Belagerung von Montreal – amerikanischer Offizier, und wenn er am Exerziertag jedes Vierteljahr seine Miliz drillte, bezichtigte ihn niemals jemand mangelnder Geschicklichkeit im Umgang mit Säbel oder Muskete.

Er machte auch am Amboss keine schlechte Figur. Als er seinerzeit nach Maine gekommen war, um nach Saratoga seine Wunden zu lecken, hatte er in der Schmiede für seinen Unterhalt gearbeitet, hatte Pferde beschlagen, Schlittenkufen und Pflugscharen gemacht.

Jetzt, acht Jahre später und mit Hilfe des großväterlichen Erbes, besaß er ein schönes Haus und viertausend Hektar Waldland, dazu die Farm und die Molkerei. Er hatte eine Bibliothek voller Bücher, eine Harfe, ein Spinett und eine Schaluppe, die ihn zweimal im Jahr nach Boston brachte, ein feines Essservice aus Porzellan und mehr Mägde und

Diener, als selbst seine Frau Charlotte es sich hätte wünschen können.

Ein schöner Käfig.

Er beschattete die Augen mit der Hand und versuchte, den Lärm, die Hitze und den Geruch des Grases auszusperren. Seine Unbeholfenheit beim Heuen hatte ihren Grund; er hatte den ganzen Morgen über darauf gewartet, der Gestalt von Mrs. Hannah Trevor nachzublicken, wenn sie am gegenüberliegenden Ufer den Hügelpfad hinunterkäme, und sie war nicht gekommen.

Sein Leben drehte sich ständig um ihren Anblick – noch stärker seit dem Winter, denn jetzt kannte er ihr Herz besser. Wenn sie zu ihren Krankenbesuchen aufbrach, war Hannah ein leuchtender Farbtupfer – ihr roter Kapuzenmantel vor dem Hintergrund des winterlichen Schnees und im Sommer ein schlichtes Leinenmieder und ein Rock aus selbst gesponnener Wolle, die im selben Topf Koschenille hätten gefärbt sein können wie der Umhang.

Sie hatte diesen roten Umhang getragen, als er sie das erste Mal sah, in der Schmiede, in der er arbeitete. Sie hatte irgendetwas dort zu erledigen gehabt, Dampf und Rauch hatten zwischen ihnen gestanden wie eine Nebelwand, und dann war plötzlich das elfenbeinerne Oval ihres Gesichtes darin aufgetaucht, eingerahmt von der kardinalroten Kapuze.

Auch ihr Körper hatte die Farbe von Elfenbein gehabt, als er ihn keine vierzehn Tage danach wiedergesehen hatte, im flackernden Kerzenlicht seiner kalten Kammer im oberen Stockwerk. Wie sie es geschafft hatte, so lautlos zu ihm zu kommen, würde er nie erfahren. Sie stand einfach da in dem weichen Halbdunkel, entkleidet bis auf ihr Hemd und die Strümpfe, und wartete auf ihn. Es war ihr Atem, den er als Erstes gesehen hatte, ein bleicher Dunst in der Kälte.

Daniel war zögernd an der Tür stehen geblieben. Er war von Kopf bis Fuß mit Ruß bedeckt und hatte sich nicht die Zeit genommen, sich nach der Arbeit zu waschen; seine Erschöpfung war so groß, dass er nichts anderes als Ruhe im Sinn gehabt hatte. »Du weißt, dass ich in England eine Frau habe«, sagte er. »Ich werde Charlotte nicht verlassen.«

Hannah kam barfuß durch den Raum und trat so dicht vor ihn hin, dass er ihr Zittern spüren konnte und wusste, dass sie Angst hatte. »Mir ist kalt«, flüsterte sie und lehnte sich an ihn. »Wärme mich.«

Sie ergriff seine Hände, hob sie an die Lippen und küsste sie. An der linken Hand trug er einen eingenähten Lederhandschuh, denn er war verwundet worden und hatte zwei Finger verloren; Hannah zog ihm den Handschuh aus und küsste die rohen Stumpen seiner Finger und die Narben und ließ sich von nichts beirren.

Sie kleidete ihn aus, den Blick gesenkt und den Kopf geneigt, so dass ihre kurzen Locken über seine Brust oder seine Schulter strichen oder über die leuchtend rote Narbe auf seinem Rücken, wo er von einer Musketenkugel getroffen worden war. Sie holte einen Tiegel Kohlen und heißes Wasser und hieß ihn sich hinsetzen. Er zitterte, während sie ihm den Ruß vom Leib wusch.

Als sie ihn berührte, hatte Daniel zum ersten Mal seit Beginn des Krieges das Gefühl, dass er an einem geheimen Ort geborgen war, dass er gegen alles Wollen leben würde und nicht ziellos umherirren und sterben.

»Du darfst mich nicht so bedienen«, sagte er sanft.

»Ich wollte dich sehen«, antwortete sie ihm. »Um zu wissen, ob du Wirklichkeit bist.«

»Bin ich nicht mehr als das, was du siehst?«

Aber darauf gab Hannah keine Antwort.

Als sie mit ihrer Arbeit fertig war, wollte sie sogleich ins Bett gehen. Aber er ließ es nicht zu.

»Setz dich«, sagte er.

Daniel goss sauberes Wasser in die Schüssel, kniete sich vor sie hin, nackt wie er war, und zog ihr vorsichtig die Strümpfe aus. Dann wusch er ihre Füße und ihre langen, glatten Beine und ließ den Lappen ein oder zwei Zoll weit unter ihr Hemd wandern, um die verborgene, geheime Wärme zu suchen, die sie zu ihm hintrieb. Zu guter Letzt streifte er ihr das Hemd ab und ließ es auf den Boden fallen und wusch ihre Schultern, ihre Brüste und ihren Rücken. Wenn er dasselbe für seine Frau Charlotte getan hätte, hätte sie sich seiner Berührung aus Pflichtgefühl und mit geheimem Abscheu unterworfen. Und doch war es eine so einfache Geste, keusch und sanft.

»Mein Herz«, sagte er leise und küsste sie.

Dann nahm er das grobe Handtuch vom Waschtisch und trocknete sie ab, und sie schlüpfte unter die Decken, lag wartend da und beobachtete ihn. Mit einem jähen Gefühl der Scham hüllte er sich in ihren roten Umhang und setzte sich neben sie. »Bedenke, was dir geschehen könnte«, sagte er zu ihr. »Ich bin kein Mann für nur eine Nacht, und darin liegt Gefahr.«

»Mein Mann ist nicht mehr da«, sagte sie, und ihre Stimme war ein leiser, monotoner Singsang, den er kaum ertragen konnte. »Und wenn er zurückkommt, werde ich ihn töten. Alle meine Kinder sind tot. Sie werden mir mein Haus nehmen und das Wenige, das darin ist. Mir ist nicht einmal Scham geblieben. Aber ich friere. Bitte. Ich friere.«

Sie zog ihn an sich, und der rote Umhang glitt zu Boden.

Daniel kam scheu zu ihr unter die Decken und wäre langsam und zart gewesen, denn das war seine Art. Aber Hannah wollte keine Zärtlichkeit; ihr entschlossener Leib hob sich ihm entgegen, bevor er Zeit hatte, einen Gedanken zu fassen oder sich zu bezähmen. Ihre noch feuchten Beine schlangen sich wild um die seinen, und ihre Hände führten ihn. Daniel versuchte, sich ihr vor der Zeit zu entziehen, denn er dachte abermals an die Konsequenzen. »Nicht weiter«, sagte er. »Ich will dich nicht in Gefahr bringen.«

»Gott verfluche dich«, sagte sie mit tiefer, kehliger Stimme. »Bitte. Bitte. Bitte. Bitte. Bitte.«

Dann machte ihn sein Höhepunkt einen Augenblick hilflos, und zugleich fühlte er sich plötzlich heil und durch und durch menschlich; er war erstaunt, als sei er nach einer Krankheit erwacht, überrascht, am Leben zu sein und noch im selben Körper wie zuvor. Er streichelte Hannahs Gesicht, und ihr Leib wölbte sich ihm entgegen wie ein herrlich gespannter Langbogen, als die süße Woge sie mit sich fortriss und sie ihre Finger in seinen Rücken bohrte und ihre Beine fest um seine Schenkel schlang.

»O mein Gott«, sagte er und küsste sie abermals. Er spürte Feuchtigkeit auf seinem Gesicht und dachte, dass sie geweint haben müsse. Aber die Tränen waren seine eigenen.

»Sie haben die Sense nicht gedengelt, Sir«, erklang die Stimme von John English, Daniels Gutsverwalter. Er war groß und grobschlächtig, und sein graubraunes Haar fiel ihm zottig auf die Schultern. »Sie greifen sie falsch. Die rechte Hand weiter nach oben, so. Versuchen Sie es einfach noch einmal.«

Daniel stellte sich breitbeinig hin und hieb mit einem gewaltigen Schlag durch das lange Wiesengras. Dann führte er noch einen Streich und noch einen. Es hatte keinen Sinn.

Die geschnittenen Halme fielen nicht in einer geraden Bahn, und viele waren überhaupt nicht geschnitten, sondern nur abgeknickt.

»Ich schätze, das Mähen ist seiner Lordschaft nicht in die Wiege gelegt«, erklang eine Stimme aus den Reihen der Arbeiter. Es war Isaiah Squeer, ein mürrischer, sehniger Mann mit fettigem schwarzem Haar, das er in einem Zopf trug. »Aber ich hab von einer reichen Lordschaft läuten hören, die die Hinterlassenschaft eines Torys* gevögelt hat, und ihr hat er denn auch was gepflanzt, das immerhin hat er sauber hingekriegt.«

Die Männer lachten; Squeer war ein Herumtreiber und im Frühling gerade erst nach Rufford zurückgekehrt; wo er war, fand sich stets auch eine Horde von Maulhelden. Es war nicht das erste Mal, dass er Hannah schmähte, und es hatte ihn bereits seine Anstellung auf der Grange und einen seiner Schneidezähne gekostet. Diesmal würde er nicht so billig davonkommen.

Daniel drückte seinen breiten Rücken durch, und die unter buschigen Brauen liegenden, haselnussfarbenen Augen blitzten auf. Aber John English legte ihm beschwichtigend die Hand auf den Arm. »Ich bezweifle nicht, dass Sie ihn noch einmal verprügeln könnten, Sir. Aber doch nicht hier, hm?«

Daniel holte tief Luft und blickte an der langen Reihe von Frauen entlang; Hannah war nirgends zu sehen und konnte

* Torys oder Loyalisten wurden die zur Zeit des amerikanischen Unabängigkeitskrieges weiterhin der britischen Krone treuen Kolonisten genannt. Die Verfechter der Unabhängigkeit nannten sich Patrioten.

den Seitenhieb nicht gehört haben. Julia und die Lohnmägde, Parthenia, Kitty und Susan, richteten in der Nähe einen neuen Schober auf und schienen die Männer überhaupt nicht wahrzunehmen.

Einzig die bucklige Bertha Pinch, die fahrende Näherin, die stets in Rätseln sprach, blickte auf, und ihre tiefen blauen Augen fanden Daniel und erkannten ihn. »Guten Morgen, Schatten!«, rief sie. »Freut mich, Sie zu sehen. Denn wenn man bei Tageslicht so krumm ist wie ich, sind einem alle Schatten herzlich willkommen!«

Sie lachte und wandte sich wieder ihrer Arbeit zu, aber die kleine Jennet, die glücklich in dem süß duftenden Heu herumsprang, entdeckte Daniel gerade in diesem Augenblick und kletterte eilig von einem Schober herunter.

»Holla, Kindchen!«, rief Bertha und versuchte, sie zu fangen. Aber Jennet rannte bereits die lange Reihe der Schnitter hinunter auf ihn zu, und ihr weiches, rötliches Haar, das zu zwei Zöpfen geflochten war, flog ihr um die Schultern.

Plötzlich blieb sie stehen. Eine Sekunde lang musterte sie ihn sachlich und mit großen, unergründlichen Augen. Dann hob sie die rechte Hand langsam an die Schläfe, an die Stelle direkt oberhalb des Ohrs. Sie beschrieb eine kleine, wellenförmige Linie mit den Fingern und machte eine Geste, als kämme sie sich das Haar.

Seit dem Winter brachte er ihr die indianische Fingersprache bei, aber er hatte bisher geglaubt, dieses Wort sei zu schwierig für sie. Daniel lächelte. *Tochter* bedeutete es.

Squeer drückte den Korken in seine Rumflasche. »Seht mal, Jungs«, sagte er laut. »Seine Lordschaft scheint im Pflügen besser zu sein als im Ernten. Und Tory-Huren werfen kleine taube Affen, die mit den Händen plärren.«

Daniel ließ seine Sichel fallen, machte dann auf dem Absatz kehrt und ging die wenigen Schritte die Wiese hinab, in die Richtung, wo die Maulhelden sich zusammenrotteten. Er hob Jennet auf seine Schultern und marschierte weiter, direkt an Squeer und seinen Freunden vorbei, während das Kind die Arme fest um seine Stirn geschlungen hielt und der kleine Körper sich warm und kräftig an seinen Hals drückte.

Jennet hatte sein flächiges Gesicht und die regelmäßigen Züge; die gleichen bernsteinfarbenen Augen, die wie Feuer loderten, wenn man sie in Wut brachte, ja sie hatte sogar die gleichen widerspenstigen, rötlichen Locken, die ihr beim Gehen oder Laufen in die Stirn fielen. Der Anblick von Mann und Kind zusammen ließ keinen Zweifel daran, wessen Kind sie war.

Der Wettstreit im Heuen brach ab, als Daniel vorbeiging. »Ist der Mann denn verrückt geworden?«, murmelte Julia Markham. Aber sie lächelte und schlang ihrem Gatten einen Arm um die Mitte.

Mit Jennet auf seinen Schultern lief Daniel Spießruten durch die Reihen der Schnitter. Einige blickten angelegentlich auf ihre Schuhe hinab, als er vorbeikam, aber viele lächelten, und ein oder zwei Männer – Soldaten, mit denen zusammen er gedient hatte – salutierten. Es war eine kühne, stolze Tat, und sie zu sehen gab ihnen Kraft, denn es war etwas, das kaum einer von ihnen getan hätte, weder für eine Frau noch für ein Kind.

Eine kleine Traube von Kindern und Hunden hatte sich lärmend an seine Fersen geheftet, und Daniel rannte mit ihnen um die Wette, atemlos und plötzlich überglücklich; beinahe vergaß er, womit das alles begonnen hatte. Der blinde Patrick schlug die ersten Töne von *Gehen Broom* an, die Hunde jaulten, und Bertha Pinch begann mit süßer, hoher Sopranstimme zu singen.

Am Fluss drehte Daniel sich um, lief die Wiese wieder hinauf und blieb stehen, als er ein zweites Mal an dem Maulhelden vorbeikam. Er lächelte, ein Flackern nur, wie das Aufblitzen von Schießpulver. »Wie Sie richtig bemerkten, Mr. Squeer«, sprach er den Mann mit großer Ruhe an, »ist meine Sense unberechenbar. Ich würde Ihnen den Rat geben, sich in Zukunft von meinem Land fern zu halten. Damit ich nicht eines Tages etwas treffe, das Ihnen kostbarer ist als müßiges Geschwätz.«

»Jetzt hat er es dir aber gegeben, Isaiah, mein Junge! Wo du dich doch auf nichts besser verstehst als auf den Müßiggang!«, brüllte der alte Enoch Luckett.

Er begann zu lachen, und es war das Lachen eines Riesen, das die Erde unter ihm scheinbar erbeben ließ und die Heuhaufen zum Zittern brachte. Es schallte die Reihe schweigender Schnitter hinab, und auch sie begannen zu lachen. Anfangs nur hier und da, wie launische Regentropfen, die vom Himmel fielen, dann verbreitete sich das Gelächter auf dem ganzen Feld – ein Sturzbach des Lachens, der sich auf den säuerlichen Stolz von Isaiah Squeer ergoss.

Er schulterte seine Sense und stapfte wütend davon, ein halbes Dutzend Männer hinter sich – George Anson, die Penny-Brüder Rufus und Simon, Freddy O'Neal und den alten Ethan Longstaff, der einen Groll gegen die Welt hegte, seit Noah ein gemeiner Matrose war.

Es hieß, dass ein oder zwei der Männer Regulatoren seien, wie sie sich nannten – Männer, die sich in gewalttätigem Untergrundkampf gegen die übermäßigen Zwangskonfiskationen wegen Steuerschulden zur Wehr setzten. Daniel glaubte es zumindest von Rufus Penny und auch von Isaiah

Squeer. Sie verschwanden manchmal ganze Wochen im Wilden Land, und es geschah immer um die Zeit herum, da im Lager eines fetten Krämers eingebrochen wurde; oder man konnte tags darauf, wenn man über den Dorfplatz ging, das Strohbildnis eines Wachtmeisters oder Sheriffs am Galgen baumeln sehen, beschriftet mit dem einen Wort: TORY.

Denn was vor dem Krieg die Beamten des Königs und die loyalistischen Bürger für sie gewesen waren, das waren jetzt die Neureichen. Es ging nicht länger um die Loyalität England gegenüber. Es ging um Dünkel. Um Geld, das Geld gebar und schützend seine Hand über die Seinen breitete. Tory, Tory! Die Regulatoren benutzten das Wort als Parole, und als Abzeichen steckten sie sich ein Kiefernzweiglein an den Hut. Manche Leute meinten, ein Krieg oder eine neuerliche Rebellion seien die einzige Möglichkeit, bessere Zustände zu schaffen, und vielleicht hatten sie Recht. Daniel konnte es selbst hier spüren, eine bittere Schärfe in der heusüßen Luft der sonnenbeschienenen Wiese.

»Mit Ihrer Erlaubnis, Sir, werde ich heute Nacht eine Wache aufstellen«, sagte John English mit sorgenvoll gerunzelter Stirn. »In trockenem Wetter wie diesem ist das Feuer eine rechte Geißel. Und eine schlimme Versuchung.«

»Brandstiftung? Hat Squeer den Mumm dazu?«

»Er hat Freunde, nicht wahr? Wenn Sie sich mit einem von denen einlassen, haben Sie die ganze Bande am Hals.«

»Dann stellen Sie Ihre Wachen auf, John«, sagte Daniel gelassen. English nickte kurz und ging in Richtung Haus davon.

Josselyn barg sein Gesicht an Jennets warmem Hals und küsste sie, und er hielt sie so fest, dass sie zu zappeln begann. Er setzte sie mit leichtem Griff auf den Boden, und sie sprang davon, zurück zu den anderen Kindern. Hannah war nach wie vor nirgends zu sehen, und die Frauen der Markhams hatten sich wieder dem Heuen zugewandt – mit Ausnahme der kleinen Bertha Pinch.

»Wo ist die Bucklige?«, fragte er eine der Frauen.

Daniel war mit allen Privilegien geboren worden, aber sie hatten auch eine gnadenlose Bürde der Verantwortung mit sich gebracht. So absurd es sein mochte, er hatte das Gefühl, Menschen wie der gebeugten Näherin etwas schuldig zu sein.

»Wo ist Mrs. Pinch?«, wiederholte er.

»Oh«, antwortete Parthenia und machte einen Knicks, »Bertha wird oben auf dem Hügel sein, bei den Kochfeuern. Sehen Sie, Sir? Gleich da drüben, da macht sie Brennholz.« Sie lächelte scheu und kicherte. »Bucklig mag sie ja sein, Sir, aber mit der Axt kann sie umgehen.«

4

Die mitfühlende Natur des Gesetzes

Vorladung der Mrs. Lucy Hannah Trevor,
Witwe des James Ramsay Trevor, Esquire,
verurteilter Tory und Verräter,
vor das Waisengericht des County Sussex,
Provinz Maine, Staat Massachusetts
Bartholomew Whinnet, Gerichtsschreiber

INSOFERN als das Friedensgericht von Sussex von der Königlichen Provinz Upper Canada die Todesurkunde des James Ramsay Trevor, Esquire, erhalten hat –

UND INSOFERN als die Ländereien, Bankguthaben, Besitztümer und beweglichen Güter des verstorbenen James Ramsay Trevor aufgrund seiner Verurteilung im Jahre 1778 beschlagnahmt wurden, seine Witwe als Frau ohne Grundbesitz und sein überlebendes Kind ohne Erbe hinterbleibt –

LADEN WIR hiermit Mrs. Lucy Hannah Trevor für den dreißigsten Tag im Juli dieses Jahres vor, um vernünftige Gründe darzulegen, warum ihre Tochter, Jennet Elizabeth, nicht im Anschluss an die Verhandlung bis zu ihrer Volljährigkeit einem willigen Herrn von gutem Charakter in Dienst gegeben werden soll, damit ihre Versorgung nicht der Allgemeinheit zur Last falle.

5

Eine Frau ohne Grundbesitz

Oben in der kleinen, frisch getünchten Kammer, die sie sich mit ihrer Tochter teilte, las Hannah die Vorladung des Waisengerichts ein zweites Mal und legte sie dann auf den Tisch am Fenster.

Der andere Brief, den der Pfarrer gebracht hatte, blieb ungeöffnet. Es war ein bräunliches Blatt Papier, das jemand mit einem fettigen Klecks Bienenwachs unbeholfen versiegelt hatte. Die Schrift war groß und eckig, aber Hannah nicht bekannt.

An die Hebamme Trevor, Two Mills Farm. Mehr stand nicht darauf.

Hannah schob den Umschlag beiseite. Er enthielt höchstwahrscheinlich einen Schuldschein von einem gewissen Mr. Reuben Stark, der ihr nun schon seit einigen Wochen Geld schuldete. Sie war ihm nie begegnet, hatte aber seine Frau Grace und ihre Kinder Anfang Juni durch ein Wundfieber gebracht, während Reuben selbst zur Arbeit im Wald war. Es war eine bitterarme Familie; in besseren Zeiten hätte sie ihnen ihr Honorar erlassen.

Aber einen solchen Luxus konnte sie sich nicht mehr leisten, jetzt, da das Gesetz ihre Fähigkeit, für sich und ihre Tochter aufzukommen, anzweifelte; das Gericht wollte Land und Vermögen als Sicherheit, und Hannah besaß keines von beidem. Sie verdiente sich ihr Geld bei Geburten,

Sterbefällen und Krankenwachen, kaufte die wenigen notwendigen Dinge, die sie nicht selbst herstellen konnte, und händigte den Rest ihrem protestierenden Onkel für Kost und Logis aus.

Ihre Kammer war im Sommer kühler als die meisten anderen Räume des Hauses und zu jeder Zeit des Jahres gleichermaßen spärlich möbliert. Jetzt waren die Gardinen und die Bettvorhänge entfernt, um noch den winzigsten Lufthauch einzulassen, und die wenigen Bilder waren mit Tüchern verhangen, damit die Fliegen sie nicht besudelten; das eine wie das andere verlieh dem Raum die Aura des nur Provisorischen. Es hätte ein Zimmer in einem Gasthaus an der Straße nach Boston sein können, so wenig zeugte es von Beständigkeit.

Aber ihr sollte es nur recht sein, denn Hannah wollte nichts besitzen, das sie und Jennet nicht, wenn es nötig sein sollte, binnen einer Stunde zusammengepackt hätten, um sich davonzumachen. Und dieser Fall, dachte sie, war nun offensichtlich eingetreten. Sie verfügte jedoch über einige Kenntnisse, und tüchtige Hebammen konnten sich in Städten wie Philadelphia und New York ein ordentliches Auskommen verdienen.

Die Vorladung des Waisengerichts nannte den Dreißigsten, aber das Bostoner Postschiff legte am Fünfzehnten am Dock beim Lamb's Inn an, um Post und Passagiere mit zurück zu nehmen. Das war in drei Tagen. In drei Tagen würden sie und Jennet vielleicht nicht mehr hier sein.

Durch das offene Fenster erklangen die lauten Rufe der Heuschnitter vom anderen Flussufer und das Rumpeln der Ochsenkarren unten an der Fähre. Hannah nahm ihre Brille ab und beschattete die Augen mit der Hand, um hinauszuspähen.

Ein Mann stand allein am höher gelegenen Ende des Feldes ganz still im Sonnenschein und stützte sich auf seine Sense. Das war es, woran sie ihn stets erkannte, diese tiefe und konzentrierte Ruhe seiner Haltung; selbst wenn sein Körper sich mühte und regte, so war er doch immer noch still bis aufs Mark.

Daniel. Ich ertrinke. Siehst du das denn nicht?

Hannah riss Jennets Kissen vom Bett und begrub das Gesicht darin. Sie hatte dem Kind am Vortag das Haar gewaschen, und der Duft hing noch im Leinen. Es roch nach den rosafarbenen Geranienblättern, die sie für die Lagerung der Seife benutzten, und nach der Essigspülung, und als sie mit der Zunge über den Stoff fuhr, schmeckte sie einen Hauch Salz von Jennets Schweiß.

In Europa hätte Daniel Josselyn sein Kind vielleicht adoptiert, um es zu legitimieren und ihm einen gerechten Anspruch auf den väterlichen Besitz zu gewährleisten. Er hatte keine anderen Erben und würde niemals welche haben, denn Charlotte konnte ihn nicht einmal in ihrem Bett empfangen, geschweige denn ihm Kinder gebären. Aber hier, im freien Amerika, kam eine derartige Adoption nicht in Frage.

Solange sie als James Trevors Tochter galt, war Jennet eine mittellose Loyalistenwaise; als eingestandenermaßen uneheliches Kind würde sie dem Gesetz nach ein Niemand sein. Sie würde der Gemeinde gehören, in der sie zur Welt gekommen war, und das Gericht konnte mit ihr verfahren, wie es ihm gefiel.

Hannah versuchte, die Sache mit klarem Verstand zu überdenken. Hatte sie nicht immer gewusst, dass sie eines Tages in dieses Dilemma geraten könnte? Seit sie die Nachricht von seinem Tod bekommen hatte, war eine Vorladung möglich, wenn nicht gar unausweichlich gewesen; sie hatte den Gedanken daran törichterweise beiseite gedrängt und gehofft, es werde nicht geschehen. Jetzt war es eingetreten, mehr nicht, und sie musste sich damit beschäftigen.

Der einfachste Ausweg wäre es gewesen, Matthew Gwynns Heiratsantrag anzunehmen. Jennet hätte im Handumdrehen einen Vormund, und das Gericht würde die Fähigkeit eines Geistlichen, ein Kind zu versorgen, niemals in Zweifel ziehen.

Aber es war nicht nur ihre Tochter, an die Hannah Trevor dachte. In den acht Jahren seit dem Verschwinden ihres Mannes hatte sie ihren eigenen Unabhängigkeitskrieg geführt, und seine geheimen Schlachten verfolgten sie bis auf den heutigen Tag.

Ah, wie könnte ich?, dachte sie. *Noch einmal gefangen sein in einer Ehe. Dem Gesetz nach der Besitz eines Mannes zu sein, von ihm nach Belieben benutzt und geschunden zu werden.*

Nicht alle Ehen waren so. Ihre Tante und ihr Onkel waren nach fast fünfzig Jahren gewiss ein Fleisch geworden. Und für Josh und Dolly Lamb galt dasselbe.

Aber Gesetz war Gesetz. Eine Frau nahm den Namen ihres Mannes an, und mit ihrer Hochzeit hörte ihre eigenständige Existenz auf. Wenn ihr Mann es wünschte, konnte er sie sogar als Leibeigene verkaufen und ihre Kinder von einer anderen Frau großziehen lassen.

Um Jennets willen hätte Hannah sogar Mr. Gwynn geheiratet. Aber würde er gut sein zu dem Kind? Allein bei der Erwähnung ihrer Tochter war er in Selbstgerechtigkeit erstarrt.

Und was war mit Daniel? Sie hatte ihm bereits Schande

gemacht, so dass er tagein, tagaus um seinen eigenen guten Namen und ihren streiten musste. Wäre er nicht besser dran, wenn sie fortging?

Wieder neigte Hannah ihr Gesicht dem süß duftenden Kissen zu.

O Jennet, meine Blume. Finde deine Stimme und sag mir, was ich soll.

Doch sie hatte keine Zeit mehr, dazusitzen und zu grübeln.

»Mrs. Trevor, Ma'am!«, rief jemand vom Fuß der Treppe. »Mrs. Trevor, sind Sie im Haus? Oh, bitte kommen Sie, Ma'am! Molly Bacons Kind ist unterwegs, und sie ist schlimm dran, wirklich schlimm!«

Während die kleine Mercy Lewis, eine Dienerin der Siwalls, in der Küche wartete, packte Hannah die Instrumente ihres Gewerbes zusammen – darunter ihr Chronometer und das Geburten- und Sterberegister, das sie für das Friedensgericht führen musste, sowie eine Auswahl von Kräuterarzneien: eine Salbe von Mutterkraut und eine Mixtur aus Rainfarn, Beifuß, Römischer Kamille und Ysop, die bei Wunden und Zerrungen half, und gegen Blutungen die zu Pulver gestampften Wurzeln von Wiesenknopf.

All diese Dinge befanden sich in ihrem Korb, als Hosea Sly, der einäugige Fährmann, die beiden Frauen und Flash, die kleine Stute, auf die andere Seite des Flusses übersetzte, zu der Anlegestelle unterhalb von Burnt Hill Manor.

Das Haus von Richter Hamilton Siwall war groß und schön, und man erreichte es durch eine lange Kiefernallee, die zu dem weißen Säulengang und dem zweiflügeligen, indischrot gestrichenen Eingangsportal führte. Aber Hannah ritt, wie sie es immer tat, wenn man nach ihr geschickt hatte, zur Hintertür, saß ab und ging geradewegs in die drückend heiße Küche von Mrs. Margery Kemp, der Haushälterin der Siwalls.

»Oh, meine liebe Mrs. Trevor, ich hoffe und bete, dass Sie nicht zu spät kommen!«, rief die alte Frau. Sie tupfte sich ihre rot geränderten Raubvogelaugen und benutzte dazu ein Taschentuch, das seinem Aussehen nach bereits den lieben langen Tag zu diesem Zweck verwendet worden war. »Sie lassen sie doch nicht sterben, oder, Ma'am? Meine armen Nerven würden es kaum ertragen, wenn sie so impertinent wäre, gerade jetzt ihr Leben auszuhauchen!«

»Bringen Sie etwas Wasser zum Sieden, Mrs. Kemp, wenn Sie so freundlich sein wollen«, sagte Hannah sanft, »und brühen Sie diese Kräuter für mich auf.« Sie legte das Stoffbeutelchen mit dem Ysop und dem Rainfarn auf den Tisch. »Also, wo ist die Kammer?«

»AAAAaaaaauuuu!«

»Ogottogott!«, seufzte Mrs. Kemp und ließ sich auf einen Stuhl am Herdfeuer sinken.

»AAAAaaaaauuuu!«

»Mercy, komm! Die Kräuter, bitte. Schnell!«, befahl Hannah und marschierte dann in die Richtung davon, aus der das Wehgeschrei kam.

Am Ende eines engen Korridors lag auf einer schmalen Pritsche in einem kleinen, fensterlosen Raum Molly Bacon, die Küchenmagd der Siwalls, auf einem blutbefleckten Laken. Sie hatte bereits die ganze Nacht Wehen gehabt, und es roch nach dem schalen Stroh ihrer Matratze und urindurchweichter Wäsche. Mollys dickes schwarzes Haar war glanzlos und verfilzt, und ihre Augen waren riesig in dem schmalen Gesicht, in dem vor Anspannung an Schläfen und Kehle die blauen Adern durchschimmerten.

Das Mädchen konnte nicht älter als siebzehn sein und hatte sich seit seinem zehnten Lebensjahr als Dienstmagd verdingt. Dieses uneheliche Kind würde ihr zweites sein. Beim ersten war sie vierzehn gewesen.

Auf einem niedrigen Hocker in der gegenüberliegenden Ecke des Raumes saß ein junger Mann, der vor sich hin starrte. Er sah aus, als könne er kaum zwanzig sein, obwohl er mindestens dreißig war.

Es war Jeremy Siwall, verwöhnter Augapfel seiner kühlen, puritanischen Mutter und Schachfigur seines Vaters bei dessen politischen Ambitionen. In der Absicht, ihn in eine Ehe hineinzudrängen, die die alte Macht der Siwalls in der Generalversammlung in Boston wieder herstellen würde, hatten seine Eltern Jem mehr als einmal mit ihrem Geld aus der Klemme geholfen, seine Spiel- und Wettschulden beglichen, seine Weibergeschichten vertuscht und seine Huren ausbezahlt. Gerade erst im vergangenen Winter war er in einen ernsten Betrug verwickelt gewesen, der letztlich mehrere Menschenleben gekostet und Daniels schwieriger Partnerschaft mit Jeremys Vater ein Ende gesetzt hatte. Aber zu einer Anklage war es nie gekommen. Dennoch hatte dieses Erlebnis ihn vielleicht ernüchtert. Im Augenblick sah er jedenfalls wie ein verängstigter Schuljunge aus; sein braunes Haar war schweißnass, und unter seinen Augen lagen tiefe Ringe.

»Wie lange sind Sie schon hier?«, fragte Hannah ihn mit schroffer Stimme. Ihre Aufmerksamkeit galt der jungen Frau auf dem Bett.

»Keine Ahnung. Es war noch dunkel«, murmelte er. »Barmherziger Gott, Ma'am. Wird sie sterben?«

Hier ging es gewiss nicht um Leben und Tod. Molly war keineswegs in einer verzweifelten Lage, sondern schlicht etwas zimperlich, wie Hannah sehr wohl wusste. Und Männer zeigten bei Geburten ja immer schwache Nerven.

Aber sie ließ Jem zum Wohle seiner Seele ein wenig schmoren.

»Sind Sie so ein schwächliches Jüngelchen«, sagte sie, »dass man Sie zu nichts gebrauchen kann und ich meine Tante von der Mähwiese herrufen lassen muss?«

»Sagen Sie mir nur, was ich tun soll«, antwortete er kleinlaut.

»Holen Sie mir ein paar Decken von Mrs. Kemp. Saubere. Und legen Sie eine Matratze dort auf den Boden. Beeilen Sie sich.«

»Aber sie wird sterben, wenn wir sie bewegen!«

Hannah drehte sich zu ihm um. »Sind Sie der Vater dieses Kindes, Sir? Möchten Sie, dass es lebend zur Welt kommt?«

Für den Bruchteil einer Sekunde blieb er mit geballten Fäusten vor ihr stehen. »Ich hole die Decken, Ma'am«, sagte er und war auch schon verschwunden.

Bei solchen Gelegenheiten war Hannah stets eine ruhige, unbezwingliche Autorität und gab keinen Befehl, der ihrer Sache nicht dienlich gewesen wäre. Während Jeremy aus dem Weg war, gelang es ihr, durch Abtasten eine oberflächliche Untersuchung vorzunehmen.

Das Mädchen wimmerte leise und öffnete ein hasserfülltes Auge, aber Hannahs Hände waren geschickt und erfahren, und sie brauchte nicht lange, um die Situation zu erfassen. Das Baby befand sich in Steißlage und hatte einen Fuß angewinkelt. Es musste gedreht werden, damit Molly es lebend zur Welt bringen konnte, und wenn der Eingriff richtig und mit Bedacht ausgeführt wurde, würden die weichen Knochen des Kindes keinen Schaden nehmen.

Alle zusammen hoben sie Molly auf die Matratze, und sogar die protestierende Mrs. Kemp half mit. »Sollten wir nicht nach Dr. Clinch schicken?«, sagte sie wieder und wieder. »Oh, lassen Sie ihn mich doch holen!«

Clinch war der Wundarzt und Bader am Ort, ein schlecht ausgebildeter, trunksüchtiger Kerl, zu selbstherrlich, um Rat anzunehmen, und zu dickköpfig, davon zu profitieren. Vier Jahre zuvor hatte er Charlotte Josselyns Kind zerstückelt, weil es ihm an der notwendigen Geschicklichkeit gebrach, es in ihrem Leib zu drehen – und bei dieser Gelegenheit zuerst von Hannah, dann von deren Tante eins übergezogen bekommen. Seit jener Nacht waren Samuel Clinch und die Hebamme Trevor nicht gerade die besten Freunde.

Aber ihr blieb es erspart, sich gegen seinen Beistand bei dieser Geburt auszusprechen. Sie hatten gerade erst ihre Plätze eingenommen – Mercy und der junge Siwall knieten auf dem Boden, um den schlaffen Körper der jungen Frau zu stützen, Mrs. Kemp hielt ihre Hände, und Hannah hockte vor den angewinkelten gespreizten Beinen –, als ein letzter Krampf Molly Bacon schüttelte. Sie war jetzt hellwach, und sie klang bei weitem nicht so schwach, wie sie aussah.

»AAAAAaaaaauuuu! Aauu!«, rief sie. »Ich sterbe!«

»Wenn du nicht endlich stillhältst, werde ich dich persönlich in einem Eimer ertränken!«, fuhr Hannah sie an. »Du hast das doch schon mal gemacht, Mädchen, hör auf zu zappeln, du bist kein Kabeljau! Sie sollen ihre Beine auseinanderdrücken, Kemp, habe ich gesagt!«

Hannah ließ das Instrument – ein dünnes, löffelförmig gebogenes Stück Walbein – unter die winzigen Pobacken des Kindes gleiten und zog das eingeknickte Bein gerade.

»Also dann, Jungfer Molly Bacon«, sagte sie förmlich. Bei Geburten von unehelichen Kindern war es ihre gesetzliche Pflicht, die entscheidende Frage zu stellen. »Wer ist der Vater deines Kindes! Schnell, antworte mir!«

»Hölle und Schwefel sollen ihn kriegen, den Schuft! Er hat mir auf dem Markt zu Michaelis kandierte Orangen geschenkt. Es war Jeremy Siwall. AAAAAaaaaauuuu …« Das Geschrei verstummte jäh, als sie seiner ansichtig wurde. »Oh! Mein Gott, Jem, bist du das? Oh, Jem, ich liebe dich soooooooo.«

»Schwörst du, dass er es war?«, beharrte die Hebamme.

»Ja. Oh, verdammt! AAAAAaaaaauuuuu! O Gott! Oh!«

»Jetzt! Pressen!« Hannah packte das Kind, stützte es geschickt mit den Händen und half dem kleinen Menschen in eine Welt hinein, die keine besondere Verwendung für ihn hatte. Es war ein Sohn – ein wohlgestalter Junge von vielleicht sechs Pfund.

»Bestätigen Sie, dass dies die Wahrheit ist, Master Siwall?«, fragte Hannah ihn, während Mrs. Kemp und Mercy den Säugling wuschen. »Bestätigen Sie, dass dieses Kind Ihres ist?«

Einen Augenblick zauderte er. »Ich … Wahrhaftig, Madam, hol's der Teufel. Das muss ich wohl!«, sagte er, und sein erstgeborener Sohn sah ihn an und begann zu schreien.

Dieser Moment war Hannah bei Jennets Geburt erspart geblieben; Daniel war wieder in den Krieg gezogen, und nur

Julia hatte an ihrer Seite gesessen. Die entscheidende Frage war nie gestellt worden.

Aber damals hatte auch etwas anderes gefehlt. Sie hatte vergeblich auf den Schrei des Säuglings gelauscht, und als ihre Tante ihr das kleine Mädchen auf den Bauch legte, war Hannah gewiss, ein totes Kind geboren zu haben. Selbst als ihre Hände die warme, schlüpfrige Gestalt eines lebendigen Säuglings gefunden hatten, erschien dieser ihr als ein seltsames, fremdartiges Geschenk, das nichts mit ihrem eigenen Leib oder mit irgendjemandem sonst auf dieser Welt zu tun hatte – ein Wesen, das umso kostbarer war, als es nur sich selbst gehörte.

Während die anderen Molly umhegten, ging Hannah hinaus zum Brunnen im Garten und wusch sich, und als sie in die Küche zurückkehrte, um ihre Sachen zu holen, erwartete sie dort der junge Siwall.

»Was sind wir Ihnen schuldig, Mrs. Trevor?«, fragte er. Er sah noch immer sehr blass aus.

»Ich verlange sechs Shilling, Sir«, sagte sie. »Das ist mein übliches Honorar.«

»Aber ich kann Ihnen mehr zahlen.« Er lächelte kläglich. »Das heißt, Pa kann es.«

Hannah dachte einen Moment nach. Die Geburt hatte ihren Geist beruhigt und ihrer Entschlossenheit ein klares Ziel gegeben. »Ich will nicht mehr Geld«, sagte sie. »Aber wenn ich Sie vielleicht in einer privaten Angelegenheit sprechen könnte …«

Der junge Siwall blickte verwirrt drein. »Sind Sie sicher, dass Sie nicht mit Pa sprechen wollen? Er ist nämlich in Boston. Auf der Generalversammlung. Ich glaube, er wird heute Abend zurückerwartet.«

»Sie würden mir genügen, Sir.« Hannah zögerte. »Werden Sie das Kind behalten, Jem?«, fragte sie ihn plötzlich. »Werden Sie es großziehen?«

Er dachte nach. »Ich glaube nicht, dass man mir das erlauben wird. Ma ist so entsetzlich fromm, wissen Sie. Es würde nicht angehen, das schwarze Schaf in der Familie und so. Ich tauge in dieser Welt zu rein gar nichts. Ich habe nämlich kein eigenes Geld.«

»Aber Sie haben die Gesetze studiert.«

»Oh, Pa hat mich dazu gezwungen. Beim alten Napier im Dorf. Scheußliches Zeug, die Gesetze. Es zieht einem vor Langeweile die Hosen aus. Aber Napier ist ein vernünftiger alter Bursche. Der weiß auch ein gutes Füllen zu schätzen. Aber sprechen Sie doch weiter.«

Hannah zögerte abermals. Der junge Mann schien nichts ernst zu nehmen.

»Ich nehme an, Ma'am«, sagte Jem schließlich, »Sie fürchten, dass man mir nicht trauen kann. Oh, ich hab manches falsche Spiel gespielt und mich aus mehr als einer Klemme rausgewunden, und ich bin ein verdammt schlechter Christ. Aber warum versuchen Sie es nicht einfach mal mit mir, hm? Wer weiß, vielleicht würde ich Sie ja doch noch überraschen.«

Bei diesen Worten konnte sie sich ein Lächeln nicht verbeißen. »Also schön. Ich möchte etwas über das Gesetz wissen, soweit es Witwen betrifft.«

»In Bezug auf Eigentum?«

»In Bezug auf Kinder. Eigentum ist in diesem Falle keins vorhanden.«

»Ah. Kein Treuhandvermögen? Kein gegenwärtiges Einkommen?«

»Nur aus Gelegenheitsarbeiten.«

»Ah. Sechs Shilling, was?«

»Kann das Gesetz wirklich einer Mutter ihr Kind wegnehmen, weil sie arm ist?« Hannah begann auf und ab zu gehen. »Auch wenn sie von niemandem Almosen verlangt und mit ihrer Hände Arbeit durch die Welt kommt?«

»Das ist das Teuflische am Gesetz«, sagte er. »Das Gesetz kann tun, was immer es will, wenn das Gesetz es will. Vor allem, wo kein Vermögen vorhanden ist. Geld – das ist es, was die Welt sich drehen lässt. Pennys und Shillings. Stein und Mörtel. Pa hat es zur Tugend erhoben.«

»Aber das ist doch absurd! Ein Gericht hat mir alles genommen, was mein Mann hinterlassen hatte, und jetzt will ein Gericht mir mein Kind nehmen, weil ich mittellos bin?«

Jeremy trommelte mit den Fingern auf den Tisch. »Was Sie brauchen, ist ein Vormund. Einen Mann, der ein Treuhandvermögen einrichtet. Einen Treuhänder. Haben Sie einen? Ihren Onkel oder Mr. Lamb? Oder Major Josselyn ...«

»Ich bin nur oberflächlich mit Major Josselyn bekannt, Sir.«

»Ah. Natürlich. Ich bitte um Verzeihung.«

»Und wenn es keinen Mann gibt?«, verlangte sie zu wissen. »Und weder Besitz noch Treuhandvermögen?«

»Dann gibt es keine Gerechtigkeit«, antwortete er leise. Er hielt einen Augenblick inne, dann stand er auf, um neben sie zu treten. »Oder Sie nehmen sich einen neuen Ehemann«, sagte er noch leiser. »Denn Sie sind doch ein verdammt schönes Weib.«

Hannah drehte sich mit schmalen Augen zu ihm um.

»Ich hatte einmal einen Ehemann, Mr. Siwall«, sagte sie,

»und drei prächtige Kinder von ihm. Dank seiner liebevollen Fürsorge sind sie alle binnen einer einzigen Sommerwoche gestorben. Ich werde keine Ehe mehr eingehen, Sir. Lieber lasse ich mich hängen.«

6

Mittsommerjahrmarkt

Es gab einen Wahrsager mit einem seidenen Turban auf dem Kopf und einem goldenen Ring im Ohr. Es gab einen winzig kleinen Mann, der auf Stelzen ging, so hoch wie ein Haus, und einen Tanzbären und einen Puppenspieler und einen Schwarzen, der Feuer schluckte und es wieder ausspie wie der Schlund der Hölle selbst.

Es waren Matrosen da und Indianer und französische Trapper aus Fort Holland tief in den Wäldern, die dicke Stapel Nerz- und Marderfelle zum Verkauf anboten. Die Frau vom Schwarzen Caesar, Tirzah, bot ihre Weidenkörbe feil, und der alte Perkin, der Knopfmacher, hatte seine Schnüre mit Knöpfen aus Silber, Schildpatt und bemaltem Ton so aufgehängt, dass sie wie Regentropfen in der Sonne glitzerten.

Auf das Gras der Allmende war mit weißer Farbe eine Ziellinie für die Wettrennen gezogen worden, die in Kürze beginnen würden. Gegenüber standen einige Waldarbeiter, ein oder zwei Bauern und einige Dörfler, die um den Siegerpreis von zehn Shilling in Münzen auf Zielscheiben schossen.

»Fleischpasteten! Fischpasteten! Kauft meine gebackenen Austern!«

»Orangen und Zitronen! Orangen und Zitronen! Orangen aus Sevilla!«

»Großes Bier, kleines Bier, Holunderwein!«

»Ingwerbrot! Rosinen und Ingwer!«

Und durch das Ganze bewegte sich, wie ein Schiff in einem Meer voller leuchtend buntem Treibgut, die imposante, schwarz lackierte Sänfte von Daniel Josselyns Großtante, Lady Sibylla.

Nur wenige Menschen in Rufford hatten je eine Sänfte gesehen, und diese war ein besonders prachtvolles Exemplar – die Türen waren mit Pfauen und chinesischen Pavillons bemalt, in Scharlachrot, Jadegrün und Gold, die Tragestangen waren aus glänzendem Mahagoni mit Messingknäufen, und vor den Fenstern hingen schwere, dunkelrote Damastvorhänge. Lady Sibylla nannte ihre Sänfte Hobble – Humpeln –, denn ohne sie hätte sie genau das tun müssen. Zwei betagte Lakaien in rot-gold gestreiften Gehröcken und gepuderten Perücken trugen sie – Jenks und Owen, die ihre Herrin länger als die meisten Kutschpferde und mit größerer Hingabe von Ort zu Ort gebracht hatten.

»Owen!«, rief die alte Dame und pochte mit ihrem Stock an das Dach der Sänfte. »Stellen Sie Hobble ab! Ich glaube, ein Geschäft bemerkt zu haben, das sich anzusehen lohnt.«

Sie befanden sich fast am Eingang von Lamb's Inn; gleich gegenüber begann die Allmende. Nicht weit entfernt hatte sich um einen tief in den Boden gerammten Pfahl eine Gruppe lärmender Bauern und Arbeiter versammelt. Etwa ein Dutzend Mischlingshunde schnappten knurrend nach einem Tier, das mit einer schweren Kette an dem Pfahl festgebunden war.

»Auf ihn, Duchess!«, riefen die Männer, und dann: »Als Nächstes wird Floyd sich ein Stückchen von ihm schnappen! Neun Pence auf den alten Floyd!«

»Tyrrell, mein Lieber«, sagte Lady Sibylla, die wie eine

Eule in die strahlende Julisonne blinzelte. Sie zog den Damastvorhang ein Stückchen weiter auf und sprach einen Mann in mittleren Jahren und von durchschnittlichem Aussehen an. Er trug einen schmucklosen braunen Gabardine-Mantel und war schweigend neben der Sänfte einhergegangen, die Hände auf dem Rücken verschränkt, als seien sie dort gefesselt. »Was gibt es da zu sehen?«, fragte sie ihren Sekretär – denn das war er. »Wahrhaftig«, rief sie, »die Männer dort sind ja vollkommen außer sich!«

Andrew Tyrrell hielt sich ein langstieliges Glas vor das eine Auge und spähte hindurch. Er hatte einen Großteil seines Lebens über schlecht gedruckten Büchern gebrütet, und jetzt, mit fünfundvierzig Jahren, konnte er ohne ein Sehglas nichts erkennen, das weiter als einige Schritte von seiner Nase entfernt war.

»Was für einen bäurischen Unfug haben diese Tölpel im Sinn?«, begehrte sie zu wissen.

»Sie scheinen irgendein Tier reizen zu wollen, Ma'am.« Er ließ das Augenglas sinken und verschränkte die Hände wieder auf dem Rücken.

»Ein Tier? Aber ich sehe keinen Bären, Tyrrell!«

»Nein, Ma'am. Es ist kein Bär.«

»Beleidigen Sie nicht meinen Verstand, indem Sie behaupten, es sei ein Bulle!«

Kein Mann war je geneigt gewesen, Lady Sibyllas Verstand zu beleidigen. Sie war die einzige Frau, die je für die Mitgliedschaft in der Royal Society vorgeschlagen worden war, und obwohl man sie am Ende doch nicht aufgenommen hatte, genoss sie einen beträchtlichen Ruf als Botanikerin von großer methodischer Genauigkeit und von kühnem theoretischem Denken. Sie war jetzt fast achtzig, eine kleine, stämmige Frau mit schneeweißem Haar, das sorgfältig zu einem Bataillon aus Locken gelegt war, bernsteinfarbenen Vogelaugen mit einer Spur Dunkelblau in der Mitte und einer Nase, die sich an der Spitze nach oben bog, als versuche ihre Besitzerin ständig, eine Witterung aufzunehmen.

Lady Sibylla hatte Boswell gekannt und dem alten Sam Johnson die Meinung gesagt. Alexander Pope hatte ihr die Einleitung zu seinem *Essay on Man* nicht weniger als siebzehnmal vorgelesen, bevor sie einverstanden gewesen war. Sie hatte einem von König Georgs fünfzehn Kindern seinen Namen gegeben. (»Haltet Euch zurück, Sir!«, hatte sie ihm geraten. »Ihr habt jetzt genug für eine Weihnachtspantomime!«) Händel hatte ihr eine Kantate gewidmet, und Romney hatte sie zweimal porträtiert. Mit vierzig hatte sie sich in ihren Kutscher verliebt und zehn Jahre später in einen gewissen Benjamin Franklin, seinerzeit wohnhaft in London. In ihrem siebenundsiebzigsten Jahr hatte Sibylla einige Gedichte von einem Burschen namens Burns gelesen und war mit der Postkutsche nach Schottland gereist, Hobble sorgfältig auf dem Dach festgezurrt, um sich ein Bild von dem Mann zu machen. Sie fand seinen Akzent beklagenswert und konnte keine drei Worte hintereinander aus seinem Mund verstehen. Außerdem, so erklärte sie, sei sie zu alt, um sich ein drittes Mal zu verlieben. Aber in seinen Augen hätte ein Ausdruck gelegen, für den allein sich die Reise gelohnt habe.

»Tyrrell!«, rief sie noch einmal.

»Ma'am?«

»Die Tür, bitte, und Ihren Arm! Ich will mich selbst davon überzeugen, was für ein armes Geschöpf das ist, das diese dummen Kerle mit solcher Wonne quälen!«

Der Sekretär verbeugte sich leicht und half ihr beim Aussteigen. Obwohl sie sich schwer auf einen Ebenholzstock stützte, lag in Sibyllas Schritt noch immer eine erstaunliche Leichtigkeit; ihr taubenblaues Taftgewand raschelte bei jeder Bewegung, und die Straußenfeder auf ihrem gestreiften Turban wippte anmutig. In den drei Jahren, die er nun in ihrem Dienst stand, hatte Andrew Tyrrell eine ehrliche Zuneigung zu der alten Frau gefasst. Sie konnte schwierig und herrisch sein, aber in ihren Augen war ein Mensch wie eine Pflanze – schön oder nützlich, ein Geschenk an die Seele oder ein giftiges Unkraut, das aus der Welt entfernt werden musste. Alles, was sie von einem Menschen verlangte, war Aufrichtigkeit gegenüber sich selbst.

Als das merkwürdige Paar sich dem Schauplatz der Quälerei näherte, konnten die beiden das leise Knurren des gefangenen Tieres hören und das hohe, erregte Jaulen der Hunde.

Sibylla schnappte unwillkürlich nach Luft, als sie ihn erblickte, und ihre Finger legten sich fester um Andrew Tyrrells Arm. Sie hatte noch nie zuvor einen Wolf gesehen, und dieser hier war ein Prachtexemplar.

Er war ein großes, hellgraues Geschöpf mit einer weißen Schnauze; sie hatten ihn mit einer Kette um den Hals an den Pfahl gebunden, und seine bebenden Flanken verrieten, wie nahe er der vollkommenen Erschöpfung war. Die Hunde hatten ihm ein Ohr abgerissen, an dessen Stelle eine blutige Wunde war, und in seinem Hals klaffte ein gewaltiges Loch, weil die Hunde versucht hatten, ihm an die Kehle zu gehen.

»Los, Sunshine!«, rief ein Mann in einem ledernen Wams.

»He! Bouncer, alter Knabe! Zehn Pence auf meinen Bouncer.«

Die Hunde zerrten an ihren Leinen, und ihre Herren konnten sie kaum noch zurückhalten. Plötzlich richtete der Wolf sich mühsam auf, die Augen weit geöffnet, die Zähne gebleckt und atemlos. Er stürzte sich auf die Hunde, aber die Kette riss ihn zurück. Da sank er zu Boden und blieb still liegen, die Schnauze auf die Pfoten gebettet, einen wachsamen Ausdruck in den Augen.

»Er hat ein großes Herz, Tyrrell«, sagte die alte Frau leise und umschlang den Arm ihres Sekretärs noch fester.

»Jonathan Markham!«, befahl eine klare Stimme ganz in der Nähe. »Leih mir deine Muskete, Vetter!«

Sibylla blickte überrascht auf. Eine Frau in einem schlichten Mieder und einem kardinalroten Rock hatte gesprochen, eine Frau in mittleren Jahren mit kurzen braunen Locken und Brille. Sie trug weder eine Haube noch sonst eine anständige Kopfbedeckung, und sie richtete das Wort direkt an einen der Zielschützen, einen jungen Mann mit dunklen Augen, der ihr in mancher Hinsicht ähnlich sah.

»Ich habe eine wilde Orchidee erspäht, Tyrrell«, murmelte ihre Ladyschaft. »Sehen Sie sie auch? Eine Orchidee inmitten dieses Unkrauts.«

Und ob er sie gesehen hatte. Der Sekretär ließ sie ja gar nicht mehr aus den Augen. Sibylla lächelte. Dann war er also doch nicht völlig unempfänglich für die Reize einer Frau. Der große Rationalist Tyrrell entpuppte sich als ein menschliches Wesen.

Aber es war mehr als nur Bewunderung.

»Sie kennen diese Frau, Tyrrell?«, fragte sie ihn sanft. »Eine alte Liebe?« Ihr fiel ein, wie begierig er gewesen war, diese Reise zu machen.

»Ich hatte bisher nicht das Vergnügen, die Dame kennen

zu lernen, Ma'am«, sagte er steif und wandte seinen Blick dann wieder dem Wolf zu.

»Bei zehn sollen sie sich ihn holen«, erklärte einer der Tierquäler. »Fünf Pence auf Duchess!«

»Eins!«

Die Hunde waren jetzt kaum mehr zu halten, und die Männer waren berauscht von ihrer eigenen Macht. Hannah kannte einige von ihnen – Phineas Rugg, den ewigen Bummelanten, und den unerschütterlichen, hart arbeitenden George Anson, der gar nicht zu den anderen dazuzugehören schien. Sie entdeckte auch Isaiah Squeer und schloss kurz die Augen hinter dem Schutzschild ihrer Brillengläser, dann öffnete sie sie wieder und wandte den Blick ab.

»Zwei!«, rief der Wetter. »Ich zähle zwei.«

»Bitte, Vetter«, sagte Hannah mit eindringlicher Stimme und griff nach Jonathans Arm. »Kannst du dem kein Ende machen?«

Henrys und Julias jüngster Sohn runzelte die Stirn und sah sich um. Jonathan Markham war seit dem Winter Dorfwachtmeister, aber er war bisher nie in eine Situation geraten, in der er seinem eigenen Vergnügen oder dem seiner Freunde zuwiderhandeln musste.

»Wirklich, Hannah«, sagte er leise, »um Gottes willen, lass es gut sein, ja? Es ist nicht nötig, sich da einzumischen. Das ist doch nur ein Spaß, mehr nicht.«

»Spaß nennst du das?«

Sie entriss ihm die Waffe mit solcher Wildheit, dass er es nicht wagte, sich ihr in den Weg zu stellen. Am Rand der Menschenmenge stand ein Mann, der Besen aus Birkenreiser verkaufte und die beiden beobachtete; er hatte die Lippen leicht geöffnet, als bereite ihm das Atmen Mühe. Der Mann war groß und kräftig, trug ein Tuch um die Stirn und hatte dunkles, ergrauendes Haar, das ihm bis über die Ohren fiel. Über dem Stirnband trug er einen Dreispitz, der früher einmal einem Offizier gehört haben mochte; er war mit einer ausgefransten roten Kokarde verziert, und um den Rand verlief eine schmale Goldlitze. Aber der Dreispitz hatte seit Jahren keinen Hutmacher mehr gesehen, denn der Rand war wellig geworden und der feine Filz rau und glanzlos.

»Sechs!«, rief jemand. »Sieben! Acht!«

Die Muskete in der Hand, schob sich Hannah hastig durch das Gedränge der Zuschauer, bis sie nur noch einen Schritt von Sibylla und ihrem Sekretär entfernt stand. Der Besenhändler folgte ihr, indem er außen um die Menge herumging; er behielt sie genau im Auge.

Aber die Hebamme Trevor bemerkte ihn nicht.

»Neun!«, rief der Wetter, und die Menge brach in wildes Gebrüll aus.

»Sie da, Sir! Halten Sie die Hunde fest!«, rief die alte Dame.

Bevor jemand sie aufhalten konnte, trat Hannah mitten in den enger werdenden Kreis jaulender Tiere hinein und ging auf den Pfahl zu, wo der keuchende Wolf lag. Der schlug die Augen auf und erhob sich ein letztes Mal, um Hannah anzusehen.

Nur für den Bruchteil einer Sekunde zögerte sie, die geladene Muskete bereits angelegt. Dann schoss sie. Der Wolf brach tot zusammen.

Die Hunde kläfften wie wahnsinnig, während Isaiah Squeer und die anderen, die ihrer Wettgewinne beraubt waren, mit leisen, wütenden Stimmen zu sprechen begannen. Hannah ließ die Waffe sinken und ging an ihnen vorbei zu Jonathan hinüber.

Was sich dann ereignete, kam so schnell, so plötzlich und aus so vielen verschiedenen Richtungen, dass sie nicht sagen konnte, wer damit begonnen hatte.

»Tod allen arschkriechenden Torys!«, erklang die tiefe Stimme eines Mannes.

»Und Schande über alle Huren!«, kreischte eine Frau.

Das erste Geschoss, das Hannah traf, war eine halb verfaulte Aprikose; sie traf ihren Rock und brach auf, so dass sich der gelbe Brei auf ihre Schuhe ergoss. Sie blieb wie angewurzelt stehen und starrte darauf hinunter.

»Genug!«, befahl Jonathan.

Eine überreife Pflaume. Zwei faule Eier. In ihrem Haar. Auf ihre Stirn tropfend.

Andrew Tyrrell zwängte sich durch die Menge und ergriff ihre Hand. Als er so neben ihr stand, spürte er die Woge des Stolzes, die von ihr ausging. Ein faules Ei traf ihn am Arm. Ein weiteres verfehlte knapp sein Ziel und zerbrach im Gras.

Dann war es genauso plötzlich zu Ende, wie es begonnen hatte. Schweigen herrschte. Nur die Rufe der Möwen, die über dem Fluss die Kaimauer umkreisten, waren zu vernehmen. Das Klirren der Takelage auf den Schiffen im Hafen. Das Akkordeon eines Seemannes, der *Lowlands* spielte.

Einige der Zuschauer entfernten sich beschämt. Phineas Rugg starrte die halb verfaulte Kartoffel an, die er noch immer in der Hand hielt, als wisse er nicht, wie sie dahin gekommen war. George Anson begegnete Hannahs Blick, und er fuhr sich mit dem Rücken seiner sonnenverbrannten Hand über die Augen. Nur Isaiah Squeer starrte sie unverhohlen an, verdrossen und furchtlos.

Eine Bewerfung nannten sie so etwas. Während des Krieges war es bei Müßiggängern ein weit verbreiteter Zeitvertreib gewesen, wann immer Tory-Frauen zum Einkaufen auf den Markt gingen oder sich allein auf den Weg zu Freunden machten. Aber jetzt schien niemand zu lachen; die Menschen waren überrascht, dass der alte Hass so leicht, so schnell wieder aufbrechen konnte.

Jonathan löste sich aus der Menge, kam auf Hannah zu und nahm ihr die Muskete aus der Hand, ohne ihr in die Augen sehen zu können.

»Sie machen lieber Jagd auf Torys, als an den Schuldturm zu denken, und du bist immer noch Trevors Frau, das ist alles. Besser, du gehst jetzt nach Hause und lässt dich von meiner Sally wieder herrichten.«

Er versuchte unbeholfen, ihr mit seinem Taschentuch das Gesicht abzuwischen.

»Ich bleibe, wie ich bin!«, sagte sie und wehrte seine Hände ab.

Tyrrells blaue Augen studierten sie wie die Seite eines Buches, als sie sich abwandte und hoch aufgerichtet zum anderen Ende des Marktes ging, wo sie die Stute ihrer Tante zurückgelassen hatte. Der Besenhändler machte eine anmutige Verbeugung, als sie vorbeikam, aber sie beachtete ihn nicht.

»Ein großes Herz, Tyrrell«, murmelte Sibylla Josselyn.

»Herzen brechen, Ma'am«, antwortete Andrew Tyrrell leise, »und die Hunde fressen sie.«

Sie hatten bereits begonnen, dem Wolf das Fell abzuziehen.

7

Woher der Wind weht
oder: Was das gemeine Volk auf dem Jahrmarkt hörte

Nun, James Trevor war ein Zuhälter, wie er im Buche stand, und einmal hat er mich beim Kartenspiel um zehn Pfund betrogen. Aber ich hab mein Geld zurückgekriegt, und ich werde mir noch mehr holen.
Was seine Frau betrifft – sie hat für einen Tory die Beine breit gemacht, und damit ist sie eine Hure. Ich habe im Krieg 'ne Menge Frauen ihrer Art zu Gesicht bekommen, und wenn es drauf ankam, haben sie sich alle nur zu gerne hingelegt.
Ich weiß, was für eine diese Mistress Trevor ist, und ob.

Isaiah Squeer, Tagelöhner

Die kommen alle hübsch nach Hause, hören Sie? All die Torys, die der Krieg vertrieben hat. Ich könnt nicht sagen, dass ich was gegen die habe. Aber mein Charly, der kann nicht nach Hause kommen. Den haben sie irgendwo in Virginia begraben, glaube ich, das war nach Yorktown. Wo ist dieses Virginia, Sir, können Sie mir das sagen? Ich wüsste gern, wo er begraben liegt.

Ich habe kein Haus mehr und keine Feuerstelle. Ich wandere umher und arbeite und überwintere bei jedem, der mich gerade aufnimmt, wie Lachlan McGregor es im Augenblick tut. Es gab andere vor ihm, und er sagt, sie hätten mich schlimm missbraucht. Ich war halb verrückt damals, und ich erinnere mich kaum noch. McGregor holte mich von ihnen weg, und er ist gut und freundlich.
Ich erwarte jetzt ein Kind, und er würde mich heiraten, aber ich kann nicht. Oh, er mag ruhig meinen Körper benutzen, denn ich selbst lebe kaum noch in ihm. Aber mein Herz findet keine Ruhe und kann nicht mehr glauben an diese Welt.
Es gibt viele wie mich, viele tote Frauen, die umhergehen und atmen und arbeiten. Wenn wir uns begegnen, erkennen wir einander sofort.

Mrs. Sarah Firth,
Haushälterin von Lachlan McGregor, Schmied

Ich habe sie nicht mit Eiern beworfen. Zu so was würde ich mich nie hergeben. Dass sie eine Tory-Frau ist, spielt keine Rolle, denn Twig selbst war ein Mann des Königs, als er noch lebte. Und zu ihrem Getändel will ich auch nichts sagen, obwohl ich weiß, was ich weiß.
Aber kurz geschnittenes Haar und keine Haube auf und Männerhosen im Winter! Das kann ich nicht gutheißen. In einem christlichen Land kann man solche Frauen nicht dulden!

Mrs. Arabella Twig,
Haushälterin, Mapleton Grange

Wenn ihr mich fragt, dann macht sie alle nieder, diese reichen Mistkerle, denn was wir damals mit den Torys gemacht haben, können wir auch mit ihnen machen! Wir haben ihre Türen mit Äxten eingeschlagen und sie rausgezerrt und ihre Frauen auch, und dann haben wir sie bis auf die Haut ausgezogen, um ihnen zu zeigen, dass sie nicht besser sind als wir, trotz ihrer feinen Kleider und ihrem Gerede von Ehre. Einige der Frauen haben wir uns genommen. Und nachher haben wir sie allesamt nackt in den Fluss getrieben.

»Schwimmen Sie nach London, Mistress, und wärmen Sie dem König das Bett.«

Ein paar sind gestorben, erzählte man mir, aber wen interessiert das schon. Die haben sich in der Kälte gleich 'ne Mandelentzündung geholt. Reiche Männer und Königstreue und Frauen sind alles in allem eine schäbige, zuckerärschige Bande.

Jephthah Bacon, Stallbursche des Red Bush Inn,
Vater von Molly Bacon, Küchenmagd

Ich war vor vierzehn Tagen unten an der Küste, auf dem Jahrmarkt in Newington, ich und meine Puppen, und da hatten sie einen Tory erwischt, einen jungen noch, namens Will Giles. Er hatte in Kanada erfahren, dass für seinen alten Vater die Zeit nahe sei, und er war heimlich zurückgekommen, um sich von ihm zu verabschieden.

Nun, sie haben ihn vom Bett seines Vaters weggeschleppt und ihn im Hafen an einen Schiffsmast gehängt, an den Händen haben sie ihn aufgehängt.

Und sie haben ihn ausgepeitscht, schlimm, sehr schlimm und nicht nur seinen Rücken. Sein Bauch war ganz rot und aufgerissen, und seine Brust, seine Beine und sein Geschlecht auch. Nicht einen Laut hat er von sich gegeben, so jung er war, Gott segne ihn. Nicht einen Laut.
Und trotzdem, wissen Sie, trotzdem hab ich ihn gehört. Meine Puppen, die haben ihn auch gehört, und sie haben geweint, obwohl sie nur aus Holz sind.
Verdammte Narren sind sie, darüber zu weinen, diese Puppen.

Francis Ledyard, Puppenspieler

Mein Bruder ist neunundsiebzig rauf nach New Brunswick gegangen, zusammen mit seiner Jane und ihren Kleinen, aber Kanada ist ein hartes Land, und Jed war nicht stark genug. Die Kleinen waren halb verhungert und seine Frau wieder schwanger. Nun, er hat sie getötet. Sechs Kinder. Seine Frau und das Kleine in ihrem Leib. Hat sie im Schlaf mit einem Jagdmesser erstochen und sich dann selbst mit einem Paar Pistolen erschossen, ein Schuss in jedes Ohr. Zuerst war ich entsetzt, als ich das hörte, und habe ihn nicht verstanden. Aber heute denke ich anders darüber.
Sechs Winter ist das jetzt her, da kamen sie und warfen mich in den Schuldturm in Salcombe. In der Zelle, in der ich schlief, waren sechsundzwanzig Männer. Wir hatten keine Pritschen, nur Stroh, um darauf zu schlafen, und Stroh, um hineinzu-

scheißen, und Stroh, um uns sauber zu halten. Meine Füße sind mir zweimal erfroren, und ich hatte Wundbrand. An einem Fuß habe ich jetzt nur noch vier Zehen und am anderen bloß noch zwei, und bei schlechtem Wetter bereitet mir das Gehen Schmerzen.

Und ich dachte, als ich da in diesem Stroh in meiner eigenen Pisse lag, wenn ich ein Messer und ein Gewehr hätte und meine Frau und meine Kinder bei mir wären, dann würde ich dasselbe tun wie Jed und uns allen ein sauberes Ende ermöglichen. Denn ich wäre auf Erden nicht mehr von Nutzen, und sie wären der Welt schutzlos ausgeliefert.

Es war Daniel, der sich um meine Susan und die Mädchen gekümmert hat, der dafür gesorgt hat, dass sie Brennholz hatten und zu essen. Er war damals nicht so reich wie heute, aber er hat von meinen Steuern gezahlt, was er konnte. Und als ich endlich wieder rauskam, hat er mich als Verwalter eingestellt. Mein eigenes Land hat Siwall für den dritten Teil dessen gekauft, was es wert war, und seitdem hat er es zweimal wieder verkauft.

Das macht mir Angst. Zu sein wie mein Bruder und keine Scholle unter mir zu haben, die ich mein Eigen nennen kann. Wenn man kein Gras mehr unter den Füßen hat, das man selbst gesät hat – das ist schlimm, das ist der Tod für jedes Herz.

John English,
Verwalter, Mapleton Grange

8

Mittsommerfeuer

Der Tag der Morde im Wald war Charlotte Josselyns dreiunddreißigster Geburtstag, und sie verbrachte ihn so, wie sie fast jeden Tag ihres Lebens verbrachte. Sie saß auf der mit rosa Damast bezogenen Chaiselongue in ihrem hellen, schönen Schlafgemach, mit einem kostbaren Seidenschal auf dem Schoß, den sie mit einer Crewel-Stickerei in einem komplizierten Muster versah.

Sie machte die Entwürfe für ihre Handarbeiten selbst, und während der vier Jahre seit der Geburt und dem Tod ihres Sohnes, in denen es mit ihrer Gesundheit stetig bergab gegangen war, waren ihre Kombinationen aus ineinander verschlungenen Blättern, phantastischen Früchten, Tieren und Blumen immer verwickelter und schwieriger geworden, als schaffe sie mit ihren Stickereien ein Labyrinth, in dem sie sich verirren wollte.

Als sie Daniel heiratete, war er Offizier bei der Burgoyneschen Kavallerie, aber wichtiger noch, er war der dritte Sohn von Lord Bensbridge mit sechstausend Pfund im Jahr und einem schönen Herrensitz in Herefordshire. Es war kein großes Vermögen, und er würde auch nie einen Titel führen, aber das Leben an seiner Seite versprach angenehm und behütet zu sein.

Natürlich gab es Einwände. Er war elf Jahre älter als Charlotte; seine Neigung zu Büchern war stärker, als es der Mode entsprach, und sein Äußeres war keineswegs makellos. Er hatte sich in Indien die Nase gebrochen, die über der Bruchstelle breiter geworden war, so dass sein ansonsten anziehendes Gesicht einen bäuerlichen Zug bekommen hatte. Und er machte sich nie die Mühe, eine Perücke aufzusetzen, es sei denn, er war bei seinem Regiment.

Das Schlimmste aber war die Tatsache, dass er nur wenig Ehrgeiz besaß und Geselligkeiten so gut wie nichts abgewinnen konnte. Er zog lange, einsame Ritte der Jagd und dem Kartenspiel vor, und wenn es galt, bei Tisch höflich Konversation zu machen, war er ein hoffnungsloser Fall. Doch im Sattel sah er sehr schneidig aus, und er tanzte wunderbar.

Charlotte galt als eine der großen Schönheiten ihrer Zeit – mit hellblonden Ringellöckchen, blauen Augen mit langen, dunklen Wimpern und einem hübschen Erröten, das bei der leisesten Erregung ihre Wangen überhauchte. Sie kannte einflussreiche Persönlichkeiten, und sie hätte Daniels Laufbahn zu einem Generalskommando einfädeln oder ihm sogar zu einem Adelstitel auf Lebenszeit verhelfen können.

Doch die Politik war ihrer beider Verhängnis gewesen. Oh, die Männer mochten es Gerechtigkeit oder Ehre oder Überzeugung nennen. Aber für Charlotte war das alles Politik, dieser ganze elende amerikanische Krieg, bei dem Daniel mitgekämpft hatte.

Daniel hatte ihr von seiner Entscheidung geschrieben, das Burgoynesche Regiment zu verlassen und der amerikanischen Armee beizutreten, und als es soweit war, hatte die Armee ihr ihre Situation auf bitterste Weise klar gemacht.

Charlotte hatte sich für die Saison ein Haus in London gemietet und saß gerade bei einem einsamen Abendessen, als der Diener sie holen kam.

»Ein Colonel Ashburton möchte Sie sprechen, Ma'am. Wegen Hauptmann Josselyn.«

Sie hatte natürlich gedacht, dass Daniel gefallen sei, und war in den Salon geeilt, wo ein erzürnter, rotgesichtiger Colonel auf sie wartete.

Er schlug die Hacken aneinander und verbeugte sich. »Tut mir Leid, Ihnen Kummer bereiten zu müssen, Madam«, sagte er. »Aber es ist meine schmerzliche Pflicht, Sie davon in Kenntnis zu setzen, dass Ihr schurkischer Gemahl seinen König und sein Land verraten hat. Wenn er nach England zurückkehrt, wird er unter militärischen Arrest gestellt werden.«

Daraufhin gingen der Colonel und seine Leute durch das ganze Haus und nahmen alle Briefe von Daniel mit, seine Abzeichen und sogar die Kleiderkiste, die Charlotte gepackt hatte, um sie ihm zu schicken. Sie leerten die Regale, schüttelten die Bücher aus und schlitzten die meisten Einbände auf, um nach Beweisen für den Verrat zu suchen. Sie beschlagnahmten seine Bankkonten, seine Aktien, sein Haus in Herefordshire, das Korn in seinen Scheunen und die Mutterschafe auf seinen Wiesen. Selbst Charlottes Kutschpferde und Halcyon, ihr Jagdpferd, wurden mitgenommen und verkauft.

Daniel hatte ihre gesamte Mitgift auf ihren eigenen Namen treuhänderisch angelegt, und das genügte, um ihren Lebensunterhalt zu bestreiten. Ihre Eltern baten sie inständig, sich von ihm scheiden zu lassen, aber Charlotte war nicht dazu bereit. Wie konnte sie zu ihnen zurückkehren und das herablassende Lächeln all ihrer Freunde ertragen?

Daniel wurde die britische Staatsangehörigkeit aberkannt. Er wurde enteignet und enterbt. Sein Vater starb dann sehr bald – an der Schande, wie getuschelt wurde.

Daniels älterer Bruder, Geoffrey, der neue Lord Bensbridge, gelobte, ihn unverzüglich zu erschießen, falls er es je wagen sollte, nach Hause zurückzukehren. Seine Mutter betrauerte ihn und versuchte hilflos, ihm zu verzeihen, aber einzig sein Großvater, der alte Lord Robert, schien Daniels Meinungsumschwung zu verstehen.

Es war vier Uhr, und Mrs. Arabella Twig, die Haushälterin von Mapleton Grange, rauschte wie jeden Nachmittag mit zwei Gläsern auf einem Tablett ins Schlafzimmer. In dem einen Glas befand sich leicht angewärmter Brandy, in dem anderen ein Gebräu aus Hopfen, Wiesenknopf und Melisse – zubereitet von Hebamme Trevor und diskret auf der Grange abgeliefert von Susan, dem Dienstmädchen von Two Mills.

Charlotte schob die Medizin von sich. »Geben Sie mir den Brandy, Twig«, befahl sie. »Dieses andere ekelhafte Zeug werde ich heute nicht trinken.«

Heute war ihr Geburtstag, und sie wollte nichts in ihrer Nähe haben, das sie an die Geliebte ihres Mannes erinnerte.

»Ich schwöre, Ma'am«, sagte die Haushälterin zungenschnalzend, während sie das Tablett auf einen Kirschholztisch stellte, »ich habe nie so schöne Rosen gesehen wie in diesem Jahr.« Sie riss das kleine Fenster auf, von dem aus man einen Blick auf den Garten hatte. »Können Sie sie riechen?«

Draußen auf der Wiese wurden die langen Tische für das Heumacheressen aufgebaut und der große Dreschboden für den anschließenden Tanz bereitgemacht. Einige der fahrenden Händler vom Jahrmarkt waren bereits eingetroffen – ein Ingwerbrotverkäufer, die Akrobaten, der Puppenspieler und der schwarze Feuerschlucker. Lampions, deren Kerzen bei Sonnenuntergang entzündet werden sollten, hingen in den Bäumen, und die Wege waren von Fackeln gesäumt.

Am Flussufer hatten sie sogar ein großes Feuer gemacht. Daheim in England, in Herefordshire, hatte es immer Mittsommerfeuer auf den Hügeln gegeben, die wie Leuchtfeuer die schwere, graue Dunkelheit durchbrachen und bis weit hinein nach Wales zu sehen waren. Es war ein uralter Brauch, und manchmal trieben sie noch immer Vieh durch die Kohlen, um das Licht zu zerstreuen und eine gute Ernte zu sichern.

Als Kind hatte Charlotte es für eine wunderbare Sitte gehalten. Aber im Sommer ihrer Hochzeit hatte Daniel sie mitgenommen, damit sie es sich aus der Nähe ansehen konnte, und Arm in Arm waren sie durch das lange, feuchte Gras den Hügel hinaufgegangen, den man Little Ben nannte. Sie hatte die Männer und die Mädchen gesehen, die wild und mit leuchtenden Augen barfuß durch die Kohlen tanzten, die Hände eines jeden Paares mit Zweigen weißer und roter Rosenblüten zusammengebunden. Die Dornen bohrten sich in das Fleisch ihrer Handgelenke und rissen es auf, und sie küssten einander das Blut von der Haut, bevor sie lachend weiterliefen und die Glut in einem Hagel aus Feuer und Asche auseinander sprengten.

Charlotte sah ihre Augen, ohne Vernunft und blind und ein wenig wahnsinnig vor Verlangen. »Was hat das zu bedeuten?«, flüsterte sie. »Spüren sie die Glut denn nicht?«

Daniel lächelte und zog sie an sich. »Die meisten von ihnen sind einander versprochen und werden noch vor Brotmess heiraten. Es ist ein alter Aberglaube, der die Ehe fruchtbar machen soll.«

Sie würden diese Nacht im Freien verbringen und sich lieben, wo auch immer sie gerade zusammen zu Boden fielen, und die meisten Mädchen würden als Braut bereits ein Kind unterm Herzen tragen.

»Es ist abscheulich«, flüsterte sie. »Abscheulich.«

»Was ist abscheulich, Liebste?«

Sie konnte ihm nicht antworten. Daniel war nicht gekleidet wie ein Soldat, ja nicht einmal wie ein Herr. Das Haar fiel ihm lose auf die Schultern, und er trug keinen Mantel über seinem weichen Leinenhemd. Er war einer von ihnen, von diesen schattengleichen Menschen, die lachend durch die Dunkelheit liefen und vor nichts Angst hatten, nicht einmal vor Gottes tadelndem Blick.

Das war es, was sie erschreckte. Zitternd wandte sie das Gesicht ab.

»Komm, tanz mit mir«, bedrängte er sie sanft. Er hatte einen am Boden liegenden Zweig mit roten Rosen aufgehoben, ihn zu einem Kranz gewunden und diesen auf ihr helles, weiches Haar gedrückt.

Charlotte riss ihn sich herunter. »Ich kann nicht!«, rief sie. »Ich kann nicht hier bleiben. Bring mich zurück nach Hause.«

»Bin ich dir denn so schrecklich?«, fragte er sie und fasste sie an den Schultern, um sie zu sich umzudrehen. »Warum mache ich dir solche Angst?«

Charlotte antwortete nicht, sondern riss sich los und lief allein zurück zum Haus, und ein dünnes Blutrinnsal klebte auf ihrer Stirn, wo die Dornen der Rosen ihre Haut eingeritzt hatten.

Daniel kam sehr spät in ihr Schlafzimmer und roch stark nach Whisky; er fand sie in eine dicke Leinendecke gehüllt auf dem Boden zusammengerollt. Sie spürte, wie er sie aufs Bett hob, und sie glaubte, er werde nun zu ihr kommen und sie lieben und ihr wieder Angst machen.

Und insgeheim wünschte sie sich nichts so sehr, wie ihn zu lieben, sich selbst zu vergessen und in ihrem eigenen Körper frei zu sein, wie die verwegenen Mädchen mit den wilden Augen in der Sommerdunkelheit draußen, die durch Feuer gingen und sich nicht verbrannten.

Aber Daniel ließ den Kokon der Decke unangetastet. Er stand nur eine Weile am Fenster und sah zu, wie die letzten Feuer auf den Hügeln flackerten und schließlich mit dem heranbrechenden Tageslicht erloschen. Dann ging er leise hinaus.

Als Charlotte zum Frühstück herunterkam, war er bereits aufgebrochen, um sich seinem Regiment anzuschließen. Erleichtert und glücklich ging sie in den Garten; sie fühlte sich wieder wie ein junges Mädchen, als sie einen großen Korb voll Rosen schnitt und die Blütenblätter abstreifte, um sie zu trocknen und später damit die Wäsche zu parfümieren.

Dazu waren Rosen schließlich da.

»Machen Sie das Fenster zu, Twig«, sagte sie gereizt, nachdem sie aus ihren Erinnerungen aufgetaucht war. »Rosen haben einen schweren, unangenehm süßlichen Geruch. Ich wünschte, mein Mann hätte sie nicht so nah beim Haus pflanzen lassen.«

Mrs. Twig gehorchte, machte aber keine Anstalten, sich zurückzuziehen. »Ich halte es für meine Pflicht, es Ihnen zu erzählen, Ma'am«, sagte sie schließlich. »Manch einer würde vor der Aufgabe zurückschrecken, aber ich hoffe, ich werde immer die Wahrheit sagen, und wenn es mich das Leben kostet!«

Charlotte runzelte die Stirn. Diese noblen Vorreden von Mrs. Twig führten unweigerlich zu einem frischen Gerücht über Daniel und Hannah Trevor. »Ich wünsche nichts zu hören …«, begann sie.

Aber Twig konnte sich nicht bezähmen. »Sie haben sie beworfen, Ma'am«, sagte sie. »Dieses Flittchen, Mrs. Trevor. Mit faulen Früchten und Eiern und Was-weiß-ich-nicht-allem – heute Nachmittag, auf dem Jahrmarkt.« Sie schürzte die Lippen, und das Muttermal auf ihrer Wange zuckte vor Erregung. »Tort' oder nicht, sie ist eine dreiste Sünderin, und was bei den Demütigen übersehen werden mag, darf bei den Dreisten nicht geduldet werden. Es heißt, seit dem Winter …« Twig hielt inne.

Charlotte schloss die Augen. »Nun gut. Was also sagen die Leute?«

»Nun, Ma'am, dass sie während der letzten fünf Monate kaum eine Nacht ohne Ihren Gemahl verbracht hätte und dass sie wieder ein Kind erwartet!«

»Hat Major Josselyn demnach ein zweites Ich, dass es ihm möglich ist, Mrs. Trevor zu besuchen und dennoch in seinem eigenen Bett zu schlafen und uns alle mit seinen schlimmen Träumen zu wecken?«

»Nein, Ma'am, aber …«

»Hat Mrs. Trevor sich in irgendeiner Weise verändert, die diese angebliche Schwangerschaft bestätigen würde?«

»Solche Dinge lassen sich verbergen, Ma'am! Sie ist ein raffiniertes Weibsstück!«

»Nun, das mag sein«, sagte Charlotte leise und erhob keine weiteren Einwände. Daniel ritt oft allein hinaus in die Dunkelheit und blieb dann einige Stunden fort. Und Hannah Trevor war in der Tat raffiniert. Und stark. Stark wie die Mädchen, die es mit dem Feuer aufnahmen.

»Und wie hat sie sich gehalten, bei dieser Bewerfung?«, fragte Charlotte leise.

»Nun, so dreist wie eh und je, Mylady.« Die Haushälterin nahm das Tablett auf und segelte damit zur Tür.

»Twig!«

»Mylady?«

»Wenn Mrs. Trevor weniger dreist wäre, wäre ich heute nicht mehr am Leben.« Charlotte lächelte sanft. »Ich bitte Sie, das nicht zu vergessen und Ihre Zunge im Zaum zu halten. Und Twig – pflücken Sie einige Rosen aus meinem Garten und bringen Sie sie Mrs. Trevor. Ich denke, sie werden ihr gefallen.« Charlotte reckte ihr Kinn noch eine Spur höher. »Bringen Sie ihr die Rosen selbst. Aber sagen Sie ihr nicht, dass sie von mir kommen.«

9

Der Soldat und der Besenhändler

»O Sir, da steht so ein *Geschöpf* vor der Haustür, das Sie sprechen will! Ich habe den Mann aufgefordert, sich fortzumachen, aber er will einfach nicht gehen, der unverschämte Kerl!«

Daniel blickte geistesabwesend von der Bücherkiste auf, die seine Großtante ihm aus London mitgebracht hatte. »Worum geht es denn, Mrs. Twig?«

Die Haushälterin segelte durch die Tür der Bibliothek herein und ließ ihr Brusttuch verführerisch hinter sich her wehen; ihr beträchtlicher Busen – die weißen Klippen von Dover, nannte sie der neue Stiefeljunge – hob und senkte sich so heftig, dass kleine Staubteufel von nach Lavendel duftendem Maismehl aus ihm aufstiegen. Sie beugte sich gefährlich tief über Daniel, und eine wahre Kreidelawine ergoss sich von den Klippen auf den roten Ledereinband von *Tristram Shandy.*

»Ich habe den Mann davon in Kenntnis gesetzt, dass Sie nicht gestört werden wollen, Sir, denn ich weiß doch, wie viel Trost Sie aus Ihren Büchern schöpfen. Wo Sie doch auf die Tröstungen einer gesunden, kräftigen Ehefrau verzichten müssen.«

Sie drehte ihre Wange so, dass er in den unwiderstehlichen Genuss ihres zweitschönsten körperlichen Merkmals kam, des kleinen Muttermals, das sie als »Schmuck der

Natur« bezeichnete, doch der Augenblick wurde verdorben durch das Geräusch von Schritten im Flur.

»Da ist er! Ein unangenehmes, primitives Geschöpf. Ich hab ihn gesehen, wie er auf dem Jahrmarkt Reisigbesen verkauft hat.« Die Haushälterin senkte ihre Stimme. »Soll ich Harry Jax holen, damit der Kerl seinen Stiefel auf dem Allerwertesten zu spüren bekommt, Sir?«

Daniel unterdrückte ein Niesen und wischte sich ihren Puder vom Ärmel. »Ich werde mit ihm sprechen. Führen Sie ihn bitte herein, Mrs. Twig.«

»Die Mühe können Sie sich sparen, meine Liebe«, erhob sich eine Männerstimme hinter ihr. »Wie Sie sehen, bin ich bereits da.«

Der Besenhändler trat ein und nahm mit einer einstudierten Verbeugung den Hut vom Kopf. Daniel erkannte die Tresse und die Kokarde; abgesehen von den fehlenden drei weißen Federn war es der Dreispitz eines Offiziers aus der Elitetruppe des Leibregiments des Prinzen von Wales.

Aber der Besenhändler war kein britischer Offizier und war es auch nie gewesen. Er hatte mit grauen Strähnen durchzogenes, langes, glattes Haar, das ihm über das Stirnband fast bis auf die Nase fiel, die im Gegensatz zu Daniels eigener Nase makellos geformt war, aber die Nasenlöcher waren irgendwann einmal aufgeschlitzt worden, was auf einen unbedeutenden Missetäter hinwies, der irgendwann einmal ertappt worden war.

Daniel ging gemächlich zum Kamin und lehnte sich mit dem Rücken dagegen, die Schürhaken in bequemer Reichweite.

»Soll ich nicht doch wenigstens Mr. English holen, Sir?«, flüsterte Twig nervös. »Er ist im Garten und kümmert sich um die Tische für das Fest. Oh, erlauben Sie mir doch, ihn zu rufen, bevor ich nach Two Mills gehe!«

Daniel drehte sich zu ihr um. »Sie gehen zu der Hebamme? Ist Ihre Herrin wieder unwohl? Warum bin ich nicht darüber informiert worden?«

»O nein, Sir, ich soll nur eine Besorgung machen …«

»Verstehe«, sagte er erleichtert. Die Frauen von Two Mills tauschten oft Samen und Setzlinge gegen andere Dinge ein. »Dann gehen Sie nur.«

Sie segelte mit hochmütig gerunzelter Stirn von dannen, und der Besenhändler lachte. »Die alte Zitrone bewacht Sie ja wie Zerberus das Höllentor!«

Ein Besenhändler, der sich in den Klassikern auskannte? Daniel sah sich das einst hübsche Gesicht ein wenig näher an. »Haben Sie auch einen Namen, Sir?«, fragte er.

»Ah, ich muss um Verzeihung bitten. Ich selbst habe die Ehre mit Major Josselyn, nicht wahr? Reuben Stark ist mein Name. Sagt Ihnen das etwas?«

»Nein, Sir, das tut es nicht. Ich kannte mehrere Männer aus dem Regiment des Prinzen, aber niemanden mit Namen Stark. Vielleicht sind Sie nach meiner Zeit dazugestoßen.«

Der Mann lachte leise. »Ihr meint, wegen meines Dreispitzes? Nun ja, Sir, den habe ich bei Ticonderoga einem gefallenen britischen Offizier abgenommen. Ich hatte keinen Hut. Er brauchte keinen mehr. Des einen Leid, des anderen Freud, nicht wahr?«

»Mag sein«, versetzte Daniel. »Aber das Leibregiment des Prinzen von Wales hat nie bei Ticonderoga gekämpft. Und Sie, glaube ich, auch nicht.« Daniel machte einen Schritt auf ihn zu. »Ich bin im Augenblick sehr beschäftigt, Mr. – Stark, war der Name, ja? Sagen Sie, was Sie zu sagen haben, oder verlassen Sie mein Haus.«

Der Besenhändler zuckte die Achseln. »Ich brauche Geld, wie die meisten Männer.«

»Wenn Sie damit sagen wollen, dass Sie Arbeit suchen«, erwiderte Daniel knapp, »müssen Sie sich an meinen Verwalter wenden, Mr. English. In etwa vierzehn Tagen wird unser erstes Weizenfeld gemäht, und dann werden wir recht viele Männer benötigen und danach für den Roggen und den Mais. Aber ziehen Sie denn nicht mit dem Jahrmarkt weiter zur Küste hinunter?«

»Ich gehe dahin, wo für mich etwas zu holen ist«, sagte er. »Aber ich habe eine Frau, die gar nicht weit von hier auf mich wartet.«

Er hob eines der Bücher vom Boden auf und blätterte darin, dann sah er wieder zu Daniel hinüber, und seine dunklen Augen waren glasig wie die eines Blinden.

»Major, Sie sagen, dass Sie den Namen Stark nicht kennen. Gibt es hier in der Nähe vielleicht einen Mann namens Trevor, den Sie besser kennen? Einen Mann, der geschlagen und geschunden und um eines mutigen Wortes zu ungünstiger Zeit vertrieben wurde?«

Daniels Augen verrieten nicht die geringste Regung. »Wir haben in Rufford eine Hebamme dieses Namens, eine Mistress Trevor, aber sie ist verwitwet. Ich bin ihrem Ehemann nie begegnet. Ansonsten kenne ich niemanden dieses Namens.«

»Ah. Die Frau, die man heute auf dem Jahrmarkt mit faulen Früchten beworfen hat.«

Die Augen des Mannes wurden schmal, und er kam rasch einen kleinen Schritt näher. »Die Leute sagen, sie sei eine berüchtigte Schlampe und habe einem vornehmen Herrn hier aus der Gegend einen Bastard geboren. Waren Sie das?«

Josselyn schloss die Finger um ein Schüreisen. »Ist der Dame etwas zugestoßen?«

»Sie sind sehr erregt, Major. Ich sehe Schweiß auf Ihrer Oberlippe, und Sie beißen die Zähne zusammen. Jetzt wollen Sie Rache schmecken, nicht wahr?«

»Was für ein Teufel sind Sie?«, fragte Daniel. »Was wollen Sie von mir?«

»Geld, Sir. Geld. Sie haben es, ich brauche es. Ein Mann muss sehen, wo er bleibt.«

Josselyn rührte sich nicht, aber seine Schultern strafften sich um eine winzige Spur. »Wenn Sie meine Frage beantworten, gebe ich Ihnen einen Shilling. Was ist Mrs. Trevor zugestoßen?«

»Oh, sie ist Ihnen doch viel mehr wert als nur einen Shilling, habe ich Recht? Für zehn Shilling sage ich es Ihnen und erspare Ihnen den Ritt über den Fluss, um selbst nachzusehen.« Der Mann lächelte. »Außerdem ist sie sehr stolz. Sie will kein Mitleid. Wenn sie Sie liebt, gereicht Ihnen das wahrlich zur Ehre. Und für unsere Ehre müssen wir alle einen hohen Preis zahlen, nicht?«

Daniel ging zu seinem Schreibtisch am Fenster, schloss eine Schublade auf, nahm den Lederbeutel heraus, aus dem John English die Tagelöhner bezahlte, und warf Stark zwei Zehn-Shilling-Stücke zu.

Der Straßenhändler biss erst auf die eine, dann auf die andere Münze. »Zwanzig! Und Sterling, bei Gott«, sagte er mit einem Grinsen. »Es gibt nicht viele Männer heutzutage, die über so viel Geld verfügen, und noch weniger, die es für die Liebe ausgeben würden. Ich wünsche Ihnen viel Vergnügen mit der Dame.« Er hielt inne. »Und Mr. Squeer hat Ihnen, glaube ich, das Gleiche gewünscht.«

Josselyns Augen schienen sich ein wenig tiefer in ihre

Höhlen zurückzuziehen. »Wie kommt es, dass Sie so viel über Hannah Trevor wissen? Zum Teufel, wer sind Sie?«

Auf diese Frage gab Stark keine Antwort, sondern lächelte nur und blickte kurz aus dem Fenster, zu dem steilen Hügel auf der anderen Seite des Flusses hinüber, wo der Pfad nach Two Mills verlief.

»Sind Sie ein Alchemist, Major?«, fragte er, ohne Daniel anzusehen. »Können Sie Schmach in Gold verwandeln? Das ist ein Talent, für das ich beste Verwendung hätte.« Er steckte die beiden Münzen ein. »Wir werden uns wiedersehen, Sir. Darauf dürfen Sie sich verlassen.«

»Wie war das nun mit Mrs. Trevor?«, verlangte Josselyn zu wissen. Wie immer, wenn er wütend war, war seine Stimme sehr weich und gleichmäßig.

»Ah, sie hat nur ein paar verdorbene Früchte zu spüren bekommen, mein Freund. Sie ist unversehrt nach Hause zurückgeritten.«

Stark ging an ihm vorbei und hatte bereits die Halle erreicht, als Daniels Stimme befehlsgewohnt und klar hinter ihm ertönte.

»Was wissen Sie von James Trevor, ihrem Ehemann?«

Der andere Mann drehte sich um. »Nun, er ist tot, Sir«, erwiderte er leise. »Tot wie eine Ratte.«

Als der seltsame Bursche gegangen war, nahm Daniel ein kleines Sehrohr aus seinem Schreibtisch. Dann ging er geradewegs in den Stall und stieg auf das erstbeste Pferd, das noch nicht abgesattelt war. Es war ein stämmiges kleines Tier, das Andrew Tyrrell im Stall von Lamb's Inn gemietet hatte, um für seine botanischen Exkursionen für Lady Sibylla gerüstet zu sein.

Daniel konnte keinen weiteren Klatsch riskieren, indem er direkt nach Two Mills ritt und Hannah einen Besuch abstattete, und außerdem war Mrs. Twig auf dem Weg dorthin. Aber acht Jahre der Trennung hatten ihm gezeigt, wie er Hannah nahe kommen konnte, ohne dabei entdeckt zu werden.

Also überquerte er den Manitac an der Grange-Furt, wie er es immer tat, und ritt am Südufer entlang bis fast nach Gannett Cove, dann lenkte er das kleine Pferd scharf nach Südwesten, einen steilen, steinigen Weg hinauf, der sich zwischen windgebeugten Tannen emporschlängelte. Das Pferd hatte Mühe und rutschte gefährlich über Granitbuckel und loses Geröll, denn an seinem rechten Vorderhuf war das Eisen lose.

Endlich kamen sie zu der Bergnase oberhalb des Dorfes. Sechzig Jahre zuvor, während der Gefechte zwischen den Franzosen und den Indianern, hatten die belagerten Siedler hier einen primitiven Ausguck aus Brettern und Stein erbaut. Es war inzwischen nur mehr eine baufällige Hütte, überwuchert mit Unkraut und bewohnt von einer Rabenfamilie, die dem Ort seinen Namen gegeben hatte – Rook's Nest. Aber noch immer konnte man von dort aus jeden Menschen sehen, der aus dem Wald kam, und jedes Boot, das den Fluss hinauf- oder hinunterfuhr. Vor allem aber konnte man direkt in den Hof der Two Mills Farm blicken. Daniel nahm das Sehrohr aus seinem ledernen Futteral und hob es ans Auge.

Ah, da ist Twig, wie sie den steilen Hügel hinuntertappt, einen mit einem Tuch bedeckten Korb am Arm – ein frisches Brot oder ein halber Käse für ihre Mühe. Zufrieden mit sich und der Welt, weil sie wieder irgendetwas aufgeschnappt hat, das sie im Dorf verbreiten kann.

Henry Markham, der das letzte Heu von einem Ochsenkarren in seine Scheune schleppt und sich den Schweiß von dem kahlen Schädel wischt.

Seine Frau steht in der Tür, die Großfürstin Julia, blitzsauber in ihrem besten Kleid und ihrer feinsten Spitzenhaube, bereit zum Aufbruch.

Auf der Waschbank am Brunnenhaus sitzt mit Arthur, dem einohrigen Kater neben sich, Jennet in ihrem besten dunkelblauen Kleid. Das Kleid lässt das rote Haar in einem Bronzeton erschimmern und dunkle Feuer in den bernsteinfarbenen Augen aufblitzen. Jennet, meine Jennet, mein Liebstes.

Auf dem Schoß hat sie einen ganzen Strauß Rosen, lange Stiele mit schweren Blüten, purpurrot, weiß, damaszenerrosa. Nur an einem Ort wachsen solche Rosen. Das also hatte Twig dort zu erledigen. Aber wer hat die Blumen geschickt?

Charlotte. Niemand sonst.

Jenny windet die Rosen zu Kränzen, einen größeren, einen mittleren, einen kleinen. Den mittelgroßen Kranz setzt sie sich selbst auf den Kopf, auf das frisch geflochtene Haar. Den kleinen bekommt der nachsichtige Arthur. Aber genug ist genug. Er marschiert von dannen, zuckt entschlossen mit seinem ihm verbliebenen Ohr. Der Kranz fällt aus seinem dicken orangefarbenen Pelz und rollt unter den Ochsenkarren. Der rechte Ochse stellt seinen gewaltigen Huf darauf und macht kurzen Prozess mit König Arthurs Krone.

Die dritte Krone, die mit den tiefroten Rosen, die für eine Frau gemacht ist, was soll aus der werden? Jennet trägt sie auf die andere Seite des Hofes und zupft am Rock einer Frau, die sich über ein Becken beugt.

Hannah. Hannah mit einem alten braunen Rock und nur einem Hemd als Mieder. Sie wäscht sich das Haar, und Wasser rinnt ihr über Gesicht und Hals, als sie aufblickt und lächelt und Jenny ihre Krone gerade rückt. Dann beugt sie sich wieder vor, und Bertha Pinch kommt mit einer Schüssel warmen Wassers aus dem Haus und gießt es bedächtig über die kurzen, silberbraunen Locken und streicht dann mit der Hand darüber, streicht über den nackten, geschwungenen Hals.

Jennet zupft an ihrer Mutter, die Rosenkrone noch immer in den Händen. Nimm dies. Du bist mein. Du gehörst nicht ihr und niemandem sonst. Du gehörst mir.

Mit tropfnassem Haar beugt Hannah sich vor, und Jennet drückt die Krone auf die Locken ihrer Mutter. Susan und Parthenia und Kitty gehen kichernd vorbei und heben Körbe voller Essen auf den Karren, um etwas zu dem Mahl auf der Grange beizusteuern. Wieder Julia, die ihre Nichte zur Eile ermahnt.

Hannah steht da, mit der Rosenkrone auf dem Kopf, den Blick gesenkt, während das Wasser aus ihren Locken in den Staub tropft.

Wie könnte ich tanzen? Sie haben mich mit Schande belegt wie mit einer Last von Steinen, und so viel ich mich auch waschen mag, es hilft nicht. Nehmt die Steine zurück.

Plötzlich hebt Hannah den Kopf, strafft die Schultern und nimmt Haltung an. Dann hebt sie Jennet hoch und wirbelt sie im Kreis herum, rund und rund. Onkel Henry lächelt, und Tante Julia schüttelt den Kopf und beißt sich auf die Unterlippe. Die Ochsen starren. Die Mägde kichern.

Jennets Augen sind weit aufgerissen vor Freude, und Hannah lacht und lacht …

Ein gerader Rücken wirft eine nutzlose Last von sich. Ich bin, was ich bin, sollen die Leute mich so nehmen oder es lassen.

Und so wie ich bin, so werde ich tanzen.

10

Wie das Taube Kind in die Dornen fiel

Speed the Plow!‹«, rief Josh Lamb und setzte den Bogen seiner Fiedel an. »Einen Schritt vorwärts, vier zur Seite!«

Die Tänzerinnen und Tänzer stellten sich zu langen Reihen auf und verbeugten sich voreinander, dann folgten die vertrauten Töne. Die Melodie war fast zweihundert Jahre alt, und jeder kannte sie, war mit ihr auf die Welt gekommen und würde sie bei seinem Tod noch immer in den Knochen tragen.

Das heißt, alle, bis auf die kleine Jennet Trevor. Für sie war die Musik ein rätselhaftes und erstaunliches Ding – nicht wegen ihres Klanges, denn nur eine Art Summen drang in das stille Revier ihres Geistes vor. Nein, es war die Wirkung auf andere Menschen, die sie erstaunte und entzückte. Der große, stämmige Josh Lamb, der Gastwirt, stand auf einem Podium an einem Ende von Daniels Dreschboden und klopfte mit seinem gewaltigen Stiefel den Takt und sägte auf einem seltsamen Stück Holz, das er sich unters Kinn geklemmt hatte, aber es gab keine Sägespäne, und das Holz brach auch nicht in Stücke. Der Trommler und der Pfeifer waren ebenfalls da und auch der neue Schmied, der sie alle überragte, Lachlan McGregor, der ein Gesicht wie eine Statue hatte und so gut wie niemals lächelte. Aber heute Abend blähten sich seine Wangen und aus seinen Augen strömten Freudentränen, während er auf einem seltsamen Apparat aus Pfeifen, Röhren und Blasebalgen spielte. Und dazu trug er, man staune!, einen leuchtend bunten Rock, der noch kürzer war als ihr eigener!

Fiedel. Dudelsack. Geburtsrecht. Zeremonie. Tanz.

Jennet kannte natürlich keines dieser Worte, denn sie kannte ja nicht einmal ihren eigenen Namen – obwohl Hannah ihr beigebracht hatte, mit einem Stift ein J und ein E zu zeichnen, und sie hatte auch einen ungeduldigen Versuch unternommen, ein N und ein T zu malen. Aber meistenteils beobachtete sie die sprechende Welt mit großen, ungerührten Augen und ging ihrer eigenen Wege inmitten der Erwachsenen, die in ihrer Nähe ungehemmt sprachen und taten, was ihnen gefiel, weil sie wussten, dass sie keine Geschichten erzählen würde.

Aber wenn es Musik gab, schien Jennet Trevor sie förmlich in der Luft sehen zu können. Das kleine Mädchen rutschte aufgeregt auf Hannahs Schoß herum und klatschte in die Hände, und ihr kleiner Mund stand ihr offen. Dann ließ sie sich entschlossen auf den Boden gleiten, stellte sich neben den Stuhl und beobachtete die Füße der Tanzenden, bevor sie sich auf den Dreschboden kniete und die Hände flach auf die Holzbohlen legte, um zu spüren, wie sie im Rhythmus des fröhlichen Tanzes zitterten.

Henry und Julia tanzten, genau wie ihre Tochter Dolly Lamb mit den rosigen Wangen und Jonathan und seine junge Frau, Sally, die ihre schwarzen Augen blitzen ließ und jeden Mann anstrahlte, dessen Hand sie bei dem Reigen ergriff. Mrs. Twig, die über und über mit Rüschen und Schleifchen bedeckt war, hatte irgendwie Daniel zu fassen bekommen. Sarah Firth mit den traurigen Augen, die McGregor den Haushalt führte und sich vor jedem zu fürchten schien, ergriff endlich die Hände des alten Küsters Abijah Teazle.

Mühlenarbeiter und Fischer und Holzfäller waren gekommen. Gattinnen und Töchter, Witwen und Jungfern und heimatlose Frauen, die nirgends einen Platz hatten. Sogar die bucklige Bertha Pinch tanzte mit dem alten Enoch Luckett, der übermütig hin und her hüpfte – auch wenn Onkel Henrys Sonntagsperücke weiterhin auf Markhams kahlem Schädel thronte und die Locken aus Pferdehaar nur so flogen, um den Triumph ihres alten und neuen Besitzers zu verkünden.

Für Jennet war das alles eine lautlose, magische Pantomime. Nach und nach begannen auch ihre Füße, sich auf und ab zu bewegen, in einem Tanz, der nur ihr gehörte. Immer schneller wirbelte sie herum, wilder und wilder, mit offenem Mund und verdrehten Augen.

Die Leute begannen sie anzustarren und zu tuscheln, und die Zwillinge der Lamberts kicherten und schnitten Grimassen. Hannah griff mit beiden Händen nach ihrem Kind und umfing es in der Taille, um es wieder auf ihren Schoß zu ziehen. Aber Jennet ließ sich nicht aufhalten. Sie trat um sich und setzte sich mit rudernden Armen zur Wehr, und ein dünnes Rinnsal Speichel rann ihr aus dem geöffneten Mund.

Daniel hat ihr sein Schweigen gegeben, dachte Hannah. *Aber dies ist mein Teil ihres Wesens. Dieses schreckliche Toben, um frei zu sein.*

Einen solchen Geist wollte man fesseln, ein Wesen so wild wie der Wolf auf dem Jahrmarkt? Hannah erbebte schon bei dem bloßen Gedanken daran, und sie biss sich auf die Lippe, bis sie blutete. Josselyn hatte noch keine Gelegenheit gehabt, Hannah und Jennet zu begrüßen. Als er sie jetzt erblickte, ließ er Mrs. Twig stehen und ging mit langen Schritten zu ihnen hinüber. Doch bevor er sie erreichte, war Andrew Tyrrell plötzlich an ihrer Seite.

»Dürfte ich wohl um den nächsten Tanz bitten, Miss?« Der Sekretär verbeugte sich tief vor dem kleinen Mädchen und bot ihm seine Hand dar. »Ich bin beklagenswert aus der Übung geraten, aber ich werde mir die allergrößte Mühe geben.«

Wie ein verschrecktes Tier hielt Jennet in ihrer Gegenwehr inne, und Hannah zog sie an sich und küsste sie auf die Augen, dass sie die Lider schließen musste. Das war immer schon ihr Zeichen gewesen. *Schlafenszeit,* bedeutete es. *Leg dich jetzt nieder, meine Blume. Für heute ist genug gespielt.*

Aber der kleine Körper entspannte sich nicht wie gewohnt in ihren Armen, und Hannah konnte das Herz ihrer Tochter hämmern spüren. Abermals öffnete sich der Schweigen gewohnte Mund. Jennets Atem ging stoßweise, und etwas wie ein Seufzer entrang sich ihr, aber es folgte kein Laut. Nichts.

»Sie ist zurückgeblieben?«, erkundigte sich Tyrrell sanft.

»Meine Tochter hört nicht und spricht nicht, Sir.« Hannah wischte dem Kind den Speichel vom Kinn und schloss ihrerseits die Augen, die Arme fest um Jennet gelegt, während sie sich sachte im Rhythmus des Tanzes wiegte. »Zurückgeblieben würde ich sie nicht nennen.«

Daniel beobachtete sie und tat, als unterhalte er sich mit John English. Als der Tanz endete, kam Dolly atemlos und erschöpft zu ihrem Platz zurück.

»Also wirklich, Hannah«, rief ihre rundliche Cousine. »Ich glaube nicht, dass du heute Abend auch nur einen einzigen Schritt getanzt hast, mein Liebes, und das, wo du mit dieser Rosenkrone im Haar so reizend aussiehst! Überlass das kleine Kätzchen jetzt mir. Sie wird mir bestimmt keine Schwierigkeiten machen, sie schläft ja schon halb.«

Tatsächlich schien das kleine Mädchen seine ganze Kraft erschöpft zu haben. Tyrrell schenkte Hannah ein scheues Lächeln. »In diesem Falle, Ma'am«, sagte er, »hat der Schlaf mir wohl meine Partnerin geraubt. Darf ich dann Sie stattdessen um den nächsten Tanz bitten?«

Er hatte den Höhepunkt seiner Jahre überschritten und war nie von wirklich bestrickendem Äußeren gewesen, aber trotz seines Augenglases und seiner bedächtigen Redeweise strahlte er eine Schlichtheit aus, die Hannah für ihn einnahm.

Tyrrell hielt ihr die Hand hin, und sie zögerte nur kurz, bevor sie sie ergriff. Daniel schloss die Augen und wandte sich ab. Gerade in dem Moment fiel Hannahs Blick auf Prediger Gwynn, der seine Schwester stehen ließ, um sich mit den Ellbogen einen Weg durch die Menge zu ihr zu bahnen. Plötzlich wollte sie nur noch fort, weg aus der Hitze, weg von dem Tanzlärm und den flackernden Lampions, die der Dunkelheit Gewalt anzutun schienen. Außerdem war eine Dosis frömmelnder Begierde am Tag wahrlich genug.

»Bitte verzeihen Sie mir, Sir«, sagte sie abrupt zu Tyrrell und ließ seine Hand wieder los. »Ich glaube, ich habe doch keine Lust zum Tanzen.«

Hannah schob sich durch die Menschentraube, die sich vor dem Punschbottich gebildet hatte, und Andrew Tyrrell sah ihr mit gerunzelter Stirn nach, bis sie in der Dunkelheit jenseits des Fackellichts verschwunden war. Dann machte er auf dem Absatz kehrt und gesellte sich wieder zu seiner Arbeitgeberin, die neben Charlotte saß.

»Ich fürchte, den armen Tyrrell hat es erwischt, Lottie«, sagte Lady Sibylla, während sie sich eine Prise Schnupftabak auf dem Daumen zurechtlegte. Ein zweifaches explosives Niesen war die Folge ihres Tuns, dann staubte sie sich mit dem Federfächer geziert ihre Hand ab. »Wer ist diese Frau?« Sibylla spähte zu Charlotte hinüber, und die Schwarzdrosselaugen blitzten im Fackelschein. »Sie ist ja leidlich hübsch – auch wenn ihre Haut so braun ist wie die eines zu lange gebackenen Kuchens!«

»Mrs. Trevor ist Hebamme und Krankenpflegerin«, antwortete Charlotte mit ausdrucksloser Stimme, »und sie muss bei Wind und Wetter hinaus.« Sie knabberte an einem Stück Obstkuchen. »Ich finde, ihre Augen treten zu arg aus den Höhlen, als dass sie eine wirkliche Schönheit wäre. Und ihr Mund ist zu breit.«

Andrew Tyrrell beobachtete die kleine Jennet, die Dolly entwischt war, um sich nun entschlossen einen Weg durch die Menge zu bahnen, dorthin, wo der Feuerspucker jetzt Rad schlug, seinen brennenden Stock zwischen den Zähnen. Der Besenhändler, der für die Akrobaten Geld eingesammelt hatte, leerte seinen Hut in eine Holzkiste auf dem Rasen, dann verschwand er hinter dem Puppenspielerstand.

»›Harvest Home‹, meine lieben Freunde!«, rief Josh. »Jeder sucht sich einen Partner, bitte schön!«

Die Menschen begannen den nächsten Tanz, eine Quadrille. Die alte Dame leerte ein Glas Wein, und Tyrrell füllte es wieder auf, wobei er jedoch ein Gutteil daneben goss.

»Ich hole sofort eine Serviette, Mylady«, murmelte er und war auch schon mit der Dunkelheit verschmolzen.

»Völlig vernarrt.« Sibylla seufzte. »Das hätte ich Tyrrell gar nicht zugetraut. Aber sie sind ja auch ein fesselndes Paar, diese Hannah Trevor und ihr hübsches Kind. Die

Gesichtszüge erinnern mich an irgendjemanden, aber ich habe zu viel Madeira getrunken, um mich darauf besinnen zu können, an wen.« Sibylla nahm noch eine Prise Schnupftabak und sah Charlotte von der Seite an. »Erzähl mir, wer ist der Vater des Kindes, Lottie? Einer von diesen Dorfgimpeln dort?«

Charlotte zog ihren Umhang aus Shetlandwolle fester um sich. »Ich glaube, ich würde jetzt gern wieder ins Haus gehen«, sagte sie. »Mein Kopf schmerzt. Und der Wind ist plötzlich so kalt geworden.«

»Tyrrell!«, rief Sibylla. »Hallo, Tyrrell! Also, zum Kuckuck mit dem Burschen. Er hat sich in Luft aufgelöst!«

Auch Hannah spürte, dass der Wind gedreht hatte und nun kühl von Osten wehte. Blitze zuckten tief am Himmel auf; ein Unwetter tobte über dem Meer, das so weit landeinwärts jedoch kaum Regen bringen würde. Ein paar Tropfen am nächsten Tag vielleicht, gerade genug, dass die Frauen nach ihrer Wäsche rennen mussten, die sie auf den Hecken zum Trocknen ausgebreitet hatten. Aber den verdorrten Wurzeln würde es gewiss nichts nutzen.

Die frisch gemähte Wiese lag vom Tanzplatz aus gleich hinter einer kleinen Anhöhe, und der süße Duft des Heus hatte sie dorthin gezogen. Obwohl hier keine Fackeln brannten, tanzte das Mittsommerfeuer am Flussufer, wo die Feldarbeiter mit ihren Mädchen lachend und singend ihr Fest begingen; der Mond kam immer wieder kurz hinter den Wolken zum Vorschein, nur um sich alsbald wieder dahinter zu verstecken und die sommerliche Dunkelheit wie ein lebendiges Wesen erscheinen zu lassen, voller Bewegungen, die sich gerade eben dem Blick entzogen. Aus dem kleinen Wäldchen auf dem Hügel erklang der Schrei einer

Eule, und Hannah sah den Schatten des Tieres, als es sich hoch in die Luft schwang.

Sie konnte noch immer ganz schwach die Klänge der Fiedel ausmachen, und sie ließ sich von der Musik ergreifen und bewegte sich zu ihren Klängen, wie Jennet es getan hatte, drehte sich in der Dunkelheit wie die Figur auf der holländischen Spieluhr, die sie als kleines Mädchen besessen hatte. Sie trug ihr gutes Sommergewand, ein hellgraues Leinenkleid, das angenehm kühl war. Der weit geschnittene Rock verfing sich in den abgemähten Stoppeln, riss sich los und erhob sich dann sachte in die Luft, als trüge der Wind Hannah empor, als fordere der Mond sie für sich.

Plötzlich hielt sie inne. Sie hörte jemanden rennen, dann erschien oben auf dem Hügel der Schatten eines Mannes – er musste von hohem Wuchs sein, breitschultrig, aber schlank, und er trug keinen Mantel. Sie konnte die bauschigen weißen Ärmel seines Hemdes ausmachen und die vagen Umrisse eines Hutes.

»Daniel?«, fragte sie laut, denn der Mann stand reglos da. »Bist du es, Liebster?«

Aus dem Wäldchen auf der Anhöhe hörte sie ein Pferd wiehern. Die Eule erschien abermals und schwebte einige Augenblicke in der Luft, bevor sie herabstieß. Als Hannah, die das Tier kurz abgelenkt hatte, wieder hinsah, war der Schatten des Mannes verschwunden.

Wenn es wirklich Daniel gewesen war, musste er es sich anders überlegt haben. Vielleicht hatte er sich seit dem Winter verändert und bedauerte die unvermeidliche Tatsache ihrer Existenz. Vielleicht glaubte er Isaiah Squeers übler Nachrede.

Aber nein. Hatte er ihr nicht gerade erst einen Arm voll Rosen gesandt?

Und dann hörte Hannah jemanden schreien. Es klang gedämpft und weit entfernt, als würde jemand erstickt, erwürgt. Es waren keine Worte, nur ein hoher, schrecklicher Schrei, der sich einer zugeschnürten Kehle entrang und verklang.

Dann hörte sie es wieder, dann noch einmal, lauter diesmal. Es war schrill und wild, ein schreckliches Geräusch. *Jennet*, dachte Hannah und spürte, wie die Brust ihr zu eng wurde und ihr Atem stoßweise ging. Aber das war unmöglich, denn das Kind schrie nicht. Vielleicht war es nur irgendein Geschöpf, das die Eule in die Krallen bekommen hatte.

Doch dann wurde ihr bewusst, dass die Fiedel und der Dudelsack verstummt waren, und in der Ferne erklang lautes Stimmengewirr.

Hannah lief die Wiese hangaufwärts. Als sie auf der Höhe angelangt war und atemlos stehen blieb, erblickte sie Fackeln und Laternen im Garten jenseits des Dreschbodens, Lichter, wo zuvor keine gewesen waren, und sie hörte Daniels erhobene Stimme, obwohl sie seine Worte nicht verstehen konnte.

Sie lief schnellen Schrittes hinunter in den Hof, vorbei an den Grüppchen aufgeregt miteinander tuschelnder Nachbarn und immer diesen schrecklichen Schreien nach. Sie kamen jetzt regelmäßig wie ein Schluchzen, aber sie hatten eine seltsame, trockene Schärfe, eine Art von monotonem Gleichmaß, ohne die für menschliche Stimmen gewöhnliche Hebung und Senkung.

Die Schreie kamen aus dem Rosengarten, aus der Laube, die dicht mit voll erblühten, dornigen Ranken bedeckt war. Aus der Laube selbst waren Männerstimmen zu hören und das Zischen und Knistern ihrer Pechfackeln.

»Ah, Hannah! Wo zum Teufel hast du gesteckt?« Onkel Henry legte ihr eine Hand auf den Arm.

»Wer schreit da?«, fragte sie ihn.

»Es gibt einen Toten«, erklärte er. »Er hat sich selbst die Kehle aufgeschlitzt, der arme Teufel.« Es war nicht der erste Selbstmord, seit die Zwangsvollstreckungen begonnen hatten.

»Wer schreit da?«, wiederholte sie. Aber sie wartete die Antwort nicht ab, sondern zwängte sich zwischen den leise miteinander redenden Männern hindurch und betrat die Laube.

Als Erstes sah sie Jonathan, der sich über den Toten beugte. Sie erkannte den schäbigen Hut des Besenhändlers mit der aufgestülpten Krempe, der jetzt auf dem Boden lag. Aber Hannah hatte kaum einen Blick übrig für den Mann und den Hut, denn inzwischen war klar, woher die seltsamen Schreie kamen.

In einer düsteren Ecke der Laube hockte mit wilden Augen und entsetztem Gesicht Jennet Trevor und stieß mit einer beinahe achtjährigen Verspätung ihren Geburtsschrei aus.

»Na na«, sagte Daniel leise. »Scht, scht, Jenny, meine Jenny, scht.«

Julia war ebenfalls da und versuchte, das Kind zu besänftigen, und Dolly und Josh, Mrs. Firth und Bertha Pinch, der Puppenspieler und einige andere standen mit weit aufgerissenen Augen in der Tür. Aber die Schreie des kleinen Mädchens verstummten nicht. Daniel hielt sie fest in den Armen, aber sie wehrte sich gegen ihn, verzweifelt und verängstigt, zerkratzte ihm das Gesicht, bis ihre kätzchenscharfen Krallen eine Blutspur auf seiner Wange hinterließen, und trotzdem ließ er sie nicht los.

Und sie schrie und schrie und schrie immer weiter.

Jennets Hände waren klebrig von Blut, und ihr bestes indigofarbenes Kleid war über und über besudelt. Blut hatte sich zu einer Pfütze auf den mit Gras überwachsenen Pflastersteinen gesammelt, und Blut war auf das weiß getünchte Gitterwerk der Laube gespritzt; auch die roten und weißen Rosen schienen voller Blutflecken zu sein. Der Geruch war schrecklich, Schwindel erregend und scharf.

»Gütiger Gott«, murmelte Jonathan. Er hatte neben dem toten Besenhändler gekniet und stand nun auf und wandte sich ab.

Aber die zierliche Sarah Firth mit den sanften Augen, die nur wenige Schritte hinter Lachlan McGregor und einigen anderen Männern stand, schien das Blut nicht weiter zu berühren.

»Die Kleine war in Dollys Armen fest eingeschlafen, Ma'am«, erklärte sie Hannah, »und wir haben sie zu Robbie und den anderen Kindern auf eine Decke gelegt. Aber sie muss aufgewacht und zu dem Puppenspieler hinübergegangen sein, und dann ist sie in die Laube gestromert und hat – das da – gefunden.«

In der dunklen Ecke hatte der Kampf aufs Neue begonnen. Jennet bohrte ihre Zähne in Daniels verstümmelte Hand, und er konnte einen Aufschrei nicht unterdrücken.

»Lass mich sie halten«, sagte Hannah zu ihm. »Lass sie los.«

Er blickte zu ihr auf. »Hat sie schon früher einmal irgendeinen Laut von sich gegeben? Irgendeinen?«

»Nein. Nie.«

Das war alles, woran er denken konnte; es erschien ihm wichtiger sogar als der schreckliche Leichnam mit seiner durchschnittenen Kehle. *Wenn sie schreien kann, kann sie auch sprechen.*

»Lass sie jetzt los«, sagte Hannah.

Daniel nickte. Er löste seine Arme, die Jennet wie eine eiserne Fessel umfangen hatten, und das Kind verharrte einen Augenblick lang überrascht. Ihr Mund stand offen, und sie starrte Hannah an, als hätte sie sie noch nie zuvor gesehen. Aber das furchtbare Schreien brach ab, so plötzlich, wie es begonnen hatte.

Hannah streckte die Hände nach ihr aus, und Jennets Körper fand wie von selbst seine Lieblingsposition, die Arme um den Hals der Mutter geschlungen, die Beine fest um ihre Taille gelegt. Sie war inzwischen ein wenig zu groß dafür und beinahe zu schwer, aber ihre Mutter hob sie mit einem leisen Ächzen hoch und hielt sie fest. Die Kleine barg ihr Gesicht an Hannahs Hals, und sie spürte, wie ihr Kleid von Speichel durchnässt wurde.

»Bringen Sie sie ins Haus, Mrs. Trevor, und waschen Sie ihr das Gesicht«, sagte eine leise Stimme vom anderen Ende der Laube. »Bleiben Sie über Nacht mit ihr hier. Twig wird Ihnen ein Bett herrichten und etwas Warmes zu trinken machen. Vielleicht wird die Kleine sich beruhigen, wenn sie erst ein wenig geschlafen hat.«

Es war Charlotte. Sie stützte sich schwer auf Tyrrells Arm, aber sie stand sehr aufrecht da und erwiderte Hannahs Blick. In ihren blauen Augen lag ein sanfter undeutbarer Ausdruck.

»Ein Glas verdünnten Weins würde ihr vielleicht gut tun«, meinte Daniels Gemahlin. »Und Sie selbst sollten auch etwas trinken, ein Glas Brandy vielleicht oder Portwein. Sie sind sehr blass.«

»Vielen Dank«, erwiderte Hannah. »Aber meine Tante

wird Jennet nach Hause bringen. Und mir selbst geht es gut.«

Charlotte nickte leicht, den Blick fest auf das Gesicht ihres Mannes gerichtet, und hinter ihr sah Hannah die Federn von Lady Sibyllas Kopfputz wippen. Jenks und Owen warteten, während Andrew Tyrrell es den beiden Frauen in Hobble bequem machte, und kurz darauf war zu hören, wie die Sänfte auf dem Kiesweg zum Haus getragen wurde.

Dann standen Hannahs Tante und ihr Onkel plötzlich neben ihr, und Henry nahm Jennet auf die Arme und strich mit seiner rauen Wange über ihr Haar. Sie lag still an seiner Schulter und gab keinen Laut mehr von sich.

»Sollen sie doch Clinch kommen lassen, mein Mädchen, und du gehst mit uns nach Hause«, sagte Julia und vermied es sorgsam, zu der Leiche hinüberzusehen. »Ich habe gehört, was sie dir auf dem Jahrmarkt angetan haben. Das reicht für einen Tag. Lass ausnahmsweise einmal die Männer tun, was hier getan werden muss.«

Hannah schüttelte den Kopf, und die Rosenkrone fiel auf den blutbefleckten Boden.

»Unsinn, Tante«, erwiderte sie. »Ich bin hier, und irgendjemand muss sich ja um den Toten kümmern.«

Julia gab sich geschlagen und konnte nur noch den Kopf schütteln, den Arm ihres Mannes nehmen und gehen. Als sie fort waren, wandte Hannah sich den anderen zu. »Kennt ihn irgendjemand? Wie ist sein Name?«

»Reuben Stark«, antwortete Daniel. Vor den anderen konnte er kaum mehr sagen. »Er war heute bei mir und bat um Arbeit. Er sagte, er hätte eine Frau hier in der Gegend.«

»Ich weiß, wo sie wohnen, denn ich habe seine Familie versorgt«, sagte Hannah. »Man muss es seiner Frau mitteilen, und jemand muss seine Kinder trösten. Ich gehe mit dir zusammen hin, Jonathan, sie kennt mich. Obwohl ich ihm nie begegnet bin …«

Ihre Stimme klang plötzlich erstickt, und sie brach mitten im Satz ab, denn sie hatte auf das Gesicht des Toten hinabgeblickt, und im Licht der Laterne, die die Männer neben seinen Kopf gestellt hatten, konnte sie ihn gut erkennen. Hannah erschauerte und sank in sich zusammen.

Keiner von den anderen hätte ihn erkannt. Er war ein hübscher Kerl gewesen, als sie ihn das letzte Mal sahen, und sehr eitel, und in Gesellschaft pflegte er eine vornehme, gepuderte Perücke zu tragen und eine Diamantnadel in der Krawatte.

Aber Gott hatte ihn seit damals bitter gegeißelt.

Er war in der Hoffnung auf Sicherheit davongelaufen, aber irgendwo hatten sie ihn dann doch zu fassen bekommen, in irgendeinem erbärmlichen Dorf oder in irgendeiner Seitengasse in Boston oder Philadelphia, wo er unterzutauchen versucht hatte. »Zum Teufel mit den Torys!«, schrien sie, als sie ihm die Kleider vom Leib rissen und ihn an einem Seil durch die Straßen schleiften. Vielleicht hatten sie ihn auch ausgepeitscht oder ihn auf den Schultern durch die Straßen getragen, rittlings auf einer scharfkantigen Eisenschiene, bis er aus den Lenden blutete und sein Geschlecht hölzern und tot herabhing.

Sie hatten ihm die Ohren abgeschnitten und große, klaffende Löcher zurückgelassen. Beschneiden nannten sie das und machten Witze darüber, dass beschnittene Ohren noch in Mode kommen würden. Manchmal machten sie bei den Ohrläppchen Halt oder begnügten sich damit, Kerben in die Ohren zu schneiden. Aber bei ihm hatten sie ihre Sache gründlich erledigt, und auch seine Nase war wie bei einem Sträfling aufgeschlitzt worden. Die Narbe auf seiner Stirn war lange verheilt, trat aber noch immer dunkelrot hervor, und das Brandzeichen ließ sich deutlich erkennen: TORY stand dort. Nur seine Augenbrauen waren noch dieselben. Sie waren ergraut und nicht mehr so dunkel wie zuvor, aber die linke Braue war immer noch gerade und von vollkommenem Wuchs, während sich in der Mitte der rechten eine Lücke breit machte, eine Narbe, wo die Haare nicht wachsen wollten. Es war diese durchbrochene Linie, an der sie ihn erkannte, denn sie selbst hatte ihm diese Narbe beschert.

Da hörte Hannah plötzlich eine Stimme, die gewiss nicht von Jennet kam und die anscheinend auch nicht ihr selbst gehörte. Es war ein leises Geräusch, als trauere ihre verlorene Mädchenzeit um den Mann dort auf dem Boden und um ihr Herzblut und die Jahre, die sie mit Hass vergeudet hatte. Sie spürte, wie jemand näher trat und sich neben sie stellte, spürte einen Arm, der sie stützte. Sie wusste nicht, ob es Daniel war oder Jonathan oder Sarah Firth, die sie hielten, oder ob es ihre Mutter war, die fast zwanzig Jahre zuvor ihr Leben gelassen hatte, oder ihr Vater, der starb, als sie zehn gewesen war.

Alles, was Hannah Trevor wusste, war, dass die Toten niemals tot sind und dass sie die Lebenden nicht loslassen.

»Was ist dir denn, mein Herz?«, fragte Daniel mit leiser Stimme, und seine Stimme war ihr so nah, als käme sie aus den Tiefen ihrer Knochen.

»Mein Mann«, flüsterte sie. »Es ist James, der doch tot war.«

II

Beweisaufnahme in Sachen James Trevor

NUMMER 1:
ANKÜNDIGUNG DER ZWANGSRÄUMUNG
Vier Hektar Ackerland und Wald, mit einer Hütte und einem Stall, eine halbe Meile westlich der Wasserfälle des Blackthorne Creek, in Sektion 12, Flurstück 17. Hamilton Siwall, Esquire, der Eigentümer, hat seit vier Monaten keine Zahlung des Pachtzinses, der sich auf vier Pfund beläuft, mehr erhalten und verlangt daher, dass der Pächter, ein gewisser Reuben Stark, den Besitz räumt und dass dessen Habe beschlagnahmt und verkauft werde, um die noch ausstehenden Pachtzahlungen zu decken.

Überstellt durch Jonathan Markham,
Wachtmeister 9. Juli 1786

Vorstehende Notiz wurde zusammengefaltet in der Tasche des Toten gefunden, zusammen mit zwanzig Shilling in Silber und einer halben Kalbspastete, deren fehlende Hälfte erst vor kurzem verzehrt worden war. Auf der Rückseite des Schreibens stand in der Handschrift eines gebildeten Mannes das Folgende:

Wenn ich großes Unrecht getan habe, so ist mir dasselbe widerfahren, von den Händen vieler. Ich bin ruiniert, und möge der Teufel meine Seele nehmen.

NUMMER 2:

Hut mit aufgestülpter Krempe: Leibregiment des Prinzen von Wales, 1781, Walisische Füsiliere: ein runder schwarzer Hut mit dreispitziger Krempe, mit Goldlitze gesäumt und mit roter Kokarde.

NUMMER 3

Rasiermesser: Klinge aus Sheffield-Stahl mit beinernem Griff. Auf der Klinge eingraviert der Familienname TREVORE sowie das Zeichen einer Kiefer, das Handelszeichen des Barbiers Mr. Merridew aus der Jermyn Street in London, der die Klinge im Jahre 1733 gefertigt hat.

NUMMER 4:

Ein Trauerkopftuch für eine Frau aus weißem Batist mit schwarzer Seidenstickerei auf dem Saum:

Hannah Trevor, James Trevor
In Liebe gefreit, uns zu lieben für alle Zeit

12

Beweisaufnahme: was für ein Mann er war

Brief von Mr. James Trevor, Esquire,
an seine Ehefrau, Hannah Trevor,
In Rufford, Maine, County of Sussex,
Geschrieben aus Salem in Massachusetts am
10. Oktober 1780

Meine liebe Gemahlin!

Nachdem ich aus meinem eigenen Bett verjagt wurde, um hier in der Fremde große Gefahren ausstehen zu müssen, kam ich endlich bei meinem Freund Mr. Baggett in Boston sicher unter. Dort blieb ich einige Monate und schlug mich, so gut ich konnte, durchs Leben, bis meine finanziellen Mittel erschöpft waren.

In der Hoffnung, meinen Finanzen durch den Verkauf meiner Möbel, die im Haus in der Batchelder Street zurückgeblieben waren, wieder aufhelfen zu können, ging ich eines Nachts in aller Heimlichkeit dorthin, um eine Liste meiner Habe aufzustellen. Ich fand alles im Besitz eines grobschlächtigen Burschen, der sagte, mein Haus sei nun mehr das seine, und mich alsbald mit Pistolen von der Tür verjagte. Ich weiß, du kannst dir meine Verzweiflung vorstellen, meine Herzallerliebste, insbesondere jenen Raum in den Händen eines Schurken zu sehen, an den sich solch zarte Erinnerungen an mein Entzücken in deinen Armen knüpfen.

Mr. Baggett war so gut, mich mit Empfehlungsschreiben an einen loyalen Untertanen Seiner Majestät in der Stadt Salisbury bei Salem auszustatten. Ich verbrachte dort einige Monate in aller Stille, indem ich mich als Schreiber für diesen Gentleman verdingte. Für eine Weile durfte ich ein kleines Häuschen mein Eigen nennen und hegte einige Hoffnung, nach dir schicken zu lassen, auf dass wir die ergötzliche Wiederherstellung ehelicher Beziehungen feiern könnten, ein Zustand, nach dem es mich immer verlangen wird.

Aber es hat nicht sein sollen, leider. Ich halte mich derzeit in Salem auf, und die Stimmung des Pöbels hier in der Gegend ist so verzweifelt, dass ich abermals mein Heil in der Flucht suchen muss. Ich werde nach London gehen, wo ich viele Freunde habe, und ich hoffe, mit meinen Geistesgaben dort meinen Weg zu machen. Es wird allerdings eine beträchtliche Summe vonnöten sein, meine Herzallerliebste, um mich für diese anstrengende Reise zu rüsten und mich bei meiner Ankunft mit einem guten Pferd und geziemender Kleidung auszustatten, Dinge, die es mir ermöglichen werden, in der besten Gesellschaft dort mein Glück zu machen.

Verkaufe unverzüglich meine beiden Kutschpferde sowie meine Kalesche. In einem so kleinen Ort wie Rufford benötigst du keine Kutsche, und diese Dinge sollten ein hübsches Sümmchen erzielen.

Verkaufe gleichfalls die Perlenohrringe, die ich dir zu unserer Hochzeit geschenkt habe, und schicke mir das Geld an folgende Adresse: Baggett und Söhne, Unterhändler und Kommissionäre, Fountain Lane 33, Salem.
Es ist die Pflicht eines Ehemannes, seine Frau zu gemahnen, dass seine Ehre in ihrem Gehorsam liegt, und obwohl ich in die Fremde gegangen bin, habe ich immer noch das Recht, Treue und Ehrlichkeit von meiner geliebten Gattin zu verlangen, gerade so wie sie sich verlassen darf auf ihren

ihr ergebenen Gemahl
James Ramsay Trevor

Post Scriptum: Sofern der Verkauf der Ohrringe und der beiden Pferde keine zweihundert Pfund erzielt, verkaufe den Hausstand und übersende mir das Geld. Ich vertraue darauf, dass du bei deiner Tante Bleibe findest und bei ihr Dienst tun kannst; anderenfalls solltest du ein nützliches Gewerbe erlernen, um für deine Bedürfnisse aufzukommen, und was du an zusätzlichem Geld verdienst, darfst du mir an mein künftiges Quartier schicken, sobald ich mich in London niedergelassen habe, auf dass ich dich umso schneller wieder an meinen Busen drücken darf.
Erledige alles so, wie ich es dir sage. Eile dich. Ich werde sonst schon fort sein.

Das vorstehende Schreiben ist der einzige Brief, den Hannah Trevor von ihrem Ehemann nach dessen Flucht aus Rufford bekam. Auf die Frage, warum sie ihn aufbewahrt habe, erwiderte sie: Falls und wenn sie jemals frei sein sollte, sich wieder zu verheiraten, wollte sie diesen Brief als Warnung vor der Torheit benutzen, jemals dem Wort irgendeines Mannes zu vertrauen.

Mrs. Trevor fügt hinzu, dass die Perlenohrringe ihrer Mutter gehört hätten und kein Geschenk von James Trevor waren, obwohl sie dann zusammen mit seinem Eigentum versteigert wurden. Die beiden Pferde sowie die Kalesche befänden sich nunmehr im Besitz von Hamilton Siwall. Baggett und Söhne seien allenthalben für ihre Geschäfte mit geschmuggeltem Rum, Tabak, illegalen britischen Waren, Sklaven und Leibeigenen bekannt.

13
JAMES

Es hätte beinahe Selbstmord sein können.

Er lag mit geschlossenen Augen auf dem Rücken, das Trauertuch mit der linken Hand umklammert, das offene Rasiermesser neben seiner Rechten auf dem Pflaster. Den einen Arm hatte er emporgerichtet, als wolle er nach etwas greifen, und der andere lag steif an seiner Seite.

Es war *möglich,* dass seine Arme diese Position eingenommen hatten, nachdem er sich selbst die Kehle durchgeschnitten hatte, in dem langen, warmen Augenblick des Sterbens, da der Geist bereits fort ist, das Leben aber noch nicht und Muskeln und Knochen sich ihr Gedächtnis noch bewahrt haben. In diesem Augenblick hat der Körper einen eigenen Willen; Hannah hatte es oft gesehen, wie die Hände sterbender alter Frauen mit unsichtbaren Nadeln weiter strickten, wie Männer unsichtbare Pfeifen an ihre Lippen führten und daran pafften, als könne ein letzter Hauch von Tabak sie vor dem Zorn Gottes retten.

Es war *möglich,* dass James Trevor sich so zum Sterben niedergelegt hatte. Seine Beine waren ausgestreckt, die Absätze seiner abgetragenen Reitstiefel lagen dicht beieinander. Die Stiefel waren an der Spitze abgewetzt und reichten ihm bis über die Knie, und als Hannah sich niederhockte und sie mit den Fingerspitzen berührte, waren sie fast bis zur Krempe hinauf feucht. Ein paar Heuhalme klebten unter der Sohle. Gewiss war er am Flussufer entlanggegangen und dann über die frisch gemähte Wiese – und er musste es vor nicht mehr als einer Stunde getan haben, sonst wären die Stiefel in dieser Hitze bereits wieder getrocknet.

War er dort mit jemandem verabredet gewesen? Hatte *er* sie allein auf der Heuwiese stehen sehen? Hatte *er* auf der Kuppe des Hügels innegehalten und erwogen, sie anzusprechen?

Hannah beugte sich einen Augenblick tief über ihn und schien zu lauschen, schien darauf zu warten, dass etwas an ihr Ohr dränge, das er vielleicht gesagt hätte. War es Reue? Ein müßiges Verlangen nach einer verspäteten Wiedergutmachung? Eine Bestätigung ihrer eigenen schlimmen Erinnerungen?

Und wie konnte er es *wagen*, sie sogar noch um seinen Tod so lange zu betrügen?

Sie blickte zu Daniel auf und zu ihrem jungen Cousin Jonathan, dem Wachtmeister. Von den anderen Leuten waren viele inzwischen gegangen, obwohl eine beträchtliche Anzahl noch immer draußen herumlungerte und von Selbstmord sprach.

»Ich kann es nicht glauben«, sagte sie leise. »Das ist kein Selbstmord gewesen. Er hat immer Angst vor Messern gehabt.«

James Trevor war ein paar Jahre jünger gewesen als Daniel, etwa um die vierzig. Er trug keinen Mantel, nur ein langes Lederwams über einem grauen Wollhemd und schwarzen Reithosen. Die Tasche an seiner Taille war von der Art, wie beide Armeen sie ausgegeben hatten, um Musketenkugeln und Vorräte darin unterzubringen, aber er hatte keine Waffe bei sich, bis auf das Rasiermesser, mit dem seine Kehle aufgeschlitzt worden war.

Mr. English hatte inzwischen weitere seiner Wachen herbeordert und an der Rosenlaube postiert, um die Neugierigen fern zu halten, und Jonathan hatte nach dem Leichenbeschauer, Dr. Clinch, geschickt. Die Fackeln waren gelöscht worden; stattdessen brannten nun einige Blechlaternen, die den kleinen Raum mit einem stetigen Licht erfüllten. Der junge Constable mit den dunklen Bartstoppeln hatte die Zähne fest zusammengebissen; er durfte jetzt niemandes Vetter sein und niemandes Freund – schon gar nicht Hannahs. Er war auf sich allein gestellt, und das machte ihm Angst, machte ihn grimmig und wütend. Er griff nach dem schwarz gesäumten Halstuch und runzelte die Stirn, als er ihren Namen dort eingestickt fand.

»Was hast du dazu zu sagen, Hannah?«, fragte er und reichte ihr das Tuch.

Hannah starrte es ausdruckslos an. »Nun, nichts.«

»Nichts? Bist du blind? Dein Name steht drauf, deiner und seiner.«

»Ja«, antwortete sie unbestimmt. »Mrs. Pitt hat das Tuch für mich gemacht, als im Februar der Brief kam, dass er tot sei. Ich wollte es immer neu besticken, aber ...«

»Zum Teufel mit der Stickerei! Wie kommt das Tuch hierher?«

Sie drehte sich um und wandte den Blick ab. »Das kann ich nicht sagen. Ich hatte es in die Truhe in meinem Zimmer gelegt. Ich bin mir ganz sicher ...« Ihre Stimme verlor sich.

»Hattest du die Truhe abgeschlossen? Du schließt sie doch immer ab, nicht wahr?«

Als kleiner Junge hatte er einmal zum Spaß eine Schlange in Hannahs Wäsche versteckt und war dafür ordentlich verprügelt worden. Seither war die Truhe stets verschlossen.

»Hast du dich hier mit ihm getroffen? Er war den ganzen

Tag auf dem Jahrmarkt und später hier beim Tanz. Du musst ihn erkannt haben.«

»Ich hielt meinen Mann für tot, warum sollte ich da an jeder Ecke erwarten, ihm über den Weg zu laufen?«, wandte sie ein. »Ich habe ihn gesehen und doch nicht gesehen. Mit diesem Hut auf dem Kopf hätte ich ihn niemals für James gehalten. Für mich war er ein Besenhändler, mehr nicht.«

»Hannah, hör mir zu. Wenn du das Tuch hier verloren hast, musst du es mir sagen. Bevor Clinch kommt. Bevor Sheriff Tapp kommt. Sobald sie hier sind, kann ich nichts mehr für dich tun.«

Plötzlich schien ihr wieder einzufallen, wo und wer sie war. Sie richtete sich stolz auf und wandte sich zu ihm um.

»Ich weiß, was du denkst! Aber wenn ich James ermordet hätte, warum sollte ich dann ein Tuch mit meinem Namen hier zurücklassen, damit es mich verrät?«

»*Hast* du die Wäschetruhe abgeschlossen?«, wiederholte der Wachtmeister.

Ihre Gedanken machten sich von neuem auf die Reise, und ihre Stimme wurde leise und tonlos. »Ich ... ich tue jeden Tag so viele Dinge. Vielleicht habe ich vergessen, sie abzuschließen. Vielleicht habe ich das Tuch auf der Treppe fallen lassen und jemand hat es aufgehoben.«

»Wer war heute im Haus, abgesehen von der Familie und den Mägden? Hat irgendjemand dich besucht?«, wollte Daniel wissen.

»Nur Prediger Gwynn. Aber der hat gewiss nicht ...«

»War er irgendwann einmal allein? Bist du vielleicht kurz hinausgegangen und hast ihn in der Küche sitzen lassen?«

»Ich bin in die Vorratskammer gegangen, um ihm ein Glas Buttermilch zu holen. Aber er war nicht lange genug allein, um nach Halstüchern oder sonst etwas zu suchen.

Und warum sollte er einen solchen Verdacht auf mich lenken wollen, wo er doch die Absicht hatte ...«

Sie brach ab, aber Jonathan ließ es ihr nicht durchgehen. »Was? Was für eine Absicht hatte er?«

Hannah sah kurz zu Daniel hinüber. »Wo er doch die Absicht hatte, mich zu heiraten«, beendete sie ihren Satz.

»Dich? Prediger Gwynn will dich zur Frau?« Jonathan war sprachlos.

Daniel sagte nichts, sondern tat ein paar Schritte, drehte sich dann um und kam wieder zurück.

»Mrs. Trevor hat ganz Recht«, sagte er schließlich, und seine Stimme klang kühl und förmlich. »Mr. Gwynn kann unmöglich gewusst haben, dass sie ein solches Halstuch überhaupt besitzt, geschweige denn, wo es aufbewahrt wird.«

Die dunklen Augen des Wachtmeisters waren jetzt voller Angst. »Wenn dieses verfluchte Halstuch nicht wäre, hätte Trevor – oder Stark oder wie auch immer man ihn nennen mag – einfach einer von vielen Ruinierten sein können, die sich das Leben nehmen. Wie die Dinge aber liegen, und da du uns sagst, dass er auf keinen Fall ein Messer benutzt hätte –«

»Da ist noch etwas«, unterbrach sie ihn. »Die Kehle wurde mit einem einzigen schnellen Schnitt durchtrennt. Aber wenn ein Mann versucht, sich die eigene Kehle durchzuschneiden, hat er, was nur natürlich ist, Angst davor. Er macht ein oder zwei kleine Schnitte und gewöhnt sich an den Schmerz, bevor er sein Werk vollendet.« Sie krempelte die langen Ärmel ihres Leinenkleides hoch und hielt ihrem Vetter ihre Handgelenke hin. »So wie hier«, sagte sie.

Auf den Innenseiten beider Handgelenke konnte man zwei, drei zarte Narben erkennen.

»Im Augenblick der Tat hatte ich Angst«, sagte sie leise. »Ich habe es verpfuscht. Das Messer war stumpf.«

Sie ließ sich auf eine der Bänke sinken, die Hände im Schoß verschränkt. Daniel trat vor sie hin und rollte ihr die Ärmel herunter und knöpfte die Manschetten sorgfältig über den Narben wieder zu. Er hatte diese Narben schon früher einmal gesehen und sich eingeredet, sie müssten ihre Ursache in irgendeinem Missgeschick haben, einem ungeschickten Zusammenstoß mit Dornengestrüpp etwa oder mit Glasscherben.

Aber im letzten Winter hatte sie es ihm erzählt. Hatte ihm erzählt, wie James sie beim Ausbruch des Krieges in Boston zurückgelassen hatte, als Ehefrau eines Torys, der die Händler kein Essen mehr verkaufen wollten. Wie sie sich in dem dunklen Haus verbarrikadiert hatte, weil sich die Leute, wenn Kerzen brannten, daran erinnert hätten, dass sie noch da war, und weil sie dann gekommen wären, sie zu holen. Sie hatte erzählt, wie sie sich selbst die Schuld am Tod ihrer drei Kinder gegeben und wie sie sich ihr langes Haar abgeschnitten und ihre Handgelenke aufgeschlitzt hatte.

Einen großen Teil ihres Schmerzes hatte sie ihm preisgegeben, dass er ihr tragen helfe.

Aber nicht alles, niemals alles. Es würde immer einen Teil von Hannah geben, der niemandem gehörte als ihr selbst. Das war es, warum Trevor sich gegen sie gewandt hatte – weil sie sich nicht besitzen ließ. Einen letzten Splitter Wahrheit würde sie immer für sich behalten, den schlimmsten und den schärfsten, mit dem sie alle Bande durchschneiden konnte.

Ohne länger an den toten Mann und den jungen Wachtmeister zu denken, küsste Daniel ihre Hände, barg sie einen

Augenblick in den seinen, legte sie dann sachte wieder in ihren Schoß und trat zurück.

»Warum sollte James wieder hierher kommen?«, flüsterte sie. »Doch gewiss nicht aus Liebe?«

Daniel setzte sich neben sie, ohne sie zu berühren. »Er hat dir Schlimmes angetan. Vielleicht ist es ihm am Ende doch bewusst geworden. Sein Brief klingt so, oder nicht?«

Wenn ich großes Unrecht getan habe …

Aber das Entscheidende war das Wort *Wenn.*

»Ich bin mir ganz sicher, dass es seine eigene Handschrift ist«, fuhr sie fort. »Und doch kann ich nicht glauben, dass er sich das Leben nehmen wollte. Es passt nicht. Ganz und gar nicht.«

Jonathan beugte sich über den Leichnam. »Ich habe ihm vor drei Tagen den Räumungsbefehl gebracht und ihn nicht erkannt. Er hat seit Monaten in unserer Mitte gelebt!«

»Sie waren noch ein Junge und gerade mal acht oder neun Jahre alt, als er fortging«, sagte Daniel. »Und den frischeren Erinnerungen an ihn konnte er leicht aus dem Wege gehen, wenn er sich in den Wäldern hielt und Erledigungen von seiner Frau besorgen ließ. Oder er hat seine Geschäfte in Fort Holland abgewickelt. Selbst wenn er es riskiert hat, ins Dorf zu kommen – in der Nacht, im Rauch von Edes' Taverne oder in der Menge auf dem Jahrmarkt –, dann war das Auge doch von diesem merkwürdigen Aufzug abgelenkt. Er sah aus wie ein vagabundierender Tagedieb, und nur wenige hätten seine Gesellschaft gesucht.«

Jonathan runzelte die Stirn. »Aber wenn Hannah ihn jetzt erkennt, da er tot ist, warum hat sie ihn dann nicht erkannt, als er noch lebte? Beim Jahrmarkt oder hier beim Tanz?«

»Er hat sich sehr verändert«, antwortete sie. »Selbst jetzt

hätte ich ihn kaum erkannt, wäre da nicht die Narbe gewesen.«

Sie erzählte ihnen nicht davon, dass James eine Woche nach dem Tod ihrer Kinder versucht hatte, in ihr Bett zu kommen.

Ich verlange nicht mehr als das, was deine Pflicht ist, sagte er. *Wir können schon im Frühling ein neues Kind haben.*

Da hatte sie nach der Kaminschaufel getastet und ihm damit voll ins Gesicht geschlagen. Blutüberströmt hatte er sich auf sie gestürzt, ihr eine Faust in den Leib gerammt und sie zu Fall gebracht. Hannah schrie nicht auf und gab auch keinen Laut von sich, als sie schließlich auf dem Boden lag, während er sein wütendes Geschlecht wieder und wieder in sie hineindrosch, bis ihr Körper eine einzige lautlose Wunde war.

Nein, es war James, der schluchzte, dem die Tränen aus den Augen rannen.

Ich vergebe dir, hatte er geflüstert, als er endlich fertig war, und er hatte ihr über die Stirn gestrichen und sie sachte auf die Lippen geküsst. *Ich liebe dich, mein Herz. Warum bringst du mich dazu, dir so wehzutun?*

»Würdest du mit der Laterne etwas näher kommen?«, sagte sie endlich, um sich von ihren Erinnerungen loszureißen. »Ich muss mir die Wunde genauer ansehen, bevor Clinch eintrifft, wenn wir herausfinden wollen, wie er zu Tode gekommen ist.«

»Zum Teufel damit! Er hat sich mit diesem Rasiermesser die Kehle durchgeschnitten!«, rief Jonathan. »Es spielt keine Rolle, wie das Halstuch hierher gekommen ist! Ich werde es verbrennen und zur Hölle damit! Ich habe ihm Siwalls Räumungsklage überbracht, und er ist dem Wahnsinn anheim gefallen.«

»Ich sage dir doch, James hätte sich niemals mit einem Messer getötet«, beharrte sie.

»Nach allem, was man ihm angetan hatte?«, fragte Daniel. »Du kannst unmöglich wissen, was in ihm vorging.«

»Ach nein?« Sie spie die Worte mit jähem Zorn in seine Richtung. »Das ist sein Rasiermesser. Oh, ich kenne es gut, es hat seinem Vater gehört. Aber wenn glatt rasierte Gesichter nicht gerade in Mode gekommen wären, wäre keine Klinge jemals in James' Nähe gelangt. Ihr könnt mein Wort darauf nehmen, denn ich habe ihn oft genug selbst mit diesem Messer rasiert.«

Sie griff nach der Laterne und hielt sie dicht über die klaffende Wunde, die quer über den Hals des Toten verlief. »Seht euch das an«, sagte sie. »An der Stelle dort wurde die Klinge aufgesetzt; der Schnitt begann auf der rechten Seite, nicht auf der linken. Begreift ihr denn nicht? Mein Mann war Rechtshänder! Hätte er sich die eigene Kehle verkehrt herum durchgeschnitten?«

Hannah stand auf und entfernte sich einige Schritte von der Leiche, dorthin, wo das Licht der Laterne sie nicht fand. Daniel hörte sie kurz und gequält atmen. Aber sie machte keinen Schritt auf ihn zu.

Sie ist fort, dachte er.

So sehr sie ihn gehasst haben mochte – der tote James Trevor hatte geschafft, worauf der lebende nicht hatte hoffen dürfen. Er hatte sich seine Frau zurückgeholt.

Zu viele Menschen waren in jener Nacht in der Laube ein und aus gegangen, als dass von den Pflastersteinen noch irgendeine Wahrheit zu erhoffen gewesen wäre. Das Gras, das zwischen ihnen wuchs, war niedergetrampelt, und von den Fackeln war Pech auf den Boden getropft. Die Rosenstöcke waren an manchen Stellen böse versengt worden, und man trat auf eine dicke Schicht verschrumpelter Blütenblätter, deren schweres Parfum sich mit dem bitteren Geruch der Asche mischte. In der hinteren Ecke hatten die Gärtner eine Hacke und einen halb mit Unkraut gefüllten Korb stehen gelassen.

Es gab keine Spuren, die auf einen Kampf hingedeutet hätten, keine zerbrochenen Gitterstäbe, gegen die jemand geprallt wäre, keine umgeworfenen Bänke. Aber eine Bank und das Gitterwerk dahinter waren voller Blut, und Bluttropfen befanden sich auch auf den weißen Versailles-Rosen, die sich bis auf den Gehweg vor der Laube rankten. Ein oder zwei Pflanzen waren zerdrückt und abgeknickt, als sei der Tote dort in die Rosen gefallen.

Sorgfältig und gewissenhaft begann Hannah das Geschehen zu rekonstruieren.

Vor einer Stunde, nicht mehr, hat er den Tanz verlassen. Sie saßen zu dem Zeitpunkt noch beim Abendessen, an mehreren langen Tischen inmitten des Fackellichts. Er konnte sich unbemerkt in die Dunkelheit davongestohlen haben.

Wir treffen uns am Flussufer, hatte jemand zu ihm gesagt. Oder hatte er selbst das Treffen vereinbart? *Ich muss dich sehen. Ich kann mich nicht länger in der Hütte verstecken. Zwangsräumung, ich brauche Geld. Viel Geld, und zwar bald.*

Das war seine Art gewesen. Sie hatte ihn tausendmal so sprechen hören, wie er von dem Reichtum träumte, über den er einmal verfügen würde, von den Investitionen, die er vornehmen würde, in Barbadoszucker, Tabak, Rum – selbst in den Sklavenhandel hatte er investieren wollen. Immer hing er irgendwelchen großen Plänen nach, und Skrupel kannte er nicht.

Er wollte eine Plantage in Virginia kaufen und leben wie ein Lord. Er würde sie nach England mitnehmen, sich in eine gut gehende Kanzlei einkaufen, für das Parlament kandidieren.

Die lange Mühsal des Geldverdienens war seine Sache nicht. Er hatte die recht gute Mitgift, die Hannah in die Ehe eingebracht hatte, in weniger als einem Jahr nach ihrer Hochzeit aufgezehrt.

Man muss spekulieren und Kapital anhäufen. Nein, nein, ein Samtmantel mit doppelten Manschetten soll es sein, Schneider. Er macht eine viel bessere Figur, da werden Sie mir sicher beipflichten. Einmal mit glücklicher Hand die Würfel geworfen, ein gutes Blatt im Whist, und ich werde in der Lage sein, mir diese spanischen Lederstiefel zu kaufen, meine Liebste.

Was die Notiz auf der Rückseite der Räumungsklage betraf, auch die sah ihm ähnlich. Sie hatte in seinen Westentaschen viele solcher Notizen gefunden, hingekritzelt auf die Rückseiten von Rechnungen, oftmals auch Schuldscheine für seine Wett- und Spielschulden und einmal sogar eine Forderung zum Duell vom Ehemann einer seiner Eroberungen.

Er war zu dem Duell nicht angetreten. Es war keine Frage der Feigheit, sondern der Relativität. Welche Frau hätte ihm ein solches Risiko schon wert sein können?

Das war der James, wie sie ihn in Erinnerung hatte. Ein großes Talent für Schmeichelei, Verführung, sogar Erpressung. Eine nie versiegende Gier, zu kaufen, zu verkaufen und wieder zu kaufen. Eine nie versiegende Fähigkeit, andere Menschen zu benutzen und fallen zu lassen.

Welche Folter es für ihn gewesen sein musste, nichts zu besitzen. Weitaus schlimmer als die abgeschnittenen Ohren oder die Brandmarkung. *Hast du nichts, bist du nichts,* pflegte er zu sagen.

Also. Geld. Kleider. Ein gutes Pferd.

Sie hatte ein Pferd im Wald gehört, in der Nähe der Mähwiese.

Es war der erste Ansatz eines vernünftigen Musters. Ein deutlich erkennbares Dreieck – Garten, Fluss, Laube. Er hatte jemanden am Fluss getroffen und seine Forderung nach Geld, Kleidern und einem Pferd vorgebracht. *Bring mir das Pferd in den Wald und binde es an. Dann komm mit dem Rest zur Laube. Ich werde dort auf dich warten.*

Aber wer? Was konnte James als Gegenleistung angeboten haben? Schweigen? Das Versprechen, zu verschwinden und nie mehr zurückzukehren? Irgendeinen verräterischen Brief, einen Beweis, der für den Mörder den Ruin bedeutet hätte?

»Er muss seinen Mörder gekannt und ihn erwartet haben«, sagte sie. »Warum hätte er sonst nicht geschrien?«

»Wer hätte ihn schon gehört, bei dem Krach, den McGregor mit seinem Dudelsack gemacht hat?«

»Aber Jennet habt ihr doch alle gehört.« Sie begann auf und ab zu laufen.

Josselyn blickte auf James Trevors Leichnam hinab und versuchte, sich dieses Gesicht vorzustellen, bevor ihm die Kehle durchschnitten worden war. Es musste einst sehr ansehnlich gewesen sein – mit hohen Wangenknochen, arrogant und hart, buschigen, dunklen Brauen und rötlichen Wangen. Und trotz alledem war etwas Ungeformtes an diesem Gesicht. Es war Daniel schon an jenem Nachmittag in der Bibliothek aufgefallen – das Gesicht eines unfertigen Mannes, auf ewig unschuldig, auf ewig egoistisch. Ein großes Kind, das großen Schaden anrichten konnte und das doch immer schwören würde, dass die Schuld nicht bei ihm liege.

»Du bist vom Tanz weggegangen, Hannah«, beharrte Jonathan, »direkt bevor er starb.«

Seine Stimme klang reserviert und förmlich und gar nicht nach dem Jungen, für den sie an Allerheiligen Kürbisgesichter geschnitzt hatte und mit dem sie zur Zuckerernte durch den Wald gestreift war.

»Vater ist dich suchen gegangen«, fuhr er fort. »Aber du warst nirgends zu finden. Du musst mir sagen, wo du warst, als James starb.«

Sie starrte ihn an. »O Johnnie! Du kannst doch nicht wirklich glauben, ich hätte das getan.«

»Wenn du ihn getötet hast, wird er es verdient haben, und ich werde ihn einen Selbstmörder nennen, und damit ist die Sache erledigt. Ich werde kein Wort zu Tapp sagen, wenn er morgen früh herkommt. Daniel wird ebenfalls nichts sagen. Das Halstuch verbrennen wir. Aber du musst uns die Wahrheit sagen, damit wir dir helfen können.«

Hannah wirbelte zu Daniel herum. »Und Sie, Sir? Glauben *Sie* das?«

Er wollte ihr das Vertrauen aussprechen, aber sie ließ ihm keine Zeit.

»Nun denn. Ich habe meine Antwort«, sagte sie und verschränkte die Hände.

»Wohin bist du gegangen, als du das Fest verlassen hast? War jemand bei dir?« Daniel sprach sehr sanft und ruhig.

»Ich bin zur Mähwiese hinübergelaufen«, erwiderte Hannah, »und ich war allein, bis auf eine jagende Eule.« Sie sah ihren Liebsten an. »Aber bist *du* mir nicht nachgekommen? Hast du mich nicht vom Hügel aus beobachtet? Hattest du nicht ein Pferd in der Nähe angebunden?«

Daniel schüttelte verwirrt den Kopf. »Wenn irgendein Mann dich beobachtet hat«, antwortete er ihr, »dann war es ein anderer. Ich war es nicht.«

»Macht Platz! Platz da!«, brüllte eine Stimme von draußen.

Es war diese Zierde der Wissenschaft, Samuel Clinch, Leichenbeschauer von Sussex County, ungehobelt, nach Rum stinkend und gute sechzig Jahre alt. Er kam taumelnd zum Stehen, wobei er von seinem schwarzen Diener Caesar gestützt wurde.

»Sie, Madam?«, donnerte Clinch, als er Hannah erspähte. »Entfernen Sie sich, wir haben hier keine Verwendung für Sie!«

Aber Hannah wich nicht einen Schritt zurück. »Sie wissen recht gut, Sir, dass ich morgen bei der Autopsie dieses Mannes als Zeugin anwesend sein muss. So will es das Gesetz.«

»Wozu soll das gut sein?«, knurrte er. »Sehen Sie dieses Brandmal da? Die abgeschnittenen Ohren? Ein Tory-Schuft, Ma'am! Die kommen jetzt in Horden wieder her, elende Kerle alle miteinander. Die Bostoner Zeitungen sind voll davon. Ein Glück, dass wir den da los sind, sage ich, und damit ist der Fall erledigt!«

»Sie wollen keine Autopsie vornehmen?«, fragte Daniel.

»Die hat er nicht verdient, Sir. Wäre bloß Zeitverschwendung.«

»Was zahlt Ihnen der Bezirk für die Durchführung einer Autopsie?«

Clinch stutzte. »Hmph!« Er trat von einem Fuß auf den anderen. »Mein übliches Honorar beträgt, ehm, dreißig

Shilling. Ein Pfund zehn. Bescheiden, möchte ich meinen. Aber in den Kassen des Bezirks herrscht Ebbe, Sir. Die Steuern, Sie wissen doch. Die Leute wollen einfach nicht zahlen, und der Bezirk will mich nicht bezahlen. Und ich schneide niemanden auf, wenn ich nicht dafür bezahlt werde.«

»Und die Toten sollen ungesühnt bleiben und Mörder frei herumlaufen?«, warf Hannah ein.

»Ihr Benehmen ist ungebührlich, Madam! Magistrat Siwall ist heute Abend zurückgekehrt, und keine Bange, Sie werden Ihre Vorladung schon noch bekommen!«

»Ah, aber gewiss, Mr. Clinch«, sagte sie und trat so dicht an ihn heran, dass keiner der anderen ihre Worte hören konnte, »gewiss haben Sie für *eine* Vorladung doch schon gesorgt. Oder etwa nicht?«

Den ganzen Nachmittag über war Hannah im Geiste Freunde wie Feinde durchgegangen, denn sie glaubte nicht, dass das Waisengericht ihr seine Aufmerksamkeit geschenkt hätte, hätte sich nicht irgendein aufdringlicher Mensch in die Sache eingemischt.

Aber Clinch schien sie nicht zu verstehen. »Sie reden irre, Ma'am«, empörte er sich. »Gehen Sie! Gehen Sie!«

»Wachtmeister Markham«, begann Daniel förmlich. »Sie sind mein Zeuge, dass ich Mr. Clinch drei Pfund für die Durchführung einer Autopsie an diesem Mann anbiete.« Er drehte sich zu Clinch um. »Ist diese Summe ausreichend, Sir?«

»O Hölle und Pest!«, sagte Clinch mit einem Schnauben. »Wir werden ihn morgen Mittag aufschneiden. Wie hieß der Kerl denn, als er noch atmete?«

Hannah warf einen schnellen Blick auf Daniel. »Er ist James Trevor«, sagte sie, »der einst mein Gemahl war.«

Clinchs Augen traten aus ihren Höhlen, und sein Gesicht lief dunkelrot an. »Wie bitte kommt es dann, Frau Hebamme«, sagte er, »dass Sie und Ihr Liebhaber noch nicht in Fesseln und unter Arrest sind?«

14

Grace und ihre Kinder

So wie sie zusammen Heu gemacht und getanzt hatten, so zogen sie zusammen aus, um die Nachricht Trevors zweiter Frau zu überbringen, jener Frau, die sich Mrs. Stark nannte.

Sie überquerten den Fluss auf großen Flößen, die am Anlegesteg der Mühle lagen; die Frauen rafften ihre Röcke, und die Männer stapften mit durchweichten Stiefeln einher. Vorbei am sich drehenden Mühlrad ging die Prozession. Dann kam das Flachsfeld, bleiches Silber in der Dunkelheit. Über die Schafwiese ging es und weiter in den Wald hinter den kleinen Wasserfällen am Blackthorne Creek. Eine lange, unregelmäßige Kolonne kleiner Lichter in der Dunkelheit.

Ein schmaler Fußweg führte zu der Hütte, kaum sichtbar zwischen den Bäumen, den hohen Farnen und wilden Beerenbüschen. Über ihren Köpfen verflochten sich die Zweige von Tannen und Kiefern, und der Baldachin ihres Geästs hing so tief, dass die Fackeln gelöscht werden mussten, um die Bäume nicht in Brand zu setzen.

»Wir müssen umkehren!«, jammerte Arabella Twig, die gestolpert und in einen Stand Brennnesseln gefallen war. »Ich bin nicht die Frau, die vor ihrer Christenpflicht zurückscheut. Major Josselyn kann es bestätigen. Twig hat das zu Lebzeiten so oft gesagt, aber Barmherzigkeit beherzigt die Grenzen der Vernunft! Und es ist so furchtbar dunkel!«

»Nun, nun, mein Schätzchen«, sagte Enoch Luckett und hievte sie, einen Arm um ihre füllige Taille gelegt, zum dritten Mal wieder hoch. »Haben Sie keine Angst.«

»Also wirklich, zum Kuckuck mit Ihnen, Twig, Sie dummer alter Kürbis!«, ertönte die Stimme von Bertha Pinch aus der Dunkelheit. »Sehen Sie nicht, dass helles Tageslicht auf das Grab hier fällt? Hier geht niemand verloren. Keiner fällt, der nicht wieder aufgehoben wird. Niemand bricht sich die Knochen, dem sie nicht so gut wie neu wieder zusammenwachsen. Und besser. Besser! Denn im Grab werden die Knochen schön gerade, müssen Sie wissen. Man baut keine schiefen Särge mit riesigen dummen Höckern für solche wie mich. Man baut die Särge gerade und wahrhaftig.«

Mistress Pinchs Beine waren kurz, und ihr Rücken war gebeugt, und ihre eine Schulter hing unter dem Gewicht ihres Buckels herab, während die andere in die Höhe ragte. Aber ihre Augen glitzerten hell in der Dunkelheit, und ihr Haar war lang und blond wie das eines jungen Mädchens und floss unter ihrer kunstvoll gefertigten Haube hervor. Sie war berühmt für ihre Spitzenklöppelei und ihre feine Stickerei, und die Kleider, die sie den Frauen nähte, waren gerade so schön, als kämen sie aus Philadelphia oder London.

Es war der dritte Sommer, den sie in Rufford verbrachte. Sie arbeitete ein paar Wochen für die eine Familie, dann für die nächste, und nähte und stickte auf Bestellung bis tief in die Nacht hinein, wenn schon alle im Hause schliefen.

»Die in der Dunkelheit zertreten sind, mein lieber Kürbis«, sagte sie zu Twig, »sollen in Feuer und Licht zornig erhoben werden.« Sie legte den Kopf schräg und musterte den schweigsamen Tyrrell von Kopf bis Fuß, während sie weiter durch die Dunkelheit gingen. »Haben Sie einen Namen, Sir? Sind Sie zornig?«

»Mein Name ist Tyrrell«, sagte er.

»Wenn Ihre Mutter Ihnen das erzählt hat, mein schöner Gentleman, so hat sie Sie betrogen. Ich kenne Ihren Namen. Er lautet Riddle – Rätsel –, denn Sie sind eine Frage ohne Antwort. Geben Sie mir jetzt Ihren Arm, Riddle. Seien Sie so gut, mich zu führen, und geben Sie Acht, dass ich nicht falle, denn mein Körper will sich immer zur Seite neigen, und eines Tages werde ich ausgleiten und im Erdboden verschwinden, wenn ich nicht Acht gebe.«

Er reichte ihr den Arm, und sie stützte sich schwer darauf. »Das ist mir ein braver Riddle«, murmelte sie. »Ein gütiger Riddle in kleinen Dingen. Aber was ist mit den großen Dingen? *Sind* Sie zornig? Werden Sie sich in einem Feuer erheben?«

»Ah«, sagte der Sekretär leise, »wenn ich ein Rätsel bin, dann müssen Sie die Lösung für mich finden.«

Und so trotteten sie weiter.

Auf der einen Seite des Fußpfades war ein kleines Feld abgeteilt, die Bäume waren gefällt worden, aber die Stümpfe ragten noch immer hüfthoch aus der Erde. Hannah war schon einmal hier gewesen und ging voraus, mit Jonathan an der einen Seite und Daniel an der anderen. Sie hielten ihre Laternen hoch, um den Weg zu finden. Hannah sprach mit niemandem und ließ sich auch von keinem der Männer den Arm reichen; sie dachte darüber nach, was sie zu der Frau sagen sollte, die den Platz angenommen hatte, der ihr selbst so verhasst gewesen war.

Hinter ihnen stimmte nun eine Frau einen Psalm an, und andere Frauen fielen ein, und schließlich waren auch

Lachlan McGregors tiefer Bass und Josh Lambs Tenorstimme zu hören.

Als sie einige verkrüppelte Birken hinter sich hatten, blieb Jonathan stehen. Er bückte sich, um etwas vom Boden aufzuheben, das ihm im Laternenlicht aufgefallen war. »Ein Goldstück«, sagte er, während er die Münze mit zusammengekniffenen Augen betrachtete. »Ein Sovereign des Königs? Wie seltsam.«

Goldmünzen waren in jenen Tagen wirklich selten geworden.

»In der Tat, ein merkwürdiger Fund an einem solchen Ort«, erwiderte Daniel. »Und Gold will mir auch nicht so recht zu einer Zwangsvollstreckung passen.«

Er hatte keine Waffe mitgenommen, denn seit dem Krieg mied er alles, womit man versehentlich Schaden anrichten konnte. Wenn er nicht gerade zur Jagd ging oder die Miliz ausbildete, lagen seine Muskete und sein Seitengewehr eingeschlossen in einer Kiste im Stall auf der Grange, wo sich auch seine Säbel befanden.

Aber etwas an diesem Ort weckte in ihm den Wunsch, er hätte seine Waffen dabei, und zwar jede einzelne.

Es gibt eine gewisse Energie, die die Toten an die Lebenden weitergeben, an Männer, die viel Sterben mit angesehen und auch ihrerseits getötet haben, und an Frauen wie Hannah, die viele Seelen ins Jenseits hatten gehen sehen. Er wusste keinen Namen für das, was er empfand. Aber er wusste, dass der Tod in der Luft lag – hier auf dieser Lichtung. Er wusste es, noch bevor er über die schwere Axt stolperte. Bevor er die Quilts sah, die die Leichen verhüllten. Seine Muskeln verkrampften sich, und seine Sinne wurden schärfer – die Dunkelheit drosch auf ihn ein, die Laterne blendete ihn, der Geruch der Kiefern wurde unerträglich. Plötzlich griff er nach Hannahs Arm und zog sie heftig an sich, nicht um ihretwillen, sondern um seinetwillen.

»Was ist denn?«, fragte Hannah. »Daniel, lass mich los.«

Sie machte sich von ihm frei und ging einige Schritte voraus. Aber am Rand der Lichtung blieb sie stehen. Hinter ihr brach der Gesang der anderen jäh ab, und das einzige Geräusch war ein fernes, folgenloses Donnergrollen.

Daniel hielt die Laterne höher, und Hannah sah, was ihr den Weg versperrte. Ein Wolf kauerte mitten im Hof und starrte sie reglos an, als hätte er auf sie gewartet. Er war alt und grau, mit einer bräunlichen Schnauze, und er verharrte dort und wachte ernst und starr über die Toten.

Sie konnten die Leichen jetzt deutlich riechen, denn der Tag war heiß gewesen. Ein schwerer, süßlicher Geruch war es, aber mit einer säuerlichen Schärfe darin, die einem in Nase und Schlund stach und die Tränen in die Augen trieb. Im Licht der Laternen konnten sie das getrocknete Blut sehen, das die verblichenen Quilts durchweicht hatte, und die Umrisse menschlicher Leiber, die darunter lagen. Aber nichts hatte die schützenden Hüllen weggerissen, weder Rabe noch Fuchs, noch Bär oder Opossum, kein Tier hatte sich auf der Suche nach leichter Beute an den Toten vergriffen.

Keine Kreatur riecht den Tod schärfer als ein Wolf, und keine weiß besser, dass das Leben sich von seinem eigenen Verderben nährt, dass die Toten nicht vergeudet sein wollten. Trotzdem hatte das große Tier ihnen nicht das Fleisch von den Knochen gerissen, hatte nicht einmal die Quilts weggestupst. Der Wolf war ihr Wächter, und er machte auch jetzt keine Anstalten, sie im Stich zu lassen.

»Mit Feuer können wir ihn vertreiben«, sagte Josh Lamb.

»Holt einen Kiefernzweig, den wir in Brand setzen können!«

Hannah tat einen Schritt nach vorn, und der Wolf bleckte die Zähne und knurrte. Er machte eine Finte in ihre Richtung, aber sie wich nicht zurück, obwohl nur wenige Schritte zwischen ihnen lagen.

»Die in der Dunkelheit zertreten sind«, erklang die süße, hohe, furchtlose Stimme von Bertha Pinch, »sollen in Feuer und Licht erhoben werden. Ist es nicht so, mein braver Hektor? Komm, Hundchen. Komm jetzt weg da.«

Noch immer Arm in Arm mit Andrew Tyrrell, bahnte sie sich ihren Weg durch die Gruppe. Als sie Daniel erreichten, entschlüpfte sie ihrem Beschützer und ging zu Hannah, die allein in der Dunkelheit stand.

»Nichts fällt in das Grab, meine liebe junge Frau«, sagte sie, »was nicht gehoben wird. Nichts ist allein, alles hat Gesellschaft dort. Hektor weiß das, nicht wahr, mein Liebling? Hektor hat sein Revier und muss darüber wachen, bis wir kommen.«

Der Wolf sah sie kurz an. Dann wandte er sich um, trottete in die Bäume davon und war fort.

Einen Moment lang schien es, als bewache er sie noch immer. Niemand bewegte sich.

»›Die Seelen der Gerechten sind in Gottes Hand‹«, sagte Reverend Gwynn mit unsicherer Stimme, »›und keine Qual wird sie je berühren.‹«

»Amen«, antwortete Josh Lamb.

Der Rest wurde schweigend getan, wie man es ihnen schuldete.

Daniel ging von einer Leiche zur nächsten und nahm die Quilts weg; es war nicht leicht, denn das Blut war getrocknet, und die Decken klebten fest. Aber Daniel gab sich große Mühe, die Leichen nicht zu stören, ihnen allen Frieden zu lassen, den er ihnen lassen konnte. Die kleinen Laternen schufen Kreise aus Licht, die durch die Dunkelheit schwebten, als würden sie von keiner lebenden Hand gehalten.

Sarah Firth kniete neben den beiden Kleinen nieder und nahm das tote Baby in die Arme und drückte es an ihre Brust, und McGregor beugte sich tief über das kleine Mädchen und barg sein Gesicht in ihrem blutdurchtränkten Haar.

Tyrrell saß, an die Wand der Hütte gelehnt, da und hielt Graces tote Hand in seiner, während seine Lippen sich lautlos bewegten. Prediger Gwynn stand wie betäubt mitten auf der Lichtung und konnte sich keiner weiteren Gebete mehr erinnern. Ein paar Meter von ihm entfernt saß mit leeren Augen im Schatten des Maisfeldes seine Schwester Merriam und wimmerte leise, und Bertha Pinch wiegte ein unsichtbares Kind in ihren leeren Armen.

Daniel hatte die Axt gefunden und hob sie vorsichtig auf. Es war eine Fällaxt mit langem Stiel und schwerem Haupt. Allein ihr Gewicht hätte ausgereicht, um diese zarten Schädel zu zertrümmern. Ihr Mörder brauchte die Axt nur über ihnen zu heben und sie ohne besondere Entschlossenheit wieder sinken zu lassen. Vielleicht sogar ohne Absicht, dachte Daniel. Sie waren dort gewesen, mehr nicht, in der Schneise des Todes, so wie eine Kirche in der Schneise von Kanonenfeuer stehen mochte.

Josh und McGregor hatten neue Fackeln entzündet, um besseres Licht zu haben, und Daniel konnte in der festgestampften Erde vor der Tür frische Hufabdrücke erkennen. Ein Pferd war dort gewesen, der Tiefe des Hufabdrucks nach ein stämmiges kleines Tier, kräftig gebaut und gedrungen. Ein Kutschpferd höchstwahrscheinlich, das aber wenn nötig auch als Reittier benutzt wurde. Ein Mietpferd aus einem der Gasthäuser.

Sein Atem stockte, und er beugte sich vor, um genauer hinzusehen. Das Tier belastete die rechte Vorderhand ein wenig stärker, denn der Abdruck des Hufes war gezackt, und es fehlte einer der Hufnägel. Es war dasselbe Pferd, das Daniel sich geborgt hatte, um am Nachmittag zum Rook's Nest zu reiten. Andrew Tyrrell war hier gewesen, daran bestand nicht der leiseste Zweifel.

Er sah sich nach Tyrrell um und bemerkte, wie dieser allein in die Hütte trat, eine Laterne hoch erhoben. Daniel folgte ihm in der Hoffnung, ihn nach den Hufabdrücken fragen zu können, aber Jonathan war bereits in der Hütte. Er hielt den Mund und hoffte, dass Tyrrell aus eigenem Antrieb sprechen werde.

»Sehen Sie mal, Sir«, sagte der Sekretär und senkte seine Laterne ein wenig, um eine Stelle auf dem Boden auszuleuchten. Der Boden war festgestampft und hart, und er war mit dem Reiserbesen, der in der Ecke stand, sauber gekehrt worden. In der Nähe lagen noch weitere Besen säuberlich übereinander gestapelt; es war offensichtlich das Warenlager eines kleinen Familienunternehmens.

James Trevor, Anwalt. James Trevor, Besenhändler.

Es war kein unüblicher Abstieg für einen Loyalisten. In halb England hatten die großen Häuser seit der Flucht reicher amerikanischer Loyalisten nach dem Krieg Dienstboten mit einem Harvard-Abschluss. Dichter, Philosophen, Staatsmänner – sie alle waren geflohen oder verbannt worden und in Armut gestürzt. Der König hatte ihnen Pensionen versprochen, um sie für ihre Loyalität der Krone gegenüber zu belohnen, aber die zuständige Königliche

Kommission konnte nicht jedem helfen. Die Starken überlebten, und einige wurden reich. Aber viele der Verbannten waren, wie Daniel aus Briefen wusste, dem Elend oder gar dem Wahnsinn anheim gefallen. Oder sie waren – wie Jed, der Bruder seines Verwalters – in die kanadische Wildnis gegangen und hatten, dem Hungertode nahe, erst ihre hilflosen Familien und dann sich selbst getötet.

Gewiss hatte James Trevor hier dasselbe getan. Daniel hätte alles gegeben für eine Lösung, die Hannah von jedem Verdacht befreien und ihr ein wenig Seelenfrieden lassen würde.

Aber die Hoffnung auf eine simple Antwort schwand, als Jonathan auf die Stelle hinabblickte, die Tyrrell mit seiner Laterne beleuchtete. Dort waren zwei unvollständige Abdrücke eines nackten rechten Frauenfußes zu sehen, direkt an der Innenseite der Tür. Der zweite Abdruck war schwächer, wie eine Signatur, die halb verwischt war. Der Fußballen war deutlich zu sehen, schmal und schlank, und die Außenkante war lang. Die Form der Ferse war kaum zu erkennen, da die Frau ihr Gewicht nicht nach hinten verlagert hatte. Sie sahen noch einen dritten Abdruck, als sie ihr folgten, einen kleinen, formlosen Fleck im Staub.

Er führte zu einem grob gezimmerten Tisch an der hinteren Wand. An einem Nagel hing ein Rasierriemen, und an der Wand lehnte ein billiger trüber Rasierspiegel. Auf dem Tisch lagen ein paar gute Bürsten, mit Schildpatt und Einlegearbeiten aus Silber, deren Borsten stark abgenutzt waren. Neben den Bürsten stand eine flache Holzschale mit weicher, selbst gekochter Seife, die Art, wie arme Männer sie für ihre Rasur benutzten.

Aber das Rasiermesser war nirgends zu finden.

Die drei Männer sahen einander an.

»Nur ein nasser Fuß kann auf dieser festgestampften Erde Abdrücke hinterlassen«, sagte Tyrrell leise. Seine Augen waren riesig, und seine Hände zitterten; er verschränkte sie fest auf dem Rücken. »Es hat nicht geregnet, und heute Morgen war kaum Tau auf den Wiesen. Sie muss barfuß in das Blut getreten sein, bevor es trocken war, und zwar unwissentlich.« Er tauschte einen Blick mit Daniel. »Als sie hereinkam, um das Rasiermesser zu holen. Und die Quilts.«

»Barmherziger Gott. Dann war es also eine Frau«, murmelte Jonathan.

»O ja«, sagte Tyrrell. »Es muss eine Frau gewesen sein. Wegen der Quilts.«

Hannah hatte kaum gesprochen, seit der Wolf sich davongemacht hatte. Sie ging von einer Leiche zur nächsten und berührte sie. Die anderen beobachteten sie, und ein oder zwei streckten die Hand nach ihr aus. Aber schließlich stand sie allein in der Mitte der Lichtung und drehte sich in dem schwachen Licht verwirrt um ihre eigene Achse.

»Wer ist es?«, fragte sie laut. »Wer ist verletzt worden? Jennet? Jenny!«

Dann wirbelte sie herum, immer rund und rund. »Ich habe sie verloren! Wo ist sie? JEEENNNNYYY!«, schrie sie.

Als er sie hörte, vergaß Daniel den Sekretär und die Fußabdrücke und kam, halb blind in der Dunkelheit, aus der Hütte gelaufen.

Twig stolperte zu Hannah hinüber. »Nein, nein, Ma'am«, sagte sie. »Es ist nicht Ihre Kleine, sie ist zu Hause und in Sicherheit, sie ...«

»Lassen Sie mich los!« Hannah wehrte sie mit beiden

Händen ab. »Sie wissen es ja nicht! Lassen Sie mich zu ihr! Lassen Sie mich los!«

Plötzlich machte sie auf dem Absatz kehrt und rannte Hals über Kopf in die Dunkelheit.

»Sie ist besessen!«, jammerte Twig.

»Lassen Sie sie in Ruhe, Kürbis«, sagte Bertha Pinch freundlich. »Die Dunkelheit wird sie schneller zurückbringen, als wir es könnten.«

Aber Daniel riss Tyrrell die Laterne aus der Hand und war schon fort.

Er fand sie am Ufer des Blackthorne Creek, in sich zusammengesunken und still. Sie weinte nicht, und welche wilde Furcht auch immer sie überkommen haben mochte, sie war bereits wieder verebbt.

»Ich will dich nicht hier haben«, sagte sie. »Ich will niemanden hier haben.«

»Du hast zu viel gesehen heute Nacht.«

»Nein. Ich kann alles ertragen.«

»Oh, ich kenne dein ›alles‹. Komm, ich will dich in die Arme nehmen.«

»Ich will nicht in die Arme genommen werden!«

»Barmherziger, Hannah«, flüsterte er. »Aber ich will es.«

Er stand einen Schritt von ihr entfernt, mit hängenden Schultern, und seine Knie gaben unter ihm nach. Er ließ sich mit dem Gesicht nach unten ins Gras sinken und weinte.

Einige Augenblicke später spürte er ihre Hände, die ihm über den Rücken strichen, und ihren Kopf, der sich an ihn lehnte. Es hatte nichts mit Liebe zu tun, diese Berührung, das wusste er sofort. So berührte sie die Toten, wenn sie sie wusch und für die Beerdigung zurechtlegte, um den Schmerz und die Furcht vor dem Übertritt in eine andere

Welt aus ihren Gliedern zu streichen und den letzten Rest des Lebensfiebers.

So wie sie ihn in ihrer ersten gemeinsamen Nacht in der Schmiede berührt hatte, mit dem Abstand des Grabes zwischen ihnen, ganz gleich, was ihre Körper taten.

Sie nahm seine Hände.

»Und glaubst du, dass ich auch *diese* Menschen getötet habe?«, fragte sie.

»Nein. Gott im Himmel. Nein.«

»Und James?«

»Bei meiner Seele. Nein.«

»Weil dir der Gedanke nicht behagen würde, dass deine Geliebte töten könnte?«

Seine Stimme war sehr leise. »Du bist nicht meine Geliebte. Du bist meine Heimat.«

»Andere werden mich für schuldig halten«, sagte sie. »Und dich mit mir, davon kannst du überzeugt sein. Du hast Clinch gehört. Du hast Jonathan gehört. Meinen Johnnie.«

»Ich weiß, meine Liebste«, sagte er. »Ich weiß.«

Und so saßen sie Seite an Seite am Ufer des kleinen Baches, der klagend neben ihnen dahinfloss, hielten sich an den Händen. Insekten huschten durch die Dunkelheit, im Wald stieß ein Nachtvogel auf seine Beute hinab, und ein Opossum kletterte einen Baum hinauf. Josh Lamb bekam Angst um sie und verließ die Toten, um nach ihnen zu suchen, und der junge Wachtmeister begleitete ihn. Mrs. Twig blies die Wangen auf und kam furchtsam hinter ihnen her. Und auch Bertha Pinch, die wie ein bleicher, schiefer Schatten im Laternenlicht aussah.

»Da!«, sagte Joshua, als er die beiden erblickte. »Dan hat sie gefunden. Ich werde ihnen eine der Laternen dalassen.«

»Lass sie in Ruhe, Mann«, sagte Jonathan barsch. Er selbst hätte viel gegeben, wenn er eine Hand zu halten gehabt hätte, und er wollte die beiden jetzt nicht stören.

»Sie werden schon zurückfinden«, sagte er und wandte sich wieder der Hütte zu.

Mrs. Twig blieb noch ein Weilchen länger stehen und beobachtete sie. »Sie sind so zärtlich miteinander«, flüsterte sie Bertha Pinch zu. »Wahrhaftig, ich hätte nie gedacht …«

Aber als sie sich umsah, war die kleine Näherin fort.

Daniel und Hannah bemerkten weder das Laternenlicht, noch hörten sie die Stimmen ihrer Freunde. Lange sagten sie überhaupt nichts. Dann wandte sie sich ihm zu.

»Hilf mir«, sagte sie sehr leise. »Oder ich werde ertrinken.«

»Ich bin da«, murmelte er.

Sie standen auf und kehrten zur Lichtung zurück, wo die anderen die Leichen in die Hütte trugen. Es hätte keinen Zweck gehabt, nach Clinch zu schicken; wegen der Art ihres Todes und der Hitze des Tages war eine Autopsie sinnlos. Das Beste, was sie tun konnten, war das, was der Wolf getan hatte – über die Toten zu wachen, bis ihre Särge fertig waren.

»Jemand muss bei ihnen bleiben«, sagte Jonathan.

»Es ist meine Pflicht. Ich werde Wache halten und beten«, erwiderte Reverend Gwynn. »Wenn sich nur einer von euch um meine Schwester kümmern würde?«

»Ihr könnt ganz beruhigt sein, Freunde«, sagte der alte Luckett und legte dem Pfarrer die Hand auf die Schulter. »Geht ihr ruhig alle nach Hause und sprecht an eurem Feuer ein Gebet. Ich habe sieben Kinder und eine Frau begraben und drei erwachsene Söhne. Ich habe bei ihnen gewacht, und ich werde in Frieden bei diesen hier wachen.«

Sie entzündeten eine Hängelampe neben dem Herd und stellten Kerzen zwischen den Toten auf.

Und dann hörten sie, hoch und klar, von irgendwo nicht allzu weit entfernt eine Frauenstimme singen.

Dem Kuckuck gefällt' s, wenn der Sommer glüht,
die Wildgans liebt den Herbst.
Die blutrote Rose, an der Mauer erblüht,
entflammt der Dame Herz.

15

Süsse Kräuter und Lilien

Als Hannah zurückkehrte, standen in Henry Markhams Haus alle Türen der kühlen Nachtluft offen, und es brannten noch immer Kerzen im Arbeitsraum, in der Küche und in dem Schlafzimmer oben, wo Jennet lag. Es war hell und freundlich und sicher in dem alten Bauernhaus, aber nach der Entdeckung der Toten schien selbst dieses Bollwerk nicht unbezwinglich zu sein und imstande, im Odem des unbekannten Ungeheuers zusammenzustürzen, das hier umging.

Onkel Henry saß dösend auf dem großen Sofa neben dem Feuer, die bestrumpften Beine von sich gestreckt, seine langstielige Tonpfeife noch im Mundwinkel. Hannah weckte ihn nicht, denn das hätte nur weiteres Reden bedeutet. Am nächsten Tag, wenn Sheriff Tapp kam, würde es noch Fragen genug geben.

Was sie brauchte, war Raum, um alles bewusste Denken auszuschalten, damit die irrsinnigen Einzelteile sich selbst nach Formen und Farben ordneten und sich ein Gewebe der Vernunft aus ihnen zusammensetzen ließe. Sie sehnte sich nach ein paar Stunden allein mit ihrem Quilt, um vielleicht endlich ein Muster auszumachen.

Aber mehr noch sehnte sie sich nach Jennet. Hannah machte sich nicht die Mühe, eine Kerze zu nehmen, um ihren Weg zu erhellen, sondern stürmte direkt die Treppe hinauf in ihr Schlafzimmer, wo Tante Julia in ihrem rüschenbesetzten Nachthemd über das kleine Mädchen wachte.

»Das arme Täubchen ist jetzt ruhig«, erklärte sie Hannah. »Ich kann nicht behaupten, dass sie schläft. Du kennst sie ja, man weiß nie genau, was in ihr vorgeht, und sie tut, was ihr gefällt – geradeso wie eine andere, deren Namen ich nennen könnte.«

Die alte Frau saß im Schaukelstuhl, dem einzigen, was Hannah von James' Besitz von der Beschlagnahmung hatte retten können. Eine einzelne Kerze brannte auf dem Tisch, und die Post, die Reverend Gwynn am Morgen mitgebracht hatte, lag im Lichtkreis der unsteten Flamme. Der zweite Brief war noch versiegelt, aber der andere – die Vorladung des Waisengerichts – lag offen da.

»O ja, ich habe ihn gelesen.«

Die ältere Frau ließ Hannah nicht aus den Augen, die sich das beschmutzte graue Kleid auszog und sich bückte, um saubere Anziehsachen aus ihrer Truhe zu nehmen. Sie war nicht zugesperrt. Sie hatte vergessen, sie abzuschließen, als sie für das Fest ihr bestes Kleid herausgenommen hatte.

Lieber Gott, wie oft mochte sie das noch vergessen haben?

»Du wolltest das hier für dich behalten, hab ich Recht?«, begehrte Julia zu wissen und tippte mit dem Finger auf die Vorladung. »Und was wolltest du machen? Abwarten, ob das Gericht sie dir wegnimmt, weil Mistress Hannah Trevor nicht wie andere Frauen ist und sich nicht unterordnet? Oder bist du doch nicht so eine halsstarrige Närrin, wie ich immer dachte? Bist du zu Dan Josselyn gegangen und hast ihn gefragt, ob er sie als sein Mündel anerkennt? Er würde es sofort tun, und gewiss hat er für dieses Recht gezahlt.« Hannah sagte nichts, zog sich nur fertig an und brach schließlich das Siegel des ungeöffneten Briefes. Dann legte sie das Schreiben geistesabwesend wieder aus der Hand.

»Du musst in kleinen Dingen nachgeben, Hannah«, sagte Julia leise. »Oder du wirst an den großen zerbrechen. Ich weiß, es ist seine Frau, die dir Sorge bereitet. Aber wenn du Daniel das Kind nicht überlassen willst, dann geh zu Siwall. Er ist dir seit dem Tod seines Bruders wohlgesinnt, und er hat großen Einfluss bei den Gerichten.«

Hannah lächelte, lächelte trotz ihrer Erschöpfung. »Dann soll ich also nackt und willig zu ihm gehen? Oder könnten vielleicht eine kleine Ohnmacht und ein bisschen Augenklimpern dienlich sein, um seine Sinne zu erregen?«

»Mach du nur deine Witze. Aber ich bin eine alte Flunder und schon durch so manches Wasser geschwommen. Eine arme Frau hat nur wenige Waffen und kaum Macht, abgesehen von der, die sie durch den Einsatz ihres Körpers gewinnt. Frag Sarah Firth! Haushälterin – dass ich nicht lache! Hast du nicht gesehen, dass sie ein Kind von McGregor erwartet?« Julia seufzte und schüttelte den Kopf. »Dein Onkel und ich sind zu alt, um die Vormundschaft zu übernehmen, und ich fürchte, das Gericht würde sie uns auch nicht geben, bei unseren Schulden. Josh und Dolly haben nicht genug Geld. Nein, mein Kind. Du selbst bist deine einzige Waffe. Und du darfst keine Skrupel haben. Du brauchst den Schutz eines einflussreichen Mannes, und wenn es nicht Daniel ist, dann muss es ein anderer sein. Deine Situation wird sich jetzt sogar noch verschlechtern, nachdem diese Morde passiert sind.«

»Bertha kam aus dem Wald zurück, mit wilden, weit aufgerissenen Augen, das arme Geschöpf«, fuhr sie fort. »Sie hat uns erzählt, was dort gefunden wurde. Und auch von James hat sie uns erzählt. Gütiger Gott, ich hätte ihn nie erkannt. Und dieser Hut – das war wirklich ein Husarenstück! Nun, er war ja immer schon ein gewiefter Betrüger. Mir tut nur die arme Frau Leid, die er hintergangen hat!«

Die alte Dame wischte sich verstohlen über die Augen.

»Hat er sich nie bei dir gemeldet, mein Liebes?«, fragte sie sanft. »Hat er dir nie mitgeteilt, dass er in der Nähe lebte?«

»Wenn er es getan hätte, wäre ich am nächsten Tag fort gewesen. Nein, er ist mir aus dem Weg gegangen und hat mich hinter meinem Rücken zweifellos verlacht. Ich hatte keine Ahnung, dass er hier war; ich wusste ja nicht einmal, dass er überhaupt noch unter den Lebenden weilte. Und – ich habe ihn nicht getötet, Tante. Glaubst du mir?«

»Was für eine Frage!« Julia stand aus dem Schaukelstuhl auf, schlang die Arme um Hannah und küsste sie. »Du bist das Kind meiner Schwester und mir so teuer wie mein eigenes, und ich kenne keinen gütigeren Menschen als dich. Abgesehen von meinem Mann, und der kann nicht anders, weil er sonst keine ruhige Minute bei mir hätte!«

Sie ließ Hannah los und trat ans Fenster, um den schwachen Windhauch auszukosten, der aus östlicher Richtung kam. Die Hoffnung auf Regen war inzwischen beinahe erloschen, obwohl weit draußen über dem Meer noch immer leises Donnergrollen zu hören war. »Du warst ruhiger in den letzten Monaten«, meinte Julia dann, »und ich dachte, du hättest James teilweise vergeben. Warum mag er hierher zurückgekommen sein, was meinst du?«

»Ich weiß es nicht, liebe Tante. Ich weiß gar nichts. Ich bin eine große Sünderin, und heute Nacht ist mir der Himmel auf den Kopf gestürzt. Ich bin zu müde, um zu denken.«

Hannah stieg die Bettleiter hinauf, um sich neben Jennet

zu setzen. Der einohrige rote Kater, den sie Arthur nannten, hatte sein gewohntes Plätzchen neben dem Kind eingenommen, aber ein weiterer Mensch im Bett war einfach einer zu viel, und so sprang er hinunter und streckte sich der Länge nach vor dem Fenster aus, wo er die Ahnung eines Lufthauchs spürte.

Jennet, die merkte, dass er fort war, schlug die Augen auf und sah Hannah neben sich knien. Der Mund der Kleinen öffnete sich, und sie richtete sich mit neu erwachter Angst auf, die Arme Hilfe suchend ausgestreckt.

»Anh«, sagte Jennet Trevor. »Anh.«

Es war rau und schmerzlich, aber es war kein Schrei, der in Furcht hervorgestoßen wurde, und obwohl Hannah keine Ahnung hatte, was es bedeutete, wusste sie doch genau, was es war.

Es war ein Wort, das erste, das Jenny je gesprochen hatte.

»Annhhh«, sagte Hannah leise, um den Laut selbst zu erlernen. »Annnhhh.«

Sie legte Jennets Fingerspitzen an ihre Kehle und sprach die Silbe noch einmal, so dass das kleine Mädchen das Beben der Stimmbänder spüren konnte, tief in der Schicht aus Nerven und Muskeln entlang des Halses und der Brust. Daraufhin legte die Kleine beide Hände an ihre eigene Kehle, die Augen weit geöffnet.

»Annhh«, sagte sie. Der Anflug eines Lächelns trat in ihre Züge. »Annhhh …«

Dann begann Jennet ihre Finger zu bewegen. Vorsichtig und sehr langsam zog sie sie von links nach rechts über ihre Kehle. Ihr Unterkiefer fiel herab, sie verdrehte die Augen und riss den Mund weit auf. Ihre Beine zuckten und traten, und Hannah zog sie an sich, um sie zu wiegen.

»Was ist passiert?«, fragte Julia. »Ein Schlaganfall?«

»Nein! Ich weiß nicht! Sie ist wieder außer sich geraten.«

Die alte Frau eilte in den Flur. »Henry!«, rief sie. »Du wirst gebraucht! Sofort!«

Im Nu konnte man Henry die Treppe hinauflaufen hören. In seinen Schritt mischten sich andere, jemand kam die Treppe vom Dachboden herunter, wo die Mägde ihre Betten hatten, und einen Augenblick später schoben Kitty, Susan und Parthenia ihre Köpfe durch die Tür, und Bertha Pinch humpelte ebenfalls schwerfällig herbei. Und Jennet schlug weiter um sich und drosch mit ihren kleinen Fäusten auf Hannah ein.

»Genauso war sie in der Laube«, sagte Henry, der versuchte, das Kind festzuhalten. »Aber ich schwöre, diesmal ist es noch schlimmer. Was hat bloß diesen neuen Anfall ausgelöst? Mutter sagte, sie habe friedlich geschlafen.«

»Sie ist erwacht und sah, wie ich mir an den Hals griff«, erklärte Hannah ihm. »Und dann schien ihr etwas einzufallen. O Onkel, ich glaube – ich glaube, sie hat mit angesehen, wie James die Kehle aufgeschlitzt wurde.«

»Annnhhhh.«

»Nein, meine Blume! Schsch!« Jennets Raserei verstärkte sich. Ihre Lippen waren seltsam blaurot, und unter der zarten Haut an ihrer Schläfe trat die Ader deutlich hervor; das Blut hämmerte wütend gegen die zerbrechliche Wand, die es bezähmte. Wenn sie nicht bald beruhigt wurde, würden vielleicht Krämpfe folgen. Ein Gehirnfieber. Ihr Herz mochte Schaden nehmen.

»Vergiss die Toten!«, rief Julia. »Hannah, du kannst das Kind nicht festhalten. Wir müssen ihr die Arme ans Bett fesseln!«

»Nein! Geh in die Vorratskammer. Auf dem zweiten Regal, ganz hinten!«

»Süßer Waldmeister, ja natürlich!«, rief Julia. »Wo habe ich nur meine Gedanken! Einen starken Tee und etwas Honig, damit sie ihn trinkt!«

»Und Limonenbalsam und Schlüsselblume. Und bring mir auch den Baldrian mit, den muss ich selbst abmessen. Wenn wir zu viel nehmen, wird sie nie wieder wach.«

»Ich gehe!«, sagte Kitty.

»Ich koche das Wasser!«, sagte Parthenia.

»Ich hole den Honigtopf!«, erbot sich Susan, und im Handumdrehen stoben die drei verängstigten Mädchen davon.

Mrs. Pinch und Julia saßen auf dem Bett und versuchten, das Kind zu beruhigen, und Henry Markham legte seiner Nichte eine Hand auf die Schulter. Zwischen ihnen gab es nicht viele Geheimnisse.

»Soll ich nicht vielleicht doch Daniel holen, Kind?«, fragte er leise.

Für den Bruchteil einer Sekunde zögerte Hannah. »Nein, Onkel«, erwiderte sie schließlich. »Ich möchte nicht, dass du nach ihm schickst. Er weiß, wie die Dinge stehen, er wird kommen, wenn er kann.«

»Du willst ihn nicht darum bitten?«

»Nein«, antwortete sie und beugte sich wieder über das unruhige Kind.

Um den Leichnam für die Autopsie so gut wie möglich zu erhalten, hatten Clinchs Diener und einige der Frauen den toten James Trevor in das kleine Eishaus von Mapleton Grange gelegt, und sie hatten eine Wache mit einer brennenden Fackel draußen postiert. Das große Haus selbst lag dunkel und schweigend da, als Daniel endlich die Treppe hinaufstieg.

Er ging direkt in das Schlafzimmer seiner Frau und tastete sich durch die Dunkelheit zu ihrem Bett. Er kam oft her, wenn sie schlief, und betrachtete sie oder verweilte an der Tür und lauschte auf das beruhigende Geräusch ihres Atems.

Es konnte sich eine gefährliche Blutung einstellen, wenn sie sich zu viel bewegte, und seit dem brutalen Ansturm der Wehen war ihr Herz nicht mehr gesund, es schlug zu schnell und ungleichmäßig. Es machte ihm Angst, welche Auswirkungen die Aufregung dieser Nacht auf sie haben würde.

Aber Charlotte schlief ganz ruhig, und ihr blondes Haar breitete sich wie Spinnweben auf dem Kissen aus, so zart war es. Er dachte an die tote Frau in der Hütte, wie sie vielleicht genauso dagelegen hatte, ihr offenes Haar über James Trevors Brust ergossen.

Daniel hatte im Krieg viele Frauen und auch Kinder sterben sehen. Ein kleines Mädchen von vier oder fünf Jahren hatte er fast eine Woche lang am Leben erhalten; getrennt von seiner Kompanie war er mit ihr durch die Wälder gezogen. Hatte Beeren für sie gepflückt. Hatte Eichhörnchen und Kaninchen gefangen. Hatte im Schlaf ihren dünnen, angstgequälten Körper an sich gedrückt, seinen Mantel um sie beide gewickelt. Hatte leise alte Geschichten erzählt und Kinderlieder gesungen.

Am Ende, als sein Pferd schließlich tot unter ihm zusammenbrach, war Daniel mit der Kleinen in den Armen zu Fuß gelaufen, und er hatte die britischen Patrouillen gemieden und die Dörfer, bei denen man nie wissen konnte, auf welcher Seite man sein musste, um nicht in Gefahr zu geraten. Eines frühen Morgens hatte er eine Kuh gehört und war losgezogen, um etwas Milch für das kleine Mädchen zu stehlen, und er hatte sie in seinen schweren Wollmantel gewickelt zurückgelassen.

Lily, hatte er sie genannt. *Lilyblume.*

Als er mit der Milch zurückkam, hatte er sie unbedeckt im Regen liegend gefunden, eine Kugel mitten in ihrer Stirn.

Jemand hatte sie um des Mantels willen getötet.

Menschliche Geschöpfe konnten für alles töten, und so war es nicht der Tod der Frau und der Kinder im Wald, der ihn überraschte. Es war die Tatsache, wie behutsam sie zurechtgelegt worden waren. Zugedeckt mit von Steinen beschwerten Quilts, als seien sie ihrem Mörder sehr teuer gewesen.

Aber ein Mann, der sie liebte, hätte sie doch gewiss im Schlaf erschlagen oder sie zumindest hinterher in die Hütte getragen. Und dann waren da diese Fußabdrücke. Ob sie sie getötet hatte oder nicht – im Zentrum dieser Geschichte stand eine Frau, und es war nicht Hannah.

Und woher waren die Frau und die Kinder gekommen, die Trevor als seine Familie ausgegeben hatte, Trevor, der sich Reuben Stark nannte? Hatte er sie gefunden, so wie Daniel Lily gefunden hatte? Und wer war dieser Stark, falls es ihn wirklich gab? Wo war er jetzt?

Und was war mit dem Goldsovereign – denn als solcher hatte er sich in der Tat erwiesen? Eine alte Münze mit dem Konterfei Georgs des Zweiten darauf, nicht des Dritten, des herrschenden Königs. Was trieb einen Mann, der Gold besaß, als Besenhändler auf den Jahrmarkt?

Und was war mit dem Wolf, der die Toten bewacht hatte? Einige der anderen hatten ein Omen darin gesehen, aber Daniel glaubte nicht an so etwas. Viele der Trapper und Waldarbeiter hielten sich zahme Wolfsjunge und machten sie zu Hunden. Er hatte das Tier schon einmal irgendwo gesehen, dessen war er sich gewiss.

Und das Halstuch. Das verdammte schwarz gesäumte Halstuch.

In Liebe gefreit, uns zu lieben für alle Zeit.

In dem Bedürfnis, sich Two Mills näher zu fühlen, ließ Daniel die friedlich schlafende Charlotte allein und ging hinunter in seine Bibliothek. Twig hatte die Vorhänge vor das bodenlange Fenster gezogen, von dem aus man einen Blick auf den Fluss und die Mühle hatte, aber er zog sie wieder zurück. In dem Fenster im oberen Stockwerk von Markhams Bauernhaus brannte eine Kerze, in dem Zimmer von Hannah und seiner Tochter.

»Du bist noch wach, Neffe?«, erklang eine Stimme hinter ihm, und Daniel fuhr herum, als hätte ein Schwert sein Rückgrat gekitzelt.

Aber es war nur Sibylla. In der dunklen Halle hinter ihnen konnte er die Umrisse von Hobble sehen und nur gerade eben außer Hörweite die Gestalten von Jenks und Owen, die Sibylla die Treppe hinuntergetragen hatten.

»Ich habe mit Tyrrell gesprochen«, sagte sie. »Eine schreckliche Geschichte, diese Morde. Er ist schwer erschüttert, der gute Mann.«

Die alte Dame machte einen Schritt nach vorn und stolperte in dem dunklen Raum, und Daniel streckte ihr eine Hand hin – seine unversehrte Hand. Aber sie wollte sie nicht.

»Nein, mein Lieber, gib mir die andere«, sagte sie. »Und ohne diesen ewigen Handschuh! Ich bin nicht Charlotte. Nun komm schon.«

Daniel zog seinen Handschuh aus und hielt ihr die Hand

hin. Ringfinger und Mittelfinger waren abgehackt worden, und die Stümpfe waren zwar lange verheilt, sahen aber immer noch grotesk aus. »Viele Menschen haben weitaus Schlimmeres gelitten«, sagte er. »Ich habe mich mittlerweile daran gewöhnt.«

»Wer hat das getan? Ein Wilder?«

»Eine Frau. Ein Kind beinahe noch.«

»Und was hattest *du ihr* angetan?«

»Nichts. Was ich war oder was ich getan hatte, zählte nicht. Was ich zu sein schien – das genügte.«

Sibylla ließ ihre zarten Finger über die Stümpfe gleiten. »Tut es weh?«

»Manchmal. Bei schlechtem Wetter.« Er zog die Hand wieder weg und schlüpfte in den Handschuh. »Aber es ist nichts, worüber du dir den Kopf zerbrechen müsstest, liebe Tante. Ich bringe dich jetzt nach oben und sorge dafür, dass du gut zu Bett kommst.«

»Zuerst möchte ich ein wenig mit dir reden!«

Daniel musste unwillkürlich lächeln. Wenn Tante Sibylla einen gewissen Ton anschlug, erhob niemand Einwände. Sein Großvater pflegte diesen Tonfall mit dem Geräusch zu vergleichen, mit dem eine Spitzhacke Stein zerschlägt.

»Du musst wissen«, sagte sie, »dass ich nicht den weiten Weg von London hierher gesegelt bin, um zuzusehen, wie Charlotte Nadelkissen bestickt.«

»Ich dachte, du wärst gekommen, weil du jemanden in Philadelphia besuchen wolltest. Deinen alten Verehrer, Mr. Franklin.«

»Das mag sein, wie es will.« Sie ging ein paar Schritte und blieb dann wieder stehen. »In der Hauptsache bin ich hier, weil mein armer Bruder Robert, dein werter Großpapa, mir auf dem Totenbett einen wichtigen Auftrag für dich gegeben hat. Ich hatte niemanden, der ihn an meiner Stelle hätte überbringen können.«

»Nicht einmal Mr. Tyrrell? Du scheinst großes Vertrauen in ihn zu setzen.«

»Tyrrell wird dafür bezahlt, zu tun, was ich ihm sage. Er verwaltet meine Notizen und sammelt Pflanzen für meine botanischen Studien. Er hat ein gutes Auge und ist in der Wissenschaft recht beschlagen. Er dient mir als Arme und Beine, aber er ersetzt mir weder meinen Verstand noch mein Gedächtnis. Noch meine Zuneigung. Deshalb bin ich persönlich gekommen.«

»Wo ist dein Sekretär jetzt, Tante?«

»Nun, im Bett. Benötigst du seiner?«

Daniel überlegte, ob er ihr von den verräterischen Hufabdrücken erzählen sollte, aber er wollte die alte Dame nicht beunruhigen.

»Das kann bis morgen früh warten«, sagte er. »Aber was ist das für ein Auftrag von meinem Großvater, wenn ich fragen darf?«

»Darfst du nicht. Nicht heute Abend.« Sie griff nach dem Arm ihres Neffen. »Du bist sehr erschöpft, und ich brauche mehr Zeit, um die Dinge zu ordnen und die Spreu vom Weizen zu trennen. Aber es tut mir gut, dich zu sehen, Daniel. Obwohl du doch ein selbstsüchtiger Tunichtgut bist; du hast den ganzen Verstand des lieben Robert für dich beschlagnahmt und nichts für deine beiden Brüder übrig gelassen.« Sibylla hob die Hand und zeichnete sachte die Umrisse seines Gesichts nach. »Oh, du bist meinem Bruder wirklich sehr ähnlich. Ich vermisse ihn zutiefst.«

»Er war mein Freund«, sagte er leise. »Mein bester Freund.«

Ohne es zu wollen, blickte er zu dem Haus am anderen Flussufer hinüber, wo im Fenster seiner Tochter noch immer die Kerze flackerte.

»Und dort?«, fragte die alte Frau und zeigte mit ihrem Gehstock auf das kleine Licht in Two Mills. »Dort hast du eine Freundin. Die kühne Hebamme Trevor, die dir eine Tochter geboren hat. Das hat sie doch, nicht wahr?«

Daniels Zorn loderte auf. »Und das hast du sicher von deinem Paar Ohren gehört, von Mr. Tyrrell? Er hat wohl Mrs. Twig zu lange gelauscht!«

»Du hast keine Entschuldigung für diese erbärmliche Liaison?«

»Ich liebe sie von Herzen. Dafür brauche ich keine Entschuldigung.«

»Hol dich der Teufel, Daniel, ich spreche von Paarung, nicht von Liebe!«

»Du sprichst von etwas, wovon du nichts weißt!«

»Pah! Glaubst du, du hättest das erfunden?« Sibylla lachte. »Du kannst Asche auf dein Feuer streuen, mein Lieber. Ich mochte nie glauben, dass du ein bloßer Tändler und Müßiggänger bist, und ich bin froh, zu erfahren, dass ich mich nicht geirrt habe.« Sie hielt inne und hub dann von neuem an. »Aber du hast gerade deine Stimme gegen mich erhoben, Neffe. Tu das nicht wieder. Ich habe nur dein Bestes im Sinn. Vergiss das nicht.«

»Verzeih mir«, sagte er und machte eine steife kleine Verbeugung.

»Nun. Wir werden sehen, ob ich das tue.«

Er wandte sich zum Gehen, aber sie hielt ihn mit ihrem Stock auf.

»Du musst wissen, dass Charlotte nicht mehr lange zu leben hat«, sagte sie. »Ich habe viele Frauen wie sie gesehen, und ich weiß Bescheid. Sechs Monate, vielleicht acht. Ein Jahr, wenn sie nicht zu sehr erregt wird.«

Daniel spürte, wie eine Woge von Panik und Schuldgefühlen über ihm zusammenschlug. »Gibt es denn nichts, was ich tun kann? Einen ärztlichen Experten hinzuziehen vielleicht, jemanden in London, von dem du Kenntnis hast?«

»Es gibt Pflanzen, die ihre eigenen Wurzeln ersticken und sich durch die Anstrengung, zu wachsen, selbst erwürgen. Wenn es nicht die Wehen gewesen wären, die ihre Gesundheit ruinierten, hätte Charlotte einen anderen Weg gefunden. Es gibt keine Medizin dagegen. Lass sie, und tröste sie, so gut du kannst.«

Sibylla tätschelte Daniel voller Zuneigung den Arm, dann ging sie in den Flur zurück, wo Hobble auf sie wartete. Auf halbem Wege hielt sie noch einmal inne. »Du glaubst, dass hinter diesen Morden, die heute Abend entdeckt wurden, mehr steckt, als auf Anhieb ersichtlich ist, nicht wahr?«

»So ist es. Viele Dinge scheinen mir sehr merkwürdig zu sein.«

»Und bedeutet das Gefahr für dich?«

»Sheriff Tapp wird morgen erwartet, und er ist ein harter Mann mit wenig Skrupeln. Mrs. Trevor steht bereits unter Verdacht, und ich werde mich bald vielleicht in derselben Lage befinden.«

»Dann bitte Tyrrell um Hilfe. Ich hatte ihn gerade zu mir gerufen, bevor das Kind aufschrie, aber er war verschwunden, wie ein Irrlicht. Es war nicht mehr als eine Viertelstunde, bis er wieder an meiner Seite war, aber in einer Viertelstunde kann man viel sehen und viel tun.«

»Und vielleicht auch Kehlen aufschlitzen?«

»Oh, ich habe ihn nicht in Verdacht. Aber obwohl er jetzt annähernd drei Jahre bei mir ist, weiß ich nur wenig über ihn. Er sieht mehr, als er sagt, und er könnte etwas wissen, das dir von Nutzen ist. Er schien mir seltsam aufgeregt heute Abend beim Tanz.«

»Er hat ein Pferd für sich gemietet, Tante. Waren es deine Zwecke, die ihn dazu veranlassten, oder seine eigenen?«

»Ich glaube, die beiden stimmen häufig überein. Ich habe ihn mitgenommen, weil er den Wunsch hegte, nach Amerika zurückzukehren.«

»Mr. Tyrrell ist Amerikaner?«

»Sein Akzent verrät es kaum, ich weiß, aber das gilt für viele seiner Landsleute. Ich habe bei der Planung meiner kleinen Expedition große Achtsamkeit walten lassen. Ich suchte nach einem Führer, der sich mit den Gepflogenheiten der Einheimischen und den hiesigen Pflanzen auskannte und der gebildet genug war, meine Notizbücher zu führen und sich um meine Korrespondenz zu kümmern. Tyrrell stellte sich mir vor, und ich habe ihn unverzüglich in Dienst genommen. Was das Pferd betrifft, so habe ich ihm erklärt, dass er gewiss eines von deinen Tieren würde reiten können, aber er wollte nichts davon hören. Er ist ein unabhängiger Mensch und duldet keine Vergünstigungen. Und er schien zu wissen, wer Mrs. Trevor war, ohne dass man es ihm sagen musste.«

Wieder zeigte Sibylla auf das Fenster von Two Mills.

»In dem Zimmer dort brennt noch immer Licht. Bist du deshalb noch nicht im Bett? Wartet sie auf dich?«

»Die Dame lässt in der Nacht nur dann Lichter brennen, wenn jemand krank ist.«

»Und du machst dir Sorgen um die Kleine? Meine Urgroßnichte.« Die alte Dame lächelte.

»Jennet war furchtbar durcheinander. Ich hatte gedacht, sie würden vielleicht nach mir schicken, aber …«

Sibylla schüttelte verärgert ihren weißen Schopf, und sie hob ihren Stock und ließ ihn kräftig auf seine Schulter fallen. »Müssen die Männer denn immer wie Schnecken auf einer Gartenmauer hocken und auf eine Einladung warten?«, rief sie aus. »*Geh hin,* Daniel, und sei deinem Kind ein Vater, wie es sich gehört!«

16
SCHATTEN

Daniel jagte den steilen Hügel zum Haus der Markhams hinauf, als tobe ein Feuer dort, nur um an der offenen Hintertür jäh stehen zu bleiben. Das war Hannahs Haus, und sie hatte nicht nach ihm geschickt; er hielt unsicher auf der Schwelle inne.

»Wenn er ihr etwas antut«, erklang eine leise Stimme im Inneren, »werde ich ihm mit einer Sichel den Kopf abschlagen und ihn mit dem Heu zusammenrechen! Wenn er sie in Schande stürzt, werde ich Blitz und Donner auf ihn loslassen. Oh, wie sollte ich anders verfahren mit einem Mann wie ihm?«

Bertha Pinch schien keine andere Gefährtin in dem Arbeitsraum zu haben als sich selbst. Sie trug ihr Nachthemd, das für eine Frau von doppelt hohem Wuchs geschneidert war. Um ihre Schultern lag ein Cape aus feiner, schneeweißer Spitze, und Spitze hing wie Eiszapfen von den Ärmeln, und Spitze säumte scharfen Eissplittern gleich ihren Hals. Auf ihrem langen, blonden Haar saß eine Haube, gleichfalls aus Spitze, und in dem fahlen gelben Licht der Kerze, die auf der Bank neben ihr flackerte, hätte man meinen können, sie selbst sei aus Frost gemacht oder aus fremdartigen weißen Blumen, die nur des Nachts blühten.

»Wie tausend Furien will ich mich auf ihn stürzen, wenn er sie verrät«, sagte sie. »Oh, mit Knüppel und Prügel will ich ihn schlagen.«

Sie saß an der kalten Feuerstelle und stickte, ein rosafarbenes Wolltuch lag über der Bank neben ihr, und sie hatte ein halbes Dutzend Stecknadeln zwischen den Lippen stecken. Auf einem Schneidebrett auf dem Tisch waren überreife Himbeeren ordentlich zum Trocknen ausgebreitet worden. Jemand hatte begonnen, sie wie für einen Halsschmuck aufzuziehen, doch das Ende des Fadens hing vom Tisch herab, und die Nadel tanzte sachte in der Zugluft. Gegenüber von Berthas Platz auf der Ofenbank stand ein Stuhl, und darauf lag ein schlichter grauer Frauenumhang, der ordentlich gewebt war, aber anders als alle, die er die Markham-Frauen je hatte tragen sehen. Es war sonst niemand zu entdecken; vielleicht gehörte der Umhang Bertha selbst.

Doch für den Fall, dass er in ein vertrauliches Frauengespräch platzte, klopfte Daniel an den Türrahmen, bevor er eintrat. Bertha Pinch blickte allerdings nicht einmal von ihrer Näharbeit auf.

»Sie sehen, ich habe auf Sie gewartet, Schatten«, sagte sie und nahm dabei die Nadeln aus dem Mund. »Sie kommen furchtbar spät, und wenn dies nicht der falsche Zeitpunkt wäre, würde ich sehr spitz zu Ihnen sein. So spitz wie Sargnägel.«

»Mit wem haben Sie gesprochen, Ma'am?«, fragte er sie. »Bevor ich hereinkam, hatten Sie doch Besuch hier, nicht wahr?«

»Ich? Nein, ich rede nicht. Ich bin stumm, wie das arme kleine Kindchen. Oh, aber manchmal erhebt mein gerades Ich die Stimme und stößt fürchterliche Drohungen aus, stampft mit dem Fuß auf und schreit, dass die Bösen in die Hölle verdammt werden.«

»Und wer sind die Bösen, meine Liebe?«

»Ich bin nicht Ihre Liebe!«, fuhr sie ihn an. »Ich bin zu verwachsen, um eines Mannes Liebe zu sein, es sei denn aus Mitleid, und Mitleid würde *sie* niemals dulden! *Sie* wird sich erheben und Sie kneifen, wenn Sie mich weiterhin Ihre Liebe nennen.« Dann blickte Bertha lächelnd zu ihm auf. »Möglich, dass Sie *mein* Lieber sind, Schatten. Nur mag ich nicht Ihre Liebe sein. Ich wurde nicht dazu erzogen, verstehen Sie. Ich rechne nicht damit. Ich bin an das andere gewöhnt. Mittlerweile ziehe ich es sogar vor.«

»Was? Welches andere?«

»Nun, Hohn und Spott. Und Gejohle. Steine, die wie Hagelkörner von meinem alten Buckel abprallen. Faule Eier und Äpfel, die bei hellem Tageslicht hinter Hecken hervorgeflogen kommen. Ich bin an solche Dinge gewöhnt. Aber *sie* hat sich nie daran gewöhnt, und ich fürchte um sie.« Daniel legte ihr eine Hand an die Wange, und sie drückte ihren Kopf dagegen. An ihrer Spitzenhaube blitzte im Kerzenlicht etwas auf, und er erkannte jetzt, dass all die feine Spitze mit Nadeln festgesteckt worden war.

»Meinen Sie Mrs. Trevor?«, fragte er. »Aber wer sollte sie verraten? Doch nicht ich?«

»Da, wie groß und rund Ihre Augen bei diesen Worten geworden sind, weil Sie an sich selbst zweifeln! Nun. Wenn ich wählen muss zwischen einem Ratsel und einem Schatten, auf welchen ich mich stützen mag, so werde ich mich jederzeit für den Schatten entscheiden. Denn ein Schatten hält an seiner Ehre fest, die darin liegt, zu sein, wo er sein sollte. Aber ein Rätsel! Nun, ein Rätsel ist eine windige Geschichte. Fast so schlimm wie ein Sermon.«

Sie ergriff seinen Arm. »Versprechen Sie mir, ihnen kein Vertrauen zu schenken!«, flüsterte sie. »Versprechen Sie es, um Ihres eigenen Lebens willen und um Hannahs willen!«

Ihr Atem ging in flachen Stößen, und sie klammerte sich fest an ihn. Was auch immer ihr seltsames Gerede zu bedeuten hatte, ihre Angst war durchaus real.

»Ich bin schwer von Begriff«, erwiderte Daniel. »Sie müssen sich deutlich ausdrücken, damit ich Sie verstehe. Vor wem haben Sie solche Angst?«

Sie antwortete nicht sofort. »Ich rede, wie mir der Schnabel gewachsen ist«, sagte sie. »Vielleicht steckt gar nichts dahinter. Vielleicht bin ich dumm wie eine Schleiereule.«

Wo ihre Hand seinen Arm umklammerte, fühlte sich sein Fleisch kalt an. Er berührte sie mit seiner anderen Hand, der verstümmelten. »Sie waren es, die gestern Abend im Wald gesungen hat, nicht wahr?«, fragte er sie. »Ganz zum Schluss, als wir auf dem Heimweg waren? Sie haben eine wunderschöne Singstimme.«

Bertha lachte abermals auf. »Sehe ich vielleicht aus wie eine Nachtigall?«

Daniel lächelte. »Eher wie ein Wechselbalg, möchte ich meinen. Aber Sie waren doch schon einmal dort gewesen, in der Hütte? Kannten Sie Mrs. Stark und ihre Kinder? Und ihren Mann – kannten Sie den nicht auch? Wussten Sie, dass er Mrs. Trevors James war?«

»Ich kenne jeden ein klein wenig und mich selbst am schlechtesten. Gott, ich weiß gar nichts. Aber Er machte kurz die Bekanntschaft meiner Mutter und hinterließ ihr dieses Geschenk, um es mir auf den Rücken zu legen. Ist es nicht elegant? Finden Sie nicht, dass ich eine Schönheit bin?«

Er beobachtete sie, wie sie sich im Kerzenlicht drehte, und auch wenn ihr armer Leib schief und gedrungen war, war ihr Gesicht doch fein geschnitten und hübsch, und ihre Hände waren langgliedrig und zart. Während sie sich drehte, schienen ihre Hände zu schweben und auf der Luft zu reiten, umrahmt von der schneeweißen Spitze, die sie gefertigt hatte, und geschmückt mit den Nadeln, die das Licht auffingen und wieder zurückwarfen. Sie war voller zarter Anmut, wie sie da im flackernden Licht mit ihrem eigenen Schatten tanzte.

»Woher kommen Sie?«, fragte Daniel. »Wo ist Ihr Zuhause, wo verbringen Sie den Winter? Und Ihr Mann, wo ist er?« Sie war *Mrs.* Pinch, oder zumindest nannten die anderen Frauen sie so.

»Sie sind heute Abend aber ein abscheulicher Schatten«, erwiderte sie mit jäher Schärfe. »Ich habe genug von Ihren Fragen. Jetzt fort, mit Ihren großen plumpen Stiefeln. Treten Sie leise auf und machen Sie keinen Lärm.«

Sie nahm eine Kerze und entzündete sie an dem Stummel derjenigen, die noch immer auf der Bank brannte. Dann ging sie voran, die schmale Hintertreppe hinauf zu einer Tür aus Kiefernbrettern mit einem massiven Eisenriegel davor.

»Machen Sie nicht zu lange«, sagte Mrs. Pinch, als sie ihm die Kerze gab und die Tür ohne einen Laut aufzog. »Denn wir müssen alle bei Tag ein anderer sein, und bald geht die Sonne auf.«

Daniel blieb draußen vor der Tür stehen, bis er hörte, wie ihre unregelmäßigen Schritte sich die Treppe hinunter entfernten und dann das leise Murmeln ihrer Stimme erklang, als sie ihre Arbeit wieder aufnahm. Dann trat er ein, schloss die Tür hinter sich und sah sich in Hannahs Zimmer um.

Das Fenster stand weit offen, um die Nachtluft einzulassen. Die Kerze auf dem Tisch war beinahe erloschen, und eine Wolke winziger Mücken umschwirrte die Flamme.

Einige weitere kämpften in dem weichen Talg, der auf die Untertasse darunter getropft war, um ihr Leben.

Er blies die Kerze aus und drückte an ihre Stelle diejenige, die Bertha Pinch ihm gegeben hatte.

Es lagen zwei Briefe auf dem Tisch, aber er warf nicht einmal einen Blick auf die Handschrift. Sie waren ein Teil des Zimmers, mehr nicht, wie die Mücken und die Kerze und die zwei oder drei Bilder an der Wand und der leuchtend bunte Quilt, der über dem Schaukelstuhl hing.

Das Bett war hoch und alt, mit einer Schiene darüber, an der man im Winter Vorhänge aufhängen konnte, um ein wenig Wärme zu haben. Im Sommer wurden die Vorhänge entfernt, und die nackten Schienen warfen schmale Schattenstreifen auf das Bett darunter, wo Hannah und ihre Tochter schliefen.

Das kleine Mädchen lag mitten auf dem zerdrückten Federbett auf dem Rücken, die Frau daneben lag auf der Seite, das Kind in den Armen. Jennet schlief, aber ab und zu trat sie immer noch mit den Beinen um sich, als laufe sie, und ihre kleinen Hände ballten sich zu Fäusten.

Daniel stand lange einfach nur da und beobachtete die beiden, dann setzte er sich in den Schaukelstuhl. Der alte Kater, der in der Nähe des Fensters schlief, erwachte und kam zu ihm, schnupperte kurz und rollte sich dann zu seinen Füßen zusammen. Die Nacht war sehr still, es ging nicht der leiseste Windhauch; seine Kleider lagen schwer auf seinen Gliedern, als wollten sie ihn ersticken.

Im Osten, über dem Meer, konnte man noch immer Blitze sehen. Die Nachtwache hatte bereits ihre letzte Runde gedreht, und die Laterne des Wachmannes war nur noch ein winziger Lichttupfer in der Ferne, während er über die Hauptstraße des Dorfes dem Gefängnis entgegenritt. Die

Nacht lag ohne jedes Licht da, abgesehen von dem fahlen, zinnernen Glitzern des Manitac und dem helleren Leuchten des Mühlenteichs oberhalb der Schleuse.

Da bewegte sich plötzlich etwas am Rand des Teiches. Zuerst hielt Daniel es für ein Tier, das zum Trinken aus dem Wald gekommen war – ein abenteuerlustiger Elch vielleicht. Aber es war ein Mensch, eine hohe, schlanke Gestalt, eine Frau oder ein Knabe. Die Gestalt schob sich fast lautlos in das stille Wasser und blieb lange in der Tiefe verschwunden, ohne wieder aufzutauchen.

Nach einer ganzen Weile stieg der lange, schlanke Leib wieder aus dem Teich und trat an das gegenüberliegende Ufer, wo das fahle Licht der Blitze am westlichen Horizont seine Umrisse nachzeichnete. Es war eine Frau; Daniel konnte die weiche Wölbung ihrer Brüste sehen, als sie sich umdrehte und die Arme dem Himmel entgegenreckte.

Neben ihr auf dem Ufer stand noch jemand, eine verzerrte, geduckte, unförmige Gestalt, gehüllt in ein langes weißes Gewand, das im blauen Aufzucken der Blitze funkelte – die Nadeln, die Bertha Pinchs schiefe Gestalt schmückten.

Mein gerades Ich, hatte sie gesagt, und er hatte es für Phantasterei gehalten. Aber dies musste die Frau sein, die bei seinem Eintritt ihren grauen Umhang zurückgelassen hatte und geflohen war.

Die beiden Frauen verschwanden in der Dunkelheit, so plötzlich wie Geister.

Daniel stand von dem Schaukelstuhl auf, ging zum Bett und legte sich Hannah gegenüber nieder, das Kind in der Mitte.

Hilf mir, oder ich werde ertrinken.

»Ich bin hier«, sagte er leise und griff nach ihrer Hand.

Daniel konnte sich nicht daran erinnern, eingeschlafen zu sein, aber er war sich nicht sicher, wie lange er so gelegen hatte, als er Hannahs Berührung auf seinem Gesicht spürte. Daraufhin strich er ihr mit den Fingerspitzen über die kurzen, dunklen Locken und ließ die Hand dort einen Augenblick verweilen. Ein tiefes Gefühl des Friedens überkam ihn jetzt, mit Jennet an ihn geschmiegt, als hätte er immer hier mit ihnen zusammengelebt, während sein anderes Leben ein Traum war.

Leben. Ehe. Ehemann. Frieden.

Das war es, was die Worte bedeuteten, dieser Raum und dieses Bett. Das Gesetz würde nur Hohn dafür haben. Die Kirche würde es verdammen. Hannah hatte keine neue Ehe gewollt, kein Joch mehr auf ihren Schultern, das sie nicht abstreifen konnte. Und er selbst, wenn er frei gewesen wäre, es zu tun, so hätte auch er gezaudert, noch einmal eine Ehe zu wagen.

Und hier war es nun so, gewachsen wie ein Baum aus einem windverwehten Samenkorn. Dieser ruhige, kleine Hort. In diesem Bett waren sie so wahrhaft verheiratet, als hätten sie in einer Kirche gekniet.

Und doch waren die alten Worte wichtig. *Das gelobe ich bei meiner Treue.* Er war zu sehr Engländer, um es abzuschütteln.

»Wie geht es unserem Mädchen?«, fragte er leise und küsste seine Tochter in der flackernden Dunkelheit auf die Stirn.

»Ich habe ihr Medizin gegeben«, sagte Hannah. »Aber sie war vollkommen irre, Daniel. Schlimmer als je zuvor. Ich glaube – ich glaube, sie hat *gesehen,* wie James getötet wurde. Und sie *wurde* gesehen, fürchte ich. Man weiß, dass Jennet keine Worte hat, daher hat der Mörder sich vielleicht sicher genug gefühlt, sie in Ruhe zu lassen. Bis sie Laute hervorstieß. Aber jetzt …«

Wenn sie schreien kann, kann sie sprechen. Wenn sie sprechen kann, muss sie sterben.

Daniel schloss seine Arme fester um das Kind. »Mein Gott«, sagte er.

Hannah schlüpfte aus dem Bett und stand auf. Er blieb still liegen und beobachtete sie, und das Gefühl der Verbundenheit entglitt ihm langsam. Im Wachen schien sie unabhängiger zu sein, und das ganze Bollwerk ihrer Verteidigungsmechanismen stand wieder. Sie setzte sich in den Schaukelstuhl, nahm den alten Kater auf den Schoß und strich ihm übers Fell.

»Daniel?«, fragte sie leise. »Was würde aus dir werden, wenn du uns nie wieder sehen würdest?«

Er glitt aus dem Bett und hockte sich neben ihren Stuhl. »In ein oder zwei Tagen werden wir die Wahrheit über diese Angelegenheit wissen, mein Herz. Mach dir keine Sorgen. Ich schicke einen Mann her, der über Jennet wacht, ja?«

Hannah schüttelte den Kopf. »Selbst wenn es keinen James und keine Mrs. Stark gegeben hätte – ich glaube, ich darf nicht länger hier bleiben.«

»Schämst du dich plötzlich für mich?«

»Gott behüte.« Sie wandte das Gesicht ab. »Aber ich habe mich übernommen.«

Als James fort war, hatte Hannah ein eigenes Kind haben wollen, eines, das nichts mit irgendeinem Ehemann zu tun hatte. Sie hatte sich die Männer in Rufford sehr genau angesehen und sich für den merkwürdigen versehrten Engländer entschieden, der in Quaids Schmiede arbeitete. Sie hatte nie die Absicht gehabt, die Torheit zu begehen, Daniel Josselyn zu lieben, und als ihr klar wurde, dass es dennoch geschehen war, da hatte sie ihn schroff seiner Wege geschickt. Acht Jahre lang war wie eine sichere Mauer zwischen ihnen die Illusion gewachsen, dass sie nichts und niemanden brauchte. Diese Mauer war ihr Werk gewesen, nicht seins. Ihr Stolz. Ihre Angst vor Schwäche. Ihre Zuflucht vor dem Ansturm der Erinnerungen. Im letzten Winter jedoch war alles in sich zusammengestürzt, und jetzt sehnte sie sich quälend nach der alten Mauer, um sich daran anzulehnen.

»Wenn ich nicht von hier fortgehe, werde ich Matthew Gwynn heiraten«, sagte sie.

Daniel schloss die Augen. »Wenn es das ist, was du willst, habe ich kein Recht, dich daran zu hindern.«

Sie gab ihm die Vorladung des Waisengerichts, die auf dem Tisch gelegen hatte. Er las sie schweigend. Dann legte er das Schreiben beiseite.

»Gwynn ist kalt und selbstgefällig, und ich kann ihn nicht leiden«, sagte sie, »aber ich sehe keinen anderen Ausweg, es sei denn, Jennet und ich würden von hier fortgehen. Selbst wenn man mich nicht halb im Verdacht hätte, diese Morde begangen zu haben, könnte ich nicht genug Geld auftreiben, um dieses Waisengericht zufrieden zu stellen …«

»Ist das alles? Gütiger Gott im Himmel, ich gebe dir morgen tausend Pfund, sobald ich einen Scheck auf meine Bank in Boston ausstellen kann! Welchen Nutzen hätte Geld für mich, ohne dich und Jennet?«

»Scht«, sagte sie und legte ihm eine Hand an die Wange. »Sie werden dich hören. Meine Tante und mein Onkel schlafen hinter dieser Wand.«

Sie faltete die Vorladung wieder zusammen. Der noch ungeöffnete Brief lag gleich außerhalb des Lichtkreises der Kerze; jetzt nahm sie ihn zur Hand und faltete ihn auf.

»Ich habe ja auch noch das Waldland«, sagte Daniel zu ihr. »Ich brauche das nur für sie festzulegen, und das Gericht wird mich als Jennets Treuhänder akzeptieren. Sie wird bei dir bleiben, und es braucht kein Wort mehr über die Angelegenheit verloren zu werden.«

»Aber vor dem Gesetz würde sie unter deiner Kontrolle stehen. Unter deiner und Charlottes.«

»Ah. Das ist es also.«

»Ich meine nicht, dass Charlotte ihr ein Leid zufügen würde, aber ...«

»Aber du traust mir nicht, du denkst, ich würde sie als Charlottes Tochter großziehen und nicht als deine.«

»O doch, ich vertraue dir! Nur ...«

»Scht. Scht.«

»Aber das Risiko, sie jetzt zu verlieren, gerade jetzt, wo man James tot auf deiner Schwelle gefunden hat, mit etwas, das mir gehörte, in der Hand! So viele Tote«, flüsterte sie. »Ich verstehe es einfach nicht. Was für ein Geschöpf könnte töten, so wie diese Menschen im Wald getötet wurden?«

Daniel runzelte die Stirn. »Ich habe nachgedacht. Das Halstuch, die Quilts – das alles weist auf eine Frau hin. Und wir haben in der Hütte die Fußabdrücke einer Frau gefunden. Aber könntest du mit einer so großen Axt umgehen? Bist du stark genug? Ist das irgendeine Frau?«

»Ein eiserner Kochtopf voll heißer Suppe wiegt vierzig Pfund, mein Liebster. Ein Kessel mit nasser Wäsche fünfzig oder mehr. Ich habe zu meiner Zeit schon Bäume gefällt. So wie die meisten Frauen, die in einem unwirtlichen Land leben und nicht in ein Haus voller Dienstboten hineingeboren werden.«

»Nun, wenn es eine Frau war, dann müssen andere Frauen sie kennen.« Er dachte an Bertha Pinch und ihre

Freundin. »Es gibt eine Art Schwesternschaft unter euch, von Stickerinnen und Quilterinnen und Weberinnen und Mägden und Ehefrauen.«

Hannah zeichnete mit den Fingern die Stiche des leichten Sommerquilts auf ihrem Schaukelstuhl nach. Es war kein aus Quadraten und Dreiecken zusammengesetztes Muster wie der Quilt aus roten Rosen in ihrem Rahmen im Erdgeschoss.

Vom breiten Ende zum schmalen. Eine Frau mit einem kurzen, schlanken Fuß. Eine einsame Frau, die niemand erwartet, die niemand vermisst, wenn sie nicht pünktlich zurückkommt. Und die vielleicht doch willkommen geheißen wird, weil sie freundlich ist.

Schmales Ende zum breiten. Eine Frau, die hart arbeitet für ihren Unterhalt und die stärker ist, als sie aussieht. Sie kennt den Wald, wandert oft dort umher. Sie fürchtet nichts und niemanden außer jenen, die Macht haben, weil sie arm und allein ist.

Vom Loch zum Kern. Sie geht im Sommer barfuß, denn sie hat nur ein Paar Schuhe und muss sie für die kalten Monate aufsparen. Viele Dinge tut sie, weil sie muss, gleichgültig was sie sie an Stolz oder Unbehagen, an Abscheu oder Schuldgefühl kosten. Eine arme Frau. Eine müde Frau. Eine Frau, die nur ihren Körper hat, um ihr Überleben zu erkaufen, die ihn benutzt, so gut sie vermag.

Vom Kern zum Loch. Eine Frau, die gut genug bekannt ist, um keinen Argwohn zu wecken, wenn sie dieses Haus betritt – oder irgendein anderes Haus – und gesehen wird. Bekannt und unbekannt, gesehen und übersehen. Alle Frauen sind niemand. Arme Frauen sind gar nichts.

Wenn sie tötet, ist sie eine Frau, die zu nichts zermahlen wurde, die tief in sich ein mit Asche belegtes Feuer des Zorns trägt, genauso wie ich. Die ihren Zorn trägt wie ein Kind im Leib und ihn plötzlich gebiert, ohne Vorwarnung. Eine Frau, die wahnsinnig ist in ihren Geburtswehen.

Es ist eine Frau, die ich kenne und mit der mich mehr verbindet als uns trennt.

»Hätte James ihre Leichen zugedeckt, wenn er sie getötet hätte?«, fragte Daniel sie. »Hätte er so viel Gefühl gehabt?«

Hannah starrte auf ihren Schoß. »Als meine Kinder starben«, sagte sie, »weigerte er sich, an ihr Bett zu treten, aus Angst vor dem Fieber. Er ließ mich allein mit ihnen. Er saß im Wohnzimmer und wartete darauf, dass der Fieberkarren käme, um ihre Leichen wegzuschaffen. Eins nach dem anderen wurden sie alle geholt. Nach dem letzten trat ich aus dem Zimmer und ging die Treppe hinunter. Ich hörte die Männer über die Dielen stampfen. Ich hörte, wie die Tür hinter ihnen zufiel. Sie trugen Benjamin weg. Meinen kleinen Sohn. Ich stand dort und lauschte auf die Räder des Karrens in der Straße, während sie wegfuhren. Und da war es – ein Laut. Etwas Ähnliches habe ich von dir schon vernommen, wenn du schliefst. Ein gewaltiges Heulen, das die Lampen erklirren lässt. Keine Worte. Kein Gebet – er war kein Mann für Gebete. Nur ein Heulen, als sei das Ende der Welt gekommen.«

»Ah. Dann hat er sie also doch geliebt.«

Hannah blickte zu ihm auf. »Er hat sie nach Boston zuruckgeschleppt, damit sie dort am Fieber starben, wo ich sie hierher nach Maine hätte bringen und am Leben erhalten können. Sie geliebt? Er hasste Gott, weil Er mir Recht gegeben hatte, das ist alles. Er heulte seinen Hass heraus, und binnen einer Woche war er bereit, mich von neuem zu schwängern. Das war seine beste Strafe für mich. Aber selbst das verwehrte ich ihm. Ich ging zu einer alten

Schwarzen, einer entlaufenen Sklavin, die viele Heilmittel kannte. Sie gab mir etwas Öl von der Wurzel einer gewissen Pflanze. Ich wurde sehr krank davon. Als es vorbei war, war das Kind nicht länger in mir. Zwei Mal habe ich das getan. Ich habe dir schon gesagt, ich hätte ihm kein Kind mehr geboren, eher wäre ich gestorben.«

Daniel wollte sie berühren, wagte es aber nicht. »Hätte er sie so ermorden können? Mit einer Axt?«

»Wie soll ich das sagen? Nur dass er meinen Tod wollte, dessen bin ich gewiss«, erwiderte sie. »Und doch hat er mich nur zwei Mal geschlagen, im Zorn. Ihm fehlte der Mut. Außerdem …«

Sie brach ab und saß schweigend da. Da war noch etwas, immer noch, und es war so bitter, dass sie es nicht ertragen konnte, davon zu sprechen. Aber er drang nicht weiter in sie.

Er legte ihr die Hände auf die Schultern. »Wir werden die Wahrheit ans Licht bringen«, sagte er. »Das schwöre ich.«

»Mir liegt einzig Jennet am Herzen.« Hannah seufzte. »Wir brauchen Zeit, aber in weniger als einem Monat muss ich vor dem Gericht erscheinen, und wenn ich unter Mordanklage stehe, werden sie sie mir nehmen, mit Geld oder ohne. Und morgen werde ich vom Sheriff verhört. Er wird Johnnie beiseite schieben und die Richtung der Untersuchung vorgeben, davon bin ich überzeugt.«

Der Himmel wurde hell, und auf dem Mühlteich und dem Fluss dahinter lag ein schwacher Bodennebel. Noch eine Viertelstunde, und die Sonne würde vollends aufgehen und die Hitze wieder zurückkehren.

»Ich muss gehen«, sagte Daniel. »Und – Hannah?«

»Sir?«

Sie bewahrte sich immer diese kleine Zuflucht vor ihm,

wie die meisten Frauen es ihren Männern gegenüber taten, diesen winzigen Hauch Formalität, der sie binnen eines Wimpernschlags ausschloss. Sir, sagten sie. *Bewahren Sie Abstand. Wenn ich will, komme ich recht gut ohne Sie zurecht.*

»Wenn du fortgehen musst, schick mir eine Nachricht. Ich werde dir nicht folgen, das verspreche ich. Aber ich bitte dich, lass es mich wissen, wenn – wenn ich in Zukunft allein sein werde.«

Er trat vor sie hin und küsste sie sachte auf die Stirn, dann hielt er einen Augenblick neben Jennets Bett inne und war fort, nur noch ein leiser Schritt auf der Treppe.

Und dann, im ersten bleichen Licht dieses von Unwetter kündenden Julitages, öffnete Hannah den Brief, der seit dem vergangenen Morgen in ihrem Zimmer gelegen hatte. Hätte sie ihn eher gelesen, hätte sie Rufford vielleicht verlassen, bevor am Tag der Heuernte die Sonne hoch am Himmel stand, und sie hätte Daniel nie wiedergesehen.

17
BEWEISAUFNAHME

Brief von Mrs. Grace Stark, 5. Juni 1786
An die Hebamme Hannah Trevor in Rufford, Provinz Maine

Ich hatte große Angst, als ich Sie an mein Krankenlager rief, denn obwohl er sehr schlecht von Ihnen spricht und behauptet, dass Sie in Boston seine drei Kinder getötet hätten, sagt er, Sie wären seine wahre Ehefrau und ich hätte in Sünde Ihren Platz eingenommen. Aber jetzt, da ich Sie kenne und weiß, wie gütig Sie sind, kann ich Sie nicht länger mit der Unwahrheit leben lassen.
James Trevor, Ihr Ehemann, lebt noch und nennt sich Reuben Stark.
Er hat mich vor zwei Jahren in Kanada geheiratet und mich dort geschwängert, und er erzählte mir erst vor kurzem, dass er an eben diesem Orte eine Ehefrau hätte, die noch lebt. Und er nahm den Namen meines toten Mannes an, um ohne Gefahr hierher kommen zu können, denn mein Reuben war nie ein Verräter, und es hätte auch nie jemand von ihm behauptet.
Und nun ist es, als hätte mein eigener lieber Ehemann nie auf dieser Erde gelebt, und er ist gänzlich in der Dunkelheit untergegangen.

Aber ich denke, Mr. Trevor wird mich verlassen und Sie trotz alledem wieder zurücknehmen, denn das bisschen Geld, das ich hatte, ist verbraucht. Und obwohl er Sie eine Hure nennen mag und Sie schlagen wird, wenn er trinkt und tobt, so tut es ihm hinterher doch immer Leid, und er kann sehr sanft sein, wenn er traurig ist. Und Sie müssen dann trotz allem Mitleid mit ihm haben und tun, was in Ihren Kräften steht, um ihn aufzuheitern.
Ich habe an meines Mannes Bruder geschrieben, aber falls er uns im Stich lassen sollte und der Winter uns hier ereilt und wenn Mr. Trevor uns verlässt, um Sie oder eine andere zur Frau zu nehmen, dann sind meine Kinder und ich verloren. Denn wir sind jetzt sehr arm.
Er trifft sich mit wilden Männern im Wald, und ich habe Angst vor ihnen, denn es bekümmert sie nicht, was sie tun.
Grace Stark, unverheiratete Ehefrau von James Trevor

P.S.: Denken Sie an mich als eine Schwester, für die Sie beten müssen.

18

Beweisaufnahme: vom Wesen der Missachtung

Die Frau, die Grace Stark und ihre Kinder am frühen Morgen getötet hatte, wusste nichts mehr davon, nachdem sie den Wald verlassen hatte, um zum Heuen zu gehen. Wo sie zum ersten Mal das alte Liebeslied gehört hatte, das sich wie ein Karussell in ihren Gedanken drehte, wusste sie gleichfalls nicht. Sie wusste auch nichts mehr von dem Beutel aus Sämischleder mit dem Goldstück darin oder von dem schwarz umsäumten Halstuch, das sie aus ihrem Grab im Wald mitgenommen hatte, oder von dem Rasiermesser, das sie gestohlen hatte. All diese Dinge lagen eingewickelt in ihren Umhang in der Kommode, in der sie ihre wenigen Habseligkeiten aufbewahrte, und als der Mann sie an diesem schwülen, heißen Nachmittag vor dem Tanz unter ihren Sachen fand, konnte sie nicht sagen, wie sie in ihren Besitz gekommen waren.

»Warum hast du das gestohlen?«, schrie er und leerte den Beutel auf den Tisch und strich das Halstuch glatt. »Ich dulde keine Diebin in meinem Haus!«

Er war mutlos und wütend und mit hängenden Schultern nach Hause gekommen, und seine bekümmerten Augen blickten auf ein leeres Leben, das sich trostlos vor ihm erstreckte und in dem nur der Tod Orientierung gab. Sie sah es und wusste, dass die Verzweiflung ihn gefährlich machte; er hatte sie noch nie zuvor angeschrien.

»Wie kommst du zu einem Goldsovereign?«, rief er. »Wo bist du gewesen?«

Die Frau sagte nichts, trat nur dicht an ihn heran und streichelte sein Gesicht und seine Brust. Ganz sachte öffnete sie den Latz seiner Hose und ließ ihre Hände hineingleiten, wo sein Geschlecht von seinem Zorn bereits hart geworden war.

»Hure! Bei welchem Mann bist du gewesen? Dieses Rasiermesser gehört ihm.« Er mühte sich, den eingravierten Namen zu entziffern, aber seine Augen waren schlecht, und es gelang ihm nicht. »Und wie kommst du zu diesem Schultertuch?«, schrie er, während ihre schlanken Hände seinen Körper erkundeten. »Es gehört Hannah Trevor!«

»Sie hat es mir geschenkt«, antwortete die Frau.

Sie ließ sich zwischen seinen langen Beinen auf die Knie sinken und erregte ihn und sang bei der Arbeit leise vor sich hin, so wie sie beim Spinnen singen mochte oder wenn sie eine Gans rupfte.

»Es gibt keinen anderen Mann«, sagte sie, als sie fertig war. »Nur dich. Ich liebe dich. Du wirst mich nicht wegschicken. Ich werde tun, was immer du willst. Nur heiraten werde ich dich niemals, das habe ich geschworen.«

»O meine Liebe«, flüsterte er und strich ihr übers Haar. Denn er liebte sie wirklich. »Was hast du getan?«

In seiner Stimme lagen Stolz und eine Art Verehrung, und sie wusste, dass er alles tun würde, um sie zu behalten, und dass er immer ihr gehören würde, ganz gleich, wen er sich in sein Bett holte.

»Ich bin«, sagte sie.»Ich liebe dich. Ich bin.«

Und sie zog sein Gesicht zu sich herab und küsste ihn zärtlich, und in ihr war Frieden.

Aber der Friede war ihr Feind. Wann immer sie ihm entgegentrieb wie dem Ufer einer Insel, schlug sie um sich, bis ihre Vertäuung riss und das große gesichtslose Meer ihres Zorns sie freiließ.

In dem friedlichen Küchengarten ihres Vaterhauses, in der Nähe der Fliederhecke, hatte eine seltsame gedrungene Pflanze mit breiten, behaarten Blättern gestanden. Pferde trampelten darauf herum, Männer trieben ihre Ochsenkarren darüber hinweg, und Kinder rannten durch den Busch hindurch. Dennoch gedieh sie und wurde niedergemäht und gedieh weiter, hässlich und nutzlos.

Eines Tages war eine alte Frau aus der Nachbarschaft gekommen und hatte darum gebeten, die Wolle abzupfen zu dürfen, die ihre Schafe an den Hecken verloren hatten, und sie sah die Pflanze und schlug die Hände zusammen.

»Gib mir nur eine Wurzel von diesem Beinwell«, sagte sie, »und ich werde zwei Monate für euch arbeiten und keinen sonstigen Lohn verlangen.«

»Warum? Warum willst du das tun?«, fragte das Mädchen.

Denn auch sie war in Missachtung groß geworden, und obwohl sie von schlichtem Wuchs und wenig hübsch war und ihre Brüder ihr zürnten, weil sie sie nicht an einen reichen, selbstherrlichen Mann verkaufen konnten, so war sie doch in sich stark und verschwiegen und treu.

Aber niemand hätte zwei Monate unentgeltlich gearbeitet, um *sie* zu bekommen.

»So ein hässliches Gestrüpp soll kostbar sein?«, fragte sie erstaunt. »Es sind ja nicht mal Blumen.«

»Wenn du einen Schmerz hast, der sich nicht lindern lässt«, sagte die Frau, »oder eine Wunde, die blutet und nicht heilen will, kannst du sie mit Beinwell kurieren. Denn im Beinwell liegt die Gnade Gottes.«

Das Mädchen war überrascht, denn es hatte die Gnade Gottes für eine Erfindung von Predigern gehalten, damit die Menschen nicht aufbegehrten und sie selbst dick und fett wurden.

»Oder wenn du dir einen Knochen gebrochen hast«, fuhr die Frau fort, »oder eine geschundene Stelle nicht wieder gut werden will, dann leg ein oder zwei Blätter von dieser Pflanze darauf, und sie wird dich gesund machen.«

Und so nahm das Mädchen ein Blatt von der Pflanze und legte es sich im Schlaf auf die Brust, wo ihr Herz hätte sein und ihre Seele ihr Versteck hätte haben sollen.

Aber sie erwachte so leer wie eh und je und glaubte, die Pflanze habe sie im Stich gelassen und Gott habe sie im Stich gelassen. Denn sie wusste nicht, dass die Seele ein leerer Becher ist, der mit Trauer gefüllt werden musste, um sichtbar zu werden, und dass Gott nichts anderes ist als die gebrochenen Splitter der Trauer, die den Becher füllen. Sie glaubte, dass auch Er sie nicht beachte und mit dem gewaltigen Rad Seiner Missachtung über sie hinweggerollt sei.

Sie gab Talg auf den Beinwell im Garten und holte Feuer aus dem Küchenherd und ließ die Pflanze brennen wie eine lebende Fackel, vom Blatt bis zum Stiel, vom Stiel bis zur Wurzel und noch tief darunter, in den leeren Becher der trauernden Erde.

Dann sagte sie das Wort, sagte es vor sich hin.

Nichts. Ich bin nichts Menschliches. Ich bin ein Unkraut, das aus der Welt herausgerissen werden muss.

Ihr Vater war einen Monat vor ihrer Geburt gestorben, und ihre Mutter war eine dicke, sich geziert gebende Frau, deren ganze Aufmerksamkeit ihren fünf hübschen Söhnen galt.

Sie flirtete mit ihnen, als seien sie ihre Verehrer, und tätschelte sie noch mehr als Fudge, ihren Schoßhund.

Einer nach dem anderen wurden sie alle krank und starben an der erstickenden Fürsorge ihrer Mutter, und nur das Mädchen blieb übrig.

Sie war sechzehn, als ihr letzter Bruder starb. Getötet in einem Duell wegen einer verheirateten Frau, die er erwählt hatte, weil er wusste, sie würde ihn in den Tod treiben. Sie brachten ihn nach Hause, in den vornehmen Salon seiner Mutter, und stellten einen Sarg auf vier Mahagonistühle und legten ihn hinein, seine bleichen Hände über der Brust gefaltet, wo die Wunde geblutet hatte. Triumph stand in seinen Zügen geschrieben, denn er hatte sich endlich befreit.

Als das Mädchen in den Salon kam, um ihn zu sehen, hockte ihre Mutter neben dem Sarg, ein Stück schwarz gesäumten Leinens an die Augen gedrückt. Sie hatte keine Liebe für den Jungen gehabt; zu lieben war ihr nicht gegeben. Aber er hatte ihr gestattet, ihn zu besitzen und zu beherrschen, und ihre Tochter konnte sie nicht besitzen, ihre Tochter, die fern und ruhig war und gewusst hatte, dass er sterben würde wie die Übrigen, denn auf anderem Wege konnte er nicht fliehen.

»Was willst *du* denn hier, du grässliches Mädchen?«, rief die Mutter. »Du nutzt mir nichts! Bring mir ein Kissen für den Rücken und dann lauf ins Dorf und hol die Post.«

Das Dorf war mehr als sechs Meilen entfernt, und sie hatte den Weg an jenem Tag schon einmal gemacht.

»Ich werde den Ponywagen nehmen«, sagte das Mädchen.

»Den Ponywagen? Du? Wer bist du, dass ich dich mit

Kutschen verwöhnen sollte? Du bist nicht zur Dame geschaffen. Du wirst zu Fuß gehen wie die anderen Dienstboten.«

»Wenn ich ein Dienstbote bin, so werde ich nicht gehen, es sei denn, du bezahlst mich.«

»Nicht? Du willst nicht?« Das Gesicht der alten Frau wurde rot, und sie riss das schwarz gesäumte Leinentuch entzwei. »Nein, du willst nicht! Du bist niemandem von Nutzen, nicht einmal in kleinen Dingen. Ungestalt und dumm wie du bist, kann ich dich an keinen anständigen Mann verheiraten, der sich um meinen Besitz kümmert. Wenn dich jemand heiratet, dann nur irgendein Tunichtgut, der dich um des Geldes willen nimmt, das deinen Brüdern hätte gehören sollen! Wer würde eine Kreatur wie dich aus einem anderen Grund in seinem Bett haben wollen?« Ihre Augen wurden schmal und scharf. »Geh in mein Schlafgemach und hol mir ein frisches Taschentuch. Deinetwegen habe ich dies hier ruiniert.«

»Ich werde es nicht tun«, sagte das Mädchen und rührte sich nicht von der Stelle. »Meine Brüder haben dich nicht bedient, noch sind sie für dich ins Dorf gegangen, noch haben sie deine Schmähungen ertragen. Ich denke, ich bin genauso gut wie sie.«

»Du!«, rief ihre Mutter, eine Hand auf dem Sarg des toten Jungen. »Du bist schuld an alledem! Ich begann zu sterben an dem Tag, an dem ich dich empfangen habe! Mein armer Mann konnte nicht in derselben Welt mit dir leben! Meine Söhne sind alle ermordet und fort!«

»Du hast sie getötet«, sagte das Mädchen. »Dein Gewicht auf ihren Herzen! Ich habe kein Herz. Ich werde leben.«

»Mörderin!«, kreischte die Mutter. »Meine Söhne sind alle tot und fort!«

Die Haushälterin und der Pfarrer kamen herein und versuchten, die alte Frau zum Schweigen zu bringen, aber sie fuhr fort zu schreien. »Mörderin! Kaltherzige Bestie!«

Das Mädchen stand schweigend mitten im Raum. Es regnete draußen, ein kalter Novemberregen, der auf den Teich am Rande des braunen Rasens und auf die dunklen Kiefern dahinter niederging.

»Miststück!«, schrie ihre Mutter. »Gott sieht dich! Jeder Atemzug, den du auf Erden tust, ist ein Gräuel! Wenn irgendein Mann dich nimmt, möge Gott hinabblicken und deinen Schoß verfluchen, und dein Mann soll dich betrügen, und deine Kinder sollen alle zugrunde gehen und tote Kinder gebären und sterben!« Die alte Frau sank, starr geworden, zu Boden und schien nicht zu atmen.

»Ist sie tot?«, fragte die Haushälterin.

»Ich fürchte, ja«, sagte der Pfarrer.

»Wir müssen um Gottes Gnade für ihre Seele bitten«, sagte die Haushälterin.

Sie beugten ihre Köpfe über die Mutter, aber das Mädchen stand still da und betrachtete sie aus weiter Ferne. Sie musste lachen bei dem Gedanken an die Gnade Gottes, und ihr Lachen war hoch und süß und wunderschön, denn sie hatte noch nie zuvor im Leben gelacht. Immer noch lachend ging sie zum Kamin und nahm einen schweren Schürhaken und hob ihn über den Pfarrer und den Schoßhund und die Haushälterin und den Leib ihrer toten Mutter.

»Raus!«, sagte sie laut. »Verlasst mein Haus! Es ist jetzt mein Haus. Ich werde darin schalten und walten, wie es mir gefällt!«

Sie schlug mit dem Schürhaken zu und spaltete einen Walnusstisch. Sie schlug abermals zu und riss die Kissen auf der Chaiselongue ihrer Mutter auf. Wieder und wieder ließ sie den Schürhaken auf die Dinge krachen, die einzig ihrer Mutter gehört hatten.

»Sie ist wahnsinnig!«, rief die Haushälterin.

»Besessen!«, wisperte der Pfarrer. »In den Irrsinn getrieben von ihrer Trauer!«

Als sie, zu Tode geängstigt und wimmernd, davongelaufen waren, ging das Mädchen die Treppe hinauf und nahm die Feueraxt aus dem Flur und ging in das Schlafgemach ihrer Mutter und hackte die drei Federbetten auf, die auf dem Bett lagen, in dem sie und ihre toten Brüder empfangen worden waren. Sie zerschmetterte den Sekretär und die brokatbezogene Recamière und den mit Japanlack überzogenen Bettkasten am Fuß des Bettes und den Schoßhund, Fudge, der sich darin versteckt hatte.

Zu guter Letzt zerschmetterte sie das Fenster, und der Regen drang ins Zimmer und fand ihr Gesicht und wusch sie rein. Lange Zeit stand sie am Fenster und sah zu, wie der graue Himmel sich vor ihr zusammenzog wie die Stirn Gottes.

Dann ging sie die Treppe hinunter und in die Küche. Alle Bediensteten waren voller Angst davongelaufen, und nur die Toten waren noch im Haus. Sie nahm Talg aus dem Fass und schmolz es über dem Feuer und zog damit eine schmale Spur von der Küche zum Arbeitsraum und von dort zum Salon und von dort zur Bibliothek und von dort zum Musikzimmer. Dann nahm sie sich Feuer und zündete das Wachs an und ging durch die Haustür in den Garten, wo noch immer der Regen fiel.

Der Teich war klar wie feiner Zinn, und sie ging gelassen darauf zu, während das Feuer Raum um Raum des großen Hauses fraß, das ihr Vater für seine starken, schönen Söhne gebaut hatte.

Aber sie beachtete das Feuer kaum. Die junge Frau schnürte ihr Mieder auf und nahm es ab und faltete es sorgsam zusammen und legte es auf das tote Gras, dann zog sie ihr Korsett aus und ihren Rock und den Unterrock und ihre Strümpfe und faltete alles zusammen und legte es auf einen Haufen. Zuletzt zog sie ihr Hemd aus und stand nackt im Regen, die rosenfarbenen Brustwarzen ihrer kleinen Brüste hart geworden in der Kälte.

»›Zugrunde gehen und tote Kinder gebären und sterben‹«, sagte sie leise in den Regen und legte ihre Hände auf den Bauch und streichelte ihn und wusste, dass der Fluch ihrer Mutter wahr werden würde.

Eine dünne Eisschicht hatte sich auf der Wasserfläche gebildet, aber sie schlüpfte hinein wie ein Seehund, der die Kälte liebt, und tauchte, tief, tief, bis auf den Grund hinab und suchte nach ihrem neuen Ich und ihrer Seele, die fort war.

Sie war da, und die junge Frau sah sie. Eine unansehnliche Pflanze mit verkohlten Blättern, die unbeugsam emporwuchs. Ein zerschundener Becher, bis zum Rand gefüllt mit Tränen.

»Ich bin«, sagte sie. »Ich bin.«

19

Der gute Weizen und die Spreu oder: Die Rückkehr des Friedensrichters

Eine kleine Menschenmenge hatte sich draußen vor Lambs Gasthaus versammelt, um dem Puppenspieler zuzusehen, aber fast niemand lachte. Selbst die Gesichter der Kinder waren leer und voller Angst. In der Gaststube saßen auch die Mütter mit großen Augen und furchtsam da, und sie warfen den Männern verstohlene, argwöhnische Blicke zu. Aber die Angst galt nicht nur Äxten und Messern.

Es war zehn Uhr und noch zu früh am Tag, um zu trinken, aber Lambs Gasthaus diente auch als öffentlicher Versammlungsort. In der Ecke neben der großen Standuhr aus Walnussholz saßen auf Bänken ein Dutzend grimmig blickender Bauern und Dörfler, die alle darauf warteten, an den Tisch gerufen zu werden, an dem Gabriel Bent mit seinem Steuerbuch und seiner Geldkassette den Vorsitz führte. Er war ein blasser, magerer Bursche von gut vierzig Jahren, der aus dem Krieg einen lahmen rechten Arm mitgebracht hatte.

Im Augenblick saß George Anson vor ihm, der ein kleines Gehöft in der Nähe von Maid's Hill am Südufer hatte. Er war ein hoch gewachsener Mann mit breiten Schultern und einem langen, kummervollen Gesicht und grauen, tief in den Schädel eingesunkenen Augen. Er schob einen Haufen zerdrückter Scheine über den Tisch.

»Da, bitte schön«, sagte er. »Das sind fast tausend Continentals. Armeesold, und ich habe lange genug dafür gedient. Aber nehmen Sie das verfluchte Zeug.«

Gabriel Bents dunkle Augen waren so tot und schwarz in seinem bleichen Gesicht wie zwei Kohlestücke. »Sie wissen, dass ich das nicht machen kann, George. Continentals und Schuldscheine nützen hier nichts. Ich brauche einhundertundzehn Pfund in Hartgeld.«

»Warten Sie ein Weilchen, Gabe«, sagte Ralph Bunce, vernünftig und zurückhaltend wie immer. »Siwall ist gestern Nacht zurückgekommen, wie ich höre. Vielleicht werden ja nun neue Geldscheine ausgegeben, die im Wert stabil sind, jetzt, da die Generalversammlung unsere Petition gehört hat, und dann können wir alle wieder zahlen.«

»Und Schweine haben Flügel.« Diese Bemerkung kam von Freddy O'Neal. »Selbst wenn sie neues Geld ausgeben, werden sie uns nicht entschädigen, Mann, das weißt du doch. Es wird zehn neue Scheine für hundert alte geben.«

»Könnten Sie nicht doch Schuldscheine nehmen, Bent?«, fragte einer von den Gemäßigten, Nathan Berge. »Sonst sitzt die Hälfte der Männer hier noch vor Michaelis im Schuldturm.«

Aber ein Steuereintreiber verpflichtete sich, für sein Gebiet eine festgelegte Summe einzuziehen, und wenn ihm das nicht gelang, musste er der Steuerbehörde die fehlende Summe aus seiner eigenen Börse bezahlen. Gabriel Bent hatte für mehr als viertausend Pfund geradezustehen. Wenn er nachgab, würde er selbst im Gefängnis landen.

Er schüttelte den Kopf. »Ich brauche Hartgeld, und ich brauche es jetzt. Das ist das Gesetz, und ich kann nichts dafür. Einhundert Pfund, George, die zehn will ich Ihnen erlassen, aber mehr ist einfach nicht drin. Es tut mir Leid, aber so ist es nun mal.«

»Ach ja? Und soll ich vielleicht Hartgeld scheißen? Oder es von den Bäumen pflücken?«

Anson blickte zu seiner Frau hinüber, die auf der anderen Seite des Raumes saß. Sie hatten acht Kinder, das älteste noch keine fünfzehn und ein Mädchen. Der Weizen war noch nicht geschnitten, und der Mais blühte kaum. Wie sollte seine Familie ohne ihn die Ernte einholen? Oder Feuerholz für den Winter schlagen? Oder das schwarze Schwein schlachten und einsalzen?

Er starrte auf den Tisch vor sich, seine großen Hände wanden sich, als könne er sich vielleicht bares Geld aus den Poren wringen.

Rufus Penny griff nach einer Bostoner Zeitung, die neben ihm auf der Bank lag. »Von der Generalversammlung habt ihr keine Hilfe zu erwarten, Freunde! Die blicken mit genauso viel Verachtung auf uns hart arbeitende Männer herab, wie es der König von England getan hat.«

Er begann laut vorzulesen, mit einer Stimme, die den Tabakrauch durchschnitt wie Säure.

»›Diese bäurischen Arbeitstiere, die über die Zahlung fairer Steuern als Gegenleistung für unsere wunderbare Freiheit flennen, müssen lernen, mit ihrem Geld auszukommen. Was braucht Madam Bauersfrau eine Perlenkette und ein Taftgewand? Soll sie begreifen, welchen Stand sie im Leben einnimmt, und ihrer Eitelkeit abschwören, zum Besten ihres Landes und um der Selbstachtung ihres Mannes willen!‹«

»Polly, Mädchen!«, rief Anson, und seine Frau blickte beschämt und verängstigt auf. »Zeig dem Steuereintreiber deine Perlenkette, mein Liebling! Nein, wie prächtig sie schimmert, wenn sie Kartoffeln ausgräbt! Zeig ihm dein Taftgewand, bitte schön, und deine Samtpantoffeln und deine diamantbesetzten Schnallen und Kämme, für die ich all meine Selbstachtung hergegeben habe!«

Polly Ansons Rock war fadenscheinig vom vielen Waschen, und ihre Stiefel hatten früher ihrem Mann gehört und hatten schiefe Absätze, und ihr einziges Schmuckstück, wenn man es denn so nennen mochte, war ein ausgefranstes Stück rosafarbenes Band, das sie zu einer Kokarde gefaltet und auf ihr Kleid genäht hatte, um einen Milchfleck auf der Brust zu bedecken. Sie blickte an sich hinab und hob beide Hände an die Wangen. Die Männer starrten sie an, und einige lachten und tuschelten.

Dann stand Dolly Lamb auf und trat neben sie, und mit ihr Freddy O'Neals Annie und Mrs. Firth. Selbst Squeers Hurenfrau, Nell, kam zu ihnen und Ruth Dowell und einige der Frauen vom Jahrmarkt. Unter den Augen der Männer rückten sie dicht zusammen, als wären ihre Körper ein Körper und ihre Knochen ein Knochen.

Denn wer wusste besser als sie, dass sie an einem guten Tag am Spinnrad beinahe zwanzig Meilen zurücklegten? Oder dass sie vom Flachshecheln rissige und blutende Hände hatten oder dass sie, wenn ihre Säuglinge entwöhnt waren, heimlich junge Hunde oder Lämmchen an ihrer Brust trinken ließen, damit die Milch weiter floss und die Gefahr einer neuen Schwangerschaft geringer war? Und die meisten von ihnen hatten fünf oder sechs Kinder geboren, viele zehn oder zwölf oder fünfzehn.

Nach und nach traten immer mehr Frauen zu der Gruppe um Polly Anson. Kaum bemerkt von den anderen kam auch Merriam Gwynn herbei, die Schwester des Pfarrers, deren bleiches, eckiges Gesicht von einem dunkelblonden Haarkranz umrahmt war wie von einem Heiligenschein, so dass sie wie eine ausgezehrte Madonna aussah.

»Hier haben Sie Sixpence, Gabe«, sagte George Anson wütend und warf dem Steuereintreiber eine Münze vor die Füße. »Das ist alles an Hartgeld, was ich habe. Nehmen Sie das oder nehmen Sie Scheine.«

»Oder nehmen Sie einen Mantel aus Teer und Federn um der Freiheit willen!«, rief jemand von weiter hinten im Raum.

»Ein Hoch auf die Regulatoren!«, rief ein anderer.

Es war Isaiah Squeer, dessen Stimme wie umgeschlagener Essig klang. Er trat jetzt in die Mitte der Schankstube, und weitere Männer folgten ihm. Wie Hunde, die eine Beute ausgemacht hatten.

Und in dem Augenblick erschien Jonathan Markham. Er sah nervös und erschöpft aus und hielt eine Muskete im Arm. Mit dem anderen Arm schob er Hannah Trevor durch die Tür. Sie machte keine Anstalten, sich den übrigen Frauen anzuschließen, sondern hielt sich für sich.

»Wenn ich noch einmal von den Regulatoren reden höre«, sagte der Wachtmeister, »verbringt ihr alle den Rest des Jahrmarkts in meinem Gefängnis! Gestern Nacht haben sie im Cat and Drum in Wybrow zwei Männer des Sheriffs aus ihren Betten gezerrt und sie besinnungslos geschlagen, und sie haben Toby Dunns Scheune niedergebrannt und all seine Tiere obendrein.«

Dunn war Friedensrichter in dem nahe gelegenen Dorf Snaresbrook, auf Mount Sable, einer von mehreren Inseln in der Nähe von Gull's Hook, wo der Manitac sich verbreiterte und dem Meer und der Hafenstadt Wybrow entgegenströmte.

»Ja, zum Teufel mit dem Mann und allen Richtern wie ihm!«, rief jemand. »Wir sind doch nur Dreck für die, und wenn es nach denen ginge, könnten wir um unseren Lebensunterhalt betteln! Sie sind schlimmere Torys, als die Torys es je waren!«

»Wenn der eine von Tapps Hilfssheriffs stirbt, was sehr wahrscheinlich ist«, sagte Jonathan, »dann gibt es mehrere Männer in diesem Raum, die sich vielleicht dafür werden verantworten müssen.«

»Und wer wird sich *dafür* verantworten müssen?«

Durch die offene Tür konnte man einen Ochsenkarren sehen, der sich mühsam über die Allmende seinen Weg bahnte. Auf dem Karren lagen vier Särge. Es war zu heiß, um die Leichen von Grace und ihren Kindern länger liegen zu lassen, und sie sollten am frühen Nachmittag auf dem kleinen Friedhof zwischen Prediger Gwynns Haus und der Kirche begraben werden.

Auf dem größten der vier Särge lag wie ein Kruzifix die Axt und daneben ein Bündel Feuerholz und Wilde Möhre.

Squeer runzelte die Stirn, und seine Augen wurden schmal, als er mit einem knochigen Finger auf Hannah zeigte. »Da steht die Schlampe, die Trevor erledigt hat! Jawohl, und diese arme Frau und ihre Kleinen auch!«

»Warum hassen Sie mich so sehr und ziehen meinen guten Namen in den Schmutz?«, fragte sie. Trotz ihrer Nervosität klang ihre Stimme sehr klar. »Alle hier wissen, dass ich nicht das bin, was Sie mich schimpfen.«

Leises Murmeln war die Antwort. Einige nickten. Sarah Firth lächelte und trat neben Hannah. Selbst einige von Squeers Freunden blickten beschämt drein.

»Für manche Männer sind alle Mitglieder meines Geschlechts Dirnen«, fuhr sie fort. »Wenn Sie so von uns denken, Sir, dann können Sie uns alle bewerfen und Schlampen nennen.«

Squeer schnaubte. »Ha! Ich mache mir nicht die Mühe, überhaupt viel an Frauen zu denken.«

Hannah lächelte. »Vielleicht würde es Ihr Gehirn überanstrengen, Sir. Aber ich weiß, was ich anderen schuldig bin, auch wenn Sie das von sich nicht wissen. Und ich pflege meine Schulden prompt zu bezahlen.«

Sie nahm plötzlich die Hand aus der Tasche und schlug Isaiah Squeer schallend ins Gesicht, erst einmal, dann noch einmal und noch einmal, wie drei Musketenschüsse klang es in dem stillen Raum.

Squeer taumelte ein wenig, dann fing er sich wieder. Hannah wich keinen Schritt zurück, und er packte sie und riss sie an sich, und seine Stimme war ein leises Knurren in ihrem Ohr.

»Soll ich Ihrer vornehmen Lordschaft vielleicht erzählen, was ich von Ihnen weiß, hm? Glauben Sie, er würde dann noch so zärtlich zu Ihnen und Ihrem Balg sein, wenn er Bescheid wüsste?«

Draußen spielte der Leierkastenmann, und man hörte seinen Papageien laut schnattern. Niemand sagte etwas.

»Ich – ich – bitte um – Verzeihung, Sir«, sagte Hannah laut.

Squeer ließ sie los. Ihre Augen blickten ausdruckslos und unscharf, und sie hatte Mühe, an ihnen allen vorbeizugehen, bis sie die Tür zu Dollys Küche erreichte. Sie öffnete sie, trat hindurch und zog sie lautlos hinter sich zu.

Allein in der Küche füllte sie eine Schüssel mit Wasser und wusch sich das Gesicht, wo Squeers Atem sie gestreift hatte, und zog sich das Leibchen aus, dessen Ärmel er mit seinen Händen beschmutzt hatte, und legte es in das Kochfeuer und sah zu, wie es in Flammen aufging.

»Ah, Gott«, sagte sie und ließ sich auf die Knie sinken.

Und dann begann Hannah Trevor, deren Weinen niemand außer Daniel Josselyn je zuvor gehört hatte, zu schluchzen, ein gewaltiges, ersticktes Schluchzen, so laut, dass man es im ganzen Gasthaus hören konnte.

Die Männer und ihre Frauen in der Schankstube schwiegen plötzlich und starrten zu Boden. Squeer verzog sich mit einem Humpen Bier in eine Ecke, grinsend und mit harten Augen.

Sarah Firth zog ihren Umhang fester um sich, als fröre sie, und Dolly stand auf, um zu ihrer Cousine zu gehen. Aber ihr Mann legte ihr seine große Hand auf die Schulter, um sie davon abzuhalten.

»Lass sie in Ruhe, Schätzchen«, sagte Josh sanft. »Gib ihr ein bisschen Zeit.«

Wenn Merriam Gwynn ihn hörte, so achtete sie jedenfalls nicht auf seine Worte. Sie bewegte sich sehr leise, und Hannah wusste erst, dass sie im Raum war, als sie etwas über ihre Schulter streichen spürte.

»Wie geht es der niedlichen Kleinen?«, fragte die Schwester des Pfarrers mit ihrer seltsamen süßen Stimme.

»Sie schläft noch, hoffe ich«, antwortete Hannah ihr. Sie konnte den Tränen noch keinen Einhalt gebieten, aber sie wischte sie entschlossen weg. »Das, was sie gesehen hat, hat ihr furchtbare Angst eingejagt.«

Merriam Gwynn hob die Hände und legte sie Hannah aufs Gesicht und strich mit den Fingern über ihre feuchten Wangen. Dann leckte sie geistesabwesend mit der Zunge über die Fingerspitzen und kostete die Tränen. »Und was ist mit Ihnen? Wie geht es Ihnen?«

»Ich ...« Hannah wollte sagen: »Mir geht es gut«, wie sie es gewöhnlich tat. Aber die großen blauen Augen ließen es nicht zu. »Ich habe auch furchtbare Angst«, sagte sie.

Einen Sekundenbruchteil später lag sie in den Armen der anderen Frau und wurde mit festem Griff gegen Merriams schlanken Leib gepresst, in dem jeder Muskel und jeder Nerv angespannt waren. Merriam legte ihr Gesicht an Hannahs nackten Hals, geradeso wie Jennet es getan hatte, und Hannah spürte die weiche Berührung der Frauenlippen auf ihrer Haut und die schmalen Hände, die sie streichelten und die unter ihrem dünnen Hemd sachte über ihren Rücken und ihre Schultern glitten.

Hannah löste sich aus der seltsamen Umarmung. Mit jäh erwachter Scham nahm sie einen von Dollys kurzen Kitteln aus dem Korb mit sauberer Bügelwäsche, zog ihn an und knöpfte ihn zu. Er war ihr über dem Busen einige Nummern zu groß, und ihr lächerliches Aussehen schien den Bann zwischen ihnen zu brechen.

»Merriam? Ah, da bist du.«

Ohne sich die Mühe gemacht zu haben, vorher anzuklopfen, kam Matthew Gwynn mit langen Schritten in die Küche und fasste seine Schwester am Arm. Aus der Schankstube waren laute Schreie zu hören und das Poltern von Tongeschirr auf dem Holzboden.

»Sie sind vollkommen außer sich«, erklärte er Hannah. »Mr. Siwall und der Sheriff sind gerade angekommen.«

Hannah ließ sich auf Dollys gepolsterte Ofenbank sinken und umklammerte mit beiden Händen die Holzkante. Sheriff Tapp hatte Johnnie geschickt, damit er sie zum Verhör hole, und jetzt war er im ungünstigsten Augenblick hier erschienen. Sie sah sich nach etwas Wasser um, um sich die Augen abzutupfen, damit er nicht bemerkte, dass sie geweint hatte, und es gegen sie verwenden konnte.

Sie war eine Närrin gewesen, sich so gehen zu lassen. Weinen war immer ein Fehler.

»Ich muss versuchen, sie zu beruhigen, aber …« Gwynn hielt inne und blickte ihr forschend ins Gesicht. »Sie sehen sehr schlecht aus. Sie haben wohl nicht geschlafen heute Nacht.«

Hannah antwortete nicht.

»Noch einmal zu dem Thema, über das wir sprachen –«, sagte er.

Aber sie ließ ihn seinen Satz nicht beenden.

»Wirklich, ich kann Sie nicht heiraten, Sir«, unterbrach sie ihn.

»Das meinte ich nicht. Es war – ich habe mich töricht benommen. Aber da ist etwas, das ich Ihnen sagen muss. Ich – ich werde noch einmal bei Ihnen vorsprechen«, sagte er und eilte, Merriams Arm in seinem, zurück in die Schankstube. Hannah fasste sich und stand auf, um sich zu den anderen zu gesellen, deren ganze Aufmerksamkeit jetzt Hamilton Siwall galt. Josh Lamb trat leise neben sie, und von der anderen Seite fühlte sie Dollys Hand, die die ihre ergriff und festhielt.

Siwall war ein untersetzter Mann von Anfang fünfzig, mit rotem Gesicht und von leicht erregbarem Wesen. Er war nicht aus dem Holz, aus dem man erfolgreiche Politiker machte, aber er hatte großen Gefallen an der Macht.

Siwall war in Begleitung von Marcus Tapp, dem Sheriff von Sussex County. Sie war ihm oft genug begegnet, wenn sie bei gerichtlichen Anhörungen ihre Aussage machte, aber bis heute war ihr eine genauere Beschäftigung mit dem Mann nicht notwendig erschienen.

Er war nicht älter als fünfundvierzig, mit gelocktem, haselnussbraunem Haar, das im Nacken zusammengebunden war. Ein breites, knochiges Gesicht, das über den Wangen ein wenig zu stark gerötet war, wie das von Siwall. Seine Augenbrauen wurden langsam grau und ließen sein Gesicht mit den verblüffend hellblauen Augen leicht schief erscheinen. Jetzt sah er in ihre Richtung, verbeugte sich leicht und bedachte sie mit einem knappen Nicken.

Er hatte das brutale, asketische Gehabe des lebenslangen Söldners; er hatte für die Spanier in Portugal gekämpft, für die Schweden in Dänemark und für die Russen, wo immer sie ihr Unwesen trieben. Während des Krieges in Amerika hatte Tapp sich den Luxus erlaubt, für eine Überzeugung zu kämpfen – obwohl nie ganz klar wurde, für welche. Niemand wusste, was er privat glaubte oder wo Siwall ihn kennen gelernt hatte, aber warum er blieb, das wussten sie sehr genau.

Hamilton Siwall gab Geld aus, um Geld zu verdienen, und sobald er es verdient hatte – auf welche Weise auch immer –, nannte er es ein Gottesgeschenk und benutzte es, um noch mehr Geld zu verdienen; und er hatte es benutzt, um Marcus Tapp zu kaufen.

»Lesen Sie das Dokument vor, Wachtmeister«, befahl er.

Die Menge war bereits sehr aufgebracht, und Jonathan wirkte blass und jung und erschrocken, während er unwillkürlich seine Muskete fester umfasste.

»Lesen Sie, verfluchter Kerl!«, brüllte der Sheriff. Die Männer wurden still.

»›Es – es ist die Auffassung der Generalversammlung des Staates Massachusetts und seiner Oberen Provinz Maine‹«, begann Jonathan, »›dass die Steuern nicht gesenkt werden dürfen, wenn der Staat und die Provinz ihren Verpflichtungen der Konföderation gegenüber nachkommen wollen. Es sind hohe Summen für Militärpensionen an die Franzosen zu entrichten …‹«

»An die *Franzosen*? Ich habe ein Bein verloren bei Saratoga, und der Teufel soll mich holen, wenn *ich* je eine Pension gesehen hätte!«, rief Harry Finsley, der ein Stück Land in der Nähe von Gull's Hook bewirtschaftete.

»Trotzdem«, erwiderte Siwall gelassen. »Einen Schuldenerlass kann es nicht geben. Eine solche Maßnahme würde den Handel noch weiter beeinträchtigen …«

»Und dann müssten *Sie* draufzahlen, wollen Sie sagen!«

Der Friedensrichter hob ein wenig die Stimme. »Die Ausgabe einer neuen Währung ist nutzlos, wenn kein hartes Silber dahinter steht. Silber bekommen wir nicht ohne Handel und Gold auch nicht, meine Herren. Das werden Sie gewiss einsehen. Und wenn wir einen gesunden Handel haben wollen, müssen Schulden und Steuern bezahlt werden, und zwar prompt.«

»Das sagen Sie. Nur kann ich nicht zahlen, wenn ich im Schuldturm sitze, oder?«, sagte Anson. »Und wenn die, die mir Geld schuldig sind, gleichfalls eingesperrt werden.«

»Ach, die Regulatoren machen es genau richtig! Lasst uns dieser Bettelei ein Ende bereiten! Wir müssen uns nehmen, was wir brauchen!«

»Wir haben schon einmal gegen Tyrannen in hohen Ämtern gekämpft, und wir werden es wieder tun!«

»Beruhigt euch, Freunde! Das ist Hochverrat!«, rief Gwynn und versuchte, auf einen Stuhl zu steigen, um sich Gehör zu verschaffen. Jemand riss den Stuhl weg, und der Pfarrer stürzte der Länge nach zu Boden; einen Augenblick sah es so aus, als wolle die Menge über ihn herfallen und ihn verprügeln.

»Genug!«, rief Tapp und zielte mit seiner Muskete auf Rufe Pennys Brust. Der Prediger rappelte sich hoch.

»Hinaus mit euch, ihr Saufbrüder!«, brüllte Joshua Lamb und schwenkte seinen treuen Belegnagel, der einzig dem Zweck diente, Raufbolden den Wind aus den Segeln zu nehmen. »Wenn ihr euch prügeln wollt, tut das woanders! Und Sie, Mr. Tapp, lassen die Waffe sinken! Sheriff hin oder her, das hier ist mein Haus und das meiner Frau, und niemand richtet wegen eines vorschnell gesprochenen Wortes eine Waffe auf meine Gäste.«

Marcus Tapp wandte sich mit der Waffe in der Hand von Penny ab, und für den Bruchteil einer Sekunde zielte sie direkt auf Josh. Der große Gastwirt zuckte mit keiner Wimper. Tapp legte die Waffe in seine Armbeuge und machte noch eine kurze, geschäftsmäßige Verbeugung.

»Ich berufe eine Gemeindeversammlung ein, Freunde«, rief der vernünftige Ralph Bunce. »Lasst uns das tun, was wir getan haben, als die Briten uns niedermachen wollten! Auf gesetzlichem Wege!«

»Siwalls Gesetz!«, rief Rufe Penny. »Tapps Gesetz! Nicht meins und auch nicht deins!«

»Ich schließe mich dem Aufruf an«, sagte Josh. »Wenn die Generalversammlung uns nicht hören will, dann müssen wir eine Petition an den Kontinentalkongress richten!«

»Josh hat Recht!«, rief jemand. »Ich bin keiner, der Scheunen niederbrennt, und meinen Teer brauche ich für mein Dach, und meine Gänsefedern wandern in die Matratze meiner alten Dame! Eine Gemeindeversammlung, jawohl!«

»Eine Versammlung!«, kam es jetzt aus allen Ecken des Raumes. »Lasst uns abstimmen!«

Tapps kalte Augen waren ohne Ausdruck. Die Gebrüder

Penny und Freddy O'Neal sahen einander unsicher an. Squeer nickte kurz, dann zogen sie verdrossen aus der Schankstube ab, und ein halbes Dutzend weiterer Männer folgte ihnen.

»Lasst uns einen Psalm singen, Brüder«, sagte Reverend Gwynn. »Und lasst uns alle gerechten Unternehmen segnen.« Die Männer erhoben sich – sogar Gabriel Bent an seinem Tisch voller Steuerbescheide.

»›Wohl dem, der nicht wandelt im Rat der Gottlosen / noch tritt auf den Weg der Sünder, noch sitzt, wo die Spötter sitzen.‹« Gwynns leise Stimme zitterte vor Anstrengung, seine Augen waren geschlossen, und sein blasses Gesicht war gerötet. Er hatte die Leidenschaft des Jüngers, und es lag große Schönheit darin, wie er den alten Vers sprach.

»›Der ist wie ein Baum, gepflanzt an den Wasserbächen, / der seine Frucht bringt zu seiner Zeit, und seine Blätter verwelken nicht. Und was er macht, das gerät wohl.«‹

An dieser Stelle hielt er inne. Es lag eine große Stille über dem Raum. Über die gesenkten Köpfe hinweg sah Tapp abermals Hannah an.

»›Aber so sind die ... Gottlosen ...«‹

Gwynn stockte. Merriam stand neben ihm, die Augen halb geschlossen und die Wangen tiefrot.

»›Aber so sind die Gottlosen nicht, sondern ... sondern wie Spreu im Wind.«‹

Wieder brach er ab und sah in die Gesichter der Menschen um ihn herum.

»Recht haben Sie, Sir! Amen!«, rief Josh Lamb schließlich mit einem Funkeln in den Augen. Wenn der Bursche sich an »Der Herr ist mein Hirte« gehalten hätte, wäre ihm dieser Schnitzer nicht passiert.

Der Pfarrer und seine Schwester gingen hinaus, und Sheriff Tapp machte sich mit Siwall auf den Weg ins Gefängnis, um mit seinen Verhören zu beginnen. Es konnte nur noch ein paar Sekunden dauern, bis Johnnie erscheinen würde, um auch Hannah dorthin zu geleiten.

»Was werden Sie jetzt tun?«, flüsterte eine weiche Stimme direkt hinter Hannah, und eine Hand legte sich um ihre Taille. Es war Sarah Firth. »Wenn sie Sie holen wollen, wohin werden Sie dann gehen?«

»Ich weiß nicht. Nach Boston vielleicht. Ich habe nur sehr wenig Geld. Ich muss arbeiten.«

»Es gibt da ein Haus auf Gull's Isle, ein Stück den Fluss hinunter, in der Nähe des Hook«, sagte Sarah. Sie war reizlos und schlank, aber unter ihrem Gewand schwollen ihre Brüste bereits sanft an, um des Kindes willen, das sie in sich trug. »Spruce Cottage ist der Name, ein altes Haus, das mit dem Rücken zur Kirche über der Bucht steht, und eine alte Frau ist die Herrin dort. Mrs. Annable heißt sie. Wenn Sie gehen müssen, gehen Sie dorthin. Sie hilft vielen, und sie wird auch Ihnen helfen.«

Jonathan hatte mit dem Steuereintreiber gesprochen, aber jetzt kam er quer durch den Raum und ergriff Hannahs Arm.

»Tapp wartet, Madam«, sagte er förmlich, und sie konnte den leichten Druck seiner Hand spüren. Macht bedeutete die Geste. Und Angst, dass Hannah ihn mit sich in die Tiefe risse.

Einen Augenblick lang ließ ihre viel gerühmte Kühnheit die Hebamme Trevor im Stich. Sie musste sich jetzt von allen fern halten, damit sie nicht jeden ins Verderben stürzte, der ihr teuer war. Sie musste sie alle freigeben und allein sein.

Alle. Aber nicht Jennet. Niemals. Nicht meine Blume. Unter gar keinen Umständen werde ich dich aufgeben. Nicht bevor sie dich von mir fortreißen.

20

Beweisaufnahme

Polizeiliche Vernehmung der beschuldigten
Mrs. Lucy Hannah Trevor,
Ehefrau des verblichenen James Ramsay Trevor
Durchgeführt von Sheriff Marcus Tapp
Aufgezeichnet von Peter Fellingham, Schreiber
13. Juli 1786

SHERIFF TAPP: Sie identifizieren die Leiche des Mannes, der unter dem Namen Reuben Stark bekannt war, als Ihren Ehemann, James Trevor?

HANNAH TREVOR: Ja.

T: Sie sagen, Sie hätten ihn seit Februar für tot gehalten. In welchem Jahr hat er sich von Ihnen getrennt und warum?

H.T: Anfang 1778. Es gab einen Haftbefehl gegen ihn.

T: Er hat für den König gearbeitet, nicht wahr?

H.T: Davon ist mir nichts bekannt. Mein Mann arbeitete, soweit ich weiß, nur für drei Dinge: Geld, Ansehen und Vergnügen.

T: Sie haben keine große Achtung vor ihm.

H.T: Meines Wissens hat der Tod noch keinen zum Heiligen gemacht. Auch ändert er nichts an meinen Erinnerungen und trübt nicht meinen Verstand.

T: Er trug die Kokarde des Leibregiments des Prinzen

von Wales. Glauben Sie, dass er der Armee des Königs beigetreten war?

H.T: Das glaube ich nicht. Er fürchtete sich vor Klingen jeder Art und auch vor den meisten anderen Waffen.

T: Würden Sie ihn als Feigling bezeichnen?

H.T: Solche Worte haben nur für die Eitelkeit von Männern Bedeutung, Mr. Tapp. James dachte nie über Konsequenzen nach, wenn es das ist, was Sie andeuten wollen. Er war oft vorschnell und riskierte in verzweifelten Unternehmungen sein eigenes Leben und das anderer. Gewöhnlich ging es dann um Geld. Oft um Stolz. Er war – ein Romantiker. Er entwarf ein großartiges Bild von sich selbst und lebte in diesem Bild, und wenn andere ihn nicht so sahen, wie er selbst sich sah, geriet er in Zorn, und viele mussten den Preis dafür zahlen. Seine Tollheiten machten ihn zu einem sehr attraktiven und romantischen Verehrer. Mr. Trevor konnte ungemein charmant sein, ungemein sanft. Seine Manieren waren exzellent, soweit es ihm dienlich war.

T: Waren Sie sich dieses Charakterfehlers nicht bewusst, bevor Sie ihn heirateten?

H.T: Ich war kaum achtzehn, und ich hatte ihn vor meiner Heirat nur vier Mal gesehen und auch dann nur in Gesellschaft anderer. In der Stadt nehmen Werbungen, wie Sie vielleicht wissen, häufig diesen Lauf. Mein Vater hatte mir eine ansehnliche Mitgift hinterlassen, obwohl er nur Apotheker gewesen war, und meine Mutter war restlos hingerissen von Mr. Trevor. Er war Rechtsanwalt. Er hatte viele einflussreiche Freunde unter den Briten in Boston, oder jedenfalls behauptete er das. Nach unserer Hochzeit habe ich kaum etwas von diesen Leuten zu sehen bekommen.

Aber meine liebe Mutter misstraute niemandem, und all ihre Freundinnen hielten ihn für eine gute Partie. Ich wünschte nur, sie hätten ihn selbst geheiratet.

T: Sie sagen, er sei nicht ohne Tugenden gewesen. Aber es war keine gute Ehe, denke ich?

H.T: Ich habe nicht von Tugenden gesprochen, nur von Manieren. Er wähnte sich im Allgemeinen unterschätzt und fühlte sich von mir ausgenutzt. Ich pflege zu sagen, was ich denke. Das ist keine wünschenswerte Eigenschaft bei einer Ehefrau, wie man mir sagt. Nein. Es war keine gute Ehe.

T: Hat er Sie geschlagen?

H.T: Ein Mal. Zwei Mal.

T.: Haben Sie sich darüber beklagt? Was haben Sie getan?

H.T.: Ich habe zurückgeschlagen, Sir.

T: Benutzte er andere Frauen?

H.T: Benutzte?

T: Huren? Straßendirnen? Tavernenmädchen?

H.T: Gelegentlich.

T: Wie oft?

H.T: Ich habe keine Strichliste geführt, und ich bin auch nicht mit ihm gegangen und habe durch Schlüssellöcher gespäht …

T: Er hat Sie geschlagen und Sie mit anderen Frauen betrogen. Es sind schon Männer für geringere Vergehen ermordet worden.

H.T: Oh, kommen Sie, Sir. Er hat mich betrogen? Nach dem ersten Jahr hätte er es mit Affen und Papageien treiben können, Hauptsache, er ließ mich in Ruhe.

T: Und hat er das getan? Sie in Ruhe gelassen?

H.T: Ich habe ihm drei Kinder geboren, Mr. Tapp. Beantworten Sie sich die Frage selbst.

T: Sie waren also mit einem Mann verheiratet, den Sie verachteten und dessen Aufmerksamkeiten unwillkommen, aber häufig waren. Und dennoch glaube ich, dass Sie keine Frau sind, die die Freuden des Fleisches von sich weist. Sie sind, wenn ich das bemerken darf, eine hübsche Person.

H.T: Sie dürfen bemerken, was Sie wollen. Ich würde es vorziehen, wenn Ihre Hand weiter von meinem Schoß entfernt wäre.

T: Schreiber! Streichen Sie das aus dem Protokoll! Hm. Nun, also. Haben Sie sich keinen Geliebten genommen, Madam? Haben Sie sich nicht für Ihr Unglück gerächt?

H.T: Die Frage ist impertinent.

T: Haben Sie Trevor nicht die Schuld am Tod Ihrer drei Kinder gegeben?

H.T: Darüber mag Gott ein Urteil sprechen. Es grassierte ein Fieber in Boston. Er untersagte mir, sie hierher zu bringen, zu Tante Markham, wo sie in Sicherheit gewesen wären. Er schickte Wachtmeister aus, um uns zurückzuholen. Binnen vierzehn Tagen waren sie tot.

T: Und so hegten Sie einen Groll gegen ihn.

H.T: Groll, Sir? Am Sonntag hatte ich drei gesunde Kinder. Am Freitag waren sie alle tot. Ich konnte sie nicht retten. Ich konnte nicht einmal zusehen, wie sie begraben wurden ... Die Fiebertoten wurden auf Karren weggeschafft und in einer Grube verbrannt. Sie nahmen mir meine Kinder und schleppten sie fort wie Viehkadaver ... Groll?

T: Schreiber! Holen Sie etwas Brandy aus dem Gasthaus!

H.T: Verzeihen Sie mir. Bitte, fahren Sie fort. Ich möchte nichts.

T: Nun gut. Hat er Ihnen aus Kanada geschrieben?

H.T: Nein, Sir. Aus Salem. Er hatte Freunde dort.

T: In welchem Jahr hat er Ihnen geschrieben? Wie oft?

H.T: 1780. Er schrieb nur ein einziges Mal. Er wollte Geld, um das Land zu verlassen und nach London zu gehen.

T: Haben Sie es ihm geschickt?

H.T: Ich hatte nichts, was ich hätte schicken können. Sie haben alles beschlagnahmt.

T: Sie?

H.T: Das Komitee für öffentliche Sicherheit von Rufford. Der Busenfreund meines Mannes, Mr. Siwall, führte den Vorsitz über das Komitee, nachdem er aus Saratoga zurückgekehrt war.

T: Ah. Aber Ihr Wittum hat man Ihnen doch gewiss gelassen? Den dritten Teil von Trevors Besitz?

H.T: Genau wie Sie selbst, Sir, neigten diese Männer dazu, Worte zu ihren eigenen Zwecken zu verdrehen. Sie sagten, ich sei keine Ehefrau, denn die Torys hielten sich nicht an Gesetze und könnten daher auch vor dem Gesetz keine Frau nehmen. Tory-Huren, so nennen sie uns selbst heute noch. Oh, aber ich war Ehefrau genug für sie, um für seine Schulden geradestehen zu müssen. Ich arbeite noch immer daran, sie abzuzahlen.

T: Hatten Sie schon vor dem gestrigen Abend Kenntnis von Trevors Rückkehr? Hatten Sie irgendeine Nachricht erhalten, dass er noch lebte?

H.T: Nein.

T: Er ist nicht an Sie herangetreten? Wollte er nicht wissen, wer das Kind gezeugt hat, das Sie in seiner Abwesenheit geboren haben?

H.T: James Trevor war der Vater! Ich war schwanger, als er mich verließ!

T: Im Dorf erzählt man sich, dass Major Josselyn der Vater des Mädchens sei.

H.T: Man erzählt sich auch, der Mond sei ein Käse, Sir, und Schweine könnten am Weihnachtsabend Französisch sprechen. Ich selbst glaube nicht daran.

T: Aber was, wenn Trevor dem Klatsch Glauben schenkte, den er auf dem Jahrmarkt gehört hatte, und herkam, um Ihren Geliebten aufzusuchen? Vielleicht, um Geld zu verlangen? Major Josselyn ist reich. Er gibt zu, dass Trevor am Nachmittag bei ihm war.

H.T: Dann müssen Sie ihn danach befragen. Ich weiß nichts davon.

T: Glauben Sie mir, ich werde ihn fragen. Mrs. Trevor, ich möchte mich ganz unmissverständlich ausdrücken. Als Sie hörten, Ihr verstorbener Ehemann sei tot, da waren Sie froh, seiner ledig zu sein. Aber dann stellte sich heraus, dass er doch noch am Leben war, und er erhob Ansprüche an Sie. Er wollte zu Ihnen zurückkehren. Pochte auf seine Rechte als Ihr Gemahl. Er beabsichtigte, sich an Josselyn zu rächen. Also verabredeten Sie sich mit ihm in der Laube und schnitten ihm die Kehle durch. Vielleicht hatten Sie Hilfe dabei, vielleicht waren Sie allein. Und dann ließen Sie in Ihrer Panik dieses Halstuch fallen, auf dem Ihrer beider Name gestickt ist! Leugnen Sie das?

H.T: Ich leugne nicht, dass das Halstuch mir gehört. Ich bestreite jedoch, dass ich es dort verloren haben soll. Haben Sie eine Bibel bei sich? Ich will darauf schwören.

T: Sie bestreiten also, gewusst zu haben, dass er sich jetzt

Reuben Stark nannte und eine andere Frau hatte und Kinder mit ihr und dass er keine drei Meilen vom Haus Ihres Onkels entfernt im Wald lebte?

H.T: Ich bestreite es. Ich wusste nichts davon.

T: Aber diese Frau, Mrs. Stark, hat Sie im Frühling zu sich gerufen, um Ihre Dienste als Heilerin in Anspruch zu nehmen. Da müssen Sie doch gewiss auch ihren Ehemann gesehen haben?

H.T: Ich habe keine Spur von ihm gesehen. Sie sagte, er sei im Wald und hole Pelze, die er im Winter dort gelagert habe, und dass er oft wochenlang weg sei und in Fort Holland Quartier nehme, um Handel zu treiben und Vorräte zu erwerben. Er ginge nicht gern ins Dorf hinunter, sagte sie. Ich hatte keine Ahnung, dass er nur mir aus dem Wege gehen wollte.

T: Wie lange haben Sie bei ihr gesessen?

H.T: Einen Tag und eine Nacht.

T: Lange genug, um das Rasiermesser zu finden, von dem Sie wussten, dass es seinem Vater gehört hatte, und um zu begreifen, wer Reuben Stark in Wirklichkeit war. Lange genug, um zu erkennen, dass Ihr Mann sich eine andere Frau genommen hatte und sie und ihre Kinder unterhielt, während Sie selbst den Preis für seinen Verrat zahlen mussten! Ich behaupte, dass Sie in all diesen Wochen darüber nachgedacht haben, bis Sie schier in Wahnsinn gerieten. Und dann, gestern Morgen, gingen Sie in die Hütte und nahmen die Axt und töteten Grace Stark und ihre Kinder.

H.T: Sie können nicht beides haben, Sir. Habe ich James getötet, weil ich ihn nicht zurückhaben wollte, oder habe ich seine Frau und seine Kleinen getötet, weil ich es nicht ertragen konnte, ihn an sie zu verlieren?

T: Sie wussten nicht, was Sie taten oder warum! Aber als Ihre Opfer erschlagen dalagen, kamen Sie wieder zu sich und holten Quilts und deckten sie zu. In der Hütte wurde der Fußabdruck einer Frau gefunden.

H.T: Dann vergleichen Sie ihn mit meinem Fuß. Ich fürchte mich nicht davor. Meine Füße sind breit, und ich trete schwer auf meine Fersen, und einmal habe ich ein Plätteisen auf den zweiten Zeh an meinem rechten Fuß fallen lassen, und er brach und wuchs schief wieder zusammen. Mein Fuß würde einen unverkennbaren Abdruck hinterlassen. Soll ich Stiefel und Strümpfe ausziehen, damit Sie sich davon überzeugen können?

T: Elendes Weib! Sie haben sie getötet! Grace' drei Kinder gegen ihre eigenen drei, die gestorben sind!

H.T: Nein, Sir. Beruhigen Sie sich. Herr Schreiber, vielleicht wäre jetzt ein Brandy angebracht?

T: Ich werde das nicht länger dulden, Madam! Sie fanden sein Rasiermesser im Haus und nahmen es mit, und als Sie ihm auf dem Jahrmarkt begegneten, verabredeten Sie, dass er sich am Abend mit Ihnen in der Laube treffen solle. Und dort stahlen Sie sich von hinten heran und schnitten ihm die Kehle durch, als er auf der Bank saß und auf Sie wartete. Sie haben vor nicht allzu langer Zeit geweint, Mrs. Trevor. Ich sehe Ihre verquollenen Augen. Waren das nicht Tränen der Schuld?

H.T: Ich habe geleugnet und geleugnet, aber Sie wollen mir nicht glauben. Wollen Sie jetzt Tatsachen zur Kenntnis nehmen, oder wird man mich ohne eine Anhörung hängen?

T: Was für Tatsachen? Ich habe Ihnen alle Tatsachen vorgestellt.

FIT: Sie haben wilde Phantastereien von sich gegeben, aber

die werden nicht genügen. Ich habe bei vielen Toten Wache gehalten, Sir, sie sind mir alte Freunde. Was Mrs. Stark betrifft, sie war noch nicht viele Stunden aus diesem Leben geschieden, als wir sie und ihre Kinder kurz nach Mitternacht fanden. Ihre Gliedmaßen waren vollkommen steif, aber die kleinen Muskeln – die Augenlider, die Wangen und der Kiefer – waren bereits wieder erschlafft. Ich würde sagen, sie starben irgendwann am frühen Vormittag. Um in einen solchen Zustand zu gelangen, braucht eine Leiche fünfzehn, vielleicht sechzehn Stunden. Etwas weniger möglicherweise, da es ein so warmer Tag war. Die Tat müsste demnach um acht oder neun Uhr morgens begangen worden sein, nicht wahr?

T: Und? Man hat mir gesagt, dass Sie an diesem Morgen nicht zum Heumachen gegangen waren.

H.T: Ich bin zu Hause geblieben, um Frauenarbeit zu tun, und diese Frauenarbeit beweist meine Unschuld. Ich bin um vier Uhr mit den anderen aufgestanden, und wir haben Kirschen entsteint, um Konfitüre und Sirup zu kochen. Die Kirschen waren gerade erst im Kessel, als die anderen um sechs Uhr mit dem Ochsenkarren zur Wiese fuhren. Ich blieb daheim und wollte später zu Fuß nachkommen, sobald ich mit dem Einkochen fertig war. Sirup muss langsam köcheln, gut vier Stunden auf schwachem Feuer, um den Saft zu reduzieren und ein gutes Aroma zu erhalten. Ein schwaches Feuer verlöscht schnell, wenn sich niemand darum kümmert; man muss das Holz sehr langsam nachlegen und den Topf jedes Mal von der neu entfachten Glut ziehen, damit der Inhalt nicht anbrennt, und man muss die ausgeglühten Kohlen vorsichtig beiseite schieben. Die Flaschen waren gerade abgefüllt und standen zum Abkühlen auf dem Tisch, als Mr. Gwynn gegen zehn an unserer Tür erschien. Nun, Sir, verraten Sie mir eines. Wenn ich in der Zwischenzeit im Wald vier Menschen mit einer Axt erschlagen hätte, wie sollte sich dann der Sirup gekocht und in Flaschen gefüllt haben? Sie können die Mägde meiner Tante fragen, ob im Kessel etwas angebrannt war, als sie ihn auswuschen. Hat das Feuer sich selbst geschürt? Und ich habe auch die Käse gewendet, Sie können meine Tante und die Mädchen fragen, wie die Stücke lagen. Während die Kirschen kochten, habe ich eine schöne große Schildkröte zubereitet, die unser Beitrag für das abendliche Festmahl war. Sie war im Ofen, als die anderen zurückkamen. Oh, und ich habe auch am Butterfass gearbeitet. Im Krug ist etwas weniger Buttermilch als sonst, denn ich habe einen Becher davon meinem Besucher gegeben, aber als die anderen zum Heumachen gingen, war überhaupt keine Milch da. Bitte, fragen Sie doch meine Tante. Oder Parthenia oder Mrs. Pinch.

T.: Sie sagen, Prediger Gwynn sei bei Ihnen gewesen?

H.T: Und keine halbe Stunde nachdem er mich verlassen hatte, kam Mercy Lewis, um mich zu einer Entbindung nach Burnt Hill zu holen. Molly Bacons Kind, ein Junge, Jem Siwalls Sohn.

T: Und sie alle werden das beschwören? Der Prediger und alle anderen?

H.T: Wie könnten sie sich weigern? Aber ich habe keinen Beweis dafür, wo ich gestern Abend war, als mein Mann getötet wurde, Sir. Die Autopsie ist für heute Mittag angesetzt, und sie wird uns vielleicht mehr über ihn sagen, als ich nach acht Jahren der Trennung weiß.

T: Sie verließen das Fest zur Stunde seines Todes. Warum?

H.T: Ich sah Mr. Gwynn auf mich zukommen, der mit mir reden wollte. Es gab – eine spezielle Angelegenheit, zu der er eine Antwort begehrte, und ich war noch nicht bereit dazu.

T: Was für eine Angelegenheit war das?

H.T: Das geht Sie nichts an.

T: Solange Sie unter Verdacht stehen, Madam, geht mich alles an, was Sie betrifft. Ich bin das Gesetz.

H.T: Nein, Sir. Sie sind der Sheriff. Aber ich werde es Ihnen dennoch sagen. Mr. Gwynn hat mich gebeten, seine Frau zu werden.

T: Ha! Sie! Die Frau von Siwalls zahmem Prediger?

H.T: Ich freue mich, dass es Sie amüsiert. Aber um auf das Halstuch zurückzukommen, so ist unsere Tür nie verschlossen, und viele Leute hätten heimlich ins Haus schleichen und es an sich nehmen können. Welchen Grund sollte ich haben, das Halstuch zum Festmahl mitzunehmen?

T: Um Trevor damit zu trotzen. Um ihn mit der Inschrift auf dem Tuch zu verhöhnen. Wenn Sie außer sich waren und blind in Ihrem Zorn …

H.T: Oh, wahrhaftig. Wenn ich außer mir war und blind vor Zorn, können Sie sich alle möglichen wilden Geschichten ausdenken und mich damit belasten und sich dafür belobigen lassen. Aber ich bin nicht wahnsinnig, denn ich kenne noch immer den Unterschied zwischen einem sauberen Gewand und einem blutbespritzten. Mein Kleid gestern Abend war von einer hellen Farbe. Fragen Sie Wachtmeister Markham, ob er Blut darauf gesehen hat, als ich vom Feld in die Laube kam. Fragen Sie jeden, der dabei war. Mrs. Firth. Mr. McGregor. Lady Josselyn hat mich deutlich gesehen, ihrem Wort werden Sie doch sicher glauben.

T: Sie könnten sich bedeckt haben! Eine Schürze oder ein Kittel oder etwas in der Art. Und dann haben Sie es versteckt, weil Sie zurückkommen und es verbrennen oder vergraben wollten. Wir werden es schon herausfinden.

H.T: Und was ist mit meinen Schuhen? Die Pflastersteine waren voller Blut. Ich trug Tanzschuhe, Sir, mit einem Bezug aus Leinen. Untersuchen Sie die Schuhe selbst, wenn Sie wünschen, ich werde sie Ihnen vorbeibringen. Sie sind fast ruiniert nach dem langen Marsch gestern Nacht, als wir zu Mrs. Starks Haus gingen. Aber Sie werden kaum Blut an ihnen finden. Ich habe sorgfältig darauf geachtet, nicht in die Lache hineinzutreten, aber wie hätte ich so vorsichtig sein können, wenn ich ihm die Kehle aufgeschlitzt hätte?

T: Sie hätten sich die Schuhe ausziehen können! Und auch Ihr Gewand, was das betrifft.

H.T: Möchten Sie dann vielleicht mein Hemd untersuchen? Oder nehmen Sie an, ich hätte ihn barfuß und nackt getötet, mitten in einer Festgesellschaft?

T: Wie aufreizend, Madam. Aber nicht unmöglich.

H.T: Sheriff Tapp, ich habe mir genug von Ihren Phantastereien angehört. Ich muss um Mittag bei einer Autopsie als Zeugin anwesend sein, und meine Tochter ist krank und braucht mich. Entweder sperren Sie mich jetzt ein, oder Sie lassen mich nach Hause gehen.

T: Sie werden das Gebiet der Gemeinde Rufford nicht

verlassen. Ich verlange einstweilen noch keine Kaution von Ihnen, nur Ihr Wort.

H.T: Ich zögere nicht, Ihnen mein Wort zu geben.

T: Dann unterschreiben Sie jetzt im Haftbuch, und dann fort mit Ihnen. Können Sie Ihren Namen schreiben?

H.T: Allerdings, Sir. Und obwohl ich kein Mann bin, erkenne ich einen Fuchs, der bei hellem Tageslicht Jagd auf Hühner macht. Sie vertun Ihre Zeit, Mr. Tapp, und Sie wissen, dass ich mir nichts habe zuschulden kommen lassen. Warum geben Sie es nicht einfach zu und helfen mir, die Wahrheit herauszufinden?

T: Sie sind unerschrocken und raffiniert, Madam. Ich bewundere Sie. Aber ich frage mich, ob Sie auch klug sind.

21

Beweisaufnahme

Zeugenaussage von Major Daniel Josselyn, Esquire
Mapleton Grange, Rufford, 13. Juli 1786
Marcus Tapp, Sheriff

TAPP: Kannten Sie James Trevor, bevor er Rufford verließ, Sir?

JOSSELYN: Nein. Ich war damals erst kurze Zeit im Dorf, als der Haftbefehl gegen ihn erlassen wurde. Er war nie in die Schmiede gekommen, wo ich damals arbeitete. Er war von Beruf Rechtsanwalt, glaube ich, und hatte seine Pferde anderswo stehen.

T: Aber seine Frau kannten Sie zu dieser Zeit bereits?

J: Sie war eine Freundin von Mrs. Hetty Quaid, der Ehefrau des Schmieds. Ich habe sie gesehen, wenn sie zu Besuch kam.

T: Das ist nicht die Frage, die Ihnen gestellt wurde, Major. Kannten Sie James Trevors Frau, bevor er Rufford verließ? Haben Sie mit ihr verkehrt?

J: Ich glaube, sie kam einmal mit einem Kesselhaken ihrer Tante, der gekrümmt werden sollte. Bei dieser Gelegenheit war es notwendig, dass ich mit ihr sprach.

T: Sie haben ein hervorragendes Gedächtnis, Sir. Ein Kesselhaken, nach acht Jahren? Haben Sie sie damals sofort verführt, oder haben Sie gewartet, bis Trevor fort war?

J: Ich habe nichts zu tun mit der Dame, weder jetzt noch früher. Und ihren Mann habe ich gestern Nachmittag das erste Mal gesehen, als er mich unter dem Namen Stark aufsuchte.

T: Nun denn, dann lassen Sie uns stattdessen diesem Weg folgen. Als James Trevor gestern bei Ihnen vorsprach, machte er da keine Bemerkung, die in Ihnen einen Verdacht weckte, wen Sie da wirklich vor sich hatten?

J: Er sagte nichts dergleichen.

T: Nichts von seiner Frau, Hannah Trevor?

J: Nein.

T: Nun, warum haben Sie ihm dann nachgerufen: »Wo ist James Trevor?« Machen Sie sich nicht die Mühe, es abzustreiten. Ihre Haushälterin hat Sie gehört, Sir. Eine gewisse Mrs. Twig. War Ihnen nicht da schon klar, dass Reuben Stark James Trevor war?

J: Er – soweit ich wusste, war Stark viel in der Welt herumgekommen. Ich dachte, er wüsste vielleicht etwas von dem Gentleman.

T: Seit dem Winter wurde vermutet, dass Trevor gut ein Jahr zuvor in Kanada gestorben war. Was brachte Sie auf die Vermutung, dass dem nicht so sei?

J: Es war nur – Mrs. Trevors Onkel, Mr. Markham, der Müller und Sägewerkbesitzer, ist inzwischen mein Geschäftspartner. Er teilte mir mit, dass sie schon in der Vergangenheit mehrfach Berichte vom Tod ihres Mannes erhalten habe, die sich als unbegründet erwiesen hatten. Solche Zweifel können sehr quälend sein. Ich nahm an, dass eine Bestätigung der Berichte willkommen wäre. Das ist alles.

T: Aber wohl kaum genug. Was antwortete er auf Ihre Frage nach James Trevor?

J: Er vermutete, dass Trevor tot sei, so wie wir alle es taten.

T: Und was noch?

J: Er fragte nach Arbeit und sagte, er habe in der Nähe eine Frau, die er ernähren müsse. Seine Ehefrau, vermutete ich.

T: Sagte er denn nichts von seiner wirklichen Ehefrau, Mrs. Hannah Trevor?

J: Ich habe es Ihnen doch schon erklärt. Es wurde kein Wort von ihr gesprochen.

T: Hat er Sie nicht beschuldigt, dass Sie sie zu Ihrer Geliebten gemacht hätten? Dass Sie ihr Kind, Jennet, gezeugt hätten?

J: Wenn er solche Anklagen erhoben hätte, Mr. Tapp, so wäre er von mir zu einem Duell gefordert worden. Wenn Sie nicht durch Ihr Amt geschützt wären, würde ich jetzt Sie fordern.

T: Kommen Sie schon, Major. Wir sind hier nicht in London oder Paris. Hier herrschen noch andere Sitten, und ich möchte meinen, dass ein Mann einer Bauernschlampe die Schenkel schmieren darf und hinterher seine Hosen zuknöpfen kann, ohne seine Ehre verwirkt zu haben. Trevor selbst hat sich andere Frauen genommen. Ich bezweifle, dass er eines dieser Weiber höher schätzte als die anderen. Aber Sie tun es. Wenn er drohte, sie Schlimmerem auszusetzen als ein paar verfaulten Früchten, hätten Sie es für Ihre Ehre erachtet, die Frau zu schützen, nicht wahr? Sie sind reich und konnten es sich leisten, für sein Schweigen zu bezahlen – ihn dafür zu bezahlen, dass er wieder verschwand und weiter den Toten spielte. Versuchte er nicht, Ihnen Geld abzupressen?

J: Ich habe es bereits gesagt. Er fragte nach Arbeit. Ich verwies ihn an John English, meinen Verwalter.

T: Warum arbeiten, wenn Sie ihn bestechen würden? Die Dienstboten sagen, dass der Geldbeutel offen auf Ihrem Schreibtisch lag, als Trevor Sie verlassen hatte. Ferner wurden bei ihm zwanzig Shilling in Silber gefunden. Und ein Goldstück auf seinem Hof.

J: Er hatte auch eine halbe Kalbspastete in seinem Beutel. Ich bin kein Pastetenverkäufer. Das Gold hat er nicht von mir.

T: Es hat also keine bösen Worte zwischen Ihnen gegeben? Nichts, das von persönlichem Belang oder für das Gericht von Interesse wäre?

J: Ich war sehr beschäftigt, und ich habe ihm nur wenig Zeit gewidmet. Ich hielt ihn für einen Vagabunden.

T: Ich unterstelle Ihnen, dass Sie wussten, wer er war, und Ihre Geliebte davon in Kenntnis setzten, Mrs. Hannah Trevor, die bereits – und vielleicht ohne Ihr Wissen, das will ich Ihnen zugestehen – in einem Anfall von Wahnsinn die Frau Grace Stark und deren Kinder brutal ermordet hatte! Ich behaupte, dass Sie und Ihre Geliebte sich verschworen haben und James Trevor ermordeten, um Ihren eigenen Ruf zu schützen und Ihre ehebrecherische Affäre fortführen zu können!

J: Und ich behaupte, Sheriff Tapp, dass die Menschen hier in der Gegend zutiefst erzürnt sind und dass der größte Teil ihres Zorns Ihrem Freund Mr. Siwall gilt. Und Ihnen mit ihm. Er hat sie herumgestoßen und ausgepresst, Sir, und Sie waren der Knüppel, mit dem er sie geschlagen hat. Ich habe ihn dabei erwischt, wie er versuchte, mich zu bestehlen und zu betrügen, und ich habe im letzten Winter mit ihm gebrochen. Alle hier wissen das. Er vertritt die Menschen hier in der Generalversammlung, weil nur reiche Männer dort einen Sitz haben können. Aber sie vertrauen ihm nicht mehr, als ich es tue. Sie wissen, dass er nach Boston ging, um seine Interessen zu vertreten und nicht ihre, und jetzt sind sie verzweifelt. Sie mögen wenig für Trevor übrig gehabt haben, aber sie brennen darauf, ein Fünkchen Gerechtigkeit für Mrs. Stark und ihre Kinder zu sehen, die genauso hilflos waren, wie sie es sind. Die Menschen hier wollen, dass jemand bestraft wird, und Sie und Mr. Siwall würden es vorziehen, wenn es nicht Sie selbst träfe. Sie wollen ihnen Mrs. Trevor oder mich selbst ausliefern. Es würde Mr. Siwall sehr zupass kommen, wenn er an mir Rache nehmen könnte. Er hat dank unseres Zerwürfnisses lukrative Holzkontrakte und Fangrechte verloren. Und Sie müssen Mr. Siwall zu Gefallen sein, wenn Sie Ihre Sheriffmarke noch ein Weilchen behalten wollen, nicht wahr?

T: Schreiber! Streichen Sie diese Antwort! Das genügt, Major. Sie werden die Gemeinde nicht verlassen und dem Schreiber des Wachtmeisters eine Kaution von fünfhundert Pfund aushändigen.

J: Sie haben nicht genug Beweise, um eine Kaution oder mein Ehrenwort zu verlangen, Sir. Die Menschen hier halten Sie ohnehin bereits für einen Schurken. Können Sie es sich leisten, auch noch wie ein Narr dazustehen?

T: Hmm. Wo waren Sie denn zur Stunde von Trevors Tod?

J: Auf dem Dreschboden, Sir. Ich habe mit der alten Mrs. Markham getanzt und bin von dreißig oder vierzig Gästen sowie meiner eigenen Familie gesehen worden.

T: Nun. Das heißt gar nichts! Sie haben Dienstboten, die für genug Silberstücke jeden Ihrer Wünsche erfüllen würden, selbst wenn es darum ginge, einem Mann die Kehle aufzuschlitzen.

J: Dann bringen Sie diese Dienstboten bei. Nennen Sie ihre Namen.

T: Ich werde mein Bestes tun, Sir. Darauf dürfen Sie sich verlassen.

22

Myladys boudoir

Es war nach elf Uhr vormittags, als Hannah von ihrem Gespräch mit dem Sheriff kam und auf dem Weg zur Autopsie ihres Mannes in Clinchs Praxis am Nordufer zur Anlegestelle der Fähre am Südufer hinabritt. Seit sie Grace Starks Brief gelesen hatte, nagten einige Fragen an Hannah: Wo war James in diesen acht Jahren gewesen? Wo hatte man ihm den Schaden zugefügt, und wer war es gewesen? Und wie viele hatte er seinerseits ins Verderben gerissen?

Von zwei Frauen in Rufford wusste sie es – von sich selbst und Grace Stark. Gab es da nicht vielleicht eine dritte? Mrs. Siwall möglicherweise? Er war ja zum Kartenspiel auf Burnt Hill gewesen, um Bekanntschaft mit vornehmen Leuten zu pflegen. Aber der Anstand ging Honoria Siwall über alles; die bloße Vorstellung einer Verbindung zwischen den beiden war gewiss an den Haaren herbeigezogen.

Dennoch, die gezackten Formen, die sich zum Quilt zusammenfügten, mussten irgendeine Wahrheit enthalten. Drei rote Rosen auf einem Gitter. Die Blume der Liebe und die Farbe des Blutes. Jede Rose mit drei Blütenblättern. Jedes Blütenblatt ein Dreieck, gleich neben dem nächsten. Drei Frauen, umschmeichelt, benutzt, verlassen. Grace Stark, Hannah Trevor. Und noch eine. Noch eine.

Und der wankelmütige Stamm, an dem sie alle saßen, war James.

Am Nordufer hielt Mercy Lewis, Madam Siwalls Dienstmädchen, sie an den Trockengerüsten für Stockfisch auf. »Oh, Madam«, rief sie atemlos, »bei uns auf Burnt Hill herrscht ein solches Durcheinander, Sie ahnen es nicht!« Sie senkte die Stimme, bis sie beinahe flüsterte. »Bitte, würden Sie wohl zu meiner Herrin kommen? Sie sagt, ich soll nach Ihnen Ausschau halten und Sie mitbringen, und niemand darf Sie sehen, schon gar nicht der Herr, und ich darf niemandem etwas erzählen, nicht einmal der alten Biddy Kemp!«

Die hochnäsige Madam Siwall wollte sie sprechen? Zeichen und Wunder, wahrhaftig! Aber Hannah bemerkte nichts dazu, sondern half dem Mädchen hinter sich auf ihr Pferd, dann drückte sie die Schenkel wieder in Flashs warme, runde Flanken und bog in die Burnt Hill Lane ein.

»Ist deine Herrin krank?«, fragte sie das Mädchen. »Ich habe weder meine Heilkräuter bei mir, noch habe ich viel Zeit übrig.«

»O nein, Ma'am«, antwortete Mercy. »Mrs. Pinch ist bei ihr und passt ihr ein neues Kleid für die Feier an. Der Herr ist gestern Nacht nach Hause gekommen und war fuchsteufelswild, und er sagt, der junge Herr müsse bis Michaelis verheiratet sein, und es würde einen großen Ball zur Hochzeit geben.«

»Mit wem soll er denn verheiratet werden, Mercy?« Hannah konnte nicht widerstehen und sprach mit leisem Spott weiter. »Ah, ich weiß. Bestimmt mit Molly Bacon.«

Mercy lief dunkelrot an. »O nein, Ma'am! Er wird eine vornehme junge Dame aus Boston heiraten. Miss Harriet Smith heißt sie und ist eine Nichte von Mrs. John Adams, glaube ich. Natürlich ist es furchtbar bitter für die arme

Moll, denn sie soll aus dem Haus geworfen werden, und ihr Pa will sie nicht zurücknehmen, das alte Stinktier!«

»Ja wirklich, Mercy, das ist hart. Und was sagt Jeremy zu alledem?«

»Er sitzt bei vorgezogenen Vorhängen im besten Salon und ruft ab und zu nach einer neuen Flasche. Der arme junge Gentleman, ich glaube, er gibt keinen Pfifferling auf diese Miss Smith. Sie haben die ganze Nacht furchtbar gestritten und hätten sich beinahe geprügelt. Aber wenn der Herr sich etwas in den Kopf gesetzt hat, dann ist nichts zu machen.«

Vor allem, wenn dieses Etwas mit einer guten Mitgift verbunden ist, dachte Hannah. Eine Nichte von John Adams, der jetzt Botschafter am englischen Hof war? Nun, an derart mächtigen Rockschößen konnte Siwall direkt zu einem Platz im Kongress oder zu einem eigenen Botschafterposten gelangen – falls die Regulatoren ihn nicht zuerst auf einer Schiene reiten ließen.

Denn als sie im Hof ankamen, erblickte Hannah eine Gruppe verdrossener, murmelnder Männer, die sich an der Hintertür von Burnt Hill Manor versammelt hatten, und es waren gewiss Regulatoren unter ihnen.

»Was geht hier vor, Mercy? Was ist passiert?«

»Der Herr sitzt heute Morgen zu Gericht«, sagte das Mädchen im Flüsterton. »Und es müssen vier Männer vor ihm erscheinen, die Schulden haben, weil sie ihre Steuern nicht bezahlen konnten. Hier entlang, Ma'am.«

Sie bogen in einen schmalen, stickigen Flur ein. Oben klingelte eine Glocke, dann eine weitere. Zwei große Lakaien zwängten sich an den Frauen vorbei und eilten die Stufen hinauf. Sie waren mit Pistolen bewaffnet. Der Richter fürchtete um sein Leben, was wahrhaftig kein Wunder war.

Oben an der Treppe befand sich eine schwere Eichentür;

Mercy Lewis konnte sie kaum aufdrücken, aber sobald die Tür nachgab, hörte Hannah wütende Männerstimmen und das Schlurfen von Füßen. Etwas krachte zu Boden und zerbrach, dem Geräusch nach Porzellan und Metall. Ein weiterer Lakai stürmte an ihnen vorbei, eine Muskete im Arm.

»Freunde, ich flehe Sie an, lassen Sie uns beten!«, erklang die gedämpfte Stimme von Reverend Gwynn.

»Wir pissen auf Ihre Gebete!«, rief Rufus Penny. »Zum Teufel mit Ihnen.«

»Alle Richter sind Schurken! Mit unserem Schweiß haben wir Ihnen dieses Haus gebaut und Ihnen ein Zehnfaches seines Wertes eingebracht, Siwall, und was können wir vorweisen?«

»Noch eine Treppe hinauf, Ma'am«, murmelte die verängstigte kleine Dienstmagd. »Schnell, bitte!«

Hannah folgte Mercy beklommen in eine weitere prächtig ausstaffierte Halle und von dort in Madam Siwalls Boudoir.

Honoria Siwall hatte ihr Leben als Tochter eines Tuchhändlers in Derbyshire begonnen, und ihre Vorstellung von Schönheit schien die direkte Konsequenz der Begabung zu sein, so viel Ware wie nur möglich in ein Schaufenster hineinzuzwängen: chinesische Wandschirme und kleine Tische mit lavendelgefüllten Silberschalen, Seidenfächer und Wandbehänge aus Damast, Uhren und Krüge und leere Vogelkäfige, Porzellanschäferinnen und Kamingitter. Zwei sperrige, mit rosafarbenem Damast bezogene Kanapees wetteiferten mit Polstersesseln, verschiedenen Stickrahmen und einer Chaiselongue um den Platz in der Mitte des Raumes.

Hinter diesem Durcheinander weltlicher Güter stand das große Himmelbett, dessen Baldachine trotz der sommerlichen Hitze nicht abgenommen waren – in eine Ecke gezwängt, als hoffe die Dame, dass ihr Mann, wenn er im Dunkeln den Raum durchschreiten musste, vielleicht auf ihre Gesellschaft verzichten und sich irgendwo anders niederlegen würde.

In der Nähe der Tür stand ein schläfriger schwarzer Junge von sechs oder sieben Jahren und schwenkte einen riesigen Palmenwedel. »Mrs. Trevor!«, erklang eine laute, tiefe Frauenstimme von irgendwoher. »Judah? Ist das Mrs. Trevors Schritt, den ich da höre?«

»Ja, Ma'am!«

»Dann geh und fächle in der großen Halle weiter.«

»Da ist aber niemand, Ma'am!«

»Muss ich mir das bieten lassen, dass du mir widersprichst? Du sollst gleich eine Maulschelle kriegen!«

Ohne einen weiteren Laut eilte der Junge davon und schleifte seinen großen Fächer hinter sich her.

Es folgte ein Schweigen, während dessen Hannah das unverkennbare Geräusch hörte, mit dem jemand in einen Nachttopf pinkelt. Tongeschirr klapperte. Die Holztür eines Nachtstuhls fiel ins Schloss.

»Also dann!«, erklang endlich die donnernde Stimme wieder. Sie kam aus einer mit Wandschirmen abgeteilten Ecke am anderen Ende des Raums. »Sie, Mrs. Trevor! Kommen Sie sofort hierher!«

Zwei Augen von unbestimmtem Braun spähten über den Rand des Wandschirms. Plötzlich weiteten sie sich vor Entsetzen.

»Zum Kuckuck mit Ihnen, Pinch!«, rief Honoria Siwall, und ihre gepuderten Locken zitterten vor Empörung. »Soll ich vielleicht den halben Vormittag wie Lots Frau hier stehen, damit Sie mir Nadeln in den Busen stechen?«

»Dann halten Sie still, Sie alte Krähe, oder ich steche noch mal zu!«, gab Berthas unerschrockene Stimme zurück.

»Ich muss heute Mittag einer Autopsie beiwohnen, Madam Siwall«, sagte Hannah kühl. »Also, was wünschen Sie von mir?«

»Kommen Sie hierher, sage ich! Ich bin es nicht gewöhnt, dass man meine Befehle missachtet!«

Hannah rührte sich nicht von der Stelle. »Und ich bin nicht Ihre Dienstmagd, Madam, die Sie herumkommandieren können!« Einen Augenblick herrschte Schweigen. »Wenn Sie vielleicht die Güte hätten, Mrs. Trevor«, sagte die tiefe Stimme nur eine Spur zurückhaltender. »Kommen Sie hierher, damit ich Ihr Gesicht sehen kann.«

Hannah seufzte. »Na schön.« Sie trat hinter den Wandschirm und durfte sich ansehen, wie Lots Frau nur mit Hemd, Unterrock und Korsett bekleidet auf einem niedrigen Schemel stand. Mindestens ein Dutzend seltsam geformter Stücke ungebleichten Leinens waren hier und da an ihrem knochigen Leib festgesteckt, während Mrs. Pinch maß und schnippelte und schließlich wieder neu feststeckte, bis so etwas wie das Mieder eines modernen, tief ausgeschnittenen Kleides hervorzutreten begann.

Nach diesem Schnittmuster aus Leinen würde schließlich die kostbare zitronengelbe Mantua-Seide zugeschnitten werden, die neben ihnen auf einem Tisch ausgebreitet lag. Gut zehn Meter, aus denen von Hand ein einziges Kleid genäht werden würde. Fünfzehn Shilling pro Meter, schätzte Hannah. Bei sparsamem Wirtschaften hätten Grace Stark oder Polly Anderson von dem Geld für nur einen einzigen Meter dieses Stoffes ihre Kinder fast ein Jahr lang ernähren können.

Im unteren Stockwerk war das wütende Stimmengewirr

der Männer zu hören. »Gerechtigkeit!«, schrie einer von ihnen. Honoria Siwall blickte Hannah über ihre lange, dünne Nase hinweg an.

»Madam«, sagte sie, »ich höre, dass Prediger Gwynn Sie törichterweise gebeten hat, seine Frau zu werden. Das war höchst unklug. Sie denken natürlich nicht daran, seinen Antrag anzunehmen.«

»Ob ich das tue oder nicht, geht Sie nichts an.«

»Eine solche Verbindung kann unmöglich gestattet werden. Ihr Ruf ist gänzlich unpassend für eine Pfarrersfrau. Sie werden seinen Antrag unverzüglich ablehnen. Nun?«

Hannah hielt den Atem an. »Ihre Vermessenheit, Mrs. Siwall, überschreitet alles, was ich für möglich gehalten hätte. Ich wünsche Ihnen einen guten Tag.«

Sie wirbelte herum, dass ihre Röcke ein Paar Porzellanschäferinnen von einem Beistelltischchen fegten und die Splitter durch den Raum stoben.

»Warten Sie!«

Das Wort war ein Flehen, kein Befehl, und plötzlich war aus der tiefen Stimme ein raues Kreischen geworden. Hannah blieb stehen.

»Man beschuldigt Sie, Ihren Mann ermordet zu haben, nicht wahr?«

Hannah antwortete gelassen: »Es gibt nichts als fadenscheinige Mutmaßungen gegen mich. Es wurde keine Anklage erhoben.«

»Ah, aber Tapp ist gerissen! Er wird Sie in Widersprüche verwickeln, wo er nur kann! Mein Mann wünscht es so, weil er Angst vor Ihnen hat. Und was mein Mann wünscht, wird Tapp zuwege bringen!«

Der hagere, eckige Körper schien in der Luft zu schweben. Dann geriet er plötzlich gefährlich ins Wanken.

»He, he! Beruhigen Sie sich!«, rief Mrs. Pinch. »Beruhigen Sie sich!«

Honoria Siwall trat mit Stecknadeln, Leinenstücken und allem Drum und Dran von ihrer Säule herab und ließ sich auf die hässliche Chaiselongue fallen.

»Was hat Mr. Siwall von mir zu befürchten?«, fragte Hannah sie. Sie entdeckte ein Riechsalz auf der Ankleidekommode und hielt es der Frau unter die Nase. »Ich habe doch gewiss keine Macht über ihn.«

»Er denkt, Sie wüssten etwas, das ihm schaden könnte.« Mrs. Siwall schloss die Augen. »Sein Ehrgeiz in der Welt der Politik …«

Es folgte ein langes Schweigen. »Ich kannte Ihren James«, sagte sie leise. »Ich war einmal sehr von ihm eingenommen.«

Hannah biss sich auf die Unterlippe und blieb still. War dies am Ende doch die dritte Frau? Die puritanische Dame, die – so scherzten die Dienstboten – leise ein Kirchenlied sang, während ihr Ehemann zwischen ihren Laken seinen Pflichten nachkam?

»Ah«, sagte Bertha Pinch mit einem scharfen Schnippen ihrer Schere, als wolle sie Löcher in die Luft schneiden, »er hat sich einen Weg in Ihre Kissen erschlichen?«

»Nicht das!« Honoria Siwall richtete sich auf. »Das wollte ich nicht, ich …« Sie sah Hannah an und brach ab, da sie wusste, dass man ihr keinen Glauben schenken würde. »Mein Gemahl ist ein guter Versorger, aber er ist nicht der Mann, der seiner Frau auch ein Gefährte wäre.«

»Das war James auch nicht«, versetzte Hannah scharf. »Wie haben Sie übrigens seine Bekanntschaft gemacht?«

»Er sprach bei uns vor, um eine geschäftliche Angelegenheit mit Mr. Siwall zu regeln. Mein Mann war nicht zu Hause, und ich habe James selbst empfangen. Danach – ich gab ihm keinen Anlass dazu, aber Siwall schöpfte Verdacht. Ich glaube, er unterzeichnete den Haftbefehl gegen Mr. Trevor, um mich vor der Versuchung zu bewahren.«

Eher um sich selbst vor dem Makel der Bekanntschaft mit einem Tory zu bewahren, dachte Hannah. Aber sie ließ Honoria Siwall weitersprechen.

»Vor zwei Tagen, an dem Tag, bevor der Jahrmarkt begann, kam Reuben Stark hierher zu mir. Sobald er meinen Namen sagte, erkannte ich ihn. Er war so schrecklich verändert, so grauenvoll entstellt. Ich hatte tiefes Mitleid mit ihm.«

»Und er bat Sie um Geld«, sagte Hannah. »Oder etwa nicht?«

Mrs. Siwall blickte auf. »Ich habe es ihm aus freien Stücken angeboten. Er war nämlich immer noch der Gleiche wie früher. So liebenswert. So sanft. So charmant. Seine schlimmen Erlebnisse hatten ihn nicht verbittert, und mein Herz konnte ihn nicht verdammen.«

»Wie wurde es arrangiert?«, hakte Hannah nach.

»Er wollte an der Landspitze das Schiff nach London nehmen. Ich habe fünfzig Guineas besorgt und eines der Pferde meines Mannes. In die Satteltasche habe ich einen alten Anzug von Jeremy gepackt und etwas gute Wäsche. Und einen passenderen Hut.«

»Geschah das noch zur gleichen Stunde? Oder kam er noch einmal her, um die Sachen abzuholen?«

»Mein Mann wurde jederzeit zurückerwartet.« Honoria Siwall legte die Fingerspitzen an die Schläfen, als fürchte sie, ihr Kopf könne explodieren. »James sagte, er wolle zu Major Josselyns Heufest gehen und sich später davonstehlen und an der Furt bei der Grange auf meinen Boten warten, der das Pferd in dem Wäldchen oberhalb der Wiese anbinden sollte.«

Das erklärte James' feuchte Stiefel und die Grashalme, die an ihnen klebten, und das Pferd, das Hannah gehört hatte. Aber warum hatte er nicht das Pferd und das Geld genommen und war davongeritten? Warum war er in die Laube zurückgekehrt, um auf seinen Mörder zu warten?

»Dieser Bote, wer war das?«, fragte sie. »Ihr Verwalter? Oder einer Ihrer Diener?«

»O nein. Die hat mein Mann alle in der Tasche, und sie hätten es ihm erzählt.« Honoria strich sich nervös über ihren Unterrock. »Ich habe Mr. Gwynn um diese Gefälligkeit gebeten. Aber er brachte mir das Pferd und das Geld zurück. Er sagte, James sei nicht erschienen.«

Hannah runzelte die Stirn. James Trevor nicht erschienen, wo Geld, neue Kleider und ein gutes Pferd auf ihn warteten? Und was war mit den nassen Stiefeln und den Grashalmen? Die einzelnen Teile ergaben kein Bild.

»Als die Dienstboten zurückkamen, erzählte meine Zofe mir davon. Die Laube. Grauenhaft.«

Mrs. Siwall begann leise zu weinen, wobei sie sich anmutig ein spitzengesäumtes Taschentuch an die Nase drückte. In all den Jahren seit James' Abschied hatte sie sich als die Heldin einer großen Romanze gesehen; diese Phantasie hatte die leeren Stellen in ihrem Leben ausgefüllt, und James' Tod war der letzte Akt des Stückes.

»Sie sagen, Ihr Mann habe Angst vor mir und wolle mich zum Schweigen bringen. Was glaubt er denn, dass ich ausplaudern würde?«

»Nun, eben das, wovon ich Ihnen gerade erzählt habe. Dass ich Ihren Mann geliebt habe und dass er Sie um meinetwillen verlassen hat und mich nach Frankreich mitgenommen hätte, in ein Haus in Paris, das er mieten wollte!«

»Das hat James Ihnen versprochen?«

»Er – er beabsichtigte es. Dessen bin ich gewiss. Er hat oft davon gesprochen.«

Hannah fuhr sich mit der Hand über die Augen. »Er hatte kein Geld, Mrs. Siwall. Er war ein Spieler. James Trevor hätte sich nicht einmal eine Fahrkarte für die Kutsche nach Salcombe kaufen können, geschweige denn eine Überfahrt nach Frankreich.«

»Das ist nicht wahr! Er hatte Aussicht auf zweihundert Pfund und mehr. Viel mehr! Er war ein kluger Mann und so tüchtig! Niemand kannte seinen wahren Wert!«

Unten wurde eine Tür ins Schloss geworfen. Im Hof erklang das Trappeln von Pferdehufen auf Pflastersteinen.

»Hat James Ihnen erzählt, wie er zu seinen Narben gekommen ist?«, hakte Hannah nach.

»Durch eine Horde von Patrioten draußen vor Salem, an der Küste.« Die Frau schwieg lange. »Er konnte kaum davon sprechen. Es war schrecklich, ihn so trostlos zu sehen. Wenn er etwas Unrechtes getan hat, so wurde er dazu getrieben.«

»Und hat Mrs. Stark ihn dazu getrieben, sie in eine bigamistische Ehe zu locken?«

»Sie waren ihm nie eine Ehefrau!«, rief Madam Siwall. »Sie haben keinen Funken weiblicher Zärtlichkeit in sich! Wie oft hat er von Ihrer mangelnden Achtung vor ihm gesprochen!«

Hannah sagte nichts.

»Aber dennoch glaube ich nicht, dass Sie ihn getötet haben«, fuhr Honoria Siwall mit leiser Stimme fort. »Und James war viel zu sanftmütig, um sich selbst oder einem anderen das Leben zu nehmen. Dafür war er viel zu gut, das weiß ich.«

Wieder sagte Hannah nichts. Wovon sollen wir leben,

wenn man uns unsere Illusionen stiehlt, die wie Atemluft für unsere Seelen sind?

Aber der kleinen buckligen Näherin wurde es zu bunt. Sie rappelte sich vom Boden hoch und stampfte mit dem Fuß auf.

»Ist ein Mann nicht ein dunkles, geheimnisvolles Ding mit einem Herzen wie ein Rätsel? Sie können für keinen Mann sprechen, Sie großer dummer Keks, Sie! Er zerbricht Sie und läuft davon und lässt Sie allein zurück, auf dass man Sie teert und federt! Des Nachts in Ihren Kissen predigt er Ihnen noble Dinge, und am Morgen lässt er Sie allein, so kalt wie das Auge des Teufels!«

Sie marschierte wütend aus dem Zimmer und die Treppe hinunter. Aus der Bibliothek konnten die beiden Frauen immer noch wütende Männerstimmen hören.

»Sie sind ein toter Mann!«, rief jemand. »Wir lassen uns Ihre Verwaltung nicht länger gefallen!« Hannah kannte die Stimme. Es war Anson.

»Das ist Aufwiegelung, Sir! Nehmen Sie ihn fest, Wachtmeister!«, erklang Marcus Tapps tiefe Stimme. »Legt ihn in Ketten, den Verräter!«

»Legt euch selbst in Ketten, ihr Kriecher!«, rief ein anderer, jüngerer Mann. Auch seine Stimme kannte sie, kannte sie so gut wie ihre eigene: Jonathan. »Ich will nichts mehr mit Ihnen zu tun haben, Gesetz hin, Gesetz her!«

Dann riefen plötzlich alle durcheinander, und die Stimmen verschmolzen zu einer einzigen großen Woge des Zorns, die stieg und stieg und endlich brach.

Hannah hörte schnelle Schritte im Flur, dann einen Musketenschuss. Eine Tür wurde eingetreten. Fensterglas splitterte.

Ein Lakai schob den Kopf durch die Tür, eine geladene

Pistole in der Hand. Er verbeugte sich und zog die Tür wieder zu.

»Sie werden meinen Mann töten«, flüsterte Honoria Siwall. »Er sagt, es sei Ökonomie und würde dem Land gut tun, und ich weiß nicht, was für schöne Worte er nicht noch alles benutzt. Aber er ist schuld, dass sie ihn jetzt so hassen.«

Sie saß töricht und verloren da.

»Und – lieben Sie ihn?«, fragte Hannah sie leise. »Werden Sie um ihn weinen, wie Sie um James geweint haben?«

Die rot geränderten Augen starrten sie ausdruckslos an. Dann flatterten die schweren Lider kurz und schlossen sich.

Lange Zeit hielt die Herrin von Burnt Hill Manor ihre Augen geschlossen, aber als sie sie wieder aufschlug, sah sie Hannah an, als sei nie ein Wort von James Trevor gesprochen worden und als braue sich in der Bibliothek unten am Fuße der schmalen Treppe kein Krieg zusammen.

»Wo ist Mrs. Pinch denn nun schon wieder abgeblieben?«, fragte Honoria Siwall mit derselben kalten, schroffen Stimme wie zuvor. »Kommen Sie her, Pinch! Glauben Sie, ich erlaube einer armseligen Näherin, mich warten zu lassen? Hier, in meinem eigenen Haus?«

23

Zermalmen, zermalmen, zermalmen

Getreu ihrem Versprechen, das Geheimnis der Hausherrin zu bewahren, ging Hannah leise wieder die schmale Treppe hinunter und nahm sich dort von den Haken am Eingang eine Haube, wie die Dienstmädchen sie trugen, und streifte sich die rüschenbesetzte Tarnung über ihre ungebärdigen Locken. Sie ging zu ihrer Stute und wollte gerade aufsitzen, als sie ihren Onkel und Jonathan erblickte, die ein wenig abseits von den anderen standen.

Doch die beiden waren viel zu beschäftigt mit ihrem Streit, um sie zu bemerken; die rundlichen Wangen des alten Mannes waren gerötet und seine Hände zu Fäusten geballt, und Johnnies schwarze Augen waren tiefe Höhlen in seinem Schädel. Er wandte sich von seinem Vater ab, und Hannah sah, wie Onkel Henry sich an ihn klammerte, so wie sie sich an Jennet geklammert hatte, als das kleine Mädchen beim Tanz halb irre war.

Aber Jonathan schüttelte seinen Vater ab und wandte sich mit einem einzigen Dolchblick seiner schwarzen Augen um und ging zum Eingang hinüber, wo die Gebrüder Penny und einige der anderen rebellischen Männer standen.

»Pa hat sich wieder als Leuteschinder betätigt, Ma'am«, erklang Jeremy Siwalls träge Stimme neben ihr.

»Was ist passiert?«

Hannah drehte sich zu dem jungen Mann um. Trotz seiner scheinbaren Abgeklärtheit war er sehr bleich; sie wusste, dass er zwei Tage nicht geschlafen hatte.

»George Anson ist zu einer Gefängnisstrafe verurteilt worden«, sagte er. »Ihr Cousin weigerte sich, ihm die Eisen anzulegen, als Tapp es befahl, und Pa hat ihn von seinem Amt entbunden.« Trotz seiner Erschöpfung grinste er. »Er war ohnehin ein teuflisch schlechter Wachtmeister, nicht? Kein richtiger Leuteschinder, unser Johnnie.«

»Macht Platz!«, rief ein Mann von der Tür.

Die beiden bewaffneten Lakaien kamen aus dem Haus und nahmen zu beiden Seiten des Weges Aufstellung, mit in der Sonne funkelnden Livreen, geschulterten Musketen und angstvoll aufgerissenen Augen.

Hinter ihnen erschien George Anson. Man hatte ihm die Hände vor der Brust gefesselt, und um seinen Knöchel lag ein weiteres Eisen, das an einer langen Kette hing. Deren anderes Ende hatte sich Sheriff Marcus Tapp um den Arm geschlungen.

Dass mit einem Schuldner derart umgesprungen wurde, war noch nie vorgekommen. Gewöhnlich behandelte man sie mit Milde, bis sie das überfüllte, von Fieberkrankheiten heimgesuchte Gefängnis in Salcombe erreichten. Tapp statuierte an George Anson ein Exempel, um alle Regulatoren unter den Männern abzuschrecken – oder er hatte einen anderen Grund für sein Verhalten, einen Grund, der bei Siwall lag.

Auf der anderen Seite des Hofes wartete ein Ochsenkarren. Drei weitere Gefangene standen bereits mit gesenkten Köpfen und abgewandtem Blick auf dessen Ladefläche.

Auf der anderen Seite des Weges stand Polly Anson, Georges Frau, mit einem kleinen Jungen, der sich an ihren Rock klammerte, und einem Kind von vielleicht achtzehn Monaten auf dem Arm.

»Meine Poll«, sagte Anson leise, als er an ihr vorbeiging. »Dass du mir nur ja nicht vergisst, vor dem Herbst den Kaminsims zu reparieren. Du kannst es selbst machen, wenn du gute Steine bekommst und …«

»O lieber Gott!«, rief sie. Es war ein hoher, scharfer Aufschrei, der das blaue Glas des Himmels bersten und in zerbrochenen Splittern auf sie herniederregnen ließ. »Gott!«

»Ah, mein armer Liebling«, sagte der große, stämmige Mann und machte ein paar Schritte auf sie zu. »Mein Herz.«

Marcus Tapps blasse Augen schlossen sich jäh und öffneten sich wieder, dann riss er heftig an der Kette, die an Ansons rechtem Bein befestigt war. Der große Mann schlug der Länge nach hin, rappelte sich aber im Nu wieder hoch und ging auf den Sheriff los. Sie stürzten zusammen zu Boden, die Ketten klirrten, und die beiden wütenden Männer wälzten sich im Staub, als Siwall mit Reverend Gwynn aus dem Haus trat.

»Ihr da! Bringt sie auseinander!«, befahl er den bewaffneten Wachen. Furcht und Schrecken lagen in seiner Stimme. Was immer er hatte anzetteln wollen, er konnte es nicht mehr beherrschen, sondern sich nur noch hinter seine Arroganz flüchten.

Die Lakaien starrten einander an. Sie waren schließlich nur Dienstboten, keine Soldaten. Was hatten sie gegen George Anson? Siwall bezahlte sie nicht dafür, dass sie auf ihre Nachbarn schossen. Der große Kerl auf der linken Seite des Gehwegs riss sich die gepuderte Perücke vom Kopf, warf seine Muskete weg und rannte Hals über Kopf den Hof hinunter. Der andere ließ seine Waffe fallen und stand wie eine Statue da und tat, als sei er unsichtbar.

Einige der anderen Männer kamen herbeigelaufen, um die Kampfhähne zu trennen, aber plötzlich lag Tapp unten, und Ansons Hände waren an seinem Hals. Einen nach dem anderen schüttelte er alle Männer ab, und die starken Hände drückten weiter zu. Tapps Gesicht war graublau, und aus seiner Brust kam ein rasselndes Geräusch.

Hamilton Siwall stapfte den Weg hinunter und hob die Muskete auf, die der Lakai weggeworfen hatte. Der Schuss traf Anson direkt in die Schläfe. Einen Augenblick lang zauderte sein bereits toter Leib noch, lagen seine Hände noch fest um die Kehle des Sheriffs, und seine Augen waren weit offen. Tapp lag still da, mit aufgerissenem Mund, und beobachtete das Gesicht des toten Mannes, der ihn umklammert hielt.

Endlich ließen die Hände los. Der Körper brach in sich zusammen und blieb reglos liegen.

Polly Anson schrie nicht und kam auch nicht schluchzend herbeigelaufen, um sich über den Leichnam ihres Mannes zu werfen. Einen langen, atemlosen Augenblick gab niemand im Hof einen Laut von sich. Nur das Gackern der Hennen im Garten war zu hören und das leise Raunen der warmen Brise, die durch die Buchsbaumhecke strich.

»Komm, Neddie«, sagte Polly Anson schließlich und nahm ihren kleinen Sohn bei der Hand. »Wir müssen nach Hause gehen und Papa sein Essen kochen. Ich denke, wir werden gerösteten Weizen essen, falls die Raben ihn nicht schon aus den Ähren gestohlen haben.«

Noch eine Sekunde sah sie mit leeren Augen zu Georges Leichnam hinüber. Dann hob sie das Baby ein wenig höher, so dass es an ihrer Schulter lag, und verließ den Hof.

Die Männer starrten ihr nach. Hamilton Siwall ließ die Muskete aus seinen Fingern gleiten und zu Boden fallen; sein sonst rötliches Gesicht war weiß wie Papier.

»Mörder!«, rief jemand. »George war an Händen und Füßen gefesselt! Sie hätten ihn nicht zu töten brauchen!«

»Jawohl! Es war glatter Mord!«

Sie hätten sich an Ort und Stelle auf Ham Siwall gestürzt und ihn zu Tode geprügelt. Aber mit einer einzigen fließenden Bewegung war Marcus Tapp wieder auf den Beinen, das Schwert in der einen Hand und die Pistole in der anderen.

»Hebt euren Toten auf und macht, dass ihr fortkommt!«, befahl er.

Er sprach leise, denn er war sich wohl bewusst, dass die Männer bei der geringsten Andeutung seiner gewohnten Arroganz alle Hemmungen verlieren würden.

»Krieg!«, schrie jemand. »Wo ist Josselyn? Er soll die Miliz holen und uns helfen!«

»Kommt, Männer«, sagte Onkel Henry. »Ein Toter genügt für heute! Lasst uns nicht länger von Kriegen reden!«

Jonathan kniete neben Ansons Leiche, aber beim Klang der Stimme seines Vaters blickte er auf.

»Willst du nicht mit mir heimkommen, mein Sohn?«, fragte Henry sanft.

Der junge Mann erhob sich und stand einen Augenblick nur da und wischte sich den Staub von den Händen.

»Es leben die Regulatoren!«, rief er. »Möge Gott alle Tyrannen in der Hölle verbrennen!« Dann sprang er auf sein Pferd, gab ihm die Sporen und ritt in halsbrecherischem Galopp vom Hof.

»Gott verdamme die Richter! Wir werden uns selbst regieren, so wie man es uns versprochen hat! Wir wollen keine Richter und Sheriffs mehr, die uns ins Verderben treiben!«, riefen die anderen.

»Gerechtigkeit für die Armen! Gerechtigkeit für Anson und Stark!«

Ah, dachte Hannah, sie hatten vergessen, dass er jemals James Trevor gewesen war. Trevor war ein Tory, und die Torys durften kein Mitleid erwarten, aber Reuben Stark war ein armer Bauer, ein Hungerleider mit einem kargen Stück Land und einer müden Frau und drei Kindern, die er kaum ernähren konnte. Er war einer von *ihnen* gewesen, gerade so wie George Anson.

Während sie noch immer lauthals Gerechtigkeit für die Toten verlangten, stürmten die Gebrüder Penny aus dem Hof und die meisten anderen mit ihnen, darunter sogar einige der Gemäßigten. Henry Markham stieg mit hängenden Schultern und tränenfeuchten Augen auf sein Pferd und ritt an seiner Nichte vorbei, ohne sie zu sehen.

Die vergessenen Gefangenen auf dem Ochsenkarren starrten den Leichnam von George Anson an, über den jemand aus Pietät ein Lederwams gebreitet hatte. Tapps Hilfssheriff, ein magerer kleiner Bursche mit einem Schielauge, zog den Stachelstock über den Rücken des ersten Ochsen, und der Wagen holperte aus dem Hof in Richtung der Straße nach Salcombe.

So erschüttert er war, wich Siwall keinen Zoll zurück und suchte auch nicht in seinem Haus Zuflucht. Er und Tapp standen zusammen mit Gwynn hoch erhobenen Hauptes am Brunnen und sahen den abziehenden Männern nach.

Jeremy Siwall wandte sich erneut an Hannah.

»Nehmen Sie Ihre Tochter und gehen Sie, Mrs. Trevor«, flüsterte er drängend. »Pa wird mich zermalmen, und er wird Moll zermalmen, und er wird auch Sie zermalmen! Und der da wird ihm dabei helfen.«

Hannah blickte in das Gesicht von Matthew Gwynn, wie er da zwischen den Mächten von Gesetz und Gerechtigkeit stand. Sein Gesicht war blass und starr, und diesmal machte er keine Anstalten, ein Gebet für die Toten zu sprechen. Er blickte auf und musste sie wohl gesehen haben, denn er schaute eilig wieder auf seine Hände hinab, beschämt und schweigend.

»Er wird Sie verraten«, sagte Jem leise. »Er ist schwach wie ich, und wir Jämmerlinge, wir erkennen einander.«

Jeder Nerv in Hannahs Körper riet ihr, nach Hause zu reiten, sich Jennet zu packen und zu fliehen. Aber es musste heimlich und mit Bedacht geschehen, oder sie würden sie finden und zurückschleifen.

»Was werden Sie tun, Ma'am?«, fragte Jem sie, während er ihr aufs Pferd half.

»Ich werde zu der Autopsie an meinem Ehemann erwartet«, sagte sie. »Vielleicht erfahre ich daraus etwas, das mir hilft.« Sie hielt inne. »Was werden Sie tun, Sie und Molly?«

Er blickte zu ihr auf. »Wahrscheinlich sollte ich mit ihr durchbrennen und sie heiraten. Sie im Wald verstecken. Aber Molly hat gern Gesellschaft und ein bisschen Spaß, und sie würde todunglücklich sein. Einen Monat, und sie würde irgendeinem Holzfäller das Bett wärmen und mich frieren lassen. Es sei denn, ich ließe uns zuerst verhungern, denn ich bin ein fauler Bursche, der Teufel soll mich holen.« Er blickte noch einmal zu Hannah empor. »Also werde ich wohl die blütenreine Maid aus Boston heiraten. Mit ihrer Mitgift werde ich Moll ein gemütliches kleines Cottage kaufen, und sie kann für sich selber sorgen, und ich kann sie besuchen, wann immer ich mag. So ist es doch besser, was? Für alle Beteiligten die glücklichere Lösung.«

»Zermalmen, zermalmen, zermalmen«, sagte Hannah und drückte Flash die Absätze in die Flanken.

24

Das Tagebuch der Hannah Trevor

13. JULI DES JAHRES 1786

Seit meinem letzten Eintrag bin ich entschlossen, diesen Ort für immer zu verlassen und meine Tochter mitzunehmen. Wohin ich gehen werde, weiß ich nicht, denn der einzig sichere Ort ist das Grab, und dort möchte ich noch eine ganze Weile nicht hin.

Ich habe heute den Leichnam meines Mannes gesehen, habe erfahren, wie er verstümmelt und zerstört wurde, als sei er kein menschliches Wesen. Und doch hat er auf meinem eigenen Herzen Narben hinterlassen, die so tief sind wie seine, und auch auf Grace Stark hat er Narben zurückgelassen und auf einer weiteren Frau, die in den Nebeln dieser Welt umherdriftet, wie ich glaube.

Doch ganz gleich, was andere ihm angetan haben, ich werde nicht zulassen, dass James Trevor durch seinen Tod zu einem Unschuldslamm gemacht wird.

Gott möge ihm um seines eigenen Leidens willen vergeben.

Gott war auch nie sein Sklave oder seine Frau.

Meine Tante ist gütigerweise gekommen, um mir während der Autopsie beizustehen, und ihr starkes Herz war mein Trost und meine Stütze. Wohin soll ich mich um guten Rat wenden, wenn ich nicht mehr auf Two Mills lebe?

Was Clinch mit seinem Messer bloßgelegt hat, ist der Gipfel der Gefahr für mich. Sie werden sagen, ich sei zu James in die Laube gegangen und hätte ihm mit einer Keule von hinten auf den Kopf geschlagen, um keinen Kampf zu riskieren, und dann soll ich ihm die Kehle aufgeschlitzt haben, mit seinem eigenen Rasiermesser, das ich am Morgen aus Mrs. Starks Haus geholt hätte, nachdem sie tot war. Und Prediger Gwynn wird sagen, er sei nicht bei mir gewesen und hätte mir die Ehe angetragen, und Squeer wird vielleicht falsches Zeugnis gegen mich ablegen.

Ich kann nicht mehr lange hier bleiben, und ein anderer muss die Wahrheit herausfinden. Doch bevor ich gehe, muss ich noch nach Mrs. Hinkley sehen, an deren Brust sich ein Abszess gebildet hat, und ich muss noch die Verbände an Abiah Fosters Armen wechseln, wo sie sich verbrannt hat, als sie ihre Hennen absengte, und wenn es geht, muss ich noch Mrs. Thatcher entbinden, denn ihre Zeit ist jetzt sehr nahe. Und eigentlich habe ich Mrs. Hewins und drei oder vier anderen für nächsten Monat versprochen, ihnen bei der Geburt ihrer Kinder beizustehen, und wie sollen sie gut durch die Wehen kommen, wo die Tante halb wahnsinnig vor Angst um Johnnie ist und Clinch nur reißt und zerrt, wie es ihm gerade in den Sinn kommt?

Ich werde Mrs. Foster etwas Schwarzwurz dalassen und Huflattich, was das Beste gegen Verbrennungen ist.

Meine Cousine Dolly Lamb und einige der anderen Frauen werden heute Nacht bei Mrs. Anson wachen, damit sie sich nichts antut.

Ich bange auch sehr um Daniel, dass man ihn in diesen neuen Krieg hineinziehen könnte, den sie kämpfen werden, die Armen gegen die Reichen. Denn wie sollte ich atmen, wenn er mit seinem gütigen Herz nicht mehr in der Welt wäre?

Ich bin ganz krank von Kopfschmerzen.

Obwohl ich die Arbeit daran vielleicht nicht werde vollenden können, zeichne ich hier das Muster für meinen Quilt mit Namen »Rote Rosen«, der meiner Tochter gehören soll, wenn sie erwachsen ist. Und wo immer ich hingehen werde, wenn nicht in irgendein Gefängnis, werde ich mein Muster erneut beginnen.

Möge Gott die Faust der Macht zerschmettern, die auf die Armen eindrischt.

25
Das Exil

Daniel Josselyn stand früh auf an jenem Morgen und machte sich auf den Weg zu seinem Verwalter. Wie erwartet, fand er John English mit seinen Männern bei der Arbeit. Sie deckten die großen Heuhaufen mit riesigen geteerten Tüchern zu und schnürten sie kreuz und quer mit Stricken fest, an deren Enden schwere Steine gehängt wurden. Sie hatten die Heuhaufen gleich hinter der Anhöhe nicht weit vom Haus errichtet – jener Anhöhe, wo Hannah die Gestalt eines Mannes gesehen und das leise Wiehern eines Pferdes vernommen hatte.

Wenn nun dieses Pferd ein kleines, stämmiges Tier mit einem losen Eisen am rechten Vorderhuf gewesen war? Eine duldsame kleine Stute vielleicht, die ein gewisser Andrew Tyrrell aus dem Stall bei Josh Lambs Gasthaus gemietet hatte?

»Wir kriegen Regen, bevor der Abend kommt«, meinte John English, der sich nun aufrichtete und einen prüfenden Blick zum Himmel warf. »Aber Sie sind sicher nicht gekommen, um sich meine Prophezeiungen anzuhören.« Er kniff die Augen zusammen und sah seinen Herrn mit einem kurzen Lächeln an. »Was kann ich für Sie tun, Sir?«

»Ich will heute Mittag den Fluss hinaufreiten, John«, antwortete Daniel.

»Ja, das dachte ich mir.« English zog einen Grashalm aus

dem Heuhaufen und begann nachdenklich darauf zu kauen. »Der alte Heide oben im Fort wird wissen, ob sich im Wald irgendetwas regt, das dort nicht hingehört.«

Wenn in Rufford Unbill geschah, die sich sonst nicht erklären ließ, gab es zwei Richtungen, aus denen das Unheil gekommen sein konnte. Zum einen von flussabwärts – vom Meer und den Schiffen, die den Manitac hinauffuhren, sobald das Eis geschmolzen war, und von den Seeleuten und den Passagieren, die diese Schiffe mitbrachten. Oder das Unheil kam von flussaufwärts, wo im Norden und Westen der riesenhafte Schatten des Wilden Landes lag, des großen Urwaldes.

Ein schmaler Holzfällerweg, der parallel zum Fluss verlief, führte durch das Wilde Land – der Pfad, wie man ihn nannte –, und einige Siedlerpfade zweigten von diesem Hauptweg ab. Aber jenseits dieser Wege war der Wald unbekannt und unkartographiert und wahrte seine Geheimnisse; er verschluckte viele von denen, die sich leichtfertig in sein Inneres vorwagten.

Der alte Holländer Piet Soutendieck, der Vorsteher von Daniels Holzfällertrupps, lebte mit seinen indianischen Frauen und einer Horde Halbblutkinder auf einem »Fort Holland« genannten Handelsposten tief in den Wäldern, wo er wie ein absoluter Monarch über Fallensteller und Holzfäller herrschte.

Die Regulatoren trafen sich angeblich irgendwo im Wilden Land und ritten oder ruderten des Nachts flussabwärts, um ihre Feinde anzugreifen, und Räuberbanden durchstreiften das dichte Unterholz.

Alles in allem war es kein Ort, wo man allein hinging. John English warf einen Blick auf das entschlossene Gesicht seines Herrn und runzelte die Stirn.

»Eine schlechte Zeit, dort hinzureiten, Sir«, sagte er mit einem Blick in Richtung Two Mills.

In das Cottage des Verwalters und nicht auf die Grange selbst hatten Parthenia oder Kitty Jennet fast jeden Tag in diesem Frühling und Sommer gebracht, damit Daniel sie kennen lernen und unterrichten konnte, ohne mehr Gerede zu verursachen als notwendig. John hatte eine Zuneigung zu dem Kind gefasst; wenn die Kleine einmal zu spät kam, machte er sich Sorgen wie ein Großvater.

»Ich würde die beiden jetzt nicht allein lassen, John, wenn es eine andere Möglichkeit gäbe«, sagte Daniel. »Aber Trevor hatte sich in den Wäldern versteckt, und die Menschen, die er mit hierher gebracht hatte, sind dort gestorben. Ein Körnchen Wahrheit muss sich noch immer dort verbergen, und je früher wir es finden, umso eher werden wir von dem Verdacht reingewaschen sein. Wenn ich eines der Kanus nehme, müsste ich bei Einbruch der Dunkelheit wieder zurück sein.«

Der Verwalter nickte. »Ich höre, Siwall ist wieder da. Die Neuigkeiten aus Boston sind traurig, und das sollte die Männer für eine Weile ablenken.« John English neigte seinen zerzausten Kopf und rieb sich die Stirn. »Aber da ist noch etwas, das Sie wissen sollten, Sir, bevor Sie gehen. Ned Hatch war gestern in der Laube und hat die Rosenstöcke beschnitten und Unkraut gejätet und was weiß ich noch alles, und er erzählte mir, er hätte seine Gerätschaften dort stehen lassen – nun, Sie kennen ja den alten Ned. Keiner hat ein besseres Händchen für Gartenarbeit, aber sein Gedächtnis ist löchrig wie ein alter Suppentopf.«

Daniel lächelte. »Ich habe die Sachen gesehen, eine Hacke und einen Korb mit Unkraut. Sagen Sie Ned, er soll sich keine Sorgen machen. Es ist nicht wichtig.«

John runzelte die Stirn. »Ich fürchte, das ist es doch. Es fehlt nämlich ein schwerer Holzhammer. Ned fiel vorhin wieder ein, wo er ihn gelassen hatte, und er ging zur Laube, um ihn zu holen. Aber er war nicht mehr da.«

Daniel runzelte die Stirn. Der Hammer war aus schwerer Eiche und hart wie Eisen. Ein Mann, vor allem, wenn er mit dem Rücken zum Eingang saß, würde unter seinem Schlag sofort zusammenbrechen. Danach brauchte man sich nur über ihn zu beugen, das Rasiermesser zur Hand zu nehmen und ihm die Kehle durchzuschneiden. »Suchen Sie den Hammer, John. Wenn er irgendwo hier herumliegt, müssen wir ihn in die Hände bekommen.« Tapp würde sonst nicht viel Federlesens machen und das Verschwinden des Hammers gegen ihn verwenden.

Daniel blickte zur Sonne auf, die jetzt hoch am Himmel stand. »Ich muss mich auf den Weg machen.«

»Es ist schon eine ganze Weile her, dass ich das letzte Mal oben in Fort Holland war«, sagte John. »Und das Kanu würde viel schneller vorankommen, wenn zwei Männer paddelten. Nehmen Sie mich mit, Sir.«

Sein Herr lächelte. »Ich brauche jemand Verlässliches hier, mein Freund«, sagte er, »um das Haus und die Scheunen zu bewachen. Und – haben Sie ein Auge auf *die beiden,* John. Passen Sie auf, dass ihnen kein Leid geschicht.«

Er legte dem älteren Mann beide Hände auf die Schultern, um sich zu verabschieden, aber John English ließ ihn noch nicht gehen. »Nehmen Sie Waffen mit, Daniel«, sagte er. »Ich habe ein ungutes Gefühl in der Magengrube.«

Josselyn konnte sich nicht daran erinnern, wann der Verwalter ihn das letzte Mal bei seinem Taufnamen genannt hatte, und er spürte das Prickeln der Nerven an seinem Rückgrat wie vor einer Schlacht. »Ich nehme eine Muskete und ein Seitengewehr mit«, sagte er lächelnd. »Wer weiß, vielleicht habe ich ja, wenn ich schon mal da bin, Gelegenheit, ein wenig zu jagen?«

»Nehmen Sie einen Säbel mit«, befahl English. »Die meisten Männer können mit Pulver und Kugel umgehen. Sie verstehen sich auf den Umgang mit dem Säbel, und das ist Ihr Vorteil. Aber keinen Ziersäbel, hören Sie! Nehmen Sie einen Säbel mit, der tiefe Wunden schlägt und tötet.«

Nach diesen Worten wandte der Verwalter sich um und ging zu den Ställen hinüber, und Daniel machte sich auf den Weg in den Wald – eben den Wald, in dem er Bertha Pinch Brennholz für das Kochfeuer hatte schlagen sehen.

Irgendwie ging es bei der ganzen Angelegenheit um Frauen, um ihre Gepflogenheiten, um ihre Liebe und ihren Hass, um ihr Kommen und Gehen, und um die Männer, denen sie Vertrauen oder Verachtung entgegenbrachten.

Sarah. Bertha. Dolly. Merriam. Julia. Grace.

In Daniels Gedanken fügten sich ihre Namen zu einer Litanei zusammen, während er durch das Stoppelfeld auf das Wäldchen zumarschierte.

Grace. Merriam. Sarah. Bertha. Charlotte. Jennet. Hannah. Hannah. Hannah.

Der Wald war schwarz von Fliegen, die sich an den Überresten des Mahls vom Vortag gütlich taten. Am Rand des niedergetrampelten Grases war die kalte Asche von zwei oder drei Kochfeuern zu sehen, und jemand hatte einen Fangbecher, den ein Kind vergessen haben musste, sorgfältig auf einen umgestürzten Baum gelegt, falls das Kind später zurückkäme, sein Spielzeug zu holen.

Daniel ließ sich auf die Knie nieder und kroch einige Meter weit am Waldrand entlang. Tierspuren – überwiegend

Eichhörnchen. Ein oder zwei Hirsche. Eine Waschbärfamilie. Die adretten kleinen Sprünge eines Wiesels. Feldmäuse, die scheinbar ziellos hin und her gehuscht waren.

Ah, da waren sie! Hufabdrücke, wahrhaftig! Und die Pferdeäpfel eines Tieres, das eine ganze Weile hier gestanden haben musste. Aber die Abdrücke wiesen nicht auf ein lockeres Eisen hin, und sie waren tiefer und breiter als die des kleinen Mietpferdes, das Andrew Tyrrell ritt.

»Das Pferd war nicht meins, Sir«, bemerkte eine tiefe Stimme hinter ihm.

Daniel erhob sich und fand sich Tante Sibyllas Sekretär gegenüber.

»Sie haben die Hufabdrücke von meiner Stute bei Mrs. Starks Hütte gesehen und sie wiedererkannt, nicht wahr?«, sagte Tyrrell. »Das habe ich aus Ihrem Benehmen gestern Abend geschlossen. Mit Ihrem Scharfblick sehen Sie einem Mann bis auf die Knochen, Major.«

Daniel lächelte schwach. »Ich habe auf dem Hof den Abdruck eines kleinen Pferdes mit einem lockeren Hufeisen gesehen«, sagte er. »Aber davon dürfte es wohl mehrere auf der Welt geben.«

»Ich war tatsächlich dort, und zwar sehr früh an dem betreffenden Morgen«, erklärte Tyrrell ihm. »Aber als ich sie verließ, waren Grace und ihre Kleinen noch sehr lebendig. Und soweit ich weiß, galt das Gleiche für James Trevor. Das schwöre ich bei meiner Seele.«

Daniel wollte ihm gern glauben. Andrew Tyrrells ernstes Gesicht war zwar gefasst, aber die dunklen Schatten um seine Augen ließen keinen Zweifel daran, dass er nicht geschlafen hatte. Er hatte die ganze Nacht darüber nachgegrübelt, was seine Pflicht sei, und jetzt war er hergekommen, um sie zu tun.

Oder hatten ihn Schuldgefühle geplagt?

»Ich hielt es nicht für klug, Sie gestern Abend anzusprechen, vor so vielen Leuten«, sagte der Sekretär nun. Seine Schultern hingen leicht herab, und die Hände hatte er wie immer auf dem Rücken verschränkt. »Außerdem hatten die Ereignisse Lady Sibylla bereits sehr erregt. Ihre Konstitution ist nicht so robust, wie ihr Temperament vielleicht glauben lässt, und ich – ich bin ihr sehr zugetan. Daher beschloss ich, heute unter vier Augen an Sie heranzutreten und, soweit es Recht und Gesetz betrifft, zu tun, wozu Sie mir raten.«

Daniel nickte. »Sie waren im Wald, um Pflanzen für meine Tante zu sammeln?«

»Nur teilweise. Ich hatte im Hause von Mrs. Stark etwas weitaus Wichtigeres zu tun, das mich selbst betraf. Sie – sie war die Frau meines Bruders.«

Andrew Tyrrell hockte sich auf den umgestürzten Baum, auf dem das Becherspiel lag, und sank dann in sich zusammen. »Ich hatte Grace noch nie gesehen«, fuhr er fort. »Bis gestern. Mein Name ist nicht Tyrrell – oder war es jedenfalls nicht, bis ich am Ende des Krieges ins Exil ging. Ich – hatte mich verloren, ich ... Wissen Sie, was für ein Gefühl das ist, wenn die Welt plötzlich um einen herum in Stücke bricht? Plötzlich arm und ohne Freunde in einem fremden Land dazustehen und als Verräter beschimpft zu werden – als Verräter an allem, was man geliebt und wofür man sein Leben gegeben hatte?«

In Daniels brandyfarbenen Augen sammelte sich das Sonnenlicht und loderte für eine Sekunde hell auf. »Viele Menschen heutzutage wissen, was das heißt, Mr. Tyrrell«, sagte er mit seiner leisen, ruhigen Stimme. »Auch ich weiß es.«

Tyrrell sah ihn an, verneigte sich leicht und fuhr fort.

»Ich war seiner Majestät treu ergeben. Ich glaubte, wir könnten das Band wieder reinigen, das einige wenige mächtige Männer mit ihrer Habgier besudelt hatten; ich glaubte, dass wir unser großes Erbe nicht fortwerfen müssten. Auch Edmund Burke glaubte das. Viele Männer haben im Parlament ihre Stimme für uns erhoben, unter ihnen Ihr Großvater.«

Es war einer der letzten öffentlichen Auftritte Lord Roberts gewesen, bevor er sich auf seinen Landsitz zurückzog. Er hatte eine Abschrift seiner Rede an Daniel geschickt, der sich damals mit General Gages Stab in Boston aufhielt.

»Außerdem«, fuhr Tyrrell fort, »lag es in der Natur meines Berufes, das Band mit Britannien zu erhalten. Ich war Pfarrer, Sir. In einer kleinen anglikanischen Gemeinde in Cambridge in der Nähe von Boston. Ich hatte eine Schule gebaut. Sie war mir sehr teuer. Meine Arbeit mit den Kindern.«

Er stand auf und begann durch das lange Gras auf und ab zu gehen.

»Mein Dilemma war groß. Ich hatte viele Freunde, die mich baten, mich der amerikanischen Sache anzuschließen, aber die Kirche von England ist natürlich der Krone verbunden. Ich konnte meinen Beruf nicht niederlegen und den Eid schwören, den die neue patriotische Regierung forderte. Meine Freunde konnten mich für eine Weile schützen, aber am Ende bin ich geflohen. Ich wurde verhaftet. Man karrte mich mit einem Schild um den Hals quer durch die Stadt und verurteilte mich – jedenfalls nannte man es so. Ich war vier Jahre Gefangener in den Minen von Simsbury. Haben Sie davon gehört, von Simsbury?«

Daniel nickte. Es war eine Kupfermine, die als Gefängnis

für Torys benutzt wurde, schreckliche, feuchte Katakomben. Nur eine Hand voll Gefangener war je die Flucht von dort gelungen, und viele waren gestorben.

»Nach meiner Entlassung«, nahm Tyrrell seinen Bericht wieder auf, »wurde ich nach England gebracht, das ich noch nie gesehen hatte – ich war in Boston zur Welt gekommen und hatte meine Ausbildung am Harvard College absolviert. Ich hatte gehofft, meinen Beruf weiter ausüben zu können, aber ich erfuhr bald, dass die englische Kirche keine freien Pfründen für verurteilte Amerikaner hatte, ganz gleich, wie loyal sie sich gezeigt hatten. Eine Weile habe ich als Frachtkutscher gearbeitet, aber andere Männer, Männer aus dem Ort, hatten selbst keine Arbeit und grollten dem Emporkömmling. Ich wurde verprügelt. Man raubte mir den Lohn, den ich verdient hatte. Als Nächstes versuchte ich, mich als Dienstbote zu verdingen, aber ich sah mittlerweile aus wie ein Gauner. Die Armen, müssen Sie wissen, sind selten freiwillig schmutzig. Den Preis für ein Stück Seife konnte ich nicht aufbringen, und von sauberer Wäsche vermochte ich nur zu träumen. Eine Weile arbeitete ich dann als Schuhputzer und schließlich als Stallbursche. Aber wieder wurde ich von hungrigen Männern vertrieben, die stärker waren als ich. Bis ich in London auf Ihre herzensgute Tante traf, war ich auf gutem Wege, des Hungers zu sterben.« Er starrte auf den harten, trockenen Boden. »Mein Gotteshaus, so schreiben meine Freunde mir, ist jetzt eine Taverne und die Schule ein Mietstall. Was aus den Kindern wurde, die ich dort unterrichtete, weiß ich nicht.«

Es vergingen lange Sekunden, während deren keiner der beiden Männer sprach.

»Dann sind Sie also Andrew Stark?«, sagte Daniel schließlich.

Tyrrell nickte. »Vor zwei Jahren bekam ich die Nachricht, dass mein armer Bruder in Kanada gestorben sei, seine Witwe, Grace, hatte mir einen traurigen kleinen Brief geschrieben. Ich schickte ihr so viel an Geld, wie ich aufbringen konnte. Ich wusste, dass sie kaum das Nötigste zum Leben hatte. Aber vor sieben Monaten bekam ich wieder einen Brief. Und das war der Punkt, an dem ich beschloss, eine Rückkehr nach Amerika zu wagen.«

Die Fliegen summten um sie herum und verzehrten nach und nach eine gebutterte Brotkruste, die jemand weggeworfen hatte. Tyrrell trat den Brotkanten beiseite und begann von neuem auf und ab zu gehen.

»Mein Bruder war viele Jahre älter als ich und ebenfalls der Krone treu ergeben. Aber er wählte einen anderen Weg. Er trat der britischen Armee bei in der Hoffnung, dass seine Frau hinter den Linien sicher sein würde. Sie hatten in den Carolinas geheiratet. Reuben besaß eine kleine Tabakplantage dort.«

»Er ist dem Leibregiment des Prinzen beigetreten?«, fragte Daniel.

»Ah, Sie haben den Dreispitz gesehen, den Trevor trug?«, fragte der Sekretär eifrig. »Er gehörte meinem Bruder. Reuben wurde gleich zu Beginn des Krieges Invalide, und man entließ ihn aus dem Regiment, und Grace nahm ihre Kinder – es waren damals fünf, aber drei starben auf der Reise an Fieber – und machte sich auf den Weg zu ihm. Nach mehreren missglückten Anfängen ließen sie sich in Oberkanada nieder, im Nordwesten von Quebec. Vor zwei Jahren starb dann auch Reuben am Faulfieber. Und damals hat James Trevor den Namen meines Bruders angenommen.«

»Und Reuben Stark unter seinem eigenen Namen

beerdigt, als James Trevor«, sagte Daniel. »Um sich von dem Haftbefehl zu befreien, der gegen ihn ergangen war.«

»Es ist eine abgeschiedene Gegend, und niemand kannte sie. Trevor hatte wohl schon eine ganze Weile bei der Familie meines Bruders gelebt und für sie gearbeitet«, sagte Tyrrell. »Er war ein gebildeter Mann und wusste sich auszudrücken, und mein Bruder lernte seine Gesellschaft zu schätzen. Jeden Abend tranken sie miteinander und trauerten um ihre Verluste.« Er blickte auf Josselyn hinab. »Wie ich feststellen konnte, waren Trevors Verluste tatsächlich groß. Ich habe die Dame kennen gelernt, mit der er verheiratet war.«

»Diesen speziellen Verlust hatte er niemand anderem zuzuschreiben als sich selbst«, entgegnete Daniel mit kühler Stimme.

»James überredete meine Schwägerin schon bald nach Reubens Tod, seine Frau zu werden. Sie wusste anfangs nichts von dem Betrug, der ihm mit dem Begräbnis gelungen war. Trevor war ein freundlicher Mann, sie kannte ihn schon eine Weile, und er bot ihr seinen Schutz an, sofern sie sich bereit erklärte, mit ihm nach Maine zurückzukehren. Sie hielt es für klug, seinen Antrag anzunehmen.«

»Aber er erzählte ihr nicht, dass er noch eine Frau hatte, die hier lebte.«

»Das tat er erst vor ein paar Monaten. Da kam die ganze Geschichte heraus.«

Andrew Tyrrell hielt in seinem nervösen Auf und Ab inne, und wieder blieb er eine lange Zeit still. Die Luft war heiß und sehr drückend, und in den Blättern über ihnen ging kaum ein Windhauch.

»Als sie in Rufford ankamen, konnte er Hannah Trevors Existenz nicht länger verheimlichen. Er redete sehr schlecht von seiner Frau, aber Grace war zutiefst aufgewühlt von ihrer eigenen Sünde und voller Angst. Er sprach davon, dass er seine Frau zurückverlangen wolle, dass er ihrem Onkel oder Ihnen Geld abpressen wolle. Er trank immer mehr. Er versuchte sich als Schmuggler und als Hehler. Seine Spießgesellen waren derbe Männer, und sie behandelten Grace ohne jeden Respekt.«

»Und so schrieb sie Ihnen nach England und bat um Ihre Hilfe. Und Sie kamen der Bitte nach. Das Goldstück in der Hütte?«

»Es waren noch neun weitere da, Sir, die ich der Großzügigkeit Ihrer Tante zu verdanken habe. Zehn Sovereigns alles in allem, in einem hübschen Beutel aus Sämischleder mit Seidenfutter. Ich sagte ihr, ich müsse, bevor ich Amerika verließe, eine alte Schuld begleichen, und Lady Sibylla war so überaus freundlich, mir ein Darlehen zu gewähren. Wie hätte ich Grace ihre Bitte auch abschlagen können? Ich habe sonst keine Familie mehr.« Tyrrell starrte vor sich hin. »Ich *hatte* keine weitere Familie. Lieber Gott. Als ich sie das letzte Mal sah …«

»Haben Sie mit Trevor gesprochen, als Sie Grace besuchten? Mit ihm gestritten?«

»Er war gerade auf dem Weg zum Jahrmarkt. Er sagte, sie würden nicht mehr lange bleiben, dass er bald genug Geld haben würde, um fortzugehen.«

»Hat er bei der Gelegenheit Mrs. Trevor erwähnt?«

»Ich sagte ihm, er müsse zu ihr gehen und bekennen, dass er noch lebte. Er müsse sie ermutigen, sich von ihm scheiden zu lassen. Und dann müsse er aus Grace eine ehrbare Frau machen.« Er setzte sich wieder auf den Baumstamm und sah Josselyn ins Gesicht. »Sie liebte ihn nämlich. Trotz allem.«

»Und was hat er darauf erwidert?«

Tyrrell wischte sich mit einem Taschentuch über das Gesicht. Es war vollkommen windstill, und am Himmel ballten sich dichte Wolken zusammen.

»Er hat bloß gelacht.«

Daniel starrte mit leerem Blick zu den Gewitterwolken hinauf. »Was haben Sie gesagt, als er lachte?«

»Ich sagte, ich würde selbst zu Mrs. Trevor gehen. Mrs. Twig hatte sie mir am Tag unserer Ankunft gezeigt, und ich hätte sie auf dem Jahrmarkt angesprochen, aber ...«

»Aber das faule Obst, mit dem man sie bewarf, hat Sie davon abgehalten.«

»Ja. Trotzdem hatte ich das Gefühl, schnell handeln zu müssen. Grace hätte ihre Schande nicht mehr lange ertragen können, das wusste ich. Ich habe Trevor erklärt, dass ich, wenn er die Dinge nicht richtig stellen würde, Grace und ihre Kinder mit nach London nehmen würde. Lieber Gott, hätte ich sie doch bloß an diesem Morgen schon mitgenommen.«

»Haben Sie beim Heufest noch einmal mit Trevor gesprochen?«

»Ich habe Lady Sibylla ein paar Augenblicke allein gelassen, um nach ihm zu suchen, aber er war verschwunden. Er muss zu dem Zeitpunkt bereits in der Laube gewesen sein.« Tyrrell schauderte. »Ich selbst habe die Laube nicht betreten.«

»Und Sie haben auch sonst niemanden gesehen?«

»Mr. Ledyard, den Puppenspieler. Mrs. Pinch. Mrs. Firth. Mehrere von den Frauen und Kindern. Ich glaube, der Feuerschlucker war auch in der Nähe.«

»Und in der Hütte, nachdem Trevor gegangen war? Sie haben sonst niemanden dort gesehen? Keine Frau?«

»Sie denken an den Fußabdruck. Nein, ich habe keine andere Frau als Grace dort gesehen«, antwortete Tyrrell. »Aber ich habe eine Frauenstimme gehört, Gesang. Über mir, sehr seltsam und süß, wie von einer Empore.« Der Sekretär sah Daniel an. »Es war ein altes Lied, und Sie werden es gewiss kennen. Es gehört zu einem Tanz, den wir als Kinder tanzten – er heißt ›Blutrote Rosen‹, glaube ich.«

26

Beweisaufnahme: Die Litanei der verlorenen Frauen

SARAH JANE FIRTH

Witwe, dreiunddreißig Jahre alt. Beruf: Weberin ohne feste Anstellung. Gegenwärtig Frau des Lachlan McGregor nach gemeinem Recht. Geboren als Sarah Jane Tompkins, Stratford, Connecticut, 1753. Analphabetin. Unterschreibt mit einem Zeichen aus parallelen Linien und einem Kreuz in der Mitte. Heiratete am 18. August 1773 den Bauern Charles Firth. Nur ein Kind, Betsey. Der Ehemann diente in der Miliz von Connecticut und wurde 1781 in Yorktown durch einen Bajonettstoß getötet. 1782 wurde der Bauernhof per Zwangsvollstreckung verkauft, um Schulden abzutragen. Die Tochter, Betsey Firth, sieben Jahre alt, wurde im März desselben Jahres vom Waisengericht als Magd an Geoffrey Merker von Bells Schmiede in New York übereignet, wo sie bis zu ihrer Volljährigkeit zu verbleiben hat. Sarah Firth ist infolge eines Schlages auf dem linken Auge blind.

Ich hab sie gefunden, wie sie unten bei Wybrow Head umherirrte. Halb wahnsinnig war sie, nachdem irgendein Bastard sich ein paar Tage mit ihr vergnügt und sie geschlagen hatte, um zu beweisen, was für ein starker Kerl er doch war. Als ich ihr aufhelfen wollte, ging sie mit dem Messer auf mich los, das arme Mädchen. Aber ich kann ein paar Tropfen Blut gut erübrigen. Sarah tat mir Leid. Ich bin groß und hässlich, ja wirklich, aber ich habe durchaus Gefühle. Ich konnte sehen, was für eine prächtige Frau sie war, unter ihrer Angst. Was für ein sanftes Herz sie hatte.

Also nahm ich sie auf die Arme und trug sie zur alten Lady Annable auf Gull's Isle hinüber. Das ist ein Ort, den nichts berühren kann, und ich habe schon andere Frauen dort hingebracht, denn niemand wird am Tor abgewiesen. Ich habe bisweilen ganze acht oder neun Frauen dort leben sehen. Haben dort ihre Wunden geleckt und ihre Zeit abgewartet.

Ich ließ Sarah einen Monat lang dort, damit sie zu sich kommen und ihre Ruhe wiederfinden konnte, und dann habe ich sie besucht. Doch ich habe weder dort angeklopft noch überhaupt mit ihr gesprochen. Ich habe nur auf dem Karren gesessen und nicht den Mut gefunden, sie für mich zu fordern oder auch nur nach ihren Wünschen zu fragen. Nach einer Weile kam Sarah zu mir heraus und stieg neben mich auf den Kutschbock, und mein Junge, Robbie, saß auf meiner anderen Seite. Und so kamen wir hierher, in die Schmiede, um zusammen einen neuen Anfang zu machen, und kein Wort wurde mehr von der Vergangenheit geredet.

Wo meine Sarah an dem Morgen war, als die arme Frau und ihre Kinder im Wald getötet wurden?

Nun, sie lag gestern Vormittag bis spät im Bett. Sie war ganz grün im Gesicht, und ich bat sie, sich nicht um Robbie und mich zu kümmern, und sie ist erst kurz vor zehn aufgestanden.
Ah, zum Teufel, Mann. Ich kann es Ihnen geradeso gut auch sagen! Sie erwartet ein Kind, meine Sarah. Sie ist meine Frau nach gemeinem Recht und gutem schottischem Brauch, und ob sie mich vor einem Pfaffen heiratet oder nicht, macht für mich kaum einen Unterschied, denn ich werde mir keine andere Frau nehmen, bis ich sterbe. Um die Wahrheit zu sagen, ich bin froh um das Kindchen. Es wärmt mir das Herz, daran zu denken, wie es sicher und geborgen in ihrem Leib liegt. Einsame Geschöpfe müssen einander Zuflucht gewähren. Wozu sind wir denn sonst hier auf Erden?

Lachlan McGregor, Schmied

MERRIAM SUSANNA GWYNN

Ledig, einunddreißig Jahre alt. Gegenwärtig Haushälterin bei Reverend Matthew Ezekial Gwynn, ihrem Bruder. Geboren in Winslip, Massachusetts, 1755. Analphabetin. Unterschreibt mit einem Kreuz und einem Stern. Sie ist eine exzellente Haushälterin, leidet aber unter heftigen Kopfschmerzen während ihrer Monatsblutung, die sehr unregelmäßig und schmerzhaft ist. Sie hat bisweilen ein fehlerhaftes Gedächtnis, und es ist schon vorgekommen, dass sie ihren eigenen Namen und den ihres Bruders nicht mehr wusste oder ziellos umherirrte. Mehr ist nicht bekannt von Merriam Gwynn.

Die ist nicht ganz gescheit, da gibt es kein Vertun. Am frühen Morgen läuft sie los, nach Westen, und manchmal auch noch, wenn der Abend bereits dämmert, als wolle sie bis nach China, als erwarte sie, dass das Meer sich für sie teilen werde und die Bäume sich vor ihr verneigen! Und die Tirzah vom Schwarzen Caesar, die für Mrs. Pratt arbeitet, sagt, sie hätte sie eines Tages im Gästezimmer gefunden, wo sie einfach bloß mit geschlossenen Augen dalag und die kleine Martha, die halb toll war vor Angst, fest an sich drückte! Und meine Dolly kommt eines Abends in unsere Stube, und da sitzt Miss Merriam, dreht das Spinnrad und singt leise vor sich hin. Und als Dolly sie anspricht, dreht Miss Merriam sich nach ihr um und sagt. »Was wollen Sie hier, Mistress? Ich dulde keine Bettlerinnen in meinem Haus!«
Na, ich bitte Sie! Nein, Sir. Bei allem, was recht ist, keine dünnen, blassen alten Jungfern mit angekränkelten Nerven für mich! Da ist mir doch ein wohlgerundetes, warmes Mädchen wie meine Dolly jederzeit lieber, was, mein Schätzchen?
Und dennoch tut es mir Leid um das Herz von Miss Merriam Gwynn, denn hier und da schimmert es durch ihre Augen, kühl und zart. Ich habe andere Frauen wie sie gesehen, im Krieg und danach. Frauen, die sich ihr Leben lang nur abschinden und einen hohen Preis für die wenigen Almosen zahlen, die der liebe Herrgott ihnen hinwirft.

Josh Lamb, Gastwirt

BERTHA PINCH

Verheiratet, achtunddreißig Jahre alt. Beruf: Näherin und Spitzenklöpplerin ohne feste Anstellung. Geborene Bertha Jouet aus Pawhasset, New Jersey, 1748. Kann lesen, aber nicht schreiben, bis auf ihren Namen. Als Lehrmädchen bei Mrs. Farnham in New York, Damenschneiderin, tätig bis zum fünfzehnten Lebensjahr. Hat weitere zwölf Jahre bei obiger Dame Dienst getan, bis zum Ausbruch des Krieges. Kehrte nach Pawhasset zurück, um sich als Näherin und Spitzenklöpplerin zu verdingen. Im Oktober 1777 wurde das Haus ihres Vaters überfallen, ausgeplündert und niedergebrannt von Männern, die sich Patrioten nannten. Der Vater starb im Dezember desselben Jahres an einem Schlaganfall und hinterließ keinen Besitz und große Schulden. Bertha Jouet heiratete 1782 Nathan Pinch, einen blinden Wandermusiker und Singschullehrer. Keine Kinder. Sitzen gelassen von Nathan Pinch im November 1782 in der Nähe von Battleborough, Maine. Bertha Pinch hat einen Buckel, und ein Arm ist kürzer als der andere, außerdem hinkt sie stark, wenn sie geht.

Nun, er war stockblind, der alte Nathan Pinch. Ich bin selbst Sänger, und ich kannte ihn. Eines Winters kam er hierher nach Rufford und hat bei den Gemeindeabenden Gesangsstunden gegeben, und wir haben ein paar wirklich schöne Lieder miteinander gesungen. Er war ein Mann von über vierzig, und er hatte, da möchte ich wetten, keine Frau mehr gehabt, seit er ein junger Bursche war. Wer will sich schon mit einem blinden Mann belasten. Und sie hatte eine liebe süße Stimme, die kleine Bertha. Er fand Gefallen an ihr und sie an ihm.

Bloß konnte er sie nicht sehen, und sie ließ sich nie von ihm anfassen, bis sie heirateten, nur im Gesicht. Nun ja. Es war ihre Gestalt, mit der er nicht fertig wurde. Als er in jener ersten Nacht in ihr Bett kam und sie das erste Mal berührte und den Buckel auf ihrem Rücken fühlte, da fing er laut an zu schreien und sich seine blinden Augen auszukratzen, und er weinte und verfluchte sie und den Gott, der sie geschaffen hatte.

Denn er konnte den Schmerz in ihr deutlich sehen, der ihre Stimme so süß machte. Er konnte sehen, warum sie sich versteckte und andere foppte und in Rätseln sprach und in der Nacht wie toll war.

Aber in einer Hinsicht war er blinder noch als ein Stock, denn er sah keine liebe Frau dort, die begehrte und begehrt sein wollte. Der Teufel hole ihn, denn er war ein Narr!

Im Krieg brannten Plünderer ihr Vaterhaus nieder, und sie zogen sie nackt aus und schlugen sie und missbrauchten ihren Leib, unter den Augen ihres alten Vaters und aller anderen. Nun, so waren die Sitten eben damals, und die Frauen zahlten einen hohen Preis, obwohl sie keine Musketen und keine Schwerter trugen. Ich denke, dass sie sie missbrauchten, obwohl sie sich nicht dazu überwinden konnte, es zu sagen. Die meisten Frauen sagen es nicht, und nur selten wird überhaupt davon gesprochen oder geschrieben.

Nun, zu Pinch sagte sie nie etwas davon, aber sie erzählte es mir, denn wir sind die besten Freunde. Nachdem er sie verlassen hatte, zog sie im ersten Winter am Fluss umher, unten bei Gull's Isle, aber ich habe ihr seitdem jeden Winter ein Dach überm Kopf angeboten, obwohl ich es geheim halte, denn die Klatschbasen im Dorf würden Gott weiß was für Geschichten erzählen, wenn sie davon wüssten. Aber meine Augen sind nicht mehr so gut, wie sie mal waren, und wenn ich sie bloß ein bisschen zusammenkneife, kann ich Berthas Gestalt kaum erkennen. Und ich brauche sie auch nicht anzufassen, außer um gelegentlich mal mit dem armen Vogel zu tanzen, denn, Gott schütze sie, ich bin schon lange jenseits der Jahre, in denen man sich eine Frau ins Haus oder ins Bett holt!

Doch wenn ich es recht bedenke – wenn ich jünger wäre, würden mich ein Buckel und ein Humpeln wohl nicht allzu sehr stören!

Es hat doch manches für sich, das Alter, wissen Sie. Sie können die Leute lassen, wie sie sind, und brauchen sie weder zu verachten noch zu verurteilen. Man kann alles geschlechtliche Verlangen einfach davonspülen lassen und mit ihm Habgier und Stolz und braucht nur freundliche Dinge zu denken. Haha! Wenn Sie in meinem Alter sind, macht Ihnen nichts Menschliches mehr Angst, und es gibt keine grässlich verunstalteten Ungeheuer, die in der Dunkelheit »buh« schreien.

Enoch Luckett, Bauer

27

Flussaufwärts

Das Kanu war aus Birkenrinde – leicht und gut ausbalanciert –, und Daniel wusste mit dem Paddel umzugehen. Nach seiner Unterredung mit Sheriff Tapp wartete er nur gerade lange genug, um – aus sicherem Abstand wie gewöhnlich – darüber zu wachen, dass Hannah auf ihrem Weg zur Autopsie auf Slys Fähre gut ans andere Ufer kam. Und doch war es bereits nach Mittag, als er endlich aufbrach, und ein Gewitter lag in der Luft.

Dort, wo der Fluss schmaler wurde, war er von Zweigen überwuchert, und an manchen Stellen wuchsen die hohen Farne und die verkrüppelten wilden Pflaumen fast bis in das Fahrwasser hinein. An einer dieser Stellen kam Daniel durch eine grimmige Wolke stechender Moskitos, die ihm in Augen und Ohren krochen und in den Mund und durch den Halsausschnitt in sein Hemd.

Es gab nur eine Möglichkeit, die Viecher schnell loszuwerden. Obwohl es ihm widerstrebte, kostbare Zeit zu verlieren, zog er das Kanu ans Flussufer hinauf und sprang in voller Montur ins Wasser, aus dem er tropfnass und zitternd wieder auftauchte – denn selbst bei Hitze war es in den ungerodeten Wäldern kühl, und das Wasser war geradezu kalt.

Er schüttelte sich und wollte gerade wieder ins Kanu steigen und weiterpaddeln, als er den süßlichen Duft von Tabakrauch wahrnahm. Bevor er sich umsehen konnte, senkte sich eine schwere Hand auf seine Schulter, und eine andere packte sein nasses Hemd. Daniel riss seinen Säbel in die Höhe und wirbelte herum. Er blickte in den Lauf eines langen Jagdgewehres, das in den Pranken des alten Piet Soutendieck lag.

Oncle Pierre nannte man ihn, oder Onkel Piet, und dann gab es noch ein halbes Dutzend anderer Namen, die nicht so schmeichelhaft waren. Er hatte eine Ringerbrust und war um die fünfzig Jahre alt, und sein kornblondes Haar, das um eine kahle Stelle auf seinem Schädel herum wuchs, fiel ihm bis auf die Schultern. Wie gewöhnlich rauchte er eine langstielige Tonpfeife, und auf seiner Schulter saß ein zahmes graues Eichhörnchen. Piet tauchte kaum je ohne ein wildes Tier in seiner Nähe auf, aber er wurde nie sentimental, was diese Geschöpfe betraf. Wenn Wild knapp war, servierten seine indianischen Frauen ihm seine zahmen Gefährten in der Suppe.

»Dah-niel, mein Freund«, sagte der Holländer mit einem grimmigen Auflachen. »Wollen Sie mich in Stücke hauen, wie diese Brut in Starks Hütte?«

Daniel ließ seinen Säbel sinken. »Wieso wissen Sie das mit Stark? Und was führt Sie so weit flussabwärts, weit weg von Ihrem Bau, alter Mann?«

»Kommen Sie mit mir, und ich zeige es Ihnen. Sie können Ihr Hackebeil hier lassen. Klein Jean wird es bewachen.«

Er deutete mit dem Kopf auf einen schlanken jungen Mann, der zwischen den Bäumen hervorgetreten war. Er war nicht größer als höchstens einen Meter sechzig, hatte braune Haut und schwarze Augen und trug sein volles, dunkles Haar zu einem Knoten geschlungen; ein rotes Tuch und ein, zwei Eulenfedern zierten den Haarknoten, und in seinem Ohrläppchen steckte ein goldener Ring. Daniel kannte ihn natürlich. Es war Jean le Petit, das Halbblut. Jean le Petit war als Bote tätig und brachte Nachrichten von Piets Stützpunkt ins Dorf, wenn die Holzfällertrupps an der Arbeit waren. Er sprach ein verworrenes Französisch und kannte die Zeichensprache der Indianer, aber die meiste Zeit verbrachte er allein in den Wäldern und kundschaftete aus, ob irgendwo Profit für den Holländer zu machen war – und zweifellos auch für sich selbst.

Neben ihm stand ein großer grauer Wolf mit einer braunen Schnauze, eben der Wolf, der auf der Lichtung gesessen und die Leichen von Grace und ihren Kindern bewacht hatte.

»*Eh, bien, Jean! Il est à vous, le grand chien-loup?*«, fragte Daniel ihn.

Gehört der große Wolfshund Ihnen?

Das Halbblut warf einen kurzen Blick auf das Tier. Sie waren keine festen Verbündeten; Zuneigung war auf beiden Seiten nicht im Spiel. Der Wolf sah Daniel einen Moment an, dann legte er sich am Ufer nieder und bettete den Kopf auf die Pfoten.

»*Un loup est seulement à soi-même*«, sagte Klein Jean.

Ein Wolf gehört niemandem, nur sich selbst.

»Aber er gehorcht Ihnen«, sagte Daniel mit den Händen. »Sie haben ihm befohlen, die Toten zu bewachen. Waren Sie es vielleicht, der sie ermordet hat?«

Klein Jean lachte, ein weiches Geräusch wie Wind in nackten Zweigen. »*Je ne tue pas de femmes*«, sagte er. »*Les enlever dans les bois. Les coucher bien. Les vendre vite en Canada, si elles ne sont pas belles. Les bambins aussi-même.*«

Ich töte keine Frauen. Ich bringe sie in den Wald. Ich vögele sie gut durch. Wenn sie nicht hübsch genug sind, um sie zu behalten, verkaufe ich sie weiter nach Kanada. Und die Bälger auch.

Der Holländer kicherte. »Mein Jean ist kein Narr, Dahniel. Oben im Norden zahlen die Briten und die Franzosen gutes Geld für Frauen, genauso gut wie in Boston vor dem Krieg. Zehn Pfund Sterling für eine, die nicht besonders hübsch ist und auch nicht mehr jung. Vielleicht zwanzig, dreißig für eine junge, wenn sie gut aussieht. Ich würde ihnen mit Freuden eine von meinen Frauen verkaufen, diese Louisa – die hat ein schlimmeres Temperament als meine holländische Frau daheim in Amsterdam!«

»Stark hatte Gold in seiner Hütte, Onkel Piet. Jemand hat es gestohlen. Waren Sie es?«

Piets blaue Augen wurden schmal, bis sie in der verwitterten Maske seines Gesichtes kaum mehr zu sehen waren. »Wie viel?«

»Neun Sovereigns.« Daniel sah aus den Augenwinkeln zu dem Halbblut hinüber. »Das Gold war verschwunden. Aber Klein Jeans Wolf war noch da.«

Soutendiecks Gesicht wurde eine Spur rötlicher, und er stieß das Eichhörnchen von seiner Schulter. Es gab nur zwei Gesetze in Soutendiecks Königreich: Man missachtete niemals Oncle Pierres Anweisungen, und man stahl nicht, ohne ihm seinen Anteil zu geben.

»Was hat mein kleiner Jean denn da in seinem hübschen Beutel?«, fragte Onkel Piet und packte mit einer einzigen schnellen Bewegung das Halbblut um die Beine, brachte es zu Fall und stellte ihm einen schweren Fuß auf die Brust. Im nächsten Augenblick hatte er auch schon das Jagdmesser aus der Scheide gezogen und den Lederriemen durchschnitten, an dem ein mit Perlen bestickter Beutel um Jean le Petits Brust hing.

Ohne seinen großen Mokassin von Klein Jeans Brust zu nehmen, packte der Holländer den Beutel und leerte ihn auf das Flussufer, nicht mehr als eine Armeslänge von dem dösenden Wolf entfernt. Das Tier blickte nur einmal kurz auf und zuckte gelangweilt mit den Ohren.

Es war ein seltsames Sammelsurium, das zum Vorschein kam. Drei bemalte Hirschknochen für ein Würfelspiel, das Indianer und Fallensteller um Whisky spielten. Etwas gedörrtes Wildbret. Zwei oder drei Maiskuchen, schon leicht angeschimmelt, aber nahrhaft. Ein Beutel Tabak und eine kurzstielige Tonpfeife. Feuerstein und Stahl in einer kleinen Zündschachtel. Ein Dutzend Musketenkugeln. Einige Talismane.

Und acht Goldsovereigns.

»Gottverdammt, Jean«, sagte der hoch gewachsene Holländer. Dann bückte er sich wieder und setzte die Spitze seiner Klinge auf den Adamsapfel des Halbbluts.

»Nehmen Sie das Messer weg«, sagte Daniel mit ruhiger Stimme. Seine eigene Säbelspitze steckte in Soutendiecks Ohr.

Für den Bruchteil einer Sekunde glaubte er, er werde zustechen müssen. Die einzigen Geräusche waren das Plätschern des Flusses und das Summen der Insekten. Dann nahm Piet endlich das Messer von Klein Jeans Kehle und hob den Fuß von dessen Brust.

Daniel atmete tief durch, aber er zog seinen Säbel noch nicht zurück. »Sobald ich habe, weshalb ich gekommen bin«, sagte er, »können Sie ihn meinetwegen hängen, häuten, kochen und als Suppe servieren, das ist mir egal. Aber das muss warten bis später.«

»Und was zum Teufel wollen Sie? Die Frau, die Ihr Bett teilt, vor dem Strick retten? Georges Dumaines war letzte Nacht zum Saufen im Dorf, als die Leute von der Hütte zurückkamen.« Piet lachte leise. »Ich habe noch nie eine Frau hängen sehen. Das wäre mal was Neues, wahrhaftig. Vielleicht werde ich diese verflixte Louisa doch nicht verkaufen. Vielleicht lasse ich sie stattdessen baumeln, was?«

Daniel schob die Spitze seiner Klinge noch eine Spur tiefer in das Ohr des Holländers. »Was wissen Sie über Reuben Stark?«

Es war gefährlich, einen solchen Mann zu demütigen, vor allem vor den Augen eines seiner Untergebenen. Aber er hatte kein Geld dabei, mit dem er ihn hätte bestechen können. Ein winziger Funke der Unentschlossenheit überschattete Daniel Josselyns Gesicht. Dann zog er sich den goldenen Ehering von der rechten Hand und gab ihn Onkel Piet.

Den Ring, den Charlotte ihm zur Hochzeit geschenkt hatte, hatte Daniel eingebüßt, als ihm die Finger an seiner linken Hand abgehackt wurden. Als sie zu ihm nach Rufford kam, hatte ihre erste Tat darin bestanden, nach Boston um einen neuen Ring zu schicken, der absurderweise das Wappen und Motto seiner Familie trug, die ihn ausgestoßen hatte:

Mehr als das Leben, die Ehre.

»Würde Ihnen das hier als Bezahlung genügen?«, sagte er und zog seinen Säbel zurück. »Der Ring ist mindestens hundert Sovereigns wert.«

Der Holländer betrachtete den Ring, biss hinein und polierte ihn an seiner Hose. Ehre war etwas anderes, hier in den Wäldern. Als er zu der 'Überzeugung gelangt war, dass er bei dem Geschäft nichts zu verlieren hatte, nickte Piet scharf und schob den Ring in seinen eigenen Beutel. Jean le Petit rappelte sich vom Boden hoch. »Wo ist der Beutel, in dem diese Münzen waren, Jean?«, fragte Daniel und formte mit den Fingern die Worte. *»Un petit sac?«*

»Sac?«, sagte das Halbblut. *»Sac, non. Dispersés sur la terre.«*

Da war kein Beutel. Die Münzen waren auf dem Boden verstreut.

»Kommen Sie«, sagte der Holländer. »Ich will Ihnen zeigen, was Klein Jean sonst noch gefunden hat. Reden können wir unterwegs.«

»Ein Grab?«, sagte Josselyn, nachdem sie eine gute Stunde nach Süden gegangen waren, den Blackthorne Creek hinunter, dorthin, wo die Hütte der Starks lag.

Die Grube im Boden war lang und schmal, aber zu flach für ein anständiges Grab. Überhaupt zu flach für alles, was ihm einfiel – eine Menschenfalle, ein Lagerplatz für Pelze. Nicht einmal als Kinderversteck hätte die Grube genügt.

Piet bückte sich und schob die Zweige beiseite, die die Grube bedeckten. An dem einen Ende lag, eingewickelt in ein Stück Wachstuch, eine Art Päckchen. Der Holländer nahm es heraus und legte es aufs Gras, um es auszupacken.

Daniel blickte auf die Ansammlung von Gegenständen hinab, die so wenig zueinander zu passen schienen wie die Dinge in Jeans Medizinbeutel, die aber vielleicht für den, der sie hier versteckt hatte, genauso viel bedeuteten. Und auch für Dan Josselyn hatten sie eine Bedeutung – und noch dazu eine niederdrückende.

Ein hölzerner Vogel mit blau und rot bemalten Flügeln.

Der Vogel gehörte Jennet; er selbst hatte ihn für sie geschnitzt und ihr erlaubt, ihn zu bemalen. Wenn man ihn am Ende einer Schnur schweben ließ, bewegten sich seine an winzigen Drähten befestigten Flügel.

Ein Buch.

Eine oft gelesene Ausgabe von Shakespeares *Sonetten*, die er nach dem Winter Hannah geschickt hatte.

Eine blau-weiße Porzellantasse.

Dolly Lamb schenkte ihren besonderen Freundinnen Tee in solchen Tassen aus; sie waren nicht häufig, aber auch Julia Markham hatte einige dieser Tassen in ihrer Küche auf Two Mills.

Ein Stückchen Spitze, an dem noch die Klöppelnadeln hingen.

Mrs. Pinchs Spitze, etwas anderes konnte es nicht sein. Aber es war ein Kinderhäubchen und in der Größe gerade passend für Jennet.

Ein geschnitztes Medaillon aus Rosenholz an einem schwarzen Samtband.

Das Medaillon zeigte eine auf Elfenbein gemalte Miniatur. Es war das Porträt eines jungen Mädchens mit braunem, gelocktem Haar, einem zu breiten Mund und großen braunen Augen.

Er erkannte das Bild, trotz der unbeholfenen Pinselstriche des Wandermalers, der es angefertigt haben musste. Es war Hannah als junges Mädchen.

Es waren alles kleine Dinge aus ihrem und aus Jennets Leben, und nur eine andere Frau konnte sie genommen haben. Gewiss dieselbe Frau, die den Abdruck ihres nackten Fußes in Grace Starks Hütte hinterlassen hatte. Die Frau, die Hannahs Trauertuch an sich gebracht hatte so wie diese Dinge hier – um sich ein Leben daraus aufzubauen und sich von ihnen trösten zu lassen.

Ein Kinderspielzeug für Unschuld. Ein altes Buch für Weisheit. Eine Tasse, um den Kummer hineinzugeben. Ein Stück Spitze für Schönheit. Ein Medaillon, um das Bild der Vergangenheit darin einzuschließen.

»Jean hat das Zeug gefunden. Es lohnte nicht, es zu stehlen, daher hat er die Sachen hier gelassen. Er war auf dem

Weg zu eurem Jahrmarkt, um seine Felle zu verkaufen, und er kam gegen Mittag hier vorbei, er und der Wolf.«

»Und das Tier witterte die Toten und führte ihn zu ihnen. Da unten.« Daniel deutete mit dem Kopf hügelabwärts, zu Grace Starks Hütte. »Dann war es also Jean, der die Leichen zugedeckt hat?«

»Nein. Tot ist tot für ihn. Nur der Wolf wollte nicht mehr mit ihm kommen, so viel er auch rief oder fluchte. Diese Viecher setzen sich manchmal die verrücktesten Ideen in den Kopf.«

Daniel ließ Hannahs Medaillon und das Spielzeug seiner Tochter in den Beutel gleiten, der an seinem Gürtel hing. Dann wickelte er die anderen Dinge wieder in das Wachstuch und ließ sich neben dem flachen, grabähnlichen Versteck auf die Knie sinken. Die Grube war sorgfältig mit Gras und frischen Zweigen ausgekleidet worden, und die Schnitte im Holz waren noch nicht ganz verheilt. Jemand hatte das Loch mit bloßen Händen gegraben, ohne Spaten oder Schaufel, als die Erde noch feucht genug dafür gewesen war, bevor die gegenwärtige Dürre eingesetzt hatte. Abgesehen von ein oder zwei nutzlosen Schauern hatte es seit fast sechs Wochen nicht mehr geregnet.

Sie hat all diese Zeit wie hinter einem Fenster gelebt, dachte Daniel, *so wie ich es getan habe. Hat durch eine geheime Linse geblickt, um ein Teil ihres Lebens zu werden. Um Hannah zu werden, vielleicht sogar um sie zu lieben. Um Jennet für sich zu haben, als ihr eigenes Kind.*

Aber mit der Zeit wird ein Fenster zum Gefängnis. Man muss es in Stücke schlagen oder sterben.

Und so hatte sie sich ans Werk gemacht.

An dem Morgen von Grace Starks Tod war etwas geschehen, das aus dem Wahnsinn, aus dem sie Spitzen und

Bücher und Medaillons und Spielzeuge stahl, eine andere Art von Wahn machte. Kühl. Stark. Mitleidlos.

Etwas Rotes auf dem Boden des ausgehobenen Grabes ließ Daniel stutzen, und für den Bruchteil einer Sekunde betrog ihn sein Verstand.

Barmherziger Gott. Es ist Hannah, dachte er, und seine Lungen schmerzten, als wollten sie im Käfig seiner Rippen bersten. *Sie ist mit ihrem roten Rock an dem Zweig hängen geblieben, und ein Stückchen Stoff hat sich daran verfangen.*

Aber als er in die Kiefernzweige griff, mit denen das Grab ausgekleidet war, war es nicht selbst gesponnene Wolle, die er berührte. Er spürte etwas Weiches, Nasses und schloss vorsichtig die Finger darum. Als er sie wieder öffnete, lag eine weiche, breiige, halb verdorbene Masse auf seiner Hand, und einige Tropfen Saft sickerten durch seine Finger. Er roch daran, dann kostete er es.

Himbeeren. Sie hatte Himbeeren gepflückt und eine Hand voll hierher zu den anderen Dingen gelegt, wie eine achtsame Hausfrau Konserven für den Winter aufbewahrt.

Aber es hatte gewiss nichts zu bedeuten. Es war die Jahreszeit der Früchte, und viele Frauen kamen zum Sammeln in den Wald. Sogar Bertha Pinch hatte gestern Abend in Two Mills aus Himbeeren eine Kette aufgezogen, als …

Daniel stand auf, und aus den Früchten tropfte fauliger Saft auf sein weißes Hemd, wie Blut.

Es war eine Frau bei Bertha gewesen. Sie hatte ihren Umhang zurückgelassen, als sie vor ihm davonlief, und sie hatte eine halb aufgezogene Kette aus wilden Himbeeren dagelassen; die Nadel hatte noch darin gesteckt. Sie war zum Teich gelaufen und ins Wasser eingetaucht, und Mrs. Pinch war ihr gefolgt.

Ein hölzerner Vogel. Ein Spitzenhäubchen, das Jennet

passen würde. Eine Kinderkette aus getrockneten Himbeeren. Es gab keine Himbeerbüsche auf Two Mills. Keine Himbeeren.

Jennet war in Sicherheit, weil sie nicht sprechen konnte. Nicht sagen konnte, ich bin nicht dein Kind. Ich will nicht dich als meine Mutter haben, statt Hannah.

»Jenny!«, rief er laut, und die überhängenden Bäume warfen das Echo seiner Worte zurück.

Der Holländer starrte ihn an.

»Ich – ich muss sofort zurück!«, sagte Daniel. »Sofort!«

Die Sonne sank bereits. Der Nachmittag war weit fortgeschritten, und es würde dämmern, bevor er zur Grange zurückkam. Wenn er das Kanu zurückließ und zu Fuß ging, würde er schneller sein.

Piet las seine Gedanken. »Es gibt da einen Weg, mein Freund«, sagte er. »Er wird Ihnen Zeit sparen.«

Der Trampelpfad führte anfangs durch Felsen und dichte Bäume steil abwärts. Auf halber Höhe verzweigte er sich dann und verlief mit mäßigem Gefälle durch immer lichteren Wald bis in die Nähe von Henry Markhams Schafweide. Der andere Zweig führte direkt in Grace Starks Hof.

Sarah. Charlotte. Bertha. Hannah. Merriam. Jennet. Grace.

»Schicken Sie Jean mit meinem Kanu und meinen Waffen zur Grange hinunter«, sagte Daniel und fasste den Holländer am Arm. »Sie sagten, Sie wüssten noch etwas über Stark. Was ist das? Schnell.«

Piet zuckte die Achseln. »Nur dass in diesen Wäldern mit mehr gehandelt wird als mit Fellen und Baumstämmen, und Stark hatte seine Hände dabei im Spiel – oder hätte es jedenfalls gern gehabt. Er und der Prophet. Dieser Bastard Squeer.«

»Sie glauben, Squeer könnte die Frau und die Kinder getötet haben?«

Der Holländer schüttelte den Kopf. »Stark könnte er vielleicht getötet haben, aber dann hätte er es hier im Wald getan, nicht in Ihrer Gartenlaube. Er hätte ihn in einem dieser Moore versenkt. Die Frau und die Bälger – die hätte er verkauft.« Er dachte einen Augenblick nach und sah Daniel forschend ins Gesicht. »Sie und Siwall, haben Sie eigentlich noch Streit miteinander?«

»Wenn er den Streit sucht.«

Es hatten sich mittlerweile im Nordosten schwere Wolken zusammengeballt, und die Sonne war untergegangen. Es würde früh dunkel werden, aber wenn er ohne Rast weiterging, konnte Daniel in einer Stunde bei Hannah und Jennet sein und sie in Sicherheit bringen. Er wandte sich zum Gehen.

Aber Piet Soutendieck trat ihm in den Weg. Er griff in seinen Beutel, stöberte kurz darin herum und förderte am Ende seines dicken, schwieligen Fingers Daniels Ehering zutage.

»Er passt mir nicht, Engländer«, sagte er mit einem Grinsen. »Meine Finger sind zu fett. Außerdem will ich keine zusätzlichen Ehefrauen mehr. Fünf sind genug.«

Die Zahl ging, wie Daniel bemerkt hatte, mit jedem Winter in die Höhe. Onkel Piet gab ihm den Ring zurück und lachte sein gewaltiges Lachen.

»*Mehr als das Leben, die Ehre.* Unfug! Wenn Sie ihren Hals retten, bringen Sie sie her und leben Sie mit ihr wie ein freier Mann in meinen Wäldern. Ich gebe Ihnen ein hübsch warmes Bett, und Sie lassen die anderen ihren nächsten Krieg allein ausfechten.«

Daniels Augen wurden schmal. »Es wird doch sicher keinen Krieg mehr geben. Oder?«

»Wenn Sie Ihre Axt ein paar Mal in einen Baum schlagen und sich dann in einem Nordoststurm darunter stellen, wird der Baum wohl auf Sie niederstürzen?« Piet schlug dem jüngeren Mann auf die Schulter. »Bleiben Sie im Haus, mein Freund. Vögeln Sie Ihre Herzallerliebste. Halten Sie sich von Bäumen fern. Und diesen Rat kriegen Sie von mir ganz umsonst. Und noch ein Wort zu dem Propheten, Isaiah Squeer. Er mag den Kiefernzweig an seinem Hut tragen und mit den Regulatoren reiten, wenn es ihm passt. Aber er ist Tapps Spion. Und Siwalls.«

28

Wie das Taube Kind sich vor dem Morgen versteckte

Jennet Trevor erwachte erst Stunden später, gegen sechs Uhr an diesem Abend, aus ihrem tiefen Drogenschlaf, aber in der Uhr ihrer Knochen war es noch Morgen. Verwirrt sah sie sich um.

Das Licht fiel sehr hell durch das Nordfenster, aber die Sonne kam nicht von Osten, wie sie es hätte tun sollen. Sie stand tief am westlichen Horizont, zerstückelt von dicken Wolken und verborgen hinter dem Gewirr der Zweige der alten Esche im Küchengarten. Dieses plötzliche Abweichen vom gewohnten Lauf der Welt erfüllte das Kind mit einer seltsamen Angst.

Das Leuchten ist an der falschen Stelle, dachte Jennet, noch bevor sich ihre flatternden Augenlider vollends geöffnet hatten. *Sie haben die Welt in die falsche Richtung gehen lassen.*

Sie setzte sich in ihrem Bett auf und sah sich um. Arthurs Schlafkörbchen am Fenster war leer; eine Katze geht gern frühmorgens auf Streifzug und kauert sich dann irgendwo in den Schatten, um ein stilles Nachmittagsstündchen dem Philosophieren zu widmen. Aber Jennet hatte die Zeit verloren, die Zeit und das tröstliche Gefühl der Gewohnheit. Sie wusste nicht, dass es nicht mehr Morgen war, ja nicht einmal Nachmittag.

Der Weiche ist nicht hier. Er ist schon früh zur Schaf-

weide hinausgegangen, um nach Mäusen und Maulwürfen zu suchen.

Sie hatte kein Wort für *Katze.* Daniel hatte ihr beigebracht, mit den Fingern kleine Bewegungen zu machen, und sie wusste, auf welche Personen, Gegenstände oder Tiere sich die Gesten bezogen. Aber Worte, Andeutungen, Beziehungen – von diesen Dingen hatte sie keine Vorstellung. Sie sah wenig Nutzen in der Zeichensprache, aber Daniel war ihr Freund, und es machte ihm Spaß. Er hob sie oft vom Boden auf und ließ sie auf seinen Schultern reiten. Und er lachte. Sie konnte sein Lachen fühlen, wenn sie ihr Gesicht an seine Brust legte – gerade so, wie sie Arthurs Schnurren hörte, mit ihren empfindsamen Muskeln und Nerven –, und ihr geheimes Ich hörte den Laut und prägte ihn sich ein. In seinen Armen war sie geborgen und glücklich und stark.

Wir sind zwei, dachte sie und schlang die Arme um sich, als wären es Daniels. Es war die Geste, die *Liebe* bedeutete.

Allein in dem großen Federbett, öffnete Jennet ihren Mund zu einem lautlosen Lachen und zuckte mit den Muskeln in ihrer Brust, wie Daniel es tat. Dann zwang sie, genau wie in der Laube, das Geräusch aus ihrem Bauch heraus, die Kehle hinauf und durch die Maske ihres Gesichtes nach draußen. Sie konnte das seltsame würgende Lachen, das sie hervorbrachte, selbst nicht hören, aber sie spürte ein komisches Summen, das ihren Gaumen und ihre Zunge vibrieren ließ, und dazu hob und senkte sich ihre schmale Brust.

Sie setzte sich auf und sah sich um, erstaunt über sich selbst.

Ich bin neu, wie das Sonnenlicht aus der falschen Richtung. Ich bin mehr, als ich dachte.

Ihre Mutter war da gewesen, während sie schlief; das

Tintenfass und die Feder lagen noch auf dem Tisch, aber das eselsohrige alte von Hand zusammengenähte Tagebuch war fort. Auf das leere Kissen neben Jennet hatte Hannah eine Taschentuchdame gelegt, eine winzige Puppe mit einem Knoten als Kopf und einem Fetzchen Spitze als Haube, und um die Taille hatte sie ein blaues Haarband gebunden.

Das Kind nahm die schlaffe kleine Puppe und wiegte sie in den Armen. Dann warf sie sie plötzlich von sich.

Ohne sich um die Bettleiter zu scheren, breitete sie die Arme aus wie ein Vogel die Flügel und sprang auf den blank geputzten Bretterboden hinab.

Susan und Kitty, die Dienstmägde, die in der Küche Maisbrot machten, hörten einen dumpfen Aufprall über sich.

Kitty runzelte die Stirn. »Dann ist sie also endlich aufgewacht. Oh, wenn sie wieder so zu heulen anfängt wie gestern, weiß ich nicht, was ich tun soll!«

»Geh und kümmere dich um sie, Schätzchen. Ich komme schon zurecht«, sagte Susan.

Aber Kitty – rund wie ein Bratkloß und von Kopf bis Fuß mit Mehl und Sommersprossen bedeckt – war schon halb die Treppe hinauf.

Kaum war Jennet auf dem Boden gelandet, ließ sie sich auch schon auf Hände und Knie herab, um unter dem Bett nach dem wanderlustigen Kater zu suchen.

Nicht da. Falsch.

Sie verzog das Gesicht, und Gewitterwolken ballten sich auf ihrer Stirn zusammen. Arthur war morgens immer da und wartete darauf, ihr um die nackten Beine streichen und sich auf ihrem Fuß niederlassen zu dürfen. Aber heute hatte er sie im Stich gelassen, wie alle anderen. Selbst Hannah war fort.

Jennets Mund formte die beiden so gleich klingenden Laute des Wortes. *Han Nah.*

»Annnhhh, ahhhh«, sagte ihre neue Stimme. Das Sprechen verursachte Anspannung und ein kratzendes Gefühl in ihrer Kehle, aber sie zwängte das Wort abermals heraus und bemühte sich nach Kräften, zu hören, was sie sagte. »Annnnnhhhh, ahhhhhh.«

Genau in dem Augenblick, als sie noch halb unter dem Bett lag, sah Jennet, wie die Tür aufgestoßen wurde. Ein brauner Rock wirbelte ins Zimmer; das bedeutete, dass es ernst wurde.

Das kleine Mädchen schob sich hastig ganz unters Bett, in den Augen ein schelmisches Funkeln. Wenn es Hannah gewesen wäre, die den Raum betrat, wäre Jennet aus ihrem Versteck hervorgeschossen, hätte die vertrauten, abgetretenen Stiefel gepackt und sich daran festgeklammert, wie eine Sandkrabbe, die man kitzeln musste, bis sie sich ergab.

Aber die Stiefel gehörten nicht Hannah und auch nicht Tante Julia. Jennet kannte sie.

Dummer-Stiefel, das war ihr Name für Kitty. Sie war jünger als Parthenia, die bald heiraten und weggehen würde – und nicht so klug wie Susan. Wenn man mit *denen* Verstecken spielte, wurde man im Nu gefunden und musste zur Strafe das Zinngeschirr polieren oder die ausgewachsenen Kartoffeln von den guten aussortieren.

Dummer-Stiefel zu ärgern machte viel mehr Spaß, denn sie vergaß jedes gute Versteck, kaum dass sie es endlich entdeckt hatte, und dann stampfte sie mit dem Fuß auf und machte ihren Mund ganz klein und spitz, als hätte sie saure Stachelbeeren gegessen.

»Jenny?«

Das Wort durchschnitt die Decke des Schweigens und

fand irgendwie seinen Weg zu Jennet, wie ihr eigener Name es immer tat. Vielleicht war es der Laut, den sie wahrnahm, denn manchmal konnte sie ganz schwach etwas hören, so wie ein Mensch mit sehr schlechtem Augenlicht das fahle Leuchten einer Kerze ausmachen kann, wenn es im Raum nur dunkel genug ist. So wusste sie zum Beispiel, dass einem Blitz stets ein leises, dumpfes Grollen folgte, wie das Schnurren des Katers oder das Lachen in Daniels Brust. Donner. In Hannahs Arme geschmiegt, pflegte sie auf dieses Geräusch zu warten, und wenn sie es hörte, rannte sie zum Fenster und legte ihr Gesicht an die Scheibe, um das schwache Zittern des Glases zu spüren.

Und so war es auch mit ihrem Namen. Wenn Hannah ihn sagte, drehte das Kind sich zu ihr um und sah sie an.

Was willst du von mir?

»O Gott, sie ist weg!«, rief Kitty. Dummer-Stiefel geriet immer schnell in Panik, deshalb machte es ja auch so viel Spaß, sie zu foppen. Die abgetragenen Stiefel drehten nervöse kleine Kreise in der Mitte des Schlafzimmers, und der braune Leinenrock wippte und wirbelte. »Jennet! Kind!«

Jennet machte sich so klein wie möglich unter dem Bett und drückte sich in die dunkle Ecke an der Wand. Dummer-Stiefel würde zuerst unter dem Bett nachsehen, dann in den Flur hinausgehen und den großen Schrank öffnen – *da* hatte Jennet sich nicht mehr versteckt, seit sie vier Jahre alt war! –, und dann würde sie die Treppe hinunterrennen, um unter dem großen Webstuhl im Arbeitsraum nachzusehen.

»Susan! Susan! Das Kind ist weg!«, schrie Kitty, die jetzt fast außer sich war. Sie riss die Decke vom Bett und suchte hinter der großen Kommode in der Ecke und drehte sogar den Schaukelstuhl um. Dann fiel ihr endlich ein, unter dem Bett nachzusehen.

Nichts als Staubmäuse und nicht einmal davon viele.

Susan fand ihre Freundin auf Händen und Knien vor, mit tränenüberströmtem Gesicht. »Oh, was machen wir jetzt bloß?«, jammerte Kitty. »Was wird die Herrin sagen, wenn sie zurückkommt und hört, dass Jenny verschwunden ist?«

Nach der Autopsie waren Hannah und ihre Tante müde und mit grimmigen Gesichtern nach Two Mills zurückgekehrt, aber keine der beiden Frauen war lange geblieben. Julia war zur Beerdigung von Grace Stark und ihren Kindern gegangen, und dann hatte sie bei Mrs. Anson gewacht. Was Hannah betraf, die hatten die beiden Mädchen bei ihrer Arbeit in der Küche im oberen Stock rastlos umhergehen hören, in dem Raum, in dem das schlafende Kind gelegen hatte. Als sie dann eine Stunde später aus dem Haus ging, hatte sie ein in einen Quilt eingeschlagenes Päckchen unterm Arm gehabt und nur gesagt, dass sie etwas zu erledigen habe und vor Einbruch der Dunkelheit zurück sein würde.

»Wenn nur ihre Mama hier wäre«, stöhnte die kleine Kitty. »Sie wäre nie weggelaufen, wenn Hannah da gewesen wäre!«

Susan sah nun selbst unter dem Bett nach, nur für den Fall. Aber keines der beiden Mädchen bemerkte, dass ein Paar großer Augen von der Farbe schönen dunklen Biers sie durch den Spalt der Türangel ansah und dann verschwand.

»Oh, was machen wir bloß, wenn wir sie nicht finden? So verstört, wie sie gestern Nacht war, ertränkt sie sich am Ende noch im Mühlteich oder stürzt sich vom Scheunendach! Oder sie läuft ins Wilde Land und wird von einem Bären gefressen!«

Kitty brach in einem neuerlichen hysterischen Anfall auf dem Boden zusammen, aber Susan ließ sich so leicht nicht zum Narren halten.

»Mach doch die Augen auf, du Gans!«, sagte sie. »Hier liegt ihr Unterkleid und hier der Rock, und ihr Leibchen ist auch noch da. Und ihre Strümpfe, und da sind die Stiefel, genau da, wo ihre Mama sie hingestellt hat. Glaubst du, sie würde weit kommen ohne Stiefel? Hör endlich auf mit dem Geflenne und sieh in den anderen Zimmern hier oben nach. Ich gehe nach unten.«

»Sie versteckt sich gern in der Stube hinter dem Ofenschirm«, sagte Kitty, einigermaßen getröstet. »Oder vielleicht im Keller! An so einem heißen Tag wie diesem ist es hübsch kühl da unten.«

Als die beiden Mädchen davongeeilt waren, kam das Kind aus seinem Versteck unter einem Regal hinter der Treppe zum Dachboden hervor; Jenny ging entschlossen zurück in ihr Zimmer und kleidete sich an. Zum Schluss setzte sie sich auf die Wäschetruhe, um sich ihre langen weißen Strümpfe und ihre Kalbslederstiefel anzuziehen, deren Schnürbänder sie nie ganz richtig zuband.

Doch was war mit den losen Enden ihrer Erinnerungen? Jenny hatte nicht vergessen, was sie am Abend zuvor in der Laube gesehen hatte. Der schwere Trunk und die langen Stunden des Schlafes hatten sich wie eine tröstliche Decke über ihre lebhaften Eindrücke gelegt, aber die Farben waren alle noch da – rot, weiß, braun, blau, schwarz. Das klebrige Gefühl von Blut. Die Gesichter. Die Gestalten. Das Hell und Dunkel.

Langsam fiel ihr alles wieder ein, das Licht förderte es zutage. Die Blechlaterne, die jemand in die Tür der Laube gehängt hatte.

Das Puppentheater hatte sie gelangweilt, und was die Artisten zeigten, hätte jedes Kind im Schlaf genauso gut machen können. Aber sie hatte das tanzende Laternenlicht gesehen, das durch das Gitter der Laube fiel; es schuf magische Muster in der Dunkelheit, und der süße, berauschende Duft der Blumen zog sie unweigerlich an.

Sie schlug den Erwachsenen wie gewohnt ein Schnippchen, stahl sich leise fort und verbarg sich hinter dem schweren Geäst der Laube, wo das Laternenlicht nicht hinkam.

Der Mann mit dem Dreispitz war dort, er saß vorgebeugt auf der Bank zwischen den ineinander verflochtenen weißen Rosen. Weiße Blüten und dazu der anmutige Tanz des Laternenlichts und das weiße ovale Gesicht des Mannes, das in der Dunkelheit zu schweben schien. Seine weißen Zähne, als er lachte.

Er sprach mit jemandem, der hinter ihm stand, einer Frau, weiße Haube und weißes Brusttuch. Weiße Hände, die sich aus eigenem Antrieb zu bewegen schienen.

Und dann begann sich auch die Dunkelheit zu bewegen und wild zu zucken, und etwas krachte auf den Schädel des sitzenden Mannes, als hätten die Rosen zum Angriff auf ihn geblasen. Etwas riss an den Blumen, und Jennet spürte, wie das Gitter der Laube erbebte.

Der Mann hing benommen, inmitten von Blut und Blüten, auf der Bank. Der bunte Dreispitz fiel zu Boden und blieb verkehrt herum dort liegen, wie der Hut eines Bettlers.

Aber da war noch jemand. Eine weiße Hemdbrust. Die lange Klinge, die in einer weißen Hand aufblitzte. Der schnelle, kräftige Hieb des Rasiermessers. Das Aufwallen des Blutes, das nicht rot war, sondern schwarz in dem fahlen Licht.

Etwas Schweres krachte auf die Brust des Opfers, und sein Körper zuckte, bäumte sich ein letztes Mal auf und blieb dann reglos liegen.

Ein Rock rauschte in der Dunkelheit an Jennet vorbei und verschwand durch die Tür nach draußen.

Weiße Hände schleiften den Leichnam durch die Laube, legten ihn flach auf den Boden, den Hut und die glitzernde Klinge daneben.

Ein Paar Männerstiefel blieb im Eingang stehen, um das Licht zu löschen, und seine Augen sahen sie, wie sie dort kauerte, den Mund weit aufgerissen vor Angst, als das Laternenlicht sie und ihn erfasste.

Einen Augenblick lang zauderte er. *Sie hat es gesehen. Muss ich sie töten?*

Nein, nein. Wozu die Mühe? Sie ist stumm. Sie kann mir keinen Schaden zufügen.

Aber sie hatte das Gesicht gesehen, das auf sie hinabblickte. Ein totes Gesicht und doch seltsam friedlich und gut.

Jenny sah aus dem Fenster. Es waren Männer im Hof, die auf großen Pferden von der Mühle heraufgeritten kamen. Männer, die sie nicht kannte, fremde Männer mit ausdruckslosen Gesichtern und starrem Blick. John English war da, besorgt und unerschütterlich, und die schiefe Frau ebenfalls, ein Stück abseits am Mühlteich, von wo aus sie alles beobachtete.

Und noch jemand war da, dort unten im Hof. Eine Gestalt, welche die schrecklichen Erinnerungen wieder bloßlegte, die die Nachtruhe bedeckt hatte. Ein Gesicht, das sie kannte und doch nicht kannte.

Jennets kleiner Mund klappte auf, und ihr Atem ging schnell. Aber diesmal behielt sie das Heulen, das ihr entfahren wollte, für sich.

Ich werde mich verstecken und nicht herauskommen. Ich

werde dahin gehen, wohin der Weiche geht, wo es dunkel ist, und ich werde dort warten, bis der Morgen zurückkommt, wie er es sollte. Ich werde dahin gehen, wo meine Fraufreundin ist.

So dachte sie an Daniel und Hannah. Nicht als Vater, nicht als Mutter, sondern als Freund.

»Annnnn. Ahhhhh«, sagte sie leise bei sich. »An-ah.«

Sie ging zur Tür und blickte hinaus, aber von Kitty und Susan war keine Spur zu sehen. Also stopfte sie sich die Taschentuchpuppe in ihr Mieder und stahl sich die Treppe hinunter, aber obwohl sie seit dem Erntefest nichts gegessen hatte und so hungrig war, wie nur ein Kind es sein kann, ging sie nicht in die Küche, um sich ein Stück von dem duftenden, warmen Maisbrot zu holen.

Stattdessen schlüpfte sie in die Vorratskammer, wo die Kräuter ihrer Mutter in großen Bündeln von der Decke hingen und viele Töpfe, Körbe und Lederflaschen auf den Regalen standen.

Ich brauche etwas, wo ich den Weichen hineintun kann, dachte sie. *Ohne ihn gehe ich nicht. Wohin ich gehe, muss auch er gehen.*

Sie zog sich einen Hocker heran, stieg hinauf und nahm einen großen Korb vom Regal. Er hatte einen Deckel, den sie schließen konnte, um Arthur zu beschützen. Sie sprang wieder hinunter, schüttete das getrocknete Flohkraut auf den Boden, hängte sich den Korb über den Arm, wie sie es ihre Mutter hatte tun sehen, und trat durch die kleine, niedrige Tür, die die Vorratskammer mit dem Brunnenhaus dahinter und der Milchkammer verband.

Das gemauerte Brunnenhaus war in den Hang hineingebaut worden, und aus dem Granit seiner Rückwand plätscherte ein kleines Rinnsal eiskalten Wassers und ergoss sich in einen schmalen Kanal, der es in einen steinernen Trog unter der Mauer leitete, um schließlich draußen im Mühlbach zu landen. Wenn man Speisen kühlen und frisch halten wollte, stellte man den Krug oder Topf einfach in das fließende Wasser.

In einem solchen Topf fand Jenny einen Rest von der gebackenen Schildkröte; ein zweiter enthielt etwas weichen Bauernkäse, der wohlschmeckend mit Pfeffer und Kreuzkümmel gewürzt war. Sie aß, bis sie satt war. Ein Stückchen von der gebackenen Schildkröte legte sie vorsichtig in den Korb; es würde ihr helfen, Arthur zum Mitkommen zu überreden.

Sie fand den alten Kater in der Milchkammer, wo er den letzten Schluck der Morgensahne aus einem der Milcheimer leckte, bevor er eine Runde durch sein Königreich drehen wollte. Jennet fing ihn ein, drückte ihn sich einen Augenblick ans Gesicht und strich ihm über den Rücken und die Ohren, bis sie das tiefe Dröhnen seines Schnurrens spüren konnte. Es beruhigte sie, dieses warme Vibrieren, und linderte ihre Angst.

»Chuuuurrr, chhhuuuurrrrr«, sagte sie und machte mit dem unteren Teil ihrer Zunge dieses Dröhnen nach. Es fühlte sich rau und stark an. *Wir sind zwei.*

Arthur wand sich in ihren Armen, und sie setzte ihn zu dem Stückchen Schildkrötenfleisch in den Korb; während er es eifrig beschnupperte, klappte sie den Deckel zu und zog die Riemen fest.

Draußen im Hof hatten sich noch mehr Männer versammelt. Kitty und Susan sprachen mit einem hoch gewachsenen Fremden, einem dunkelhaarigen Mann mit Augen, die keine Farbe hatten. Sie kannte Marcus Tapp nicht, den Sheriff, aber instinktiv fürchtete sie ihn.

Und dann sah Jenny auch den anderen wieder. Das Gesicht, das sie in der Laube gesehen hatte.

Ihr Mund öffnete sich, und sie drückte den Katzenkorb fest an sich.

Lauf jetzt. Mach schnell. Versteck dich an dem geheimen Ort.

Dieser Morgen ist falsch; sie haben ihn zerbrochen. Sie haben das gute Licht fortgenommen.

Die Zunge zwischen den Zähnen und leise keuchend, schlüpfte Jenny hinaus in die schwere, drückende Luft des mittlerweile von Menschen überfüllten Hofes, den Korb mit dem Kater unter dem Arm. Der Holzhaufen war nicht mehr als ein paar Meter entfernt, und sobald sie ihn erreicht hatte, konnte sie sich in seinem Schatten halten und hinter der Scheune herumgehen, zwischen dem reifenden Weizenfeld und dem Obstgarten und von dort aus weiter auf die Hauptstraße. Wenn ihre Mutter zurückkehrte, von wo auch immer, würde sie gewiss diesen Weg nehmen; Jennet traf sie oft in dem kleinen Tannenwald, durch den man zu Rook's Nest kam, wo Arthur so gern Jagd auf Feldmäuse machte.

Der Kater kratzte an dem Weidengeflecht seines Korbes, aber Jennet achtete nicht darauf, sondern lief immer weiter, ging im Schatten in Deckung, verharrte kurz und rannte wieder los.

»Jennet!«, rief Kitty, die sie erspäht hatte.

Das kleine Mädchen blieb wie angewurzelt stehen und sah sich um. Die gedämpfte Form des Geräusches war richtig, aber die Schärfe des Tons war falsch.

Sie trat zwischen die hohen Bäume im Obstgarten und war verschwunden.

Nach der Autopsie war Hannah Trevor nach Hause geritten, um zu sehen, ob Jennet sich so weit erholt hatte, dass sie bei Einbruch der Dämmerung reisefertig sein würde. Da das Kind noch schlief, nahm sie sich die Zeit, einige Kleider einzupacken und ihr Tagebuch in einen Quilt zu wickeln; dann knotete sie die zwölf Shilling, die die Ersparnisse ihres Lebens darstellten, in den Saum ihres Kleides und ritt zu Mrs. Hinkley, um den hartnäckigen Abszess auf deren Brust aufzustechen, und dann weiter zu Abiah Foster, deren Brandwunden neu verbunden werden mussten.

Als sie bei den Fosters aufbrach, lenkte Hannah Flash nach Süden, zu dem kleinen, ungeweihten Armenfriedhof gleich hinter dem Arsenal der Miliz, wohin der Ochsenkarren James Trevors sezierte Überreste gebracht hatte – immer noch ohne Sarg, nur eingeschlagen in ein Stück fadenscheiniger Leinwand. Dort sollte er begraben werden, dort, wo die Selbstmörder und die Verbrecher lagen, denen niemand vergeben hatte.

Aber Tory hin oder her, Bigamist hin oder her, Schurke oder Räuber oder Gauner – Henry Markham konnte keinen Mann unversorgt in die Erde legen lassen; er hatte den ganzen Morgen gearbeitet, hatte saubere Kiefernbretter zu einem schlichten Sarg zusammengehämmert, und dieser Sarg stand schon neben dem Grab bereit, als Hannah sich von ihrer Stute gleiten ließ.

Fast alle aus dem Dorf waren gekommen, um Grace Stark und ihre Kinder zu beweinen, und bei George Anson würde es nicht anders sein, wenn man ihn am Tag darauf begrub.

Aber nur wenige standen an Trevors Grab an jenem schwülen Spätnachmittag – Onkel Henry, Josh Lamb und seine warmherzige Dolly, die niemals jemanden allein ließ, der trauerte oder betrauert wurde, und Sarah Firth mit McGregors Sohn Robbie.

Hannah stand ein klein wenig abseits von den anderen, mit herabhängenden Armen, die Augen starr geradeaus gerichtet.

Sie legten James in den Sarg, und Josh nagelte ihn zu. Dann ließen sie ihn an den Seilen, die über das offene Grab gespannt waren, hinab in die Tiefe, und ein feiner Nieselregen besprengte die trockene Erde, während der Sarg darin verschwand.

Ein schwacher Wind wehte nun aus Nordosten, wo sich Gewitterwolken erhoben, und eine Böe riss an Hannahs kurzen Locken und fuhr durch ihre Röcke wie durch das trockene, raue Gras zu ihren Füßen.

Hannah wischte sich mit der Hand über die Augen und ging zu ihrem Pferd.

Eines musste sie noch tun, bevor sie Rufford verließ. Sie hatte eine Seite aus ihrem Tagebuch gerissen und einen Abschiedsbrief für Daniel verfasst und wollte ihn nun abliefern, während sie es ihrem Onkel und Josh überließ, das Grab zuzuschaufeln. Doch plötzlich hörte sie hinter sich jemanden rufen. Dann erklang das Geräusch von Pferdehufen, die sich eilig über die harte, trockene Straße bewegten.

Jeremy Siwall brachte seinen grauen Wallach abrupt neben ihr zum Stehen.

»Reiten Sie nicht nach Hause!«, rief der junge Mann. In seinen Augen stand beinahe der gleiche wilde Blick, wie ihn das Pferd hatte, das unter ihm keuchte und tänzelte. »Tapp und seine Kerle sind nach Two Mills geritten, um unter Ihren Sachen nach Beweisen Ihrer Schuld zu suchen!«

Hannah lächelte. »Da wünsche ich ihnen viel Erfolg. Sie werden nichts finden.«

»Habe ich nicht gesagt, dass das Gesetz tun darf, was es will? Er hat den Beweis mitgenommen! Ich habe sie in Pas Bibliothek reden hören. Ich lausche nämlich bisweilen, denn mir erzählt ja niemand etwas.«

»Was für einen Beweis?«

»Ein Goldstück, einen Sovereign wie den, den sie bei Starks Hütte gefunden haben. Er wird das Goldstück zu Ihren Sachen legen und sagen, Sie hätten es dort versteckt. Mit Hilfe dieses Beweises wird man Sie vor Gericht schleppen, Ma'am, und binnen einer Woche werden Sie hängen!«

Hannah umfasste die Zügel fester. »Woher kommt dieses Goldstück? Wie ist es in Tapps Besitz gelangt? Was …«

»Es ist keine Zeit, um nach dem Wie und Warum zu fragen! Sie sind bereits auf dem Weg. Sie müssen sich beeilen!«

Die Uhr, die seit zwei Tagen so nachdrücklich in Hannahs Gedanken getickt hatte, hatte also endlich die Stunde geschlagen, und dabei war ihre Feder zerbrochen. Die mühsame Arbeit, die Wahrheit Stück um Stück, Stich um Stich zusammenzunähen, war ihr plötzlich entrissen worden.

»Meine Tochter!«, rief sie. »Ohne sie gehe ich nicht!«

»Ich werde Josselyn Bescheid sagen. Er wird sich um sie kümmern.«

»Nein!«

»Wenn Sie es schaffen, dass man Ihnen nicht den Hals lang zieht, können Sie sie holen, sobald Sie sich von jedem Verdacht befreit haben, oder er wird sie zu Ihnen bringen!« Er blickte zu ihr auf und sah in diesem Moment wie ein kleiner Junge aus. »Bitte, Ma'am. Mein Pa ist blind und wie besessen, und ich bin ein verdammter Schuft, aber wir haben kein Blut an den Händen. Tapp jedoch schreckt vor nichts zurück, und er bläst gerade jetzt zur Jagd. Ich bitte Sie, gehen Sie.«

Hannah straffte die Schultern. »Also gut«, sagte sie, griff in ihren Korb und zog den sorgfältig versiegelten Brief daraus hervor. »Geben Sie das hier Major Josselyn, Sir, wenn Sie so gut sein wollen.«

Sie lenkte Flash in Richtung der Fähre, aber Jem Siwall hielt sie noch einmal auf. »Warten Sie! Ich will Ihnen etwas Geld geben! Mit ein paar Shilling kommt man nicht weit, oder?« Er lächelte. »Ich hab's aus Pas Drachenschatz gestohlen. Kommen Sie, seien Sie vernünftig. Nehmen Sie es.«

Hannah blickte auf die Münzen in seiner Hand. Es waren zehn Pfund in gutem Sterling, mehr als sie in einem Jahr verdiente. Aber es war gestohlenes Geld, und wenn man sie damit erwischte, konnte sich das Geschenk als wahrer Mühlstein erweisen.

»Ich danke Ihnen, Master Siwall«, sagte sie und legte ihm eine Hand auf den Arm. »Aber geben Sie es Molly, damit sie ihren Sohn taufen lassen kann.«

Natürlich hatte Hannah nicht ernsthaft die Absicht, sich ohne Jennet auch nur eine Meile von Rufford zu entfernen. Außerdem wäre es Wahnsinn gewesen, bei hellem Tageslicht auf einem Pferd davonzureiten, von dem alle wussten, dass es ihrer Tante gehörte. Und sie konnte sicher sein, dass Tapps Männer die Straßen beobachteten. Sie musste Jenny finden, sie bis zum Einbruch der Nacht irgendwo verstecken und zusehen, dass sie ein besseres Transportmittel fand. Sie würden flussabwärts zur Landspitze gehen, sich auf dem nächsten Küstenschiff eine Passage nach Boston kaufen und die Gegend verlassen.

Das alte Wachhaus in Rook's Nest war baufällig und voller Ungeziefer, aber niemand würde auf den Gedanken kommen, dort nach ihr zu suchen. Es würde genügen, bis es dunkel wurde; dann konnte sie sich vielleicht nach Two Mills schleichen und Jennet holen, sobald Tapp und seine Spießgesellen fort waren.

Doch als Hannah die Straßenkreuzung und den Tannenwald in der Nähe der Cove Creek Bridge erreichte, hörte sie etwas, das sie stutzen ließ. Sie zog an den Zügeln und lenkte Flash zwischen die Bäume. Es war ein kratzendes Geräusch, in das sich ein verzweifeltes und sehr vertrautes Miauen mischte.

Ein Deckelkorb stand auf dem dicken Nadelteppich unter den Bäumen und schaukelte wild hin und her, und als sie näher herankam, konnte sie den wütenden Kater darin riechen.

Neben dem Korb lag einer von Jennets Kalbslederstiefeln und ein abgerissenes Stück von einem weißen Strumpf. Auf dem Strumpf war ein Fleck, und obwohl er nur klein war, brauchte Hannah keine Brille, um ihn zu sehen. Es war das leuchtende Rot von frischem Blut.

»Jennet!«, schrie sie und vergaß die Gefahr. »Jennnnnyyy!«

Und plötzlich kam eine kleine, stämmige Gestalt – mit einem fehlenden Stiefel und einem zerrissenen, schmutzigen Strumpf – aus dem Unterholz geschossen und schlang die Arme um Hannahs Taille wie eine Sandkrabbe und wollte ums Leben nicht mehr loslassen.

»O Jenny«, flüsterte Hebamme Trevor und lachte vor

Erleichterung. »Mein wildes kleines Herz. Mein törichter Schatz.«

»Annnnn. Ahhhhh«, sagte das taube Kind.

Die Welt ist wieder richtig. Wir sind zwei.

29
Flucht

Die Dämmerung kam früh. Hannah und Jennet hielten sich in den halb zerfallenen Mauern von Rook's Nest verborgen und kamen erst etwa zur selben Stunde daraus hervor, als Daniel Josselyn von seinem Ausflug in das Wilde Land zurückkehrte. Die Wolken waren jetzt sehr schwer, und von Zeit zu Zeit wurden sie von Blitzen durchzuckt, aber es regnete noch immer nicht. Die Luft war schwül und sehr heiß, und der schwache Wind war erstickt worden.

Unter ihnen lag das Gehöft von Two Mills hell erleuchtet da, und Tapps Pferd stand immer noch im Hof. Hannah konnte das schwache Glimmen der Pfeifen seiner Männer ausmachen, die rauchend in der Dunkelheit auf und ab schritten, und sie wusste, sie konnte es nicht riskieren, zurückzukehren, um sich wie geplant das kleine Boot ihres Onkels auszuleihen.

Es gab allerdings noch weitere Lichter. Am Nordufer sah man Fackeln und Laternen auf und ab hüpfen, und daneben blinkten hier und da die Lichter von Kutschen und Karren, die mit der Fähre übergesetzt wurden. Hand in Hand gingen sie und Jenny abseits der Straße querfeldein, doch als sie endlich das Dorf erreichten, sah Hannah, dass auch das Versammlungshaus hell erleuchtet war. Seine Tür stand weit offen, und ein wahrer Strom von Bauern und Dörflern hielt unter leisem Geraune dort Einzug. Ihr Onkel und Josh waren nicht dabei, aber sie entdeckte Mr. Bunce und Enoch

Luckett und eine Reihe anderer, die sie kannte. Die Gemäßigten hatten ihre Gemeindeversammlung früher einberufen als gedacht, so schien es; Ham Siwalls Kutsche wurde an der Tür angehalten.

Auf der Allmende rüsteten sich die letzten Nachzügler des Jahrmarkts zum Aufbruch, und Hannah erspähte Mr. Ledyard, den alten Puppenspieler, der gerade seine Bühne in einen leuchtend bunten, geschlossenen Wagen packte. Ein mageres Pferd war bereits davor angespannt und rupfte müde einige Grashalme aus. Mit gesenktem Kopf und Jennet an der Hand lief Hannah über die Wiese zu dem alten Mann hinüber.

»Bitte, Master Ledyard«, sagte sie. »Wohin fahren Sie als Nächstes?«

Der Puppenspieler blickte auf. »Nun, zum Jahrmarkt in Bridgewater, Mistress. Ein Stück weit flussabwärts, dann um das Hook herum und mit der Narrow's Ferry ans andere Ufer, und dann bin ich da, gesund und munter und vor allem trockenen Fußes! Die haben da einen schönen Jahrmarkt, drüben in Bridgewater. Meine Püppchen werden sehr zufrieden sein und ich mit ihnen.«

»Würden Sie wohl zwei Passagiere mitnehmen?« Hannah versuchte, sich ein Lächeln abzuringen. »Ich kann dafür bezahlen, Sir. Würde ein Shilling für uns beide genügen?«

Gerade in dem Augenblick wachte Arthur der Kater, der sich in das Unausweichliche geschickt und ein wenig Schlaf gefunden hatte, mit einem lauten Ausbruch katzenhafter Verwünschungen auf und begann von neuem, mit seinen Krallen die schon böse gesplitterten Weidenruten des Korbes zu bearbeiten. Mr. Ledyard lächelte und beugte sich hinab, um Jennet über den Rand seiner Brille hinweg anzusehen.

»Und wen hast du da drin, meine kleine Dame? Einen Löwen? Einen Tiger? Vielleicht sogar einen Leoparden?«

»Meine Tochter kann nicht sprechen, Sir«, erklärte Hannah ihm.

»Nicht sprechen!«, rief er und schlug sich vor Freude auf den Schenkel. »Wahrhaftig, bei Zeus, dann nehme ich Sie auf alle Fälle mit, Ma'am, und von Herzen gern! Die Kleine kann Brutus Gesellschaft leisten. Brutus! Wo bist du, Mensch? Komm her, verflixter Kerl, denn ich habe deinesgleichen für dich gefunden!« Er beugte sich zu Hannah vor. »Brutus spricht auch nicht viel, denn das Feuer hat seine Kehle so versengt, dass die Worte manchmal zu Asche verkohlt herauskommen! Aber mit Menschen, denen er traut, redet er auch, und wir reisen zusammen und leisten einander unterwegs Gesellschaft. Komm doch her, Brutus! Zier dich nicht! Ein bisschen Mut, Mann!«

Im hinteren Teil des Wagens öffnete sich eine Tür, und das Gesicht des hünenhaften Schwarzen, der Feuer schluckte, erschien. Er war ganz in Rot gekleidet, wie sein Feuer, und er trug einen kleinen Goldring im einen Ohr und einen großen im anderen, und in der Hand hielt er einen Birkenstab, den er abgeschält und poliert hatte, bis er wie Elfenbein glänzte. Brutus' breite Zähne entblößten sich unter einem strahlenden Lächeln, aber seine großen, kummervollen Augen musterten Hannah voller Argwohn.

Ein entlaufener Sklave, dachte sie, irgendwo aus dem Süden.

»Guten Tag, Sir«, sagte sie und machte einen Schritt auf die Tür zu, um ihm die Hand zu reichen. »Ich habe Ihre Vorführung auf dem Jahrmarkt gesehen. Sie nennen ein wahrhaft großes Geheimnis Ihr Eigen. Aber mein Kind und ich werden nicht versuchen, es Ihnen zu nehmen. Wir suchen unsere Freiheit auf einem weniger feurigen Weg.«

Brutus lächelte, sprang vom Wagen, legte den Kopf in den Nacken und öffnete den Mund. Aus dem Birkenzweig schoss eine Flamme, und er schluckte sie hinunter und lachte.

Zwei Reiter kamen an die offene Tür des Versammlungshauses und stiegen aus dem Sattel. In einem von ihnen erkannte Hannah Sheriff Marcus Tapp. Sie trat in den Schatten des Wagens und zog ihre Tochter mit sich.

Der Schwarze schwenkte die vollkommen verwirrte Jennet in den Wagen hinauf, bevor er selbst darin verschwand.

»Kommen Sie, Ma'am«, sagte der Puppenspieler leise. »Ich denke, wir müssen aufbrechen. Wir sind ohnehin schon zu lange hier geblieben, aber Brutus hat Familie in der Gegend.«

Hannah begriff, warum er ihr so bekannt vorgekommen war. »Er ist der Bruder von Caesar, nicht wahr? Mr. Clinchs Diener?«

»Jawohl, Ma'am. Und Sie …« Seine Augen wurden schmal. »Sie sind die Tory-Frau, was? Mrs. Trevor, die Frau des Ermordeten?«

»Ich habe nichts Unrechtes getan, Mr. Ledyard.«

Der alte Mann nickte. »Wir fahrendes Volk haben oft genug in der Klemme gesessen, um misstrauisch zu sein, wenn einem Christenmenschen allzu plötzlich und allzu sauber eine Schuld aufgeladen wird. Behalten Sie Ihre Shillings, meine Liebe. Sie können umsonst mit uns fahren.«

Und so verließen sie das Dorf, obwohl das alte Pferd so langsam die Straße am Südufer hinabzockelte, dass man schier verrückt werden mochte.

In der ersten Stunde sahen sie Männer wie Schatten über das gegenüberliegende Ufer reiten. Ein Karren fuhr an ihnen vorbei, in halsbrecherischem Tempo, und hätte sie um ein Haar von der Straße abgedrängt. Zwei Männer saßen darin, die Gesichter mit roter, weißer und blauer Kriegsbemalung verziert, und sie hatten sich Federn in ihr langes, offenes Haar gebunden.

»Was ist los?«, rief Ledyard ihnen zu.

»Freiheit!«, rief einer der Männer zurück. »Wir brennen die Heuschober nieder! Unser Schweiß wird keinem reichen Mann die Kutschpferde durch den Winter füttern!«

»Macht Platz da!«, rief der andere. »Wir arbeiten für die Freiheit!«

In der zweiten Stunde kam Wind auf, und die Bäume, die über den Pfad hingen, schüttelten ihre Kronen. Unterhalb der steilen Straße toste der aufgewühlte Fluss, und ein Boot mit vier Männern darin lief auf einer Tanne auf, die in der Nähe des Ufers ins Wasser gestürzt war.

Ledyard hielt an, und er und Brutus zogen die Männer an Land, atemlos und durchweicht, aber dennoch sehr sparsam mit ihrem Dank. Sie hatten jeder ein Zweiglein von den langnadligen Kiefern an ihrem Hut stecken – das Abzeichen der Regulatoren. Hannah, die vorsichtig aus dem Wagen spähte, erkannte Rufus Pennys vierschrötige Gestalt und neben ihm den hageren, verdrossen blickenden Isaiah Squeer.

Und da war noch jemand – Jonathan, ihr Cousin, der wie die anderen einen Kiefernzweig an seinem Hut trug. Kein Wachtmeister mehr, sondern ein Aufwiegler. Und nach dieser Nacht, befürchtete sie, auch ein Gesetzloser, bis sie alle gefangen und ins Gefängnis geworfen wurden.

»Wollt ihr ein Glas Rum, Freunde, um euch aufzuwärmen?«, fragte sie der alte Puppenspieler freundlich.

»Wir haben keine Zeit zu verschwenden«, sagte Rufus Penny. »Und warm werden wir's auch bald haben!«

»Da liegt noch ein Boot bei Redferns!«, rief Squeer. »Lasst uns das nehmen und bei der kleinen Bucht übersetzen!« Und schon liefen sie los, kaum in der Lage, sich gegen den Wind zu stemmen.

Oh, es war ein heißer Wind. Bevor die zweite Stunde verstrichen war, sah Hannah auf beiden Ufern Feuer lodern – die frisch aufgeschichteten Heuhaufen brannten. Der Wind schürte das Feuer und fraß das süße Heu und wehte brennende Bündel auf die Dächer der Häuser und setzte einige von ihnen in Brand. Sie hörten Rufe und das Wiehern von Pferden und das Schreien von Frauen.

Hannah dachte an den Heuhaufen ihres Onkels, der so dicht bei der Scheune war, und sie dachte an Daniel. Beinahe konnte sie seine Gestalt dort sehen, wie er sich mühte und kämpfte, wie er dem Wind und dem Feuer trotzte. Aber doch ganz ruhig war, tief im Inneren. Auf jedes Feuer gefasst.

Obwohl ich fort bin, dachte sie, *bin ich immer noch dort. Einen Teil von mir habe ich zurückgelassen. Ohne ihn werde ich an den Wurzeln bluten.*

In der dritten Stunde kamen sie durch ein Dorf. Es war zu klein, um einen Namen zu haben. Dort stand ein hoher Baum, und im Aufleuchten eines Blitzes sahen sie die Gestalt eines Mannes dort hängen. Sie hatten ihn nackt ausgezogen und ihn mit Kiefernharz bestrichen und mit Gänsefedern bedeckt, und obwohl sie ihn an den Händen aufgehängt hatten, lag um seinen Hals noch eine Schlinge, so dass diese ihn, falls er die Hände irgendwie frei bekäme, erwürgen würde. Er baumelte im Wind, und als sie unter ihm vorbeikamen, konnten sie sein leises Stöhnen hören.

Ledyard hielt den Wagen an, und Brutus sprang heraus, aber plötzlich sirrte eine Musketenkugel an seinem Kopf vorbei und pflügte eine dünne Blutfurche über seine Schläfe.

»Dein Leben, wenn du ihn befreist!«, rief eine Stimme aus dem Haus hinter dem Baum.

»Was hat er getan?«, rief Ledyard und hatte Mühe, den Wind zu übertönen.

»Er hat viele zerbrochen. Einige getötet. Andere hungern lassen.«

Hannah blickte in das Gesicht des Gehängten; es war Gabriel Bent, der Steuereintreiber. Seine Augenlider öffneten sich flackernd, und er starrte in das Unwetter hinaus.

Hannah stieg aus dem Wagen, und der Wind peitschte ihre Röcke. An einem Holzhaufen wenige Schritte entfernt lehnte eine Axt; sie konnte mit einem einzigen Hieb beide Seile durchtrennen und den Mann befreien.

»Nein, Mistress!«, brüllte Ledyard, und Brutus riss sie gerade noch rechtzeitig aus dem Weg, bevor die nächste Musketenkugel sie treffen konnte. Die Kugel bohrte sich in den Griff der Axt und spaltete ihn säuberlich in zwei Teile.

»Glaubst du, ich würde keine Frau töten? Scher dich fort und misch dich nicht ein, wo Männer ein gerechtes Werk vollbringen!«, rief die Stimme aus dem Haus. »Der nächste Schuss wird nicht danebengehen.«

Der Wagen fuhr wieder los, hinein in den Sturm.

Endlich öffnete der Himmel seine Schleusen, und der Regen war wie eine einzige dichte graue Wand. Was von den brennenden Heuhaufen übrig geblieben war, zischte und schwelte, aber sie konnten kaum etwas sehen; der Fluss war nur ein Tosen an ihrer Seite und der Pfad ein Seil, auf dem sie balancierten. Als sie den Whitebird Creek an seiner Mündung überquerten, war er bis an die Ufer emporgestiegen, und Blitz und Donner waren jetzt eins und sehr nah. Jennet schmiegte sich hinten im Wagen an Hannah, vergrub das Gesicht in den Röcken ihrer Mutter und klammerte sich an sie.

Ein Blitz zerriss die Dunkelheit über dem Manitac, und der nächste schlug keine zehn Meter von dem Wagen entfernt ein.

Es war zu viel für das alte Pferd. Es bäumte sich schreiend und mit wilden Augen in der Deichsel auf, und dicker Schaum troff ihm aus dem Maul.

»Ruhig, Soldier!«, rief der alte Puppenspieler. »Ruhig! Hörst du?«

Aber Soldier hörte nur den Donner, der den Boden erzittern ließ, und er kannte nur noch den Regen, der seine Hufe im Schlamm ausgleiten ließ und ihn blind machte, und den Wind, der ihm seine zerzauste Mähne in die Augen blies. Er bäumte sich abermals auf, und dann schoss er in halsbrecherischem Galopp die Straße hinunter, dass der Wagen wild von einer Seite zur anderen schwankte, während tief hängende Zweige über sein Dach peitschten. Hannah griff sich Jennet und flüchtete sich auf den Boden des Wagens. Der Kater in seinem Korb heulte seine Todesklage heraus und rollte in seinem kleinen Gefängnis hin und her. Sie waren jetzt fast bei Jedd's Cove, keine fünf Meilen mehr vom Hook entfernt, und die Straße machte eine scharfe Biegung landeinwärts, wo das Dorf Oxford lag.

Gerade als sie die Kurve erreichten, jagte der Himmel einen Blitz in das Flachsfeld zu ihrer Rechten. Der Wagen neigte sich entsetzlich zur Seite, und Hannah hörte das alte Pferd wiehern und wiehern …

»Sie müssen springen, Ma'am«, rief Ledyard. »Er wird uns umwerfen! Springen Sie!«

Mit Jennet, die sich an ihren Röcken festkrallte, tastete Hannah sich zum hinteren Teil des Wagens und versuchte, die Tür aufzudrücken, aber der Wind hielt zu stark dagegen.

Das Pferd wieherte abermals. Der Wagen machte einen Satz und schoss nach vorn. Es gab einen Knall wie von einem Gewehr, und Hannah wusste, dass eines der Räder gebrochen war. Sie schleppte Jennet auf die andere Seite des Wagens, wo sie vor dem schlimmsten Schaden sicher sein würden, und hielt sich mit aller Kraft an dem dünnen Balken fest, der das Dach trug.

»Wir sind am Ende!«, rief Ledyard.

Daniel, dachte Hannah, *ich sterbe.*

An Gott zu denken blieb keine Zeit mehr.

Der Sturz ging sehr langsam vor sich, jedenfalls kam es Hannah später so vor. Einen Zoll um den anderen, während Jennets kleine Finger sich in ihr Fleisch krallten, beinahe als wolle sie wieder in ihren Körper hineinkriechen.

Und dann das Ende der Welt. Das Bersten der Bretter von Dach und Wänden und dann der schreckliche Aufprall auf dem harten Boden, der alles andere auslöschte.

Ein urgewaltiger Todesschrei des Pferdes, als es stürzte.

Dann Stille. Der Wind trieb den Regen gegen das gesplitterte Holz. Etwas berührte Hannahs Gesicht, strich über ihre geschlossenen Augen.

Eine Stimme erhob sich, und sie dachte, Gott habe sich in den Regen verwandelt und das Urteil über sie gefällt.

Die Stimme sprach flüsternd zu ihr, ohne dass Hannah den Sinn der Worte hätte entschlüsseln können.

Und dann, im Aufflackern und Ersterben einer Sekunde, bevor ihr Körper sie für sich forderte und ihr Bewusstsein auslöschte, hörte Hannah Trevor eine andere Stimme, eine andere Art von Wort.

»Annen! Ahhhh!«, rief die Stimme gegen den Wind. »Annen! Ahhhh!«

Aber Hannah konnte nicht antworten.

Wenn Ledyard sich nicht an seinen Kutschbock geklammert hätte, um das zu Tode erschreckte Pferd noch ein paar Meter weiter um die Kurve herum zu treiben, wären sie in den fast über die Ufer getretenen Fluss gestürzt und beinahe sicher ertrunken. Stattdessen erwachte Hannah mitten in einem Feld von Flachs; grün, weich und noch in Blüte stehend, waren die buschigen Pflanzen ein elastisches Kissen, das sie am Leben gehalten hatte.

Es war noch dunkel, aber es regnete kaum noch, und die Blitze zogen flussaufwärts weiter, zum Wald hin.

Hannah versuchte, sich zu bewegen, und stellte fest, dass sie es nicht konnte. Ein Teil des Wagendaches lag quer über ihrer Brust und ihren Beinen. Als sie sich bewegte, schoss ein heißer Schmerz durch ihren rechten Unterarm; ein Nagel hatte eine tiefe Wunde in ihr Fleisch gemeißelt, und sie hatte Blut im Mund, und halb geronnenes Blut sickerte aus einer Schnittwunde auf ihrer Stirn.

Sie benutzte ihren linken Arm, um die Trümmer wegzudrücken, und stellte fest, dass sie aufstehen konnte. »Jennet!«, rief sie. »Jenny! Wo bist du, Jenny?«

Aber diesmal kam kein kleiner, warmer Körper aus der Dunkelheit geschossen, um sie zu finden.

Hannah drehte sich verzweifelt um ihre eigene Achse. »Jennet!«, rief sie und fiel zu Boden.

Dann also kriechen. »Jennet! Jenny!« Aber es kam keine Antwort.

Da regte sich plötzlich etwas zwischen den Trümmern des Wagens, und im nächsten Augenblick kämpfte sich Brutus aus dem gesplitterten Chaos von Brettern, Kochgeschirr, Puppen und Kostümen. In den Armen hielt er Hannahs in den Quilt eingeschlagenes Bündel und den Kater Arthur, der seine Krallen unbarmherzig in die Brust des großen Mannes bohrte.

»Das kleine Mädchen ist weg, Lady«, sagte Brutus. Der Unfall hatte, wie es schien, seine Zunge gelöst, und der Regen hatte all seine Feuer gelöscht. »Da drunter ist sie nicht.«

»Und Mr. Ledyard?«

»Tot. Genick gebrochen, wie das Pferd.«

Er begann, durch den tiefen Schlamm zwischen den Flachsreihen zu waten, und Hannah versuchte, ihm zu folgen, aber ihre Beine wollten sie nicht tragen. Sie fiel erneut hin und wurde von einem starken schwarzen Arm emporgehoben.

»Keine Spur von ihr«, sagte er, und seine Stimme war sehr leise und sanft. »Ich bringe Sie bis zu dem Dorf da hinten. Muss ein Gasthaus dort geben. Am Morgen findet man sie.«

»Sie ist nicht tot!«, rief Hannah. »Sie war noch bei mir, nachdem der Wagen umgestürzt ist! Ich lasse es nicht zu, dass sie tot ist!«

Seine langen schwarzen Finger strichen über den bleichen Pelz des Katers. Dann löste er Arthurs Krallen aus seiner Brust und legte Hannah Jennets Schoßtier in den Arm. »Sie wird ihn haben wollen, wenn sie zurückkommt.«

Er ging zu dem verwüsteten Wagen und stöberte kurz herum. Im Nu war er wieder da, mit einem Kasperkostüm, aus dem kühles Flusswasser tropfte.

Vorsichtig und mit reichlich Abstand zwischen ihnen drückte Brutus Hannahs Kopf ein wenig nach hinten und inspizierte die Schnittwunde, aus der immer noch ein dünnes Rinnsal Blut lief. Er tupfte ihr mit dem kühlen, nassen Stück Stoff das Gesicht ab, dann legte er es auf die Wunde in ihrem Arm.

Die Wolken zeigten jetzt ein Stückchen klaren Himmel und eine dünne Mondsichel mit einem Stern in den Armen. Brutus beugte sich zu ihr hinab, und seine goldenen Ohrringe glitzerten in der Dunkelheit.

»Ich bete zu Gott für Sie, meine Dame. Und für das kleine Mädchen.«

»Bleiben Sie! Sie versteckt sich, wenn sie Angst hat, das ist alles! Als sie mich nicht wecken konnte, glaubte sie, sie müsse sich verstecken!«

Hannah sagte nichts von dem, was Jennet in der Laube erlebt hatte. Aber Brutus war da gewesen, zusammen mit Ledyard und den anderen Leuten vom Jahrmarkt.

»Sie hat eine Stimme«, sagte er. »Genau wie ich. Ich hörte sie, als Stark starb. Hörte sie wieder, als das Rad brach. Sie macht sich bemerkbar. Wenn sie kann.« Der Schwarze zögerte. »Stark war vor dem Gesetz *Ihr* Mann, nicht?«

Sie straffte die Schultern und schob sich eine Locke aus dem Gesicht. »Vor dem Gesetz war er mein Ehemann«, sagte sie und sah ihm direkt in die Augen. »Vor demselben Gesetz, das Sie zum Sklaven machte. Wenn Sie etwas wissen, das mich vom Verdacht des Mordes befreit, müssen Sie es mir erzählen. Ich habe ein paar Shilling bei mir, aber ich werde sie Ihnen nicht anbieten, um Sie zu bestechen. Ich glaube nicht, dass Sie so ein Mann sind.«

Sein Gesicht verriet keine Regung. »Ich habe Stark dort gesehen, habe ihn in die Laube gehen sehen. Eine Weile habe ich dem alten Mann mit seiner Puppenbühne geholfen. Dann sah ich die Frau. Ich kannte sie von früher, verstehen Sie, und ich kann es mir nicht leisten, zu vergessen, was ich weiß. Ich habe mich vor ihr versteckt, so gut ich konnte.«

»Was für eine Frau? Wie ist ihr Name?«

»Ein Name bedeutet nichts. Nannte sich Mary Ann, als ich sie kannte. Weiß nicht, wie sie sich heute nennt.«

»Ist sie in die Laube gegangen?«

»Das habe ich nicht gesehen. Sie schaute nach den Kindern. Sie war immer ein so sanftes Geschöpf. Ich kannte sie gut. Mary Ann, die als Leibeigene in Boston gearbeitet hat. Ich habe auch eine Weile dort gelebt. Ich habe den alten Mann dort kennen gelernt, ihn und seine Puppen. Bis gestern Abend hatte ich die Frau nie mehr gesehen.«

»Sie war eine Leibeigene? Wie sieht sie aus?«

»Eine weiße Frau. Weiße Haut.«

»Welche Farbe hat ihr Haar?«

»Sie trägt meistens eine Haube. Aber die Haare sind nicht so dunkel wie Ihre.«

»Also blond? Hat sie blondes Haar?«

Bertha Pinchs Haare hatten die helle Farbe von Gerstengrannen. Sarah Firths Haar war mittelbraun, aber ein Mann, der selbst so dunkel war wie Brutus, mochte es durchaus blond nennen. Wer noch? War da nicht eine neue Magd in Mrs. Twigs Küche …

Hannah hatte böse Kopfschmerzen, und ihr war schwindlig und übel. Was spielte es für eine Rolle, wer Twigs Magd war oder wie sie aussah? Es gab nichts, das sie mit den Morden in Verbindung brachte. Es war nur ein weiterer Strohhalm, und sie hatte danach gegriffen, aber sie war zu müde, um ihn festzuhalten. »Bitte«, sagte sie leise. »Helfen Sie mir, meine Tochter zu suchen. Bleiben Sie noch ein wenig bei mir.«

Brutus wandte den Blick von ihr ab und schüttelte den Kopf.

»Nein, Mistress. Nach dieser Nacht werden die Sheriffs unterwegs sein, um irgendjemanden zu verhaften.«

»Warum wollen Sie weglaufen? Es gibt keine Sklaven in Maine. Ihr Bruder ist kein Sklave.«

Er zuckte die Achseln, und ein säuerliches Lächeln ließ seine weißen Zähne aufblitzen. »Er dient einem Narren um einen Hungerlohn, das nenne ich nicht frei. Mann, Frau. Schwarz, weiß. Wenn man heutzutage kein Geld in der Tasche hat, ist man irgendjemandes Sklave.« Er strich mit dem Handrücken über ihre Wange. »Sorgen Sie dafür, dass man den alten Mann mit seinen Puppen zusammen begräbt, liebe Dame. Das hätte ihm gefallen.«

»Gott sei mit Ihnen«, flüsterte sie. Und bevor sie noch einmal blinzeln konnte, war er fort.

Allein in der verblassenden Dunkelheit, setzte Hannah sich auf den schlammigen Boden, tränenlos und schweigend, um darauf zu warten, dass das Licht zurückkäme.

Wenn ich sie doch nur bei Daniel gelassen hätte. Aber nein. Ich musste sie in Gefahr bringen, ich musste sie zu meinen Bedingungen haben, selbst wenn es ihren Tod bedeuten könnte. Ich muss ich sein und keinen Zoll nachgeben.

Da sehnte sie sich mit einem Mal nach ihm, nach seiner Stille, die die wilde Angst von ihr nehmen würde, und nach seinem Herzen, das die Wahrheit ihres eigenen Herzens aufdecken konnte.

Aber seit dem ersten Jahr ihrer Ehe, das jetzt fast zwanzig Jahre zurücklag, hatte Hannah Trevor die Liebe mehr gefürchtet, als sie sie brauchte, und dieser Furcht den Namen Freiheit gegeben, kostbare Freiheit. Jetzt brannte es sie, diese Freiheit weggeben zu können.

Gott schütze dich. Ich bin fort, hatte sie in ihrem Brief an Daniel geschrieben. Und gewiss hatte sie ihm nicht genug Licht gegeben, in dessen Schein er sie finden konnte.

»Jennet!«, rief sie, und das Wort schloss sich um sie herum wie ein Nebel und begrub sie in dem Gefängnis ihrer selbst.

Ich bin. Ich bin. Ich bin. Ich bin.

30

Beweisaufnahme

Öffentlicher Aufruf zur Rückgabe der entlaufenen Dienstmagd Mary Ann Stokely, 1782

Mr. Ashley Farragut aus Boston setzt eine Belohnung von zwei Pfund aus für die Rückgabe seiner Dienstmagd, Mary Ann, 1779 für sieben Jahre am Hafen von Salem gekauft. Kräftig und gesund, eine tüchtige, unverheiratete Frau, die die meisten Arbeiten mit nur wenig Anleitung durchführen kann. Ungewöhnlich groß, etwa einen Meter fünfundsiebzig, aber schlank. Von reizlosem Äußeren, einem hellen Teint und blondem Haar, weitgehend ungebildet, etwa dreißig Jahre alt. Sie wurde zweimal wegen Lügens und Ungehorsams ausgepeitscht und hat einige Narben davongetragen. Zum Zeitpunkt ihrer Flucht aus der Obhut ihres Herrn war sie schwanger, und ihre Dienstzeit verlängert sich um weitere sieben Jahre für die nicht erfolgte Auslieferung ihres Kindes. Wahlweise auszulösen durch die doppelte Summe ihres Dienstpreises.
Der vorherrschenden Meinung nach ist sie zu ihrem Geliebten gegangen, von dem sie häufig sprach. Mary Ann Stokely hat eine schöne Singstimme, mit

der sie jeden Herrn erfreulich zu unterhalten vermag, und sie ist in der Lage, Kindern das Singen beizubringen. Sie steht im Verdacht, bei der Flucht vor ihrem Herrn eine gewisse Euphemia Lester mitgenommen zu haben, fünf Jahre alt, das Kind von Mr. Robert Lester aus Portsmouth, das später gefunden und seinem Vater zurückgegeben wurde. Wer Mary Ann Stokely in seinem Haus aufnimmt, muss die noch ausstehende Dienstverpflichtung für die Beklagte und ihr ungeborenes Kind entgelten, und er wird sich vor Gericht wegen Diebstahls verantworten müssen.

31

Wie das Heu verbrannte

Mit seinem Säbel am Gürtel machte Daniel sich auf den Weg und hatte den Wald hinter sich gebracht, gerade als die Sonne unterging. Dann lief er mit gleichmäßig federndem Schritt wie ein Indianer über die Schafweide und kam schließlich müde und schweißdurchnässt im Hof von Two Mills an.

Zwei Fremde erblickte er dort. Sie hatten Bajonette auf ihre Gewehre gepflanzt und warfen sich lachend etwas zu; der eine Mann spießte es auf und wirbelte es hoch in die Luft, und der andere kam herbeigerannt, um es mit seinem Bajonett aufzufangen.

Als er näher kam, konnte Daniel auch erkennen, was die beiden einander da zuwarfen. Es war Henry Markhams beste Sonntagsperücke.

»Was tut ihr hier?«, fragte Daniel. »Wer seid ihr?«

Sie lachten gröhlend. »'n Abend, Euer Lordschaft«, höhnte der kleinere Mann, ein verschlagener Mensch namens Ketchell.

»Wenn Sie Ihr Liebchen suchen, kommen Sie zu spät«, sagte der andere, der Tully hieß. Ihm fehlten etliche Zähne, und er hatte fettiges, schmutzig blondes Haar und einen Bauch, der ihm über die Hose hing. Er warf die Perücke abermals in die Luft und ließ sie in einen frischen Kuhfladen fallen.

Der magere Bursche spießte sie mit seinem Bajonett auf

und hielt sie Daniel unter die Nase. »Hier, Sir! Hier haben Sie Ihre süß duftende Mätresse.«

»Mrs. Trevor, Ma'am«, sagte Ketchell das Wiesel und machte eine Verbeugung vor der besudelten Perücke. »Ach, ich dachte, Sie wären davongelaufen!«

Daniels rechte Faust schnellte vor, und Tully taumelte, verlor den Halt und landete mit einem flatschenden Aufprall in den dicksten Pferdeäpfeln. Blut rann ihm aus Mund und Nase. Ketchell schleuderte die Perücke von seinem Bajonett und tänzelte vor Daniel auf und ab. »Duncan!«, rief er in die Dunkelheit hinein. »Auf ihn, Junge!«

Bevor Daniel seinen Säbel ziehen konnte, schlug der dritte Mann ihn von hinten nieder, und er fiel mit dem Gesicht nach unten in den Staub. Ein Tritt traf ihn in die Rippen und der nächste an der Schläfe. Er packte Ketchells Stiefel, zog daran, spürte, wie der Mann ins Wanken geriet.

Einen Augenblick später zielten zwei Bajonette auf seinen Hals.

»Ihr Vögelchen ist ausgeflogen, Major. Aber wir werden sie schon wieder einfangen. Und dann werden wir uns ein wenig amüsieren.«

Sheriff Tapp kam durch die Tür des Arbeitsraumes und griff nach den Zügeln seines großen Rappen, der dort festgemacht war. Daniel konnte sich nicht bewegen; er lag auf dem Bauch im Dreck und spürte die spitzen Bajonette auf seiner Haut, aber er ließ Marcus Tapp nicht aus den Augen.

»Wenn sie nicht mehr hier ist«, sagte er und schmeckte dabei das Blut in seinem Mund, »warum treiben Sie sich dann noch hier herum?«

»Ich habe auf Sie gewartet, Sir. Auf Sie.« Tapp lächelte, und seine blassen Augen waren so kalt wie Glas. »Sie wissen wahrscheinlich, dass ich Sie in Eisen legen könnte. Schließlich haben Sie gerade die vereidigten Repräsentanten des Gesetzes angegriffen.«

Die Bajonette kitzelten noch immer Daniels Hals.

»Aber ich möchte Sie noch nicht einsperren. Sie werden uns zu Ihrer Schlampe führen.« Er klatschte scharf in die Hände. »Lasst ihn aufstehen, ihr missratenen Hunde!«

Daniel erhob sich und sah sich um, den Blick noch immer getrübt von dem Schlag und dem dumpfen Schmerz seiner Rippen. »Wo ist Mrs. Trevors Tochter, wo sind der Müller und seine Frau?«

»Hier, Sir!«, rief Hannahs Onkel aus der Tür. »Er hat mein Haus auf den Kopf gestellt, ohne eine gesetzliche Handhabe! Nicht einmal um meine Erlaubnis hat er gebeten!« Henry Markhams klare Stimme zitterte, als er wütend in den Hof hinaus kam, einen schweren Schürhaken in der Hand. »Er hat die Frauen beleidigt, die unter meinem Dach leben!«, sagte der alte Mann und fuchtelte mit seiner Waffe herum.

»Gehen Sie wieder rein, Alter, und seien Sie still«, befahl Tapp.

»Das werde ich nicht tun! Sie haben die Bottiche mit gepökeltem Fleisch und eingelegtem Fisch ausgeleert und die Fässer in meinem Keller zerschlagen! Sie haben unsere Vorräte für den Winter verdorben, und wohin soll ich mich wenden, um Schadensersatz zu verlangen, Sir?« Der alte Muller drehte sich zu Daniel um. »Wahrhaftig, dieser dreiste Kerl hat sogar die Federbetten im Schlafzimmer meiner Nichte aufgerissen!«

»Und dort den Beweis gefunden, den wir suchten.« Tapp lächelte.

»Was für einen Beweis?«, fragte Daniel. Die Bajonette zielten noch immer auf seinen Rücken.

Der Sheriff griff in sein Wams und förderte einen kleinen Beutel aus Sämischleder zutage, mit einem feinen grünen Seidenfutter. Darin befand sich der einzige bis dahin nicht wiedergefundene Sovereign von den zehn, die Tante Sibylla Mr. Tyrrell geliehen hatte. Einen hatten sie in der Hütte entdeckt. Acht hatte Jean le Petit gestohlen.

Hier war der zehnte. Daniel rang in der drückend heißen Nacht nach Atem.

»Ein Goldstück, das im selben Jahr geprägt wurde wie das in Starks Hütte.« Marcus Tapp ließ sein Pferd ein paar Schritte näher an Daniel herangehen, so dass dieser zu ihm aufblicken musste. »Ihr mordlustiges Liebchen hatte die Münze in ihr Federbett eingenäht, Major Josselyn. Wo Sie selbst zweifellos die eine oder andere Nacht recht gemütlich verbracht haben.« Er beugte sich von dem Pferd herab. »Sagen Sie mir, ist sie willig? Oder lässt sie Sie für Ihr Vergnügen rackern? Mir ist eine, die nicht so freigebig ist mit ihrer Gunst, allemal lieber. Ein süßer Pudding muss immer noch etwas Biss haben.«

Daniel stürzte sich auf ihn, und in seinem Rücken wurden die Musketen gespannt.

»Sie da! Herr Sheriff!«, kam ein schriller Aufschrei aus der Tür. Julia Markham hatte die uralte Muskete ihres Mannes in der Hand und legte sie energisch an die Schulter. Ihr Rücken war so gerade wie ein Ladestock, als sie nun in den Hof trat, ihre Waffe auf den Sheriff gerichtet.

»Ich habe genug von Ihren höhnischen Verleumdungen! Sie haben getan, wozu Sie hergekommen sind. Und jetzt verschwinden Sie!«

»Meine Männer werden hier bleiben, altes Weib. Möglich, dass die Dame hierher zurückkehrt, um sich zu verstecken, und wenn sie das tut, dann schnappen wir sie uns.«

Plötzlich bohrte Tapp seinem Pferd die Absätze in die Flanken, und das Tier schoss nach vorn, direkt auf Julia zu. Daniel machte einen gewaltigen Satz, um sie aus dem Weg zu reißen, und Henry wäre mit seinem Schürhaken auf den Sheriff losgegangen, hätte Julia ihn nicht daran gehindert.

Marcus Tapp zügelte seinen Rappen und drehte sich zu Daniel um. Er verbeugte sich höhnisch und lächelte. »Wir werden uns zweifellos wiedersehen, Major. An dem Tag, an dem ich Mrs. Trevor nehme.«

Daniels Augen blitzten in der Dunkelheit auf, doch seine Stimme war ruhig und gelassen.

»An diesem Tag sollten Sie besser eine scharfe Waffe bei sich fuhren, Sir«, erwiderte er. »Und klügere Hunde als diese da.«

Julias gut geführter Arbeitsraum war ein Trümmerfeld. Tische und Stühle waren umgestoßen, Krüge mit eingemachten Kirschen lagen zerschmettert am Boden, und Sirupflaschen hatten ihren Inhalt über die Dielenbretter ergossen. Sie waren mit ihren Bajonetten auf Hannahs schönen neuen Quilt in seinem Rahmen losgegangen; er hing in großen Streifen aus zerfetztem Rot, Grün, Gold und Weiß herab.

Henry flatterte um Julia herum, und Julia flatterte um Henry herum, und Kitty saß schluchzend in einer Ecke, wo Susan sich über sie beugte.

»Nun komm schon, Kleines«, sagte das ältere Mädchen. »So schlimm ist es doch gar nicht.«

Aber das Schluchzen wurde nur umso lauter; es klang gebrochen und trostlos.

Daniel ging neben den beiden Mädchen in die Hocke. »Haben sie ihr etwas getan?«

Susan blickte wütend zu ihm auf. »Dieses geile kleine Wiesel hatte eine Hand in ihrem Mieder und die andere unter ihren Röcken, und wenn ich ihm nicht fast das Ohr abgebissen hätte, hätte er getan, was er vorhatte!«

»Er ist immer noch da! Er ist da draußen!« Kitty schluchzte. »Ich h-hasse ihn«, sagte sie und sah zu Daniel auf. »Ich hasse alle Männer! Ich werde nie heiraten, nie!«

Daniel streckte die Hand nach ihr aus, um ihr über die Wange zu streichen, und sie zuckte zurück. »Nein«, sagte er. »Nein. Halt jetzt still, Kitty. Bitte. Bitte. Das sind keine Männer, mein Kind.«

Sie saß steif da, den Rücken gegen den Kamin gedrückt, und starrte ihn mit wilden Augen an. Er strich ihr mit den Fingerspitzen über die Stirn, ganz sachte, ganz behutsam. Er schob ihr das feuchte Haar aus dem Gesicht und legte seine offene Hand sanft an ihre Wange.

»Oh, Sir«, sagte sie und schlang ihm schluchzend die Arme um den Hals. Da trat auch Susan heran und legte ihrerseits die Arme um ihre Freundin, so dass sie einander Zuflucht waren, sie drei, zwei Rosen und ein Gitter, wie auf Hannahs zerstörtem Quilt.

Drüben saß das alte Ehepaar und hielt einander in den Armen; draußen hörte man Tapps Männer in der Dunkelheit lachen. Daniel stand auf und ging wieder in den Hof hinaus.

»He, Ketchell!«, brüllte er. »Du bist ja sehr tüchtig mit jungen Mädchen und alten Frauen und wenn es darum geht, Männer von hinten anzugreifen!«

Er war jetzt kein Bauer mehr, sondern der Soldat, der auf genauso vielen Schlachtfeldern gekämpft hatte wie Marcus Tapp.

»Zeigt euch, oder ich komme euch suchen!«

Einer nach dem anderen traten sie vor, und ihre Pfeifen glühten in der Dunkelheit. Ein Blitz erhellte die ungleichmäßigen Umrisse der tief hängenden Wolken und verschwand hinter dem Wald. Daniel zog seinen Säbel und richtete ihn direkt auf die drei fernen Schatten der Männer. Die Klinge bewegte sich langsam von einem zum anderen und wieder zurück. Daniels Stimme war ruhig und klar, so kalt wie die Schneide seines Säbels.

»Tretet noch einmal einem Menschen in diesem Hause zu nahe«, sagte er, »richtet hier noch irgendeinen Schaden an, verhöhnt oder missbraucht einen der Menschen hier – so wahr Gott mein Zeuge ist, ich werde euch finden und die Fische mit euren Gedärmen füttern. Ich mache keine leeren Worte, das weiß jeder hier in der Gegend. Was ich verspreche, das halte ich auch.«

Niemand antwortete. Am anderen Ende des Hofes zogen sich die drei rot glühenden Kohlen, die Pfeifen der drei Männer des Sheriffs, langsam zurück, bis die Dunkelheit sie verschluckt hatte.

Daniel drehte sich um und ging zurück ins Haus, wo Julia auf ihn wartete. Für einen Augenblick nahm er ihre Hand, dann ließ er sie los. »Wo ist Jennet?«

»Verschwunden. Kitty hat gesehen, wie sie durch den Obstgarten davonlief, als Tapps Männer kamen. Und der Kater ist auch weg, den das Kind so liebt.«

»Und Mrs. Trevor?« Er wahrte respektvoll die Form.

»Man erhebt falsche Beschuldigungen gegen sie!«, erwiderte Julia. »Doch das wissen Sie ja. Sie hat einige Kleider mitgenommen und dieses Tagebuch, das sie führt. Ich bete, dass das Kind sie gefunden hat, aber wohin sie gegangen sind, das weiß ich nicht mehr als Sie.«

»Ich habe ihr großes Unglück zugefügt«, sagte er.

Julia legte die Hand an sein zerschundenes Gesicht. »Hat sie Sie bei Ihrer Ehre schwören lassen, nichts zu unternehmen und sie ziehen zu lassen?«

»Ja, das hat sie getan.«

Ihre Augen wurden schmal. »Und werden Sie sich trotzdem auf die Suche nach ihr machen?«

»Sehen Sie es denn nicht, Ma'am?«, fragte er. »Ich bin schon fort.«

Daniel lief den Hügelweg hinunter, überquerte den Fluss auf einem Floß und kehrte zu seinem eigenen Haus zurück; es gab noch so vieles zu erledigen, bevor er aufbrechen konnte, denn er hatte nicht die leiseste Ahnung, ob er je zurückkehren würde.

Als er in den Stallhof kam, hörte er in der Ferne einen Schrei. Zwei seiner Feldarbeiter rannten an ihm vorbei, und den zweiten hielt er am Ärmel fest.

»Feuer, Sir!«, rief der Mann, der kaum wahrnahm, mit wem er sprach. »Sie haben die Heuhaufen in Brand gesetzt!«

Es begann mit einem Prasseln, dann schoss das Feuer mit einem gewaltigen Brüllen gen Himmel, als ein Luftzug darüber hinwegfuhr, und der größte Heuhaufen stand in Flammen. Auf der anderen Seite des Flusses konnte Daniel Männer erkennen, dunkle Gestalten, die davonritten. Aber er konnte keine Zeit darauf verschwenden, sie zu beobachten; er rannte über den Kiesweg zum Haus, und noch bevor er den Nebeneingang erreicht hatte, ging auf Two Mills ebenfalls der frische Heuhaufen in Flammen auf. Flussabwärts hatten die Männer am Südufer drei weitere Heuhaufen angezündet, und am Nordufer konnte er Flammen aus Siwalls großer Scheune kommen sehen.

Das Horn von der Anlegestelle am Lamb's Inn, das sie benutzten, um Feueralarm zu geben, heulte wild auf. Aus dem Versammlungshaus ergoss sich ein Strom von Männern, die alle nach Hause rannten, um zu schützen, was sie schützen konnten. Dann begann auch die Kirchenglocke zu läuten.

Die Brände waren gewiss ein Zeichen, wie der Tee, den man dreizehn Jahre zuvor in den Hafen von Boston gekippt hatte. Danach würden die großspurigen Reden kommen, die schönen Worte.

Widersetzt euch! Wir werden nicht die Sklaven der Hochmütigen sein. Freiheit oder Sterben!

Und schon bald würde die alte Frage aufs Neue gestellt werden.

Welche Seite, welche Seite? Wo stehst du? Freund oder Feind? Auf welcher Seite bist du?

Aber diesmal gab es keinen König, dem man die Schuld zuweisen konnte, keinen König, den man als Schlachtruf benutzen konnte. Keine Königstreuen und Patrioten, keine noblen Ziele. Diesmal hieß es Arm gegen Reich. Ausbeuter gegen Ausgebeutete. Daniel, der noch immer seinen Säbel bei sich trug, stürmte ins Haus und die Treppe hinauf in Charlottes Zimmer. Sibylla war bei ihr, und als die alte Dame ihn erblickte, ließ sie ihre Whistkarten fallen und stand auf, wobei sie ihren Stock wie eine Waffe umfasste.

»Was hat das zu bedeuten, Sir?«, fragte sie, und ihre Augen leuchteten fast so hell wie die brennenden Heuhaufen. »Bewaffnet und mit grimmigem Blick? Was geht hier vor?«

Er war außer Atem, das Haar klebte ihm schweißnass an der Stirn, und auf seinem Kinn machten sich die rötlichen Bartstoppeln eines langen Tages breit. Er hatte Blut im Gesicht nach der Prügelei mit den Männern des Sheriffs, und wann immer er Luft holte, durchzuckte ihn ein scharfer Schmerz von dem Tritt in die Rippen, den sie ihm versetzt hatten.

Aber er zwang sich, die Fassung zu wahren. Um Charlottes willen durfte er nicht unbesonnen sein, denn es bestand immer die Möglichkeit, dass ihr geschwächtes Herz das nicht ertragen hätte.

»Ich bitte um Verzeihung«, sagte er. »Aber das frische Heu hat Feuer gefangen, und bis meine Männer es gelöscht haben, fürchte ich, dass ihr mir erlauben müsst, euch nach unten zu führen, in den hinteren Salon.«

Als er sie dort sicher versorgt wusste, in der Obhut des Drachen Twig, der über sie wachen sollte, und Tyrrells, der Charlotte wenn nötig aus dem Haus tragen konnte, rannte Daniel wieder hinaus in den Hof.

Das Unwetter kam näher, aber der Regen, der beim Löschen des Feuers geholfen hätte, ließ noch auf sich warten. Männer, Frauen, Stallburschen, Küchenmägde – sie hatten eine lange Kette vom Brunnen im Hof bis zu den hoffnungslos brennenden Heuhaufen gebildet und reichten das Wasser in jedem Behältnis, das sie hatten finden können, von einem zum anderen weiter. Ledereimer, Blechkessel, Kochtöpfe – alles, mit dem sich auch nur ein Tropfen Wasser zu den Flammen befördern ließ.

Eine zweite Reihe reichte weitere Eimer zum Haus durch. Und zwei Männer auf dem Dach durchnässten damit die hölzernen Schindeln und traten gleichzeitig auf vereinzelte brennende Heubüschel, die der Wind immer wieder aufs Dach wehte. Daniel verfluchte sich, dass er nicht statt der Holzschindeln Schiefer aus Philadelphia hatte kommen lassen.

»Es nützt nichts, Sir!«, rief John English. »Den großen Heuhaufen haben wir bereits verloren, und die beiden kleineren sind ebenfalls fast aufgezehrt. Uns fehlen drei Männer, die ich nach Ihnen ausgeschickt habe, als – Daniel, der Sheriff war auf Two Mills ...«

»Ich komme gerade von dort. Ich weiß.«

»Tränk die alten Abdeckplanen und bring sie hierher!«, rief English einem Arbeiter zu, der gerade vorbeikam. »Doch nicht im Brunnen, du Narr! Nimm sie mit runter zum Fluss! Lauf! Vielleicht können wir diesen Heuhaufen noch retten!«

Einige der Bäume im Wald hatten inzwischen ebenfalls Feuer gefangen, und die Stoppeln auf der Wiese waren bereits den halben Weg bis zum Flussufer hinunter abgebrannt. Daniel schlug einen brennenden Halm aus, der auf seinem Ärmel gelandet war und zu schwelen begonnen hatte.

Der Wind hatte aufgefrischt, und die Blitze waren sehr nah. Pferde wieherten, Männer riefen durcheinander, und überall hörte man das Geräusch des Feuers selbst, ein Prasseln und Tosen und Knacken, das die Menschen in Aufruhr versetzte.

Das Heu, das sie am Tag zuvor zusammen eingebracht und mit einem Tanzfest gefeiert hatten, lag verkohlt da. Das Band, das sie zusammengehalten hatte, war weggebrannt – zumindest schien es den Menschen im Augenblick so.

»Seht doch!«, rief jemand. »Gott steh uns bei, die Mühle brennt!«

Der feurige Regen glimmender Halme endete fast sofort, nachdem die durchweichten Segeltücher auf dem letzten Heuhaufen ausgebreitet waren, der Feuer gefangen hatte. Auch im Wald waren keine weiteren Bäume mehr in Flammen aufgegangen.

»Ich glaube, das Schlimmste haben wir jetzt geschafft, Sir«, sagte English. »Wenn Sie einverstanden sind, gehe ich jetzt mit einigen Männern runter ...«

»Natürlich, John! Helfen Sie Henry. Ich komme sofort nach, wenn ich nach meiner Frau gesehen habe.«

Der Verwalter lief über die Wiese davon, und die meisten anderen Männer folgten ihm. Weitere kamen auf Heuwagen und Ochsenkarren von den nahen Höfen; wenn die Mühle abbrannte, konnten weder Mais noch Weizen für die Wintervorräte gemahlen werden, es würden keine Baumstämme zersägt und verkauft werden, die ganze Arbeit des Sommers würde keinen Gewinn einbringen, und es würde noch schwerer werden, die Steuern zu zahlen. Krieg hin, Krieg her, ohne Mühle würden sie nicht zurechtkommen.

Daniel war zum Haus hinübergegangen, um den Frauen zu sagen, dass sie außer Gefahr seien, als ein Wagen in wildem Galopp in den Hof einfuhr. Auf der Ladefläche saß, mit flatterndem Nachthemd und im Wind wehendem Haar, Madam Honoria Siwall, und auf dem Kutschbock hockte ihr Sohn Jeremy.

Als er Daniel sah, sprang er ab und lief ihm entgegen. »Sie haben uns die Türen eingerannt, Sir«, sagte er, »und versucht, Pa aus seiner Kutsche zu ziehen, als er auf der Fähre übersetzte! Regulatoren! Weiß Gott, ich glaube, sie wollten ihn in unserem eigenen Hof aufhängen, um George Ansons Tod zu rächen, aber Tapp bekam irgendwie Wind von der Sache und wartete bereits auf sie. Er hat zwei von ihnen verhaftet, einen der Penny-Brüder und noch jemanden.«

Das ist Squeers Werk, dachte Daniel. Hatte Onkel Piet nicht gesagt, er sei Siwalls Spion und Tapps? Er ritt mit den Regulatoren und verriet ihre Namen an Tapp und stopfte sich gleichzeitig mit Siwalls Silbermünzen die Taschen voll.

Aber welchen Anteil hatte Trevor an dem Ganzen gehabt? Squeer war sein Verbündeter gewesen, sein Saufkumpan, sein Freund.

»Ist Ihr Vater schwer verletzt?«, fragte er Jem. »Und wo ist Tapp?«

»Der hat sich an die Verfolgung der Übrigen gemacht. Er sagt, sie hätten ein Versteck in der Nähe des Hook.«

Daniels Gedanken überschlugen sich. Er war sich fast sicher, dass Hannah es nicht riskiert hatte, mit Jennet ins Wilde Land zu gehen. Sie würde sich an die Straßen halten oder mit einem Boot flussabwärts an die Küste fahren, sobald sie das Gewirr von Inseln und Dörfern hinter sich hatte, die sich dicht an dicht um Gull's Hook scharten.

Aber in diesem ganzen Wahnsinn, gefangen zwischen Tapp und den Regulatoren – welche Chance hatte da eine Frau mit einem Kind?

Und irgendwo war da noch die unglückliche Frau, die kleine Dinge aus Hannahs und Jennets Leben gesammelt hatte, um sich ein eigenes Leben daraus zu zimmern, diese Frau, der sie vielleicht vertrauten, ohne zu ahnen, dass sie sie jederzeit erschlagen konnte.

»Ich muss zurück und Pa löschen helfen«, sagte der junge Siwall. »Die Scheune ist verloren, und der Ostflügel des Hauses brennt immer noch. *Er* würde Sie nicht darum bitten, aber … Würden Sie meiner Mutter Zuflucht gewähren, Major? Diese Kerle … sie haben sie auf den Hof geschleppt und ihr die Kleider vom Leib gerissen, bis sie fast nackt war. Als sei sie eine – eine …«

»Tory-Frau?«, ergänzte Daniel schnell. »Oder nur die Frau eines armen Mannes?«

Der junge Mann erschauerte. Einen Augenblick stand

er schweigend da. Wenn sein Vater denen, die um ihre Existenz kämpften, ihre Habe genommen hatte und davon dick und fett geworden war, so hatte Jeremy Siwall mit dem Geld gespielt, es verzecht und verprasst.

»Ich bin ein Dreckskerl, Sir«, flüsterte er. »Sie mögen mich nicht, und Sie haben allen Grund dazu. Aber da ist noch etwas, das ich Ihnen erzählen muss. Es geht um Trevor. Das heißt, um Stark. Anders kannte ich ihn nicht.«

»Sprechen Sie. Schnell. Wir haben keine Zeit.«

»Vor einem Monat, kurz nachdem Pa nach Boston gefahren war, war Stark eines Nachts zu ziemlich später Stunde bei Edes. Wir haben gewürfelt – Sie wissen schon, im Hinterzimmer, wo das Gesetz gelegentlich ein Auge zudrückt. Stark hatte in dieser Nacht Geld an mich verloren. Viel Geld, Sir. Ich wusste, dass er nicht zahlen konnte. Ich hab's im Grunde auch gar nicht erwartet. Ich sagte, er könne mit der Begleichung seiner Schulden warten, bis wir das nächste Mal miteinander spielen würden, aber er wollte nichts davon wissen. Er ließ sich Papier und Tinte geben und stellte mir einen Schuldschein aus, Major. Eine Sicherheit, so nannte er es.«

»Er hatte Geld? Ein Stück Land irgendwo?«

»Nein, Sir«, sagte Jem sehr leise. »Er bot mir an, mir seine Frau zu überlassen.«

Daniel atmete kaum. »Grace Stark?«

»Ja. Von Mrs. Trevor sagte er damals nichts. Ich kannte auch seine wahre Identität nicht, bis ...«

»Sie sagen, ›überlassen‹. Meinte er nur ...«

»Nein, Sir, nicht nur um eines kleinen Vergnügens willen. Er meinte verkaufen. Als Bezahlung für seine Spielschulden.« Jem ließ den Kopf hängen. »Ich habe manches unbedachte Vergnügen mit Frauen gehabt. Aber die meisten waren geradeso gedankenlos wie ich. Selbst Moll, auch wenn sie warm und zärtlich ist ... aber der Teufel soll mich holen, Major Josselyn. In diesem Land ist es seit fünfzig Jahren nicht mehr üblich, dass Männer ihre Ehefrauen verkaufen.«

»Nicht offen zumindest.« Daniels Gedanken tickten wie eine Uhr.

Ich töte keine Frauen, hatte Jean le Petit gesagt. *Wenn sie nicht hübsch genug sind, um sie zu behalten, verkaufe ich sie weiter nach Kanada. Und die Bälger auch.*

Zehn Pfund Sterling für eine, die nicht besonders hübsch ist, hatte Piet ihm weiter erzählt. *Zwanzig, dreißig für eine junge, wenn sie gut aussieht.*

»Stark lachte, als er mir seinen Schuldschein gab. Vielleicht war es ja nur der Rum, aber ... Er machte eine Andeutung«, fuhr der junge Siwall fort, »dass er so etwas schon einmal getan habe. Er kann doch nicht gemeint haben, dass ...«

Hannah. Hannah. Was hast du sonst noch vor mir verborgen?

»Helfen Sie Ihrer Mutter aus dem Wagen, Jem«, sagte Josselyn, »und bringen Sie sie ins Haus. Sie ist uns willkommen.« Er packte den jungen Siwall am Arm. »Hören Sie mir zu, Junge. Versuchen Sie nicht, diesen Regulatoren die Stirn zu bieten. Wenn sie wiederkommen, schicken Sie nach Mr. English um Hilfe und sagen Sie ihm, ich hätte es Ihnen angeboten.«

»Werden Sie nicht bleiben? Sie sind Soldat. Ich tauge nichts mit einem Gewehr oder einem Schwert.«

Daniel schüttelte den Kopf. »Ich bin Hauptmann der Miliz, Jem. Wenn ich als Soldat etwas gegen diese Männer unternehme, dann haben wir Krieg.«

Welche Seite? Auf welcher Seite stehst du? Um die Wahrheit zu sagen, Daniel war sich noch nicht sicher.

Jem verbeugte sich steif, zog Hannahs Brief aus dem Hemd und überreichte ihn. Dann lief er zu seiner Mutter hinüber, während Josselyn das Siegel brach. Im Licht der schwelenden Feuer konnte er gerade eben Hannahs filigrane Handschrift ausmachen.

Gott schütze dich. Ich bin fort.

Jetzt brach der Regen erst richtig los, ein wahrer Sturzbach, den der Wind von Nordosten übers Land blies.

»Sie ist mit dem Puppenspieler fortgefahren, Schatten«, erklang plötzlich die Stimme von Bertha Pinch direkt neben ihm. »Aber Sie müssen sich beeilen. Denn es gibt da jemanden, der sie Ihnen entreißen, entreißen, entreißen möchte!«

»Drücken Sie sich doch klar aus, gottverdammt noch mal!«, rief er und umfasste ihre schiefen Schultern. »Wen haben Sie in Hannahs Zimmer hinaufgelassen, um ihre Sachen zu stehlen? Was sind Sie? Wessen Verbrechen verbergen Sie?«

»Ah, wie soll ich das sagen, denn gute Männer sehen für mich aus wie Teufel und Sünder wie Geschöpfe, die Gott vergessen und verstoßen hat! Oh, schütteln Sie mir ruhig die Knochen aus dem Leib. Aber es wird Ihnen nichts helfen. Er hat ihr unrecht getan und sie missbraucht, und jetzt ist er tot, und das ist gut so. Man darf sie nicht bestrafen. Sie wird nichts Böses mehr tun.«

»Das können Sie nicht wissen! Sie ist wahnsinnig!«

»Oho, und sind Sie selbst nicht auch wahnsinnig? Ihre Augen sind irr, und Ihre Hände fassen zu, als seien sie aus Eisen, und wenn Sie einen Knüppel hätten, um mir den Kopf einzuschlagen, würden Sie nicht zögern! Sehen Sie doch! Lassen Sie meine Augen Ihr Spiegel sein! In einer Minute werden Sie mich ermorden.«

Daniel verschloss die Augen vor ihr und stand reglos da, während der Regen über ihn hinwegspülte. Bertha Pinch begann zu weinen.

»Was ist sie Ihnen?«, fragte er, sanfter nun. »Cousine? Schwester? Geliebte? Wie heißt sie?«

»Sie hat mir Trost gegeben, als ich untröstlich war!«, rief die kleine Näherin. »Ich wollte nicht, dass sie mit ihm ginge, nicht um alles in der Welt, denn ich traue solchen Halunken nicht über den Weg! Ich wünschte, er wäre tot und in der Hölle!«

Er drückte sie fest an sich und wiegte sie sachte.

»Wollen Sie mir nicht sagen, wohin sie gegangen ist? Wenn ich verspreche, dass ich ihr nur Gutes tun und dafür sorgen werde, dass sie eine sichere Zuflucht findet? Wenn ich es bei meiner Ehre schwöre?«

»Habe ich keine Ehre, geradeso wie Sie? Hat sie keine Ehre? Nein, Sir, ich habe schon zu viel gesagt. Sie können meinetwegen Ihr Schwert ziehen und mich aufspießen wie ein Kaninchen, aber von mir hören Sie kein Wort mehr!«

32

Stöcke und Steine

»Nein, Ma'am, was für eine Nacht wir hinter uns haben!«, sagte Mrs. Twig, als Lady Sibylla wieder in ihr Zimmer hinaufgetragen wurde. »Ich werde Ihnen einen Becher heiße Milch und eine Schale Haferbrei holen, damit Sie bis zum Morgen gekräftigt sind! In Ihrem Alter kann so eine Nacht leicht Ihr Verderben bedeuten, wenn wir nicht aufpassen!«

»Owen! Jenks!«, schrie die alte Dame, als Hobble endlich das obere Ende der großen Treppe erreichte. »Setzt mich hier ab, meine Getreuen, und dann fort mit euch, ins Bett. Ich werde euch heute Abend nicht mehr brauchen. Es sei denn«, murmelte sie kaum hörbar, »um einer Närrin eine Schale Haferbrei an den Kopf zu werfen.«

Andrew Tyrrell, der soeben Charlotte in ihr Zimmer getragen hatte, kam wieder zurück.

»Der Regen hat bis auf die schlimmsten Feuer alle Brände gelöscht, Ma'am«, sagte er. »Ich denke, dass auch die Mühle gerettet werden kann, obwohl ein Stapel bereits gesägter Bretter verbrannt ist.«

»Und mein Neffe? Ist er auch zu einem Häufchen Asche verbrannt?«

»Oh, Major Josselyn ist bestimmt schon aufgebrochen«, rief Twig. »Haben Sie nicht gehört, dass Hannah Trevor geflohen ist und ihr kleiner Bastard mit ihr? Ich kann mir nichts anderes vorstellen, als dass der Major ihr nachjagen und das Kind zurückholen wird, um es selbst aufzuziehen, denn auch wenn es stumm ist, so ist es doch ein liebes Kind, und wenn die Mutter eine Schlampe und eine Tory-Frau und eine Mörderin ist, so darf man das der Kleinen doch nicht anlasten.«

»Wollen Sie endlich den Mund halten, Sie dummes Weib!«, zischte Sibylla leise. »Stehen einen Schritt von der Tür Ihrer Herrin entfernt und schwatzen so idiotisch drauflos!«

»Ich bitte um Verzeihung, Mylady«, sagte Twig. »Ich spreche nur, weil es meine Pflicht ist. Aufrichtige Rede geht mir über alles. Doch um die Wahrheit zu sagen, ich denke nicht mehr gar so schlecht von Mrs. Trevor, wie ich es einmal getan habe. Ja, ich wünschte, ich wäre nicht so übereilt gewesen und ...«

Sibyllas spitze Nase fuhr in die Höhe. »Und was? Haben Sie sich eingemischt?«

Twig schürzte die Lippen, und in ihren Augen standen plötzlich Tränen. »Ich hielt es für meine Pflicht! Um des armen Kindes willen ...«

»Was haben Sie getan, Sie Närrin?«

Die Haushälterin zog die Nase hoch. »Nun, ich habe nur an meine Freundin, Mrs. Whinnet, geschrieben, deren Mann Schreiber beim Waisengericht ist, dass es hier einen Fall gibt, mit dem man sich vielleicht einmal beschäftigen möchte! Es ist doch nichts Böses dabei, wenn ich ein Wort an eine Freundin schreibe, Madam, möchte ich hoffen?«

Die alte Frau hob ihren Stock, und ihre Augen loderten. »Abscheuliches Frauenzimmer! Das ist also das Ergebnis von Ihrem dummen Geschwafel tagein, tagaus! Wenn ich die Herrin dieses Hauses wäre, würden Sie nicht eine Nacht mehr hier schlafen!«

Twig unterdrückte ein Schluchzen und stürzte den Flur hinunter davon, zu dem Zimmer, in dem man Madam Siwall untergebracht hatte – zweifellos, um vorsichtshalber schon einmal den Grundstock für eine neue Stellung zu legen. Sibylla ließ ihren Stock sinken und stützte sich schwer darauf.

»Soll ich nach Ihrem Neffen suchen, Madam?«, fragte Tyrrell sie.

»Nein, mein Freund. Gehen Sie zu Bett, Sie sind zu Tode erschöpft.«

Tatsächlich sah er sehr krank aus; es war in den letzten zwei Tagen immer schlimmer mit ihm geworden. Er schien sich die ganze Angelegenheit sehr zu Herzen zu nehmen. Sie entließ ihn mit einem Nicken, und der Sekretär zog sich in sein kleines Zimmer am gegenüberliegenden Ende des Flures zurück. Einen Augenblick später sah Sibylla das Licht seiner Kerze aufflammen. Er würde bis in den frühen Morgen hinein lesen; das war Tyrrells Art – wie es Daniels Art gewesen wäre, hätte er die Muße dafür gehabt.

Die alte Frau seufzte. Es schien, als würde wohl kaum jemand viel Schlaf bekommen in dieser Nacht. Die Tür zu Charlottes Schlafgemach stand offen, und die kleine Zofe, Abby, hatte genug Kerzen entzündet, um es hell und einladend zu machen, obwohl es inzwischen weit nach Mitternacht war.

Charlotte saß an ihrer Frisierkommode, während Abby das kunstvolle Arrangement von Locken und kleinen Zöpfchen löste. Das hellblaue Seidengewand war aufgeschnürt und abgestreift worden, doch die Zofe hatte noch nicht den cremefarbenen Morgenmantel geholt, der auf dem Fußende des Bettes lag.

Sibylla verharrte einen Augenblick lang in der Tür, während sie mit ihren kleinen, leuchtenden Augen das Bild in sich aufnahm, gerade so, wie sie vielleicht Pflanzen in einem Beet gemustert haben würde.

Das helle Blau des abgestreiften Seidenkleides. Der cremefarbene Ton des Morgenmantels. Das schwache Rosa von Charlottes Korsett und Unterhemd. Das Weiß ihrer Haut und das fahle Gold ihres Haares.

Illusion. Ein unwirkliches Bild von Weiblichkeit, aufgezwungen durch Sitte, Mode, Bequemlichkeit. Ah, selbst die arme Twig frönte dieser Seifenblase, diesem leeren Schein von ewiger Jungfräulichkeit, den man sich wie einen unzureichenden Schleier über die harte Tatsache des benutzten und alternden Fleisches stülpte und über den immer engstirniger werdenden Geist. Ein langer, einsamer Traum von Unschuld war sie, diese bleiche Gestalt, die da so sittsam an ihrer Frisierkommode saß.

Hinter ihr waren überall im Raum die dunkleren Farben von Crewel-Stickereien zu sehen – Dunkelrosa, Blutrot, Weidengrün, Zartblau, Kupfergold, Topas, Bronze, Fichtengrün. Sibylla hatte von jeher nur Verachtung übrig gehabt für Frauen, die viel Zeit auf Handarbeiten verwandten; in ihrer Jugend hatte man versucht, ihr diese Tätigkeit aufzuzwingen, um ihr eine schicklichere Beschäftigung zu geben als die Beobachtung der Fortpflanzungsgewohnheiten von Tulpen, nachdem sie von energischen Hummeln besucht worden waren.

Aber die Stickereien, die Charlotte fertigte, waren mehr als ein Beruhigungsmittel. Im flackernden Kerzenlicht schienen die Vögel, die Tiere und die phantastischen Ranken beinahe lebendig zu sein und sich zu bewegen. Daniels Frau war in der Tat ein Rätsel – ein zahmes Kätzchen, das zitternd vor Angst am Fenster seines gütigen Herrn saß und davon träumte, wild den Wald zu durchstreifen.

»Ich werde das tun, wenn du erlaubst«, sagte Sibylla.

Sie stapfte in den Raum, nahm Abby Charlottes Haarbürste aus der Hand und setzte die rhythmischen Streiche geschickt fort. Hundert Striche vorm Schlafengehen und hundert nach dem Aufstehen, das war die Regel.

Die kleine Zofe knickste taktvoll, huschte aus dem Zimmer und zog die Tür hinter sich zu. Dem Regen war ein leichter Nebel gefolgt, der leise über die Fensterscheiben wisperte. Die Porzellanuhr auf dem Kaminsims tickte sanft. Unten im Hof bellte ein Hund, und ein anderer antwortete ihm.

»Lottie?«

»Ja, Tante?«

»Was bist du meinem Neffen heute? Ehefrau? Gefährtin? Freundin?«

Charlotte drehte sich zu Sibylla um, und ihre blauen Augen wirkten im Licht der Kerze hellgrau. »Nun, ich denke doch, dass ich mir das Recht verdient habe, seine Ehefrau genannt zu werden.«

»Das kommt darauf an. Liebst du ihn?«

»Er – er ist mir sehr teuer.«

»Ich hatte einmal einen Spaniel, der mir teuer war, und einen Finken im Käfig.«

»Du missverstehst mich mit Absicht! Natürlich liebe ich ihn.«

»›Natürlich‹ geliebt zu werden ist nicht besser, als Käfige und Zwinger es sind. Aber sagen wir, du liebst ihn. Wie sehr liebst du ihn? Um welcher Züge seines Wesens willen?«

»Nun, ich liebe ihn um seines hervorragenden Verstandes willen. Um seiner Tapferkeit willen. Um seines guten Herzens willen.«

»Du sagst nichts von seinem Körper.«

»Das ist eine unfreundliche Bemerkung. Du musst doch wissen, dass ich in den letzten vier Jahren außerstande war, ihm gegenüber meine Pflicht als Ehefrau zu erfüllen.«

»Oh, plustere dich nicht auf wie eine Gans, meine Liebe, und werde mir jetzt nicht zimperlich. Ich meine nicht nur dieses ein wenig groteske Anhängsel, das gemeinhin als seine Männlichkeit bezeichnet wird. Nein. Ich meine dieses zerbrechliche Gefäß, in dem wir alle leben. Alles Fleisch mag vergänglich sein wie Gras, aber du kannst Daniel nicht als verlässliches, freundliches Gespenst haben ohne einen Käfig, um ihn darin zu halten. Hättest du bei deiner Wahl größere Vorsicht walten lassen, wäre es dir vielleicht gelungen. Einige Männer kann man um ihres Charakters willen lieben. Bei anderen kann man ihre Körper besitzen und keinen Pfifferling um ihre Seelen geben. Aber Daniel ist ganz aus einem Guss. Seele, Herz, Geist, Narben, Sünden, Träume, Ängste – oh, ich weiß, er kann bitterhart sein bisweilen. Wer könnte das nicht, der binnen eines Augenblicks entscheiden musste, anderen Menschen das Leben zu nehmen oder das eigene zu verlieren. Also, meine Gute, du magst einige Dinge lieben und vor den anderen die Augen verschließen und seine gute Freundin sein, gewiss. Aber ob du sein Bett teilst oder nicht, du wirst niemals seine Ehefrau sein, wenn du ihn nicht als Ganzes nimmst. Mit seiner Leidenschaft und allem anderen, um es so sehr zu einem Teil von dir selbst zu machen, wie es zu ihm gehört.«

»Und muss ich auch Mrs. Trevor zu einem Teil von mir machen?« Charlotte betrachtete ihr eigenes Gesicht im

Spiegel. »Und behaupte nicht, du wüsstest nichts von ihr. Dafür wird Twig mittlerweile wohl gesorgt haben.«

»Twig! Wofür hätte sie *nicht* gesorgt?«, murmelte Sibylla. »Du musst diesen Teil von ihm verstehen, der Mrs. Trevor liebt«, sagte sie lauter. »Diesen Teil, der der Vater ihres Kindes ist.«

»Ich kann seinen Ehebruch nicht gutheißen!«

»Verstehen heißt nicht gutheißen. Es heißt akzeptieren und verzeihen. Sag mir, hast du ihn je gebeten, dir seine verletzte Hand ansehen zu dürfen, und hast du ihn gefragt, wie es dazu gekommen ist?«

»Ich – kann nicht.«

»Nein. Du kannst nicht. Ich habe dich beobachtet. Du hältst ihn um deiner Bequemlichkeit willen fest, und er bleibt aus Güte, aus Loyalität – was ihn hält, sind die Teile von ihm, die du wahrzunehmen und zu billigen geruhst. Aber mit der Zeit wirst du ihn entzweireißen.«

Charlotte wandte sich von ihrem Spiegel ab und sah die alte Dame an. »Ich bin nicht die Einzige, die an ihm zerrt. Geh doch zu Mrs. Trevor und sag ihr das Gleiche!«

»Sie ist fort. Weggelaufen.«

»Weil sie weiß, dass er ihr folgen wird!« Charlotte umklammerte den Rand ihrer Frisierkommode so fest, dass ihre Knöchel weiß hervortraten. »Sie bringt ihn auf Abwege und verführt ihn, und doch gibst du mir die Schuld! Außerdem, wie kannst du es wagen, *mir* von den Pflichten einer Ehefrau zu sprechen, gerade du, die du mit achtzig oder neunzig als alte Jungfer sterben wirst?«

»Auch wenn ich nie eine Ehefrau war, so bin ich doch keine Jungfer, das versichere ich dir. Mit zweiundvierzig«, sagte Sibylla, »bekam ich ein Kind. Von meinem Kutscher, Frederick Watt. Ich hatte mich der Stimme der Leidenschaft zu lange verweigert und schon geglaubt, ich sei in solch reifem Alter vor ihren Gefahren gefeit. Ich hatte nämlich Angst davor. Vor dem Gebären. Aber ich empfing, absurderweise sogar sehr schnell. Es war ein kleines Mädchen, das tot zur Welt kam.«

Die jüngere Frau schwieg. Auf den Tischen und auf dem Kaminsims tropften die Kerzen Wachs auf ihre Unterteller, und von ihren Dochten stiegen Rauchwölkchen auf wie schwarze Vögel.

»Hast du ihn geliebt?«, fragte Charlotte schließlich. »Diesen Burschen, den Kutscher? Mr. Watt?«

»Oh, mehr als vernünftig war. Es war keine wohl erwogene Tändelei, die sich mit einem Achselzucken und ein paar Münzen abtun ließ. Aber es war auch keine auf beiden Seiten gleich starke Leidenschaft. Was das betraf, war ich ihm nicht gewachsen. Nur wegschicken konnte ich ihn auch nicht. Ich hatte nämlich immer noch Angst.«

»Du? Unmöglich! Wovor?«

»Davor, allein zu sterben«, sagte Sibylla. »Wie sollte ich davor keine Angst haben? Kein Lebewesen, das diesen Gedanken nicht fürchtet. Zu Mr. Franklin passte ich natürlich besser. Von *ihm* wollte ich ein Kind, aber damals war ich schon zu alt, um zu empfangen.«

»Was wurde aus Frederick Watt?«, fragte Charlotte.

»Er begann zu trinken und saß allzu oft am Kartentisch. Er machte Schulden und verlangte große Summen Geldes von mir. Eine Zeit lang zahlte ich seine Schulden. Er hatte eine Ehefrau, eine anständige Frau. Und stärker als ich. Sie verzieh ihm alles. Sie hätte ihn vielleicht an allen Klippen vorbeigesteuert, aber ich habe ihn zerstört. Er ist fortgegangen. Ist vor uns beiden geflohen.«

»Das tun Menschen, wenn sie erstickt werden«, flüsterte

Charlotte Josselyn. »Sie suchen nach freier Luft zum Atmen.«

Nach seinem Wortwechsel mit Bertha Pinch nahm Daniel sich gerade nur genug Zeit, um in sein Zimmer zu gehen, seine durchnässten Kleider gegen trockene und einen wetterfesten Wachsmantel einzutauschen und eine wohl erwogene Liste mit Anweisungen für John English zu verfassen. Tyrrells Zimmer war bereits dunkel und still, und Charlotte hatte ihre Kerzen für die Nacht gelöscht, nur Twigs schwerer Schritt war noch zu hören, während sie Madam Siwall umsorgte.

Als er den Brief an seinen Verwalter beendet hatte, faltete Daniel ihn zusammen und verfasste einen zweiten – kürzer, aber weitaus schwieriger.

Meine liebe Lottie. Ich muss dich verlassen, aber ich bitte dich, zu glauben, dass du nicht im Stich gelassen wurdest. Mrs. Trevor und das Kind sind in großer Gefahr, und ich muss für sie tun, was ich tun kann.

Du bist ein großzügiger und gütiger Mensch, und ich hoffe auf dein Verzeihen, obwohl ich es nicht verdiene. Wenn ich nicht zurückkehre, schreibe an meinen Anwalt, Mr. Hedrick, in Boston. Du bist gut versorgt. Ich lasse dich in der liebevollen Obhut meiner Tante und Mr. Tyrrells zurück, dem du, wie ich denke, vertrauen kannst. Dein Ehemann, Daniel.

»Wirst du zurückkommen, mein Lieber?«, erklang Charlottes Stimme hinter ihm. »Oder nicht?«

Irgendwie hatte sie es geschafft, den Weg durch den Flur von ihrem Zimmer in seines zurückzulegen, und jetzt stand sie da und umklammerte Halt suchend den Türknauf. Ihr Gesicht war sehr blass, bis auf die beiden scharfen roten

Flecken auf ihren Wangen. Wo ihr Nachthemd den Hals freigab, konnte er die große Ader unter der dünnen, hellen Haut pochen sehen.

»Wenn du Mrs. Trevor und das Kind findest, wirst du dann mit ihnen fortgehen? Ich weiß, dass du in den letzten Monaten oft daran gedacht hast«, sagte sie. »Oh, ich bin nicht gekommen, um dir die Augen auszukratzen. Ich bin nicht wütend. Wir beide, wir reißen dich in Stücke. Deine Tante hat mir das klargemacht, denke ich. Und doch – du bedeutest mir viel. Ich kann nicht anders, ich muss dich fragen, was du tun wirst.«

»Meine Tante hätte nicht so zu dir sprechen dürfen.«

»Sie hatte vollkommen Recht. Ich habe lange genug in einem Traum gelebt.«

Sie schwankte, und er machte einen Schritt auf sie zu.

»Nein! Ich will nicht noch mehr von deinem Mitleid!«, rief sie. »Es hat mich schon ganz vergiftet, und dich auch! Ich brauche …«

»Charlotte, um Gottes willen …«

Sie sank auf die Knie, glitt langsam, hilflos an der schweren Eichentür hinab zu Boden. Daniel hob sie auf und legte sie sanft auf sein Bett. Er konnte sich nicht daran erinnern, dass sie je zuvor dort gelegen hätte, nicht einmal damals, als das Haus gerade erbaut und sie noch nicht krank war. Wann immer er eine Nacht mit ihr zusammen verbracht hatte, war es in ihrem Zimmer gewesen, umgeben von ihren Sachen, ganz als sei er in ein fremdes Land eingedrungen, um es zu erobern.

Das Klopfen an der Tür. »Darf ich hereinkommen, meine Liebste?« Ihr Rückzug in das Ankleidezimmer, während er das diskrete Ritual vollzog – das Ausblasen der Kerzen, das Zurechtklopfen der Kissen, das Ablegen und sorgfältige

Zusammenfalten seiner Kleidung. Dann die bleiche, schmale Gestalt, die verstohlen hereinhuschte und zwischen die bestickten Bettvorhänge schlüpfte, wo er dalag, als warte er auf eine Fremde. Das Nachthemd, das sie umhüllte und sich unmöglich ganz entfernen ließ. Auch dort konnte er nur ein Eindringling sein. Der Rosmarinduft ihres Puders, der in schönen Emailledosen aus London geliefert wurde, ein Geschenk von ihrer Mutter, auf dass sie für immer ein kleines Mädchen bliebe.

Er fing auch jetzt einen schwachen Hauch von diesem Duft auf, als er auf seinem Bett an ihrer Seite saß. Aber in anderer Hinsicht erschien ihm seine Frau in dieser Nacht seltsam verändert, als hätten die Feuer draußen eine hinderliche Maske verzehrt, die sie ihr Leben lang getragen hatte.

»Lass mich sehen«, sagte sie plötzlich und griff nach seiner verstümmelten Hand. Sie war vor dem Anblick der abgeschnittenen Finger stets erschauert, aber jetzt zog sie ihm den ledernen Handschuh aus und legte ihn beiseite. Mit geschlossenen Augen ließ Charlotte ihre Fingerspitzen den Schaden erkunden.

»Als du Mrs. Trevor zum ersten Mal begegnetest«, sagte sie, »waren diese Narben noch roh und wund, nicht wahr?«

»Es waren erst vier oder sechs Wochen nach Webb's Ford vergangen, als ich hierher kam«, sagte er. »Ich war damals in mehr als einer Hinsicht wund.«

»Und du hast im Schlaf geschrien, wie du es auch in letzter Zeit wieder tust. Und sie hat dich in die Arme genommen und dich getröstet. Ich habe dich weinen hören, aber ich bin nie zu dir gekommen. Ich habe dich nie gehalten. Ich hatte Angst, und ich habe dich allein gelassen.«

»Du bist nicht gesund, meine Liebe.«

»Was siehst du in deinen Träumen, Daniel?«, fragte sie

ihn. Ihre Stimme klang drängend, als wüsste sie, dass er eigentlich schon lange fort sein wollte. »Warum weinst du manchmal so?«

»Ich habe dir davon erzählt. Die Erinnerungen des Krieges. Die Kämpfe …«

Sie öffnete die Augen und sah ihn fest und ruhig an. »Hast du nicht mich gesehen? Hast du nicht mich in meinem Grab gesehen und bist aufgewacht und hast dir gewünscht, ich wäre dort?«

Tatsächlich war es sein eigener Tod, von dem Daniel so oft geträumt hatte. Tod durch Ertrinken, durch das Schwert, durch eine Kugel, durch den Strang. Jede Nacht anders und jede Nacht gleich.

»Ich habe mir nie gewünscht, du wärest tot«, sagte er wahrheitsgemäß.

»Dann bist du ein gütigerer Narr, als ich es bisher gedacht habe«, entgegnete Charlotte. »Denn ich selbst habe es mir oft genug gewünscht, weiß Gott.« Er wollte protestieren, aber sie lächelte und legte ihm den Finger auf die Lippen. »Was die Anklage gegen deine Mrs. Trevor angeht-wenn sie jemanden hätte ermorden wollen, so wäre das doch sicher ich gewesen, nicht wahr? Sie hat reichlich Gelegenheit dazu gehabt, mit diesen Heiltränken und Elixieren, die sie mir ständig schickt. Und trotzdem bin ich immer noch am Leben.«

Wieder blickte sie auf seine verstümmelte Hand hinab. »Hat es ihr Angst gemacht, als sie es das erste Mal sah? Hat sie vor Mitleid geweint?«

»Sie hat in ihrem Beruf als Heilerin weitaus Schlimmeres gesehen«, antwortete er ihr. »Und so leicht kommen ihr nicht die Tränen.«

»Ah, aber eine Frau kann mit mehr weinen als mit ihren

Augen, mein Lieber, und ein Mann würde es vielleicht nicht sehen. Sie könnte Tränen hervorbringen und sie ihre Kinder nennen.«

Charlotte schloss wieder die Augen und lag ganz still, und eine Sekunde lang dachte er, sie schlafe. Er faltete den Brief, den er geschrieben hatte, zusammen und legte ihn auf das Kissen neben sie, aber als er an der Tür war, hörte er abermals ihre Stimme.

»Wirst du zurückkommen, sobald sie in Sicherheit ist?«

Lange Sekunden konnte er sich nicht zu einer Antwort durchringen. Er wusste es selbst noch nicht.

James Trevor war es nicht schwer gefallen, eine Frau, die er nicht liebte, zu verlassen und sich die nächste zu nehmen – oder jedenfalls schien es so. Aber Daniel Josselyn war nicht besessen von einem romantischen Bild seiner selbst, das jederzeit schwerer gewogen hätte als Pflicht und Ehre. Wenn er irgendeiner Maxime verhaftet war, so war es die seines Großvaters, des alten Lord Robert, die er ihm an einem bitterkalten Novembernachmittag in seiner Jugendzeit ans Herz gelegt hatte, als sie an einer zerfallenen Steinmauer an der Grenze des Gutes entlanggingen.

Der alte Herr stieß mit seinem Gehstock einen Stein aus der Mauer, so dass er auf der anderen Seite den Hügel hinunterrollte und eine kleine Lawine aus Geröll mit sich riss.

»Siehst du das?«, hatte er gesagt und dem Jungen seinen Stock gegeben. »Jetzt versuch du es. Nur zu, zeig, was du kannst!«

Daniel grinste und versetzte der Mauer einen gewaltigen Stoß. Zwei weitere Steine lösten sich und rollten den steilen Hang hinab.

»Aha, schön. Was siehst du? Nenn mir die Namen der Spieler.«

Es war ein Spiel, das sie oft miteinander spielten.

»Stock«, sagte der Junge. »Stein. Erde.«

»Und was noch? Gib dir Mühe. Denk nach!«

»Ich weiß!«, rief er endlich. »Junge!«

»Das ist richtig! Und welcher dieser Spieler möchtest du am liebsten sein?«

»Der schwache Stein fällt, wenn man ihn stößt«, hatte Daniel stirnrunzelnd geantwortet. »Ich möchte nicht schwach sein und von einem kleinen Stoß niederfallen und nichts sein.«

»Gut! Ausgezeichnet! Und was ist mit dem Stock! Möchtest du der Stock sein?«

»Der Stock ist stark«, erwiderte der Junge nachdenklich. »Ich möchte gern stark sein. Aber ein Stock kann nichts aus sich selbst heraus bewirken. Er muss der Hand gehorchen, die mit ihm schlägt.«

»Sogar der Hand eines Narren.« Lord Robert lächelte. »Und was mit der Erde? Möchtest du die Erde sein, dass dir Steine auf den Rücken fallen, die von vernunftlosen Stöcken in den Händen von Idioten losgeschlagen werden?«

»Nein, aber sieh mal dort, Großvater«, erwiderte der kleine Daniel. »Die Erde ist noch ganz, und der Stein ist in den Bach gerollt und hat einen Teil des Gerölls mitgerissen. Die Erde kann viele solcher Steine tragen und trotzdem stark und sauber sein! Ich glaube, ich möchte die Erde sein!«

»Ah, aber du *bist* der Junge«, sagte sein Großvater. »Deine Hand hat den vernunftlosen Stock gehalten und den schwachen Stein losgeschlagen und auf die Erde eingedroschen. Du bist der Junge, und der Junge hat Unheil gestiftet.«

»Aber du hast es mir doch befohlen! Ich habe dir nur gehorcht!«

»Ah, dann bist du also ein Stock! Du bist vernunftlos, wenn du tust, was man dir befiehlt, ohne selbst nachzudenken.«

»Nein! Ich will kein Stock sein!«

Da hatte der alte Mann Daniel eine Hand auf den Kopf gelegt. »Ein Stock hat kein Herz und keinen Verstand und schert sich nicht um das Unheil, das er anderen oder sich selbst zufügt. Und daher hat er auch keine Ehre – denn genau das ist Ehre, verstehst du. Über das Unheil nachzudenken, *bevor* du es anrichtest. Oh, die Erde hat ein großes Herz, aber du darfst auch nicht versuchen, die Erde zu sein und allzu viel auf deine Schultern zu nehmen. Sei einfach nur ein Junge, der nachdenkt, mein lieber Daniel, und wäge alle Dinge bedachtsam ab, bevor du auf einen armen Stein einschlägst.«

»Wenn ich überlebe, werde ich zurückkommen und dein Freund sein«, sagte er und blickte auf den zerstörten Leib seiner Frau auf dem Bett hinab.

Ich will kein Stock ohne Herz sein.

33

Beweisaufnahme: über die Natur des Zorns

In der Nacht nach Hannahs Verschwinden war Matthew Gwynn in seinen eigenen Augen zu gewaltiger Größe angewachsen; der Schatten seiner Schuld verschlang die Erde. Den ganzen Nachmittag und Abend lang, seit dem Begräbnis von Grace Stark und ihren Kindern, war er geritten und geritten. Auf und ab durch schmale Gassen, am Hafen entlang und den Hügel hinauf, wo sie Hannahs Ehemann begraben hatten. Er war nach Two Mills geritten, in der Hoffnung, sie zu sehen, aber es war zu spät. Die Männer des Sheriffs standen bereits im Hof. Er ritt nach Hause, um Merriam zu suchen – denn so hatte er selbst sie genannt –, und er fand sie in der Küche des Pfarrhauses, wo sie ihre spärliche Habe und etwas Proviant in einen Lederbeutel packte.

»Wo willst du hin?«, fragte er und hielt sie am Arm fest.

Sie sah ihn an und war plötzlich wütend, und ihr Blick traf ihn wie ein Schlag.

»Du hasst mich«, flüsterte er. »Nach allem, was ich getan habe.«

Sie lächelte. »Hast du etwas anderes erwartet?«

»Ich habe für dich gelogen«, wisperte er. »Ich habe Hannah Trevor ans Messer geliefert!«

»Was du getan hast, hast du für dich selbst getan«, antwortete sie.

Und das war natürlich die Wahrheit.

Zuerst war er sich seiner eigenen Absichten nicht bewusst gewesen, oder er hatte sie sich nicht eingestanden. Fast einen ganzen Monat nachdem er sie gekauft hatte, rührte Gwynn Merriam nicht an. Sie war zu jung, um den Schein des Anstands wahren zu können, es sei denn, er gab sie als seine Schwester aus, und genau das tat er. »O ja«, pflegte er zu sagen, wenn die Frauen seiner Gemeinde sich nach ihr erkundigten. »Meine Schwester, Merriam. Eine glänzende Haushälterin. Und sie hat eine schöne Singstimme für ein Kirchenlied.«

Er hatte beinahe begonnen, es selbst zu glauben. Aber dann, in der Nacht, bevor sie die eine Gemeinde verlassen sollten, um zur nächsten weiterzuziehen, als ihr spärlicher Hausrat bereits in Kisten verpackt dastand, erwachte er und fand sie neben sich im Bett liegen. Sie rückte ganz dicht an ihn heran und begann, ihn zu berühren, sachte und mit großer Zärtlichkeit.

Sein Atem beschleunigte sich. »Ich habe das nicht von dir verlangt«, sagte er.

»Ich gebe es aus freiem Willen.« Sie streichelte seine Brust und seinen Bauch, der sich mit den mittleren Jahren um einiges ausgedehnt hatte.

»Es ist eine Sünde«, rief er aus, obwohl er sich unwillkürlich an sie klammerte und die Bedürfnisse seines Körpers sich bereits seiner Kontrolle entzogen hatten. Schon bald würde sein Verstand folgen. Seine Seele. »Eine große Sünde!«

Sie lachte in der Dunkelheit. »Und hast du noch nie zuvor gesündigt?«

Er hatte es natürlich getan, viele Male, und sich hinterher kaum etwas dabei gedacht. Dies hier war jedoch etwas anderes, denn obwohl sein Stolz ihm nicht gestattete, es zuzugeben, hatte er bereits begonnen, sie zu lieben, war er in den letzten Wochen voller Eifer nach Hause zurückgekehrt, wo sie sich mit ruhigen Bewegungen am Herd zu schaffen machte, wo er sie am Spinnrad singen hören konnte, wo er sich am Anblick ihres Haares erfreute, wenn sie im Kerzenschein die Nadeln herauszog. In ihrer Gesellschaft brauchte er nicht nachzudenken, brauchte nicht zu urteilen, nicht einmal über sich selbst. Sein Geist hatte sie zur Frau genommen, aber sein Stolz schreckte vor dem Gedanken immer noch zurück.

Außerdem sagte sie, dass sie irgendwo bereits einen Ehemann habe. Es kam überhaupt nicht in Frage, und schon gar nicht für einen Mann in seiner Position.

»Wenn du schwanger wirst«, sagte er in der Nacht, als sie ihn das erste Mal nahm, »kann ich dich nicht behalten. Ich müsste dich aus dem Haus werfen oder wäre selbst ruiniert.«

»Es wird kein Kind von mir geben«, erklärte sie ihm.

Wie sich herausstellte, sollte sie Recht behalten. Kein Funke fing in ihr Feuer. Kein Leben erwuchs aus seinem selbstsüchtigen Samen.

Noch immer stand ihm sein Stolz im Weg. Er bezahlte sie gewissenhaft, und wenn sie genug Geld sparte, würde sie eines Tages die noch fehlende Summe aufbringen können, um die siebenjährige Leibeigenschaft ein wenig zu verkürzen und sich freizukaufen. Und Gwynn selbst würde, falls er eine Frau fand, die ihm gefiel, vielleicht eine achtbare Ehe eingehen. Das war der Handel, den sie schlossen, und er ließ keinen Zweifel an seinen Absichten aufkommen.

Aber dann war er Hannah Trevor begegnet, und danach

waren ihm sieben Jahre als eine sehr lange Zeit erschienen. Er selbst würde dann auf die sechzig zugehen, und wer wollte sagen, ob Mrs. Trevor bis dahin nicht das Alter überschritten hatte, in dem sie noch ein Kind gebären konnte? Er sah, wie ihm das Leben entglitt, aber ihm war noch nicht klar, dass Merriam es festhielt, es gefangen hielt in dem leeren Becher, der ihre Seele war.

In der Nacht vor den Morden hatte er mit ihr neben dem kalten Herd in der Küche gesessen.

»Morgen will ich Mrs. Trevor bitten, mich zu heiraten«, sagte er. »Ich werde einen anständigen Herrn und einen guten Platz für dich finden, und ich werde erklären, du seiest eine freie Frau, und dir den Rest deiner Leibeigenschaft erlassen. Nur gehen musst du. Ich kann es nicht länger ertragen. Ich kann niemals eine achtbare Ehe eingehen, wenn du in der Nähe bist.«

»Es ist nicht wichtig«, sagte sie. »Du wirst mich genauso lieben, wenn du erst verheiratet bist.«

»Ich bin ein Mann der Kirche, die Kirche ist mein Lebensunterhalt! Ich würde alles verlieren, wenn bekannt würde, was du bist ... was du für mich gewesen bist.«

»Und wenn ich es ihnen erzählen würde?«

»Das darfst du nicht! Das wirst du nicht!«

»Nein«, sagte sie leise. »Aber gehen werde ich auch nicht. Ich werde hier bleiben. Bei dir.«

Sie begann, ihn zu streicheln, aber er stieß sie weg und schloss sich in seinem Schlafzimmer ein, sperrte sie aus. Draußen vor der Tür hörte er sie stöhnen, ein leises, tierhaftes Geräusch, wie die Sterbenden es in ihrem letzten Schlaf von sich geben.

Die ganze Nacht lag er wach und lauschte, und die ganze Nacht hörte er es. Gegen Morgen öffnete er die Tür. Sie lag mit weit aufgerissenen Augen da. Er hob sie hoch und nahm sie mit in sein Zimmer und weinte sich in ihren Armen in den Schlaf.

Am nächsten Tag geschahen die Morde. Mrs. Stark. Ihre drei Kinder. Trevor. Das Rasiermesser. Das Halstuch mit Hannahs Namen. Das Goldstück in seinem Beutel.

Er wusste, was Merriam getan hatte, aber er konnte sie nicht aufhalten, ohne sich selbst zu vernichten. Er begann zu trauern, aber nicht um Grace Stark und ihre Kinder. »Warum hast du mich verlassen?«, rief er, als er mit dem Gesicht nach unten vor dem Altar in seiner Kirche lag.

Doch nach jener ersten Nacht dachte Matthew Gwynn nicht mehr an seine Prinzipien. Es fiel ihm nicht weiter schwer, alle Hoffnung auf Hannah fahren zu lassen, denn welche Hoffnung hatte er jetzt überhaupt noch? Außerdem hatte er nie wirklich die Absicht gehabt, sie zu verraten. Er hatte einzig im Sinn, auch den winzigsten Beweis zu vernichten, der ihn und Merriam mit dem Verbrechen verband, und so nahm er das Goldstück in seinem weichen Lederbeutel und gab es am Morgen von George Ansons Tod dem Sheriff.

»Woher haben Sie das?«, hatte Hamilton Siwall ihn gefragt. Der Richter verbrachte viel Zeit im Gebet, hegte aber ein instinktives Misstrauen Pfarrern gegenüber; sie kosteten ihn weit mehr, als sie wert waren. »Warum kommen Sie jetzt damit zu mir?«

»Ich habe den Beutel in der Nähe von Two Mills gefunden«, hatte Gwynn geantwortet. »Als ich Mrs. Trevor besuchte. Es war am Morgen der … der Verbrechen.« Gewiss würden sie ihre Geschichte glauben, dass sie zu Hause gearbeitet hatte und unschuldig war. »Der Beutel lag auf dem

Weg am Teich«, fuhr er fort, »und da ich bereits spät dran war, wollte ich ihn ein andermal zurückgeben. Man hatte mich gerufen ... Ich musste der alten Mrs. Beck einen Besuch abstatten.«

Diese alte Dame war im Schlaf gestorben und konnte seine Behauptung nicht mehr widerlegen. Der Pfarrer fuhr fort. »Wenn der Mörder diesen Weg entlang der Straße genommen hat, hat ihn vielleicht jemand gesehen.«

Aber dann begann Marcus Tapp, sein Netz zu spinnen. War Gwynn an diesem Morgen mit Hannah allein im Haus gewesen? Hatte sie ihm nicht angeboten, sein Bett zu teilen, während die anderen beim Heuen waren? Hatte sie vielleicht versucht, sich sein Schweigen mit dem Versprechen weiterer Freuden zu erkaufen, sobald James Trevor erst tot war?

Der Pfarrer hörte kaum zu. Er selbst war vollkommen bedeutungslos. Ob er die Wahrheit sprach oder um der Bequemlichkeit dieser Männer willen einen Meineid beging, spielte keine Rolle. Wann immer er den Eindruck hatte, dass sie ein Ja auf ihre Fragen hören wollten, gab er ihnen die gewünschte Antwort. Wenn er sich irrte, formulierten sie die Frage neu, damit sie zu seiner Antwort passte. Aus dem Rohmaterial willkürlicher Umstände, aus reinem Zufall formten sie Beweise der Schuld; sie hätten jeden in ihren Netzen fangen können, und als sie fertig waren, war selbst Gwynn halb von Hannahs Schuld überzeugt.

Tapp nahm das Goldstück in seinem Beutel und verstaute es in seinem Wams. Siwall sah ihn an und runzelte die Stirn. »Ich gehe davon aus, dass wir Mr. Gwynn in dieser Angelegenheit nicht weiter belästigen müssen, mein lieber Marcus?«

Der Sheriff lächelte. »In der Tat«, sagte er, »es könnte

sonst ein schlechtes Licht auf Sie werfen, nicht wahr, Mr. Siwall? Wo Sie doch sein Geldgeber sind?«

Gwynn wartete schweigend ab. Aha. Sie würden ihn retten, aber nicht um seinetwillen. Er saß blind und nutzlos da und drehte den Zipfel seines Mantels zwischen seinen Fingern.

»Gott helfe mir«, hatte er geflüstert, als die Männer ihr Gespräch fortsetzten.

Er hatte einen hässlichen Geschmack auf der Zunge, als hätte er verdorbenes Fleisch gegessen. Er erkannte es sofort und konnte spüren, wie es wuchs.

Das Geschenk, das Merriam ihm hinterlassen hatte. Das dunkle Aroma des Zorns.

»Wohin wirst du gehen?«, fragte er sie, als er nach der Beerdigung nach Hause kam.

Sie war inzwischen mit dem Packen fertig und nahm die Teekanne vom Herd. Merriam füllte eine irdene Tasse und hielt sie ihm hin.

Seit fast sieben Jahren hatte sie in den Bruchstücken ihrer selbst gelebt, hatte sich bald an dieses Fetzchen ihrer Geschichte erinnert, bald an jenes, aber es war nie genug, um ein Ganzes zu ergeben. Sobald sie Grace Stark und ihre Kinder mit der Axt erschlagen hatte, wurden sie zu leuchtenden Fetzchen der Schuld, genau wie die anderen, genau wie James Trevor. Ausgelöst von gewissen Bildern, gewissen Geräuschen, Kinderstimmen, alten Liedern, ergaben sie bisweilen ein klares Muster, etwas, das der so genannten Vernunft entsprach.

Dann entglitten sie ihr wieder, verschwanden im Dunkel. Sie plagte sich weiter mit ihrer Frauenarbeit, immer noch unschuldig, immer noch schuldlos. Sie ging zum Heufest und tanzte wie die anderen. Sie ging in den Wald und half bei der Suche nach den Leichen. Sie ging zu Bertha Pinch, um mit ihr zu nähen und zu singen.

Aber jetzt, bei dieser kleinen Geste, mit der eine Teetasse über einen Kieferntisch gereicht wurde, fügten sich die Stücke von Merriam Gwynn, von Mary Anne Stokely und von dem reinen, unsichtbaren Ich, das beide Frauen war und keine von ihnen, zusammen und verschmolzen miteinander.

Sie erinnerte sich mit jener furchtbaren Klarheit des Wahnsinns, die die andere Seite der Münze reinen Verstandes darstellt, an jeden Augenblick ihres in Missachtung verbrachten Lebens.

»Warum?«, fragte er gequält. »Sag mir, warum du sie getötet hast. Die Frau und die Kinder.«

Sie starrte ihn wild an. »Nachdem ich ihn gesehen und erkannt hatte, konnte ich nicht mehr leben, solange die Frau und die Kinder noch da waren. Sie machte mich zu einem Nichts. Er hat sie an meine Stelle gesetzt.«

»Aber die Kinder! Sie traf doch keine Schuld!«

»Es waren ihre Kinder! Nicht meine! Nichts auf der Welt ist mein. Du bist nicht mein! Gott! Warum sollte ich mir nur etwas wie *dich* wünschen?«

»Du bist wahnsinnig«, sagte er. »Glaubst du, ich lasse dich einfach ziehen und weitermorden?«

Da ging sie an den Küchenschrank und holte das Messer, das sie zum Schlachten benutzte – eine lange, breite Klinge, die wie ein Schwert an beiden Seiten geschärft war. Sie legte ihm den Griff des Messers in die Hand und schloss seine Finger darum.

»Dann schneid mir die Kehle durch. Töte mich.«

Sie band ihr Brusttuch los. Um ihren langen Hals lag die

Kette aus getrockneten Himbeeren, die sie für das Kind aufgefädelt hatte.

Matthew Gwynn starrte das Messer an. Er war zu weit gegangen, um noch umkehren zu können. Nicht einmal der Tod würde ihm helfen, weder ihrer noch sein eigener. Er ließ das Schlachtmesser auf den Boden fallen.

Merriam hob es auf und steckte es zu den anderen Dingen in den Sack. Dann stellte sie sich vor ihn hin und küsste ihn, ihren Leib hart an sein Geschlecht gedrückt.

»Ich liebe dich«, sagte sie. Noch nie hatte sie ihn so sehr verachtet. Und doch entsprach es der Wahrheit, dass sie ihn liebte. »Du wirst nichts sagen, wenn ich erst fort bin. Du wirst mir nicht folgen.«

Zorn stieg in seiner Kehle auf wie Erbrochenes.

»Wohin wirst du gehen?«, fragte er sie.

»Nun, hinab«, antwortete sie.

34
Vagabunden

Am nächsten Morgen riss der Himmel nicht auf, wie der Mond es bei seinem Untergang versprochen hatte. Die Luft war kühl, aber die Wolken hingen immer noch wie Blei tief über dem Fluss, und im Laufe des Vormittags zog von See her Nebel auf.

Zu dieser Zeit hatte Hannah Trevor, die neben den Trümmern von Francis Ledyards Wagen hockte, vier unglückselige Entdeckungen gemacht.

Erstens hatte sich der Knoten in ihrem Unterrock, in dem sie ihre zwölf Shilling aufbewahrte, während des nächtlichen Unfalls gelöst, und das Geld war fort. So viel sie auch suchte, sie fand nicht einen einzigen Penny wieder.

Zweitens war der Kater Arthur verschwunden, und wie viel sie auch nach ihm rief, er kam nicht zurück.

Drittens war ihre Brille, die sie sorgfältig in ihrem Bündel verstaut hatte, damit sie sie nicht verlor, in tausend Stücke zerbrochen. Und viertens, das Schlimmste: Ihre Tochter Jennet war nirgends zu sehen.

Keine Ochsenkarren fuhren über die Hauptstraße. Keine Reiter kamen mit ihren Damen auf dem Weg zum nächsten Jahrmarkt an ihr vorbei. Die Straße war ein seltsames, erstickendes Gefängnis der Ruhe. Nicht einmal die Vögel sangen, und weder Grashüpfer noch Grillen zirpten in den Gräsern am Wegesrand.

Nachdem sie Mr. Ledyards Leichnam mit seinem Umhang zugedeckt hatte, machte Hannah sich auf den Weg über das durchnässte Flachsfeld zu dem kleinen Dorf Oxford, das ungefähr eine Dreiviertelmeile weiter landeinwärts lag.

Dort, so schien es, war kein Unheil gestiftet worden. Das Dorf war kaum mehr als ein kleiner Weiler – ein halbes Dutzend Häuser mit einem Gemeinschaftsbrunnen, einem sorgfältig mit Planen abgedeckten Heuhaufen in der Nähe der Schmiede und einem baufälligen Gasthaus am Ende der schlammigen Straße. Auf der Allmende watschelte eine Schar weißer Gänse einher, und einige Kühe und Schafe grasten friedlich nebeneinander. Neben dem Gasthaus stand ein alter Steinofen, in dem die Frauen bereits ihr Brot buken.

»Pass doch auf, Becca!«, rief eine junge Frau. »Oh, was hast du bloß angestellt, Schätzchen?«

Ein kleines Mädchen, das sich an die Röcke seiner Mutter klammerte, begann zu schluchzen, und die Frau ließ die Brote auf den Boden fallen. Sie beugte sich über das Kind, und Hannah legte die letzten Meter zwischen ihnen im Laufschritt zurück.

»Was ist passiert?«, fragte sie. »Hat sie sich verletzt?«

Die anderen Frauen starrten sie an. Hannah hatte vergessen, dass ihre Kleidung mit Schlamm bespritzt war und ihre Locken lange keine Bürste mehr zu sehen bekommen hatten. Außerdem war ihr Gesicht zerschnitten und voller Blutergüsse. Aber sie ignorierte die missbilligenden Blicke und kämpfte sich zu Mutter und Kind durch.

»Oh, sie hat sich verbrannt!«, sagte Hannah und sah sich gleichzeitig um. »Wo finde ich etwas Wegerich? Ah! Da!«

Neben dem Hühnerstall erspähte Hannah ein kräftiges Büschel der leuchtend grünen, breiten Blätter, von denen sie mehrere ausriss. Dann zerdrückte sie sie zwischen den Händen und ließ sich neben dem weinenden kleinen Mädchen auf den Boden nieder. Die Kleine war nicht mehr als zwei Jahre alt, ein dunkeläugiges, stämmiges Kind.

»Nun zeig mal, Becca«, sagte Hannah zu ihr und nahm die Hand des Kindes in ihre. »O ja. Es tut weh, aber es ist nur eine kleine Brandwunde, wo das Feuer dich geküsst hat. Du musst stillhalten.« Sie legte die zerdrückten Blätter auf das kleine Oval der Haut, die bereits blasig wurde. »Das musst du jetzt ganz festhalten, damit der Saft hineinfinden kann, dann lass dich von deiner Mama nach Hause zur Pumpe bringen und bade die Hand in Huflattichwasser, so kalt, wie du es aushalten kannst, dann hört es bald auf zu brennen.«

Sie stand auf und warf einen Blick auf die beschmutzten Brotlaibe vor ihren Füßen. »Und die sind auch nicht ganz verdorben«, sagte sie und hob eines der Brote vom Boden auf. »Wenn ihr etwas von der Kruste abschneidet, könnt ihr sie ohne weiteres noch für Brotpudding benutzen. Oder um eine dieser schönen Gänse da drüben damit zu füllen.«

»Ha! Wir brauchen keine Bettlerinnen, die uns sagen, was wir tun sollen!«, rief eine der alten Frauen höhnisch. »Verschwinde, oder ich hetze den Hund auf dich!«

»Lass sie in Ruhe!«, sagte Beccas Mutter. Sie drehte sich zu Hannah um. »Wie sind Sie hierher gekommen? Wer sind Sie?«

»Ich war mit meiner Tochter unterwegs«, erklärte Hannah, »wir wollten über die Küstenstraße zum Jahrmarkt in Bridgewater fahren. Der Sturm hat uns überrascht und unseren Wagen umgeworfen. Als ich am Straßenrand wieder zu mir kam, war meine Tochter verschwunden. Sie muss weggegangen sein und sich verirrt haben. Oh, bitte, habt ihr sie nicht vielleicht gesehen, ein hübsches kleines Mädchen von acht Jahren mit rötlichen Zöpfen? Sie kann weder hören noch sprechen, und wenn irgendjemand versuchen sollte, ihr etwas anzutun ...«

»Ich habe nichts von einem verloren gegangenen Kind gehört, aber irgendjemand wird sie schon finden, wenn sie noch in der Nähe ist. Ich bringe Sie jetzt ins Gasthaus, meine Liebe. Wenn Sie erst einmal geschlafen haben ...«

»Ich habe kein Geld für ein Gasthaus«, sagte Hannah, und wieder sahen die Frauen einander an und zogen ihre eigenen Schlüsse. Eine Ehefrau, die ihrem Mann weggelaufen war. Eine Leibeigene auf der Flucht vor einem hartherzigen Herrn. Eine Zigeunerin. »Als der Wagen auseinander brach, habe ich alle Münzen verloren, die in meinem Bündel waren«, fuhr sie fort. »Und der Fahrer ist tot. Ob irgendjemand hier wohl seinen Leichnam holen könnte? Er war – ein sehr – gütiger alter Mann.« Sie schwankte leicht. »Ich – ich könnte mich nützlich machen, wenn Sie Arbeit für mich hätten. Ich kann kochen oder nähen oder Wolle kämmen. Aber ich habe seit fast zwei Tagen nichts mehr gegessen. Vielleicht könnten Sie mir etwas Brot und Milch geben oder Brei, wenn Sie welchen übrig haben.«

»Nun«, sagte die mürrische alte Frau, deren Augen schmal und hart geworden waren. »Du kannst mit mir nach Hause kommen, um mir bei der Wäsche zu helfen, und mein Sohn wird sich um den alten Mann kümmern, der tot ist.« Sie gab Hannah einen Stoß gegen die Schulter, und heißer Schmerz schoss in ihren verletzten Arm. »Also dann komm, und nicht so langsam, wenn ich bitten darf! Ich kann meine Zeit nicht mit Faulpelzen vertrödeln!«

Zum Essen bekam sie Bier und altbackenes braunes Brot mit einem kräftigen gelben Käse, der nach dem Knöterich schmeckte, den hier wohl die Kühe fraßen. Auf der anderen Seite des Tisches saß Obed, der Sohn der alten Frau, und rauchte eine Pfeife. Er war ein Junggeselle von fünfzig Jahren, mit rotem Gesicht und verdrossenem Wesen.

Er beleidigte sie mit keinem Wort, aber seine Blicke konzentrierten sich mehr auf Hannahs Ausschnitt, als es ihr lieb war, und sie ließ eine kleine, scharfzackige Kochgabel in ihrer Tasche verschwinden, nur für den Fall des Falles.

Sobald sie das karge Mahl beendet hatte, schickte ihre neue Herrin Hannah an die Arbeit.

»Nach oben mit dir und zieh die Betten ab und bring alle schmutzige Wäsche, die du findest, runter ins Waschhaus. Dann kannst du Holz hacken und in der Grube ein Feuer machen. In der Scheune findest du ein Tragjoch und Eimer. Das Wasser musst du vom Brunnen auf der Allmende holen. Wir sind nicht so verwöhnt, dass wir unsere eigenen Brunnen im Hof brauchen. Also, ans Werk.«

»Haben Sie ein altes Kleid, das ich anziehen könnte«, fragte Hannah sie, »damit ich mein eigenes waschen kann?«

»Eine Dienerin und will ihre schmutzigen Lumpen mit der Wäsche ihres Herrn zusammen waschen? Wahrhaftig, ich wette, du hast Läuse in dieser Haarmähne und weiß Gott noch was für anderes Ungeziefer am Leib! Jetzt scher dich an die Arbeit, und kein vornehmes Getue mehr!«

Hannah stand auf und rückte ihren Stuhl an den Tisch.

»Sie sind diejenige, die vornehm tut. Ich stamme aus einer guten Familie und bin keine Dienerin, weder Ihre noch die eines anderen Menschen. Ich werde den Rest des Nachmittags arbeiten, um für das zu bezahlen, was Sie mir zu essen gegeben haben. Für altbackene Brotkanten und die Rinde eines schlecht zubereiteten Käses ist das Bezahlung genug.«

Das Bettzeug stank nach altem Schweiß und ungewaschenen Leibern. Das Holz war voller Äste und die Axt seit Ostern nicht mehr geschärft. Die Feuergrube im Waschhaus musste erst ausgekehrt und die Asche weggebracht werden. In den Siedekesseln klebte noch der Schmutz von der letzten Wäsche, und sie musste sie schrubben, bevor sie sie benutzen konnte.

Aber endlich war alles vorbereitet.

Mit einem Seufzer hob Hannah sich das schwere hölzerne Tragjoch auf den Nacken und hängte die beiden Ledereimer an die Ketten zu beiden Seiten. Als sie sich auf den Weg zum Brunnen machte, war der Nebel dichter geworden; ohne ihre Brille konnte sie weder das Glänzen des Flusses erkennen noch die Höfe auf dem gegenüberliegenden Ufer.

Von der Allmende war kein Laut zu hören, bis auf das gelegentliche Schnattern einer Gans. Hannah ging zum Brunnen und ließ den hölzernen Eimer hinab, und die dichte Nebelwand warf das Kreischen der ungeölten Winde zurück.

Dann war wieder alles still. Hannah goss das brackige Wasser in ihre beiden Eimer um. Das würde ein hübsches Stück Arbeit werden, dachte sie, in solchem Wasser die Wäsche schön weiß zu bekommen.

Aber bevor sie zu ihrer Arbeit zurückkehrte, würde sie sich im Gasthaus nach Jennet erkundigen. Sie fuhr sich mit den Fingern durch ihre Locken und wusch sich das Gesicht, um sich ein wenig präsentabler zu machen.

Aus dem Gasthaus waren keine Stimmen zu hören, und es waren keine Pferde davor festgemacht. Wieder umschloss sie die Stille, so kühl wie die Arme der Toten.

Sie ging einige Schritte auf das Gasthaus zu und hielt

dann inne. Hatte sie da nicht etwas gehört? Da war doch ein leises Klirren gewesen. Ketten, oder nicht?

Hannah stockte der Atem. Sie spähte in den Nebel und streckte gewohnheitsmäßig die Hand aus, um ihre nicht vorhandene Brille nach oben zu schieben, damit sie besser sehen konnte.

Und dann hatte es sie erreicht, ein riesiges Etwas, das aus dem wogenden Weiß des Nebels aufragte. Ein großes schwarzes Pferd mit einer Blesse, dessen Zaumzeug klirrte. Ein Mann mit dunklem, gelocktem Haar und kalten Augen.

Marcus Tapp.

Hinter ihm kamen zwei weitere Männer geritten und dahinter noch einmal zwei. Hannah drehte sich um und wollte davonlaufen, aber es hatte keinen Sinn. Tapp gab seinem Pferd die Sporen, beugte sich hinab, umklammerte ihren Arm und zog sie in die Höhe, so dass ihre Füße ein beträchtliches Stück über dem Boden baumelten. Er hielt sie fest, eine Hand auf ihre Brust gedrückt, und mit jedem Schritt, den das Pferd tat, spürte sie ihre Rippen.

Sie schrie nicht, sondern hing einfach nur da, als sei ihr Körper nicht Teil von ihr.

Die Männer lachten und kosteten ihren Triumph aus. Tapp zog sie zu sich hoch und legte sie bäuchlings vor sich. Einer ihrer Arme baumelte schlaff herunter, aber der andere war zwischen dem Körper des Sheriffs und ihrem eigenen gefangen. Hannah konnte gerade noch in ihre Tasche greifen und nach der Gabel tasten, die sie der alten Frau gestohlen hatte; ihre Finger schlossen sich darum und warteten auf ihre Chance.

Sie spürte, wie Tapp mit seiner freien Hand unter ihr Gewand griff, bis er die nackte Haut ihres Oberschenkels ertastete. Ganz sachte entfalteten sich in ihr die schwarzen Schwingen des Zorns.

Er zog an den Zügeln, und das Pferd stieg ein wenig. Hannah rollte gegen Tapp, und sie konnte sein hartes Geschlecht spüren; als sie wieder zurückgeglitten war, schob er die Hand zwischen ihre Beine.

Jetzt. Mit aller Kraft, die sie aufbringen konnte, stieß Hannah ihm die scharfen Stahlzacken der Kochgabel zwischen die Beine.

Sein Schrei war beinahe weibisch – hoch, schrill und furchtbar. Sie hatte ihm Schaden zugefügt – wenn auch nicht genug, so viel stand fest. Aber er ließ sie los, und sie rutschte von seinem Pferd und rannte los.

»Ergreift sie!«, brüllte er, und seine Männer gaben ihren Pferden die Sporen. »Ich will sie lebend! Habt ihr gehört?«

Hannah rannte und rannte.

Es gab keine Welt um sie herum, weder eine von Menschen errichtete noch eine von Gott geschaffene. Keinen Himmel, keinen Fluss, keinen festen Boden.

Nur der Nebel existierte noch, und er war ihr letzter Freund.

Er öffnete sich vor ihr und schloss, während sie weiterrannte, seine lautlosen Türen hinter ihr. Er ließ die erschreckten Pferde gegeneinander prallen, bis sie sich in ihrer Angst und Verwirrung wild aufbäumten. Hannah prallte gegen eine Häuserecke, fand einen schmalen Durchgang und schob sich, flach gegen eine raue Holzmauer gepresst, hindurch.

»Hierher«, sagte eine Stimme. In einer niedrigen Tür stand die junge Frau, Beccas Mutter. Sie war bleich wie der Nebel, und als sie sprach, hatte sie auch die sanfte, verschwiegene Stimme des Nebels. »Kommen Sie hierher.

Eilen Sie sich!« Hannah bückte sich und schlüpfte hinein, und die Frau zog die Tür leise hinter ihr zu.

»Was haben Sie getan?«, fragte die Frau.

»Nichts. Die Leute sagen ...«

»Nein, erzählen Sie es mir nicht. Ich kann sehen, wie es war. Aber die Männer sind nicht nur Ihretwegen hier. Sie werden die Scheunen und Häuser durchsuchen. Unsere Männer sind Regulatoren, und irgendwie hat Tapp das herausgefunden. Vielleicht hat Obed sie verraten oder sonst einer von denen. Jedenfalls verstecken sie sich alle in den Wäldern und auf den Inseln im Fluss.«

Sie führte Hannah in einen weiteren Raum, griff nach einem leichten grauen Umhang und legte ihn ihr um die Schultern. Das kleine Mädchen, Becca, spielte auf dem Boden mit einer Stoffpuppe. Die Frau zündete eine Kerze an. »Kommen Sie, hier entlang«, sagte sie.

Sie gingen eine primitive schmale Treppe in den Keller hinunter. Das Haus war alt und hatte einen großen, zentralen Schornstein. Wo seine Grundmauern in den Lehmboden eingelassen waren, befanden sich kleine Nischen zur Lagerung von Wurzeln und Kürbissen für den Winter. Aus einer dieser Nischen nahm die junge Frau einen Schlüssel und ging dann weiter zu einem schweren Schrank.

»Helfen Sie mir, ihn zur Seite zu rücken«, sagte sie, und mit vereinten Kräften schoben sie den Schrank von der Mauer weg. Dahinter befand sich eine kleine, beinahe unsichtbare Tür. Die Frau sperrte die Tür auf. »Der Vater meines Mannes war ein Tory«, sagte sie. »Er hat sich während des Krieges diesen Tunnel gegraben, als die Überfälle am schlimmsten waren. Der Tunnel führt in den Obstgarten und von dort weiter zum Fluss. Zwei Meilen flussabwärts liegt die Fähre. Der Fährmann ist schon alt, und er hat einen

Jungen bei sich, der ihm hilft. Der Junge ist mein Bruder. Sagen Sie ihm, Dorothy möchte, dass er Sie nach Gull's Isle bringt, zu Mrs. Annable.«

»Wie könnte ich das tun, wo meine Tochter noch immer hier herumirrt? »

»Wenn die Männer zurückkommen, werde ich ihnen Bescheid sagen. Sie werden sie finden, wenn sie überhaupt gefunden werden kann.« Dorothy küsste Hannah behutsam auf die Wange und lächelte. »Ich habe gesehen, was Sie mit ihm gemacht haben, Gott segne Sie. Sie sind in der Tat eine Furie. Aber jetzt wird Tapp nur umso grimmiger Jagd auf Sie machen. Gehen Sie schnell. Und Gott schütze Sie.«

Von oben hörte man ein lautes Hämmern an der Tür.

»Gott schütze Sie«, sagte Hannah zu der jungen Frau.

»Ich habe eine Muskete«, erwiderte Dorothy und schob den Schrank wieder vor die Tür, während Hannah in die Dunkelheit davonglitt.

Als es hell wurde und der Nebel sich vom Manitac heranwälzte, hatte Daniel auf seinem großen, rotbraunen Wallach Yeoman den Hof erreicht, wo sie den Steuereintreiber geteert und gefedert hatten.

Jetzt hing niemand mehr an dem großen alten Baum. Neben der Scheune war eine Frau damit beschäftigt, die Kadaver von einem halben Dutzend Hühnern aufzulesen, denen man um ihrer Federn willen die Hälse umgedreht hatte. Das Weizenfeld hinter dem Haus war niedergetrampelt worden, und auf der kleinen Weide daneben lagen ein halbes Dutzend tote Kühe und eine Reihe niedergemetzelter Schafe. Ein Junge saß über eines der Schafe gebeugt da und versuchte, von der blutdurchtränkten Wolle so viel wie möglich abzuscheren.

»Wölfe?«, fragte Daniel die Frau, obwohl er es besser wusste.

Sie spuckte auf den Boden und griff nach einer Heugabel. »Verschwinden Sie!«, stieß sie böse hervor.

»Was ist hier passiert?«, erkundigte er sich leise. Yeoman, der vor der Waffe der Frau scheute, tänzelte ein wenig zur Seite. »Wer hat Ihre Tiere getötet?«

»Männer«, sagte sie, und das Wort war ein Fluch, der sich gegen Daniel richtete. »Gestern Nacht kamen Männer mit einem Topf Teer hierher und haben den Steuereintreiber an einem Seil hinter sich hergeschleift. Sie haben Gabriel Bent an meinem Baum aufgehängt und meine Hennen getötet, um ihn zu federn, und heute Morgen waren weitere Männer hier, um mir zu sagen, dass sie mich dafür bestrafen würden, und sie haben all meine Tiere auf dem Feld erschossen. Es waren Männer des Sheriffs! Hunde und Affen!«

»Und Bent? Ist er tot?«

»Der? Der lebt noch, auch wenn ihm seine Haut in Fetzen runterhängt. Heute Morgen haben sie ihn weggeholt, um ihn zum Doktor zu bringen.«

»Und Ihr Ehemann? Wo ist er?«

»Seit fünf Jahren tot, der verdammte Kerl. Früher einmal hat uns dieser Hof gehört. Jetzt gehört er Siwall, und wir pachten das Land, das einmal unseres war. Meine Söhne und ich und die Mädchen.« Sie ließ die tote Henne, die sie in Händen gehalten hatte, fallen. »Wir haben keine Eier zu verkaufen und keine Schaffelle. Und für den Jahrmarkt zu Michaelis können wir keinen Käse machen. Wir haben keinen Weizen, den wir mahlen könnten.« Sie blickte zu ihm auf. »Stimmt es, dass sie Markhams Mühle niedergebrannt und alle Menschen dort getötet haben?«

»Niemand ist getötet worden«, antwortete er ihr. »Die

Mühle hat Schaden genommen, aber das Rad drehte sich bereits wieder, als ich fortging.«

Die Frau schloss einen Moment die Augen. »Das freut mich«, sagte sie leise. »Als wir noch näher bei der Mühle wohnten, hat die alte Mistress Markham drei meiner Kinder auf die Welt geholt. Sie hat ein gütiges Herz und eine feste Hand.« Die Frau sah Daniel an. »Auf welcher Seite stehen denn Sie?«

»Auf gar keiner Seite. Ich habe bei dem Sturm etwas verloren, das mir viel bedeutet. Haben Sie eine Frau hier vorbeikommen sehen, die ein kleines Mädchen bei sich hatte, mit Haaren von der Farbe meines Haars?«

»Ich habe kein Kind gesehen«, erwiderte sie. »Aber gestern Nacht ist ein Pferdewagen hier durchgekommen. Ein alter Mann und ein Schwarzer saßen auf dem Kutschbock, aber eine Frau stieg aus dem Wagen und wollte Mr. Bent vom Baum schneiden. Sie haben geschossen, um sie davon abzuhalten, und der Schwarze holte sie zurück in den Wagen.«

»In welche Richtung sind sie gefahren?«

»Flussabwärts, Sir, zum Hook. Die Frau hatte dunkle, kurze Locken und trug keine Haube. Was ist sie Ihnen?«

»Sie ist Hannah. Meine Frau«, antwortete er.

Danach machte er bei jedem Bauernhof Halt, um sich nach ihnen zu erkundigen, und als er auf den zerstörten Wagen in der Nähe des Flachsfeldes stieß, war der Nachmittag bereits weit fortgeschritten. Jemand hatte Ledyards Leichnam fortgeholt, aber das tote Pferd lag immer noch in der zerbrochenen Deichsel, umsummt von Fliegen. Es war nicht schwer zu erkennen, was sich ereignet hatte. Doch es gab keine Spur von Hannah und Jennet, kein abgerissenes

Stofffetzchen von einem Rock, keine Haarschleife, nichts. Der Regen hatte sie vom Gesicht der Erde fortgewaschen, und der Nebel verbarg sogar ihre Knochen.

Vorsichtig und sehr langsam hob Daniel jedes Trümmerteil in die Höhe, schob es zur Seite und blickte darunter. Er musste etwas finden, irgendetwas.

Er setzte sich auf einen Haufen Schutt, müde und leer, den Kopf in die Hände gestützt. *Hier also,* dachte er, *hier endet es.*

Es war sehr still, und er saß lange Zeit einfach nur da, dachte nicht und existierte kaum.

Irgendwann strich etwas an seinem Bein entlang; Daniel achtete nicht darauf. Eine vom Nebel geschaffene Illusion. Es war inzwischen fast dunkel, und er war sehr müde. Gewiss hatte er in seiner Verzweiflung von ihren Händen geträumt, die ihn berührten.

Aber dann spürte er es wieder, deutlicher diesmal, und er blickte zu Boden. Eine Katze war dort und rieb sich an seinem Stiefel, um ihn mit ihrem Geruch zu markieren. Eine alte orangefarbene Katze mit nur einem Ohr.

Zu Daniels Füßen lag ein toter Maulwurf, eine Willkommensgabe. Die Katze setzte sich hin und begann sich mit einer Pfote das Gesicht zu putzen.

Arthur der Kater hatte seine Jagd beendet und war zurückgekommen.

35

Wie er im Nebel starb

Daniel hob den Kater hoch und schob ihn unter seinen Regenumhang; das Tier ließ sich dort nieder, leise schnurrend und müde von seinen Streifzügen. Es war nur allzu gern bereit, sich für ein Weilchen zähmen zu lassen und zu schlafen.

Als sie das Dorf Oxford erreichten, war es dort ebenso still wie auf den umliegenden Feldern. Im Gasthaus brannten oben und unten Lichter, und eine Frau mit einem schweren Tragjoch und zwei Eimern auf der Schulter entfernte sich eilig vom Brunnen. Mitten auf der Straße lag ein toter Hund, zertrampelt und unkenntlich geworden, bis auf seinen buschigen Schwanz. In einem Haus gegenüber der Allmende waren mehrere Fensterscheiben zerbrochen.

Irgendwo weinte ein Kind. Aber es war nicht Jennet.

Daniel schob seinen Umhang ein wenig zurück, um schneller an seinen Säbel zu kommen. Dann band er Yeoman an und betrat das Gasthaus, seine Muskete im Arm und den zappelnden Kater in seinem Umhang.

Die Gaststube war klein und dunkel und verqualmt von dem Rauch, der aus dem Herdfeuer quoll. Auf der Theke brannte eine Kerze, und eine weitere in einem Halter an der Treppe, die zu den Schlafzimmern hinauf führte.

Der Wirt war ein hoch gewachsener, dünner alter Mann und so kahl wie ein Ei. »Wir haben keine Zimmer«, sagte er scharf, »wenn es das ist, was Sie wollen. Jedenfalls nicht für solche wie Sie.«

Daniel kniff die Augen zusammen und versuchte, in den dunklen Ecken etwas zu erkennen. Sie waren, wie es schien, ganz allein in der Schankstube. »Sie können Ihre Zimmer behalten«, sagte er. »Bringen Sie mir ein anständiges Bier und ein Stück von diesem Hammel, den ich aus Ihrer Küche riechen kann, dann bin ich vollauf zufrieden.«

Das Essen wurde ohne weitere Einwände gebracht, und er verzehrte es schweigend.

Den Kater setzte er auf den Boden und gab ihm etwas von dem Hammel, um ihn bei Laune zu halten.

»Ah«, sagte das dralle junge Mädchen, das seinen Teller abräumte und seinen Bierkrug nachfüllte. »Wo kommt der denn her? Er sieht aus wie ein richtiger alter Raufbold! Verschwinde, du Nichtsnutz!«

Arthur, der sich plötzlich einem Angriff ausgesetzt sah, wölbte den Rücken, stellte den Schwanz auf und stieß ein lautes Fauchen aus. Dann sprang er die Treppe hinauf.

»Er gehört meiner Tochter«, erklärte Daniel. »Wenn du einen Käfig für ihn auftreiben könntest, gebe ich dir einen Shilling für deine Mühe. Ich bin nämlich auf der Suche nach meiner Tochter; sie und meine Frau waren letzte Nacht bei dem Unwetter unterwegs. Hast du die beiden vielleicht gesehen?

Das Lächeln des Mädchens verblasste, und ihre Augen wurden hart. »Ich habe nichts und niemanden gesehen.«

»Na schön, dann fünf Shilling.«

»Ich pfeife auf Ihr Silber«, sagte sie.

Sie wollte sich abwenden, aber er hielt sie am Arm fest. »Wer hat die Fensterscheiben in dem Haus da drüben zerbrochen? Wer hat den Hund auf der Straße niedergeritten?«

»Was für ein Hund? Ich weiß nichts von einem Hund.«

»Wer schläft in dem Zimmer im oberen Stockwerk, wo die Kerze brennt?«

»Ich erzähle Ihnen gar nichts!«

»Dann geh zur Hölle. Ich werde selbst nachsehen.«

Er stand auf und stieß sie beiseite, um auf die Treppe zuzugehen, aber das Mädchen folgte ihm und hängte sich an seinen Arm.

»Lassen Sie sie in Ruhe!«, sagte sie. »Sie will nichts von Ihnen wissen! Sie hat mir erzählt, dass sie Ihnen weggelaufen ist und ihr Kind mitgenommen hat!«

»Hannah!«, rief er.

Er nahm drei Stufen auf einmal. Gleich am Treppenaufgang befand sich eine Tür; er drückte dagegen, aber sie war von innen verriegelt. »Hannah!«, rief er noch einmal und hämmerte mit beiden Fäusten gegen das Holz. »Mach die Tür auf, mein Herz! Ich werde dich nicht zurückbringen. Nur lass mich mit eigenen Augen sehen, dass es dir gut geht!«

Und dann hörte er es. Diesen seltsamen, eintönigen Schrei, halb Stöhnen, halb Weinen, in dem jetzt auch ein Anflug von Furcht lag. Diesen Schrei, der sich in der Nacht von James Trevors Tod in der Laube von Mapleton Grange zum ersten Mal erhoben hatte.

»Annnnhhhhh!«, schrie Jennet Trevor. »Annnnnnnhhhhhhhh!«

»Jenny!«, rief er. »Wo bist du? Lieber Gott!«

Daniel trat gegen die Tür, aber sie gab nicht nach. Er holte sich den eisernen Kerzenhalter vom Fuß der Treppe und nahm ihn als Hebel, bis das Holz splitterte und die Tür aufsprang.

Jennet kniete mit offenem Haar und bleichem Gesicht im

Schein einer Kerze auf dem Bett. Um den Hals trug sie eine Kette aus getrockneten Himbeeren.

Als sie ihn sah, hörte sie auf zu jammern und sprang vom Bett. Daniel vergaß alle Vorsicht und trat in den Raum. Einen einzigen Herzschlag lang war er vollkommen glücklich und ganz, ein ganzer Mensch. Er streckte lachend die Arme nach Jennet aus.

Aber bevor er seine Tochter erreichte, fuhr die Klinge von Merriams Schlachtmesser herab und bohrte sich tief in seinen Rücken.

Das Licht im Raum wurde blendend hell. Die eine Kerze verwandelte sich in hundert Kerzen, dann in tausend. Die Flammen schwammen um ihn herum.

Er schrie, als das breite Messer aus seinem Leib gezogen wurde, drehte sich taumelnd um und hatte seinen Säbel schon fast in der Hand.

Sie holte von neuem aus, zielte nicht einmal, sondern stach ihm nur einmal und noch einmal mit kurzen, schnellen Stößen in die Brust.

Daniel sank lautlos zu Boden, und sie zog das Messer wieder heraus und packte Jennet an der Hand. Das kleine Mädchen hatte wieder zu schreien begonnen und hörte nicht auf; er hörte ihre Schreie und schleppte sich ein Stück weit durch den Raum, dann blieb er still liegen, den Rücken an das Bettgestell gelehnt.

Im schimmernden Licht der Kerze erkannte er das Gesicht der Frau. Es war Merriam Gwynn, die Schwester des Pfarrers.

Sie ging auf die Tür zu und zerrte Jennet hinter sich her. Der orangefarbene Kater Arthur, der sich im Flur versteckt hatte, sprang herein und verhedderte sich in den Röcken der Frau, wo er mit Zähnen und Krallen versuchte, sich zu befreien. Sie schrie und trat voller Wut nach ihm und hob das riesige Messer, um auf ihn loszugehen.

Das war der Tropfen, der das Fass zum Überlaufen brachte. Jennet Trevor war ihrer Mutter Tochter und hatte ihren eigenen Kopf.

Ich werde mich nicht wieder wegbringen lassen, dachte das taube Kind. *Ich werde tun, was der Weiche tut, wenn er wütend ist.*

Sie drehte sich jäh um und bohrte ihre kleinen Zähne so tief sie konnte in Merriams Unterarm.

Die Frau stieß einen Schrei aus und ließ sie los, und Jennet rannte zu Daniel hinüber, schlang die Arme um ihn und streichelte ihn, wie sie den Kater zu streicheln pflegte. »Annnn-ahhhhh«, sagte sie.

Merriam Gwynns blaue Augen schienen eine Sekunde lang blind zu sein.

»*Sie* wird dich nicht bekommen. Ich bin deine Mutter«, wisperte sie. »Ich bin. Ich bin. Ich bin.«

»Annnn-ahhhh!«

Mit beiden Händen hob die verlorene Frau das Messer hoch über den Kopf des Kindes. Mit einem gewaltigen Schmerzensschrei richtete Daniel sich auf und landete einen harten Schlag auf Merriams Arm. Er spürte, wie der Knochen brach, und sie ließ das Messer mit einem schrillen Aufheulen fallen.

»Mord! Hilfe! Mord!«, rief eine Stimme aus dem Korridor.

Die Dienstmagd hatte den alten Wirt und den Schankkellner zu Hilfe geholt, und gemeinsam waren sie zu viel für Merriam. Sie stürzte an ihnen vorbei und stieß im Laufen den keuchenden alten Mann die halbe Treppe hinunter.

Daniel saß mit dem Rücken am Bettpfosten da, und

Jennet schlang die Arme um seinen Hals. Er bettete das Gesicht an ihrer warmen Schulter und küsste ihren Hals, ihr Gesicht, ihre Augen. Dann ließ er die Hände über ihren Körper wandern, um zu sehen, ob sie verletzt war. Überall schien Blut zu sein, und er dankte Gott, dass es einzig und allein seines war.

»Lem!«, rief die Dienstmagd. »Hol den Wundarzt!«

»Nein«, widersprach Daniel. »Dafür habe ich keine Zeit. Hol mir etwas Wasser. Und bring mir meinen Mantel und meine Muskete von unten.«

Während das Mädchen fort war, zog er die Bezüge von den Kissen auf dem Bett und machte daraus Verbandszeug. Er legte sich eine Kompresse auf die tiefe Wunde im Rücken und zwei weitere auf die leichten in der Brust. Mit den zerrissenen Laken band er alles fest um sich, um so vielleicht die Blutungen zu stillen.

Er wusste natürlich, dass es nicht genügen würde, dass er vielleicht sterben würde. Aber es gab vieles, was wichtiger war, und dazu gehörte Hannah Trevor.

Die Wunde in seinem Rücken war ein hohler Schmerz, der von Minute zu Minute schlimmer wurde. Die Welt um ihn herum entfernte sich immer weiter und wurde immer kleiner, als betrachte er sie durch sein Sehrohr. Das Schankmädchen kam und half ihm, das Blut abzuwaschen und die Verbände festzuziehen.

»Wo ist meine Muskete?«, fragte er.

»Weg, Sir«, sagte das Mädchen. »Diese Furie hat sie mitgenommen.«

Er holte scharf Luft. Vor einer solchen Waffe in den Händen einer Wahnsinnigen konnte man sich kaum schützen. Es war eine gute Muskete mit langer Reichweite. Die

Frau konnte aus dem Wald heraus angreifen und über alle Berge sein, bevor ihr Opfer auch nur zu Boden fiel.

Daniel ließ sich von dem Schankmädchen in seinen Regenumhang helfen, dann ging er ganz langsam die Treppe hinunter, wobei eine jede Stufe meilenweit von der nächsten entfernt war. Er klammerte sich am Geländer fest, und seine Knöchel traten weiß hervor. Jennet war die ganze Zeit über an seiner Seite.

Durch sein Sehrohr des Schmerzes sah er, dass am Fuß der Treppe eine junge Frau saß, mit einem dunkelhaarigen Kleinkind von vielleicht zwei Jahren auf dem Arm. Sie blickte Jennet an.

»Sie ist Ihre Tochter, Sir«, sagte sie. »Daran kann kein Zweifel bestehen. Aber welche der Frauen ist Ihre Ehefrau?«

»Sie – Hannah hat braune Haare und kurze Locken. Ist sie am Leben? War sie hier?«

Die Geschichte war schnell erzählt. Sobald die Männer des Sheriffs davongeritten waren, sagte Dorothy, sei diese andere gekommen, diese Merriam. Sie hatte Jennet nach Hannahs Beschreibung erkannt. Aber auch diese Frau schien sanft und aufrichtig zu sein, und kein Sheriff suchte nach ihr; sie behauptete, Jennet sei ihre Tochter, und erzählte eine Geschichte von einem untreuen Ehemann und einer entlaufenen Dienstmagd, die das Kind zweimal mit ebendiesen Schlichen entführt habe. Sie bat die Dorfbewohner um Unterschlupf, und die Frauen, die Tapp gerade erst wieder losgeworden waren, wollten ihn so bald nicht wieder bei sich im Dorf haben. Sie sagten nichts, gingen nach Hause und hielten den Mund. »Machen Sie sich keine Sorgen um Ihre Frau, Sir«, sagte Dorothy. »Sie wird mittlerweile auf Gull's Isle in Sicherheit sein, und Tapp wird es sich gut überlegen, bevor er es mit Mrs. Annable aufnimmt. Sie genießt hier in der Gegend großes Ansehen. Aber – könnten Sie nicht warten, bis es hell wird? Sie sind verletzt und geschwächt, und der Nebel ist sehr dicht.«

Beccas Mutter mit dem süßen, jungen Gesicht legte Daniel eine Hand auf den Arm, und ihre Finger schienen ihm wie die Luftzüge, die die Flammen der Kerzen flackern ließen. Seine eigenen Hände wurden taub und seine Zehen sehr kalt. Wenn er in einen Schock fiel, würde er möglicherweise tagelang so daliegen. Er musste Hannah so bald wie möglich finden; Merriam war bewaffnet und hatte nichts mehr zu verlieren.

»Ob Sie wohl so freundlich wären, Jennets Kater bei sich aufzunehmen, bis wir wiederkommen?«, bat er. »Und Gott schütze Sie, aber wir müssen gehen.«

Obwohl sich die Fähre nur zwei Meilen weiter flussabwärts befand, ritten sie die ganze Nacht, denn sie verirrten sich immer wieder in einem Nebel, der so dicht war, dass sie das Gefühl hatten, sich nicht länger auf der Erde zu befinden.

Nur der große rotbraune Wallach schien durch den Nebel sehen zu können. Als er spürte, wie unsicher sein Herr die Zügel hielt und wie schlaff seine Füße in den Steigbügeln hingen, wählte Yeoman seinen Weg selbst. Manchmal führte dieser Weg ihn in den Wald, manchmal lief er spritzend durch flache Teiche und überquerte durchnässte Wiesen. Ab und an standen sie plötzlich auf einem Bauernhof, wo die verbrannten Heuhaufen vorgeschichtlichen Geistern gleich gen Himmel ragten, schwarze Grabhügel in dem weißen Nebel.

Er war überall. Er lag dick auf dem Boden und dämpfte die Hufschläge des Pferdes, und er wehte kühl und beißend über Daniels fiebrige Haut und machte ein Kissen für Jennet, die in seinem Arm lag. Er erstickte alle Sinne. Er löschte Zeit und Schuld und Angst aus und mit ihnen die Erinnerung an Schmerz und die Hoffnung auf Liebe. Der Nebel ließ alles Denken aussetzen, und in ihm war Daniel wesenlos und frei, denn nichts anderes zählte als der Nebel.

Ich bin tot, dachte er. So *also fühlte es sich an.*

Zweimal stürzte er vom Pferd, und jedes Mal kletterte er irgendwie wieder auf Yeomans Rücken, mit Jennet vor sich im Sattel wie zuvor. Er wusste, wenn er ein drittes Mal stürzte, würde er nicht mehr aufstehen, und sie würden ihn nicht mehr lebend finden. Seine Wunden bluteten unaufhörlich, und der provisorische Verband unter dem Regenmantel war tiefrot.

Dann ging die Nacht zu Ende, und trotz des Schmerzes wusste er, dass er starb. Er glitt in die Welt hinein und wieder heraus, wie ein Fieberschiff, das man auf See ausgesetzt hatte. Es würde noch Stunden dauern, vielleicht sogar einen ganzen Tag. Daniel konnte nichts tun als warten. Er saß auf dem Pferd, ohne zu denken und zu fühlen, Jennys warmen Leib an sich gedrückt, ihre Hände auf seinen Armen.

»Ah, meine Lily«, betete er und küsste sie aufs Haar.

»Lilyblume«, flüsterte der Nebel seine Antwort.

Der alte Fährmann und sein Helfer erblickten sie bei Tagesanbruch. Der Nebel sank in dicken Tropfen herab wie weicher Regen, und die Sonne berührte den Manitac und überhauchte ihn mit Rot- und Goldtönen.

Möwen kreisten über der Fähre, und ihre Schreie waren weithin zu hören. An der kleinen Anlegestelle saßen ein zweiter Junge, der einen Lachs ausnahm, und ein Mädchen, das ein Netz flickte, sowie ein schwarzweißer Collie.

Daniel war während der letzten Viertelmeile bewusstlos gewesen; Yeoman, stolz auf seine neu entdeckte Macht und darauf bedacht, die beiden Menschen auf seinem Rücken zu schützen, ging vorsichtig am Flussufer entlang, und als er stehen blieb, erwachte Jennet aus ihrem leichten Schlummer und ließ sich zu Boden gleiten.

Wo sind wir hier? dachte sie stirnrunzelnd. *Wohin hat er mich gebracht?*

Sie war zu Hause mit Hannah viele Male auf Hosea Slys Fähre über den Fluss gefahren, und sie wusste genau, was zu tun war. Es gehörte zu ihren großen Freuden, Flashs Zügel zu nehmen, der alten Stute die Nase zu streicheln und sie auf die Fähre zu führen.

Gehen oder nicht gehen? Jennet blickte zu Daniel auf, aber er konnte weder sprechen noch sehen, was er vor Augen hatte.

Mitten in dem schmalen Wasserlauf lag eine breite Insel. Am Ufer breiteten drei Frauen zusammen ein langes Stück frisch gewobenen Leinens zum Bleichen in der Sonne aus. Über ihnen wand sich ein schmaler Weg steil durch ein Wäldchen hinauf zu einer großen Schafweide und mehreren Flachsfeldern, deren blaue Blüten sich sanft im Morgenwind wiegten. In einem Garten stand ein Haus, und dahinter ragte ein Kirchturm in den Himmel, der von Schwalben belagert wurde.

Zu Hause, dachte Jennet. Sie drückte den Rücken durch, ergriff Yeomans Zügel und führte ihn auf das wartende Floß.

»Nun, kleines Fräulein«, sagte der alte Mann mit einem Kichern. »Hast du denn auch einen halben Penny für die Überfahrt?«

Sie sah ihn nur an, klar und mit großen Augen, den

Kopf schräg gelegt und den Zipfel eines ihrer Zöpfe im Mund.

»Kein Penny, wie?« Der Fährmann führte seinen dicken Zeigefinger an die Lippen und leckte daran, um den Wind zu prüfen. »Es bläst aus Nordwest, Bartley«, sagte er zu dem Jungen. »Im Almanach steht, wir hätten außerdem Vollmond. Bei Vollmond und wenn der Wind steif aus Nordwest weht, darf man von rothaarigen Mädels kein Geld nehmen. Leg ab, Bartley, Junge, benutz deinen Staken!«

Der Junge grinste und stieß den langen Staken ins Wasser. Das Seil ächzte. Die Winde setzte sich in Bewegung, und die Fähre machte sich langsam auf den Weg über den Fluss.

Als sie gegen die Anlegestelle auf der Insel stieß, führte Jennet Yeoman ans Ufer. Die drei Frauen, die gerade ihr Leinen mit Steinen beschwerten, blickten auf; die Altere lächelte Jennet zu und machte einen Knicks vor Daniel, der jedoch nicht reagierte. Der Fährmann legte nicht wieder ab, sondern stand nur stirnrunzelnd da, eine Hand auf Bartleys Schulter gelegt.

»Er ist tot, wie?«, fragte der Junge.

»Keine Ahnung«, sagte der alte Mann.

Daniels Augenlider flackerten, und er starrte zu den beiden hinunter, obwohl er nur zwei Flecken vor sich sah.

»Noch nicht«, sagte der Junge.

»Aber bald«, entgegnete der Alte.

Jennet sah zu Daniel auf, aber er reagierte nicht. Die Sehrohrwelt war sehr klein und fremd geworden. Plötzlich kehrte, als würde ihm eine neue Wunde geschlagen, die Erinnerung zurück, und er stürzte durch ein schreckliches weißes Schweigen – vorbei an toten Freunden, die er im

Krieg gekannt hatte, vorbei an seinem Großvater und seinem Vater, vorbei an Männern, die er selbst getötet hatte, er sah entleibte Gesichter, abgehackte Arme und Beine. Und er kam auch an Frauen vorbei. An Kindern, Lily. Charlotte. Hannah. Namenlose Frauen, die er an Wegrändern begraben hatte. Alle tot.

Sein Körper taumelte unberechenbar zur Seite, und der verschreckte Yeoman wandte sich von der Straße ab und lief einen steilen, felsigen Hang hinauf.

Daniel rutschte auf dem Rücken des Tieres nach hinten, so dass sein Mantel sich öffnete. Als sie das Blut sahen, das sein Hemd durchweichte, liefen die Frauen zu ihm hin, und Daniel glitt aus dem Sattel und sank den Frauen in die Arme. Sie betteten ihn sachte auf das Gras neben dem Gehweg.

»*Il est mort*«, hörte er eine von ihnen sagen. »Er ist tot.«

36

Wie er auf Gull's Isle von den Toten auferstand

Am selben Morgen saß Hannah Trevor vor dem Quiltrahmen am offenen Fenster des großen, hellen Raumes im oberen Stock, den sie ihr gegeben hatten, und hörte den Ochsenkarren, der sich ächzend den steilen Weg hinaufmühte und dann stehen blieb.

Aber zuerst sah sie nicht hinaus. Der Quilt auf dem Rahmen war nicht so wie ihr Muster, wie die roten Rosen, aber er beschäftigte ihren Geist auf ähnliche Weise. Ihr Tagebuch lag, während sie nähte, offen auf dem Quilt, und sie hatte die Zeichnung der eckigen Blüten ständig im Blick.

Sie konnte selbst ohne ihre Brille noch quilten, denn man richtete sich dabei ebenso sehr nach Finger und Daumen, die das Auf und Ab der Nadel verfolgten, wie nach den Augen. Ihre Großmutter, die mit fast achtzig halb blind gewesen war, hatte noch immer zwanzig Stich pro Zoll in genau zum Rand paralleler Linie machen können.

Genauso fühlte sie sich bei dieser Geschichte mit James – halb blind tastete sie sich durch ein Labyrinth, während sie den Stich der Nadel unter ihren Fingern spürte. Aber sie hatte keine sauberen Linien gestichelt. Sie zog sich immer weiter zurück, weil sie den Schmerz fürchtete. Sie lief davon wie stets, seit James sie verlassen hatte. In der Art seines Todes war für sie kein Muster erkennbar, weil sie zu nah hinsah, weil sie nur die einzelnen Teile und die Stiche sah, die direkt unter ihrer Nase waren.

Aber jetzt, als Hannah die Zeichnung in ihrem Tagebuch betrachtete, die durch ihr schwaches Augenlicht verschwommen und weit entfernt schien, jetzt nahm das Muster eine andere Gestalt an.

Vielleicht lag es daran, dass sie nicht mehr in Rufford war. Vielleicht war es Einsamkeit, die Trennung von Daniel und Jennet, von ihrem Onkel und ihrer Tante und Two Mills.

Vielleicht war es aber auch Gull's Isle selbst – ein kleines, unabhängiges Reich des Friedens inmitten aller Unruhen. Eine Insel der Frauen.

»Hier können Sie Ihren Geist reinigen und nachdenken, hier können Sie wieder Sie selbst werden«, hatte Mrs. Annable ihr erklärt, als sie sich müde und erschöpft den letzten steilen Hang hinaufgequält und nach Jennet gefragt hatte. »Wir alle haben unsere Geheimnisse hier, und alle Geheimnisse sind gleich. Wenn Sie ein Verbrechen begangen haben, verlassen Sie uns jetzt und bringen Sie nicht die Unschuldigen in Schwierigkeiten. Wenn nicht, dürfen Sie einen Monat lang hier bleiben, nicht mehr. Es gibt viele wie Sie, und obwohl das Haus groß ist, hat es nicht für alle Platz.«

»Was ist, wenn man mich beschuldigt, ich aber unschuldig bin?«

»Dann müssen Sie unsere Fragen beantworten, wenn wir Ihnen welche stellen.« Mrs. Annable musterte ihren Gast. »Vor einer Weile waren die Männer des Sheriffs hier, um sich nach einer Frau und einem Kind zu erkundigen. Sind Sie die Frau?«

Hannah gab sich nicht mit Erklärungen ab, sondern

nickte lediglich. »Ich will nur eine Stunde hier bleiben und mich ausruhen«, sagte sie. »Meine Tochter …«

»Die Menschen hier haben Angst vor den Männern des Sheriffs, und sie werden nichts sagen, wenn Sie selbst nach dem Kind fragen. Außerdem kann eine Frau allein unmöglich jeden Wald, jeden Hain zwischen der Küste und dem Wilden Land absuchen. Mein Bruder Thomas hat viele Freunde, die ihrerseits Freunde haben. Es wird bald dunkel werden. Bleiben Sie bis morgen Mittag bei uns, und lassen Sie ihn tun, was er tun kann, um – Jennet heißt sie, nicht wahr – zu finden.«

»Ich wäre dankbar für etwas zu essen«, hatte Hannah erwidert. »Aber ich kann nicht ruhig hier bleiben, während meine kleine Tochter allein durch die Dunkelheit irrt. Ich werde Ihren Bruder begleiten, wenn Sie mir nur ein Pferd leihen könnten.«

»Und wie lange werden Sie wohl reiten, bevor Sie vom Pferd fallen? Sehen Sie in den Spiegel, Kind, und sagen Sie mir, wie viel Sie wohl ausrichten könnten.«

Das Gesicht, das ihr entgegenblickte, war ausgezehrt und verzweifelt, und Hannah sah ihr Spiegelbild an, als sei es eine Fremde für sie. Dann gaben ihre Beine unter ihr nach, und sie ließ sich auf den Stuhl sinken.

»Ann! Henriette!«, rief Mrs. Annable, und zwei Frauen kamen lautlos herbeigeeilt. »Die Dame hier ist sehr müde. Seid so gut und bringt sie zu Bett und gebt ihr etwas zu essen. Sie wird bis morgen Mittag bei uns bleiben.«

»Aber ich habe kein Geld«, protestierte Hannah. »Ich kann nicht bezahlen.«

»Zerbrechen Sie sich darüber nicht den Kopf«, sagte die ältere Frau. »Wenn Sie sich ausgeruht haben, werden wir eine Arbeit für Sie finden, während Sie sich wieder fassen.

Hand und Geist sind von einem Stück, und eine Frau kann am besten denken, während sie arbeitet.«

Genauso war es Hannah immer erschienen, und so war es auch, als ihre Finger die Säume des Quilts vor ihr nachzeichneten.

Dreieck. Grace Stark, Hannah Trevor und die andere Frau, ihre heimliche Schwester. *Denken Sie an mich als eine Schwester, für die Sie beten müssen.*

Dreieck. Hamilton Siwall, Matthew Gwynn, Marcus Tapp. *Mein Mann hat den Suchbefehl ausgegeben. Ich habe James gewisse Freiheiten gewährt.*

Viereck. Merriam Gwynn, Matthew Gwynn, Hannah Trevor, James Trevor. *Die rechtmäßige Stellung einer Ehefrau.*

Kreis. Bertha Pinch. Verwachsen, aber auf seltsame Weise vollkommen in sich selbst.

Und James Trevor, die vierte Seite des Quadrats, die Spitze all dieser Dreiecke, ganz gleich, wie man sie bildete. Wo auch immer man hinsah, er war dort, wie das Gitterwerk in ihrer Zeichnung, wie der ungebleichte Musselin, der dem schlichten Quilt im Rahmen als Hintergrund diente.

Ohne einen Hintergrund waren die einzelnen Stücke nichts als ausgefranste Lumpen; erst mit ihm ergaben sie ein Muster und bekamen eine gewisse Logik.

Aber man musste den Quilt sehr klar und deutlich sehen, und bisher war Hannah, was James betraf, dazu nicht in der Lage gewesen. Oh, es gab gewisse Dinge, die sie nicht unterdrücken konnte; einige davon hatte sie Daniel erzählt und andere ihrer Tante. Nur die schlimmsten Dinge behielt sie für sich, die letzten Augenblicke, bevor ihr Mann sie verlassen hatte – dem hatte sie sich noch immer nicht gestellt, das hatte sie nicht in das Muster eingearbeitet.

Und da war noch ein anderer Teil des Musters, der nicht deutlich sichtbar werden wollte. Isaiah Squeer. Warum war er zurückgekommen? Was hatte er Daniel erzählt?

Plötzlich war ihr kalt, und sie zog ihren Umhang fester um sich, und ihre Augen schlossen sich über frischen Tränen.

»Hannah!« Eine der Frauen kam ins Zimmer gestürzt, ein junges Mädchen namens Phillida. Abgesehen von der alten Frau hatten alle hier nur ihre Taufnamen. »Mrs. Annable sagt, Sie verstehen sich ein wenig auf Krankenpflege, und Sie müssen kommen! Er darf nicht hier sterben! Es wäre furchtbar schwierig, das dem Sheriff zu erklären!«

»Wovon reden Sie? Wer darf nicht sterben?«

»Sehen Sie doch, da unten!« Phillida zeigte aus dem Fenster. »Henriette und Naomi haben ihn gefunden, unten bei den Felsen. Er ist vom Pferd gefallen, und sein Leben hängt nur noch an einem seidenen Faden, und was wird bloß die Kleine anfangen, seine Tochter, nehme ich an. Sie sieht genauso aus wie er mit diesem roten Haar, aber sie will nicht sprechen, und anscheinend kann sie auch nichts hören, und wenn er sterben sollte …«

Hannah erhob sich von dem Rahmen, und ihre Schere fiel klirrend zu Boden. In ihren Ohren dröhnte das Blut, als wolle ihr Kopf an den Schläfen zerspringen. Sie legte sich eine Hand über die Augen und blinzelte, während sie sich am Fenstersims abstützte, in den Sonnenschein hinaus.

Mrs. Annables Bruder, der alte Thomas, hob etwas aus dem Ochsenkarren, und der Fährmann und sein Gehilfe fassten mit an. In dem Karren lag ein Mann, dessen Brust und Rücken rot von Blut waren.

Er hatte seinen Hut verloren, und sein Haar war dunkel und von Fieberschweiß verfilzt, aber die Sonne fiel darauf und gab seine natürliche Haarfarbe zu erkennen. Es war ein sanftes, rötliches Braun.

Und neben dem Karren stand, Hand in Hand mit einer der Frauen, ein zweiter Rotschopf. Zwei lange Zöpfe. Ein Kleid aus selbst gesponnener brauner Wolle. Und ein Schnürsenkel hatte sich gelöst.

Als sie ihn auf das Bett legten, glaubten die beiden alten Männer und der Junge bereits, eine Leiche zu tragen.

Daniels Atem ging zu flach, um ihn zu messen, und sein Herz schlug vollkommen unberechenbar – bisweilen sehr schnell, aber meistens so langsam, dass Hannah es unmöglich fühlen konnte, wenn sie ihr Ohr an seine Brust legte. Seine Lippen und Nägel waren von einem gräulichen Blau, das sie nur allzu gut kannte. Es bedeutete, dass der Tod sich nicht länger bekämpfen ließ. Man musste ihn akzeptieren, Wache halten und Trost schenken. Kerzen anzünden. Für die scheidende Seele beten. Aufgeben. Nachgeben.

»Es ist zu spät, meine Liebe«, sagte die Frau namens Ann. »Gottes Wille wird geschehen.«

»Wenn das, was dort liegt, eine Probe Seines Willens ist«, fuhr Hannah auf, »dann wäre es besser, wenn er *nicht* geschähe!«

So schnitten sie denn Daniels Kleider auf, wuschen ihm das Blut ab und stützten seine linke Seite mit Kissen, damit er nicht auf seinen Wunden zu liegen kam.

»Entzünde eine Laterne und bring sie hierher«, befahl Hannah, und der Junge rannte los. Dann hielt er die Laterne über das große Loch in Daniels Rücken, und sie beugte sich darüber, bevor sie die kleineren Verletzungen in seiner

Brust untersuchte. »Die werden von selbst heilen«, sagte sie. »Aber den Rücken muss ich nähen. Bringen Sie mir kräftiges Leinengarn, gebleicht und gekocht, und die beste Nadel, die Sie haben. Stark, aber fein und mit einer kleinen Öse. Und etwas Baumwolle, um die Wunden zu versorgen.« Sie sprach mit der jungen Frau namens Phillida. »Haben Sie Kampfer im Garten? Und Ringelblume? Holen Sie mir davon. Ich muss einen Breiumschlag machen.«

Die Frau eilte davon, und während sie fort war, goss Hannah Wasser aus dem Krug in die Waschschüssel und schrubbte sich mit einer kräftigen Laugenseife die Hände.

Als sie zum Bett zurückkehrte, sah sie Mrs. Annable in der Tür stehen, und die alte Frau hielt Jennet an der Hand. Ihr Wiedersehen war durch Daniels erbärmlichen Zustand ein wenig knapp ausgefallen, und jetzt riss die Kleine sich los, rannte auf ihre Mutter zu und hielt ihr das Gesicht hin, um sich küssen zu lassen.

Hannah beugte sich vor und drückte ihre Wange an Jennets, dann spürte sie, wie die dünnen Arme sich um ihre Taille legten, und das Gesicht ihrer Tochter vergrub sich in ihren Röcken.

»Jenny«, sagte sie. »Du musst mir helfen. Hast du mich verstanden?«

Das Kind ließ sie los und sah sie mit ernsten Augen an.

»Geh und setz dich dort auf den Stuhl, neben dem Quilt.« Hannah blickte zu dem Quiltrahmen hinüber und legte sich mit einem sachten Kopfschütteln den Zeigefinger auf den Mund – ohne jedoch ihre Lippen mit ihren sauber gewaschenen Händen zu berühren. »Du musst ganz leise sein. Warte auf mich. Bleib in meiner Nähe. Es hilft mir, wenn ich dich ansehen kann. Du bist doch tapfer genug, um hier zu bleiben, nicht wahr?«

Und Jennet marschierte, als hätte sie jedes einzelne Wort gehört, schnurstracks auf den Stuhl zu, griff nach der Nadel und begann, an dem Quilt zu sticheln, und nur wenige Augenblicke später lugte bereits ihre Zungenspitze zwischen den Lippen hervor, als sie sich auf ihre Arbeit konzentrierte, genau wie zu Hause bei Tante Julia.

Hannah wandte sich wieder Daniel zu und tupfte mit einem Schwamm das frische Blut ab, das aus seinen Wunden sickerte.

»Ihr Ehemann?«, fragte Mrs. Annable.

»Nein. Einer der Jungen soll sein Pferd nehmen und flussabwärts nach Rufford reiten. Dort lebt seine Ehefrau, in Mapleton Grange. Ich finde, man müsste ihr Bescheid geben, für den Fall, dass er stirbt.«

Die ältere Frau nickte.

»Es besteht wohl kaum Hoffnung, dass er überleben wird. Sie müssen sich darauf vorbereiten. Dass Sie ihn lieben, ist unübersehbar.«

Hannah holte tief Atem und antwortete nicht. Phillida kam mit den gewünschten Dingen zurück, und auch einige weitere Menschen traten nun in den Raum, ein halbes Dutzend Frauen, eine Hand voll Kinder und ein alter Mann.

»Geht jetzt. Lasst mich allein damit«, befahl Hannah ihnen.

»Aber … Thomas wird Ihnen helfen, ihn festzuhalten. Lassen Sie wenigstens Thomas bleiben.«

»Ich will niemanden hier haben. Nur meine Tochter. Dieser Kampf ist unser Kampf, nicht eurer.«

Und dann waren sie allein.

Mit Hilfe ihrer empfindsamen Fingerspitzen fädelte sie die Nadel ein, und die gleiche Empfindsamkeit sowie lange

Jahre des Quiltens im schwachen Licht von Kerzen und winterlichen Herdfeuern halfen ihr, als sie die Wunde nähte.

Er lag ganz still, seine Wange fest in das Kissen gedrückt. Die schreckliche blaue Farbe war zwar noch immer nicht aus seinen Lippen gewichen, aber in den Finger- und Zehennägeln wurde sie doch langsam schwächer. Hannah wollte die Wunden nicht sofort verbinden. Die Luft würde sie schneller heilen lassen. Sobald die Wunden sich geschlossen hatten und das Blut nicht länger hervorquoll, würde sie die Kampferumschläge auflegen und aus den Ringelblumen eine Salbe herstellen, die die Heilung beschleunigen sollte.

Aber für den Augenblick lag er nackt auf dem Bett. So wie sie es immer bei den Kranken tat, legte Hannah ihre Hände auf seinen Körper, strich über seine Arme und Beine und über die leicht sommersprossige Haut auf seinen Schultern, um ihm das Gefühl zu geben, lebendig zu sein, damit er wusste, dass er, wenn er es wollte, zurückkommen konnte.

Als Jennet das sah, kam auch sie ans Bett, um ihn zu streicheln, um den Kopf auf seinen Arm zu betten.

Was mochte er empfinden? Zuerst gar nichts. Kein Nerv zuckte. Kein Muskel riss sich aus dem Nebel los, der ihn immer noch gefangen hielt. In der schlaftrunkenen Gefängniszelle des Gehirns flackerte vielleicht ein schwacher Schimmer auf. Aber er war immer noch ein Gefangener.

Hannah setzte sich neben ihn, wusch seine Wunden mit einem Extrakt aus Schachtelhalm, berührte ihn ganz sachte und führte ihm ab und zu ein Glas mit Brandy an die Lippen. Einmal streckte er die Hand nach ihr aus und umklammerte ihren Arm mit seiner verstümmelten Linken, dass es schmerzte; er war stark, wie die Sterbenden es manchmal sind.

Die Nacht kam, und die Frauen brachten ihr Kerzen. Es stand noch ein zweites Bett im Raum, das sie mit sauberer Wäsche frisch bezogen, und Hannah legte das Kind zum Schlafen dort hinein, und sie bettete sie so, dass sie Daniel gegenüberlag und er, wenn er erwachte, vielleicht seine Tochter sehen würde.

Um Mitternacht waren seine Lippen nicht länger blau, sondern nur noch von einem gräulichen Weiß. Hannah ging leise die Treppe hinunter und machte den Breiumschlag, brachte ihn dann nach oben und legte ihn auf die große genähte Wunde auf seinem Rücken. Weitere Blutungen blieben aus.

»Haben Sie für ihn gebetet?«, fragte eine Stimme von der Tür. Es war die Frau namens Ann. Sie war von zierlicher Gestalt, und unter ihrer Frömmigkeit blitzte oft Wut hervor.

Hannah sah sie kaum an. »Hier ist mein Gebet«, erwiderte sie und schob den Breiumschlag ein Stück weiter nach links.

Eine nach der anderen verlöschten sämtliche Kerzen. Nur eine einzige Flamme war noch übrig, als Daniel die Augen aufschlug und sie sah. Sie saß auf dem anderen Bett, mit Jennet in den Armen, und sie waren beide eingeschlafen. Er schloss die Augen, um sie festzuhalten, die Frau und das Kind, dann entglitt er wieder in die Dunkelheit.

Im ersten Licht des Morgens kam das Fieber. Er wurde unruhig, wehrte sich und schlug mit den Armen um sich, stieß Flüche aus, wie sie sie noch nie zuvor von ihm gehört hatte. Aber Hannah ließ nicht zu, dass sie ihn ans Bett fesselten. Sie setzte sich zu ihm, so dass seine Fäuste sie finden und nach ihr schlagen konnten, und er schlug tatsächlich nach ihr, schlug nach ihren Brüsten, ihrem Gesicht und ihren Armen. Sie schrie nicht auf und rückte auch nicht von ihm weg, sondern saß wie ein Felsen neben ihm und nahm seine Schläge schweigend an, wie eine Strafe, die sie verdient hatte.

Nach einer Weile hielt sie seine Hände fest und drückte sie an ihr Gesicht. Er lag still.

Durch die heftigen Bewegungen hatte die Wunde in seinem Rücken wieder zu nässen begonnen. Wieder der Griff zum Schwamm. Wieder ein Breiumschlag. Sie machte die Salbe und trug sie auf, dann bandagierte sie ihn mit Hilfe des alten Thomas.

Gegen Mittag wurde Daniel sehr still. Einmal dachte sie, er sei tot, und hielt ihm eine Feder an die Lippen. Aber er schlug die Augen auf und starrte sie an.

Noch eine Stunde, zwei. Am späten Nachmittag stieß er einen gewaltigen Schrei aus, so laut, dass das Glas in den Fenstern klirrte und der Hund im Hof zu heulen begann.

Und endlich schlief er ein.

»Es geht ihm schon viel besser«, sagte Mrs. Annable, die sich über das Bett beugte. »Das hätte ich nicht für möglich gehalten. Jetzt müssen Sie sich auch etwas hinlegen und Ruhe finden. Ihre Jenny wird heute Nacht zusammen mit den anderen Kindern im Gemeinschaftsraum untergebracht, es wird ihr an nichts fehlen.«

Sie brachten ihr Brot, Speck und Gemüse, aber Hannah war zu müde, um zu essen. Sie legte sich auf Jennets Bett und war eingeschlafen, bevor die Sonne auch nur daran dachte unterzugehen.

Als sie erwachte, war es dunkel. Keine Kerze brannte, aber Mondlicht fiel durch das offene Fenster. Daniel saß neben ihr auf der Kante des schmalen Bettes.

Er beugte sich vor und strich mit den Lippen über ihre Augen.

»Jenny?«, fragte er.

»Ihr geht es gut. Sie liegt nebenan und schläft.«

Mehr sagte er nicht. Er küsste sie auf den Mund, so sachte, dass man seinen Kuss mit dem Flügel einer Motte hätte verwechseln können, die zu nah vorbeiflog. Dann küsste er sie hastig noch einmal, immer noch mit dieser seltsamen Scheu, die seine Art war. Und schließlich drängend und hungrig, und sie spürte seinen Atem in ihrem Mund, während seine Arme sie umfingen.

Aber es war zu viel. Erschöpft bettete er seinen zerzausten Kopf an ihrer Schulter, und sein Bart, der zwei Tage Zeit zum Wachsen gehabt hatte, zerkratzte ihr das Gesicht.

»Wenn das so weitergeht, verlange ich, dass Sie sich rasieren, mein Herr«, sagte sie mit einem leisen Lachen, das warm in der Dunkelheit hing.

In einer Minute würde er wieder einschlafen und nicht vor dem Morgen aufwachen. Hannah zog seine langen Beine aufs Bett, breitete die Decke über ihnen beiden aus und nahm ihn in die Arme.

»Gottes Wille geschehe«, sagte sie.

37

Käfigvögel
und wie sie fliegen

»Wo bin ich?«

Daniel erwachte am nächsten Mittag, umringt von Frauen. Eine oder zwei von ihnen waren wie Phillida noch ziemlich jung. Ann mochte um die vierzig sein und wirkte ein wenig altjüngferlich. Mehrere verrieten mit der Üppigkeit ihres Körpers und den vollen Brüsten, dass sie viele Kinder geboren hatten. Esther und Jerusha waren sehr alt, mit Gesichtern wie aus feinem Pergament. Hinter ihnen in der Tür standen ein paar Männer, deren Augen in der Dunkelheit seltsam stumpf wirkten, und aus einiger Entfernung konnte Josselyn die Stimmen von Kindern hören.

»Sie sind in meinem Haus«, sagte eine Frau, die etwa in Tante Julias Alter war und kühle, haselnussbraune Augen hatte und eisengraues Haar, das unter ihrer Haube hervorlugte. »Ich bin Harriet Annable. Sie sind willkommen hier, Daniel. Wie die anderen dürfen auch Sie bleiben, bis Sie gesund genug sind, um fortzugehen. Aber solange Sie hier sind, müssen Sie unsere Regeln respektieren. Was immer wir anderswo gewesen sein mögen, hier sind wir alle Freunde, und einer ist nicht besser als der andere – und Männer sind nicht besser als Frauen. Wenn Sie wieder stark genug sind, müssen Sie arbeiten, wie wir alle es tun. Kann man Sie zu irgendetwas gebrauchen?« Jemand kicherte. Daniel lächelte.

»Ich werde mich bei jeder Arbeit nützlich machen, wenn Sie mir zeigen, was ich zu tun habe«, sagte er. »Aber wer sind Sie? Gehören Sie zu einem Orden heiliger Frauen?«

Die Frauen sahen einander an. Dann verließen sie allesamt schweigend den Raum, und nur die Dame des Hauses blieb zurück.

»Habe ich sie gekränkt?«, fragte er.

Mrs. Annable schüttelte den Kopf. »Sie haben sie als heilige Frauen bezeichnet, und das hat sie beschämt. Im Krieg«, fuhr sie fort, »bin ich selbst sechs Wochen lang im Wilden Land umhergestreift. Was ich in diesen Wochen getan habe ...« Sie schwieg einen Augenblick, bevor sie weitersprach. »Durch diese Zwangsversteigerungen werden viele Menschen heimatlos gemacht. Es ist eine andere Art von Krieg.«

»Und Sie geben diesen Menschen hier eine Zuflucht?«

Mrs. Annable zuckte mit den Schultern. »Ich gebe ihnen ein Bett. Und Arbeit – wir bauen hier unseren eigenen Flachs an und stellen feines Leinen her. Doch vor allem kann ich ihnen Zeit geben, um ein wenig Heilung zu finden.« Sie lächelte und biss sich auf die Unterlippe. »Nun, Sie sind ein Mann und sehr wohlhabend. Ich erwarte nicht, dass Sie das verstehen.«

»Im Krieg hat man mir für eine Weile die Überwachung von Gefangenentransporten übertragen. Viele Frauen sind ihren Männern gefolgt.« Daniels Stimme war leise und unbewegt. »Die meisten haben wir unter Steinen am Wegesrand zurückgelassen.«

Mrs. Annable legte ihm eine Hand auf den Arm. »Aber diejenigen, die Sie hier sehen, wollten nicht sterben – oder der Tod wies sie zurück. Bisweilen haben sie sich nach ihm gesehnt. Einige haben versucht, ihrem Leben ein Ende zu machen.« Sie sah Hannah an, die hereingekommen war und sich an den Quiltrahmen gesetzt hatte. »Es sind Käfigvögel, mein lieber Freund. Wenn Sie den Käfig öffnen, setzen sie sich vielleicht auf Ihre Schulter und singen Ihnen ein Lied. Aber vielleicht hacken sie auch nach Ihren Augen.«

»Diese Warnung kommt zu spät«, sagte er und blickte auf seine Verbände hinab. »Haben Sie hier je eine Frau namens Merriam gehabt?«

Hannah setzte sich auf die Bettkante und griff nach seiner Hand. »Was soll diese Frage? Du meinst Mr. Gwynns Schwester?«

Er sah Hannah forschend in die Augen. »Sie war es, die mir das Messer in den Rücken gebohrt hat, und sie lief weg, bevor ich ihr folgen konnte. Ich bin davon überzeugt, dass sie die Morde in Rufford begangen hat.«

»Eine schreckliche Geschichte«, sagte Mrs. Annable. »Ich habe natürlich davon gehört.«

Daniel richtete sich in seinem Bett auf und zog die Decke um sich herum. »Sie war es, die unsere Jennet mitgenommen hat. Wenn ich das Kind nicht hätte weinen hören, wäre es vielleicht noch immer bei ihr. Und dann ist da noch eine kleine bucklige Frau, Bertha Pinch. Merriam liegt ihr sehr am Herzen, und sie weiß mehr, als sie zu sagen bereit ist. Und dann ist da noch ein Mann, Isaiah Squeer.«

Hannah erhob sich wieder und begann, im Raum auf und ab zu gehen. Daniel wandte sich Mrs. Annable zu.

»Wenn Sie wissen, wo Merriam ist, wenn irgendjemand hier etwas über sie weiß, dann bitte ich Sie, es uns zu erzählen. Möglich, dass sie noch mehr Unheil anrichtet, wenn man sie nicht aufhält. Sie hat meine Muskete mitgenommen, als sie fortlief. Wir müssen sie finden.«

»Und in einen Käfig sperren, meinen Sie?«

Daniel sah ihr in die Augen. »Wenn sie gemordet hat, wird man sie wahrscheinlich hängen. Wie man einen Mann hängen würde.«

»Würde man einen Mann hängen? Mit zwölf Männern als Geschworenen und einem Mann mit einer Perücke auf dem Richterstuhl?« Sie drehte sich zu Hannah um. »Man hat Sie beschuldigt, und Sie sagen, Sie seien unschuldig. Aber wenn Tapp hier nach Ihnen sucht, kann ich Sie nicht vor ihm schützen. Ich kann nichts tun, was gegen das Gesetz verstößt, oder man würde uns alle einsperren.«

»Sie können mir helfen, die Wahrheit herauszufinden«, erwiderte Hannah. »Das ist alles, worum ich bitte.«

Die alte Frau runzelte die Stirn. »Gönnen Sie sich jetzt ein wenig Ruhe«, sagte sie. »Ich werde nachdenken.«

Sobald er Hannah den Rest der Geschichte erzählt hatte, schlief Daniel wieder ein, und Hannah ging für eine Weile zu Jennet.

Als sie sah, dass das kleine Mädchen zufrieden mit den anderen Kindern in der Küche Bohnen enthülste, ging sie mit einem Sammelkorb in den Kräutergarten. Der alte Thomas hatte zwei große Beete mit Lavendel bepflanzt, die gerade ihre ganze duftende Blüte entfalteten. Dahinter wuchsen Rosmarin, Thymian, Anis und wilder gelber Klee.

Hannah verbrachte lange Zeit dort, allein und auf den Knien arbeitend; sie jätete Unkraut, erntete Blüten und legte sie vorsichtig zum Trocknen aus. Als sie schließlich feststellte, dass es schon dämmerte, stand sie auf, die Arme voller Lavendel, und sah, dass Daniel nur wenige Meter entfernt auf einer Holzbank saß. Es war ihm gelungen, seine Hosen anzuziehen, aber er trug weder Stiefel noch Strümpfe, und anstelle eines Hemdes hatte er sich in seinen langen Regenumhang gehüllt, denn es wurde langsam kalt.

»Daniel!«, rief sie und ließ den Lavendel fallen. »Wie kannst du es wagen? Deine Wunde wird wieder aufreißen. Dreh dich um, lass mich sehen.«

»Kümmere dich nicht darum«, sagte er streng, und sie erhob keine Einwände. »Ich muss dir etwas mitteilen. Komm her und setz dich zu mir.«

Sie vermied es, ihm in die Augen zu sehen. »Ich habe noch zu arbeiten. Deinetwegen habe ich den ganzen Lavendel fallen lassen.«

»Komm her. Bitte.« Er streckte eine Hand nach ihr aus. »Bitte.«

Hannah setzte sich neben ihn und verschränkte die Hände auf dem Schoß. »Ich bin hier«, sagte sie.

»In all diesen Jahren hast du etwas vor mir verborgen. Was du mir damals von James erzähltest, von jenem Winter … von deinen Kindern, wie er dich in Boston im Stich ließ, wie du versuchtest, dort zu sterben. Das ist nicht alles. Oder? *Oder*?«

»Nein.« Das Wort war kaum zu verstehen.

»Es hat mit dieser Merriam zu tun?«

»Vielleicht. James hatte eine Frau, bevor er Boston verließ. Ich wusste nicht, wer sie war. Es war mir auch egal.«

»Und Squeer? Was hat er damit zu tun? Warum verleumdet er dich?«

Hannah griff nach seiner verkrüppelten Hand und hielt sie fest. Sie liebte diese Hand mehr als die andere, die unversehrt war.

»Lass mich wenigstens ein Geheimnis für mich behalten«, bat sie ihn. »Alles andere will ich dir freiwillig geben.«

»Tapp wird dir nicht erlauben, dein Geheimnis zu behalten, und ich werde nicht mit ansehen, wie er dich ins Gefängnis schleift! Ich muss wissen, was es ist.«

»Dann hilf mir«, flüsterte sie. »Du bist zu weit weg.«

Er hielt den abgetragenen alten Mantel für sie auf, und Hannah schlüpfte hinein. Dann legte er die Arme um sie, bis sie die Wärme seiner Brust spürte.

»Wie soll ich anfangen?«

»In Boston. Mit der Frau, die er dort hatte.«

»Ja. Er blieb manchmal tagelang weg, mitunter sogar Wochen. Sie hatte etwas Geld, denke ich – er hatte zu dem Zeitpunkt meine Mitgift fast aufgebraucht, und sie machte ihm Geschenke. Eines Tages kam er mit einem schön geschnittenen Samtmantel an. Dann war es eine neue, sehr teure Perücke. Wir konnten uns solche Dinge nicht leisten. Seine Anwaltskanzlei war nie mehr als eine Scharade, aber er wollte leben wie ein reicher Mann. Deshalb spielte er Karten. Um Geld. Er verlor immer.«

»Ja, das habe ich gehört.«

»Um seine Verluste wettzumachen, benutzte er Menschen. Meistens Frauen. Aber er hatte auch einen Onkel im Königlichen Steueramt, dem er so lange um den Bart ging, bis er ihm eine Stellung dort verschaffte, als Inspektor für Importwaren. Er hatte einmal einen Importeur vertreten, einen zwielichtigen Burschen namens Baggert, und er verstand etwas von dem Geschäft. Aber er wurde dort schon lange vor der Unabhängigkeitserklärung wieder entlassen.«

»Aus welchem Grund?«

»Das habe ich nie erfahren«, sagte sie. »James sprach niemals über solche Dinge mit mir. Aber ich habe von Freunden gewisse Andeutungen gehört. Unterschlagung. Und es hieß, er habe sich von Schmugglern bestechen lassen, die ihre Ware ins Land bringen wollten.«

Tee. Zucker. Leibeigene.

Zehn Pfund für eine Hässliche. Zwanzig oder dreißig, wenn sie hübsch ist.

Es sind Käfigvögel, mein lieber Freund. Möglich, dass sie Ihnen die Augen aushacken wollen.

»Glaubst du, er hat Waren aus dem Lagerhaus des Steueramtes gestohlen und sie über diesen Baggett verkauft?«, fragte Daniel sie.

Das war eines der Vergehen, deretwegen die Torys in Boston so verhasst waren – sie beschlagnahmten britische Waren und verkauften sie über skrupellose Importeure für das Doppelte oder das Dreifache ihres Wertes. Viele britische Beamte waren entsetzt darüber, aber es passierte dennoch.

Nach der Kriegserklärung waren britische Importe illegal und wurden in Langbooten aus entlegenen Gebieten an der Küste in die Stadt geschmuggelt.

Flüsse, dachte Daniel, *wie der Manitac.* Kein Wunder, dass James plötzlich bereit gewesen war, nach Maine zu kommen. »Hat er nach seiner Entlassung weiter für diesen Baggett gearbeitet?«

»Ich glaube ja. Er und …«

»Isaiah Squeer?«

Hannah erwiderte nichts, aber Daniel spürte, wie sie erbebte, und er zog sie noch näher an sich. Er versuchte es auf anderem Wege.

»James hatte also eine Geliebte. Vielleicht Merriam. Hast du ihn deswegen zur Rede gestellt?«

»Ich? Wenn ich ihren Namen gewusst hätte, hätte ich ihr einen Dankesbrief geschickt. Diese Tage des Alleinseins waren die einzige friedliche Zeit, die ich hatte.«

»Wer war Squeer? Woher kam er?«

»Ich weiß es nicht! Um Gottes willen, Daniel. Ich kann nicht darüber reden!«

»Schhht«, flüsterte er. Er sackte ein wenig zusammen, denn plötzlich fühlte er sich sehr schwach. Aber er konnte sie jetzt unmöglich loslassen. »Erzähl es mir eins nach dem anderen«, sagte er. »Erzähl mir, wie du gelebt hast, als du hierher kamst.«

»Meine ... meine Tante hatte mich bei sich aufgenommen«, sagte sie. »Aber James wollte nichts davon wissen.«

Sie strich mit den Fingern sachte über sein Gesicht. Es wurde langsam dunkel im Garten, und sie hatte das Gefühl, dass sie ihn irgendwie sehen musste.

»Außerdem«, fuhr sie fort, »war mein Onkel sehr angesehen, und James hatte wahrscheinlich Angst vor dem, was ich ihm erzählen könnte. Er kam mich holen, er erschien schnaubend und tänzelnd wie ein Hengst im Hof meiner Tante. Er hatte das Gesetz auf seiner Seite. Mir blieb keine andere Wahl, und ich ging mit ihm. Damals brachte er mich in dem Haus am Hafen unter. Es war feucht. In dem Kies dort lebten Ratten, die in der Nacht an den Wänden meines Zimmers hinabliefen. Fast zwei Jahre lang habe ich dort gelebt. Es war – unvorstellbar.«

Plötzlich zog sie sich von ihm zurück, erhob sich von der Bank und richtete sich in der Dunkelheit vor ihm hoch auf.

»Eines Nachts, nachdem ich bereits zu Bett gegangen war, hörte ich sie hereinkommen. James und – Ike Squeer. Sie hatten ein oder zwei weitere Männer bei sich. Sie tranken. Ich konnte den Rum riechen. Ich hörte die Würfel rollen. Eine Weile schlief ich. Dann ...«

Wieder hielt sie inne. Sie ließ sich im taufeuchten Gras auf die Knie sinken und schlang die Arme um ihren Leib.

»Ich erwachte, weil meine Zimmertür geöffnet wurde. Es war November und sehr kalt. Ich hatte die Bettvorhänge zugezogen und konnte durch die Öffnung die Gestalt eines Mannes sehen. Manchmal stellte ich mich schlafend, und wenn James genug Rum intus hatte, belästigte er mich nicht. Also kauerte ich mich zusammen. Ich hörte, wie er sich auszog. Er stieg die Bettleiter hinauf und kam durch die Vorhänge zu mir, und da … da wusste ich, dass es nicht James war. Er stank nach Rum und altem Schweiß und billiger Pomade. Ich kannte diesen Geruch.«

Sie saß jetzt auf dem Boden, die Knie angezogen und die Arme um die Beine geschlungen. Sie wiegte sich sachte.

»Er sagte, ich wisse sicher, weswegen er gekommen sei. Dass eine Frau von Trevor wohl mehr als einmal für seine Schulden aufgekommen sein müsse.«

»Squeer.«

»Ja.«

»Er hat dich gezwungen?«

»O Daniel! Verstehst du nicht? Er brauchte mich nicht zu zwingen. Ich tat, was er mir befahl. Was kümmerte es mich? Es war die einzige Waffe, die James noch geblieben war, und es zerbrach mich. Er wusste, dass es so sein würde. Ich hatte nur von meinem Stolz gelebt, und er nahm mir auch den. Am nächsten Morgen waren beide Männer fort. Squeer habe ich nie wiedergesehen, bis er im Frühling hierher kam. Als ich hörte, dass du dich mit ihm gestritten und ihn entlassen hattest, da war ich mir sicher, dass er es dir erzählt hätte.« Sie zögerte. »Du siehst, er hat Recht. Ich bin tatsächlich eine Tory-Hure.«

»Hannah.« Daniel spürte, wie sie sich von ihm entfernte, und er ließ sich neben ihr im Gras nieder, legte den Arm um sie und bettete seine Wange in ihrem Haar. »Meine Hannah.«

»Alles, was ich als junges Mädchen gewesen war, als ich

der Welt noch vertraute – es war fort. In jener Nacht hatte ich keine Seele in mir, Daniel. Ich war nur Körper. Und der Körper konnte es nicht ertragen, noch einmal gezwungen und so tief verletzt zu werden, wie es bereits geschehen war.«

Daniel breitete seinen Mantel wieder um sie beide. »Vorher?

Wer noch? Wer ...«

Sie legte den Kopf an seine Brust. »Nun, James natürlich. Mein Mann. James.«

Mehr wurde nicht gesagt zwischen ihnen. Hannah ließ ihn allein im Garten zurück. Sie ging ins Haus und gab Jennet zum Abendessen Schinken und Bohnen mit frisch gebackenem Brot, dann rollte ihre Tochter sich wie ein müdes kleines Eichhörnchen auf dem Bett im Kinderzimmer zusammen.

Hannah saß danach noch lange Zeit in der Dunkelheit ihres eigenen Zimmers, bis Mrs. Annable mit Kerzen kam und eine weitere Frau mitbrachte, eine mütterliche Seele namens Alice, die großes Aufhebens machte, weil Mrs. Trevor nichts gegessen hatte. Kurz darauf brachte sie ihr einen Teller mit Sommeräpfeln und Käse.

Aber Hannah rührte das Essen nicht an, und sie zog sich auch nicht aus, um zu Bett zu gehen. Als Daniel endlich kam, saß sie still vor dem Quiltrahmen und arbeitete an dem Quilt, der nicht ihrer war.

Er trat nicht sofort ein, sondern blieb zunächst an der Tür stehen. In der Hand hielt er ein Büschel Lavendel aus dem Garten, mit etwas Rosmarin und gelbem Klee.

»Du bist müde«, sagte sie, ohne den Blick von dem Quilt abzuwenden. »Blutest du?«

»Barmherziger Gott«, flüsterte er. »Wie sollte ich bluten, wenn *du* es nicht tust?«

»Nun, Frauen bluten immer«, murmelte sie. »Das ist unser aller Los.«

Er kam durch den dunklen Raum auf sie zu, beugte sich vor und legte ihr eine Hand aufs Haar.

»Wie teuer du mir bist«, sagte er. »Mein eigenes Herz ist nicht so stark.«

Sie schob seine Hand sachte von sich. »Eines sollst du noch wissen. Ich bin erst zu dir gekommen, als ich mir sicher war, dass ich kein Kind von Squeer erwartete. Sie ist deine Tochter, Daniel. Ich bitte dich, du darfst niemals an Jennet zweifeln.«

Er lachte, ein sehr leises Lachen. »Ich habe Augen im Kopf, mein Liebling. Ich sehe meinem eigenen Vater nicht so ähnlich wie sie mir.« Er hielt inne und legte eine Hand auf den Quilt. »Außerdem, wie könnte ich sie nicht lieben? Sie ist dein Kind.«

»Ich wollte keinen anderen Mann als dich. Noch bevor James mich verließ, hatte ich dich gesehen. Dich sprechen hören, so ruhig. Und dein Lachen, so wie du gerade gelacht hast. Innig. Sanft. Und später, als du mir Jennet in meinen Schoß gegeben hattest – als ich dich fortschickte, sagte ich, es sei nur das Kind gewesen, das ich von dir haben wollte, aber das war eine grausame Lüge. Ich – ich brauchte dein reines Herz. In jener Nacht, als ich das erste Mal zu dir kam. Du hast mir die Scham fortgewaschen.«

»Und du mir.«

»Bleib bei mir«, sagte sie leise. »Das ist dein Platz, solange ich lebe.«

Unten spielte jemand Akkordeon und sang ein altes Volkslied dazu.

Hannah setzte sich aufs Bett und begann, ihr Mieder aufzuschnüren, aber ihre Finger wollten ihr nicht gehorchen.

Also öffnete er ihr Leibchen und streifte ihr Rock und Unterrock ab. Dann kniete er nieder und zog ihr Stiefel und Strümpfe aus. Der Lavendel war neben ihm auf den Boden gefallen, und er zupfte einige Blüten ab und rieb sie zwischen den Händen, um ihr Öl zu gewinnen. Dann massierte er sehr langsam und bedächtig ihre Beine und Füße und schließlich die Schenkel und die Dreiecke und Kreise und Ovale über ihnen, das ganze vielschichtige Muster, das ihm noch von jener ersten Nacht in Erinnerung geblieben war und das acht Jahre Leere für ihn überdeckt hatte, jedes Mal, wenn er sich allein zum Schlafen niederlegte.

Die Kerze flackerte im Luftzug und erlosch.

Ihr Hemd glitt zu Boden. Daniel senkte den Blick und berührte ihre Brüste, scheu, als hätte er noch nie zuvor eine Frau berührt. Dann beugte er sich vor, um sie zu küssen, und sie kam ihm entgegen, sehr blass in der Dunkelheit des weiß getünchten Raumes. Ein süßer, sauberer Duft stieg von ihr auf, wie von Brautleinen in einer Truhe.

Als er zu ihr kam, geschah es auf die ihm eigene Weise – langsam, intensiv, mit großer Konzentration und ohne eine überflüssige Bewegung, und er benutzte jeden Zoll seines Körpers um ihretwillen. Das Streicheln seiner Lippen auf ihrem Hals, das Kratzen des Stoppelbartes an seinem Kinn auf ihrem Bauch, die empfindsamen Fingerspitzen, die über die große, pulsierende Ader in ihrem Schenkel strichen – jeder Teil von ihm gehörte ihr und wurde zu einem Teil ihres Wesens, und als sein Geschlecht endlich tief und ohne Gewalt in sie hineinglitt, hatte Hannah das Gefühl, als sei er die ganze Zeit über dort gewesen, als hätte er in ihren

Knochen geboren worden sein können, als sei er mit ihr gewachsen und würde mit ihr sterben.

Sie holte Atem und hielt die Luft an, als könnten sie, wenn sie ausatmete, womöglich beide vom Antlitz der Erde verschwinden.

»Warte«, sagte er und küsste ihre Lider. »Hab Geduld. Beweg dich nicht.«

»Bitte. Jetzt.«

»Schhht. Weshalb so eilig? Warte auf mich.«

Er schob die Hände unter ihre Hüften und hob sie hoch, aber sie konnte es nicht länger ertragen. Sie bohrte ihre Fingernägel in sein Fleisch und vergaß sogar die Wunde in seinem Rücken, während sie den warmen Samen tief in sich aufnahm, sich gierig mit ihm füllte. Als er müde wurde, half sie ihm, stützte und hielt ihn, legte ihn auf den Rücken und nahm ihn, wie sie nur konnte.

Sie war kühn und wild und ganz sie selbst, und doch hatte Daniel sie nie so zerbrechlich erlebt. Sie gab ihm den letzten kostbaren Teil ihrer selbst, den James Trevor beinahe zu Tode geschunden hatte.

Sie zerbrach den Käfig, den sie ihre Freiheit genannt hatte.

Gegen Morgen schliefen sie ein, aber als es hell wurde, begannen die Möwen zu schreien, und ein ganzer Schwarm dieser Vögel ließ sich im Hof nieder.

»Der alte Thomas nimmt die Fische aus, die er gefangen hat«, sagte Hannah mit einem Gähnen.

Daniel lächelte. »Auf dieser Insel lässt sich gut fischen. Das kann ich bezeugen.«

»Sie sind lüstern, mein Herr, ich sollte Ihnen eine Ohrfeige geben!«

Sie lachte, aber dann war sie plötzlich wieder nüchtern.

»Daniel?« Sie rückte ein kleines Stück von ihm ab. »Was wirst du mit Squeer machen?«

»Ihn töten.«

»Für meine Ehre? Was für eine Ehre habe ich denn?«

»Meine«, sagte er und begrub sich von neuem in ihr.

38

Beweisaufnahme

Mitschrift der Verhandlung des Friedensgerichts von Salisbury, Massachusetts, County of Fairfield, gegen Mary Ann Ramsay, geb. Stokely, wegen des Verbrechens, ihren rechtmäßigen Herrn bestohlen zu haben.
Oktober 1783
Vorsitzender Richter: Der ehrenwerte Titus Dunham
Staatsanwalt: Zachariah Marsh
Gerichtsschreiber: Edward Ivey
Zeugenaussage der Beklagten

MARSH: Wie heißen Sie, und woher kommen Sie?

ANGEKLAGTE: Mary Ann Ramsay, Ehefrau von Jacob Ramsay. Ich wurde in Winslip bei Boston geboren.

M: Legen Sie Ihre Hand auf die Bibel, Mistress, und schwören Sie, die Wahrheit zu sagen, beim Wort Gottes und dem Wohl Ihrer unsterblichen Seele.

A: Ich verstehe mich nicht aufs Lügen. Ich werde die Wahrheit sagen. Ich schwöre es.

M: Welcher Mann vertritt Sie vor diesem Gericht?

A: Keiner, Sir. Ich habe kein Geld für Anwälte.

M: Aber Sie behaupten, eine verheiratete Frau zu sein. Als solche haben Sie keine eigenständigen Rechte vor Gericht, es sei denn, Ihr Ehemann ist anwesend! Sie können nicht für sich selbst sprechen oder eine Aussage machen, es sei denn, ein Mann wäre anwesend, der in Vertretung Ihres Ehemannes hier für Sie spricht.

An dieser Stelle erhob sich ein Gentleman und stellte sich dem Gericht vor; er erbot sich, den Platz des Ehemannes der Beklagten zu übernehmen, da dieser nicht auffindbar war.

M: Wie heißen Sie, Sir, und in welcher Beziehung stehen Sie zu dieser Frau?

ZEUGE: Mein Name ist Matthew Gwynn. Ich war ein Freund ihres verstorbenen Bruders, Samuel Stokely. Wir haben zusammen das College von Harvard besucht. Seit sie hier im Gefängnis ist, habe ich oft mit ihr gebetet und ihr geistigen Beistand geleistet. Ich bin Pfarrer einer kleinen Gemeinde in dieser Stadt.

M: Also schön, Prediger. Die Angeklagte darf für sich selbst antworten, aber Sie sind dafür verantwortlich. Verstehen Sie, was das bedeutet?

GWYNN: Ich verstehe.

M: Nun denn, Madam. Sie sagen, Sie hätten einen Ehemann, Jacob Ramsay. Aber sind Sie in Wirklichkeit nicht unverheiratet?

A: Nein, Sir. Ich bin ganz sicher verheiratet.

M: Ich möchte Sie an Ihren Eid erinnern. In der Pfarrgemeinde Winslip gibt es keine Unterlagen über die Ehe einer Frau namens Mary Ann Stokely. Weder dort noch sonst irgendwo in Fairfield County.

A: Ich kann nicht mit meinem Namen unterschreiben. Meinen Brüdern hat man das Schreiben beigebracht, aber meine Mutter fand, dass es für eine Frau nicht schicklich sei. Ich wurde in der Gemeinde von Winslip mit Jacob Ramsay verheiratet, damals wohnhaft in Rufford in der Provinz Maine. Ich habe mein Zeichen in das Buch gemacht. Wenn der Gemeindeschreiber meinen Namen nicht ordnungsgemäß festgehalten hat, trifft mich keine Schuld.

M: Dann noch einmal zu Ihrem Mann. Wo ist er? In Maine?

A: Nein, Sir. Wir haben uns in Carrington niedergelassen, das in der Nähe von Salem liegt, an der Küste. Im Winter vor drei Jahren wurde er von Räubern überfallen. Ich glaube, er ist tot, denn ich hörte seine furchtbaren Schreie.

M: Waren es patriotische Räuber? Oder Torys?

A: Ich weiß es nicht, Sir. Fünf Männer mit Musketen. Sie kamen in der Nacht und zerrten ihn aus dem Bett und mich mit ihm. Ich war damals im achten Monat schwanger.

M: Sie haben diesen Ramsay also erschossen? Ihn mit Bajonetten erstochen? Wie haben sie ihn getötet?

A: Sie hielten ihm das Gewehr an den Kopf und sagten, er hätte sie bestohlen, aber das ist eine gemeine Lüge! Und dann schlugen sie ihn. Und ein Mann hielt mir eine Muskete an den Bauch, der damals gewaltig war, und sagte, ich müsse mich ausziehen, damit sie mich genau untersuchen könnten. Sie wollten sichergehen, dass ich kein Diebesgut unter meinem Nachthemd versteckte. Und so tat ich, wie sie mir befahlen, denn sonst hätten sie mich gewiss getötet. Dann haben drei von ihnen Jacob ein Seil um den Hals gelegt und ihn in den Hof hinausgezerrt. Sie hatten dort ein Feuer entzündet, und ich hörte ihn schreien. Ich weiß nicht, was sie mit ihm gemacht haben, denn sie ließen mich im Schlafzimmer zurück, wo zwei von ihnen mir ihre Gewehre an die Brust hielten. Einer begann, mit seinen Händen zudringlich zu werden, aber der andere sagte, wenn sie mich dort missbrauchten, würden sie sich besudeln. Aber der andere sagte, ich sei nichts als eine Hure und kein Tory sei richtig verheiratet, denn wir würden die Gesetze nicht achten. Und so schleiften sie mich in den Hof hinaus und vergewaltigten mich dort.

RICHTER DUNHAM: Herr Staatsanwalt, ich höre mir das nicht länger an! Kein Patriot, der für die erhabene Sache der Freiheit kämpfte, hat Frauen belästigt!

M: Euer Ehren, vielen Frauen widerstrebt es, von solchen Dingen zu sprechen. Aber wenn man eine Frau zwingt, ihre Kleidung abzulegen, wie es vielen Tory-Frauen geschehen ist …

R: Dann waren die Räuber selbst Torys! Oder aber sie ist schlicht und einfach eine Hure! Keine respektable Frau hat in diesem Bezirk jemals solche Anklagen vorgebracht!

M: Aber Euer Ehren, worauf ich hinauswill, ist Folgendes: Wenn eine Frau eine solche Anklage erhebt, gilt sie von Stund an nicht mehr als respektabel. Es haben viele Geschichten die Runde gemacht …

R: Ich bin nicht hier, um über Geschichten zu urteilen, Mr. Marsh!

GWYNN: Ich bitte Sie, Sir! Lassen Sie sie zu Ende erzählen!

M: Herr Pfarrer, setzen Sie sich! Diese Frau wird angeklagt, ihrem rechtmäßigen Herrn weggelaufen zu sein, der in gutem Glauben ihre Dienste für die Dauer von sieben Jahren gekauft hat. Indem sie ihm weglief, hat sie ihn betrogen. Das ist Diebstahl, Sir, und wiegt doppelt schwer, da sie sich mit einem ungeborenen Kind im Leib davongemacht hat, dessen Dienste dieser überaus großzügige Herr ebenfalls gekauft hatte, wodurch sich der Wert der Frau verdoppelte. Das sind die einzigen Punkte, die bei dieser Gerichtsverhandlung interessieren.

M: Bei allem Respekt, Euer Ehren! Was aus dem Kind geworden ist, ist bisher noch unklar, Sir!

R: So ein Unsinn, Mr. Marsh! Wir wissen doch alle ganz genau, wie diese elenden Dienerinnen sind. Außerdem, die meisten Diebe haben irgendwelche Mitleid erregenden Geschichten parat, mit denen sie sich zu entlasten suchen. Sind Sie nun Vertreter der Anklage, oder wollen Sie sich zum Verteidiger dieser Frau aufschwingen, Mann?

M: Ich bin der Meinung, Euer Ehren, dass der Rest ihrer Geschichte tatsächlich in gewisser Weise mit den Umständen ihrer Dienstverpflichtung zu tun hat. Wenn Sie mir gestatten möchten fortzufahren …

R: Oh, meinetwegen. Aber fassen Sie sich kurz. Ich bin mit dem Gouverneur zum Essen verabredet.

M: Also, Mistress. Wer war dieser Ramsay? Ihr Geliebter?

A: Er war mein gesetzlicher Ehemann, Sir!

M: Na schön, wollen wir es für den Augenblick dabei belassen. Was haben diese Männer mit ihm gemacht?

A: Sie fesselten ihm die Hände und schleiften ihn nackt durch den Schnee, von einem Ende des Hofes zum anderen, hin und her, durch das Feuer, das sie dort entzündet hatten. Er stürzte, und sie kamen mit einem Eisen, um ihn zu brandmarken, und er schrie so furchtbar, dass mein Herz in Stücke brach. Denn ich liebte ihn so sehr. Ich – kann nicht …

M: Schreiber! Bringen Sie einen Stuhl! Befindet sich ein Arzt im Gerichtssaal?

GWYNN: Mary Ann? Nimm meinen Arm. Gott wird dich beschützen.

R: Mr. Marsh, mir kommt die Galle hoch bei diesem Geflenne! Sie sind zu weich, Sir! Sie sind weich und schwach, wenn Sie diese Leute auch noch ermutigen!

M: Mistress, Sie sollten wohl besser fortfahren. Was wurde aus Jacob Ramsay?

A: Ich versuchte, zu meinem Mann zu gelangen, aber sie stießen mich weg. Da nahm ich die Axt vom Hackblock und wollte auf sie losgehen, aber sie schlugen mich mit den Fäusten zu Boden. Sie beugten sich über Jacob, der ein ganzes Stück von mir entfernt lag, und sie unterhielten sich mit leiser Stimme. Dann führten sie ihn davon, zu dem Boot, das sie am Strand zurückgelassen hatten, und einer der Männer setzte mein Haus in Brand. Und so ließen sie mich allein.

M: Was haben Sie dann getan? Nachdem die Männer weg waren?

A: Ich habe mir Schnee zwischen die Beine geschoben und mich gewaschen.

M: Und was noch?

A: Das Haus brannte. Ich ging hinein, zu meiner Wäschetruhe, und suchte die Säuglingskleider heraus, die ich für mein Kind gemacht hatte, und ein Kleid für mich selbst. Um mich herum regnete es brennende Trümmer. Und so verließ ich das Haus. Und dann fühlte ich mich sehr unwohl, und als ich an der Brunnenwinde stand, kam der Kopf des Kindes zwischen meinen Beinen heraus, und ich wusste, dass es in mir gestorben war. Und als es zu Ende war, legte ich sie aufs Feuer, denn der Boden war fest gefroren, und ich konnte kein Grab für sie ausheben. Ein kleines Mädchen mit dunklen Haaren. Judith nannte ich sie.

M: Wie sind Sie dann zu Ihrem Herrn gekommen?

A: Am nächsten Morgen kehrten die Männer zurück. Sie sagten, mein Mann habe sie betrogen und schulde ihnen viel Geld, das ich bezahlen müsse. Sie brachten mich zum Meer hinunter, zu einem Boot. Dort waren noch andere Frauen und auch einige Kinder. Man brachte uns nach Salem und verkaufte uns dort als Leibeigene.

R: Diese Geschichte ist reinste Phantasie, Mr. Marsh! Wir haben Gesetze in diesem Land, Sir! Wir sind eine Nation freier Menschen, keine Halsabschneider und Schurken, die aus respektablen Frauen Leibeigene machen!

M: Und doch, Euer Ehren, sind viele unter uns Leibeigene. Es gibt ein Gesetz, das es erlaubt. Es gibt einen Handel mit Leibeigenen, der sich zu einem blühenden Geschäft entwickelt hat. Es gibt außerdem ein Gesetz, nach dem man eine verheiratete Frau für die Schulden ihres Ehemannes verantwortlich machen kann. Es gibt ein weiteres Gesetz, nach dem er seine Frau als Leibeigene verkaufen darf, um seine Gläubiger zu bezahlen; das gleiche Recht hat der Staat, falls die betreffende Frau sonst der Gemeinschaft zur Last fallen würde.

R: Oh, na schön, wenn Sie von Schuldnern sprechen – außerdem, wenn man ihr unrecht getan hat, so hätte sie sich an das Gesetz um Hilfe wenden können. Sie sagt selbst, ihr Mann sei ein Tory gewesen! Warum ist sie dann nicht nach London gegangen, wo sie eine Pension hätte beantragen können? Das ist doch alles Unfug, Herr Staatsanwalt! Ich werde die Angeklagte selbst befragen.

M: Wie Sie wollen, Sir.

R: Nun, Mädchen. Stehen Sie auf, wenn man mit Ihnen spricht! Vergessen Sie nicht, dass Sie vor einem Gericht stehen, das Sie wegen Kindesmord hängen kann, wenn man Sie für schuldig befindet.

An dieser Stelle erhebt sich die Angeklagte von dem Stuhl, der kurz zuvor gebracht wurde, und Master Matthew Gwynn reicht ihr den Arm, um sie zu stützen.

R: Das ist schon besser. Mary Ann Ramsay. Als man Sie als Leibeigene an Mr. Ashley Farragut verkaufte, haben Sie da irgendein Dokument unterschrieben, in dem Sie dem Verfahren zustimmten?

A: Ich kann weder lesen noch schreiben, Sir.

R: Und trotzdem habe ich hier einen Dienstvertrag auf den Namen Mary Ann Ramsay vorliegen, in dem die Betreffende eindeutig ihre Zustimmung gibt.

A: Ich habe kein Zeichen gemacht, Sir! Ich habe keine Zustimmung gegeben! Ich bin eine freie Frau, die Tochter eines Gentleman! Mein Vater war …

R: Wir haben uns das Testament Ihres Vaters angesehen. Auch sein Haus wurde, wie es scheint, niedergebrannt. Kurz nachdem Ihre Mutter an einem Schlaganfall starb. Als der Sarg Ihres letzten Bruders noch im Salon stand. Sie haben auch dieses Haus in Brand gesetzt, nicht wahr? So wie Sie das Haus Ihres so genannten Ehemannes angesteckt haben!

A: Nein! Ich habe Ihnen doch erzählt …

R: Sie haben uns nichts als Unwahrheiten erzählt! Dieser Jacob Ramsay existiert nicht! Der Mann, dessen Bastard Sie geboren haben, war James Ramsay Trevor, ein bekannter Schurke und Schmuggler und ein Tory obendrein, der in der Provinz Maine steckbrieflich gesucht wurde. Wo er im Übrigen eine gesetzliche Ehefrau hat, die noch lebt, Madam. Er hat zweifellos Ihr Erbe genommen und verschleudert und bei seinen Spießgesellen Schulden gemacht. Und als die Männer in jener Nacht kamen, um sich zu holen, was er ihnen schuldete, haben Sie sich als Leibeigene verkauft, um sein Leben zu retten, Närrin, die Sie waren. Nun, Mistress, was sagen Sie dazu? Hm?

M: Sir! Wenn dieser Mann, dieser Trevor, für sie unterschrieben hat, dann …

R: Sie hat unterschrieben! Sie! Ich habe ein Dokument, das das beweist, Mr. Marsh! Ha! Da! Jetzt sind Sie überrascht, was?

M: Welcher Mann hat sich für ihre Unterschrift verbürgt? Wenn ein Mann für sie unterschrieben hat, der nicht ihr gesetzlicher Ehemann war, dann hat sie diesem Vertrag niemals zugestimmt und ist vor dem Gesetz eine freie Frau. In diesem Falle wäre die Anklage des Diebstahls nichtig …

R: Sind Sie Ihr Verteidiger, Sie Narr? Sie sprechen hier für das Commonwealth und nicht für die Angeklagte!

M: Ich spreche für die Wahrheit, Sir, denn Gott weiß, sie braucht hier jemanden, der für sie eintritt!

R: Ich tadele Sie wegen Missachtung des Gerichts, Herr

Staatsanwalt! Setzen Sie sich, und seien Sie still, oder ich lasse Sie hinausschaffen!

An dieser Stelle verlässt der Staatsanwalt, Mr. Zachariah Marsh, sichtlich erzürnt das Gericht.

R: Nun, Mädchen. Haben Sie irgendeine andere Möglichkeit, sich Ihren Lebensunterhalt zu verdienen, als die Leibeigenschaft?

A: Mein Erbe, Sir, wurde dazu benutzt, das kleine Haus zu kaufen, in dem ich mit meinem Mann wohnte. Es ist bis auf die Grundmauern niedergebrannt, und das dazugehörige Land wurde beschlagnahmt. Ich kann spinnen und einfache Näharbeiten machen, und ich kann weben und quilten und bei Tisch aufwarten.

R: Gibt es einen Mann, der bereit wäre, Sie aufzunehmen und zu bezahlen, was Ihrem Herrn an Geld noch zusteht?

A: Wie könnte ich heiraten, wo ich doch bereits verheiratet bin?

R: Sie verstehen nicht. James Trevor hat eine noch lebende Ehefrau, Hannah Trevor, die er vor mehr als zehn Jahren geheiratet hat. Wenn es irgendeine Zeremonie gab, mit der er Ihnen vorgaukelte, Sie zu heiraten, dann ist das für dieses Gericht nicht von Interesse. Sie sind keines Mannes Ehefrau. Sie waren seine Hure, Mädchen. Mehr nicht.

GWYNN: Ich kaufe sie! Ich werde den Rest der Schuld bezahlen!

R: Ha! Und Ihren Beruf aufgeben, Herr Pfarrer, und Bordellwirt werden? Wie dem auch sei, dieses Gericht betreibt keinen Handel mit Leibeigenen. Es gibt hier nur zwei Punkte zu klären. Erstens, ist dieses Mädchen dem Herrn weggelaufen, der einen gerechten Preis für ihre Dienste als Leibeigene gezahlt hat? Nun? Antworten Sie, Mädchen! Sind Sie aus Boston weggelaufen, aus dem Haus Ihres Herrn, Mr. Farragut?

A: Das ist wahr, Sir. Eines Tages kam eine Frau zu uns, die von Ort zu Ort zog und für die Ehefrau meines Herrn nähte. Sie war sehr gut zu mir und schenkte mir Trost, und ich hatte ganz vergessen, dass es so viel Güte und Trost in der Welt überhaupt gibt. Eines Abends sangen wir miteinander, und als wir einschliefen, lagen wir warm und zärtlich beieinander. Meine Schöne, nannte sie mich, und sang, bis ich einschlief, und so träumte ich in dieser Nacht nicht, wie ich sonst träumte.

R: Sie? Eine Schönheit? Diese Frau muss aber viel Phantasie gehabt haben, bei Gott! Und war sie es auch, die Sie verleitete, wegzulaufen?

A: Als sie fortgegangen war, dachte ich, ich könnte es nicht ertragen, wieder allein zu sein. Ich war damals im dritten Monat schwanger, von einem der Stallburschen, denn mein Herr sagte, ich wäre dann doppelt so viel wert. Er wollte mich nach Kanada bringen und an einen anderen Herrn verkaufen. Also lief ich eines Nachts fort, in den Wald. Dann bin ich viele Tage umhergeirrt, und es gab Soldaten dort, und Musketen wurden abgefeuert, und der Lärm der Gewehre war gewaltig. Aber ich versteckte mich viele Wochen lang im Wald. Und wieder hatte ich eine Fehlgeburt und grub mit meinen Händen ein Grab für das Kind, denn ich hatte sonst nichts, womit ich hätte graben können.

Es war ein Junge, und ich nannte ihn Jacob, nach meinem Mann, der mir genommen wurde. Und ich wickelte ihn in meine Schürze und legte seinen kleinen Körper in das Grab und häufte große Steine darüber, damit die Füchse und Wölfe ihn nicht bekamen.

R: Dieses Grab wurde gefunden, Mistress! Sie hatten keine Fehlgeburt. Das Kind kam lebendig zur Welt, und jemand hat ihm die Kehle aufgeschlitzt! Sie selbst sind von patriotischen Soldaten der Portsmouth-Miliz gesehen worden, die damals in diesen Wäldern exerzierten. Man hat gesehen, wie Sie von dem Grab wegliefen!

A: Es gab viele Gräber, Sir. Und viele Frauen, die vor den Soldaten wegliefen. Vielleicht war nicht ich die Frau, die diese Männer sahen.

GWYNN: Sir, Sie können nicht beweisen, dass dieses tote Kind ihr Sohn war. Sie ist unschuldig. Ich kann nicht zulassen …

R: Ach nein? Ich – oh, verflixt! Herr Schreiber, wie viel Uhr haben wir?

SCHREIBER: Halb fünf, Sir.

R: Ich bin für sechs Uhr beim Gouverneur zum Essen eingeladen! Diese Geschichte ist die reinste Plage! Kommen Sie her, Mädchen, und sehen Sie mich an!

Angeklagte wird, gestützt von Mr. Gwynn, vor den Richterstuhl gebracht.

RICHTER: Mary Ann Stokely, Sie werden für schuldig befunden, Ihren Herrn betrogen zu haben, indem Sie sich aus seinem Haus fortstahlen. Der Wachtmeister wird Ihnen zehn Streiche mit der Peitsche verabreichen. Ferner werden Sie zu einer Geldstrafe von zwanzig Pfund verurteilt, für die sich Ihre Leibeigenschaft um vier weitere Jahre verlängern wird. Was den Tod Ihres Kindes betrifft, das das Eigentum von besagtem Herrn war, so ist es nicht Sache dieses Gerichtes, eine Mordanklage gegen Sie zu verfolgen. Doch für das Kind, dessen Dienste Ihrem Herrn nun verloren gehen, und für die Kosten, die die Suche nach Ihnen ihm bereitet hat, werden Sie weitere vier Jahre Dienst ableisten oder noch einmal zwanzig Pfund entrichten. Überdies werden Sie dafür fünf weitere Peitschenstreiche erhalten.

An dieser Stelle beginnt die Angeklagte sehr leise und ein wenig schief zu singen.

R: Seien Sie still, Mädchen! Herr Schreiber! Stellen Sie Ihre Frage!

SCHREIBER: Mistress Mary Ann Stokely, verstehen Sie die Strafe, zu der Sie verurteilt wurden?

A: *Dem Kuckuck gefällt's, wenn der Sommer glüht,*
die Wildgans liebt den Herbst.
Die blutrote Rose, an der Mauer erblüht,
entflammt der Dame Herz.

GWYNN: Sie ist verwirrt! Ich bitte das Gericht, die Strafe auszusetzen.

R: Wir sprechen hier von den heiligen Rechten des Besitzes, Sir! Wir haben die Knechtschaft eines Königs abgestreift, um diese Rechte zu schützen! Ich werde mich nicht dazu verleiten lassen, diese Rechte wegen des törichten Geschnatters einer Dienerin zu missachten. Herr Wachtmeister, nehmen Sie sie mit und walten Sie Ihres Amtes. Wie viel Uhr ist es jetzt? Gütiger Gott, der Gouverneur! Die Verhandlung ist geschlossen!

EIDLICHE ZEUGENAUSSAGE

Am 23. Januar 1779 erschien Mistress Mary Ann Stokely, ledig, aus Carrington, in meinen Geschäftsräumen, um sich als Leibeigene anzubieten, denn andere Einkommensmittel standen ihr nicht zur Verfügung, und sie suchte einen guten Herrn, der ihr ein Dach über dem Kopf gab. Man bot ihr einen gesetzlichen Vertrag über eine Leibeigenschaft von sieben Jahren an, der ihr vorgelesen wurde, woraufhin sie vor Zeugen ihr Zeichen machte.

Dies ist die Wahrheit, das schwöre und beeide ich.
Isaiah Squeer, Kaufmann, Salem, Massachusetts 1783
Kommissionär für Baggett und Söhne in Boston

39

Beweisaufnahme

Bericht über die Ausführung der Bestrafung
Commonwealth von Massachusetts
gegen Mary Ann Stokely, Dienerin
In der Stadt Salisbury, County of Fairfield
Ezekiel Javet, Wachtmeister
Edward Ivey, Gerichtsschreiber
Mrs. Eliza Pattison, Zeugin und Hebamme
Reverend Matthew Gwynn, Zeuge
Mr. Ashley Farragut, Zeuge und Kläger

Am Morgen des 11. November 1783 wurde die Beklagte, die zu Recht beschuldigt wurde, ihren Herrn, Mr. Farragut, betrogen und bestohlen zu haben, aus den Zellen heraufgebracht und an den Schandpfahl gebunden. Sodann wurde in Anwesenheit eines Zeugen ihres eigenen Geschlechts ihr Rücken entblößt. Man verabreichte ihr fünfzehn Streiche, woraufhin sie noch immer laut Gott und ihren Ehemann beschuldigte, sie in ihrer Unschuld betrogen zu haben.

Es wurde ihr gnädig eine fromme Betrachtung ihrer schweren Sünde gewährt, und Reverend Gwynn sprach anschließend ein Bußgebet für sie.

Als die Strafe ausgeführt worden war und Mrs. Pattison sie untersucht hatte, um festzustellen, dass kein Mann sie in den Zellen geschwängert hatte, wurde die Beklagte gewaschen und bekam Balsam auf ihre Wunden und wurde sodann in die Obhut ihres rechtmäßigen Herrn, Mr. Farragut, überstellt. Anschließend wurde sie zu den vom Gericht festgelegten Bedingungen an Reverend Master Matthew Gwynn, Junggeselle, verkauft, um ihm für die Summe von siebzig Pfund zu dienen; für die eine Hälfte der Summe bürgte Reverend Gwynn, die andere Hälfte entrichtete er in Hartgeld.

40

Das halb fertige Muster

Mrs. Annable erzählte ihnen die Geschichte von Mary Ann Ramsay mit unvoreingenommener Gelassenheit, ihr Tagebuch vor sich auf dem Tisch im Gemeinschaftsraum im unteren Stock. Als sie mit ihrem Bericht am Ende war, saß Hannah, die frisch gesponnenen Leinenfaden von der Spindel wickelte, schweigend da.

Daniel stand am Fenster und beobachtete die Frauen, die in ihren leichten Gewändern zwischen den Aprikosenbäumen im Obstgarten umhergingen und die ersten reifen Früchte ernteten. Etliche Kinder sprangen um sie herum, und er entdeckte Jennet, deren lange Zöpfe flogen, während sie durch den Garten lief.

»Merriam – so nennt sie sich jetzt – und Bertha Pinch sind wie Schwestern«, sagte Mrs. Annable. »Vielleicht sind sie auch Liebende, ich habe nicht über Sünden zu Gericht zu sitzen. Wir befinden uns in einer riesigen Wildnis, nicht wahr?«

Die alte Frau betrachtete ihre beiden Gäste; obwohl sie einander nicht ansahen, war die Verbindung zwischen ihnen beständig da, als hole einer von ihnen Atem, während der andere ihn wieder ausstieß.

Sie fuhr fort.

»Als das Mädchen eingefangen und verurteilt wurde, erfuhr Bertha davon. Sie vertraut nur sehr wenigen Menschen, und sie fasste sofort eine Abneigung gegen Mr. Gwynn.

Vielleicht war sie eifersüchtig. Vielleicht hatte sie aber auch Recht. Er ist kein starker Charakter, aber eines muss man ihm lassen, diese Geschichte hat ihn viel gekostet. Er musste eine Gemeinde nach der anderen verlassen, um sie behalten zu können, denn wo er auch war, überall kamen bald Gerüchte auf. Zu guter Letzt wollte keine Gemeinde ihn mehr anstellen. Er hatte sich lange dagegen gesträubt, da er wusste, dass dieser Mann, Ramsay, Verbindungen nach Maine hatte, aber zu guter Letzt schrieb er doch an seine Kusine, Mrs. Siwall in Rufford, um sie um eine Anstellung zu bitten.«

Mrs. Annable warf einen Blick in ihr Tagebuch und sprach dann weiter. »Ende März – ja, es war am 23. März dieses Jahres – brachte er sie auf Berthas Betreiben hierher und versuchte, sie von ihrem Vertrag zu entbinden und sie bei uns zu lassen. Aber das Mädchen fand einfach keine Ruhe. Es verging kaum eine Woche, da machte sie sich bereits auf den Weg nach Rufford.«

»Und so nahm Gwynn sie wieder zurück und gab sie als seine Schwester aus, die von Portsmouth gekommen sei, um ihm das Haus zu führen«, sagte Daniel. Es war eine schäbige und verzweifelte Lüge. Aber hatte das Leben in den letzten acht Jahren nicht auch ihn zu vielen Unwahrheiten getrieben?

»Es stand ihm frei, sie, wie es sich gehört, zu heiraten«, sagte Hannah, »so wie er versuchte, mich zu heiraten. Aber stattdessen missbrauchte er sie und nannte es christliche Barmherzigkeit.«

»Ah, aber Merriam glaubt noch immer, sie sei mit Ihrem James verheiratet. Ich möchte nichts Schlechtes über sie sagen. Sie kann sehr zärtlich und liebevoll sein. Sie ist nur ein wenig spröde, und ihre Wunden eitern und wollen nicht heilen. Es ist nicht nur Liebe, die sie treibt. Sie fasst hart zu, und nach einer Weile verschlingt sie den, den sie liebt. Sie war zu viel für Gwynn, so wie sie für die meisten Männer zu viel wäre. Und auch für die meisten Frauen. Wahrscheinlich dachte er, eine Heirat mit Ihnen würde ihn ein für alle Male von ihr befreien.«

»Dann muss sie bereits tief in ihrem Wahnsinn versunken sein«, meinte Daniel.

»Sie ist die Waffe, zu der die Welt sie gemacht hat, und jetzt sagt die Welt, sie habe eine zu scharfe Schneide!«, rief Hannah. »War die Peitsche wahnsinnig, die ihre Wunden gerissen hat?«

»Ah, Mrs. Trevor«, entgegnete die ältere Frau. »Seien Sie vorsichtig! Haben Sie nicht zu viel Mitleid mit ihr! Sie sind die Bedrohung für die letzte Illusion, die sie noch aufrecht hält. Selbst die Erinnerung an seine Berührung gehört von Rechts wegen Ihnen. Solange Sie leben, kann sie nicht Ihren Platz einnehmen.«

Mit diesen Worten ging Mrs. Annable leise hinaus.

Daniel starrte ins Feuer. So musste Hannah seine Ehe mit Charlotte empfinden. So musste sie gerade in diesem Augenblick empfinden. *Selbst die Erinnerung an seine Berührung gehört von Rechts wegen Ihnen.* Und Charlotte – was hatte sie empfunden, Charlotte, die die Rechte wollte, aber niemals die Berührung? War es das, was sie von Anfang an in ihm gesehen und gefürchtet hatte, diese furchtbare Macht, zu missbrauchen und fortzustoßen?

Ich bin nicht so ein Mann, dachte er mit plötzlichem Zorn. *Ich weigere mich, Trevors Schuld zu tragen, und Squeers und Tapps, ich will nicht einmal die Schuld dieses unartigen jungen Bengels James Siwall auf mich nehmen!*

Und doch gelang es ihm nicht, Charlottes Gesicht aus seinen Gedanken zu vertreiben.

James Trevor – Jacob Ramsay, ihr Ehemann, wie sie ihn in Gedanken immer noch nannte – war, ungefähr ein Jahr, bevor er Hannah in dem Haus in der Batchelder Street sitzen ließ, in Winslip bei Boston aufgetaucht. Das war sechs Monate vor dem Tag gewesen, an dem Merriams Mutter am Grab ihres letzten Sohnes saß, das schwarz gesäumte Trauertuch in der Hand. Er sei als Schreiber in einer Bostoner Rechtsanwaltskanzlei beschäftigt, erzählte er, und geschäftlich für seine Arbeitgeber ins Dorf gekommen. Tatsächlich erfand er sich Stück für Stück neu und glaubte dabei von ganzem Herzen selbst an seine Lügen, wie die meisten erfahrenen Lügner es tun.

Merriam – damals Mary Ann – hatte ihn kennen gelernt, als sie vor dem Schaufenster des Tuchhändlers stand und den Preis von acht Metern eines schönen geblümten Musselins berechnete. Ihre Mutter weigerte sich, für die Kleider ihrer reizlosen Tochter viel Geld auszugeben. Sie erklärte immer wieder mit Nachdruck, grobe Baumwolle sei für sie vollkommen ausreichend.

»Wollen Sie den Stoff kaufen, Ma'am?«, fragte er sie. »Er würde Ihnen gut stehen. Ihr Teint ist für Blumen ideal.«

Sie konnte sein Spiegelbild in der milchigen Glasscheibe vor sich sehen – verwegen, mit dunklen Augen; langes, braunschwarzes Haar fiel ihm auf eine jungenhafte Weise in die Stirn und wurde im Nacken von einem Band zusammengehalten; ein breiter Mund, der zum Lächeln nicht viel Anlass brauchte. Sein Atem, als er leise lachte, liebkoste die weichen, blonden Haare in ihrem Nacken.

Als sie einen Blick auf ihr eigenes Spiegelbild warf, trübten sich ihre Augen, um es nicht sehen zu müssen: ein reizloses ovales Gesicht mit breiten Wangenknochen und einer zu langen Nase, eine kurze Oberlippe, die die Vorderzähne entblößte, und dazu hellblonde Augenbrauen, die ihr ein immer leicht überraschtes und durch und durch unschuldiges Aussehen gaben.

Jacob ließ einen Finger über ihr Spiegelbild in der Glasscheibe wandern. »Wäre es gar zu kühn, Ma'am«, sagte er, »wenn ich für morgen die Ehre Ihrer Gesellschaft erbäte? Ich bin allein in der Stadt und kenne niemanden. Sie können gern eine Freundin mitbringen. Oder eine Schwester. Ich möchte Ihren Ruf nicht dem leisesten Zweifel aussetzen.«

Was bedeutete ihr Ruf ihr schon? Sie hatte nie die Hoffnung gehegt; einen Ehemann zu finden oder auch nur einen Geliebten. Daher ging sie allein zu der Verabredung. Einmal, zweimal, dreimal trafen sie sich bei seinen Ausflügen nach Winslip. Jacob mietete ein Boot und ruderte mit ihr den Charles entlang, und er brachte zu essen und Wein mit, Kissen und ein Gedichtbüchlein, aus dem er ihr vorlas – einige recht törichte Gedichte von einer gewissen Mrs. Seely aus London, die Art von Versen, für die die Damen für gewöhnlich schwärmen, vor allem in Ruderbooten, die zwischen den Weiden festgemacht werden, noch dazu, wenn der Duft von Limonenblüten in der Luft liegt.

»Dummes Zeug, nicht wahr?«, fragte er lachend, als er das Buch zuklappte.

»Ja«, stimmte sie ihm zu und sah lächelnd zu ihm auf.

Und schon bald fanden sie viel bessere Dinge, mit denen sie sich beschäftigen konnten.

Merriam war damals siebenundzwanzig, gute zehn Jahre über das Alter hinaus, in dem die meisten Mädchen heiraten, und kein Mann hatte je ihren Mund geküsst, ihre weiche Haut berührt oder sich auch nur die Mühe gemacht, sie ein zweites Mal anzusehen – bis Jacob kam.

Aber war es ihm je ernst gewesen? Auch nur eine einzige Sekunde lang, wenn er gefangen in seinem eigenen Mythos dalag, ihre Hände in seinem Haar und ihr Mund plötzlich eifrig und kühn und unwiderstehlich auf seinen Lippen?

Natürlich war es ihm ernst. Kein Mann kann mit seinem Körper eine glaubhafte Lüge erzählen, und Jacob war absolut überzeugend, weil er in diesem Augenblick selbst von sich überzeugt war. Etwas in ihm liebte sie, genau wie er Hannah geliebt hatte, als sie auf dem Schlafzimmerboden unter ihm lag.

»Ich liebe dich«, flüsterte er. »Ich werde dir niemals wehtun, Mary Ann. Wie schön du bist.«

Aber er liebte sich selbst noch viel mehr. Nach sechs Wochen begann er, Fragen zu stellen. Wie sah es mit ihrer Mitgift aus? Nur ein Bruder war noch übrig? Wer würde das Vermögen der alten Frau erben? Hatte sie einen Treuhandverwalter? Ihr Vater war ein Tory gewesen, oder nicht? Hatten die patriotischen Plünderer sie belästigt?

Dann kam der Tod ihres Bruders und der ihrer Mutter. Das Feuer. Erleichtert, dass sie kein Kind von Jacob unterm Herzen trug, wie sie es befürchtet hatte, kaufte Merriam sich mit dem Rest ihres Erbes ein kleines Haus in Carrington, in der Nähe des Meeres, wo sie auf ihn warten konnte.

Aber er ging fort, hinauf nach Maine. Eine Geschäftsreise, sagte er. Er war kein Soldat, er hatte kein Interesse am Krieg, aber ein Mann musste hingehen, wo sein Glück lag, und bei den Torys war mehr Geld zu holen.

Ein Jahr verging. Zwei Jahre. Endlich kam er zurück, ohne Vorwarnung, müde und erregt – und voller Angst, dachte Merriam, als sie spürte, wie angespannt er in ihren Armen lag. Wie bald könnten sie heiraten?, fragte er flehentlich. Er könne es nicht länger ertragen, von ihr getrennt zu sein! Nein, er würde nicht nach Maine zurückkehren. Er könne seine Geschäfte ebenso gut von hier aus leiten. Wie viel von ihrem Erbe noch übrig sei?

Sie heirateten in aller Stille, und er brachte nur einen einzigen Mann als Trauzeugen mit – einen mageren Kerl mit scharfen Gesichtszügen und verdrossenen Augen. Der Prophet Isaiah, nannte Jacob ihn. Sein Geschäftspartner, Isaiah Squeer.

Binnen eines Monats wurde sie schwanger. Sie war glücklich, aber Jacob schien sich anfangs darüber zu ärgern. Er blieb vierzehn Tage lang fort, und als er zurückkam, hatte er neue Kleider für sich gekauft und kleine Geschenke für sie – ein Stück Spitze, eine Porzellantasse, einen kleinen Holzvogel für das ungeborene Kind. Er kam zärtlich und sanft zu ihr, wie zuvor. Und las ihr weitere Gedichte vor.

Danach war er oft fort, reiste zwischen der Küste und dem Landesinneren hin und her, wich den Kämpfen aus und kam zurück, wann immer er konnte. Den Mann namens Squeer sah sie erst wieder, als er kam, um sie nach Salem zu bringen und als Leibeigene zu verkaufen. Sie hielt ihn für einen Freund und klammerte sich an ihn und vertraute ihm die Geschichte von Jacobs Entführung und Gefangennahme und von ihrer eigenen Schande an.

»Sie werden mir doch gewiss helfen, Sir. Nicht wahr?«, fragte sie leise weinend.

Er lachte und schlug ihr hart ins Gesicht. »Glaubst du etwa, dass dieser wunderbare junge Tory-Hund sich etwas aus dir gemacht hat? Aus einer mageren, blassen Kuh wie dir?«

Und da sagte Squeer ihr die Wahrheit. Der Pfarrer, der sie und Jacob getraut hatte, war nur ein Freund aus den Tavernen gewesen und überhaupt kein Geistlicher! Sie hatten sich an jenem Abend unten im Salon des Gasthauses alle von ihrem Geld betrunken und über sie gelacht, während Ramsay und seine unverheiratete Braut oben in ihrem Bett lagen. Außerdem sei sein Name gar nicht Ramsay. Er sei bereits mit einer Frau in Maine – einem Miststück, nannte er sie – verheiratet. James Trevor sei sein Name, nicht Jacob Ramsay.

Und so war sie nach wie vor das, was sie im Haus ihrer Mutter immer gewesen war. Ein reizloses Ding, das achtlos missbraucht werden konnte. Der Becher ihrer Trauer hatte keinen Boden, und Gott lächelte leicht belustigt auf sie hinab.

Wie konnte ihr Gehirn das erfassen und akzeptieren? Welche Verteidigung blieb ihr übrig, als ihre Gedanken davon reinzuwaschen, so wie sie den Schnee zwischen ihre Beine genommen und den Schmutz der Männer von ihrem Leib gewaschen hatte?

»Ich bin, ich bin, ich bin«, hatte sie vor sich hin gemurmelt, als sie ihr tot geborenes Kind auf dasselbe Feuer legte, in dem die Plünderer das Brandeisen für James Trevors Stirn erhitzt hatten. Und auch später sagte sie es sich wieder, als sie sie zur Leibeigenen machten und verkauften. »Ich bin. Ich werde geliebt. Ich bin.«

Und so sagte sie es sich noch, als sie des Nachts durch den Fluss schwamm und auf Gull's Island an Land kroch. Sie hatte das Messer im Gasthaus gelassen und besaß jetzt nur noch Daniels Muskete als Waffe, und die war nutzlos; als er sie abgewehrt hatte, hatte er ihr den Unterarm gebrochen, und sie konnte das Gewehr nicht einmal an die Schulter legen. Sie war krank und erschöpft. Ihre Kleidung war durchnässt und zerlumpt, und ihre Füße waren wieder einmal nackt.

Zwei Tage versteckte sie sich dort, durchstreifte die Wälder, pflückte wilde Beeren und stahl Früchte aus dem Obstgarten von Spruce Cottage, wo sie schon einmal Zuflucht gesucht hatte. Sie hob mit ihrer unversehrten Hand ein neues Grab im Wald aus, am Rand der Klippen, von denen aus man einen Blick auf den Fluss hatte, dann legte sie sich hinein und fiel in Schlaf.

Als sie erwachte, hörte sie das Klirren von Zaumzeug. Männer waren dort, Männer, die den steilen Hügelpfad zum Haus hinaufritten.

Sie rannte bis zum Rand der Bäume, die Muskete mit ihrer gesunden Hand wie eine Keule gefasst. Da waren sie. Fünf Männer zu Pferd. Marcus Tapp, der Sheriff mit den harten Augen. Ein magerer Mann, der schielte, und ein weiterer, der sie an einen Elch erinnerte und einen Bierbauch hatte. Daneben der Prophet, Isaiah Squeer. Und vor ihnen allen Matthew Gwynn.

Hinter ihnen schleppten sich sechs Männer mit gefesselten Händen den Hügel hinauf. Tapp hatte ein langes Seil an seinen Sattelknauf geknotet und die Fesseln miteinander verbunden. Die Gesichter der Männer waren geschwollen und von Zweigen blutig gekratzt. Einer hatte eine Schnittwunde quer über dem Wangenknochen. Ein anderer humpelte mit einer Krücke einher, er hatte sich das linke Bein gebrochen, das in einem unmöglichen Winkel vom Hüftknochen abstand.

Einige dieser Männer kannte sie. Freddy O'Neal, Rufus Penny. Und der junge Bursche, der in Rufford Wachtmeister gewesen war, Jonathan Markham, mit einem zugeschwollenen Auge und eingeschlagenen Zähnen.

Tapp zwang sie zu einem schnellen Tempo, denn er ritt im Trab hügelaufwärts. Die Gefangenen stolperten und stürzten, hievten sich wieder hoch und stolperten weiter. Regulatoren auf dem Weg nach Wybrow Head, wo sie verurteilt werden sollten.

Sie sind arm und einfältig, dachte Merriam, *und Gott verhöhnt sie.*

Und dann hörte sie etwas von der Wiese unter sich, weder klirrende Fesseln noch das Stöhnen von Männern oder das Lachen Gottes.

»Jenny«, rief eine Frauenstimme. »Lauf nicht zu weit weg, meine Blume. Bleib hier!«

Wenn Jennet Trevor ihre Mutter hörte, so ließ sie es sich nicht anmerken. Die Sonne strahlte, und die Lerchen stiegen in den Himmel, und das hohe Gras auf der Wiese war von Mohn und Rittersporn getüpfelt. Das kleine Mädchen rannte im Kreis um Hannah herum, und es zog seine Kreise immer weiter und weiter, bis es an eine Stelle kam, wo ihm das Gras über den Kopf wuchs.

Hannah setzte ihren Weg allein fort, teilte die hohen Gräser vor sich, einen Umhang um die Schultern gelegt und einen Korb über dem Arm.

»Du«, flüsterte Merriam. Sie hatte den Sheriff und seine Gefangenen vollkommen vergessen und umklammerte den Lauf des Gewehrs, das jetzt ihre einzige Verteidigung gegen die Wahrheit bildete. »Er ist nicht tot. Sobald du nicht mehr bist, wird er zu mir zurückkommen. Ich bin seine Frau. Nicht du. Und auch nicht die andere. Ich bin. Ich bin. Ich bin.«

41

Die blutrote Rose an der Mauer

Oh, Ma'am!«, rief Mrs. Twig, die atemlos hereinsegelte. »Da ist ein Junge im Hof, er reitet das Pferd des Majors, und John English möchte dringend mit Ihnen sprechen!«

Auf Befehl von Lady Sibylla hatte Charlotte eingewilligt, sich von Hobble in Daniels Bibliothek hinuntertragen zu lassen. Jetzt machte sie einen Steppstich und legte ihre Arbeit zur Seite.

»Führen Sie ihn herein, Twig«, sagte sie zu der Haushälterin. »Und bringen Sie uns Tee.«

Zwei Tage waren seit Daniels Weggang verstrichen, und es waren wahrhaft wilde Tage gewesen. Noch schwerere Regengüsse stromaufwärts hatten den Fluss über die Ufer treten lassen und die tiefer gelegenen Wiesen überschwemmt, und die Brücken über die meisten der Bäche, die den Manitac speisten, waren zerstört. Es waren keine Neuigkeiten mehr durchgekommen, und alle möglichen Gerüchte schwirrten umher. Doch von Daniel und Hannah hatte niemand ein Wort gehört.

Der Verwalter trat ein, den Hut in der Hand, den zerzausten Kopf gesenkt.

»Was gibt es Neues, Sir?«, verlangte Sibylla zu wissen und sah ihn ungeduldig an. »Was höre ich da von dem Pferd meines Neffen?«

Am Schreibpult neben dem Fenster beugte Andrew Tyrrell sich noch tiefer über seine Arbeit.

»Ein Junge hat Yeoman nach Hause gebracht, Ma'am«, sagte English. »Der Major hätte eine schlimme Messerwunde abbekommen, sagt er. In irgendeinem schäbigen Gasthaus in der Nähe von Gull's Isle sei eine Wahnsinnige über ihn hergefallen und habe ihm ein Messer in den Rücken und in die Brust gerammt. Der Fährmann hat ihn gefunden.«

»Tot?« Charlottes Stimme ließ die Prismen der gläsernen Kerzenleuchter leicht erzittern.

»Der Junge sagt, wenn er noch lebt, könne es nicht mehr für lange sein.«

Einen Augenblick lang sagte niemand etwas.

»Und das Kind?« Wieder tanzten die Prismen. »Die Tochter meines Mannes?«

Der Verwalter war betroffen; von diesen Dingen war in Charlottes Gegenwart noch nie gesprochen worden. »Das Mädchen war bei ihm, Ma'am. Sie führte sein Pferd am Zügel, Gott segne die Kleine.«

»Was ist Mrs. Trevor zugestoßen?«, fragte Sibylla. »Ich muss sofort ihre Tante benachrichtigen!«

English schüttelte den Kopf. »Darüber wusste der Junge nichts. Der Sturm war schlimm, und in der Nähe des Hook ist ein Wagen zerschmettert worden. Möglich, dass sie unter den Trümmern lag. Möglich, dass sie davongekommen ist.«

Wieder trat Stille ein. John English verbeugte sich und verließ den Raum. Tyrrell ging inzwischen blass und mit gerunzelter Stirn auf und ab. Der Tee kam und mit ihm eine verweinte Mrs. Twig, die ihn einschenkte.

»Oh, Mylady«, schnüffelte sie. »Zu denken, dass der arme Major Josselyn tot in irgendeiner Hütte liegt ...«

Charlottes Stimme war ruhig, aber sie war noch nie so laut gewesen.

»Gehen Sie nach oben, Mrs. Twig. Sagen Sie Abby, sie soll mein Reitkostüm herauslegen.«

»Aber meine liebe Dame! Das können Sie nicht!«

»Und meine Stiefel. Und wir werden Proviant für die Reise brauchen. Packen Sie uns einen Korb.« Sie drehte sich zu Sibylla um. »Dein Stuhl, Tante – er kann auch von Pferden getragen werden, nicht wahr? Oder auf eine Barkasse verladen werden?«

»Natürlich.« Sibylla versuchte nicht, ihr diese Idee auszureden.

»Wenn du mir gestatten würdest, ihn zu benutzen, mache ich mich auf zu meinem Mann«, sagte Charlotte. »Mr. Tyrrell wird mich vielleicht begleiten oder Mr. English.«

Über Charlottes sorgfältig frisierte blonde Locken hinweg tauschte Sibylla einen Blick mit Andrew Tyrrell. Er entschuldigte sich und ging hinaus.

»Was hast du vor, Kind?«, fragte die alte Frau scharf.

»Ich muss zu ihm, Tante.«

»Warum? Um ihn ein letztes Mal zu bestrafen, bevor er diese Welt verlässt? Wenn du dabei stirbst, wird es ein wahrlich großer Triumph sein.« Sibylla sah sie gelassen an. »Oder gehst du aus Liebe?«

Charlotte antwortete nicht. Mehr als vier Jahre lang war sie eine Gefangene ihres eigenen zerbrechlichen Körpers gewesen, war in diesem hübschen, wohl versorgten Käfig eingeschlossen, den sie selbst entworfen, auf dem sie selbst bestanden hatte.

Ob sie Daniel liebte oder nicht liebte, war nicht länger so wichtig. Sie selbst war es, die zurückzufordern sie sich auf den Weg machte.

Als Twig hereingerauscht kam und begann, den Schrank nach Charlottes grünsamtenem Reitkostüm mit den goldenen Knöpfen zu durchstöbern, blickte Bertha Pinch von dem neuen Kleid auf, das sie gerade zusammenheftete.

»Was ist passiert, Kürbis?«, rief sie und glitt von ihrem Fensterplatz herunter. »Nein wirklich, von irgendwoher sind ja Tränen in Ihre Schweinsäuglein geflossen! Haben sie Sie geschlagen, wie Sie es verdienen, Sie dummes altes Weib?«

»Mylady will reisen und wird sich dabei umbringen!«, jammerte Twig, ließ sich auf das Sofa sinken und drückte sich die Zipfel ihres Brusttuches an die Augen. »Der Master ist tot oder liegt im Sterben, und bestimmt hat ihn dieselbe Frau getötet, die die Leute im Wald erschlagen hat.«

»Dummer Kürbis! Wo sind sie?« Bertha stampfte mit beiden Füßen auf und warf das Kleid, das voller Stecknadeln war, in die Ecke. »Sagen Sie es mir, oder ich werde Sie schwarz und blau kneifen!«

»Auf Gull's Isle! Er liegt dort auf der Insel im Sterben, und die Mistress will zu ihm fahren, und dann wird sie ebenfalls sterben. Und was soll dann aus mir werden? Ich bin am Ende!«

Bertha ließ die Haushälterin schniefend und jammernd zurück und ging davon; einen langsamen, schweren Schritt nach dem anderen schleppte sie sich mit ihrem Buckel und ihren ungleichmäßigen Beinen die Treppe hinunter. Dort fand sie Charlotte in Tyrrells Armen; der Sekretär wollte sie gerade nach oben auf ihr Zimmer tragen, damit sie sich umziehen konnte, bevor sie sich auf den Weg machten.

»Ich bin ein verdrehtes Geschöpf, Mistress«, sagte die kleine Näherin und blickte mit großen blauen Augen zu der anderen Frau auf. »Mein Rücken hat einen Buckel, und meine Hüfte hat einen Höcker, und ich kann bei Tageslicht nicht umhergehen, ohne dass ein Hund mich verbellt und ein Schaf ein totes Lämmchen zur Welt bringt. Und doch bin ich ein Mensch, wissen Sie. Ich steche mir in den Finger und leide im Winter an der Kälte und werde unter derselben Sonne braun, die auf Ihre Tagesdecke scheint.« Ihr Gesicht verfiel plötzlich, wie ein Stück Papier, das man ins Feuer warf. »Ich habe sie geliebt. Sie sah nichts Lächerliches in mir. Nichts Verachtenswertes.«

Charlotte sah erst Sibylla, dann Tyrrell an. »Von wem spricht sie?« Sie strich Bertha sachte über das Haar. »Was kann ich für Sie tun, meine Liebe?«, fragte sie.

»Lassen Sie mich mitkommen, Lady«, erwiderte Bertha Pinch und ergriff ihre Hand und küsste sie. »Nehmen Sie mich mit, wo Sie auch hingehen. Bis ins Grab hinein.«

Sie wagten es nicht, den Fluss zu überqueren; er führte immer noch Hochwasser, und die Strömung hätte jede Barkasse und alles, das leichter war als eine Fähre, fortgerissen. Stattdessen befestigten sie Hobble zwischen zwei kräftigen Zugpferden, die zu trittsicher waren, um auf den steinigen Wegen zu stolpern, und zu brav, um sich bei zufälligen Geräuschen und fremdartigen Gerüchen aufzubäumen oder zu scheuen. Charlottes wegen machten sie oft Rast, aber immer war sie diejenige, die zur Eile trieb. Sibylla fuhr mit ihr in der Sänfte, und Tyrrell ging, eine Muskete in der Hand, neben dem Führpferd her, während Bertha Pinch auf dem Rücken des hinteren Pferdes hockte und ein scharfes Auge auf andere Reisende hatte. Manchmal sang sie Kirchenmelodien oder alte Rätsellieder vor sich hin.

Charlotte schien kaum einmal erschöpft, aber Lady Sibylla, die sie keine Sekunde aus den Augen ließ, konnte hier und da eine Falte der Anstrengung erkennen oder eine Linie der Müdigkeit.

»Hast du Schmerzen, Lottie?«, fragte sie sanft.

»Nein, Tante«, antwortete Charlotte lächelnd. »Sieh nur, wie die Sonne auf den Fluss fällt! Wie am ersten Tag der Welt! Und die Bäume – zu Hause in England hatten wir solche Bäume nicht, da bin ich mir sicher! Was sind das für Vögel? Möwen?«

Man könnte meinen, sie befände sich auf einem Ausflug zum Maifest, dachte Sibylla, statt dass sie sich umbrachte, um einen Ehemann zu besuchen, der vielleicht bereits tot war. Was hatte das Kind gepackt?

Euphorie. Die seltsame, ekstatische Erleichterung, sich keine Sorgen mehr machen zu müssen, was aus einem wurde, keine Zukunft mehr zu haben, die man schützen musste. Die alte Frau ließ sich wieder in die Kissen sinken und schloss die Augen.

Sie suchten nicht einmal ein Quartier für die Nacht. Charlotte wollte um jeden Preis weiterreisen. Tyrrell zündete ein Reisigbündel als Fackel an und ging voraus, während Bertha Pinch auf ihrem Pferd döste und Sibylla in den Kissen leise schnarchte.

Schlief Charlotte auch? Keine Sekunde lang. Die Nacht war so neu für sie, wie das Sonnenlicht es gewesen war, und zum ersten Mal hatte sie keine Angst vor der Dunkelheit. Sie lauschte auf die Rufe der Eulen und anderen Nachtgeschöpfe. Wenn sie durch einen Wald kamen, hörte sie das Wispern der Tannenzweige und das Rascheln von Farnen am Boden, und sie hörte eine Füchsin, die in der durchscheinenden Sommerdunkelheit nach ihrem Gefährten rief. Sie betrachtete den Manitac, der neben ihnen glänzte wie ein Band aus Glas, und zwei Elche, die zum Trinken ans Ufer kamen. Das war es, was Daniel ihr hatte geben wollen, aber sie hatte es nicht annehmen können. Nicht annehmen wollen, bis jetzt.

Sie hatte dieses alte Ich im Haus in der Grange zurückgelassen. Charlotte lächelte vor sich hin, während die Sänfte schaukelte und schwankte. Beugte sich vielleicht noch immer in dem Schlafgemach im zweiten Stock die Gestalt einer bleichen, gezierten, nervösen Dame über einen Stickrahmen? Musterte sie sich des Morgens immer noch im Spiegel und rümpfte die Nase über die ungebärdige Sonne und den Duft von Rosen?

Der Gedanke ließ sie auflachen. Einen Augenblick überlegte Charlotte, ob sie Daniels Tante wecken solle, um ihr diese phantastische Geschichte zu erzählen, aber die alte Frau schlief so friedlich, dass sie sich nicht dazu überwinden konnte.

Ebenso wenig erzählte sie Sibylla ihr kostbarstes Geheimnis. Seit fast einer halben Stunde fühlte sie es, warm und feucht zwischen ihren Beinen unter der Reisedecke. Charlotte Josselyn hatte wieder zu bluten begonnen. Es war ihre letzte Nacht auf Erden.

Die meiste Zeit war Jennet Trevor sehr glücklich gewesen, seit sie nach Gull's Isle gekommen waren. Daniel und Hannah waren beide hier, und sie durfte mit den anderen Kindern durch das Haus und den Garten toben, und den ganzen Vormittag lang hatte sie süße Aprikosen gepflückt und sie sich in den Mund gestopft.

Nur zwei Dinge verdarben ihr den Spaß. Erstens hatte man sie seit einigen Nächten in ein dummes altes Bett im Kinderzimmer verbannt, statt ihr zu erlauben, sich neben ihrer Mutter zusammenzurollen, wo sie hingehörte. Und zweitens vermisste sie ihren weichen Freund, Arthur den Kater.

Sie hatten ihn in dem Gasthaus zurückgelassen, wo die Frau gewesen war und das Messer. Sie hatte Merriams Gesicht in jener Nacht nicht gesehen und sich nicht vor ihr gefürchtet, bis sie Daniel verletzte. Aber als sie sich an das Messer erinnerte, führte es sie zurück zu dem, was sie gesehen hatte, zu dem weißen Gesicht und den Händen des Mannes, zu seinem weißen Hemd und der leuchtenden Klinge in der Rosenlaube.

Jenny, die plötzlich wieder Angst bekam, hockte sich auf die Fersen, schlang die Arme um ihre Knie und stopfte sich ihre Schürze in den Mund, um nicht laut zu heulen.

»Jennet!«

Der Ruf ihrer Mutter erreichte sie wie immer.

Ich will nicht, dachte Jennet und zog einen Schmollmund. *Ich weiß, wo der Weiche ist. Ich gehe ihn holen, ich nehme das Seilboot. Ich gehe sofort.*

»Jenny, wo bist du? Komm zu mir!«

Durch das hohe Gras erhaschte ihre Mutter einen Blick auf ihre Gestalt und lief auf sie zu, aber Jennet sprang davon und versteckte sich mitten auf der Wiese, wo das Gras noch dichter und höher war, und sie legte sich flach auf den Bauch, um nicht gesehen zu werden.

Hannah hatte allein sein und nachdenken wollen; sie wollte laufen, so wie sie zu Hause lief, nur mit Jennet an ihrer Seite. Daniel hatte sie gehen lassen müssen, denn er wusste, dass sie einen Entschluss zu treffen hatte: ob sie nach Rufford zurückkehren und sich der Anklage stellen wollte oder nicht.

Er war ihnen gefolgt, blieb aber weit genug zurück, um nicht gesehen zu werden. Er meinte rasch genug zu ihnen eilen zu können, um sie notfalls zu beschützen, und er hatte seinen Säbel bei sich.

Aber Hannah ging zu schnell und wählte verschiedene Abkürzungen. Er hätte nie zulassen dürfen, dass sie sich allein so weit vom Haus entfernte. Sie waren zu weit voneinander getrennt, die Sonne schien ihm in die Augen, und das Gras war zu hoch, und Jenny tat nie ganz das, was sie sollte. Seine Hände waren kalt, und sein Mund war trocken, und auf seiner Stirn standen dünne Perlen des Angstschweißes.

»Jenny! Wo bist du, meine Blume? Komm heraus und zeig dich.«

Auch in Hannahs Stimme lag eine Spur Furcht, und sie hielt nicht genug Abstand vom Wald, wie sie es ihm versprochen hatte. Wenn das Kind bereits zwischen den Bäumen verschwunden war und Merriam dort sein sollte und wartete …

Daniel fluchte leise und verfiel in Laufschritt, so dass die kaum verheilten Wunden zu pulsieren begannen.

Und da sah er sie, direkt am Rand der Bäume. Groß war sie und sehr bleich, mit nackten Beinen und ohne Schuhe. Sie trug nur ihr Hemd aus dünnem Leinen, das in der hellen Sonne beinahe durchsichtig war. Ihr Häubchen hatte sie lange schon verloren, und ihr aschblondes Haar, das vom ständigen Flechten noch immer gewellt war, flog hinter ihr her, als sie auf die einsame Gestalt in dem hohen Gras zuzulaufen begann, den schweren Gewehrlauf hoch über dem Kopf erhoben.

»Hannah!«, brüllte er. »Hannah! Lauf!«

Sie hörte ihn, drehte sich um und sah, was auf sie zukam.

Es ging kein Lüftchen, und selbst die Möwen waren in ihrer Bewegung erstarrt. Merriam hielt inne, die Muskete noch immer hoch erhoben. Sie standen nicht mehr als fünf Meter voneinander entfernt.

Hannah lief nicht weg. Ihr Umhang fiel ihr von den Schultern, und sie hob langsam die Hände, die Innenflächen nach oben gedreht, als wolle sie die Luft umfassen.

»Du bist verletzt«, sagte sie leise. »Dein Arm. Er scheint gebrochen zu sein. Komm mit ins Haus und lass mich danach sehen.«

Merriam starrte sie an und blinzelte in dem grellen Licht. Ihr Atem ging zu schnell, und ihr Hals und ihre Wangen waren hellrot angelaufen. Sie war erschöpft und krank, und der Zorn, der sie von Kindertagen an getrieben hatte, war beinahe vollkommen versiegt. Daniel kam mit gezücktem Säbel näher. Sie tat einige Schritte und blieb dann wieder stehen, als hätte eine Kette ihr das Weitergehen unmöglich gemacht.

»Wo – wo ist das hübsche Kind?«, fragte sie. »Hast du die Kleine verloren?«

Hannah schloss die Augen. »Sie spielt Verstecken mit mir. Kinder haben einen eigenen Willen.«

»Ich – ich habe sie dir weggenommen. Auf der Straße. Sie gehört mir. Ich will sie haben.«

»Du hast auf sie aufgepasst, als ich es nicht konnte. Du warst eine gütige Schwester für mich, Merriam.« Sie hielt inne und machte einen Schritt auf die andere Frau zu. »Auch Grace war deine Schwester.«

»Grace?«

»Die Frau in der Hütte.«

»Ahhh ... Ich erinnere mich«, sagte sie. »Gott weinte.«

»Hat er auch um Jacob Ramsay geweint?«

Merriam öffnete leicht die Lippen und holte halb schluchzend Atem. »Er hat mich geliebt«, flüsterte sie wild.

Sie hob den Lauf der Muskete und machte einen Schritt auf Hannah zu. Daniel ließ seinen Säbel ins Gras fallen und fiel der Frau in den Arm, und sie wandte sich mit Wolfsaugen zu ihm um. Eine Sekunde lang schien die schwere Waffe zwischen ihnen in der Luft zu hängen.

»Jacob hat mich geliebt«, sagte sie an Hannah gewandt. »Er war mein Ehemann. Nicht deiner!«

»In der Tat, für mich war er gar nichts«, sagte Hannah leise. »Mein einziger Ehemann steht hier.«

Plötzlich, nachdem der Zorn, der sie aufrecht gehalten hatte, erloschen war, sank Merriam in sich zusammen, und ihre Beine lagen verdreht unter ihr, der gebrochene Arm schlaff an ihrer Seite. Daniel bog ihre Finger einen nach dem anderen von dem Lauf der Muskete zurück, und Hannah beugte sich über sie und strich ihr über das weiche Haar.

»Wir gehen ins Cottage«, sagte er und half den beiden Frauen auf.

Dann drehte er sich um, um nach Jennet Ausschau zu halten, und er hörte etwas – das Klirren von Zaumzeug, das stetige Dröhnen näher kommender Pferdehufe. Über den Spitzen des reifen Grases schien eine dunkle Gestalt zu schweben, sie segelte geradezu über das Meer aus Gras hinweg: Der Kopf eines Pferdes erhob sich vor ihm.

Tapp stürzte sich auf sie, bevor sie weglaufen oder auch nur Atem schöpfen konnten, er ritt direkt auf sie zu. Seine Männer waren hinter ihm und schleiften ihre Gefangenen mit sich; Squeer, mit schwarzen Augen und lachend, ritt hinter ihnen. Gwynn saß bleich und beinahe reglos auf seinem grauen Pferd.

Daniel versuchte, Hannah zur Seite zu reißen, aber er

stürzte mit ihr zusammen zu Boden, und die scharfen Hufe trafen ihn, und die Stiche in seiner Wunde platzten auf. Einen Moment lag er still da, unfähig sich zu bewegen, und hörte Merriam einen Schrei ausstoßen, einen hohen, schrillen, tierischen Laut. Sie verlor das Bewusstsein, und Tapp riss am Rand der Lichtung sein Pferd herum, gab ihm die Sporen und ritt wieder auf Hannah zu. Er hatte eine Rechnung zu begleichen mit Hebamme Trevor, und er beabsichtigte, es hier und jetzt zu tun.

Hannah rannte in die eine Richtung, dann in die andere, aber von überallher kamen Reiter auf sie zu und kesselten sie in immer enger werdenden Kreisen ein, bis sie gefangen war.

»Jennet!«, rief sie. »Jeeeeennnnnnet!«

Tapp sprang aus dem Sattel und schlug ihr seine behandschuhte Faust gegen die Schläfe, und sie stürzte und wäre beinahe unter die Hufe von Squeers Pferd geraten und blieb still liegen. Daniel zog sich auf die Knie hoch und schaffte es, die Muskete anzulegen. Die Hinterseite seines Hemdes war wieder blutgetränkt.

»Lasst sie in Ruhe!«, brüllte er.

Wenn er feuerte, musste er Tapp töten. Es würde keinen zweiten Schuss geben. Er würde das Magazin mit Pulver nachladen müssen und eine neue Kugel einlegen. Keine Infanterietruppe stand hinter ihm, um ihn zu unterstützen. Keine Kavallerie schirmte seine Flanke ab. Während er nachlud, würden sie ihn niederstechen, und dann würden sie mit Hannah tun, wie ihnen beliebte.

»Ich denke, dies ist nicht Ihr Tag, sondern meiner, Major«, sagte Marcus Tapp mit einem säuerlichen Lachen.

Hilflos ließ Daniel das Gewehr sinken. Zwei Reiter kamen auf ihn zu, und einer trat ihm mit dem Stiefel mitten ins

Gesicht. Hannah war inzwischen wieder aufgestanden, sie stolperte auf ihn zu, und aus einer tiefen Schnittwunde auf ihrer Wange strömte das Blut.

Daniel, der immer noch auf dem Boden lag, blickte auf und sah, wie Squeer sein Pferd auf sie zutrieb. Dann beugte er sich vor und griff in ihr Haar. »Eine Locke zur Erinnerung, hm, Mistress?«, höhnte er. »Als ich dich nahm, hast du dich nicht so gewehrt. Damals warst du zuckersüß.«

Und da kam plötzlich ein Laut aus Daniels verlorener Kindheit und aus den langen Lektionen seines Großvaters und von all den Toten in seinen Träumen.

Es begann als ein leises Ächzen um Atem und wuchs sich zum Knurren eines Wolfes aus und weiter zu einem gewaltigen Brüllen des Schmerzes und noch weiter, wuchs bis zu dem Heulen, das sich ihm so lange Zeit im Schlaf entrissen hatte. Jennets wilder Schrei lag in diesem Heulen, denn ihre Knochen waren seine Knochen, aber er hörte seine eigene Stimme nicht lauter als sie die ihre.

Niemand hätte ihn aufhalten können. Er riss seinen Säbel aus dem langen Gras, schoss hoch und zerrte Isaiah Squeer aus dem Sattel. Im nächsten Augenblick war der Säbel an Squeers Kehle, die lange, scharfe Schneide der Klinge, die bereits das Wams und das grobe Wollhemd aufgeschlitzt hatte.

Tapp hatte die Pistole gezogen und gespannt. »He, du!«, sagte er zu dem großen Elch von einem Hilfssheriff. »Nimm seine Hure und wirf sie über ein Pferd und fessele sie. Ich habe heute genug Zeit mit Frauen verschwendet.«

»Nein! Er wird mich umbringen!«, krächzte Squeer.

Tapp lächelte. »Ach was, du Idiot. Sieh dir doch ihre Gesichter an.« Er zeigte mit dem Kopf auf Jonathan, O'Neal und die anderen Gefangenen. »Bevor sie hängen, werden sie sagen, wen Siwall dafür bezahlt hat, sie zu verraten. Und sie haben Brüder. Onkel. Freunde. Beim Himmel, wenn ich ein gütiges Herz im Leib hätte, würde ich dich selbst erschießen. Nun? Machen Sie ein Ende mit ihm, Major, und stehen Sie auf. Oder wollen Sie auf den Knien sterben?«

Tapp hob die Pistole und zielte.

»Ich denke nicht, Sir«, erklang die Stimme von Andrew Tyrrell. Seine Muskete zielte auf den Rücken des Sheriffs.

Bertha Pinch ließ sich hinter dem Sekretär vom Pferd gleiten und rannte zu ihrer Freundin, die immer noch halb bewusstlos im Gras lag. Sie beugte sich über den schlaffen Körper und stimmte ein leises Wehklagen an, während sie das Gesicht im Haar der Wahnsinnigen vergrub. Sie waren gerade von der Fähre gekommen, als Merriam schrie, und die kleine Näherin hätte diese Stimme überall erkannt.

Aber Jennet Trevor hörte keine Schreie.

In ihrem Versteck hörte sie nur das Echo dumpfer Laute, als die Pferde vorbeikamen. Der Ruf ihrer Mutter erreichte sie, aber sie beachtete ihn nicht. Wenn die Erwachsenen sie aus den Augen verloren, taten sie immer die lächerlichsten Dinge, als würde sie sich plötzlich in Rauch auflösen, wenn sie einmal für sich allein war. Jennet wartete, die Hände auf den Boden gepresst. Sie spürte nichts. Keine Schritte. Überhaupt keine Bewegung.

Aber das Spiel machte keinen Spaß, wenn sie aufhörten, nach ihr zu suchen. Sie stand auf und bahnte sich ihren Weg durch das hohe Gras, unsichtbar für die Menschen auf der Lichtung am Rand des kleinen Waldes. Selbst als sie zwischen den Gräsern hervortrat, bemerkte sie niemand. Auf der Lichtung wimmelte es von Pferden und Menschen. Hannah blutete im Gesicht, und Daniels Rücken war rot, und Johnnie sah aus, als hätte ihn ein Ochsenkarren überfahren.

Was sie sagten, war nicht wichtig. Jennet hörte ihre Blicke und ihre wütenden Gesten. Sie hörte die Pistole in Tapps Hand und die Säbelspitze auf Squeers Adamsapfel. Sie hörte, wie Bertha Pinchs Wangen nass von Tränen wurden. Sie hörte Merriam und hatte keine Angst vor ihr, denn sie hatte jetzt kein Messer in der Hand. Aber am deutlichsten hörte Jennet die Koboldgestalt, die sie seit der Nacht von James Trevors Tod verfolgte.

»Legen Sie Ihre Waffen weg«, bedrängte Tyrrell sie.

Und Jennet Trevor sah ihn und begann zu heulen.

»Annnnnhhhhh!«, rief sie. »Annnnnnnhhhhhhh! Annnnnnnnhhhhhhh!«

»Bei den Wunden Christi!«, brüllte der Sheriff. »Gebt dem Balg einen Klaps und bringt sie zum Schweigen!«

»Sie!« Hannah starrte Tyrrell an. »Sie waren es, den Jenny in der Laube gesehen hat! *Sie* haben James getötet?«

Tyrrell beugte sich so weit im Sattel vor, dass er beinahe vom Pferd fiel, und seine Füße glitten aus den Steigbügeln. »Sie irren sich«, murmelte er.

Aber Jennnets Schreie wollten nicht verstummen. »Das Kind hat Sie gesehen, Mann!«, sagte Daniel. »Warum sonst sollte sie bei Ihrem Anblick zu schreien beginnen?«

Matthew Gwynn konnte nicht länger schweigen. »Mrs. Trevor ist unschuldig! Sie hat nichts getan!«

»Halten Sie den Mund, Sie Narr!«, befahl Tapp.

»Nein, ich werde sprechen! Madam Siwall hat mich gebeten, mich mit Trevor zu treffen, ich sollte ihm Geld und ein Pferd übergeben. Sie hatte ihm gewisse delikate Briefe geschrieben ... Er ... Er kannte mich bereits. Er sagte, er würde erzählen, in welcher Beziehung Merriam wirklich zu mir stand, dass sie nicht meine Schwester war, sondern meine ... meine ... Ich habe erwidert, dass ich ihm das

Gesetz auf die Fersen hetzen würde, weil er ein Tory sei, aber er sagte, das Gesetz in dieser Gegend würde ihm nie auch nur ein Haar krümmen. Er sagte, ich müsse ihm mehr Geld bringen. Was für Geld hatte ich denn schon? Ich hatte alles für sie ausgegeben, alles. Um ihretwillen habe ich das Rasiermesser mitgenommen! Wäre sie nicht gewesen …«

»Ich kratze dir gleich die Augen aus, du Pharisäer!«, rief Bertha Pinch. »Du hast auf ihrem Kissen gebetet und gestöhnt: ›Gott verzeih mir, ich liebe dich‹, aber als du heiraten wolltest, hast du dir eine andere gesucht! Du bist keinen roten Heller wert, und wenn Gott dich nicht noch in dieser Minute mit einem Blitz niederstreckt, so will ich Ihm nie wieder Glauben schenken!«

Sie lehnte sich leise weinend gegen Merriam und drosch mit den Fäusten auf den Boden ein.

Gwynn glitt vom Pferd und ging zu ihnen, um das Gesicht an Merriams Schulter zu legen. Sie war sehr still. Sie hatte keine Hoffnung mehr, und sie war leer und rein. Aber Gwynns Gedanken galten nicht ihr.

»Barmherziger«, flüsterte er. »Ich bin verloren.«

Hannah kniete in dem langen, weichen Gras, presste Jennet fest an sich und wiegte sie in den Armen. Endlich hörte das Heulen auf und ein leises Murmeln trat an seine Stelle, wie das Summen von Bienen.

»Merriam hatte James an jenem Morgen im Wald gesehen«, sagte Hannah. »Es machte sie wild, und wild schlug sie auf alles ein, das sein war. Vielleicht wusste sie; was sie tat, und erinnerte sich später daran. Vielleicht auch nicht. Aber an jenem Abend sah sie ihn wieder, beim Heufest. Als er in die Laube kam, wo er sich mit Ihnen treffen und das Geld in Empfang nehmen wollte, das Sie ihm versprochen hatten, Mr. Gwynn, da wartete auch sie auf ihn und schlug ihn mit dem Gartenhammer nieder.«

»Und Mr. Tyrrell wartete ebenfalls dort«, sagte Daniel. »Von meiner Tante weiß ich, dass Sie sie ungefähr für eine Viertelstunde allein ließen, etwa zu der Zeit, als Trevor getötet wurde. Wenn er bereits verletzt war, war das Zeit genug.«

Tyrrell ließ sich vom Pferd gleiten und sah sie an, seine Muskete immer noch in den Händen.

»Ich hatte den ganzen Abend auf eine Gelegenheit gewartet, noch einmal über meine Schwägerin mit ihm zu sprechen, Grace Stark«, sagte er. Seine Stimme war sehr gelassen und ruhig. »Ich vergoss absichtlich etwas Wein, um eine Ausrede zu haben, ins Haus zu gehen. Aber stattdessen ging ich in die Laube, denn ich hatte ihn dort hineingehen sehen. Es war nicht sehr hell, nur eine kleine Laterne brannte, und man hatte sie obendrein noch verdunkelt, damit von draußen niemand etwas bemerkte. Trevor saß vornübergebeugt auf der Bank vor dem Gitter.«

›Ich bin hier, um Ihre Antwort zu hören, Sir‹, sagte ich. ›Werden Sie sich von Mrs. Trevor scheiden lassen und meine Schwägerin auf eine ehrenwerte Weise zur Frau nehmen?‹

Er gab mir keine Antwort, und ich machte einen Schritt auf ihn zu. Und da sah ich sie, im Licht der Laterne.«

»Merriam?«

»Ja. Trevor stieß einen Laut aus, und ich beugte mich über ihn. Als ich aufsah, war die Frau fort.« Tyrrells Blick suchte Hannahs Augen. »Er war von hinten niedergeschlagen worden, mit einem sehr harten Schlag auf den Kopf. Der Schädelknochen war gesplittert.«

»Er hätte nicht überleben können, Sir. Das hat die Autopsie ergeben. Er hatte eine Gehirnblutung.«

»Und dennoch ...« Tyrrell schloss die Augen. »Und dennoch habe ich ihn getötet. Ich wollte es erzwingen, ich wünschte es mir mehr als meine eigene Erlösung. Ich sah das Rasiermesser auf dem Boden liegen und schnitt ihm die Kehle durch, und dann schlug ich mit dem Hammer noch einmal zu. Schlug ihn auf die Brust. Wie kann ich es erklären? Ihm und seinesgleichen hatte ich es zu verdanken, dass ich vier Jahre lebendig begraben gewesen war. Er atmete die freie Luft, die mein Bruder hätte atmen sollen! Er verzehrte die Welt mit seiner Gier! Als ich Sie an jenem Nachmittag auf dem Marktplatz den Wolf töten sah, da wusste ich wohl bereits, was ich tun musste. Aber ich wusste nicht, wann oder wie. Ich hatte keinen Plan.« Er streckte die Hände aus und blickte auf Jennet hinab. »Ich sah sie in der Laube, wie sie sich versteckte. Aber ich hätte ihr niemals etwas zuleide getan. Ich mag Kinder sehr gern. Wie hätte ich einem solchen Kind etwas antun können?«

Gwynn rutschte an Merriams Leib hinab, bis sein Gesicht, das vorher auf ihrer Brust gelegen hatte, sich auf ihre nackten Füße presste. »Barmherziger«, sagte er noch einmal. »Mein Gott.«

»Was haben Sie mit dem Hammer gemacht?«, fragte Daniel unerbittlich weiter.

»Ich habe ihn in den Fluss geworfen«, sagte Tyrrell. »Dann ging ich ins Haus und habe mir das Blut abgewaschen.«

»Und Mr. Gwynn, nehme ich an, ging zurück zu seiner Gönnerin, Madam Siwall?«, fragte Tapp mit schmalen Augen.

»Ich stahl mich aus dem hinteren Eingang der Laube ins Freie und ging in das Wäldchen an der Heuwiese, wo ich das Pferd festgemacht hatte. Ich – ich sah auch Mrs. Trevor dort, allein.« Der Pfarrer blickte zu Hannah auf. »Ich wollte frei sein, verstehen Sie das nicht? Mit Ihrer Hilfe wäre ich vielleicht von ihr freigekommen.«

»Aber dann fanden Sie eine bessere Verwendung für mich als die Ehe«, erwiderte sie. Sie sah ihn nicht an, sondern hielt nur Jennet fest in den Armen, ihr Gesicht verborgen in dem weichen, roten Haar. »Merriam wäre nicht auf den Gedanken gekommen, James dieses Halstuch in die Hand zu geben. Außerdem kann sie nicht lesen. Sie hätte gar nicht gewusst, dass mein Name darauf stand.«

»Wie hätte ich weiterleben sollen?«, rief er, das Gesicht in den Händen verborgen. »Ich musste doch leben!«

Tapps bleiche Augen erfassten die ganze Gruppe, wie sie dort standen, und sein Mund wurde hart. »Das ist kein Beweis. Mrs. Trevor ist schuldig und niemand sonst. Wir haben den Goldsovereign bei ihren Sachen gefunden. Legt sie in Fesseln und bindet sie mit den anderen Gefangenen zusammen! Sie kann mit ihrem dickköpfigen Vetter ins Gefängnis gehen!«

»*Ich* habe Ihnen dieses Goldstück gegeben, um sie noch tiefer in die Sache zu verstricken und mich selbst zu retten!«, schrie der Geistliche.

»Ah, aber das spielt jetzt keine Rolle mehr, oder? Denn Siwall will, dass Hannah schuldig ist und zum Schweigen gebracht wird. Ich frage mich, warum er so versessen darauf ist?« Daniel richtete seinen Säbel auf Tapp, und Squeer erhob sich zitternd und atemlos vom Boden. »Diese Aaskrähe und Trevor haben sich während des Krieges als Schmuggler versucht, und Siwall selbst wurde ungefähr zur selben Zeit plötzlich reich, wenn ich mich nicht irre. Sie hatten wieder mit ihren alten Schlichen begonnen und waren ins Kanada-Geschäft eingestiegen, und ich bezweifle, dass ein bisschen

Schwarzmarkthandel unter seiner Würde ist, Richter hin, Richter her.«

»Er steckte mit uns unter einer Decke!«, rief Squeer. »Und jetzt hat er eine blütenweiße Weste, der alte Bastard, und sitzt betend auf seinen Geldsäcken!«

»Um die Tugend seiner Frau zu schützen, hatte er Trevor schon einmal mit Hilfe eines Suchbefehls gegen die Torys zum Teufel geschickt, und jetzt brauchte er ihn nur mit Geld abzuspeisen, um ihn loszuwerden. Und Sie hatten ja bereits Squeer für ihn gekauft, als Spion bei den Regulatoren. Aber was Hannah betraf, konnte er sich nie ganz sicher sein.«

Der Sheriff runzelte die Stirn, ließ aber dennoch seine Pistole langsam sinken. »Sie können nichts von alledem beweisen.«

»Das muss ich auch nicht.« Daniel sah die Gefangenen an. »Was sagten Sie doch gerade noch zu dieser Ratte, Squeer? ›Sie haben Brüder. Onkel. Freunde.‹ Sie und Siwall werden die Hölle auf Erden erleben, Sheriff, wenn Sie versuchen, die Kastanien aus dem Feuer zu holen. Sie mögen reich sein. Aber diese Männer sind viele.«

Tapp schloss die Augen. »Genug!«, sagte er. »Prediger Gwynn, mir kommt die Galle hoch, wenn ich Sie sehe, aber ich habe nichts in der Hand gegen Sie. Und Sie, Tyrrell – Trevor starb an seinen Verletzungen, bevor Sie ihm die Kehle aufschlitzten; soweit es mich betrifft, haben Sie nichts Schlimmeres getan, als aus einer Schweineblase das Gas herauszulassen. Aber Sie sind beide frömmlerische Idioten, und wenn Ihr Gestank mir noch einmal in die Nase steigt, halte ich Ihnen eine Pistole an die Schläfe!« Dann drehte er sich zu Daniel um. »Wenn Sie ein Mann sind, kommt Squeer nicht lebendig bis zum Rand dieser Wiese. Guten

Morgen, Sir. Ich glaube, wir werden noch eine ganze Weile miteinander zu tun haben.«

Er wendete sein Pferd und ritt durch die Wiese davon. Tapps Hilfssheriffs begannen, Merriam die Hände zu fesseln, und sie schrie, als sie sie anfassten.

»Sie können sie nicht so fesseln!«, rief Hannah. »Ihr Arm ist gebrochen!«

»Sie sollte sich besser gleich dran gewöhnen«, sagte einer der Hilfssheriffs, ein besonders rüpelhafter Kerl. »In einer Woche wird es ihr Hals sein.«

Merriam schrie nicht noch einmal. Sie banden sie mit zwei Stricken zwischen ihre Pferde und lachten und höhnten dabei und stießen sie hin und her. Hinter dem letzten Pferd beugten sich die zerschundenen Gefangenen mit klirrenden Fesseln über ihren eigenen Strick.

Hannah ging zu Jonathan. »O Johnnie«, sagte sie und legte die Arme um ihn. »Was hast du getan, mein Lämmchen?«

»Sag Mam und Dad Bescheid.« Seine Stimme klang belegt und verzerrt durch den geschwollenen, blutigen Mund. »Bitte Sally … mir zu verzeihen. Dies ist nicht das Ende.«

Die Hilfssheriffs trieben ihre Pferde über die Wiese. Merriam schwieg jetzt, denn sie war jenseits des Schmerzes. Die Stricke, an denen die Männer ihre Arme festgebunden hatten, rissen sie im Laufen von einer Seite zur anderen, und ihr dünner Leib mit den nackten, bleichen Beinen bewegte sich wie ein Geist durch das hohe Gras. Als sie mit dem Tempo der Pferde nicht Schritt halten konnte, wurde sie mitgeschleift, bis sie sich wieder fing und weiterrannte. Das Gelächter der Hilfssheriffs drang wie das wilde, wahnsinnige Schreien der Möwen zu ihnen hin.

»Mr. Tyrrell«, sagte Hannah leise. »Ihre Muskete, wenn ich bitten darf.«

Er sah sie mit seinen nüchternen Augen eindringlich an. »Für die Hunde, Ma'am?«, fragte er. »Oder für den Wolf?«

Sie sah ihn an, und er wandte den Blick ab. Aber er gab ihr das Gewehr.

Gwynn saß neben ihnen auf dem Boden, wiegte sich und murmelte leise vor sich hin. Wenn er wusste, dass sie da waren, ließ er es sich nicht anmerken, und zuerst dachte Hannah, es sei immer noch Merriam, mit der er sprach.

»Ich liebe Dich«, sagte er, während seine Hände sich zum Gebet zusammenlegten. »Ich verzeihe Dir. Warum bringst Du mich immer wieder dazu, Dir wehzutun?«

Squeer, der seine Chance witterte, rannte auf die Wälder zu; Daniel setzte Jenny ab und wollte ihm folgen.

»Wenn du ihn umbringst, wird Tapp dich holen kommen! Genau das ist es doch, was er will!« Hannah hielt ihn am Arm fest.

Seine Verletzungen und die Anspannung hatten ihn aufs Neue geschwächt. »Wie kann ich ihn gehen lassen?«, flüsterte er.

»Er hat weder mir die Ehre genommen noch dir! Unsere Ehre ist *dort!*« Sie zeigte auf Merriam, die halb lief, halb vorwärts geschleift wurde. »Weißt du, was sie heute Nacht mit ihr machen werden? Bevor sie das Gefängnis von Wybrow überhaupt erreicht?«

Es blieb keine Zeit mehr. Squeer war zwischen den Bäumen verschwunden. »Wo ist mein Gewehr?«, fragte Daniel leise. »Es hat eine größere Reichweite.«

Er lief mit dem Gewehr los, rannte eine kleine Anhöhe hinauf, wo er den Gefangenen, die einer Biegung des Flusses folgten, wieder näher war. Hannah folgte ihm auf den Fersen.

Als sie den Kamm erreichten, blieb Daniel stehen und stützte den Lauf der Muskete auf eine Astgabel. Wenige Sekunden später kamen die Hilfssheriffs mit ihren Gefangenen aus dem hohen Gras hervor und bogen auf den Weg ein.

Dann drehten sie sich um. Machten Halt, um die Frau zu befingern. Ihr Gesicht war blutig, und sie hatten ihr Hemd aufgerissen, um ihre Brüste zu entblößen.

Ein sauberer Schuss. Hundert Meter weiter, und sie wären außer Reichweite gewesen. Daniel spannte den Hahn und spürte, wie Hannahs Finger sich auf seine legten, als er feuerte.

Die Musketenkugel traf Merriam mitten in den Hinterkopf. Ihr Körper zuckte, aber die Stricke ließen sie nicht zu Boden fallen, und sie drückte noch einmal den Rücken durch, als wolle sie auftauchen, um Luft zu holen. Einen Augenblick stand sie sehr aufrecht da, als das Wissen, zu sterben, sie reinwusch. Dann sank sie in sich zusammen und fiel. Frei.

Schwindlig und mit einem Gefühl der Übelkeit warf Daniel die Muskete weg und ließ sich an dem Baumstamm entlang zu Boden gleiten. Hannah nahm seinen Kopf an ihre Brust und bettete ihre Wange in seinem Haar.

»Oh, Schatten, gütiger Schatten«, ertönte hinter ihm die Stimme von Bertha Pinch. »Hat denn niemand eine Klinge für mich?«

42

Blut und Rosen

Dann erzählte Mrs. Pinch ihnen von Charlotte, und als sie zu ihr kamen, war Tyrrell bereits dort. Sie brachten Hobble hinauf nach Spruce Cottage, und Daniel trug seine Frau in einen großen, luftigen Raum im oberen Stock des Hauses. Ihr Rock und ihre Unterröcke waren mit Blut getränkt, und Hannah konnte unter der dünnen Haut von Handgelenk und Kehle kaum den unsteten Schlag des Herzens finden.

»Bringt mir sofort etwas Brandy!«, befahl Hannah. »Und ich habe Schafgarbe im Garten gesehen. Holt mir davon!« Ann und Phillida eilten sofort los, und Hannah wandte sich an Daniel. »Wir müssen ihr ein Kräuterbad zurechtmachen, um die Blutung zu stillen. Lass die Männer eine Wanne und kühles Wasser holen. Heißes würde die Blutung nur noch verschlimmern.«

»Ich hole es selbst«, sagte er.

»Du blutest ebenfalls, mein Junge«, erklärte die alte Lady Sibylla mit strenger Stimme. Sie hatte im Flur auf ihn gewartet. »Sei vernünftig und überlass sie den guten Frauen hier.«

Aber er drehte sich mit kalten Augen zu ihr um. »Geh weg! Das ist dein Werk! Sie hätte niemals einen solchen Wahnsinn unternommen, wärst du nicht gewesen mit deinen Vorträgen!«

Er ließ die alte Frau stehen, ging in Charlottes Zimmer und zog die Tür hinter sich zu. Hannah sagte nichts, sondern streifte Charlotte die blutgetränkten Kleider vom Leib, und Daniel half ihr mit unsicheren, zitternden Fingern. Sie legten Charlotte ein dickes Leinenhandtuch zwischen die Beine und wickelten Leinenstreifen um ihre Schenkel, wie man es nach der Geburt tat, um die Blutung zu stillen.

»Lass sie ruhen, bis das Bad vorbereitet ist«, sagte Hannah und machte sich daran, die aufgerissene Wunde in seinem Rücken wieder zu verbinden.

Sie brachten die Sitzwanne und die Kräuter herein und legten Charlotte in das kühle Wasser, das sich jedoch schon bald von ihrem Blut rosa färbte. Manchmal schien es, als sei die Blutung zum Stillstand gekommen, und Daniel hob sie aus der Wanne und wickelte sie in sauberes Leinen. Aber es fing immer wieder von neuem an.

Er setzte sich auf das Bett, ein Kissen auf den Knien, und nahm sie auf den Schoß, schlang die Arme um sie und strich ihr übers Gesicht. Charlottes feines, weiches Haar war verfilzt, und Hannah holte eine Bürste und glättete es.

Als das Bad nicht half, versuchten sie es mit Umschlägen.

Noch ein Bad.

Noch ein Umschlag.

Noch ein blutgetränktes Handtuch, ein Laken.

Es wurde dunkel.

»Sie hasst die Dunkelheit«, sagte er. »Wenn sie aufwacht, wird sie Angst haben.«

»Ich hole Kerzen«, antwortete Hannah und stolperte nach unten.

Im Korridor direkt vor Charlottes Zimmer fand sie Sibylla, die die schlafende Jennet in den Armen hielt.

»Wird sie überleben?«, flüsterte die alte Frau.

Hannah beugte sich vor, um mit den Lippen über Jennys Stirn zu streichen. »Ich glaube, sie kann nicht.«

»Wird sie ihn mitnehmen?«

Hannah nahm die erschlaffte Hand von Daniels Lieblingstante und hielt sie für den Bruchteil einer Sekunde an ihre Wange, dann ließ sie sie wieder los. »Ich muss ihm eine Kerze bringen«, sagte sie und war verschwunden.

Mrs. Annable gab ihnen große Kerzen, fast ein Dutzend, und sie stellten sie verschwenderisch im Raum auf. Bertha Pinch kam auf Zehenspitzen herein und setzte sich mit ihrem Nähzeug ans Fußende des Bettes, und Daniel hielt Wache wie zuvor, während seine Hände über das Gesicht seiner Frau strichen, über ihre Schultern, die makellose Haut ihrer Unterarme.

Ein oder zwei Mal wachte Charlotte auf.

»Ist es schon Morgen?«, fragte sie.

»Ja, meine Liebe«, erwiderte er, obwohl es nicht stimmte.

»Was für ein Vogel ist das?«

Daniel hörte nichts. Selbst die Eulen schliefen.

»Das? Eine Drossel, glaube ich. Ja. Eine Drossel.«

»Nein, Sir. Ich meine das da. Dort, am anderen Ende des Raumes.«

Es war Bertha, die sie meinte, Bertha, die sich über ihre Näharbeit beugte.

»Oh«, sagte er. »Das ist ein lieber kleiner Vogel.«

»Ich glaube, er ist ein Omen, dieser Vogel«, murmelte sie und schlief wieder ein.

Es wurde hell, und sie löschten die Kerzen. Als hätte sie auf diesen Moment gewartet, schlug Charlotte die Augen auf.

»Daniel?«

»Ja, meine Liebste?«

»Trag mir etwas vor.«

»Aus der *Pilgerreise?* Oder einen Psalm? Vielleicht ein Gedicht von Mr. Milton?«

Sie lächelte. »Diese Dinge sind mir ein wenig zu ernst und nüchtern, Sir. Ich bevorzuge etwas Heiteres. Etwas von Shakespeare zum Beispiel. Oder Kit Marlowe.«

Er konnte sich ein Lachen nicht verkneifen. »Als ich dir das letzte Mal von diesem Herrn vortrug, sagtest du, er sei ein furchtbarer Barbar, und verlangtest nach Versen von Pope!«

Sie legte ihre Hand auf seine. »Mir steht aber heute der Sinn nach Schurken, Sir. Habe ich nicht *Sie* wieder einmal in meinem Bett?« Eine Sekunde lang konnte er nicht sprechen, aber sie drängte ihn noch einmal, ihr etwas vorzutragen.

»›Komm, bleib bei mir und sei mein Lieb‹«, begann er die Verse, »›wir wollen alle Freuden kosten … ‹«

Er brach ab. Charlotte schien wieder eingeschlafen zu sein. Aber der Anschein trog.

»› … die Wald und schroffe Berge bieten.‹ Das meine ich, mein Herr. ›Schroff‹? Ein übles, barbarisches Wort. Aber bitte, fahren Sie fort.«

»›Ein Bett von Rosen machen will ich dir …‹« Er schloss die Augen.

»Ah, mein Lieber«, flüsterte sie. »Was für eine törichte Verbindung war das?«

Daniel öffnete nicht die Augen, sondern hielt sie einfach nur weiter im Arm. »›Von Blumen einen Hut und einen Rock.‹« Er wartete, ob sie den Vers vollendete. »›Geschmückt mit Blättern von …‹ Lottie?«

Hannah trat leise ins Zimmer und beugte sich über Charlotte. »Sie ist nicht mehr bei uns, mein Herz«, sagte sie.

Zwei Tage später begruben sie Charlotte Josselyn im Hof der kleinen verlassenen Inselkirche. Daniel kehrte mit den Übrigen nach Rufford zurück, aber er blieb nicht lange dort. Sobald Sibylla wieder auf der Grange untergebracht war, machte er sich von neuem auf den Weg. Es hieß, er sei aufgebrochen, um seine Holzlager zu inspizieren, aber er hatte Hannah keine Nachricht hinterlassen. Am nächsten Tag musste sie nach Salcombe aufbrechen, um der Vorladung des Waisengerichtes nachzukommen.

»Nichte! Nichte!«, rief Julia Markham, und Hannah, die in der Vorratskammer Lavendel zu kleinen Bündeln schnürte, hörte ihre Tante hereinstapfen. »Schnell, Hannah! Dieser alte Drachen vom Gutshaus ist hier! In meiner Küche sieht es furchtbar aus, und Gott weiß, wo Susan und Kitty stecken! Eil dich, Kind! Wo ist dein Brusttuch? Kannst du denn *nie* eine ordentliche Haube aufsetzen?«

Ausnahmsweise einmal folgte Hannah ihrem Befehl. Sie legte sich ein züchtiges Batisttuch an und stülpte eine von Julias Hauben auf ihre Locken.

»Wo ist Jennet?«, fragte sie, zog ihre Schürze aus und strich ihren Rock glatt.

»Nun, der Drache hat sie und sagt, sie dürfe nicht länger Jennet sein, sondern Aramintha! Ich hoffe, Arthur beißt der alten Vogelscheuche die Nase ab!«

»Nun, Madam«, sagte Sibylla. »Da sind Sie ja.«

Hannah stürmte wie ein Nordoststurm in den Arbeitsraum und stellte fest, dass die alte Dame sich dort bereits recht heimisch fühlte. Sie hatten sie in die gute Stube geführt, aber der Raum war muffig und kühl und roch nach Kampfer. Außerdem war Sibylla nie die Art Frau gewesen, die blieb, wo man sie hinführte. Sie saß entspannt da, mit Jennet zu ihren Füßen, und die beiden wickelten Garnspulen für den Webstuhl auf. »Nicht so stramm«, sagte

Hannah. »Wenn Sie zu stramm wickeln, gibt es beim Weben Knoten.«

Lady Sibylla hob eine Augenbraue. »Ich bin es nicht gewohnt, belehrt zu werden, Madam.«

»Ebenso wenig wie Sie es gewohnt sind, zu arbeiten. Ich würde mir auch nicht anmaßen, Sie die Sitten der feinen Gesellschaft lehren zu wollen.«

»Was eine gute Sache ist, wenn dieses Ding auf Ihrem Kopf eine Probe für Ihren Geschmack abgeben soll! Was soll das darstellen, bitte?«

Hannah biss sich auf die Unterlippe. »Eine Haube, Ma'am.«

»Beim Allmächtigen, ich dachte, es sei ein Heilmittel gegen Kopfschmerzen!« Sie legte den Kopf schräg, und die Vogelaugen blitzten. »Wollen Sie dieses Ding vor dem Waisengericht in Salcombe tragen, damit die Männer Sie für züchtig und bescheiden halten? Denn ich weiß, dass Sie nichts dergleichen sind.« Hannah nahm die Haube ab und legte sie beiseite. »Ihr Neffe hat mit Ihnen über die Vorladung gesprochen.«

»*Ich* habe mit *ihm* gesprochen. Er wollte Ihnen keine Vorschriften machen, und wenn Sie dumm genug sind, meinen Vorschlag zurückzuweisen, dann steht es Ihnen frei, sich zum Narren zu machen.«

Sibylla stand auf und schlenderte im Raum umher. Draußen auf dem Hof standen Jenks und Owen bei Onkel Henry und reichten eine Pfeife herum.

»Wie Sie wissen«, fuhr die alte Dame fort, »kann Daniel das Kind nicht vor dem Gesetz adoptieren, nicht einmal jetzt, nachdem er verwitwet ist. Es ist ein törichtes Gesetz, gemacht von törichten alten Kerlen mit modrigen Perücken. Aber so ist es nun einmal.« Sie schob einen Korb mit grünem Mais beiseite, der darauf wartete, enthüllt zu werden. »Mein verstorbener Bruder, Major Josselyns Großvater, hinterließ eine gewisse Summe Geldes, die ich nach eigenem Gutdünken verwenden sollte – für meinen Neffen oder für dessen Familie. Es ist eine große Summe. Wenn man sie anlegt, würde sie annähernd dreitausend im Jahr an Zinsen bringen. Robert hatte erwogen, Charlotte finanziell unabhängig zu machen und es ihr zu ermöglichen, nach England zurückzukehren und sich dort, wenn sie das wollte, ohne Daniel einzurichten. Aber als ich hier ankam und sah, in welchem Zustand sie sich befand, wusste ich, dass das nicht möglich sein würde.« Sie setzte sich neben Hannah auf das Sofa. »Ich möchte vorschlagen, das Geld bei einem Bostoner Anwalt zu hinterlegen. Einem gewissen Thomas Petrie, der das Einkommen im Namen der Tochter meines Neffen verwalten soll. Er hat diesen Wichtigtuern vom Waisengericht einen Brief geschrieben, und Petrie wird Sie bei Gericht vertreten.«

Hannah saß ganz still da. »Ich werde für mich selbst sprechen. Wie Sie bereits bemerkt haben, ich bin nicht allzu schüchtern und bescheiden. Und ich habe auch keine Angst vor Männern in Perücken. Wo ist Daniel?«

»Glauben Sie mir, ich verstehe Sie. Ich bin selbst halsstarrig, nur ist es ein Gebot der Vernunft, zu wissen, wann die Zeit kommt, den Hals vor den Umständen zu beugen. Wollen Sie mir nicht Ihr Einverständnis geben, meine Liebe?«

»Ja.« Sie sah Sibylla fest in die Augen. »Ich danke Ihnen von Herzen, um meiner Tochter willen. Ich wollte nicht undankbar erscheinen. Nur – wo ist Daniel?«

»Wenn sich ihm in seiner Kindheit jemand entgegenstellte, pflegte er allein auf und davon zu gehen. Einmal blieb er ganze zwei Tage weg, ein Junge von nicht mehr als zehn

Jahren. Seine Mutter bekam Anfälle, und sein Vater schlug ihn grün und blau, als er zurückkam. Als ihn das nächste Mal jemand erzürnte, tat er dasselbe wieder.« Sibylla umschlang die Hand der Hebamme mit ihren eigenen Händen, die kühl und trocken waren. »Diesmal hat sich Gott ihm entgegengestellt. Es könnte länger dauern. Aber er hat mir dies hier für Sie gegeben.«

Sie reichte Hannah ein zusammengefaltetes Blatt. Es war dasselbe, das sie ihm durch Jeremy Siwall hatte bringen lassen, als sie zusammen mit Jennet in dem Karren des alten Ledyard Rufford verließ.

Gott schütze dich. Ich bin fort.

Darunter hatte Daniel in energischen Buchstaben seine Nachricht geschrieben.

Warte auf mich.

»›Soldier's Joy!‹«, rief Joshua Lamb und hob seine Fiedel ans Kinn.

Jake Bull schlug seine Trommel und der blinde Patrick blies auf seiner Pfeife. Lannie McGregors Dudelsack schwieg heute einmal, aber sein Kilt wirbelte hoch, und seine Stiefel dröhnten auf dem Boden in Henry Markhams Salon, und als Sarah Firth ihm in der Mitte der doppelten Reihe der Tänzer begegnete, lachend und mit leuchtenden Augen, küsste er sie, bevor sie weitertanzte.

Die Vorladung des Waisengerichtes war längst erledigt, auch der Jahrmarkt zu Brotmess war verstrichen und der größte Teil des Flachses geerntet. In einer Woche begann der September, und Daniel war noch immer fort.

Hannah tanzte einmal mit John English und ließ dann Jennet bei den anderen Kindern zurück, um sich in den Arbeitsraum davonzustehlen. Mr. Tyrrell war nach Halifax gefahren, Johnnie saß im Gefängnis, und sein Vater machte sich zu große Sorgen, um zu tanzen.

Außerdem hatten sie alle Hände voll damit zu tun gehabt, die Wintervorräte zu ersetzen, die Tapps Männer zerstört hatten, und so war bis jetzt kaum Muße zum Quilten gewesen, und sie saß lieber an ihrem Quilt, als mit Fremden zu tanzen. Hannah zündete eine Kerze an und stellte sie sich an den Rahmen, und erst als sie die zerrissenen Stücke von ihrem Quilt, der den Namen »Rote Rosen« trug, zusammengesetzt hatte, bemerkte sie die dunkle Gestalt, die an der kalten Herdstelle saß.

Mein Daniel, dachte sie, und der Gedanke fuhr wie eine frische Brise in den Raum.

»Haben Sie schon zu Abend gegessen, Sir?«, fragte sie laut. »Oder haben Sie dem Essen ebenso entsagt wie der menschlichen Gesellschaft?«

»Du tanzt nicht mit den anderen«, versetzte er. Er stand auf und verbeugte sich vor ihr. »Ich bin ein ungehobelter Bursche, aber ich habe zwei gesunde Füße. Würden Sie mir die Ehre erweisen, mit mir zu tanzen, Mistress?«

Sie ging zu ihm und knickste steif. »Ich bin es nicht gewohnt, mit bärtigen Piraten einherzustolzieren«, erklärte sie. »Aber dieses eine Mal will ich eine Ausnahme machen.«

Er ergriff ihre Hand und drehte sich zur Musik von Joshs Fiedel langsam um sie herum. »Wenn Sie es wünschen, Mistress, gehe ich nach Hause und komme gepudert und in Seide gewandet zurück.«

Hannah lachte. »Haben Sie es noch nicht gehört, Sir? Das Zeitalter der Wunder ist vorbei.«

Wieder trennten sie sich, drehten sich und kamen aufs Neue zusammen.

»Was feiern wir denn?«, fragte er.

»Das Richtfest für das neue Dach der Mühle. Und die Hochzeit von Sarah Firth und McGregor.«

»Ah, ja. Die Ehe.« Er blieb stehen und hielt ihre Hand fest. »Eine hübsche alte Sitte. Soweit man das von menschlichen Einrichtungen sagen kann.«

Als der Tanz endete, hörten sie Applaus aus dem Salon. *»The White Cockade«,* übertönte Joshs Stimme alle anderen.

Hannah hob die Hand, um den neuen Tanz zu beginnen, aber Daniel zog sie an sich.

»Du warst sehr lange fort«, sagte sie und lehnte sich an ihn.

»Ich weiß. Ich musste Mut fassen.«

»Bin ich denn so abschreckend?«

Er fand die Kerzenflamme und erstickte sie mit den Fingern und küsste Hannah. »Meine Liebste. Würdest du es wagen?«, fragte er. »Ich weiß, es ist nicht das, was du wolltest, aber ...«

»Nicht dass ich etwas falsch verstehe – fragst du mich, ob ich dich heiraten will?«, sagte sie leise.

»Würdest du es mit mir wagen? Bist du mutig genug dafür?«

»Was wird bloß Mrs. Twig dazu sagen?«

»Zum Teufel mit Twig! Meine Tante kann sie zum Frühstück haben. Was sagst *du?*«

Sie schwieg einen Augenblick. »Du weißt, dass ich ohne dich leben kann.«

»Das versteht sich von selbst. Und ich ohne dich. Wenn du nein sagst, werde ich nicht verkümmern und verwelken, dazu bin ich nicht gemacht. Und es ist auch keine Drohung. ›Heirate mich oder ich lasse dich für den Rest deiner Tage in einem kalten Bett schlafen.‹«

»Oh, ich liebe dich so sehr.« Sie fand seinen Mund und küsste ihn wieder und schlang die Arme um seine Taille. »Aber es gibt Bedingungen. Ich werde kein Zierpüppchen sein und herumsitzen und Harfe spielen und Tee nippen.«

»*Kannst* du denn Harfe spielen?«

»Natürlich nicht. Ich kann nicht einmal eine Melodie halten. Aber das Arbeiten liegt mir im Blut. Die Frauen in diesem Ort brauchen mich, und ich werde arbeiten, wie ich es immer getan habe.«

»Wunderbar. Du kannst meinetwegen den Rosengarten in ein Kampferbeet verwandeln, und ich werde lernen, wie man ordentlich mäht. Und mich als Bienenzüchter versuchen, denke ich.«

»Idiot. Aber – Daniel? Deine Tante hält mich für unbescheiden.«

»Bist du das denn nicht? Ich weiß, dass sie es ist. Sie ist die unbescheidenste Frau auf Gottes weiter Erde. Sie macht einen Lebenszweck daraus.«

»Aber ich möchte nicht, dass sie denkt …«

»Hannah. Liebstes Herz. Müssen wir uns denn immer wieder einander und allen anderen beweisen? Heiraten wir nun oder heiraten wir nicht?«

Er musste lange auf seine Antwort warten, während die Musik von Joshs Fiedel immer schneller und wilder wurde.

»Nun, ich glaube, wir müssen«, sagte sie schließlich. »Dein Sohn wird es wohl erwarten.«

Er lachte in der Dunkelheit, und sie spürte, wie seine Hände sich warm auf ihren Leib legten. »Ein Sohn ist es, ja? Du bist deiner selbst verdammt sicher, Mädchen. Hast du deinen Frieden mit Gott geschlossen und ihm ein Versprechen abgerungen?«

»Es heißt, wenn eine Frau in den ersten drei Monaten nur

auf ihrer linken Seite schläft, wird es ein Junge. Außerdem habe ich beschlossen, dass es ein Junge sein soll.«

»Und deine Freiheit?« Seine Stimme hatte plötzlich wieder einen nüchternen Klang bekommen, und ein wenig Furcht schwang darin. »Was wirst du für deine Freiheit tun?«

»Ah«, sagte Hannah leise. »Das ist etwas, das meine Tochter erwartet. Dass ich dafür kämpfe, wie die Männer es tun. Sei gewarnt, mein Herz. Ich werde sogar gegen dich kämpfen.«

Er zog sie dicht an sich und küsste sie noch einmal, lange und innig. »Die Musik spielt«, sagte er. »Und solange sie spielt, werden wir tanzen.«

43
Das Tagebuch der Hannah Trevor

12. SEPTEMBER DES JAHRES 1786

Ich schreibe dies am ersten Tag der Verhandlung meines Vetters Jonathan vor dem Gericht in Salcombe, wo er mit fünf weiteren Männern von den Regulatoren wegen Aufwiegelung und anderer schwerer Verbrechen gegen die Regierung dieser Staaten unter Anklage steht. Ich war mit meinem Onkel bei ihm. Mein Johnnie ist sehr krank.

Der Morgen war kühl, mit Wolken von Südosten. Die Mühle hat ein neues Dach, und der Weizen kann endlich gemahlen werden, und nächsten Monat wird der Mais trocken genug sein, um ebenfalls Mehl daraus zu machen. Major Josselyn und Mr. English haben meinem Onkel geholfen, das Schleusentor zu reparieren. Seit der Durchsuchung seines Hauses und der Verhaftung von Jonathan ist mein Onkel traurig verändert und findet wenig Freude an seiner Arbeit. Er ist aufs Plötzlichste alt geworden und sitzt da und beobachtet die Feuerfunken, die im Kamin aufstieben.

Meine Tante wird Jonathans Sally und den kleinen Peter aufnehmen, ihren achtzehn Monate alten Sohn. Sie sollen hier wohnen, und Sally wird die Stelle von Parthenia Jenkinson übernehmen, die geheiratet hat und jetzt ihr eigenes Haus führt. Gott gebe, dass Sally und die Tante sich nicht an die Gurgel gehen, denn Sally ist ein stures kleines Biest. Aber die Tante wird sie sicher mögen, denn Sally trägt immer eine Haube mit Spitzenrüschen und duftet nach Ambrawasser. Meine Tochter Jennet hat eine große Zuneigung zu Major Josselyns Tante gefasst, die bis zu unserer Hochzeit bei ihm auf Mapleton Grange bleiben wird. Mr. Franklin, der sich während seiner Zeit in England mit Lady Josselyn angefreundet hat, hat ihr von einer seiner neuen Erfindungen geschrieben, einer Ohrtrompete, von der er behauptet, dass taube Menschen mit ihrer Hilfe hören können. Ich nehme an, er ist ein anständiger alter Kerl, wenn auch sehr politisch. Aber ich habe wenig Zutrauen in irgendwelche Gerätschaften, denn was wir sind, ist unsere Hoffnung, und nicht das, was wir herstellen und kaufen und verkaufen.

Wenn sie hört, dann wird sie es mit ihrem Herzen und ihren Händen tun, und wenn sie spricht, so wird sie es aus der Kraft ihres Geistes tun.

Aber wie auch immer, ich werde mich mit der Ohrtrompete einverstanden erklären. Ihr Vater will, dass sie lesen, schreiben und rechnen lernt, und er hat gewiss Recht damit.

Denn ein leeres Gefäß wird sehr bald zerbrochen werden, und seine Splitter können tiefe Schnitte hinterlassen. Matthew Gwynn hat sich am Spannseil der Fähre von Gull's Isle erhängt.

Wie zerbrechlich doch die Geister sind, die in uns atmen, und durch welche Nebel wir einherstolpern und fallen. Gott sei dem zerrissenen Herzen der Frau Merriam gnädig und möge ihm im Grab endlich Heilung schenken.

Und jene, die sie missbraucht und zerbrochen haben, mögen sie ihrerseits von Gott ebenso missbraucht werden.

Wenn ich an James Trevor denke, sehe ich noch immer dunkle Wolken am Horizont, und meine Erinnerung brennt.

Mrs. Pinch ist mit Enoch Luckett an die Singschule in Wybrow Head gegangen. Mein rosafarbenes Wollkleid ist nun endlich fertig. Es ist sehr hübsch gefältelt am Mieder und der äußere Rock ist mit Rüschen besetzt. Sie wird mir für meine Hochzeit eine schöne Spitze machen und mit mir zusammen an der Bettwäsche, den Gardinen und Kleidern nähen.

Obwohl ich keine Mitgift habe, werde ich meine Tochter und mich nicht blamieren, indem ich nichts mit in die Ehe bringe, selbst wenn mein zukünftiger Gemahl behauptet, er würde mich auch im Unterhemd heiraten.

Habe Mrs. Ann Whitney beigestanden, die um sechs Uhr morgens eine gesunde Tochter zur Welt brachte, Elizabeth. Sie schuldet mir sechs Shilling dafür. Von Mrs. Prince ein kräftiges weißes Vlies bekommen und zwei frisch getötete Enten, die ich meinem zukünftigen Gemahl schenken werde. Molly Bacon ist aus Rufford verschwunden; ihr Sohn ist Mrs. Gately als Amme gegeben worden, deren Kind vor drei Wochen gestorben ist und deren Brüste sehr voll und wund sind.

Wohin Polly gegangen ist, die Frau von Mr. George Anson, weiß ich nicht. Viele Frauen greifen zu den Waffen, wenn sie ihre Ehemänner verlieren, aber es ist möglich, dass sie unter den anderen wie ein trauriger Geist dahinwandelt und nie mehr gesehen wird.

Gestern Nacht wurde der Leichnam von Isaiah Squeer zwischen den letzten Baumstämmen aufgefunden, die vom Wilden Land flussabwärts trieben, wo mein Liebster so lange umhergeirrt ist. Der Leichnam war durchstochen wie von einem Säbel. Ich werde nichts sagen und nichts fragen.

Es steht keine Autopsie an, da der Leichnam von den Baumstämmen zu sehr zerschunden ist.

Mein Liebster war zum Abendessen hier, und es war die erste richtige Mahlzeit, die ich für ihn zubereitet habe. Ein Lachs aus dem Bach meines Onkels, in Maisblättern geröstet. Dazu gab es eine sehr gute Kalbspastete und einen purpur gefleckten Kopfsalat mit Kresse. Zum Nachtisch habe ich einen Apfelkuchen gemacht, und als Getränk gab es Fichtenbier, das ich selbst gebraut habe.

Beim Abendessen hörten wir das Horn von der Landestelle. Mr. Lamb ist vom Gasthaus herübergekommen und erzählte, dass die Brigg Cincinnatus aus Boston wahrhaft traurige Nachricht gebracht habe. Viele Menschen haben gegen die Gerichte und die Regierung von Massachusetts zu den Waffen gegriffen, und einige werden mit den Rebellen unter Captain Shays marschieren, um ein Ende der Zwangsversteigerungen zu erreichen. Die Männer sind alle plötzlich zu einer Gemeindeversammlung gegangen.

Es ist schon spät in der Nacht. Mein Liebster war hier, um es mir zu erzählen. Die Gemeinde Rufford hat ihm die Aufgabe zugewiesen, die Rufford-Kompanie auszubilden, und es kann sein, dass sie gegen Salcombe marschieren werden. Er befürchtet, dass Mr. Washington Truppen der Kontinentalarmee ausschicken wird, um diese Aufstände niederzuschlagen, und dass bei den Kämpfen gewiss einige Menschen sterben werden.

Ob es eine gerechte Sache ist oder nicht, das weiß ich nicht. In meinem Leib wächst das Kind eines Soldaten, und wir haben wieder Krieg.

Habe mich noch einmal an meinen Quilt, die »Roten Rosen«, gesetzt und bin gestern damit fertig geworden.

Die Wildgänse ziehen fort. Meine Mutter sagte immer, sie seien Frauenseelen, die nicht Herd noch Hafen hätten. Ich habe ihre Rufe die ganze Nacht über gehört.

Historische Anmerkung

Im Herbst 1768 hatte sich ein Teil der gemäßigten und gesetzestreuen Bauern in geheimen Bürgerwehren organisiert – deren Mitglieder »Regulatoren« genannt wurden –, um ihrer Unzufriedenheit mit den Friedensgerichten von Massachussetts abzuhelfen. Der in der Geschichte als »Shays' Rebellion« bekannte Aufruhr begann mit dem Marsch der Miliz von Hauptmann Shays auf den Northampton Court of Common Pleas – das Landgericht von Northampton. Ich habe hier diese Ereignisse in meinem Roman mit anderen ähnlicher Art zusammengezogen, die sich fast zehn Jahre später in Maine ereigneten, also lange nachdem die neue Verfassung den massenweise erfolgenden Zwangsenteignungen ein Ende machen und die durch Inflation entwertete Währung hätte stabilisieren sollen. Das war indes beides nicht geschehen, und viele Zwangsverkäufe durch die Sheriffs wurden gestört durch Bürgerwehren und Landvermesser, die aufgebrachte Bauern hinzuzogen. Diese Vorkommnisse gipfelten schließlich 1809 im »Krieg von Malta«.

»Meines Erachtens ist eine kleine Rebellion dann und wann eine gute Sache«, schrieb Thomas Jefferson über Shays' Rebellion, »und in der Welt der

Politik ebenso wichtig, wie es die Stürme in der Natur sind … Der Baum der Freiheit muss von Zeit zu Zeit mit dem Blut von Patrioten und Tyrannen gedüngt werden.«
Er sagte nicht dazu, welche er für diese und welche für jene hielt.

Margaret Lawrence

Margaret Lawrence

Bevor das Eis bricht

Roman

Am kalten und nebligen Valentinstag des Jahres 1786 wird die eigensinnige und stolze Hebamme Hannah Trevor ans Totenbett einer jungen Frau gerufen. Anthea Emory wurde ermordet. In einem letzten Brief beschuldigt die Tote drei Männer. Einer von ihnen ist Daniel Josselyn, Kriegsveteran und Hannahs Geliebter …

»Ein packender historischer Roman
mit einer starken, für ihre Zeit ungewöhnlich
selbstständigen Frau.«
Hannoversche Allgemeine Zeitung

»Ein fesselnder Roman
um ein dunkles Geheimnis.«
Journal für die Frau

Knaur

Ulrike Schweikert

Die Hexe und die Heilige

Roman

Deutschland am Vorabend des 30-jährigen Krieges: In einer wohlhabenden Familie in einer deutschen Kleinstadt kommen Zwillingsschwestern zur Welt. Während die tugendhafte Helena ins Kloster geht, wird ihre eigenwillige Zwillingsschwester Sibylla Hebamme.
Als die Tochter des obersten Richters der Stadt ein uneheliches Kind bekommt, soll Sibylla das Mädchen von dieser ›Last‹ befreien. Damit weiß sie um ein dunkles Geheimnis der Mächtigen und wird zur Gefahr. Die Häscher der Inquisition rüsten zur Hexenjagd …

»Ein Buch, von dem man nicht
mehr lassen kann!«
Rheinzeitung

Knaur